ELLA THOMPSON

EINE LIEBE unter Sternen

Stonebridge Island 3

Roman

WILHELM HEYNE VERLAG
MÜNCHEN

Sollte diese Publikation Links auf Webseiten Dritter enthalten, so übernehmen wir für deren Inhalte keine Haftung, da wir uns diese nicht zu eigen machen, sondern lediglich auf deren Stand zum Zeitpunkt der Erstveröffentlichung verweisen.

MIX
Papier aus verantwortungsvollen Quellen
FSC® C014496

Penguin Random House Verlagsgruppe FSC® N001967

Originalausgabe 11/2021

Redaktion: Diana Mantel
Printed in Germany
Umschlaggestaltung: Eisele Grafik-Design, München,
unter Verwendung von © Bigstock (CasoAlfonso);
Shutterstock.com (kesipun, jack photo); iStockphoto (lucky-photographer)
Satz: Buch-Werkstatt GmbH, Bad Aibling
Druck und Bindung: GGP Media GmbH, Pößneck
ISBN: 978-3-453-58077-0

www.heyne.de

Prolog

Megan Cooper fuhr mit dem Zeigefinger durch die Vanillecreme, die kunstvoll auf ihrem Blaubeer-Cupcake aufgetürmt war, und schob sie sich genüsslich zwischen ihre Lippen. »Hmm«, summte sie. »Ich liebe diesen Tag. Bye-bye.« Fröhlich winkte sie den vorbeifahrenden Autos zu. Sie konnte den Ozean riechen. Spürte die Sonne auf der Haut und den leichten Wind. Gesprächsfetzen und Kinderlachen klangen von den Booten herüber, die in der Marina hinter *Marsha's Bakery* zum Auslaufen bereit gemacht wurden. Zum letzten Segeltörn in diesem Jahr. Oder für den Weg in ihre Heimathäfen, nachdem sie den Sommer über in Home Port gelegen hatten.

»Du bist unverbesserlich.« Abby stieß ihr mit dem Ellenbogen in die Rippen und lachte. »Wir mögen die Touristen«, erinnerte ihre ältere Schwester Megan daran, dass ein Großteil der Bewohner von Stonebridge Island davon lebte, Sommerhäuser und Apartments an Feriengäste zu vermieten und ihnen das halbe Jahr über Zuckerwatte, Eis und gegrillte Hummersandwiches zu verkaufen.

»Trotzdem fühlt es sich am Labour Day immer ein bisschen so an, als ob die Insel aufatmet«, stimmte Megans mittlere Schwester, Summer, ihr zu.

Sie hatten es sich an einem der kleinen weißen Bistrotische mit den verschnörkelten Metallstühlen vor der Bäckerei gemütlich gemacht und blickten dem steten Strom von Fahrzeugen nach, der in Richtung der alten Steinbrücke rollte, die Stonebridge Island mit dem Festland Maines verband. So wie sie es jedes Jahr am ersten Montag im September taten.

»Ich finde das immer ein wenig traurig«, befand Abby. »Wie ein Abschied.«

Megan streckte ihre Beine aus und biss herzhaft in ihren Cupcake. »Bei uns ist es so schön, dass du davon ausgehen kannst, dass sie nächstes Jahr alle wiederkommen.« Megan sah die Sache genau wie Summer. Das Tourismusbüro war mehr als zufrieden gewesen mit der Auslastung der Sommerunterkünfte, und die Läden hatten ein gutes Geschäftshalbjahr hinter sich. Aber am Labour Day leerte sich die Insel wie auf Knopfdruck, und alle, die den Sommer oder wenigstens das letzte lange Ferienwochenende auf Stonebridge Island verbracht hatten, kehrten in ihren Alltag zurück.

»Ich hoffe nur, dass es auf dem Gestüt auch ruhiger wird und wir für den Rest des Jahres von Katastrophen verschont bleiben«, sagte Summer und nippte an ihrem Kaffee.

Megan malte mit dem Finger Schattenmuster auf ihre Jeans. »Für ein Jahr war das mehr als genug Aufregung. Wir haben uns einen wundervollen Indian Summer verdient und dann einen ruhigen Winter. Ohne Dramen und Tragödien.«

Was das betraf, waren sich die Schwestern einig. Abby und Summer hatten beide ihre große Liebe gefunden, aber zwei Sabotageakte auf die *Silver Brook Stables* hatten dunkle Schatten über das Jahr geworfen.

»Was ist mit Zac?«, fragte Abby nach Megans Sommerflirt

und schaute einem Auto nach, auf dessen Dach ein riesiges aufblasbares Einhorn thronte.

Megan seufzte und ließ den Hauch Melancholie zu, der sich um ihre Schultern legte. »Er lädt mich heute Abend ins *Beaumont's* ein. Ein Abschiedsdinner. Eine letzte Nacht. Und morgen früh kehrt er nach Portland zurück.«

Summer griff nach ihrer Hand. »Wirst du ihn vermissen?«

Megan lächelte sie an. »Wir hatten eine wundervolle Zeit. Natürlich werde ich ihn vermissen und die schönen Stunden, die wir hatten. Aber er bricht mir nicht das Herz, wenn es das ist, was du wissen willst.«

»Er ist nicht der Mann, der das Erdnussbutterglas für dich aufschraubt«, benutzte Abby Megans Lieblingsbezeichnung für einen perfekten Mann.

»Nein, das war er nicht.« Megan grinste. »Aber er ist wirklich ein süßer Typ. Ich bin mir sicher, er wird ein wundervolles Mädchen in Portland finden.« Und sie würde weiter ihr Leben genießen. Tanzen. Flirten. Den einen oder anderen Frosch küssen. Und irgendwann auch einen Prinzen.

1

Nach dem Kaffee mit ihren Schwestern kämpfte sich Megan dem Strom der Reisenden entgegen, die noch immer die Straßen verstopften, und fuhr in Richtung des *Stonebridge Island Animal Shelter*. Früher hatte sie nach der Schule oft im Tierheim ausgeholfen. Heute ging das nicht mehr, weil sie auf dem Gestüt ihrer Familie, den *Silver Brook Stables*, einfach viel zu viel zu tun hatte. Megan ließ es sich aber nicht nehmen, wenigstens die monatliche Futterspende persönlich vorbeizubringen. Bestimmt hatte Neyla, mit der sie zusammen zur Schule gegangen war, Dienst und vielleicht auch Zeit für einen Kaffee und ein bisschen Inseltratsch.

Megan legte einen kleinen Zwischenstopp an der *Rydell – Livestock Feed Company ein*, um das bei William bestellte Hunde- und Katzenfutter in ihren Jeep zu laden. Dann würde sie die Säcke im Tierheim abliefern, bevor sie zu Zac weiterfuhr, um einen letzten gemeinsamen Abend mit ihm zu verbringen, bevor auch für den Meeresbiologen der Sommer endete und er den Touristen aufs Festland folgen würde.

Sie hätte sich denken können, dass sie hier nicht so schnell wegkam. William fühlte sich nach dem furchtbaren Futtermittelskandal im Sommer, bei dem fast dreißig Pferde auf dem Gestüt krank geworden waren, noch immer schuldig. Dabei war längst klar, dass nicht er für die gefälschten Lieferscheine verantwortlich gewesen war, denn er war genauso reingelegt worden wie sie.

Viel später als geplant bog Megan auf den Hof des Tierheims ab. So viel Betrieb sonst am Labour Day auf der Insel herrschte, so leer war es im *Animal Shelter* – ganz egal, an welchem Feiertag. Und die Tiere waren noch einsamer als sonst, weil auch die ehrenamtlichen Helfer bei ihren Familien waren. Nur Neylas verbeulter Subaru stand auf dem Parkplatz, und der schwarze Pick-up mit dem Logo von *Finley Morgan Construction*. Finn war der Letzte, den Megan hier erwartete. Aber vielleicht hatte Neyla ihn zu einer dringenden Reparatur genötigt.

Doch als sie ausstieg, sah sie ihn um die Hausecke kommen. In einen Leinenkampf mit einer Promenadenmischung verwickelt. Beide zerrten an ihrem Ende, nicht bereit nachzugeben. Der Hund war ein hübscher Kerl. Hellbraunes, strubbeliges Fell, bis auf ein dunkelbraunes Schlappohr. Seine Augen sahen klug aus und ein bisschen so, als führe er Finley Morgan vor. Der Gedanke gefiel ihr.

Finn hingegen – sah aus wie immer. Die Haare, die ihm in dunklen Wellen bis zum Kragen reichten, weil er hin und wieder seine Friseurtermine vergaß, verdeckten sein Gesicht. Er trug ein ausgeblichenes T-Shirt, das dasselbe Logo wie die Tür seines Pick-ups zierte. Seine Jeans waren nicht weniger alt und abgetragen, genau wie die zerkratzten Stiefel. Wenn er jetzt noch einen dieser sexy Werkzeuggürtel umband, könnte er sich für den nächsten *Magic-Mike-Film* casten lassen.

Megan hingegen fand ihn kein bisschen sexy oder anziehend. Finley Morgan war der Stachel in ihrem Fleisch, seit sie zusammen die Schulbank gedrückt hatten. Was vermutlich nicht unerheblich an der Fehde lag, die seine Familie gegen ihre führte. So etwas nahm jedem Mann den Glanz und den Sexappeal. Auch wenn ihre Schwestern behaupteten, dass er nicht wie sein Vater und Großvater war: Megan fiel es schwer, nicht die ganze Familie über einen Kamm zu scheren.

*

Finley Morgan besuchte das *Stonebridge Island Animal Shelter* zum dritten Mal in diesem Sommer. Der Labour Day war einer der Tage, an denen nicht einmal er arbeitete, auch wenn ihm hin und wieder vorgeworfen wurde, ein Workaholic zu sein. Er hatte Zeit, und heute würde er das Tierheim nicht ohne einen Hund verlassen.

»Hallo Neyla. Wie geht's dir?«, fragte er seine frühere Schulkameradin, als er das schlicht eingerichtete Büro des *Animal Shelter* betrat.

»Finn.« Neyla grinste ihm fröhlich entgegen. »Startest du einen neuen Versuch?« Sie seufzte. »Irgendwann muss es doch mit dir und einem Hund klappen. Du bist die perfekte Wahl für jede Fellnase. Viel frische Luft, jede Menge Platz. Und niemand, mit dem sich der Hund deine Aufmerksamkeit teilen muss.«

»So pauschal würde ich das mit der ungeteilten Aufmerksamkeit nicht sagen«, erwiderte Finn und zwinkerte Neyla zu. Sie hatte zwar recht, aber er war nicht hier, um sein Beziehungsleben zu diskutieren.

Ganz die alte Freundin, die sie war, lachte sie und gab ihm einen Klaps auf den Arm. »Na ja, auf jeden Fall bist du wählerisch. Bei den Frauen vermutlich kein bisschen weniger, als wenn es um einen Hund geht.«

Was das betraf, konnte Finn nicht widersprechen. Zumindest nicht, wenn es um einen Vierbeiner ging. Bis jetzt hatte er sich bei keinem der Tierheim-Besuche für einen Hund entscheiden können. Einfach, weil es nicht gefunkt hatte.

»Wenigstens können wir uns den Papierkram und das Vorgespräch sparen, das haben wir ja schon hinter uns. Bleibt es dabei, dass wir dir einen Teil der Gebühren erlassen und du dafür ein paar Reparaturen im *Shelter* übernimmst?«

»Klar.« Finn nickte. »So wie wir es besprochen haben.«

»Gut.« Sie lächelte ihn breit an. »Wollen wir gleich zu den Zwingern gehen?«

»Gerne. Du weißt ja, was ich suche. Vielleicht kannst du mir also bei der Auswahl helfen.« Als Finn die lange Reihe Käfige sah, die sich an der Rückseite des Gebäudes entlangzog, fühlte er sich genauso überfordert wie bei seinen letzten beiden Besuchen. Das waren mindestens fünfundzwanzig oder dreißig Tiere, die ihn mit wildem Gebell begrüßten.

»Die Entscheidung kannst nur du treffen. Das weißt du genau«, lehnte Neyla seine Bitte ab. »Aber ich kann dir ein bisschen über die einzelnen Hunde erzählen. Das da ist zum Beispiel Carlos. Er ist ziemlich faul und verschläft den größten Teil des Tages.« Was er auch jetzt tat, wie Finn feststellte, als die französische Bulldogge nur träge blinzelte, sich aber kein bisschen für ihn interessierte.

Der Rest der Meute kläffte. Große und kleine Hunde. Hübsche und einige, die schon den einen oder anderen Kampf hinter sich hatten. Freche. Brave. Stubenreine und solche, die noch eine lange Reise vor sich hatten, um so weit zu kommen. Gut erzogene und völlig wilde.

Langsam waren sie die Käfigreihe entlanggegangen. Doch

statt einen Hund zu finden, konnte Finn sich von Tier zu Tier weniger entscheiden. Was ihn langsam verzweifeln ließ, weil er sich wirklich danach sehnte, seinen Seelenhund zu finden.

Am Gitter des vorletzten Käfigs stand eine weiße Pudeldame und wedelte freundlich mit dem Schwanz. Ein niedlicher Hund, aber irgendwie auch nicht das, was zu ihm passte.

Neyla hatte bereits wieder den Rückweg eingeschlagen, aber Finn ging auch noch bis zum letzten Käfig, den sie einfach ausgelassen hatte. Darin saß ein Hund, der nicht wie alle anderen sofort ans Gitter gerannt war. Er bellte nicht. Saß einfach nur da und starrte Finn aus klugen Augen an. »Was ist mit ihm?«, fragte Finn.

»O … Will.« Neyla schüttelte den Kopf. »Der ist nichts für dich.«

»Warum?« Finns Blick klebte noch immer an dem Hund. Er hatte das Gefühl, plötzlich zu verstehen, warum er sich bis jetzt nicht hatte festlegen können. Weil er auf diesen kleinen Kerl gewartet hatte. Will. Alles in ihm sagte das, auch wenn Neyla da anderer Meinung war.

»Will … er verdankt seinen Namen seinem starken Willen. Er ist sehr eigensinnig, passt sich nicht an. Ein Eigenbrötler, der meist für sich bleibt und eine erfahrene Hand braucht.«

»Will.« Finn hockte sich vor dem Zwinger hin und rief nach dem Hund. Dem schien es aber egal zu sein, was Finn sich einbildete. Liebe auf den ersten Blick? Seelenhund? Will sah das offenbar anders, denn er drehte demonstrativ den Kopf weg und ignorierte Finn.

»Siehst du? Ein schwieriger Fall.« Neyla wurde ungeduldig. »Wie wäre es mit dem Spaniel-Mix weiter vorn? Ein richtig gut erzogenes Kerlchen.«

Aber Finn war nicht bereit, so einfach aufzugeben. »Will«, rief er noch einmal. Und dann wartete er. Einen Moment noch ließ der Hund ihn zappeln, dann erhob er sich und kam langsam zum Gitter. Der Hund ließ sich von ihm streicheln, hielt den Kopf aber noch immer abgewandt und beobachtete ihn aus den Augenwinkeln. Er reichte Finn bis zum Knie, und das struppig aussehende hellbraune Fell fühlte sich erstaunlich weich an, als er darüberstrich. »Ich habe mich entschieden«, sagte Finn, selbst davon überrascht, wie schnell er diese Wahl getroffen hatte. »Lass es mich mit ihm probieren. So wie er sich benimmt, werden die Bewerber für ihn kaum Schlange stehen. Ich nehme ihn mit, und wir werden sehen, ob wir uns vertragen.«

Neyla blies die Backen auf und stieß die Luft langsam aus. »Ich weiß nicht. Deine Eltern hatten zwar früher Hunde, aber für dich ist es ja der erste Vierbeiner, und in dem hier steckt ganz schön viel unterschiedliches Erbgut, das in dieser Mischung zur Herausforderung wird.«

»Was waren seine Eltern?«, fragte er Neyla. »Was denkst du?«

Neyla kniete sich neben ihn. »Wenn ich das wüsste.« Sie legte den Kopf schräg und betrachtete den Hund einen Moment lang. »Die Statur erinnert an einen Labrador. Das strubbelige Fell hat etwas von einem Australian Shepherd, die Fellfärbung ist aber eher Golden Retriever.«

Bis auf das rechte dunkelbraune Schlappohr, befand Finn.

»Seine Persönlichkeit ist wie gesagt sehr ausgeprägt«, erinnerte Neyla ihn noch einmal. »Ein Jagdtrieb wie ein Beagle«, begann sie ihre Aufzählung. »Sportlich wie ein Jack Russel, aber auch verfressen wie ein Labrador. Von der Intelligenz erinnert er an einen deutschen Schäferhund und sein Beschützerinstinkt an einen belgischen Malinois. Das ist wirklich eine heftige Mischung.«

Finn sah Neyla einfach nur an. Ihre Ausführungen schreckten ihn nicht ab. Obwohl – was tat er hier eigentlich? Er horchte in sich hinein, wartete, ob eine Welle der Panik über ihn hinwegspülen würde. Stattdessen fühlte es sich einfach nur gut an.

»Will?«, versuchte Finn es noch einmal. Neyla hielt überrascht den Atem an, als die Promenadenmischung Finn auf einmal wirklich den Kopf zudrehte. »Sollen wir es miteinander versuchen?« Sein Herz klopfte erstaunlicherweise schneller bei dem Gedanken, das Tierheim gleich gemeinsam zu verlassen.

»Der Hund hat dich tatsächlich gewählt.« Neyla schüttelte den Kopf, noch immer diesen überraschten Ausdruck im Gesicht. »So ein sturer Kerl in all den Wochen, die er jetzt schon hier ist. Und jetzt kommt er einfach ans Gitter und lässt sich von dir streicheln, Finn.«

»Ich glaube, wir haben beide unsere Wahl getroffen«, korrigierte Finn.

»Dann holen wir ihn raus, damit ihr euch ein wenig beschnuppern könnt, und ich mache die Papiere fertig. Du findest mich im Büro, wenn ihr so weit seid.« Neyla öffnete den Zwinger, legte Will eine Leine an und drückte sie Finn in die Hand.

Will mochte die Leine ganz offensichtlich nicht. Er biss sofort hinein und zerrte daran.

Noch einmal ging Finn in die Hocke und kraulte Will zwischen den Ohren. »Ich würde dich ja frei laufen lassen, aber ich glaube, das ist hier verboten. Also lass uns wenigstens so tun, als hätten wir das hier im Griff.«

Will zeigte kein Erbarmen. Er zog und zerrte an der Leine. Offenbar ihr erster Machtkampf, den keiner von ihnen für sich entscheiden konnte. Sie schafften es bis vor das Tierheimgebäude, wo Finn so abrupt stehen blieb, als er den alten roten, mit Roststellen überzogenen Jeep Wrangler entdeckte, dass sich Will überrascht neben ihm auf den Boden fallen ließ und vergaß, weiter in die Leine zu beißen. Die Besitzerin des Jeeps schleifte gerade einen Futtersack über die offene Ladefläche.

»Hallo Megan«, grüßte Finn.

Sie hob den Kopf, betrachtete ihn und seinen neuen Gefährten und zog dann den rechten Mundwinkel zu einem abschätzigen Lächeln nach oben. »Was treibst du da, Morgan? Auf der Suche nach einem neuen Opfer, dem ihr den Teufel eintreiben könnt?«

»Das wird kaum möglich sein«, gab er zurück. »Da dir der Teufel ja noch gar nicht ausgetrieben wurde.«

Sie standen sich gegenüber, starrten sich an. Getrennt durch die Ladefläche ihres Wagens. Finn seufzte. Er hasste es, dass Megan ihn immer so aus der Reserve lockte. Niemand konnte ihn so auf die Palme bringen wie diese Frau – und das tat sie seit fast zwanzig Jahren. Seit er sie bei Andrew Springers dreizehntem Geburtstag beim Wahrheit-oder-Pflicht-Spiel hatte küssen müssen. Er mochte sich selbst nicht, wenn er so reagierte. Also atmete er tief durch und verzog die Lippen zu einem versöhnlichen Lächeln. »Du hast natürlich recht.« Er hob die Hände in einer friedlichen Geste. »Bei meiner Familie könnte man auf jeden Fall zu dem Schluss kommen. Aber ich glaube, dieses kleine Teufelchen hat gar keine Nachhilfe von uns Morgans nötig.« Er ging neben Will in die Hocke und streichelte über seinen Rücken.

Megan stand mit zusammengekniffenen Augen da und fixierte ihn und den Hund. Finn hatte ihr mit dem Kommentar über seine Familie den Wind aus den Segeln genommen.

»Ist das eine Futterspende für das Tierheim?«, fragte er und betrachtete sie aus der Froschperspektive. Wenn sie arbeitete, hatte sie ihre Haare meist zu einem Zopf geflochten. In ihrer Freizeit, wie jetzt, trug sie sie offen. Die dunkle Mähne reichte fast bis zu ihren schmalen Hüften. Sie trug eine schlichte schwarze Bluse, enge Jeans, die an den Knien zerrissen waren, und ein Paar pinkfarbene Cowboy-Boots mit Gänseblümchen-Applikationen. Megan Cooper war bekannt für ihre Vorliebe für ausgefallene Western-Stiefel. Und er hätte das wahrscheinlich sogar ziemlich sexy gefunden – wenn diese Frau nicht so eine Plage wäre.

Finn erhob sich wieder. »Darf ich vorstellen? Will – Megan. Megan – Will. Nimmst du ihn mal kurz?« Er drückte ihr die Hundeleine in die Hand, zog die beiden Futtersäcke von der Ladefläche und warf sie sich mit einem Nicken in ihre Richtung über die Schulter.

»Ich bin selbst in der Lage, das Futter zu tragen«, versuchte Megan ihn aufzuhalten.

Daran zweifelte Finn keinen Augenblick. Megan war auf einem Gestüt großgeworden. Sie hätte keine Probleme, diese Säcke zu schleppen. Mit einem Grinsen im Gesicht drehte er sich zu ihr um. »Und meine Mutter ist in der Lage, mir in den Hintern zu treten, wenn ich einer Lady bei der Arbeit zusehe.«

*

Megan streckte sich, als sie vor der Kaffeemaschine im Ranchhaus stand und darauf wartete, dass sich ihre Tasse füllte. Besser konnte ein Tag nicht beginnen. Sie hatte die Nacht nach einem fantastischen Hummerdinner mit Zac verbracht. Am Morgen waren sie eng umschlungen aufgewacht und hatten sich ein letztes Mal geliebt. Ein bisschen melancholisch war dieser Abschied gewesen. Aber vielleicht würde er es für ein weiteres Wochenende nach Stonebridge Island schaffen, bevor ihre gemeinsame Zeit endgültig vorbei war.

Megan drehte das leuchtend rote Ahornblatt zwischen ihren Fingern, das sie auf ihrer morgendlichen Runde durch die Ställe des Gestüts gefunden hatte. Der erste Hinweis auf den bevorstehenden Herbst, auch wenn man das bei der warmen Morgensonne und dem leuchtend blauen Himmel noch gar nicht glauben konnte. Der Rundgang durch die Ställe gehörte zu ihren liebsten Aufgaben. Früh am Morgen, wenn alles noch still war und sie den warmen Duft nach Pferden und Heu einatmete. Die einzigen Geräusche waren das entspannte Schnauben der Tiere und hin und wieder das Maunzen einer Stallkatze. Das Rascheln von Stroh und das Knarzen des Gebälks. Wenn die Sonne sich schon über die Kante des Ozeans geschwungen hatte, konnte Megan die Staubkörnchen in dem gelben Licht tanzen sehen, das die Ställe durch die großen Sprossenfenster flutete. Hier und da verteilte sie einen kleinen Snack, ein Stück Apfel oder Karotte, an eines der Leckermäuler, die ihr besonders am Herzen lagen. Diese stillen Momente am Morgen erfüllten Megan mit so viel positiver Energie, dass es unmöglich war, schlecht gelaunt in den Arbeitstag zu starten.

Mit ihrem Kaffee in der einen und dem Ahornblatt in der anderen Hand verließ sie die Küche und stieg in den ersten

Stock des Ranchhauses hinauf. Sie ging an den Zimmern ihrer Schwestern Abby und Summer vorbei, die mittlerweile beide mit ihren Herzblättern zusammenlebten. Ihr eigenes Zimmer hatte sie, nachdem sie vor ein paar Jahren in eines der Angestellten-Cottages gezogen war, in ihr Büro umgewandelt. Es hatte Vorteile, einen so kurzen Arbeitsweg zu haben. Und eine Küche ein Stockwerk unter ihr, in der es immer frischen Kaffee und genug Essen gab, um eine ganze Kompanie zu versorgen.

Sie schob die Tür auf und stellte den Kaffee auf ihren blitzsauber aufgeräumten Schreibtisch. Die Leute hielten Megan oft für wild und ungezügelt. Und tatsächlich nahm sie die Dinge leicht, ließ sich treiben und genoss das Leben manchmal ein bisschen mehr, als der eine oder andere kritische Beobachter es für angebracht hielt.

Megan grinste bei der Vorstellung, was diese Leute beim Anblick ihres Arbeitsplatzes denken würden. Sie befestigte das Ahornblatt mit einem Magneten an ihrer Pinnwand, zwischen den akkurat aufgereihten Aufgaben und Listen, die dort hingen. Da es sich bei dem Raum um das Eckzimmer handelte, verfügte es nicht nur über eine Dachgaube, sondern auch über ein großes Fenster an der Stirnseite. Darunter hatte sie eine gepolsterte Bank einbauen lassen, die gemeinsam mit einer alten Seemannskiste und zwei Clubsesseln die Besucherecke bildete, in der sie sich mit den Kunden des Gestüts unterhielt oder Vorstellungsgespräche führte. Die Wand neben der Tür war von Regalen verdeckt, in denen Megan ihr Arbeitsmaterial und die Ordner der Buchhaltung verstaut hatte. Doch am meisten liebte sie ihren Schreibtisch, bei dem es sich eigentlich nur um eine große, schlichte Holzplatte handelte, die sich unter der Dachgaube über die gesamte Länge des Raumes zog und auf einfachen Holzböcken ruhte. In der linken Ecke stand der Drucker. Unter der Dachgaube das Telefon, ihr Desktop-PC, Tastatur und Maus. Zwei in schlichtem Holz gerahmte Fotos, ihr erstes Pony Coco und eine Familienaufnahme bei ihrem College-Abschluss, auf der alle Coopers glücklich in die Kamera strahlten, und zwei Ablagekörbe für ein- und ausgehende Unterlagen. Ansonsten herrschte hier gähnende Leere. So durcheinander ihr Privatleben auch manchmal war, in ihrem Büro bestand sie auf absoluter Ordnung. Das war schließlich ihr Arbeitsplatz.

Megans Mutter Olivia hatte Summer, Abby und ihr in diesem Jahr die *Silver Brook Stables* übergeben und sich aus den Leitungsaufgaben des Gestüts zurückgezogen. Megan hatte auch davor schon den größten Teil der Buchhaltung, des Verkaufs und des Marketings übernommen. Aber es war etwas völlig anderes, für ihre Mutter zu arbeiten oder tatsächlich selbst für die Mitarbeiter und Tiere verantwortlich zu sein. Abby hatte sich im alten Wirtschaftsgebäude eine psychologische Praxis eingerichtet, in der sie ihre Patienten betreute, darüber hinaus bot sie therapeutisches Reiten an. Summers Refugium war ein ausrangierter Pferdeanhänger hinter der Fohlenweide. Dort plante sie ihre Horsemanship-Kurse, Seminare und Einzelstunden, in denen sie mit Problempferden – und ihren Besitzern – arbeitete. Megan kümmerte sich um alles, was sonst auf dem Gestüt organisiert und geregelt werden musste. Von diesem Schreibtisch aus. Sie nippte an ihrem Kaffee und strich mit den Fingern über die samtige Textur des Holzes. Wo die Sonne durch das Sprossenfenster der Gaube ein helles Gitter auf die Oberfläche zeichnete, fühlte es sich warm an.

Megan schaltete ihren PC ein und blickte aus dem Fenster, solange er hochfuhr. Auch das war einer der Gründe, warum sie ihren Arbeitsplatz so sehr liebte. Von hier überblickte sie den Gestütshof, die Ställe und einen guten Teil der Weiden, die sich in sanften Hügeln um die *Silver Brook Stables* erstreckten. Das Einzige, was sie von ihrem Platz aus nicht sehen konnte, war der Ozean, der auf der anderen Seite des Ranchhauses lag. Das störte Megan allerdings wenig. Zum einen, weil sie es genoss, dem Treiben auf dem Hof, den Koppeln und Paddocks zuzusehen, wenn sie den Blick hob. Zum zweiten hatte sie von ihrem Cottage einen spektakulären Blick in die Halfmoon Bay hinunter. Sie konnte den Atlantik vor der zerklüfteten Küste Maines also sowohl vor als auch nach der Arbeit genießen.

Megan gab ihr Passwort in den Computer ein und rief ihre E-Mails auf. Zufrieden stellte sie fest, dass das neue System, das sie für die Futterlieferungen eingeführt hatte, funktionierte, als sie den Bericht der analysierten Probe der aktuellen Ladung Pellets überflog. Nach einem Sabotageakt im Sommer, für den William Rydell sich erst gestern wieder entschuldigt hatte, hatte sie bei jeder neuen Lieferung die Analyse einer Futterprobe in einem Labor auf dem Festland veranlasst, bevor irgendein Tier damit gefüttert wurde. Das System ging auf, auch wenn es Geld kostete, das sie eigentlich nicht hatten.

Megan hob den Blick vom Bildschirm und blickte zur Futterscheune hinüber. Das Dach schien in den vergangenen Wochen noch mehr durchgesackt zu sein. Sie musste dringend anfangen, Angebote der umliegenden Bauunternehmen einzuholen, damit die Sanierung des Gebäudes noch vor dem Winter beginnen konnte. Zugunsten der Scheune hatte sie auf El Amor verzichtet, einen wundervollen Zuchthengst, den sie unbedingt hatte haben wollen.

Eine Nachricht ploppte auf Megans Monitor auf und zog

die Konzentration wieder auf ihre Arbeit. *Soll ich Karten für den Herbstball besorgen?* wollte Olivia wissen. Okay, erst mal noch keine Arbeit.

Natürlich, antwortete Megan. *Und sag Lindsey, dass wir gerne wieder Ponyreiten für die Kinder im Nachmittagsprogramm anbieten.*

Sehr gut. Olivia schickte einen glücklichen Smiley. *Sie hatte mich sowieso schon danach gefragt.*

Megan schloss das Nachrichtenfenster und machte sich eine Notiz, dass sie Zeiten, Anzahl der Ponys und freiwillige Helfer abklären musste. Sie mochte das Herbstfest. Vor der Weihnachtsparade die letzte öffentliche Veranstaltung, die es auf Stonebridge Island gab. Sie fand immer im Freien statt, obwohl das unberechenbare Wetter im Nordosten Maines um diese Jahreszeit die Veranstaltung schon ein paar Mal auf der Kippe hatte stehen lassen. Aber bis jetzt war immer alles gut gegangen. Tagsüber konnte man an den Buden und Essständen entlangflanieren, und die Kinder bekamen ein kunterbuntes Angebot an Aktivitäten präsentiert. Der beste Teil war aber der Herbstball selbst. Megan liebte es, in ein schönes Kleid zu schlüpfen, zu tanzen und zu flirten. Sie nippte an ihrem Kaffee und gönnte sich noch einen Moment, um im Geist ihren Kleiderschrank durchzugehen und zu überlegen, ob sie den Ball zum Anlass nehmen sollte, ihre Schwestern zu einer Shoppingtour in Calais zu überreden. Vielleicht sollten sie sich sogar ein Schwesternwochenende in Bangor gönnen. Wenn sie Summer und Abby zum Lunch traf, würde sie die Idee ansprechen. Bis dahin gab es aber genug zu tun. Sie zog die Tastatur zu sich heran und begann mit der Abarbeitung ihrer E-Mails.

2

Wenn Finn geglaubt hatte, einen Hund zu besitzen, würde sein Leben bereichern, hatte ihn die erste Nacht mit Will eines Besseren belehrt.

Er hatte den Hund im Auto gelassen, um sich nicht noch einen Leinenkampf mit ihm liefern zu müssen, als er im Futtermittelladen das Notwendigste für Will eingekauft hatte. Offenbar hatte der Hund es ihm übel genommen, dass er im Auto warten musste, denn er blickte auf der Fahrt zu Finns Haus demonstrativ beleidigt aus dem Beifahrerfenster. Genauso wie er Finn keines Blickes gewürdigt hatte, als er in sein neues Zuhause spaziert war. Statt auf das neue dunkelblaue Hundekissen hatte er sich danebengelegt. Über das Futter, das Finn ihm hingestellt hatte, hatte er die Nase gerümpft und es dann ignoriert. Wenigstens etwas Wasser hatte er getrunken.

Vielleicht hatte Neyla doch recht, und er war nicht der Richtige für einen so eigensinnigen Hund. Für die Nacht hatte er ihn in Ruhe gelassen. Selbst wenn Will nicht fraß, würde ihn das nicht umbringen. Im Tierheim hatte er sein Futter schließlich nie verschmäht und würde notfalls eine Nacht ohne auskommen. Am Morgen konnte er Neyla anrufen und nachfragen, was genau Will im *Animal Shelter* zu fressen bekommen hatte – und genau das besorgen. Im Futtermittelhandel hatte er davor einfach einen Sack von dem Zeug gekauft, das Megan Cooper auf ihrer Jeep-Ladefläche liegen gehabt hatte. Er hatte die Vermutung, dass Will genau dieses Futter im Tierheim gefressen hatte, ohne auch nur eine Sekunde darüber nachzudenken. Inzwischen musste er über sich selbst lachen. Was hatte er erwartet? Einen neuen besten Kumpel? Eine Seele von einem Hund, damit sich sein Haus nicht mehr zu groß und sein Leben nicht mehr so einsam anfühlte? Stattdessen hatte er sich zielsicher das Tier herausgesucht, das ihn permanent herausforderte. Genau wie Megan Cooper mit ihrem hochmütigen Blick. Die beiden wären wahrscheinlich gute Freunde geworden.

Als Finn ihre Spende in der Futterkammer des Tierheims verstaut hatte und zu seinem Hund zurückgekehrt war, hatte sie neben ihm gehockt und ihn gestreichelt, was ihm gefallen zu haben schien. Denn sie hatte er direkt angesehen – um nicht zu sagen angehimmelt. Neyla hatte begeistert danebengestanden und mit ihr über den Herbstball getratscht, der in zwei Wochen stattfinden würde.

»Kommst du auch?«, hatte Neyla ihn gefragt.

»Ich habe ja noch zwei Wochen Zeit, mir das zu überlegen«, hatte er gebrummt und Megan die Leine wieder abgenommen. Die Antwort war Nein, aber das würde er nicht mit den beiden diskutieren. Ihm stand der Sinn nicht danach, sich anstarren und über sein Singledasein spekulieren zu lassen. Seit Teresa und er sich vor ein paar Jahren getrennt hatten, zerbrachen sich die älteren Damen bei Veranstaltungen wie dem Herbstball oder dem *Fisherman's Festival* den Kopf darüber, wer wohl die nächste Frau in seinem Leben würde. In seinem Alter gab es ein paar Frauen, die regelrecht um seine Aufmerksamkeit konkurrierten. Megan richtete sich auf und zog den rechten Mundwinkel ein paar Millimeter nach oben. Sie hatte ihn durchschaut. Aber immerhin reihte sie sich nicht in die Gruppe der Singlefrauen ein, die um ihn buhlten – sie brachte ihm immer nur Verachtung entgegen. Ganz gleich, ob er in einer Beziehung war oder nicht.

Er hatte Megan und Neyla an dem erniedrigenden Schauspiel teilhaben lassen, Will in seinen Wagen zu bekommen. Wenigstens diente der Hund als Ausrede. Er konnte ihn auf keinen Fall einen ganzen Abend allein lassen. Nicht einmal für den Herbstball. Auch wenn Neyla ihm versichert hatte, dass Will ganz problemlos ein paar Stunden allein zurechtkam.

Die Nacht über hatte sich Finn nicht weniger unruhig als in den vergangenen Nächten von einer Seite auf die andere gewälzt. Er hatte das Gefühl, gerade erst eingeschlafen zu sein, als er im Morgengrauen hochschreckte. Will stand neben seinem Bett und starrte ihn an.

»Verdammt, hast du mich erschreckt«, brummte er und stand auf. Der Hund war bereits vor ihm an der Tür und die Treppe hinunter. Er wartete an der Hintertür, die von der Küche auf die Terrasse führte. Als Finn sie öffnete, schoss Will davon wie ein Blitz. Finn konnte nur hoffen, dass es das Bedürfnis war, sein Geschäft zu erledigen, das ihn hinausgetrieben hatte, und nicht der Jagdinstinkt eines Beagles, von dem Neyla ihm erzählt hatte.

Finn stellte dem Hund frisches Wasser hin und bemerkte dabei, dass der Napf leer war. Irgendwann hatte also der Hunger Wills Stolz besiegt. Babyschritte. Aber immerhin. Finn füllte den Napf erneut, schaltete die Kaffeemaschine ein und ging duschen. Als er sich angezogen hatte und ins Erdgeschoss zurückkehrte, hatte sich auch der Hund wieder eingefunden. Die Futterschüssel war abermals leer. Gut. Erleichtert atmete er auf. Will fraß also. Und er war nicht auf der Jagd nach einem Kaninchen verschwunden und aus Versehen über die Klippe gestürzt. »Wir müssen auf die Turner-Baustelle«, erklärte er dem Hund und griff nach der Leine, die er am Vorabend einfach auf die Kücheninsel geworfen hatte. »Aber vorher stelle ich dir eine der wichtigsten Frauen auf dieser Insel vor: Marsha.« Er redete weiter monoton auf den Hund ein, in der Hoffnung, dass Will nicht bemerkte, dass er gleich an die Leine musste. »Sie hat den besten Kaffee und definitiv das leckerste Gebäck auf Stonebridge Island. Ihre Donuts und die Blaubeerküchlein sind zum Niederknien.« Er griff nach Wills Halsband, aber der Hund war schneller. Mit einem gekonnten Satz nach hinten brachte Will sich aus seiner Reichweite. Finn versuchte es noch einmal – mit dem gleichen Ergebnis. »Echt jetzt?« Will starrte ihn einfach an. So als wollte er sagen: Nicht mit mir, Alter.

Finn fuhr sich mit der Hand durch die Haare und legte die Leine zurück auf die Kücheninsel. Sofort stand Will auf und ging geradewegs zur Tür. »Ohne Leine kommst du also mit? Hoffen wir, dass ich Neyla nicht schon an unserem ersten gemeinsamen Tag erklären muss, dass du abgehauen oder irgendwo verloren gegangen bist.«

Will sprang auf den Beifahrersitz, als Finn die Autotür öffnete, und schien auf jeden Fall bessere Laune zu haben als am Tag zuvor. Und erregte Marshas Missfallen, als sie gemeinsam die Bäckerei betraten. »Hunde sind hier nicht gern gesehen«, ließ sie Finn wissen.

»Matt bringt ständig seinen Hund mit her«, protestierte Finn.

»Ja, Matt.« Die ältere Frau zog die Augenbrauen hoch. »Das ist was anderes. Jumper ist schließlich sehr gut erzogen.«

Jumper hatte überhaupt keine Manieren. Der Jack Russel klaute alles, was nicht niet- und nagelfest war. Aber Matt war der Freund ihrer Patentochter Summer – und hieß mit Nachnamen nicht Morgan. Schon allein dafür erhielt er Pluspunkte, die Finn niemals auf seinem Konto würde verbuchen können.

»Gib ihm eine Chance. Ich habe ihn aus dem Tierheim, und er kann schließlich nichts dafür, dass ausgerechnet ich es war, der ihn mitgenommen hat«, schlug er vor.

Marsha warf ihm noch einen skeptischen Blick zu und kam dann hinter ihrem Tresen hervor, um in die Hocke zu gehen und Will zu streicheln. Wenn Finn sich nicht täuschte, gab sie ihm sogar eines der Leckerli, die sie für ihren Liebling Jumper stets parat hatte. »Wie immer?«, fragte sie, als sie hinter ihre Verkaufstheke zurückkehrte.

»Ja, bitte.« Finn schob seinen Stonebridge-Island-To-go-Becher aus Keramik über den Tresen.

Marsha tauschte ihn gegen einen vollen, nachdem sie sich die Hände gewaschen hatte. »Das Turner-Projekt kommt gut voran«, sagte sie, als sie einen Donut mit Puderzucker in eine Tüte packte. »Ich bin gestern vorbeigefahren. Da hat der alte Steve ein paar richtig gute Ideen gehabt, was er aus seinem Haus machen kann.«

Genau genommen hatte Finn die Ideen gehabt und Steve Turner nur seine Vorschläge abgesegnet. Von der angehobenen Decke über die Dachgauben bis hin zum angebauten Sonnenraum, in den die Frühstücksecke kommen würde. Aber er war nicht in der Stimmung, die Bäckerin darauf hinzuweisen, dass er nicht nur der Enkel von Benedict Morgan war, sondern ein ernst zu nehmender Bauunternehmer, der schon ziemlich viele Häuser auf der Insel gebaut oder renoviert hatte. Er griff nach seinem Kaffee und dem Gebäck.

»Ich stehe ja auf diese Haus-Renovierungs-Sendungen«, gestand Marsha.

»Ja, die sollen ganz gut sein«, sagte er mit einem unverbindlichen Lächeln und hielt seine Kreditkarte vor den Scanner. »Will, wir müssen los«, sagte er zu seinem Hund, der sofort aufsprang und in Richtung Tür marschierte. Finn sprach ein stilles Dankgebet, dass er ihn nicht vor Marsha blamierte. »Ich wünsche dir einen schönen Tag«, sagte er über die Schulter und hob die Hand, als die Bäckerin den Gruß erwiderte.

In seinem Wagen gab er Wills Starren nach und warf ihm ein Stück seines Donuts zu, bevor er den Rest aß. »Wenn du beim nächsten Mal auch einen eigenen Kaffee willst, sag einfach Bescheid«, murmelte er, als Will sich den Puderzucker von der Nase leckte und ihm dabei zusah, wie er einen Schluck aus seinem To-go-Becher trank.

Als er auf der Baustelle eintraf, konnte er schon am Gesichtsausdruck seines Vorarbeiters sehen, dass es Probleme gab. Will sprang hinter ihm aus dem Pick-up. Finn überlegte noch, ob es in dieser Umgebung nicht sicherer wäre, Will an die Leine zu nehmen. Doch der Hund tat einfach so, als wäre er taub und verkrümelte sich, offenbar um die Gegend zu erkunden. Finn konnte nur hoffen, dass er sich nicht zu sehr für die Kreissäge oder den Bohrhammer begeisterte. Er blickte Will nach und atmete tief durch. Neyla hatte behauptet, dass der Hund schlau sei.

Finn legte die Hände zu einem Trichter an den Mund und rief in Richtung des Hauses: »Das ist Will. Wenn er euch auf die Nerven geht, sagt mir Bescheid.«

Drei seiner Mitarbeiter, die ihn durch den Baulärm gehört hatten, hoben den Kopf und gaben ihm Zeichen, dass sie ihn verstanden hatten.

Gut. Zeit, sich um das Problem seines Vorarbeiters zu kümmern. »Was gibt's, Larry?« Der Mann stand vor einem Haufen Balken, die in der Auffahrt des Hauses gestapelt waren. Die Hände in die Hüften gestützt starrte er das Holz an.

Finn durchquerte die Gerüche und Geräusche, die die Baustelle wie eine Kuppel umschlossen. Ataktisches Hämmern, kreischende Sägen. Und der Duft nach Holz, Beton und Farbe, der das Turner-Haus einhüllte. Das Jaulen eines Countrysongs und das Lachen eines der Schreiner folgten ihm noch ein Stück aus dieser Blase heraus, bis er neben seinen Vorarbeiter trat.

»Das Sägewerk hat sich bei den Maßen vertan«, verkündete Larry die Hiobsbotschaft. »Wir wollten die Deckenbalken heute einziehen. Aber die hier sind zu kurz. Wenn wir nicht spätestens morgen Ersatz haben, verzögert sich der komplette Umbau.«

»Wir haben Ihnen doch die richtigen Maße geschickt?«, fragte Finn, obwohl er genau wusste, dass er sich blind auf Larry verlassen konnte.

»Jepp. Hab ich gecheckt.« Der Vorarbeiter sah von dem Holzstapel auf. »Und dir noch mal weitergeleitet, damit du weißt, was ich bestellt habe.«

»Okay.« Finn zog das Handy aus der Gesäßtasche seiner Jeans, checkte die Daten und machte ein Foto der gelieferten Balken. »Ich fahre zu Ted rüber und sehe, was ich machen kann.«

Will kam zu seiner Überraschung sofort, als Finn ihn rief, und hechtete auf den Beifahrersitz des Pick-ups. Er stellte die Vorderpfoten auf das Armaturenbrett und warf Finn einen Seitenblick à la ›Fahren wir bald los?‹ zu.

Das Sägewerk lag auf dem Festland und war nur über eine unebene schmale Straße zu erreichen, die durch einen dichten Pinienwald führte. Für zwei Fahrzeuge war sie zu eng. Finn musste einem Wagen ausweichen und am Straßenrand warten, bis er vorbei war, ehe er weiterfahren konnte. Er erkannte den SUV seines Großvaters und hob die Hand, um ihn zu grüßen. Doch statt auf seiner Höhe anzuhalten und ein paar Worte zu wechseln, fuhr Benedict Morgan an ihm vorbei, den Blick starr geradeaus gerichtet.

Finns Magen vollführte einen unangenehmen Looping. Sein Großvater hatte ihm also noch immer nicht verziehen. Denn anzunehmen, dass er Finn nicht erkannt hatte, war ausgeschlossen. Finn und Benedict waren immer sehr gut miteinander ausgekommen, sah man mal von der völlig lächerlichen Fehde ab, die sein Großvater seit über einem halben Jahrhundert gegen die Coopers führte. Finn hatte viel von seinem Großvater gelernt und ihn über viele Jahre für das bewundert, was er geleistet hatte. Für die Familie und für Stonebridge Island. Doch dieses Jahr waren ein paar Dinge passiert, die Finn die Augen geöffnet hatten. Dinge, die den Eindruck erweckten, als spiele Benedict mit seiner Macht und versuche plötzlich, seine Rache gegen die Coopers zu forcieren. Ganz zu schweigen von diesem hirnrissigen Kreuzfahrtschiff-Hafen, den er unbedingt auf dem Land der *Silver Brook Stables* bauen wollte.

Vielleicht war es ein Fehler gewesen, seinen Großvater damit zu konfrontieren, dass er glaubte, der alte Herr stecke hinter den Sabotageakten, die das Gestüt in diesem Jahr getroffen hatten, dachte Finn, als er den Ganghebel wieder in ›Drive‹ schob und die Straße weiter in Richtung Sägewerk rumpelte.

Er fuhr zwischen riesigen Bergen von Baumstämmen hindurch, die am Wegrand lagerten und darauf warteten, in Bauholz verwandelt zu werden, und hielt auf dem großen Hof des Sägewerks. Die Lautstärke der riesigen Maschinen war ohrenbetäubend. Aber der Geruch nach frisch geschnittenem Holz, seinem erklärten Lieblingsbaumaterial, entschädigte Finn dafür. Ihm wäre es lieber gewesen, Will wäre im Wagen geblieben, statt zwischen all den großen Maschinen und Holzstapeln herumzulaufen. Aber der Hund war wirklich schnell wie ein Blitz. Finn atmete tief durch, zumindest etwas beruhigt, weil Will in Richtung Wald davonlief und nicht geradewegs auf die Sägen zu. Vielleicht sollte er dem Hund einfach mehr zutrauen. Er winkte Ted Hanert zu, der mit einer orangen Sicherheitsjacke, Bauarbeiterhelm und Ohrenschützern bekleidet in einiger Entfernung mit einem Mann diskutierte, der genauso angezogen war. Ted nickte Finn zu und gab ihm ein Zeichen, dass er gleich zu ihm kommen würde.

Finn setzte sich auf einen Stapel frisch geschnittener Bretter. Seine Gedanken wanderten zu seinem Großvater zurück. Benedict hatte ziemlich sauer auf die Vorwürfe reagiert. Und auf die Erkenntnis, dass Finn *Seal Rock Hall*, ein altes Herrenhaus auf der Klippe hinter den *Silver Brook Stables*, an Cameron Montgomery verkauft hatte, obwohl er dieses Objekt in sein Hafenprojekt einbinden wollte. Sein Großvater hatte ihn in eine unmögliche Lage gebracht. Finn saß also in der Zwickmühle, auch wenn er nach wie vor glaubte, dass dieser Kreuzfahrtschiff-Anleger ein Hirngespinst war. Er würde den Coopers gerne raten, vorsichtig zu sein, wenn es um Benedict Morgan ging. Was sie mit Sicherheit sowieso schon waren. Finn war sich sicher, dass sein Großvater zum wirklichen Schlag erst noch ausholen würde. Aber wie sollte Finn seine Familie verraten? Benedict war noch immer sein Großvater, und Finn schuldete ihm Loyalität. Was blieb ihm also anderes übrig, als all diese Ahnungen und Befürchtungen herunterzuschlucken und den alten Herrn genau im Auge zu behalten, um das Schlimmste zu verhindern, falls Benedict seine Rachepläne weiter forcierte?

Finn fuhr mit den Fingerspitzen über die raue, noch unbearbeitete Oberfläche der Bretter, auf denen er saß. Die Maserung war wunderschön. Er hoffte für das Holz, dass derjenige, der es verbaute, nur eine dünne Lasur auftragen würde, nachdem er es geschliffen hatte. Es wäre zu schade, wenn diese schöne Zeichnung unter einer dicken Schicht Farbe verschwände.

Sein Handy begann zu klingeln. Da Ted noch immer beschäftigt war, nahm Finn das Gespräch an. »Finley! Hier spricht Lindsey Carter. Wie geht es Ihnen?«

Er kniff die Augen zusammen. Wenn die Vorsitzende des Herbstball-Organisationsteams bei ihm anrief, konnte das nichts Gutes bedeuten. »Mir geht es gut, danke.«

»Das freut mich, Finley.« Sie schickte ein künstliches Lachen durch den Äther. »Ich habe ein kleines Attentat auf Sie vor.« Wenn sie »klein« sagte, war es vermutlich riesig. Finn sah, wie Will aus dem Wald kam und direkt auf ihn zuhielt. »Wie Sie wissen, findet in zwei Wochen das Herbstfest der Insel statt. Bis jetzt hat sich immer Chris Vega um die Schreinerarbeiten gekümmert. Sie wissen schon: die Tanzfläche aufbauen, die Deko-Elemente aus Holz, die wir immer benutzen, zusammenschrauben und installieren«, begann sie aufzuzählen. »Jedenfalls liegt der arme Mann jetzt mit einem Hexenschuss im Bett.«

Was kein Wunder war, der Mann musste fast achtzig sein. Er hätte wahrscheinlich schon vor zehn Jahren aufhören sollen, sich um diesen bescheuerten Ball zu kümmern. Finn gab ein unbestimmtes »Hmm« von sich. Will setzte sich vor ihn hin. In einem Meter Abstand. Und beobachtete ihn aufmerksam.

Lindsey ließ noch ein künstliches Kichern los. »An dieser Stelle kommen Sie ins Spiel. Wir brauchen Ersatz für Chris, und Sie sind doch ein so begnadeter Handwerker. Sie lösen unser Problem sicher in Nullkommanichts.«

»Nein.« Wenn er beim Aufbau des Festes half, würde er nicht darum herumkommen, an diesem verdammten Ball teilzunehmen, zu dem er nicht gehen wollte. »Danke, dass Sie an mich gedacht haben«, blieb er höflich. »Aber zeitlich ist das überhaupt nicht machbar.«

»Es ist wirklich nicht viel Arbeit«, redete Lindsey einfach weiter, ohne ihm zuzuhören. »Sie machen das mit links. In ein paar Stunden.«

»Ich habe wirklich keine Zeit dafür«, hielt Finn noch einmal dagegen. Ohne Erfolg: Als er zwei Minuten später auflegte, hatte er zugesagt, sich die Fest-Aufbauten zumindest kurz anzusehen. Was das bedeutete, wusste er. Wenn Lindsey ihn schon am Telefon zu dieser Zusage brachte, würde er erst recht einknicken, wenn sie ihm gegenüberstand und sie mit bittendem Blick zu ihm aufsah.

Entnervt rieb er sich über das Gesicht. Im nächsten Moment spürte er eine Bewegung an seinem Bein. Er ließ seine Hand sinken und sah Will dabei zu, wie er vorsichtig seinen Kopf auf Finns Oberschenkel legte. Der Hund stieß einen tiefen Seufzer aus, und Finn konnte nicht anders, als die Hand zwischen seine Ohren zu legen und über das weiche Fell zu streicheln. Genau deswegen hatte er sich einen Hund geholt. Für einen Moment schaffte er es, den verdammten Ball zu vergessen. Und seinen Großvater, der ohne zu grüßen an ihm vorbeigerauscht war.

Erst als sich ein Schatten über ihn legte, sah er auf.

»Finn, schön, dich zu sehen«, sagte Ted. »Da hast du ja einen hübschen Kerl dabei.« Er hielt Will die Hand hin, ließ sie aber wieder sinken, als der Hund einen Schritt zurückwich. »Was kann ich für dich tun?«, fragte er, als er sich wieder aufrichtete.

Finn erhob sich von seinem Platz und schüttelte dem Besitzer des Sägewerks die Hand. »Larry hat bei euch Balken bestellt, aber ihr habt einen falschen Zuschnitt geschickt.«

Ted gab einen resignierten Ton von sich und stützte die Hände in die Hüften. »Ich habe einen neuen Typen eingestellt. Der hat letzte Woche schon drei Bestellungen versaut.« Er schüttelte den Kopf. »Wenn es nach mir ginge, hätte ich ihm schon längst einen Arschtritt verpasst und ihn gefeuert. Dummerweise ist er der Neffe meiner Frau, und ich werde ihn so schnell nicht wieder los.«

Familie. Finn verstand den Mann nur zu gut. Seinen Zeitplan musste er aber trotzdem einhalten. »Wir brauchen die neuen Balken bis morgen früh, sonst kommen wir in Verzug.«

»Tut mir leid, Finn. Das werden wir nicht schaffen. Gerade kam ein großer Auftrag von *MCRE* rein.« *Morgan Construction & Real Estate*. Die Firma seines Vaters und Großvaters. Zu der auch er gehört hatte, bis er vor fast zehn Jahren sein eigenes Unternehmen, *Finley Morgan Construction*, gegründet hatte.

Deshalb war ihm sein Großvater also gerade entgegengekommen. »Das ändert nichts an der Tatsache, dass dein Neffe Mist gebaut hat. Ich kann deswegen keinen Baustopp riskieren.«

Ted schlug ihm auf die Schulter. Eine kameradschaftliche Geste, die sich in Kombination mit dem mitleidigen Ausdruck auf seinem Gesicht allerdings kein bisschen so anfühlte. »Du weißt, wie das ist, Junge. Mit den Großen verscheißen wir es uns nicht. Der Auftrag deines Großvaters hat Vorrang.«

Finn war schon seit über einem Jahrzehnt kein Junge mehr. Er war ein angesehener Geschäftsmann auf dieser Insel. Ein Bauunternehmer mit einem guten Ruf, der inzwischen Projekte ablehnen musste, weil er die Arbeit gar nicht mehr bewältigen konnte. Ärger stieg in ihm auf. »Dann zieh meinen Großvater vor«, sagte er zu Ted und wischte dessen Hand von seiner Schulter. »Solange die bestellten Balken morgen früh auf meiner Baustelle liegen.« Ohne einen Gruß stampfte er, Will an seiner Seite, zu seinem Pick-up und fuhr auf die Insel zurück.

*

»So haben sich also unsere Mädelsabende verändert«, sagte Megan und kraulte Matts Hund Jumper unter dem Kinn, was er liebte und ihr seine ungeteilte Aufmerksamkeit einbrachte.

Sie saß auf dem Rücksitz von Summers Pick-up und balancierte das frisch gebackene Bananenbrot auf dem Schoß, das ihre Mutter vorhin erst aus dem Ofen geholt und ihnen für den Abend bei Abby und Cameron mitgegeben hatte.

Matt lachte auf dem Beifahrersitz und griff nach Summers Hand. Er verschränkte seine Finger mit ihren und zog sie auf seinen Oberschenkel. »Wenn ihr Mädchen-Zeit braucht, können Cam und ich uns ja ein Footballspiel im Fernsehen suchen, und ihr redet, während ihr euch um das Essen kümmert.«

Summer entzog ihrem Freund die Hand, um ihn gegen die Schulter zu boxen. »Alter Chauvi«, schimpfte sie, verband ihre Finger dann aber sofort wieder mit seinen und ließ ihn sie auf sein Bein zurückziehen.

Für den Bruchteil einer Sekunde zuckte ein Gefühl durch Megans Körper, das sich nach Eifersucht anfühlte. Nicht auf Summer oder Matt, sondern auf das, was sie hatten. Nicht, dass Megan schon jemals das Bedürfnis nach dieser Art Nähe und Vertrautheit verspürt hätte. Sie mochte es locker, hielt ihr Herz heraus. Also war diese Reaktion völlig irrational. Entschlossen schob sie die Gedanken zur Seite und beteiligte sich wieder an dem kleinen Geplänkel. »Außerdem wünscht sich niemand, dass eine Cooper-Frau in der Küche steht und das Essen zubereitet, es sei denn, es geht darum, etwas vom Takeaway in Schüsseln umzufüllen.«

Das brachte ihr ein weiteres Lachen von Matt und ein Kichern von Summer ein. Die beiden Turteltäubchen warfen sich einen verliebten Blick zu, bevor Summer in den Weg abbog, der zu Cams und Abbys Cottage führte.

»Oder es geht um euer Bananenbrot«, korrigierte Matt. »Dieser Geruch macht mich wahnsinnig.«

»Jepp, Bananenbrotduft – unsere ganz eigene Art der Folter.« Megan sog ihn tief ein. Das Einzige, worin Megan, ihre Schwestern und ihre Mutter wirklich gut waren, war das Backen dieser Köstlichkeit. Schon Megans Grandma, die bereits lange vor ihrer Geburt gestorben war, hatte dieses Früchtebrot gebacken. Sie hatte es Olivia beigebracht. Und die ihren Töchtern. Der Duft, von dem Matt sprach, bedeutete Megan alles. Zuhause. Sicherheit. Ruhe. Ganz egal, ob sie als Teenagerin aus der Schule gekommen war oder wie jetzt nach einem anstrengenden Tag ihre Bürotür hinter sich schloss oder aus den Ställen kam: Wenn auf dem Küchentresen ein frisch gebackenes Bananenbrot stand, erdete sie das sofort.

Abbys und Camerons gemietetes Cottage kam in Sicht. Von hier aus hatte man einen schönen Blick über die Klippen auf den Ozean hinaus, das Häuschen selbst war aber eher schlicht. Vor allem, wenn man bedachte, wie millionenschwer Cameron als Sohn einer Bostoner Hoteldynastie war. Der Anblick des einfachen Hauses ließ Megan jedes Mal aufatmen. Für sie bedeutete es, dass Cameron einer von ihnen war. Nicht abgehoben, nicht arrogant. Er hielt nichts davon, angeberisch mit seinem Geld um sich zu werfen. Sah man einmal von dem Jaguar ab, der in der Garage stand, hätte er ein Typ von der Insel sein können.

Megan runzelte die Stirn, als sie neben Abbys Jeep Finley Morgans Pick-up entdeckte. »Was will der denn hier?«, konnte sie sich nicht bremsen. In letzter Zeit kreuzten sich ihre Wege ein wenig öfter, als Megan es für ihren Seelenfrieden brauchte.

»Sei nett«, wies Summer sie mit einem Blick über die Schulter zurecht und stellte ihren Wagen neben Finleys ab.

Megan wusste, dass ihr Verhalten kindisch war, aber sie

verdrehte hinter dem Rücken ihrer Schwester die Augen. Sie wusste, dass Finn es irgendwie geschafft hatte, sich bei Cam und Matt einzuschleimen. Okay, er war ein guter Bauunternehmer. Das war ihm in die Wiege gelegt worden. Genau wie sie das Pferdezüchten mit der Muttermilch aufgesogen hatte. Aber das änderte nichts daran, dass sie Finns Verwandten nicht über den Weg traute. Und damit ganz automatisch auch Finn nicht. »Sagt mir, dass er nicht zu diesem Abend eingeladen wurde«, murmelte sie, als sie die Wagentür öffnete. Sie ließ Jumper den Vortritt, der mit einem Satz über sie und das Bananenbrot hinwegsetzte, und hörte nur noch das resignierte Seufzen ihrer Schwester, als sie die Tür wieder hinter sich zuwarf.

Im selben Moment wurde die Haustür geöffnet, und der Mann, über den sie gerade noch nachgedacht hatte, erschien, einen Ordner unter den Arm geklemmt, Will an seiner Seite. Jumper entdeckte den neuen Hund, checkte innerhalb des Bruchteils einer Sekunde ab, ob es sich um Freund oder Feind handelte, und stürmte dann auf ihn zu. Im Maul einen Pinienzapfen, den er am Wegrand gefunden hatte. Er ließ ihn vor Will auf den Boden fallen und schob ihn mit der Nase noch ein Stück in Richtung des anderen Hundes. Geschenke machen war eine von Jumpers Lieblingsbeschäftigungen.

Finn beobachtete die Hunde mit dem Ausdruck eines überfürsorglichen Vaters im Gesicht, als Will einen Moment zögerte und seinerseits Jumpers Absichten zu prüfen schien. Als klar war, dass die beiden miteinander spielen statt kämpfen würden, ließ die Entspannung seine Schultern ein wenig nach unten sacken. Als er seinen Blick wieder hob, lächelte er ihnen entgegen. »Summer. Matt.« Er nickte ihnen zu. Dann sah er

Megan an, die sich nicht genug beherrschen konnte und ihre Augenbrauen herausfordernd hochzog. »Megan. Wie schön, dich zu sehen«, log er höflich.

»Versuchst du, dir ein Abendessen zu erschleichen?«, sparte sie sich dagegen alle Freundlichkeiten.

Finns Blick glitt über die Form mit dem Bananenbrot in ihren Händen. Sie glaubte, ihn murmeln zu hören: »Ein Abend mit Megan Cooper. Nichts wäre verlockender.« Dann hielt er seinen Ordner hoch, als müsse er beweisen, dass er die Wahrheit sagte. »Ich hatte nur noch etwas mit Cam zu besprechen.«

Abby und ihr Labrador Charlie steckten hinter Finn die Köpfe aus der Tür. Der Hund drängelte sich sofort an Finn vorbei, als er sah, dass da draußen zwei Kumpels spielten. Megans Schwester lächelte ihnen entgegen. »Hi Leute. Finn, willst du es dir nicht doch noch überlegen? Wir haben genug für alle und würden uns wirklich freuen, wenn du zum Essen bleibst.«

Ich würde mich nicht freuen, dachte Megan. Auch wenn sie es nicht aussprach, stand ihr dieser Gedanke offenbar ganz deutlich ins Gesicht geschrieben.

Finns Blick hielt ihren für einen Augenblick fest. Sein rechter Mundwinkel zuckte. Dann drehte er sich halb zu Abby um und lächelte. »Danke«, sagte er. »Das ist wirklich nett. Ein anderes Mal gerne. Aber für heute habe ich einfach noch zu viel zu tun. Außerdem muss ich morgen früh raus, um Jacob auf der *Seaflower* zu vertreten.«

»Hat Charlotte wieder Probleme?«, fragte Megan ganz automatisch. »Ist sie krank?« Auch wenn Finn ein rotes Tuch für sie war, seinen besten Freund, Jacob Wilkinson, der seine Tochter Charlotte, die an Diabetes Typ 1 erkrankt war, alleine großzog, nachdem seine Frau vor einem Jahr mit einem Touristen durchgebrannt war, mochte jeder auf der Insel.

»Charlotte hat einen Arzttermin auf dem Festland. Sie konnten das nicht auf seinen freien Tag legen, also übernehme ich seinen Dienst auf dem Boot.«

Megan fiel auf, dass Finn sie nicht ansah, als er sprach. Er konzentrierte sich ganz auf ihre Schwester und Matt. Jacob war Hummerfischer, mindestens in vierter Generation. Sein Job war hart. Und das, was am Ende des Tages an Verdienst übrig blieb, war oft genug an der finanziellen Schmerzgrenze. Die Fischer fuhren jeden Tag raus, wenn es irgendwie möglich war. Blieben ihre Kutter im Hafen, bedeutete das im schlimmsten Fall, dass ihre Familien am Abend kein Essen auf den Tisch stellen konnten. Trotzdem bedeutete es nicht, dass Finn ein Vorzeigebürger dieser Insel war, nur weil er seinem Freund half, sich und seine Tochter über Wasser zu halten.

»Jacob?« Matt runzelte die Stirn. »Das ist doch der Freund von dir, der neulich bei der Pokerrunde war, oder?«

Finn nickte.

»Er hat mir einen Haufen Fotos von seiner Kleinen gezeigt. Tolles Mädchen«, erinnerte Matt sich. »Es ist doch nichts Schlimmes, weil sie extra zu einem Doc aufs Festland müssen?«

Finn zuckte die Schultern. »Ich sollte nicht über Jacobs Angelegenheiten reden. Aber es ist ernst genug, dass er einen Tag auf dem Wasser dafür ausfallen lassen muss.«

»Dann wünsch ich euch einen guten Fang«, sagte Summer. »Grüß Jacob und Charlotte. Und sag ihnen, wir denken an sie. Wenn wir ihn irgendwie unterstützen können, muss er es nur sagen.«

»Danke.« Finn nickte ihr zu. »Wir sehen uns. Komm Will.« Er schlug mit dem Ordner gegen seinen Oberschenkel, hob die Hand zum Gruß und öffnete die Beifahrertür für seinen Hund.

»Du bist unmöglich«, murmelte Summer neben Megan.

»Was denn?« Mit einem unschuldigen Augenaufschlag sah diese ihre Schwester an. »Ich habe doch gar nichts gemacht.«

»Ja, ja.« Summer schob sie vorwärts. In Abbys Umarmung.

»Hey, kleine Schwester.« Abby drückte sie fest an sich. »Hör auf, Finn so zuzusetzen.«

»Was ist denn los mit euch?« Megan befreite sich aus der Umarmung, langsam ein wenig ärgerlich. »Ich habe überhaupt nichts gesagt.«

»Musst du auch nicht. Du kannst das mit den Augen.« Abby strich ihr versöhnlich über den Arm. »Aber jetzt kommt erst mal rein.« Sie umarmte Summer und Matt zur Begrüßung und trat einen Schritt zurück, um sie durchzulassen. »Wer möchte Bier? Wem darf ich einen Wein bringen?«

Zack, Thema gewechselt. Megan schluckte ihren Ärger hinunter. Hielt es denn außer ihr niemand für gefährlich, wenn Finn bei ihrer Familie ein und aus ging? Ja, sie hielt diese lächerliche alte Fehde seines Großvaters gegen das Gestüt auch für völligen Schwachsinn. Aber das änderte nichts daran, dass Benedict Morgan noch immer nichts anderes als seine Rache im Kopf hatte. Selbst wenn Finn ihm nicht erzählte, was er über die Coopers und die *Silver Brook Stables* in Erfahrung brachte, war es möglich, dass er beim Dinner mit seiner Familie irgendetwas ausplauderte, was er gar nicht für wichtig erachtete, seinem Großvater aber neues Material gegen sie in die Hände spielte.

Megan hielt die Tür auf, bis Jumper und Charlie ihnen ins Haus gefolgt waren. Auch wenn der Rest ihrer Familie einfach nur froh war, dass die Sabotageakte im Frühjahr und im Sommer überstanden und in Zara Sanders die Schuldige gefunden worden war, die sie hoffentlich in Zukunft in Ruhe ließ, hatte Megan nicht vergessen, dass diese Aktionen sie fast in den Ruin getrieben hätten. Sicher. Zara hatte Rache gewollt für den Tod ihres Vaters bei einem Brand vor sechzehn Jahren. Aber wenn man das Offensichtliche zur Seite schob, gab es nur eine Person, die etwas davon hatte, ihnen Steine in den Weg zu legen: Benedict.

3

Finn war immer weniger der Meinung, dass der Herbstball eine gute Idee war. Nicht wegen der zusätzlichen Arbeit, die ihm das beschert hatte. Zumindest nicht nur. Sondern wegen des Wetters, das seine ganze eigene – und für diese Region typische – Vorstellung von Herbst hatte. Er warf noch einmal einen Blick auf die Wetter-App auf seinem Handy. »Das sieht wirklich nach einem ordentlichen Sturm aus, der in unsere Richtung kommt. Wir könnten immer noch versuchen, das Fest in die Stadthalle zu verlegen«, schlug er Lindsey vor und betrachtete die dunklen, über ihnen dahinjagenden Wolken. Es war inzwischen das dritte Mal, dass er sie darauf hinwies. Der Wind blies kräftig vom Meer herüber und rüttelte an den Aufbauten. Finn war an diesem Nachmittag extra eher gekommen, um die Befestigungen, die er angebracht hatte, noch einmal zu verstärken.

Doch die Organisatorin des Balles schien in einer Art manischem Ausnahmezustand durch die Gegend zu schweben. Der leicht irre Blick in ihren Augen ließ jedenfalls nicht annehmen, dass Finns Worte zu ihr durchdrangen. »Michael Hardy von Coast 93.1 hat gesagt, dass der Orkan weiter nördlich über das Festland ziehen wird. Es wird die Kanadier treffen, nicht uns.«

»Dann irrt sich der Wettertyp aus dem Radio wahrscheinlich«, versuchte Finn es noch einmal mit Vernunft. »Willst du einen Blick auf meine Wetter-App werfen? Dieser Sturm hält genau auf uns zu.«

Lindsey winkte ab. »Der Herbstball findet heute zum fünfzigsten Mal statt. Das lass ich mir von keinem Wetter dieser Welt kaputt machen, hast du mich verstanden?« Ihr Blick wurde noch ein wenig glänzender, als sie ihm mit dem Zeigefinger gegen den Brustkorb tippte. »Ich habe diesen Ball schon organisiert, als du noch in deinen Windeln gelegen bist. Und nie – noch nie in seiner fünfzigjährigen Geschichte – ist der Ball ausgefallen oder wurde in eine Halle verlegt. Wir werden nicht ausgerechnet an diesem besonderen Jubiläum damit anfangen.« Sie hob die Hand, mit der sie ihr Klemmbrett hielt, in die Höhe, als wolle sie den Wind prüfen. »Das wird fantastisch. Wir sind Inselbewohner, Finley! Wir können mit solchem Wetter umgehen. Wir sind schließlich nicht aus Zucker. Du siehst doch, wie viel Spaß die Leute haben.«

Das hatten die Gäste, die das Nachmittagsprogramm für einen Ausflug mit ihren Kindern nutzten, tatsächlich. Auch wenn Finn nicht der Einzige war, der hin und wieder einen besorgten Blick in Richtung Himmel warf. Kinderschminken, diverse Bastelangebote und natürlich das obligatorische Ponyreiten, das Megan Cooper höchstpersönlich organisiert hatte und mit Argusaugen überwachte. Die Essens- und Getränkestände waren gut besucht, und er hatte bereits viel Lob für seine Dekorationen aus stilisierten Blättern und Bäumen erhalten, die er mit dem »Deko-Team« aus großen Spanplatten ausgesägt, in leuchtenden Herbstfarben gestrichen und hier und da mit ein paar Beleuchtungstricks und Lichterketten illuminiert hatte. Er war bereits am vergangenen Abend hier gewesen und hatte alles getestet. Sobald es dunkel war, würde dieser künstliche Herbstwald wirklich beeindruckend aussehen. Falls die Bäume dem Wind lange genug standhielten.

Finn glaubte, ein entferntes Donnergrollen zu hören. Aber vielleicht war es auch ein Geräusch, das die Band zum Soundcheck machte.

»Nun komm schon, Finn!«, ermahnte Lindsey ihn und klatschte vor seinem Gesicht in die Hände. »Hör auf, so ein Gesicht zu machen. Du verscheuchst uns noch alle Ballbesucher.«

Finn zwang sich zu einem Lächeln und checkte zum gefühlten millionsten Mal das Wetter auf seinem Handy. Lindsey würde sich also nicht umstimmen lassen. Grund genug, seine Deko-Aufbauten noch einmal zu überprüfen. Niemand sollte verletzt werden, nur weil die Organisatorin nicht mehr zu bremsen war.

Er würde nach seinem Rundgang versuchen, Maxine Grant zu erreichen. Vielleicht war die Bürgermeisterin bereit, ein Machtwort zu sprechen. Dieser Ball war blanker Wahnsinn. Er blickte Lindsey nach, die dem Betreiber eines der Essensstände etwas zurief und in seine Richtung davonflatterte. Wobei flattern leider wirklich das richtige Wort war, als eine Windböe ihr Cape erfasste und versuchte, die Richtung, in die Lindsey sich weiterbewegte, zu bestimmen. Doch die kleine, energische Frau stemmte sich gegen den Wind und setzte ihren Weg unbeirrt fort.

*

»Ich halte diesen Ball für eine echte Schnapsidee«, flüsterte Megan ihrer Mutter zu. »Hätte Maxine nicht dafür sorgen können, dass das Ganze wenigstens drinnen stattfindet?«

Olivia lachte. »Hast du schon mal versucht, dich Lindsey in den Weg zu stellen, wenn sie auf einer Mission ist?« Sie strich sich eine Locke aus dem Gesicht, die der Wind sofort wieder zurückblies. »Maxine hat es versucht. Ein paar der Freiwilligen haben darauf gedrängt, das Fest in die Stadthalle zu verlegen. Aber das fünfzigste Jubiläum lässt sich Lindsey nicht kaputt machen.«

»Als ob sie den Herbstball höchstpersönlich erfunden hätte.« Megan zog ihre Jeansjacke enger um sich. Sie liebte es, sich für ein Fest, ein Date oder einfach nur eine Verabredung mit Freunden zu stylen. Nur weil sie den ganzen Tag mit Pferden zu tun hatte und in Jeans und Pullis mit dem Logo des Gestüts herumlief, hieß das ja nicht, dass sie nach Feierabend keine modischen Statements setzen durfte. Aber für diesen Abend lohnte sich ein Kleid nicht. Es sei denn, sie würde Wert auf einen Auftritt à la Marilyn Monroe legen. Also waren es zerrissene Jeans und ein Paar ihrer Lieblings-Cowboy-Stiefel mit türkisfarbenen Stickereien auf hellbraunem Leder statt eines Rocks, den der Wind ihr um die Ohren flattern lassen würde. Sie blickte zur Tanzfläche hinüber, wo Abby und Cam völlig in den Blick des anderen versunken einen Stehblues tanzten, der nichts mit dem Rhythmus der Musik zu tun hatte, die die Band auf der kleinen Bühne gerade spielte. Wie neulich Abend durchfuhr Megan dieser kleine Stich, der sich wie Eifersucht anfühlte. Schnell blickte sie zu Summer und Matt hinüber, die immer riesigen Spaß hatten, sobald sie eine Tanzfläche betreten durften. Zumindest wurde den Tänzern nicht kalt. Megan zog ihre Jacke noch ein bisschen enger um sich. Sie hatte das Gefühl, dass der Wind in der letzten halben Stunde noch einmal deutlich zugelegt hatte. Sobald sie ihre inzwischen kalten Pommes gegessen hatte, würde sie sich einen Tanzpartner suchen und dafür sorgen, dass ihr ebenfalls warm wurde. »Für das Ponyreiten heute Nachmittag war das Wetter noch okay gewesen«, erzählte sie ihrer Mutter, während sie auf einem der matschigen Kartoffelstäbchen herumkaute, das nach kaltem Frittierfett und Mayonnaise schmeckte. »Ich habe so viele Flyer verteilt, dass Summer wahrscheinlich demnächst eine neue Reitklasse eröffnen kann.«

»Sie wird begeistert sein.« Olivia verzog die Lippen zu einem ironischen Lächeln. Summer wollte mit Problempferden arbeiten. Wollte ihnen und ihren Besitzern helfen, wieder zueinanderzufinden. Reitunterricht für Achtjährige war nicht unbedingt ihr Traum. Aber sie hatten als Schwestern gemeinsam beschlossen, ihren Beitrag zu leisten, um in diesem Jahr noch genügend Geld für das neue Dach der Futterscheune zusammenzukratzen. Wenn Reitstunden halfen, würde Summer sie geben, ohne zu murren. Das wusste Megan genau.

»Hey, Megan.«

Sie drehte sich zu der Frau um, die ihr auf die Schulter tippte. »Marge, hallo. Wie geht es Ihnen?«

»Gut.« Die ältere Dame, die den großen roten Button des Organisationsteams trug, auf dem Lindsey bestand, strahlte sie an. »Ob ich Sie wohl einen Moment entführen dürfte?«

»Natürlich. Mom, ich bin gleich zurück.«

»Lass dir Zeit.« Olivia prostete ihr mit ihrem lauwarmen Tee zu.

Megan erhob sich und ließ zu, dass Marge sich bei ihr

unterhakte und sie in Richtung Tanzfläche zog. Ein Windstoß traf sie frontal, und Megan stemmte die Hacken ihrer Stiefel in den Boden, um den Halt nicht zu verlieren. Die Plane, die die Tanzfläche überdachte, gab ein lautes Knallen von sich, als die Böe darunterfuhr und versuchte, sie aus ihrer Verankerung zu reißen. Die Plane hielt. Megan folgte den Tanzwütigen mit den Blicken nach oben. Als sie wieder nach vorn sah, entdeckte sie Lindsey, die sich mit einem Mikrofon in der Hand Platz zwischen den Tänzern schaffte. Marge zog sie auf die Tanzfläche. Von der anderen Seite näherten sich Polly Baker und … Finn. Verdammt, was wurde das hier? »Scheiße!«, stieß Megan im selben Moment aus, in dem Lindsey das Mikrofon vor ihren Mund hielt und es irgendwie schaffte, eine ohrenbetäubende Rückkopplung zu fabrizieren, die sogar den Wind übertönte. »Das könnt ihr nicht machen!«, zischte Megan in Marges Richtung, während Lindsey die Tänzer aufforderte, zur Seite zu treten und diejenigen durchzulassen, die als freiwillige Helfer zum Gelingen dieses Balles beigetragen hatten.

»Ich möchte alle freiwilligen Helfer bitten, auf die Tanzfläche zu kommen. Abgesehen von denen, die den Punsch ausschenken, natürlich.« Lindsey kicherte, als hätte sie bereits einen Becher zu viel von besagtem Gebräu intus. »Die werden anderweitig gebraucht und haben eine sehr verantwortungsvolle Aufgabe.«

Megan wusste, was jetzt kam. Das durfte doch nicht wahr sein, dass es ausgerechnet sie traf.

»Wir möchten wie in jedem der fünfzig Jahre, die unser Herbstball nun schon stattfindet, denjenigen Danke sagen, die all das möglich gemacht haben.« Der Applaus vermischte sich mit dem Knattern der Plane über ihnen, und Lindsey musste sich anstrengen, damit ihre Worte trotz des Mikros gegen den Wind ankamen. »Wie immer tun wir das mit dem Song ›Thank you for being a friend.‹«

»Womit habe ich das verdient?«, murmelte Megan und blickte über Lindseys Kopf hinweg auf die andere Seite der Tanzfläche, wo Finn an einem Pfosten lehnte und sie mit einer Begeisterung anstarrte, die ein Spiegel ihrer eigenen war.

»Stellvertretend für alle Freiwilligen haben wir zur Eröffnung des Tanzes zwei Helfer ausgesucht, die uns ganz besonders am Herzen liegen. Zum einen Megan Cooper. Megan, Herzchen! Wo steckst du?« Lindsey drehte sich suchend um, bis sie sie erblickte. »Komm rüber, Schätzchen.« Sie winkte ihr zu, und Marge verpasste ihr einen kleinen Schubser auf die Tanzfläche.

Megan kleisterte sich ein Lächeln ins Gesicht und ging zu Lindsey hinüber. Sie winkte den Ballbesuchern zu, die begeistert klatschten, und unterdrückte den resignierten Seufzer, als sie neben die Organisatorin trat. Aus den Augenwinkeln bemerkte sie ihre Schwestern, Cam und Matt. Sie hatten ebenfalls begriffen, was gleich passieren würde. Während Abby mit besorgtem Blick zwischen Finn und ihr hin und her sah, hatte sich Summer mit bebenden Schultern weggedreht. *Lach du nur, Schwester. Ich werde auch lachen, wenn du achtjährigen Energieräubern Reitunterricht gibst. Vielleicht verteile ich sogar noch ein paar Gratis-Gutscheine für den Kurs,* dachte sie grimmig.

»Megan ist dem Herbstball treu verbunden. Und das schon seit Jahren. Ich weiß gar nicht mehr, wie lange du schon das Ponyreiten organisierst, das den Kindern am Nachmittag so viel Freude bereitet.« Sie hielt Megan das Mikro unter die Nase.

»Ähm … keine Ahnung … lange?!« Megan musste schon wieder Finn anstarren, dessen rechter Mundwinkel sich zu diesem leicht ironischen Grinsen hob.

Lindsey stimmte in das Lachen mit ein, das ihrer Antwort folgte. »Und damit kommen wir zur zweiten Person, der wir hier, stellvertretend für alle, danken möchten. Finley Morgan, mein Junge. Komm her.«

Megan beobachtete, wie auch er auf die Tanzfläche geschoben wurde und langsam auf sie zukam.

»Finn war so nett einzuspringen, als Not am Mann war. Wir wissen alle, wie vielbeschäftigt er ist. Und trotzdem hat er sich Zeit für uns genommen und diese unglaublich beeindruckenden Deko-Elemente erschaffen, die sogar im Dunkeln leuchten. Danke dafür, Finn.«

Wie zwei Salzsäulen rahmten Finn und sie Lindsey ein. Es wurde Zeit, dass die Organisatorin zum Ende kam und sie diesen grauenvollen Moment endlich hinter sich bringen konnten.

»*Thank you for being a friend* – ich danke euch von ganzem Herzen, dass ihr Freunde des Herbstballes seid, und möchte euch bitten, diese Tanzrunde stellvertretend für alle Freiwilligen zu eröffnen.«

*

Lindsey trat einen Schritt nach hinten und hinterließ freien Raum zwischen Megan und Finn. Raum, der sich sofort mit ihrer Ablehnung füllte. Dem Argwohn, den sie ihm bei jeder Gelegenheit um die Ohren schleuderte und den er so satthatte. Er hatte ihr nichts getan. Er hatte ihr noch nie etwas getan.

Die ersten Töne des Songs erklangen, und er machte unter dem Applaus der Umstehenden einen Schritt auf Megan zu, schob einen Arm um ihre Taille und bot ihr den anderen an. Zögernd legte sie ihre Hand hinein und platzierte die andere auf seiner Schulter. Mit leichtem Druck, um den Abstand zwischen ihnen möglichst groß zu halten. »Du kannst aufhören, mich anzusehen, als ob das meine Idee gewesen wäre. Mich hat Lindsey auch kalt erwischt.«

Megan stieß einen abgrundtiefen Seufzer aus, als trage sie das Leid der ganzen Welt, oder zumindest der ganzen Insel, auf ihren Schultern. »Ich hoffe, du kannst wenigstens tanzen und trampelst mir nicht auf den Füßen herum«, schoss sie die nächste Salve ab.

»Kann ich.« Unter dem Applaus der Umstehenden wirbelte er sie herum und zog sie dann wieder an sich. Ihre Hand traf auf seinen Brustkorb. Plötzlich war der Abstand zwischen ihnen verschwunden. Megans Gesicht war ausnahmsweise nicht zu einer sarkastischen Maske verzogen. Ihr Mund war zwar leicht geöffnet, aber nicht, um einen ätzenden Kommentar anzubringen. Sie sah einfach … überrascht aus. Seine Haut kribbelte unter seinem Pullover an der Stelle, an der ihre Hand lag. Er konnte den Duft ihrer Haare riechen, die der Wind um sie herumwirbelte. Spürte die weichen Strähnen, die über die Hand strichen, die er auf ihrem Rücken liegen hatte.

»Die Tanzfläche ist freigegeben für die restlichen Helfer«, hörte Finn Lindseys Stimme am Rande seines Bewusstseins. »Los geht's, Freiwillige! Schwingt das Tanzbein!«

Noch einmal wirbelte Finn Megan von sich weg und zog sie wieder zu sich heran. Ein bisschen, um wenigstens für ein paar Sekunden Abstand zwischen sie zu bringen und seinen

Kopf zu klären. Vielleicht wollte er aber auch testen, wie nahe sie ihm diesmal kommen würde. Würde sie wieder den alten Abstand herstellen? Oder konnte er sie noch näher an seinen Körper ziehen? Ein Warnlicht blinkte in seinem Hinterkopf auf. Finn hatte keine Ahnung, woher diese Gedanken kamen. Aber Megan schmiegte sich tatsächlich noch enger an ihn. Ihre wunderschönen goldbraunen Augen waren unverwandt auf ihn gerichtet. Aber nicht mit der üblichen Ablehnung, sondern irgendwie … auffordernd. Finn zog sie noch ein paar Zentimeter …

Ein riesiger Knall ließ sie auseinanderfahren. Sie richteten den Blick nach oben, so wie alle anderen um sie herum – und sahen gerade noch die Plane, die der Sturm mit sich riss. Im nächsten Augenblick zuckte ein Blitz über den Himmel, und alle Schleusen öffneten sich.

»Scheiße!« Megan wirbelte herum und half Milli Williams auf, die gestürzt war. »Geht es Ihnen gut?«

Die Frau sagte irgendwas, das Finn nicht verstand. Megan sorgte dafür, dass sie sich am Arm ihres Mannes einhakte, und wies mit der Hand in Richtung der Essensstände, wo sie sich unterstellen konnten. Dann fuhr sie wieder zu Finn herum. »Scheiße!«, rief sie noch einmal. »Der Sturm kommt!«

Mit voller Wucht. Finn hatte Lindsey zigmal gewarnt. Jetzt war es zu spät. »Wir müssen die Leute in Sicherheit bringen«, brüllte er, um das Jaulen des Windes zu übertönen. »Und alles, was nicht niet- und nagelfest ist, wegräumen!«

Megan nickte. Sie rannten los. Genau wie viele andere, die versuchten zu retten, was zu retten war. Vor dem Orkan. Und dem Regen. Dieser kurze merkwürdige Moment zwischen Megan und ihm hallte in Finn nach wie ein Echo. Eines, über das er nachdenken würde, wenn er im Warmen und Trockenen war. Was vermutlich noch eine ganze Weile dauern würde …

*

Ein Blitz war durch Megans Körper gezuckt. In dem Augenblick, bevor das Unwetter losgegangen war. Eine Reaktion auf den Tanz mit Finn. Sie hatte es nicht verstanden. Als er sie an sich gezogen hatte … Megan wischte sich die nassen Haare aus dem Gesicht. Das war nichts, worüber sie sich im Moment Gedanken machen konnte – oder wollte. Früher oder später würde sie sich dem stellen müssen, aber jetzt ging es erst einmal darum, von diesem Fest zu retten, was noch zu retten war.

Sie half älteren Gästen zu ihren Wagen. Sammelte leichtere Möbel und umgefallene Mülleimer ein, bevor der Sturm sie über das Festgelände fegte und Leute verletzt wurden. Finns Deko-Elemente – die tatsächlich schöner waren als das, was Chris immer aufbaute, wie sie ehrlich zugeben musste – schwankten, blieben aber stehen. Wahrscheinlich würden sie nach dieser Nacht trotzdem zu nichts mehr zu gebrauchen sein.

Zusammen mit Summer schleppte sie Picknicktische in die Scheune, in der dieses Equipment gelagert wurde. Bei einem Blick über die Schulter sah sie, dass Abby auf die Bühne geklettert war und der Band half, ihre Technik abzubauen und zu verstauen. Auch vom Bühnenaufbau war bereits die Hälfte der Dachplane zerfetzt.

»Das ist echt übel«, brüllte Summer, als sie den nächsten Picknick-Tisch schleppten. »Bei einem der Kioske hat der Wind die Ladenklappe abgerissen.«

Megan nickte nur. Sie musste gegen den Sturm anschreien, damit ihre Schwester sie verstand, was im Moment einfach zu anstrengend war. Verbissen ignorierte sie ihre zitternden Muskeln und zerrte weiter an dem Tisch. Sie schafften es weitere zehn Meter, als sie das Bersten von Holz hörte, das sogar noch lauter war als das Heulen des Windes. Instinktiv ging Megan in Deckung und hoffte, dass Summer dasselbe tat.

Der Schlag, der ihre Schulter traf, raubte ihr für einen Moment den Atem. Ihr Gesicht wurde von irgendetwas getroffen, das einen stechenden Schmerz in ihrer Wange hinterließ.

Ihr wurde bewusst, dass es ein Ast der Roteiche war, der sie erwischt hatte. Er war auf den Picknicktisch geknallt und hatte die Oberfläche zersplittern lassen. »Summer!« Jetzt brüllte Megan doch, als sie den Ast so weit zur Seite schob, dass sie sich darunter vorkämpfen konnte. »Summer! Wo bist du?«

»Hier!« Die Antwort war kaum zu hören.

Orientierungslos tastete sich Megan an den Resten des Tisches entlang. »Bist du verletzt?«

»Nein, ich glaube nicht. Aber ich komme hier nicht raus.«

Megan begann, an den Ästen zu zerren, unter denen sie ihre Schwester vermutete. Im nächsten Moment waren überall um sie herum helfende Hände. Arme, die Megan aufrecht hielten, als der Schmerz in ihrer Schulter sie in die Knie zwingen wollte. Ein paar Männer wuchteten den riesigen Ast zur Seite und halfen Summer auf, die sofort in Matts Arme fiel. Er hob sie hoch und ging einfach davon. Zum Parkplatz, wie Megan bewusst wurde. Ja, das war gut. Er sollte sie nach Hause bringen.

»Geh mit ihnen«, sagte jemand hinter Megan.

»Was?« Sie fuhr herum und sah sich Pete gegenüber. Einem

älteren Fischer, der breitbeinig im Orkan stand wie ein Matrose bei Seegang. Wahrscheinlich hatte er auf dem Meer schon genug Stürme erlebt, um das hier als harmlos zu empfinden. »Nein, ich …« *muss helfen.* Die Worte blieben ihr im Hals stecken, als sie den Ast sah, der sie getroffen hatte. O Gott! Er war riesig. Und er hatte den kompletten Picknicktisch in Kleinholz verwandelt. Er hatte Summer und sie erwischt. Wenn sie nicht hätten in Deckung gehen können … Ihr wurde bewusst, dass dieser Moment ein tödliches Ende hätte nehmen können.

»Du zitterst am ganzen Körper, Mädchen. Und du blutest im Gesicht. Geh heim«, brüllte Pete.

»Ich …« Megan wusste nicht, was sie tun sollte. Ihr Gehirn war wie leer gefegt, und ihr wurde bewusst, dass sie tatsächlich zitterte. Am ganzen Körper.

Matt tauchte aus der Dunkelheit auf und hielt direkt auf sie zu.

»Wo ist Summer?«, rief sie.

»Wartet im Wagen. Ich bin hier, um dich zu holen.«

Megan drehte sich nach Pete um, doch der war inzwischen weitergestapft, um irgendwo anders anzupacken. Und plötzlich, als hätte jemand einen Schalter umgelegt, knickten ihre Knie ein.

Matt griff um ihre Taille und hielt sie fest. »Ist okay, Megs. Ich hab dich.« Er hob sie auf seine Arme und lief los.

Megan, die stark war, die sich immer behauptete, war unendlich froh, dass Matt für sie lief. Sie hielt ihren linken Arm mit dem rechten fest, um ihre Schulter zu entlasten. Pete hatte gesagt, ihr Gesicht blutete, aber sie brachte nicht mehr die Energie auf, nach der Ursache zu suchen. Es war sowieso alles nass. Was davon Regen und was Blut war, wusste sie nicht.

Sie lehnte sich mit einem schmerzvollen Stöhnen gegen die Lehne des Rücksitzes des Trucks und griff nach Summers Hand, die ihren Arm zwischen den Vordersitzen hindurchstreckte, um eine Verbindung zu schaffen.

Stumm legten sie den Weg zum Gestüt zurück. Was als schöner Tag begonnen hatte, hatte sich im Bruchteil von Sekunden in einen Albtraum verwandelt. Matt musste weiteren heruntergefallenen Ästen und zwei entwurzelten Bäumen ausweichen. Eine der Straßen, die quer über die Insel führten, war überflutet. Langsam kämpfte er sich vorwärts, und irgendwann holperten sie endlich über die aufgeweichte, schmale Straße, die zu den *Silver Brook Stables* führte.

Als sie auf den Hof rumpelten, bremste Matt abrupt ab, was eine erneute Welle aus Schmerz über Megans Schulter zusammenschwappen ließ. Tränen schossen ihr in die Augen. Sie blinzelte sie zur Seite und versuchte zu begreifen, was hier gerade geschah. Alles müsste in der für dieses Wetter typischen Dunkelheit liegen. Stattdessen war ein großer Strahler mitten auf dem Hof aufgestellt und leuchtete die Futterscheune an … oder das, was von ihr übrig war.

»Nein!« Megan sprang aus dem Wagen. Sie fühlte sich wie betäubt, als sie auf die kleine Gruppe zurannte, die aus ihrer Mutter, den Walshes und Harley bestand. »Nein«, flüsterte sie, als sie das Desaster aus der Nähe sah. Der Sturm hatte getan, was sie seit Monaten befürchtet hatten. Und noch mehr. Er hatte nicht nur das alte, durchhängende Dach heruntergerissen. Er hatte gleich ganze Arbeit geleistet und dafür gesorgt, dass die komplette Scheune in sich zusammengebrochen war. Megan spürte das Blut nicht, das sie laut Pete im Gesicht hatte und das sich mit der Nässe des Regens mischte, der ununterbrochen weiter auf sie eintrommelte. Aber sie spürte die Tränen, die unaufhaltsam flossen. Die Futterscheune war ihre Verantwortung gewesen. Sie hätte sich um die Reparatur kümmern müssen. Was sie wieder und wieder aufgeschoben hatte. Jetzt war es zu spät. Ihr wurde schlecht, so sehr krampfte sich ihr Magen zusammen. Keuchend beugte sie sich vornüber, sicher, sich gleich übergeben zu müssen. Stattdessen sackte sie einfach in sich zusammen. Die nackte Haut ihrer Knie in den modisch zerfetzten Jeans traf auf das nasse Pflaster des Hofes. Doch sie spürte die Kälte der Pfütze nicht, in der sie hockte. Sie war nicht zu vergleichen mit der eisigen Angst, die in ihr aufstieg. Die Futterscheune wiederaufzubauen würde sie ein Vermögen kosten. Ein Vermögen, das sie nicht hatten. Mit ihren falschen Entscheidungen hatte Megan die *Silver Brook Stables* ruiniert. »Nein, nein, nein.« Die Worte wirbelten durch ihren Kopf, aber Megan war sich nicht sicher, ob sie sie nur dachte oder laut sagte. Außer dem Prasseln des Regens und dem Pfeifen des Sturms, das sich mit dem angstvollen Rauschen des Blutes in ihren Ohren mischte, hörte sie nichts. Bis dieser markerschütternde, hilflose Schrei alles durchbrach. Ein Schrei, der einem einen Schauer über den Rücken jagte, so verzweifelt hallte er in der Nacht wider. Ein Schrei, den Megan selbst ausgestoßen hatte, wie ihr plötzlich klar wurde.

4

Megans Körper protestierte, als sie sich bewegte. Sie hielt die Augen geschlossen, aber von dem sintflutartigen Regen und dem Heulen des Sturms, die sie in ihren Albtraum begleitet hatten, war nichts mehr zu hören. Irgendwann in der Nacht war sie aus diesen furchtbaren Träumen aufgeschreckt. Summer und Abby waren da gewesen, hatten sie beruhigt, bis sie wieder in den Schlaf gefallen war. Ohne zu träumen.

Die Matratze bewegte sich leicht, und Megan wurde klar, dass sie nicht allein war. Blinzelnd öffnete sie die Augen. Sie lag im Bett in ihrem Cottage. Ihr gegenüber lag Summer, die Hände unter ihre Wange geschoben, und betrachtete sie aufmerksam. Hinter ihrer Schwester konnte sie durch das große Bay Window die tief am Himmel dahinrasenden Wolken sehen. Sie waren von einem hellen Grau. Die letzten Ausläufer des Sturms. Und ein gutes Indiz dafür, dass sie das Schlimmste hinter sich hatten. Zumindest, was das Wetter anging. So war das im Norden. Die Stürme gingen so schnell, wie sie kamen.

»Wie geht es dir?«, flüsterte Summer. Sie fuhr mit der Fingerspitze über Megans Wange, die sich taub anfühlte.

Der Cut, den der Ast auf dem Herbstball in ihrem Gesicht hinterlassen hatte. Megan erinnerte sich dunkel. Eine ihrer Schwestern hatte die Wunde gereinigt und mit einem Schmetterlingspflaster geschlossen. Nachdem sie vor den Überresten der Futterscheune in die Knie gegangen war und all ihren Schmerz und ihre Verzweiflung herausgeschrien hatte. Wie eine Wahnsinnige. Die Erinnerungen an die vergangene Nacht klammerten sich nur noch als Fetzen in ihrem Kopf fest, aber daran konnte sie sich erinnern. Genau wie an ihr inneres Erstarren und daran, dass irgendjemand sie vom Hof getragen hatte. Weg von der Scheune, ins Trockene. Vorsichtig bewegte Megan ihre Schulter und biss die Zähne gegen den Schmerz zusammen. »Ein bisschen steif«, murmelte sie. »Wird bestimmt besser, sobald ich aufgestanden bin.«

»Bleib noch ein wenig liegen.« Abbys Kopf tauchte hinter der Couchlehne auf. Sie schob sich die vom Schlaf zerzausten Haare aus dem Gesicht. »Nur noch ein bisschen.«

Der besorgte Ausdruck auf Abbys Gesicht war identisch mit Summers. Megan wurde bewusst, dass sie ihren Schwestern einen riesigen Schreck eingejagt hatte. Sie schloss die Augen, um die beunruhigten Blicke nicht länger sehen zu müssen. »Ich hatte einen Nervenzusammenbruch, oder?« Wieder sah sie sich im Schlamm auf dem Hof knien. Fast war es, als sähe sie eine andere Person, die da schreiend und tobend um Luft rang.

»Nein.« Summer schüttelte im Liegen den Kopf. »Du warst einfach nur genauso schockiert wie wir alle. Erst dieser Baum, der uns fast erwischt hat. Und dann die Futterscheune. Das hat jedem von uns den Rest gegeben.«

Abby kroch hinter Megan ins Bett und schob den Arm um ihre Hüfte. »Versprich uns, dass du dir nicht die Schuld gibst«, flüsterte sie.

Summer tat es Abby nach, sodass sie Megan in einer festen schwesterlichen Umarmung hielten, in der sich Megan sicher und geborgen fühlte. Sie schloss die Augen, hinter denen noch immer Tränen brannten. »Aber ich habe es vermasselt«, brachte sie stockend heraus und schluckte um den Kloß in ihrem Hals herum.

»Nein, Kleines.« So hatte Abby sie seit einer Ewigkeit nicht mehr genannt. »Wir haben unsere Entscheidungen immer zusammen getroffen. Also sind wir auch gemeinsam für die Futterscheune verantwortlich.«

»Abby hat recht«, sagte Summer leise. »Jetzt kommt es darauf an, zusammenzuhalten und einen Weg aus diesem Schlamassel zu finden. Wir setzen uns zusammen, gehen die Finanzen durch und bauen die Scheune wieder auf.«

»Wäre doch gelacht, wenn wir Cooper-Frauen das nicht rocken würden«, stimmte Abby in die Motivationsrede ein.

»Ja. Wäre doch gelacht«, sagte Megan, weil es das war, was ihre Schwestern hören wollten. Aber sie konnte sich im Moment überhaupt nicht vorstellen, woher sie die Kraft dafür nehmen sollte. Also blieb sie einfach still liegen und ließ sich von Abby und Summer halten. Die beiden würden ihr früh genug in den Hintern treten, und dann würde auch ihre Energie zurückkehren. Sie waren die Coopers, verdammt noch mal!

*

Benedict Morgan wischte sich die Tränen von den Wangen. Er holte tief Luft und versuchte, seinen Atem zu beruhigen, konnte sich aber nicht bremsen, als er erneut in lautes Lachen ausbrach. Wer hätte gedacht, dass ihm das Schicksal so in die Hände spielen würde? All die Gedanken, die er sich gemacht hatte. Die Pläne, die er geschmiedet hatte. Er hatte alles versucht, um die Coopers endlich kleinzukriegen. Und dann hatte die Natur das Ganze mit einem Fingerschnippen auf ihre Art gelöst. Mit einem kleinen Orkan, der die Insel ein bisschen durchgeschüttelt und dafür gesorgt hatte, dass dieser lächerliche Haufen Bretter, den sie Futterscheune nannten, endlich in seine Einzelteile zerfallen war. Er hatte keinen Finger krumm machen müssen. Aber jetzt stand Olivia und ihren Töchtern das Wasser bis zum Hals. Sie erhielten die gerechte Strafe für ihre Engstirnigkeit und Arroganz. Und er würde endlich bekommen, was ihm seit über einem halben Jahrhundert zustand.

Benedict hatte große Pläne mit dem Land, auf dem die *Silver Brook Stables* standen. Pläne, mit denen sich Millionen verdienen lassen würden. Aber vor allem waren es Rachepläne. Denn egal, wie viel Geld er machen konnte, was noch viel wichtiger war: Er wollte die Coopers vernichten. Nichts wünschte er sich sehnlicher. Seit dem Moment, als Catherina Cooper kurz vor ihrer Hochzeit durchgebrannt war. Mit dem verdammten Pferdetrainer. Catherina und er – das wäre die lukrativste Verbindung gewesen, die man auf Stonebridge Island eingehen konnte. Er als Immobilienmogul der Insel hätte mit dem Gestüt endlich das schönste Stück Land in seine Finger bekommen.

Catherina hatte ihn nicht nur zum Gespött der Insel gemacht, sie hatte ihn auch um das Gestüt gebracht. Das hatte er ihr – auch über ihren Tod hinaus – nie verziehen. Ihr genauso wenig wie Catherinas Tochter Olivia oder ihren drei Enkelinnen, die die *Silver Brook Stables* erst seit diesem Jahr leiteten – und schon auf den Ruin zusteuerten.

Inzwischen konnten sein Sohn Arthur und er in die nächste Planungsphase ihres Großprojektes gehen: einen Hafen für große Kreuzfahrtschiffe. Um sich von anderen Städten an der Küste zu unterscheiden, mussten sie eine Möglichkeit schaffen, die wirklich großen Schiffe anlegen zu lassen. Was auf dieser Insel nur an einer Stelle möglich war: an der Halfmoon Bay. Umschlossen vom Land der Coopers war sie zum wertvollsten Teil seines Unterfangens geworden. Gemeinsam mit *Seal Rock Hall*, einem alten Herrenhaus, das auf der Klippe über der Bucht thronte und das Empfangszentrum für die Kreuzfahrtgäste werden sollte. Benedict hatte den Coopers in einem cleveren Schachzug die Bucht verkauft. Für den Kauf hatten sich die Cooper-Frauen weit aus dem Fenster lehnen müssen – genau das war sein Ziel gewesen. Wer knapp bei Kasse war, wurde angreifbar. Und dieser Zeitpunkt war jetzt gekommen. Eine neue Futterscheune würde sie an den Rand ihrer finanziellen Möglichkeiten bringen. Und wenn sie ihre Hypotheken nicht mehr zurückzahlen konnten, wäre er zur Stelle. *Silver Brook* würde endlich ihm gehören, und er konnte seine Visionen verwirklichen.

Der einzige Wermutstropfen in seiner sorgfältigen Planung war die eigenmächtige Aktion seines Enkels Finley, der mit dem Verkauf von *Seal Rock Hall* beinahe das komplette Projekt pulverisiert hatte. Und als wollte er Benedict noch mehr auf die Palme bringen, hatte Finn ausgerechnet an Cameron Montgomery, den neuen Lover von Abby Cooper, verkauft. Einen millionenschweren Hotelier aus Boston, der – wer hätte das gedacht – ein Hotel aus dem alten Herrenhaus machen wollte.

Es hatte ihn viel Überzeugungsarbeit gekostet, seine Investoren zu beruhigen. Aber Benedict war sich sicher, dass Montgomerys Interesse an *Seal Rock Hall* ziemlich schnell schwinden würde, wenn sein Schiffsanleger erst einmal direkt unter dem alten Herrenhaus lag und die Touristen in Scharen an seinem Hideaway-Hotel vorbeiströmten. Spätestens dann würde er dieses Investment als Fehler betrachten und das Ganze zu einem guten Preis verkaufen.

Benedict war bereit gewesen, seine Pläne zu forcieren, und hatte es bereits geschafft, ziemlich viel Unruhe und Ärger auf dem Gestüt zu stiften. Aber im Endeffekt hätte er nichts tun müssen. Ein bisschen Geduld hätte gereicht. Aber wer konnte das schon im Vorfeld wissen?

Noch immer lachend lehnte er sich in seinem Bürosessel zurück. Am liebsten würde er sich auf diesen Erfolg einen Scotch gönnen. Doch so früh am Morgen war das keine Option. Stattdessen würde er dem Schicksal ein bisschen auf die Sprünge helfen. Außer dem Bauunternehmen, das sein Sohn Arthur und er führten, und Finns kleiner Firma gab es in der Gegend nur drei ernst zu nehmende Baufirmen, die in der Lage waren, die Futterscheune der Coopers wiederaufzubauen. Wenn er für alle drei Unternehmen lukrative Aufträge in seinen Projekten fand, unter der Bedingung, dass sie einen Job bei den Coopers ablehnten, würde der Druck in den *Silver Brook Stables* noch ein bisschen steigen.

*

Cameron Montgomery nahm die Abkürzung durch den Wald. Von den *Silver Brook Stables* bis zur Baustelle seines Hotels, *Seal Rock Hall*, war es nur ein kurzer Fußmarsch, verglichen mit dem riesigen Bogen, den man mit dem Wagen um das Gelände des Gestüts herumfahren musste, wenn man die Klippe erreichen wollte.

Wie er es erwartet hatte, stand Finns Pick-up neben den Fahrzeugen einiger seiner Bauarbeiter vor dem Haus. Sein Freund trat gerade durch das Loch, das einmal das imposante Eingangsportal des alten Herrenhauses werden sollte.

»Hey.« Finn wartete, bis Cameron ihn erreichte. »Die alte Dame hat es gut überstanden«, sagte er, bevor Cameron die Frage nach den Sturmschäden stellen konnte.

»Gott sei Dank. Das sind gute Nachrichten.« Er fuhr sich durch die Haare. »Was für eine Nacht.«

»Das kann man wohl sagen.« Finn schlug die Richtung zu seinem Wagen ein und nahm zwei Colaflaschen aus der Kühlbox auf der Ladefläche. Eine reichte er Cameron, bevor er die zweite selbst öffnete. »Was man von den Coopers nicht sagen kann, habe ich gehört.«

»Nein, wirklich nicht.« Cameron öffnete seine Flasche und trank einen großen Schluck. Eigentlich hatte er heute schon genug Koffein für eine ganze Woche intus, aber die Cola war wenigstens kalt. »Deshalb komme ich auch zu dir.« Abby und Summer waren die Nacht über bei Megan im Cottage geblieben, also hatte Cameron im Ranchhaus übernachtet. Er war bereits seit dem Morgengrauen hellwach. Da er es als sinnlos erachtet hatte, im Bett liegen zu bleiben und an die Decke zu starren, hatte er sich angezogen und in der Küche Kaffee gekocht. Nur ein paar Minuten später waren erst Olivia und dann Matt zu ihm gestoßen. Das Gespräch zwischen ihnen verlief so stockend, dass sie schließlich gar nichts mehr sagten und jeder seinen Gedanken nachhing. In Camerons Fall waren das die Finanzen der Coopers – und seine eigenen. Noch vor ein paar Monaten hätte er eine neue Futterscheune aus der Portokasse gezahlt, wenn er dem Gestüt damit hätte helfen können. Inzwischen war das nicht mehr ganz so einfach. Die Restaurierung des Herrenhauses und ein zweites Projekt in Vermont hatten den schnell verfügbaren Teil seines Kapitals minimiert. Also grübelte er vor sich hin, rechnete im Kopf herum und stellte ein paar unterschiedliche Finanzierungsansätze auf.

Als die Schwestern endlich zu ihnen stießen, stand er sofort auf, um Abby in die Arme zu schließen. Matt zog Summer auf seinen Schoß. Und Megan ließ sich vorsichtig auf den Stuhl neben ihrer Mutter sinken. Sie hatte unverkennbar Schmerzen – und sah furchtbar aus. Ihre sonnige Ausstrahlung war einer durchscheinenden Blässe gewichen, die die großen dunklen Schatten unter ihren Augen betonte, die auf ihrer rechten Wange direkt in die gerötete Haut um den Cut herum übergingen.

Zusammen hatten sie noch mehr Kaffee getrunken und angefangen, die Baufirmen der Gegend anzurufen. Jemand musste kommen und sich den Schaden ansehen, einen Kostenvoranschlag erstellen und so schnell wie möglich mit der Sanierung anfangen.

»Wir haben alle Bauunternehmer im Umkreis angerufen«, erzählte er Finn. »Kein Einziger sieht sich in der Lage, den Auftrag zu übernehmen. Oder wenigstens den Schaden zu schätzen.«

Finn kratzte sein unrasiertes Kinn. »Merkwürdig.« Er zuckte mit den Schultern. »Klar, im Moment gibt es das eine oder andere zu tun, der Sturm war ja nicht gerade harmlos. Aber nach einem Auftrag wie dem Wiederaufbau eurer Futterscheune leckt sich normalerweise jeder die Finger.«

»Trotzdem macht es keiner.« Cameron hatte einen Verdacht, warum das so war. Aber den wollte er Finn gegenüber nicht äußern. Sein Freund würde von selbst darauf kommen, falls sich diese Annahme bestätigte.

»Und jetzt willst du, dass ich das Ganze übernehme?« Finn lehnte sich gegen seinen Truck.

»Könntest du es einschieben?« Cameron war klar, was er verlangte. Insbesondere, da Finn und Megan nicht wirklich gut miteinander auskamen, aber eng zusammenarbeiten müssten, wenn Finn ihnen aus der Patsche half. »Es ist viel verlangt, ich weiß.«

»Einschieben ist gut.« Finn blickte zum Herrenhaus hinüber. »Bist du noch an dieser Sache in Vermont dran?«

»Hmm.« Cameron hatte ein zweites Hotelprojekt in den Green Mountains im Visier. »Wir liegen doch gut im Zeitplan mit *Seal Rock Hall*. Ich muss für ein paar Tage in die Berge, mir das Haus ansehen, das ich im Auge habe. Vielleicht reicht die Zeit, um dir auf dem Gestüt einen Überblick über die notwendigen Arbeiten zu verschaffen.«

»Einen Überblick verschaffen kann ich mir auf jeden Fall.« Finn biss sich nachdenklich auf die Unterlippe. Dann verzog er den Mund zu einem breiten Grinsen. »Möglicherweise könnte ich den Auftrag sogar übernehmen. Allerdings nur, wenn ihr mir Megan vom Hals haltet.«

*

Megan sah von den Versicherungsunterlagen auf ihrem Schreibtisch auf, als es klopfte. Eine Bewegung, die ihr die Tränen in die Augen trieb. Zum einen weil der kleine Ruck den Schmerz in ihrer Schulter explodieren ließ. Und zum anderen weil sie, wenn sie den Kopf hob, den Blick ganz automatisch auf den Haufen Bretter, Balken und Dachschindeln richtete, der mal die Futterscheune gewesen war. Hatte sie noch vor ein paar Tagen behauptet, dass der Ausblick von ihrem Arbeitsplatz der schönste war, den man sich vorstellen konnte? Jetzt würde sie am liebsten den Kopf auf den Schreibtisch fallen lassen und der Verzweiflung nachgeben, die ihren Brustkorb zusammendrückte. »Herein«, rief sie, als sie sicher war, ihrer Stimme trauen zu können. Sie wollte nicht, dass jemand merkte, wie hoffnungslos sie sich gerade fühlte. Schon gar nicht jemand aus ihrer Familie.

Cameron schob die angelehnte Tür mit dem Fuß auf und balancierte zwei Gläser Eistee in ihr Büro. »Hey«, sagte er, schenkte ihr ein Lächeln und stellte eines der Gläser auf ihrem Schreibtisch ab. Mit dem zweiten in der Hand lehnte er sich in den Türrahmen und musterte sie.

Dieser prüfende Blick, mit dem sie zurzeit jeder bedachte, machte sie sauer. Ja, okay. Sie war am Abend ein bisschen ausgeflippt. Genau genommen war sie ziemlich hysterisch geworden. Trotzdem mussten sie nicht alle behandeln, als könnte sie im nächsten Moment in sich zusammenfallen. Das würde sie nicht tun. Auch wenn ihr nichts lieber wäre, als in ihr Bett zu kriechen, die Decke über den Kopf zu ziehen und zu schlafen, bis dieser Albtraum vorbei war. Aber sie war eine Cooper. Sie war stark. Von ihr wurde erwartet, dass sie nicht aufgab. Ihre Mutter gab nicht auf. Ihre Schwestern behaupteten sich. Immer. Also würde sie das auch tun. Auch wenn in ihrem Hinterkopf immer die Angst mitschwang, dass sie, wenn sie ihrer Verzweiflung erst einmal nachgegeben hatte, nicht mehr aus diesem tauben dunklen Gefühl herauskommen würde.

»Was macht die Schulter?«, wartete Cameron prompt mit der zweithäufigsten Frage nach ›Wie geht es dir?‹ auf.

»Ist okay«, log sie. Die Schmerzen waren die Hölle. Weil Abby und Summer darauf bestanden hatten, war sie beim Arzt gewesen, der bestätigt hatte, was sie längst wusste: Ihre Schulter hatte eine ordentliche Prellung abbekommen, als der Ast sie erwischt hatte. Prellungen taten weh und brauchten ihre Zeit, bis sie verheilten. Sie brachten einen nicht um. Die beste Medizin war in diesen Fällen immer noch Geduld. »Was bringt dich dazu, in der Küche Eistee zu klauen und mir einen Besuch abzustatten? Du wurdest doch nicht etwa beauftragt, mich zu kontrollieren?«

»Kontrollieren?« Cameron grinste. »Du meinst nachsehen, wie es dir geht?« Gelassen trank er einen Schluck, bevor er weitersprach. »Ich bin ein kluger Mann. Und kein bisschen lebensmüde. Also nein, ich habe mich nicht dazu abstellen lassen, dich zu überwachen. Und ich würde mich niemals trauen, Rose zu beklauen.«

Das nahm Megan ihm sogar ab. Rose Walsh, die Haushälterin des Gestüts, führte ein strenges Regiment in der Küche. Wenn Cameron ihr frisch aufgegossenen Eistee brachte, machte Rose sich genauso viele Sorgen um sie wie alle anderen. Megan konnte ein Seufzen nicht unterdrücken. Aber immerhin war sie so an ein Glas ihres Lieblingsgetränks gekommen. »Da wir geklärt haben, dass das kein Kontrollbesuch ist: Was kann ich für dich tun, Cam?«

»Die Frage ist, was ich für dich tun kann. Hat sich inzwischen doch ein Bauunternehmer gemeldet, der die Sanierung der Futterscheune übernimmt?«

Megan blickte auf die Ruine hinaus. Die Planen, mit denen

sie versuchten, die Futtervorräte vor der Witterung zu schützen, flatterten im Wind. »Nein. Kein Einziger ist bereit, auch nur vorbeizukommen.«

»Dann kommen hier die guten Nachrichten. Ich habe jemanden gefunden.«

»Du hast …« Megan sah ihn überrascht an. »Aber wie …? Nein!« Es hatte einen Moment gedauert, bis sie begriff. Finley Morgan war der einzige Bauunternehmer auf Stonebridge Island, den Cameron persönlich kannte. Weil er mit ihm beim Umbau des alten Herrenhauses zusammenarbeitete. »Auf keinen Fall wird ein Morgan seinen Fuß auf das Land der *Silver Brook Stables* setzen.«

Cameron blieb angesichts ihres Ausbruchs gelassen. »Wenn du eine Wahl hättest, könnte ich deine Reaktion nachvollziehen. Aber im Moment steht dir das Wasser bis zum Hals.« *Dir.* Nicht *euch.* Cameron hatte begriffen, dass sie den Einsturz der Futterscheune als ihr persönliches Versagen betrachtete. Und diejenige sein wollte, die das Problem löste. »Ich werde für ein paar Tage nach Vermont fahren, um Gespräche zu meinem neuen Hotelprojekt zu führen. Auf *Seal Rock Hall* liegen wir sehr gut im Zeitplan. Finn kann dich dazwischenschieben und sich den Schaden ansehen.«

»Das kommt überhaupt nicht infrage.« Megans Herzschlag beschleunigte sich. Wie bei einem Kaninchen, das in der Falle saß. Sie wollte Finn nicht auf dem Hof haben. Aber offenbar waren ihr alle anderen Optionen genommen worden. Was, wenn …? »Cam …« Sie schluckte. »Könnte es sein, dass die Morgans bei dieser ganzen Sache ihre Finger im Spiel haben? Ich meine …« Sie breitete die Arme aus, zuckte aber vor Schmerz zusammen und rieb sich über die lädierte Schulter.

»Könnten sie die anderen Bauunternehmer dazu gebracht haben, unseren Auftrag nicht anzunehmen, damit wir keine andere Wahl haben, als ihn Finn zu geben? Damit er hier frei herumlaufen und uns ausspionieren kann.«

»Megan …« Cameron sah aus, als würde er einen resignierten Seufzer hinunterschlucken. Er stellte sein Glas auf den Schreibtisch und zog sich einen der Besuchersessel heran. »Ich glaube, du verrennst dich da in etwas.«

»Ich verrenne mich? Nach den freigelassenen Pferden im Frühjahr und den vertauschten Futterlieferungen ist diese Frage mehr als berechtigt«, hielt sie ihm aufgebracht vor.

»Okay, hör zu.« Cameron beugte sich vor und sah sie eindringlich an. »Ich bin noch nicht lange auf Stonebridge Island. Ich habe eure Fehde nicht miterlebt. Zu Benedict Morgan und seinen Beweggründen kann ich dir nicht viel sagen, weil ich darüber nichts weiß. Ich traue ihm allerdings durchaus zu, die Bauunternehmer in der Gegend irgendwie bestochen zu haben, damit sie euch nicht helfen. Aber zu Finn habe ich eine Meinung: Er ist ein Freund. Und zwar ein guter. Einer, der bereit ist, den Wiederaufbau der Scheune irgendwie dazwischenzuschieben, um zu helfen. Finn kümmert sich nicht darum, was sein Vater und sein Großvater denken. Sonst hätte er mir das Herrenhaus niemals verkauft. Abgesehen davon ist er fantastisch in seinem Job.«

Mit ein paar Sätzen hatte Cameron es geschafft, Megan den Wind aus den Segeln zu nehmen. Sie biss sich auf die Unterlippe. »Ich habe keine Ahnung, ob er gut ist«, murmelte sie. Eine Lüge mehr, aber sie schaffte es einfach nicht, klein beizugeben.

Cameron zog die Augenbrauen hoch. »Seine Aufbauten für

den Herbstball sehen nach dem Sturm nicht mehr besonders gut aus, aber sie stehen noch. Im Gegensatz zu manch einem Baum auf dieser Insel«, sagte er mit Blick auf ihre Schulter. »Finn ist ein Profi, das weißt du genauso gut wie ich.«

Megan lehnte sich in ihrem Stuhl zurück. »Du hältst mich sicher für verrückt. Aber ich habe Benedicts Gesichtsausdruck gesehen, als wir uns nach dem Futtermittelskandal in Home Port über den Weg gelaufen sind. Er war es. Auch wenn wir Zara Sanders praktisch überführt haben: Dahinter steckt dieser alte Scheißkerl. Wie soll ich Finn trauen? Woher wollen wir wissen, dass nicht sein Großvater höchstpersönlich dafür gesorgt hat, dass die Futterscheune einstürzt?«

»Ich verstehe deine Sorgen, und ich werde mit Finn reden«, sagte Cameron. »Versteh mich bitte nicht falsch, aber ich glaube, diese windschiefe, alte Scheune hat keinen Sabotageakt mehr gebraucht. Das hat der Sturm ganz allein erledigt.« Er erhob sich und schob den Sessel zurück an seinen ursprünglichen Platz. »Finn wird uns sagen, ob bei der Scheune jemand nachgeholfen hat. Ich gebe ihm Bescheid, dass er morgen früh vorbeikommen und sich den Schaden ansehen kann. Und du«, er legte ihr die Hand auf die gesunde Schulter, »bist einfach nur nett zu ihm. So nett, wie du sonst auch zu jedem bist. Vergraul ihn nicht. So wie es im Moment aussieht, wird er die einzige Chance auf ein neues Dach vor dem Winter sein, die die *Silver Brook Stables* bekommen.«

Scheiße! Megan sagte nichts, als Cameron ihr Büro verließ. Sie drehte ihren Schreibtischstuhl und blickte auf die Ruine hinaus. Es war kein Fehler, Finley Morgan zu misstrauen. Allerdings hatte Cameron recht. Finn war die einzige Chance, die sie hatten, wenn sie bis zum Winter eine neue Scheune – oder wenigstens ein Provisorium haben wollten, das das Futter trocken hielt. Ihr würde nichts anderes übrig bleiben, als Finn im Auge zu behalten. Sehr genau im Auge zu behalten.

Megans Handy signalisierte eine Nachricht. Sie griff danach und wischte über den Bildschirm. Zac. Ein flüchtiges Lächeln huschte über ihr Gesicht, als sie seine Zeilen las. Sie konnte sich gar nicht daran erinnern, ihm geschrieben zu haben. Doch als sie ein Stück nach oben scrollte, sah sie, dass sie ihm in der Nacht von dem Unfall mit dem Ast und der Scheune berichtet hatte. Er schickte ihr ein paar aufmunternde GIFs und das Versprechen, sie am Wochenende zu besuchen. Gut. Megan atmete tief durch und senkte den Blick wieder auf die Papiere, die vor ihr lagen. Zac würde ihr guttun. Er würde sie zum Lachen bringen, guten Sex mit ihr haben. Und er würde sie von den Gedanken ablenken, die sie sich über Finley Morgan und seinen hinterhältigen Großvater machte.

*

Finn ließ seinen Wagen vor der Garage seines Elternhauses ausrollen. Er blickte zu Will hinüber, der auf dem Beifahrersitz stand, die Pfoten gegen das Armaturenbrett gestemmt, um ja nichts von dem zu verpassen, was draußen vor sich ging. Wie sich in den letzten Tagen herausgestellt hatte, liebte Will das Autofahren. Finn war schon gespannt, was passieren würde, falls mal jemand bei ihm mitfuhr und dem Hund den Beifahrersitz streitig machen würde. Er streichelte Will zwischen den Ohren. »Es ist wichtig, einen guten Eindruck zu machen. Meine Mom mag gut erzogene Jungs. Also mach mir keine Schande.«

Finn löste den Sicherheitsgurt und öffnete die Fahrertür.

Will war mit einem Satz über ihn hinweg und sprang nach draußen. Auch das hatte sich in den letzten Tagen bereits zu einer kleinen Tradition entwickelt. Will war der Erste im Wagen und der Erste, der ausstieg.

Finn folgte ihm etwas langsamer. Er wischte sich ein paar Hundehaare von der Kleidung und schlug die Wagentür hinter sich zu. Seine Mutter hatte ihn offenbar kommen sehen. Sie riss die Haustür auf und ging in die Hocke, um Will zu begrüßen. Anders als bei seinem ersten Treffen mit Finn sprang der Hund sofort auf sie zu, machte Sitz und ließ sich ausgiebig kraulen. Der kleine Mistkerl hatte ihn wirklich getestet, als Finn ihn aus dem Tierheim geholt hatte – und tat das immer noch. Wenn er abends über sein Fressen die Nase rümpfte. Wenn er Finns Turnschuhe klaute und im Garten deponierte. Der Hund hatte einige Ideen gehabt, um ihn auf die Probe zu stellen. Wahrscheinlich wollte er erst sichergehen, ob Finn ihn auch wirklich behielt, bevor er sich an ihn band. Mit den meisten anderen Menschen um ihn herum hatte Will dieses Problem nicht, vor allem wenn es Frauen waren, weshalb der Hund ihnen wesentlich freundlicher begegnete, seit er seinen Käfig im *Animal Shelter* hinter sich gelassen hatte.

»Hey Mom.« Finn umarmte seine Mutter, als sie sich wieder aufrichtete, und ließ sich auf die Wange küssen.

»Kommt rein, Jungs.« Sie trat einen Schritt zur Seite und ließ sie ins Haus. Will bildete die Vorhut und machte sich auf den Weg, das Erdgeschoss zu erkunden. »Dein Vater legt den Lachs gleich auf den Grill.« Sie hakte sich bei Finn unter und zog ihn in die Küche, wo Arthur gerade dabei war, die Lachsstücke auf eine Platte zu legen, um sie nach draußen zu tragen.

Er drehte sich um. »Junge«, sagte er und schlug Finn mit der

Hand auf die Schulter. »Wo ist dieser Hund, der deine Mutter dazu bringt, von nichts anderem mehr zu reden, als ebenfalls einen neuen Vierbeiner zu wollen?«

»Hey.« Finns Mutter stieß seinen Vater mit der Schulter an, was ihm ein Lächeln entlockte. »Du weißt genau, wie leer das Haus ist, wenn ihr alle unterwegs seid.«

Arthur strich ihr über den Arm. »Ich bin mir sicher, dass wir einen Hund finden, der dir gefällt. Sobald wir Zeit haben, uns nach einem umzusehen.«

Finn fühlte sich fast wie ein Spanner, wenn er seine Eltern so zusammen erlebte. Er war oft nicht einverstanden mit dem, was sein Vater und sein Großvater planten. In letzter Zeit waren die Treffen mit seiner Familie meistens in Streit ausgeartet, und seine Mutter – Sarina – hatte stets als Puffer herhalten müssen. Sie liebte Finn und würde ihm immer den Rücken stärken. Aber die Liebe zwischen seinen Eltern war genauso unerschütterlich.

»Ah, da ist er ja«, sagte Arthur.

Finn hörte das Klacken von Wills Krallen auf den Küchenfliesen. Der Hund trabte an ihm vorbei, reckte die Nase nach der Quelle des Geruchs nach frischem Lachs in die Luft. Beim Anblick von Finns Vater zögerte er einen Moment, dann setzte er sich, als wäre er tatsächlich ein gut erzogener Hund, um sich eine Streicheleinheit bei Arthur abzuholen.

Als Arthur sich wieder aufrichtete, griff er nach der Platte mit dem Lachs. »Ich bin draußen«, sagte er und deutete mit dem Kinn in Richtung Grill auf der Terrasse. Er öffnete die Hintertür, die von der Küche nach draußen führte, und Will folgte ihm.

Finn drehte sich zu seiner Mutter um. Dabei fiel sein Blick

auf den Esstisch, den sie bereits gedeckt hatte. »Nur drei Teller?«, fragte er überrascht.

Sarina schenkte ihm ein Lächeln, das ihre Augen nicht erreichte. »Dein Großvater hat heute Abend bereits etwas vor.«

Bullshit. Seine Mutter war vieles. Liebevoll. Geduldig. Streng, wenn es notwendig war. Nur eine gute Lügnerin war sie noch nie gewesen. »Ist es wegen mir?«, fragte er geradeheraus.

»Nein, natürlich nicht.« Sarina wandte sich zum Küchentresen um und mischte den Salat durch, der davor bereits perfekt ausgesehen hatte und diese Behandlung mit Sicherheit nicht brauchte.

»Mom?«

Sie seufzte und drehte sich langsam wieder zu ihm um. »Dein Großvater erwartet noch immer eine Entschuldigung für dein Verhalten und die Anschuldigungen, die du ihm gegenüber geäußert hast«, sagte sie. »Ich habe versucht, mit ihm zu reden. Aber«, sie zuckte mit den Schultern, »wo zwei Sturköpfe aufeinandertreffen …«

Ich bin kein Sturkopf, wollte Finn sagen, verbiss sich den Kommentar dann aber. Natürlich war er genauso störrisch wie Benedict. »Ich hätte Grandpa nicht vorgeworfen, den Coopers schaden zu wollen, wenn ich mir nicht ernsthafte Sorgen machen würde, dass da etwas gewaltig schiefläuft. Es ist«, er schnippte mit den Fingern, weil ihm die richtigen Worte für die Situation nicht einfallen wollten, »als ob er etwas im Schilde führt.«

Diesmal erreichte Sarinas Lächeln ihre Augen. »Dein Großvater führt meist etwas im Schilde«, beruhigte sie ihn und strich ihm über den Arm. Seine Mutter, der Puffer.

Finn lehnte sich neben ihr an den Küchentresen. »Ich habe das Gefühl, dass das, was er diesmal ausheckt, nichts Gutes ist. Und Dad ist mit von der Partie und hält ihm den Rücken frei.« Seine Mutter gehörte zu den Menschen, die sich aus den Angelegenheiten anderer heraushielten, trotzdem hatte Finn das Bedürfnis, mit ihr zu reden. Wer sonst kannte seinen Vater und Großvater gut genug, um ihn zu verstehen. »Hast du das von der Futterscheune der Coopers gehört?«, fragte er Sarina.

Sie zögerte einen Moment, bevor sie antwortete. So als wolle sie sich versichern, dass ihnen niemand zuhörte. Der Name von Benedicts Erzfeinden fiel nicht oft in diesem Haus. »Ja, schlimme Sache«, sagte sie schließlich.

»Cameron Montgomery und ich haben uns heute auf der Baustelle auf *Seal Rock Hall* darüber unterhalten. Weißt du, was passiert ist? Kein einziger Bauunternehmer in der Gegend sieht sich in der Lage, diese verdammte Scheune wiederaufzubauen.«

»Achte auf deine Sprache«, sagte Sarina ganz automatisch. In ihrem Haus wurde nicht geflucht, ganz egal, wie alt er war.

»Entschuldige, Mom. Aber das ist total suspekt. Es ist noch nie vorgekommen, dass niemand Zeit hatte. Ein Projekt wie diese Scheune, das ist doch etwas, wonach sich jeder die Finger leckt. Warum will das keiner machen?« Er stieß sich vom Küchentresen ab, tat zwei Schritte und drehte sich zu seiner Mutter um. »Weißt du, was ich gemacht habe?« Er stieß ein unfrohes Lachen aus, als er sich an die Gespräche mit den Besitzern der Baufirmen in der Gegend erinnerte. »Ich habe sie angerufen und mir ihr Gestammel angehört. Ihre Lügen. Von angeblichen wichtigen Projekten, Terminvorgaben und und und.«

»Durch den Sturm hat es bestimmt einige Schäden gegeben. Und wenn andere mit ihren Aufträgen schneller waren, haben die Coopers eben leider das Nachsehen«, versuchte Sarina sich an einer Erklärung.

»Es gibt sicher genug zu tun, das ist gar keine Frage. Aber das sind alles Dinge, die sich in kurzer Zeit erledigen lassen. Es erklärt nicht, warum niemand bereit war, sich den Schaden wenigstens anzusehen und einen Kostenvoranschlag abzugeben. Ich weiß, warum das so ist. Weil ich ihr Zögern gehört habe. Die Angst, die in ihren Stimmen mitschwang. Oder die Gier auf das, was Grandpa ihnen versprochen hat.«

»Ach, Junge.« Seine Mutter machte ein so unglückliches Gesicht. Sie wollte nur Frieden in ihrem Haus. An ihrem Esstisch. Das konnte Finn verstehen.

Aber er konnte nicht akzeptieren, was er herausgefunden hatte. »Grandpa hat jeden in seine Projekte eingebunden und ihnen großzügige Prämien und Provisionen versprochen, wenn sie sich von den *Silver Brook Stables* fernhalten. Natürlich nicht, ohne sie gleichzeitig einzuschüchtern, falls sie sich seiner Idee widersetzen sollten.« Nur einen Faktor hatte sein Großvater außer Acht gelassen – und es würde ihm nicht gefallen, was Finn getan hatte. »Bis auf mich«, fuhr er fort. Er stützte die Hände gegen die Kante der Kücheninsel und ließ seinen Kopf zwischen den Schultern hängen. »Mich hat Grandpa nicht bestochen oder unter Druck gesetzt, mich von den Coopers fernzuhalten«, sagte er leise. »Weil er gar nicht auf die Idee gekommen ist, dass auch ich ein ernst zu nehmender Bauunternehmer bin.«

Sarina stand wie zur Säule erstarrt neben ihm und sagte für einen Augenblick, der sich ewig zu ziehen schien, gar nichts.

»Sag mir bitte, dass du es nicht getan hast«, erwiderte sie schließlich leise. »Bitte, um des Familienfriedens willen. Sag mir, dass du die Finger von dieser Scheune lässt.«

»Zu spät, Mom.« Er sah aus den Augenwinkeln, wie sie in sich zusammensackte und sich mit der Hüfte gegen den Küchentresen sinken ließ.

»Das wird dem Verhältnis zwischen dir und deinem Großvater nicht gerade zuträglich sein«, murmelte sie.

»Er wird ausflippen«, brachte Finn es auf den Punkt. »Aber er hätte sich nicht einmischen dürfen. Ich versuche nur, das auszubügeln, was Grandpa verbockt hat.«

»Mag sein, mein Junge.« Sie strich ihm über die Schulter. »Aber du weißt so gut wie ich, dass er das nicht so einfach hinnehmen wird.«

5

Finley Morgan hatte ihr einen Termin für die erste Besichtigung der Futterscheune geschickt. Er würde in der Ruine herumkriechen und ihr dann ein Angebot machen. Das einzige Angebot, das sie bekommen würde. Wenigstens war Megan am Nachmittag aus ihrer Lethargie erwacht und hatte sowohl jemanden vom Sheriffbüro als auch ihren Versicherungsagenten zu diesem Termin bestellt. Drei Fliegen mit einer Klappe. Einigermaßen zufrieden mit sich selbst hatte sie versucht, mit ihrem Rappen – Adventure Boy – auszureiten. Dank ihrer Schulter war es allerdings nur ein Spaziergang geworden. Trotzdem, Zeit mit ihrem Pferd zu verbringen, hatte ihr gutgetan. Der warme, vertraute Geruch. Der stetige, beruhigende Herzschlag und seine süße Art, den Kopf neben ihren zu halten und zu schnauben, um nach noch einem Leckerchen zu betteln.

Völlig erschöpft war sie an diesem Abend ins Bett gefallen und hatte bis zum Morgengrauen tief und fest geschlafen. Sie fühlte sich klarer, fokussierter, als sie aufstand, um sich einen Kaffee zu kochen. Die schwarzen Schatten der Angst hatten sie nicht in die Knie gezwungen. Selbst ihre Schulter ließ sich schon ein bisschen besser bewegen. Sie machte es sich auf ihrer Couch gemütlich und sah durch das große Panoramafenster ihres Cottages zu, wie die Sonne den Horizont in ein Meer aus Pastelltönen verwandelte, bevor sie sich langsam aus dem Ozean erhob. Der akkurate graue Halbkreis der Halfmoon Bay wurde in sanftes Licht getaucht, das heller und heller strahlte. Die ersten Laubbäume hatten begonnen, ihre Farbe zu ändern. Fast so, als ob mit dem Sturm der Herbst auf die Insel gefegt worden wäre.

Als sie ihre Tasse geleert hatte, duschte sie, flocht ihre Haare und suchte ihre Kleidung sorgfältig aus. Bei einem Termin mit einem Beamten des Sheriff's Departments und einem Versicherungsvertreter konnte es nicht schaden, ein wenig konservativer aufzutreten. Sie zog einen hellblauen Cashmere-Cardigan über eine weiße Bluse zu dunklen Jeans an und überprüfte ihr Outfit im Spiegel. Mit den Fingerspitzen strich sie über den Cut unter ihrem Auge, um den sich ein blaugrünes Hämatom gebildet hatte. Sie wollte dem Versicherungsmakler gegenüber zwar seriös wirken und nicht, als käme sie gerade von einer Kneipenschlägerei. Aber diese Verletzung würde ihr Make-up auf keinen Fall anständig abdecken. Es war also besser, sie so zu lassen, statt beim Versuch, sie zu übertünchen, nur zu scheitern. Sie schlüpfte in ihre schwarzen Boots, griff nach ihrem Handy und verließ das Cottage.

Megan fand ihre Mutter in der Küche des Ranchhauses, wo sie gerade ein frisch gebackenes Bananenbrot zum Abkühlen auf ein Kuchengitter stellte.

Olivia warf ihr einen Blick über die Schulter zu, als sie Megan hinter sich hörte. »Du kommst genau richtig«, sagte sie und lächelte. »Das Brot ist noch warm.«

»Perfekt.« Megan sog den heimeligen Duft des Gebäcks ein. Sie nahm Teller für ihre Mutter und sich aus dem Schrank und strich Butter auf zwei Scheiben Bananenbrot, während Olivia Kaffee machte. »So kann der Tag beginnen«, befand Megan, als sie sich an den Küchentisch setzten.

»Wie geht es dir?« Megans Mutter sah sie auf diese Art an, die sagte: Flunkern bringt nichts.

»Besser.« Das war die Wahrheit. »Aber wirklich beruhigt bin ich erst, wenn die Versicherung die Kosten für die Futterscheune übernimmt«, ergänzte sie.

»Und weshalb lässt du jemanden aus dem Sheriffbüro herkommen?«

»Woher weißt du …?«, begann Megan.

Olivia zog die Augenbrauen hoch.

Megan ließ den Kopf hängen und seufzte. »Inselleben«, brummte sie. Langsam hob sie den Blick wieder und biss sich auf die Unterlippe. Wie sollte sie das ungute Gefühl am besten erklären? So wie sie es empfand – sie atmete langsam aus. »Finn hat gesagt, er wird sich die Schäden ansehen. Aber ich will wissen, ob jemand nachgeholfen hat.«

»Du denkst, das würde Finn dir nicht erzählen?« Olivia zog abermals auf ihre unnachahmliche Art die Augenbrauen hoch.

»Nein.« Megan verschränkte die Arme vor der Brust. »Nicht, wenn sein Großvater dafür verantwortlich ist.«

Olivia brach ein Stück Bananenbrot ab und schob es sich in den Mund. »Traust du Finn das wirklich zu?«, fragte sie.

»In erster Linie ist es Benedict, dem ich nicht traue«, brachte Megan ihre Befürchtungen auf den Punkt.

»Weißt du«, Olivia drehte für einen Moment nachdenklich ihre Tasse zwischen den Händen. »Dieses Jahr ist viel passiert. Aber wir wissen, wer dafür verantwortlich war: Zara. Auch wenn wir sie ihrer Taten nicht überführen können. Benedict kann nichts dafür. Er ist ein alter, gereizter Bär, und es gefällt ihm sicher nicht, dass Finn *Seal Rock Hall* an Cam verkauft hat. Der jetzt auch noch ein Hotel auf der Insel errichtet, wo er doch seinen lächerlichen Kreuzfahrtschiff-Hafen bauen will. Aber ich glaube, wir bewegen uns langsam vorwärts. Warum sonst hätte er uns die Halfmoon Bay verkaufen sollen? Jahrzehntelang hat er mit diesem Stück Land vor unserer Nase herumgewedelt.«

Megan war sich sicher, dass Benedict sie genau das glauben lassen wollte. »Er hat das Land wahrscheinlich verkauft, weil er Geld für den Bau seines Hafens braucht«, sprach sie ihre Vermutung aus.

»Jedenfalls ist es an der Zeit, die alten Geschichten ruhen zu lassen«, hielt Olivia dagegen.

»Und ich sage dir, dass Benedict etwas im Schilde führt.« Megan sah ihre Mutter fest an. »Ich kann es in seinen Augen lesen. Und zwischen den wenigen Worten heraushören, die er mit mir wechselt und die mir jedes Mal eine Gänsehaut über den Rücken jagen. Da stimmt etwas ganz und gar nicht, auch wenn ihr das nicht glauben wollt.« Sie schüttelte den Kopf. »Benedict Morgan hält schon so lange an seinem alten Groll fest, er wird nicht plötzlich damit aufhören.«

Olivia seufzte. »Versuch wenigstens, Finn neutral gegenüberzutreten. Selbst wenn du recht hast und sein Großvater uns Coopers nicht vergeben kann: Finn trifft keine Schuld.«

Wenn man vom Teufel sprach – oder in diesem Fall vom Bauunternehmer: Genau in diesem Moment rollte Finns schlammbespritzter Pick-up auf den Hof. Er öffnete die Fahrertür, und Will schoss wie eine Kanonenkugel aus dem Truck. Er rannte sofort zu Charlie und Jumper, die auf der Veranda mit einem alten Seil spielten. Finn setzte seine Sonnenbrille ab, warf sie auf das Armaturenbrett und stieg dann ebenfalls aus. Neben seinem Wagen blieb er stehen, stemmte die Hände in die Hüften und betrachtete die Reste der Futterscheune. Die abgewetzten, schlammbespritzten Stiefel und das karierte Flanellhemd ließen ihn eher wie einen Cowboy aussehen als wie einen Bauunternehmer. Mit einer nachlässigen Geste schob er sich die Haare aus der Stirn, die der Wind sofort zurückblies. Megan löste ihren Blick von Finns Rücken, als ihre Mutter sich räusperte.

»Ich wünsche mir, dass du ihn so behandelst, wie wir Coopers mit unseren Freunden und Nachbarn umgehen«, sagte sie.

Womit sie Megan automatisch ein schlechtes Gewissen machte. Sie war Finn gegenüber kratzbürstig gewesen. Aber wie sie Olivia gerade erklärt hatte, hatte sie ihre Gründe. Sie erhob sich. »Keine Sorge, Mom. Ich kann mich benehmen«, beruhigte sie ihre Mutter. Sie nahm ihren Kaffeebecher und wandte sich zur Tür.

»Megan.«

Sie bemühte sich, nicht die Augen zu verdrehen, und blickte über ihre Schulter. Olivia hielt ihr einen Thermobecher entgegen. »Außerdem wünsche ich mir, dass du Finn gegenüber so gastfreundlich bist, wie man es von den Coopers gewohnt ist.«

»Ich bin nicht Finley Morgans persönliche Kellnerin.« Megan rieb sich über das Gesicht. Wenn es um Finn ging, war ihr Mund manchmal schneller als ihr Gehirn. Da ihre Mutter ihr nur wortlos den Becher entgegenhielt, griff sie danach und stellte ihn unter die Kaffeemaschine. »Er wird ihn schwarz trinken müssen oder er lässt es bleiben«, konnte sie sich nicht verkneifen.

Die Lachfältchen in den Augenwinkeln ihrer Mutter kräuselten sich. »Du musst einfach immer das letzte Wort haben.«

*

Die Futterscheune der *Silver Brook Stables* wieder aufzubauen würde keine Kleinigkeit werden. Die Coopers mussten jede Menge Zeit und Geld in die Hand nehmen, um diesen Schaden zu beheben. Dazu musste Finn sich das eingestürzte Gebäude gar nicht genauer ansehen, da reichte schon ein einziger Blick!

»Ziemlich übel, was?«

Finn wandte Megan den Kopf zu, die, zwei Kaffeebecher in der Hand, neben ihn getreten war. Ohne ihn anzusehen, den Blick starr auf die Ruine gerichtet, streckte sie die Hand mit einem der Thermobecher in seine Richtung. »Danke.« Finn griff nach dem Kaffee. »Muss ich mir Gedanken über Arsen oder Frostschutzmittel machen?«

Megan zog den Mundwinkel nach oben, sah ihn aber noch immer nicht an. Ganz anders als bei dem Tanz vor zwei Abenden, als er regelrecht in ihrem Blick versunken war. »Sieh es als Friedensangebot«, holte sie Finn aus dieser Erinnerung, die es durchaus schaffte, seinen Magen kribbeln zu lassen. Sie nippte an ihrem Kaffee. Auf einmal stieg ihm Megans Duft in die Nase. Klar und frisch, ein bisschen wie ein Regenschauer im Frühling. Er hatte diesen Duft auch an ihr wahrgenommen, als sie auf dem Herbstball miteinander getanzt hatten. Trotz des Windes, der um sie herumgefegt war. Als er sie ein bisschen zu nah an sich herangezogen hatte, kurz vor diesem einen merkwürdigen Moment. Ihre Beine steckten wie immer in Cowboy-Boots. Schwarz und so blitzsauber geputzt, dass man sich fast darin spiegeln konnte. Das komplette Gegenteil seiner schlammverschmierten Arbeitsstiefel. Anders als die modisch zerrissenen Jeans, die sie auf dem Herbstball getragen hatte, waren die, die sie heute anhatte, frei von Löchern und ergänzten sich hervorragend mit der weißen Bluse, die sie unter einem schlichten hellblauen Cardigan trug. Die Haare hatte sie zu einem dicken Zopf geflochten, der ihr über den Rücken fiel.

Neben ihm stand nicht die Megan, die er kannte. »Hast du dich für mich so herausgeputzt?«, zog Finn sie auf.

Sie nickte mit dem Kinn in Richtung der beiden Wagen, die in diesem Moment hintereinander über die Holzbrücke rumpelten. »Für die beiden.« Der SUV war ein Streifenwagen des Sheriffbüros. Auf der Tür des Impalas prangte das Logo von Megans Versicherung.

»Cam hat schon angedeutet, dass du an Sabotage denkst.« Finn trank noch einen Schluck Kaffee. »Wenn dem so ist, werden wir es herausfinden.«

Megan sagte nichts dazu. Sie warf ihm einen Seitenblick zu, den Finn nicht deuten konnte, setzte dann ein Lächeln auf und begrüßte die beiden Männer, als sie sich zu ihnen gesellten, und stellte sie einander vor.

»Na gut.« Tom, der Deputy-Sheriff, rieb sich die Hände. »Dann wollen wir uns das mal ansehen.«

»Moment.« Finn ging zu seinem Pick-up und setzte seinen Schutzhelm auf, der auf dem Beifahrersitz gelegen hatte. Dann stellte er den Kaffeebecher auf die Ladefläche und holte zwei weitere Helme aus der Gerätebox. Er reichte sie den Männern. »Wer das Gebäude betreten will, setzt einen Helm auf.« Dann blickte er zu Megan hinüber. »Wenn du mit reinwillst … einen Helm hab ich noch.«

Megan schüttelte den Kopf. »Das überlasse ich gern euch.«

Sobald Finn sich einen Weg in die Scheunenüberreste gebahnt hatte, blendete er die Frau aus, die jede seiner Bewegungen aufmerksam verfolgte. Megan hatte ihm einen Kaffee gebracht, das hieß aber noch lange nicht, dass sie ihm auch nur einen Meter über den Weg traute. Auf einer Baustelle herrschten Konzentration und Disziplin. Insbesondere wenn alles, was sich noch über einem befand, jederzeit vollständig zusammenbrechen und einen unter sich begraben konnte.

Er kroch in den Trümmern des Gebäudes herum, inspizierte, was einmal die Stützpfeiler der Scheune gewesen waren, wies Tom und Mr. Clayton von der Versicherung auf verschiedene instabile Ecken, alte Schwachstellen und Dinge hin, die erst durch den Orkan beschädigt worden waren. »Ich bin kein Gutachter«, sagte er, als sie sich über die geborstenen Balken hinweg einen Weg ins Freie suchten. »Aber ich kann keine Fremdeinwirkung feststellen.« Er blickte über die Schulter, um sicherzugehen, dass die Männer ihm durch einen Spalt in der Scheunenwand zurück auf den Hof folgten.

Clayton nahm seinen Helm ab, als er wieder aufrecht stehen konnte, und fuhr sich mit dem Handrücken über die Stirn. »Das sehe ich ganz genauso.«

Während sie die Schäden begutachtet hatten, war Olivia aus dem Haus gekommen. Sie begrüßte die Männer und verteilte Wasser, um den Staub hinunterzuspülen, den sie in der Scheune eingeatmet hatten.

Finn schraubte seine Flasche auf, nahm einen großen Schluck und stellte sie dann neben den Kaffeebecher, den Megan ihm gebracht hatte, auf die Ladefläche seines Pick-ups. Er setzte seinen Helm ebenfalls ab und klopfte sich Staub und Holzsplitter von den Klamotten.

Tom schrieb mit konzentriert gerunzelter Stirn ein paar Dinge in sein Notizbuch, bevor er es in die Innenseite seiner Jacke steckte und sich die Hände rieb. »Ich bin hier erst mal fertig. Den Bericht, den ich schreibe, schicke ich dir, Megan. Und Ihnen natürlich auch.« Er nickte Clayton zu. »Es ist so, wie Finn es sagt: Wir konnten keine Sabotage erkennen.« Sein Blick glitt über den Haufen Holz und Schindeln. »Die Scheune war einfach zu alt, um dem Orkan noch viel entgegenzusetzen.« Er reichte Finn seinen Helm, verabschiedete sich und ging zu seinem Streifenwagen.

»Keine Sabotage?« Megan biss sich nachdenklich auf die Unterlippe. Dann richtete sie sich auf und knipste ihr Lächeln für Clayton an. »Wie wäre es?« Sie hob den Arm in Richtung des Ranchhauses. »Sollen wir alles Weitere bei einem Glas Eistee im Haus besprechen?«

Clayton nickte. »Eine fantastische Idee.«

Megan räusperte sich und warf Finn einen Seitenblick zu. »Das gilt natürlich auch für dich.«

»Danke.« Er blickte zu dem Haus hinüber, in dem Megan aufgewachsen war. Von außen sah es fantastisch aus. Groß, aber durch seinen Blockhausstil rustikal und gemütlich. Die drei großen Dachgauben und die verglaste Veranda auf der linken Seite lockerten die Struktur auf und verliehen ihm Leichtigkeit. Finn hatte das Haus der Coopers noch nie betreten. Wann immer Megan in ihren Teenagerjahren eine Party geschmissen hatte, war er nicht eingeladen gewesen. Und falls doch, hatte sein Vater ihm verboten hinzugehen.

Finn konnte nicht leugnen, dass er neugierig auf Megans Elternhaus war. Er folgte den Cooper-Frauen und Clayton auf die Veranda, auf der sich sein Hund neben Charlie und Jumper zusammengerollt hatte und ein Nickerchen hielt, als gehöre er hierher.

Olivia führte sie in das geräumige Wohnzimmer auf der linken Seite des Hauses. Finn erkannte sofort, dass es sich über die gesamte Länge des Grundrisses zog. Auf der einen Seite begrenzt von dem Wintergarten, den man vom Gestütshof sah. Er begriff, dass dieser Teil des Hauses ursprünglich zur überdachten Veranda gehört haben musste, die sich um das gesamte Gebäude zog. Architektonisch ein cleverer Schachzug. Durch die Verglasung und die Öffnung zum Wohnzimmer war ein einziger großer, lichtdurchfluteter Raum entstanden. Gepolsterte Fensterbänke, auf denen eine ganze Ansammlung bunter Kissen lag, luden dazu ein, es sich gemütlich zu machen und dem Treiben auf dem Hof zuzusehen. Fast wirkte es, als wäre man Teil der Szenerie draußen, auch wenn man sich im Haus aufhielt. Im Winter war das sicher spektakulär. Davor stand ein großer hölzerner Esstisch, an den Olivia sie bat. Sie hatte bereits eine große Glaskaraffe Eistee, eine Thermoskanne Kaffee, Gläser und Tassen neben einem herbstlichen Blumengesteck arrangiert.

Während Finn Platz nahm, ließ er seinen Blick an der Wand entlanggleiten, die aus einem einzigen hohen Bücherregal bestand. Wenn er Zeit hätte und nicht unter Megans scharfer Beobachtung stünde, wäre er an den Bücherreihen vorbeigeschlendert, hätte seinen Zeigefinger über die Buchrücken gleiten lassen und sich angesehen, was die Coopers lasen, wenn sie abends am Kamin saßen. Auf der gegenüberliegenden Seite, hinter zwei gemütlich aussehenden Sofas, die sich gegenüberstanden, führten große Flügeltüren auf einen Patio nach draußen und boten einen atemberaubenden Blick auf die Halfmoon Bay – den Zankapfel zwischen ihren Familien – und die unendliche Weite des Ozeans dahinter.

Am meisten beeindruckten Finn allerdings die Bodendielen, die unter ihren Füßen geknarrt hatten, als sie den Raum betreten hatten. Sie erinnerten ihn von der Farbe an dunklen Honig und erweckten den Eindruck, noch original vom Bau des Hauses um die Wende zum 20. Jahrhundert zu stammen. So viel hier auch renoviert und modernisiert worden war, dieser Boden hatte all das überlebt und verlieh dem Raum seinen ganz besonderen Charakter. Persönlichkeit.

Finn bedankte sich bei Olivia für das Glas Eistee, das sie ihm einschenkte und zuschob.

»Ich fülle die Karaffe nach. Und dann lasse ich euch in Ruhe.« Megans Mutter machte einen Schritt rückwärts, drehte sich um und verließ den Raum.

Finn blickte zu Megan hinüber. Sie zog eine Aktenmappe zu sich heran und schlug sie auf. Er hatte angenommen, dass Olivia bei dem Gespräch dabei sein würde. Natürlich wusste er wie jeder andere auf der Insel, dass Megans Mutter das Gestüt vor einem Dreivierteljahr ihren Töchtern überschrieben hatte. Aber für ihn war immer Olivia die Chefin gewesen. Er hatte nicht erwartet, dass sie sich aus allem heraushalten würde, und er musste sich jetzt darauf konzentrieren, Megan als taffe Geschäftsfrau zu sehen – dabei kannte er sie seit der Vorschule. Megan war immer das Mädchen gewesen, das anderen

Streiche gespielt hatte. Mit dem man Spaß haben und feiern konnte. Und das abgesehen davon nichts als Pferde im Kopf gehabt hatte.

Er konnte sich beim besten Willen nicht vorstellen, wie sie …

»Mr. Clayton, danke, dass Sie Ihren Besuch bei uns so schnell möglich gemacht haben«, begann sie. »Lassen Sie uns gleich auf den Punkt kommen. Ich bin die Versicherungspolice noch einmal durchgegangen.« Sie legte los, und Finn brauchte nicht lange, um seine Meinung zu revidieren.

Megan und er hatten nicht nur von der Vorschule bis zum Highschoolabschluss gemeinsam die Schulbank gedrückt, sie hatten auch beide Wirtschaftskurse an der UMaine in Orono belegt. In seiner Erinnerung hatte sie ihren Kopf eigentlich immer über ihr Handy gebeugt und sich mit irgendjemandem Nachrichten geschrieben. Jetzt wurde ihm bewusst, dass sie vielleicht doch besser aufgepasst hatte, als er es ihr zugetraut hatte. Sie verhandelte knallhart. Jonglierte mit Zahlen, Vergleichen. Begründete. Blieb konsequent, wo es nötig war. Gab an den Stellen nach, an denen es sich lohnte. Setzte ein charmantes Flirten ein, das trotz allem professionell wirkte. Und holte schließlich alles raus, was die Versicherung zu zahlen bereit war. Finn war sich sicher, dass er das selbst nicht besser hinbekommen hätte. Er nippte an seinem Eistee und betrachtete Megan. Das konservative Outfit, die kämpferisch blitzenden Augen. Ihre Argumentation. Das war … echt sexy.

Von sich selbst überrascht setzte Finn sich gerade auf. Wo war das denn gerade hergekommen? Aber es stimmte. Er hatte diese Facette von Megan nicht gekannt. Sie stand ihr verdammt gut. Und sie faszinierte ihn mehr, als er jemals zugeben würde.

*

Megans Magen zog sich zusammen, als Mr. Clayton seine Kladde schloss und sich erhob. Sie stand ebenfalls auf und reichte ihm die Hand. Während sich der Versicherungsvertreter von Finn verabschiedete, tauchte ihre Mutter im Türrahmen auf und bot an, den Mann zur Tür zu bringen.

Langsam ließ Megan sich auf ihren Stuhl zurücksinken. Sie hatte nicht das rausholen können, was sie sich von der Versicherung gewünscht hätte. Aber mehr war nicht drin gewesen. Sie hätte nackt auf dem Tisch tanzen können, Clayton hätte keinen Cent mehr rausgerückt.

»Das war ziemlich beeindruckend«, sagte Finn und nahm wieder ihr gegenüber Platz.

Megan sah ihn an, nicht sicher, ob er sie gerade auf den Arm nahm. Doch der Ausdruck in seinen Augen war ehrlich. »Danke«, murmelte sie. »Ich hätte gern mehr rausgeholt. Aber es ist egal, wie lange du eingezahlt hast. Wenn du was brauchst, sitzen sie auf ihren Geldsäcken und halten sie mit beiden Händen zu.«

Finn zuckte die Schultern. »Gemessen daran, wie alt die Scheune war, und daran, dass sie noch nie saniert oder ausgebessert worden ist, hast du einen ziemlichen Batzen Geld rausgeholt. Die meisten hätten Clayton nicht so einen hohen Betrag aus dem Kreuz leiern können.«

Megan lehnte sich zurück und atmete tief durch. Dann griff sie nach ihrem Glas und trank einen großen Schluck Eistee.

»Ja, der Zeitwert ist nicht mehr besonders hoch. Das ändert aber nichts daran, dass wir die Scheune dringend brauchen. Noch vor dem Winter. Womit wir zu dir kommen.« Sie stellte ihr Glas wieder ab. Einen Moment sammelte sie sich, dann sah sie Finn fest an. Sie würde in den sauren Apfel beißen müssen. Also konnte sie es jetzt gleich tun und es einfach hinter sich bringen, genau wie beim Abreißen eines Pflasters. »Ich weiß, wir sind nicht gerade Freunde. Und du nimmst es mir wahrscheinlich übel, dass ich Sabotage hinter dem Einsturz vermutet habe. Was ja im Umkehrschluss bedeutet, dass …« Sie schluckte. Finn würde es auch verstehen, ohne dass sie es aussprach.

»… du meine Familie verdächtigt hast«, beendete er den Satz.

Megan verzog den Mund. »Ja. Dafür möchte ich mich entschuldigen. Ich höre auf, zu spekulieren und Verdächtigungen auszusprechen, die ich nicht beweisen kann. Das verspreche ich.« Sie legte die Arme auf den Tisch und beugte sich ein wenig vor, um die Dringlichkeit ihrer Bitte zu unterstreichen. »Wir müssen nicht um den heißen Brei herumreden. Ich bin verzweifelt genug zu betteln, wenn es sein muss. Wir brauchen deine Hilfe. Bitte übernimm diesen Auftrag!«

Finn lehnte sich zurück und hielt Megans Blick, was wieder so ein merkwürdiges *Zing* in ihrem Magen auslöste. Genau wie bei dem Tanz auf dem Herbstball. Ihr Bedürfnis, den Blick zu senken, war übermächtig. Doch dann räusperte Finn sich, und ein Lächeln schlich sich in seine Mundwinkel. »Wenn du mich so nett bittest, kann ich nicht widerstehen.« Das Lächeln erreichte seine Augen nicht. Megan konnte sich nur zu gut vorstellen, dass seine Familie nicht begeistert sein würde, dass er für die *Silver Brook Stables* arbeitete. Vor allem, wenn Benedict wirklich dafür verantwortlich war, dass kein einziger Bauunternehmer in der Gegend bereit war, dieses Projekt zu betreuen. »Ich habe dir ein paar Entwürfe von Scheunen mitgebracht, die wir schon gebaut haben.« Er zog ein paar Hochglanzprospekte aus seiner Mappe und reihte sie vor Megan auf. »Das eine oder andere muss vielleicht ein bisschen angepasst werden. Das Fundament ist in Ordnung, wir könnten den neuen Bau also einfach draufsetzen. Ich vermute, dass ihr nach einer günstigen Lösung sucht. Einen bereits bestehenden Entwurf zu nehmen und auf euer Fundament umzurechnen, wird der einfachste Weg sein.« Er klopfte sich mit dem Kugelschreiber, mit dem er auf eines der Prospekte getippt hatte, um ihr zu zeigen, dass es ihren Vorstellungen vermutlich am nächsten kam, gegen die Unterlippe. »Am teuersten wird das Material. Aber wir sollten hochwertiges Holz verwenden. Und es gut vor der Witterung schützen, damit die neue Scheune wenigstens so lange steht wie die alte.«

Die Zahlen, die unten rechts auf den Papieren standen, ließen Megan schlucken. Eine neue Scheune war kein Schnäppchen, was einer der Gründe gewesen war, warum sie die Sanierung immer wieder aufgeschoben hatten. Auch wenn die Summe astronomisch schien, wusste sie, dass Finn sie nicht über den Tisch zog. Die Angebote waren fair, und vielleicht ließ sich an der einen oder anderen Stelle noch ein bisschen verhandeln. Außerdem würde sie Cameron bitten, einen Blick darauf zu werfen. Vielleicht hatte auch er noch Ideen, wo sich etwas einsparen ließe. »Was ist mit dem Material, das von dem alten Gebäude übrig ist? Lässt sich irgendwas davon wiederverwenden?«, versuchte sie, den Preis noch ein wenig nach unten zu korrigieren. Sie blickte auf den Hof. »Schließlich liegt da draußen jetzt ein riesiger Haufen Holz.«

Finn fuhr sich durch die Haare und schüttelte den Kopf. »Ich kann dir nur empfehlen, nicht an der Scheune herumzustückeln, sonst fangt ihr in ein paar Jahren wieder mit Ausbesserungen an. Ich kann dir Folgendes anbieten.« Er legte seine Unterarme auf die Tischplatte, um sich ein Stück vorzubeugen. »Bei manchen Projekten benutzen wir Abrissholz für Deko-Elemente oder Innenverkleidungen. Vor allem, wenn wir Häuser im Farmhouse-Style oder mit einem rustikalen Touch umbauen. Wenn bei eurer Scheune noch Holz dabei ist, das sich wiederverwerten lässt, zahle ich euch einen fairen Preis dafür und lagere es bei mir ein. Aber ganz ehrlich?« Er warf ebenfalls einen Blick auf den Trümmerhaufen draußen. »Viel wird das wahrscheinlich nicht sein.«

Megan nickte. Sie würde jeden Penny nehmen, den Finn ihr zahlte. »Dann machen wir es so. Ich spreche mit meinen Schwestern. Sobald wir uns für ein Modell entschieden haben, sage ich dir Bescheid. Was denkst du, wann du anfangen kannst? Und vor allem: Wie lange wirst du brauchen?«

»Erst einmal muss die Ruine abgerissen werden.« Finn scrollte durch den Kalender auf seinem Handy. »Ich kann euch morgen ein paar Schuttcontainer auf den Hof stellen lassen und eine halbe Crew von *Seal Rock Hall* abziehen. Dort liegen wir im Moment ein bisschen vor dem Zeitplan. Vielleicht kannst du irgendwo noch ein bisschen Unterstützung für diese Arbeiten auftreiben.«

»Wir helfen auf jeden Fall«, sagte Megan sofort. Der Abriss wurde nicht nur billiger, wenn sie mit anpackten. Es wurde schlicht jede Hand gebraucht, wenn sie so schnell wie möglich fertig werden wollten.

Finn nickte. »Bis zum Ende der Woche dürfte das Turner-Projekt abgeschlossen sein, dann habe ich ein paar Zimmerleute, die mit dem Wiederaufbau beginnen können. Vorausgesetzt, das nötige Holz ist bis dahin da. Entscheidet euch so schnell wie möglich, wie die neue Scheune aussehen soll, dann rechne ich das Ganze durch und bestelle die Baumaterialien. Wenn alles so klappt, wie wir beide uns das vorstellen, könnten wir vielleicht schon nächste Woche beginnen. Ich rechne mit sechs bis acht Wochen Bauzeit. Allerdings könnt ihr anfangen, euer Futter einzulagern, sobald das Ständerwerk für das Erdgeschoss aufgerichtet ist. Die Seitenwände decken wir provisorisch mit Planen ab. Wenn es gut läuft, sind wir in vier Wochen so weit. Eins noch: Wir brauchen Platz.«

»Ist der Hof nicht groß genug? Wenn die Schuttcontainer weg sind, kannst du das Bauholz gerne vor der Scheune lagern. Solange wir noch mit den Pick-ups und dem Traktor vorbeikommen, sehe ich da kein Problem«, sagte Megan.

»Das wird nicht reichen. Wir schneiden die Einzelteile am Boden zu und bauen sie auch dort zusammen, bevor wir das Ständerwerk aufstellen. Vielleicht können wir auf die Koppel hinter der Baustelle ausweichen.«

Megan nickte. Das war definitiv das kleinste Problem. »Ich kümmere mich darum.«

Finn erhob sich, und Megan schob die Prospekte zusammen, bevor auch sie aufstand. »Ich setze einen Vertrag auf und komme irgendwann diese Woche vorbei, um die Details zu klären«, schlug er vor.

»Danke, Finn.« Megan spürte, wie der Druck, der auf ihrem

Brustkorb gelastet hatte, seit sie in der Sturmnacht vor den Trümmern der Scheune gestanden hatte, verschwand. Sie war sich sicher, dass es Reibereien zwischen Finn und ihr geben würde. Man konnte nicht ein Leben lang in verfeindeten Lagern stehen und dann plötzlich so tun, als wäre alles eitel Sonnenschein. Aber Finn war bereit, ihnen zu helfen. Also würde sie es schaffen, ihre Skepsis und das ungute Gefühl, das sie beim Gedanken an die Morgans regelmäßig überkam, zur Seite zu schieben.

6

Gemeinsam mit seinen Schwestern ein Gestüt zu leiten hatte viele Vorteile. Ganz besonders mochte Megan die Art, in der sie ihre Besprechungen abhielten. Die Cooper-Frauen brauchten dazu keinen Konferenzraum mit einem großen, glänzenden Besprechungstisch und diesen Stühlen mit dem Stahlrohrgestell, die vor und zurück wippten, wenn man sich daraufsetzte. In den *Silver Brook Stables* schichtete man einfach Holzscheite in die Feuerstelle hinter dem Ranchhaus und setzte sich mit einem Glas Wein in einen der Deckchairs. Während man über das Geschäft sprach, konnte man von hier aus dabei zusehen, wie die Sonne hinter den Ozean sank und den Himmel in Farben zurückließ, die zum Orangerot der fröhlich tanzenden Flammen passten.

Abby legte gerade Holz nach und ließ eine wilde Funkenwolke in den Abendhimmel aufsteigen, als Megan mit dem Rotwein, den Gläsern und ihrer Aktenmappe unter dem Arm auf den Patio trat.

Summer hatte es sich bereits in ihrem Deckchair bequem gemacht und tippte auf ihrem Handy herum. Sie blickte auf, als Megan über den kurz gemähten Rasen zu ihnen hinüberging. »Hey«, sagte sie und lächelte. Dann nahm sie ihr Weinglas entgegen und ließ Megan einschenken.

Abby warf das letzte Holzscheit auf das Feuer und erhob sich. Sie wischte ihre Hände an den Jeans ab und strich Megan dann mit der Linken über die Schulter, während sie mit der Rechten nach ihrem Glas griff. Nachdem Megan auch ihre älteste Schwester mit Wein versorgt hatte, schenkte sie sich selbst ein und stellte die Flasche neben ihren Platz. Vorsichtig ließ sie sich in den Deckchair sinken und legte die Mappe auf ihren Schoß.

»Tut es immer noch weh?«, wollte Summer wissen und warf ihr einen Seitenblick zu.

Je länger der Tag wurde, desto heftiger pochte die Prellung in Megans Schulter. »Es geht«, sagte sie. Nachher würde sie sich einfach unter die Dusche stellen und heißes Wasser auf ihren Rücken prasseln lassen, bis der Boiler leer war.

»Wie ist es mit Finn gelaufen?«, wollte Abby wissen. Sie schloss die Augen und atmete das Aroma aus ihrem Weinglas ein, bevor sie daran nippte.

»Mit Finn und mit Mr. Clayton«, betonte Megan, dass auch der Versicherungsvertreter dabei gewesen war, »ist es so gut gelaufen, wie es unter den Umständen möglich war.« Sie erzählte ihren Schwestern, was die Versicherung zu zahlen bereit war. Dann zeigte sie ihnen die Prospekte, die Finn ihr gegeben hatte. »Finn kann anfangen, sobald er mit dem Turner-Haus fertig ist. Wahrscheinlich nächste Woche. Er glaubt, dass er etwa zwei Monate brauchen wird. Wenn alles gut geht, steht das Grundgerüst aber schon in vier Wochen, und wir können das Heu und das restliche Futter geschützt einlagern. Wir bekommen das also vor dem Winter hin. Wenn wir uns für ein Design entschieden haben, kann er das neue Gebäude auf das Fundament des alten stellen«, erklärte sie.

»Auf dem im Moment aber noch die alte Scheune liegt«, erinnerte Summer sie an das Offensichtliche.

»Wo wir gerade davon reden«, Megan hob ihre Hüfte ein wenig an, um die Arbeitshandschuhe, die sie mitgebracht hatte, aus ihrer Gesäßtasche zu ziehen. Sie warf ihren Schwestern je ein Paar zu. »Euer Einsatz ist gefragt.« Sie trank einen Schluck Wein, bevor sie weitersprach. »Heute Nachmittag war Harley bei mir, um mir im Namen all unserer Mitarbeiter anzubieten, uns beim Abriss der alten Scheune zu unterstützen und, wenn es notwendig wird, auch beim Wiederaufbau.«

»Wow.« Abbys Stimme klang belegt. »Das ist ein wundervolles Angebot.«

Megan nickte. »Das fand ich auch. Aber wenn unsere Mitarbeiter schuften, dann werden wir das genauso tun. Außerdem müssen wir noch am Wochenende die Zäune der Seniorenkoppel versetzen.« Von allen Punkten, die Finn an diesem Tag angesprochen hatte, war dieser am leichtesten umzusetzen. Das Seniorenheim, wie sie den Offenstall nannten, in dem ältere Tiere ihren Lebensabend verbrachten, hatte eine so weitläufige Weide, dass sie problemlos ein Stück für die Scheunenbaustelle abzwacken konnten. »Der Bautrupp braucht Platz, um die Einzelteile der Scheune aufzubauen. Alles, was wir selbst machen, spart uns bares Geld.«

»Was uns zu dem Teil bringt, der wehtun wird«, mutmaßte Summer und streckte ihre Beine aus. Sie trug noch ihre Arbeitskluft, bestehend aus Jeans, Stiefeln und einem Longsleeve mit dem Logo des Gestüts, da ihre letzte Trainingseinheit gerade erst zu Ende gegangen war. Ihren Stetson hatte sie neben ihrem Stuhl ins Gras fallen lassen.

»Ja. Ziemlich«, gab Megan zu. »Das Angebot der Versicherung ist fair, wenn man den Zeitwert der Futterscheune bedenkt. Aber es ist definitiv nicht so viel, wie ich es mir erwartet habe.«

»Cam würde uns so gut wie möglich aushelfen«, sagte Abby. »Aber im Moment ist es auch bei ihm schwierig. Mit dem neuen Projekt in Vermont und seinem Anteil an *Ice Blue Fire* ist er gerade nicht besonders flüssig.« Sie zuckte mit den Schultern, als ihre Schwestern sie anstarrten. »Ich gebe nur wieder, was ich euch sagen soll. Das meiste Geld in seinem Treuhandfonds ist fest angelegt. Er könnte was lockermachen und ein bisschen mit seinen Projekten jonglieren, aber das wird trotz allem nicht von heute auf morgen möglich sein.«

Summer schüttelte den Kopf im selben Moment, in dem Megan »Nein« sagte. »Das kommt überhaupt nicht infrage. Wenn du nicht mit Cam zusammen wärst, müssten wir auch allein klarkommen.«

»Wir rocken das schon«, ergänzte Summer voller Zuversicht.

»Das ist die Stelle, an der wir zu den guten Nachrichten kommen.« Megan schenkte sich noch einmal Wein nach und reichte die Flasche dann an ihre Schwestern weiter. Sie sog die angenehme Duftmischung aus Holzrauch und Ozean ein. Nach ihren Verhandlungen mit Finn und Clayton hatte sie den Rest des Tages in ihrem Büro verbracht und ihren Charme spielen lassen, um weiteres Geld lockerzumachen. Umso angenehmer war es, jetzt unter freiem Himmel zu sein und die klare Abendluft einzuatmen. »Ich habe Golden Dream verkauft.«

Summer richtete sich überrascht in ihrem Stuhl auf, und Abby beugte sich vor, um sie besser sehen zu können. »Ernsthaft? Das ist ja wundervoll! Ich wusste doch, dass du es schaffst, Geld einzutreiben.«

»Wer hat ihn genommen? Ludlum?«, fragte Summer im selben Moment.

»Ja, Ludlum hat sich – mit meiner Hilfe – endlich entscheiden können.« Megan hatte ein bisschen geflunkert und dem Rennstallbesitzer suggeriert, dass auch die Konkurrenz an dem Hengstfohlen mit dem fantastischen Stammbaum interessiert war. Ludlum schlich schon seit fast einem Dreivierteljahr um den kleinen Hengst herum, gehörte aber grundsätzlich zu den Leuten, die sich verdammt schwer entscheiden können. Die Probleme, die die *Silver Brook Stables* in diesem Jahr schon gehabt hatten, hatten ihrem Ruf eindeutig geschadet und dazu geführt, dass sie auch hier nicht den Preis hatte rausholen können, den ein Fohlen mit einem solchen Stammbaum eigentlich wert war. »Er wird ebenfalls nicht das zahlen, was wir uns gewünscht hätten, nichtsdestotrotz ist es ein ordentlicher Batzen Geld.«

»Dann können wir die neue Scheune mit dem Geld von der Versicherung und dem, was wir für Golden Dream erhalten, bezahlen?«, wollte Summer wissen.

»Es sieht ganz so aus, als ob wir das hinbekommen. Natürlich müssen wir erst Finns Kostenvoranschlag abwarten. Aber wenn er in dem Rahmen bleibt, den er bereits grob abgesteckt hat, schaffen wir das.«

»Puh.« Abby kippte den Rest ihres Weins auf ex runter und schenkte sich nach. »Dieses Jahr hat wirklich seine Tücken. Ich bin verdammt froh, dass du diese Verhandlungen übernommen hast, Megs. Du hast das Maximum herausgeholt. Jetzt können wir wieder nach vorn blicken.«

Die Schwestern stießen auf die guten Aussichten an. »Wann kriegen wir das Geld?«, wollte Summer wissen.

Megan nippte an ihrem Glas. Das war der einzige Wermutstropfen an dieser Sache. »Das wird leider noch ein bisschen dauern.« Erschöpft rieb sie sich über den Nacken. Sie hatte wie verrückt mit den Finanzen jongliert und alles hinbekommen. Nur dieser Teil verursachte ihr Magengrimmen. Wofür es keinen Grund gab, ermahnte sie sich im Stillen. Tausende Farmer und Rancher balancierten jedes Jahr mit ihren Krediten und Hypotheken. »Die Versicherung ist nicht so schnell, und Ludlum muss das Geld auch erst einmal zusammenkratzen.«

»Finn müssen wir aber trotzdem bezahlen.« Abby starrte nachdenklich ins Feuer.

»Ja. Ich glaube sogar, er würde uns entgegenkommen, so weit das möglich ist. Aber er muss das Material für den Neubau ordern. Zumindest die erste Fuhre Balken, die sie für das Ständerwerk brauchen. Und das muss ja irgendwie bezahlt werden. Wenn wir den Vertrag abschließen, müssen wir die Anzahlung leisten.«

»Was wir aber nicht können«, brachte Summer es auf den Punkt.

»Wir schieben den Kredit, mit dem Mom den Morgans die Halfmoon Bay abgekauft hat, dann geht es.« Die Banken, die landwirtschaftlichen Betrieben Geld liehen, kalkulierten schlechte Ernten, Unwetter und Krankheiten in ihre Rückzahlungsmodalitäten ein. Es war überhaupt kein Problem, die Darlehensrückzahlungen in diesem Monat ein wenig nach hinten zu schieben. Die *Bar Harbour Bank & Trust* war ihre Hausbank, solange sie denken konnten. Sie würde Verständnis haben. Megan presste ihre Hand auf den Magen und schob das flaue Gefühl, das dieser Schachzug ihr bereitete, zur Seite. »Ich setze gleich morgen einen Brief an die Bank auf und bitte um Aufschub. Sobald wir das Geld von der Versicherung und Ludlum auf dem Konto haben, überweise ich, und alles ist wieder im grünen Bereich. Vielleicht kommen ein paar Verzugszinsen auf uns zu. Aber das ist alles.« Megan merkte, dass sie mit dem, was sie sagte, nicht nur ihre Schwestern zu überzeugen versuchte, sondern vor allem sich selbst. Sie legte noch eine Spur mehr Zuversicht in ihre Stimme. »Das wird schon.«

»Danke, dass du einen Ausweg für unsere Lage gefunden hast.« Summer griff zu ihr herüber und drückte ihre Hand. »Wirst du mit Finn arbeiten können?«, wechselte sie das Thema, offenbar erleichtert, dass sie keine Angst mehr haben mussten, das Gestüt zu verlieren.

Megan blinzelte. Der Themenwechsel kam ein wenig abrupt – und gab ihr keine Zeit, über die Frage nachzudenken. »Natürlich«, sagte sie ganz automatisch. Was gelogen war. Wie sie bereits ihrer Mutter erklärt hatte, traute sie den Morgans nicht über den Weg. Wenn sie die Einzige war, die das so sah, war ihr das egal. Lieber gab es nur eine Cooper, die diese Familie im Auge behielt, als gar niemanden. »Wir sind erwachsen. Professionelle Geschäftsleute«, ergänzte sie. Trotzdem entging ihr der Blick nicht, den ihre Schwestern tauschten.

»Wir hatten noch gar keine Zeit, über den Herbstball zu reden«, sagte Abby.

»Da gab es ja auch weniger etwas zu reden.« Megan tippte an den Cut in ihrem Gesicht. »Es ging an diesem Abend mehr ums Verarzten. Und um den kleinen Nervenzusammenbruch im Anschluss.«

»Wir meinen mehr das *davor.*« Summer lächelte sie an. »Dieser Tanz mit Finn – das war ziemlich«, sie wedelte auf der Suche nach dem richtigen Wort mit der Hand, »heiß«, beendete sie ihren Satz schließlich.

»Das glaube ich.« Megan verdrehte die Augen, weil das die einzig richtige Reaktion war. Auch wenn sie ganz genau wusste, was ihre Schwester meinte. »Klar war der Tanz heiß. Ich habe ja schließlich gekocht vor Wut über Lindseys blödsinnige Aktion. Was wollte sie damit bezwecken? Uns blamieren? Oder es ein bisschen spannend machen und sehen, wer von uns sich weigern würde, mit dem anderen zu tanzen?«

Abby lachte leise. »Dass du sauer warst, kann ich mir denken. Aber das hat Summer nicht gemeint.«

Das war Megan bewusst. Sie sparte sich eine Antwort. Ihre Schwestern würden ihr so oder so sagen, was sie loswerden wollten. Ob sie versuchte, sie zu bremsen oder nicht.

»Zwischen euch war etwas. Anziehung.« Abby hob in einer unschuldigen Geste die Handflächen. »Wir sagen das nur, weil wir es bemerkt haben. Man konnte die Luft zwischen euch regelrecht flirren sehen vor Energie, wenn sich eure Blicke getroffen haben.«

Megan nahm einen großen Schluck Wein und verschluckte sich prompt. Als sie aufhörte zu husten und sich die Tränen aus den Augen wischte, schüttelte sie den Kopf. »Du weißt, dass das absoluter Blödsinn ist. Zwischen Finley Morgan und mir gibt es keine Chemie, abgesehen von dem Giftcocktail, den ich hin und wieder für ihn mischen möchte. Cam und Matt haben dafür gesorgt, dass ihr Herzchen in den Augen habt. Aber ich sehe im Gegensatz zu euch klar. Und ich sehe nicht das Gleiche wie ihr.« Sie wies mit dem Zeigefinger zwischen ihren Schwestern hin und her. »Versucht gar nicht erst, mir irgendetwas einzureden.«

»Wir wollen dir doch gar nichts einreden. Wir erzählen dir nur, was wir bemerkt haben«, hielt Summer dagegen.

»Das, was wir dir eigentlich sagen wollen, ist: Schalte ruhig mal deinen Kopf ab. Wenn du dich zu Finn hingezogen fühlst, ist das …«

»Ich fühle mich nicht zu Finn hingezogen, verdammt noch mal!«, unterbrach Megan ihre älteste Schwester. Dass Abby und Summer nicht aufhören konnten, auf diesem Thema herumzureiten, machte sie sauer. »Zwischen uns war nie etwas – und es wird auch nie etwas sein!«

Summer schnalzte mit der Zunge. »So ganz stimmt das ja nicht. War Finn nicht der erste Junge, den du geküsst hast?«

Und da fragten die Leute noch, warum sie gern Dinge für sich behielt. Weil ihre Schwestern es schafften, Dinge, die sie ihnen vor fast zwanzig Jahren im Vertrauen erzählt hatte, herauszukramen und ihr vorzuhalten. »Den wichtigsten Teil hast du vergessen«, fauchte Megan. »Wir haben ›Wahrheit oder Pflicht‹ gespielt, und ich hatte keine Wahl.« Megan stemmte sich aus ihrem Sitz hoch und ignorierte das Brennen in ihrer Schulter. »Wenn ihr mich jetzt entschuldigt. Ich muss mich darum kümmern, dass die Bank unsere Kreditrate aufschiebt.« Sie ging um das Ranchhaus herum und lief in Richtung ihres Cottages. Doch dann änderte sie die Richtung kurzfristig, holte Adventure Boy für einen kleinen Abendspaziergang aus dem Stall und folgte dem Pfad, der durch den Pinienhain auf die Lichtung führte, auf der *Seal Rock Hall* stand.

Seit Finn und sein Team mit der Restaurierung begonnen hatten, war sie nicht mehr hier draußen gewesen. Ihr Pferd und sie waren allein auf der Lichtung, stellte sie erleichtert fest, als sie aus dem Wald trat. Offenbar hatte die Crew schon Feierabend gemacht. Megan ließ den Blick über das Haus schweifen. Es war wie ein hässlich grau angelaufenes Stück Silber, das jemand mit viel Herzblut so lange poliert hatte, bis es in seinem alten Glanz leuchtete. Die Fassade erstrahlte ebenfalls wieder im gleichen Hellblau wie früher. Was den wunderschönen weißen Zuckerbäckerstuck an den Dachkanten zu neuem Leben erweckte. Selbst der Witwenausguck auf dem Dach war restauriert und erhob sich majestätisch vor dem Ozean. Megan band Adventure Boy an einer windschiefen Kiefer an. Dann ging sie langsam um das Gebäude herum, nahm die Details in sich auf. Strich mit den Fingern über die neuen Fensterläden. Wenn man auf der Suche nach einem Hinweis auf die Qualität war, die Finns Arbeit hatte, sah man hier alles, was man wissen musste.

Überrascht sog sie die Luft ein, als sie die riesige Terrasse auf der anderen Seite des Hauses sah. Sie war ebenfalls bereits restauriert und reichte auf spektakuläre Weise über die Klippe hinaus, sodass der Eindruck entstand, als ob sie über dem unter ihr tobenden Ozean schwebte.

Megan trat auf die dicken weiß lackierten Holzbohlen und blickte auf das Meer hinaus. Wahrscheinlich machten Finns Bauarbeiter hier ihre Mittagspause. Oder er trank hier mit Cam und Matt ein Feierabendbier. Sie wusste, dass die Männer gut befreundet waren und ihn öfter hier besuchten.

Megan kehrte zu Adventure Boy zurück, lehnte sich gegen seine warme Flanke und seufzte. Ein Laut, den der Wind mit sich nahm und auf das Meer hinaustrug. Sie verstand, worum es ihren Schwestern ging. Sie waren mit Cam und Matt verbunden, und damit automatisch mit Finn. Auf eine etwas umständliche Art und Weise verband das auch Megan mit ihm. Bis jetzt hatte sie es immer geschafft, Finn aus ihrem Leben auszublenden. Wenn sie mit Summer und Abby tanzen gegangen war. Wenn sie zusammen im Pub waren oder ein Lagerfeuer am Strand entfacht hatten. Bis jetzt waren sie immer unter sich geblieben. Wenn die Männer sich mit Finn trafen, dann allein. Zu typischen Männerabenden. Aber das würde nicht so bleiben. So gut wie sie befreundet waren, würden sie früher oder später anfangen, Finn zu ihren Grillpartys einzuladen. Zu einem Konzert der *Barn Cats*. Oder zum Glühpunsch hinter dem Haus. Und sie erwarteten, dass sie Finn mochte. Sie machten sich sogar Gedanken darüber, dass sie ein wenig mehr in ihm sehen könnte als den örtlichen Handwerker.

Megan rieb sich über ihren unangenehm kribbelnden Magen. Summers Worte waren ein Schlag unter die Gürtellinie gewesen. Finn war tatsächlich der erste Junge gewesen, den sie mit dreizehn geküsst hatte. Kein Moment, an den sie sich gern erinnerte. Alle Mädchen waren damals verknallt gewesen in Finley Morgan. Er war schon als Teenager groß gewesen, wenn auch ein bisschen dürr. Seine Haare hatten meist ein Eigenleben geführt. In dicken dunklen Wellen waren sie ihm immer wieder ins Gesicht gefallen. Seine dunkelbraunen Augen hatten ihre Mitschülerinnen zum Seufzen gebracht, und auf seinen Lippen lag immer ein freches Grinsen. Natürlich war auch Megan nicht immun gegen seinen Charme gewesen. Ihr Herz hatte verrückt gespielt, wenn er sie anlächelte, ihr beim Basketball im Schulsport den Ball zuspielte oder sich in der Pause über ihr Pult beugte, um sie etwas zu den Hausaufgaben zu fragen. Wenn sie die Augen schloss, konnte sie ihn noch riechen. Diesen Duft, der so für den Teenager Finn stand, dass sie ihn überall wiedererkannt hätte: Ozean, Orangen-Kaubonbons und Cola.

Sie hatte sich dafür gehasst, dass sie Finley so unwiderstehlich fand. Sollten ihm doch die anderen Mädchen hinterherlaufen. Wenn sie mit ihrer Familie in Home Port über den Markt schlenderte oder sich mit ihren Freundinnen traf und Finns Vater oder Großvater ihr über den Weg lief, konnte sie sie immer im Rücken spüren, diese abwertenden Blicke. So als ob die Coopers etwas Minderwertiges wären. Und die Morgans so viel besser als sie. Wenn sie sich zu Benedict und Arthur umgedreht hatte, hatten sie Megan herablassend angelächelt. Als wäre sie Abschaum. Nicht selten war die eine oder andere abfällige Bemerkung gefallen. Wie hätte sie Finn toll finden können, wenn seine Familie sie so behandelte?

Mit der Logik einer Dreizehnjährigen hatte sie beschlossen, dass es viel sinnvoller war, Finn zu hassen, statt sich selbst. Sie hatte es geschafft, Abstand zwischen sie zu bringen und sich gezwungen, ihre alberne Schwärmerei für ihn abzulegen. Bis zu dieser Geburtstagsparty. Als sie im Partykeller von Andrew Springer ›Wahrheit oder Pflicht‹ gespielt hatten.

Sie waren für zwei Minuten in einen Wandschrank gesperrt worden, und Megans Herz hatte so heftig gegen ihre Rippen geklopft, dass sie geglaubt hatte, es würde ihr gleich aus der Brust springen vor Aufregung. Der Schrank hatte muffig gerochen. Nach Mottenkugeln und altem Leder. Doch dann hatte sie nur noch Finn gerochen. Das Orangen-Kaubonbon. Cola. Sie hatte seinen Atem gespürt, das Zögern, bevor er seine Lippen auf ihre gepresst hatte. Hitze war in ihr aufgestiegen. Und als er seine Hände an ihre Wangen gelegt hatte, war ihr schwindelig geworden, so schön hatte sich das angefühlt. Megan hatte erst später herausgefunden, dass das nicht immer so aufregend und schön war. Sie hatte in ihrem Leben genug Frösche geküsst, um das beurteilen zu können. Aber dieser erste Kuss hatte sie völlig überwältigt.

Als die Schranktüren wieder aufgezogen worden waren, hatte sie blinzelnd in die Gesichter der anderen Partyteilnehmer geblickt.

»Und? Wie war es?«, hatte eines der Mädchen mit neidisch verzogenen Lippen gefragt.

Megan hatte Finn angesehen, der sie unter halb gesenkten Lidern, mit geröteten Wangen und einem Lächeln auf den Lippen anstarrte. Er fühlte sich genauso wie sie, war es ihr durch den Kopf gegangen. Ihr Magen schlug einen Salto.

»Und?«, kam die ungeduldige Frage von einem anderen Mädchen.

Megan öffnete den Mund. Sie blickte noch einmal zu Finn und dann zu den anderen Kids. Was sollte sie sagen? Sie hatte den Jungen geküsst, der so tabu war wie nichts sonst. »Eklig«, hatte sie hervorgepresst, bevor ihr die Wahrheit entschlüpfen konnte. »Total eklig.« Demonstrativ hatte sie sich mit dem Ärmel ihres Pullis über den Mund gewischt.

Sie hatte Finn nicht noch einmal angeschaut. Aber aus den Augenwinkeln hatte sie sehen können, wie er erstarrte. Das Lächeln erlosch, und das Rot auf seinen Wangen vertiefte sich. Während ihre Mitschüler ihn aufgezogen und ausgelacht hatten, hatte Megan das Verhältnis zwischen sich und Finn ein für alle Mal zerstört. Sie würden sich nie wieder näherkommen. Ganz gleich, ob diese dämliche Fehde zwischen ihren

Familien irgendwann Geschichte war oder nicht. Abgesehen davon brauchte sie keinen Finley Morgan in ihrem Leben. Es gab genug Männer da draußen, die mindestens so gut küssten wie er. Megan war sich sicher, dass er andersherum genau die gleiche Erfahrung gemacht hatte. Trotzdem war sie diejenige, die ihn als Teenager gedemütigt hatte. So etwas vergaß ein Mann nicht.

*

Finn rollte die Schultern, um seine Nackenmuskeln zu lockern. Er liebte das Bauhandwerk. Alles daran: Er machte sich gern die Hände schmutzig, stemmte Balken, bis die Muskeln zitterten und arbeitete als Zimmermann. Und er liebte es, sich in Arbeiten wie dem Abschmirgeln von Farbresten oder Anstreichen zu verlieren. Balken und Bretter zuzusägen. Das hatte fast etwas Meditatives. Was er nicht mochte, war alles, was am Schreibtisch passierte. Angebote schreiben war genauso öde wie Rechnungen und die Steuererklärung. Aber das gehörte nun mal dazu. Er hatte schon ein paar Mal versucht, seine Cousine Emma dazu zu kriegen, die Buchhaltung für ihn zu machen, aber sie hatte sich noch nicht dazu überreden lassen, von seinem Großvater zu ihm zu wechseln. Trotzdem brauchte er bald jemanden, der diesen Teil des Jobs übernahm. Finn hatte inzwischen so viele Aufträge, dass der Schreibkram ihn oft bis tief in die Nacht aufhielt – und Kopfschmerzen verursachte.

Heute rechnete er besonders viel hin und her. Ihm war klar, dass die Coopers mit ihrem Budget jonglieren mussten. Deshalb probierte er verschiedene Möglichkeiten. Dachte über Alternativen nach. Warf seine Planung über den Haufen und begann von vorn.

Er trank einen Schluck von seinem Kaffee, der inzwischen nur noch lauwarm war. Wenigstens verfügte er über einen der schönsten Arbeitsplätze, die man sich wünschen konnte. Sein Arbeitszimmer befand sich im ersten Stock seines Hauses. An den Wänden hatte er Regale aus schwarzem Metall befestigt, auf denen dicke Holzbretter lagen. Er mochte es, den Industrial-Style mit rustikalen Ranchhaus-Elementen zu kombinieren. Sein Schreibtisch war eine einfache, breite Holzplatte, die er unter dem Fenster, das auf den Ozean hinausging, auf zwei Sägeböcke gelegt hatte. Sie reichte über die gesamte Breite des Zimmers und bot ihm genügend Platz, um seine Unterlagen auszubreiten. Will schien mit der Größe ebenfalls einverstanden zu sein. Er hatte Finn keine weitere Beachtung geschenkt, seit sie nach Hause gekommen waren. Inzwischen schien es ihm auf seinem Hundekissen im Erdgeschoss zu langweilig geworden zu sein, denn er hatte sich ins Zimmer geschlichen und unter dem Arbeitstisch zum Schlafen zusammengerollt. Vielleicht würde er einfach ein zweites Hundekissen kaufen, damit Will hier einen festen Platz hatte, wenn sein Herrchen sich die Nächte um die Ohren schlug. Im Moment pendelte Finn zwischen seinem Schreibtisch und dem großen verstellbaren Zeichentisch auf der gegenüberliegenden Büroseite hin und her, auf dem er die Bauzeichnung für die neue Scheune anfertigte. Er skizzierte den Aufriss in einem Maßstab von 1:100 und notierte nebenher den rechnerischen Abbund, um zeichnerische Fehler zu vermeiden.

Finn griff nach einem Bleistift, strich ein paar der Zahlen auf dem Blatt vor ihm durch und schrieb andere daneben. Will hörte das Auto einen Moment vor ihm und sprang auf, um ins Erdgeschoss hinunterzurennen und die Tür anzubellen. Von hier aus konnte Finn den Besucher nicht sehen, aber es machte keinen Sinn weiterzuarbeiten, bis derjenige klopfte. Will würde keine Ruhe geben. Finn ließ den Bleistift fallen und folgte dem Hund die Treppe hinunter. Durch die Scheibe neben der Haustür erkannte er den SUV seines Großvaters. »Ist gut, Will«, beruhigte er den Hund, der ihm einen Blick zuwarf und dann aufhörte zu bellen.

Finn unterdrückte den Seufzer, der ihm auf der Zunge lag. Das Bedürfnis, Benedict den Rücken zuzudrehen und einfach so zu tun, als wäre er nicht zu Hause, war groß. Aber da er keine zwölf mehr war, wappnete er sich gegen den Wutanfall, der ihn gleich treffen würde. Spätestens nachdem er es seiner Mutter erzählt hatte, war ihm klar gewesen, dass sein Großvater davon erfahren würde, dass er die Scheune der Coopers wiederaufbaute. Dass sein Großvater und sein Dad davon nicht begeistert sein würden, war ihm klar gewesen. Er hatte allerdings gehofft, dass Benedict ihm nicht ganz so schnell einen Besuch abstatten würde. Nun seufzte er doch noch und öffnete die Tür. Wem machte er etwas vor? »Hallo Grandpa«, begrüßte er seinen Großvater.

»Finn.« Benedict nickte ihm zu und beugte sich zu Will hinunter. »Du bist also der Hund, von dem ich schon so viel gehört habe.«

Finn hatte bereits herausgefunden, dass sich Wills Loyalität im Bruchteil einer Sekunde verlagerte, wenn jemand bereit war, ihn zu streicheln. Nicht so, wenn es um seinen Großvater ging. Als ob der Hund Finns Anspannung spürte, wich er einen Schritt zurück, bezog neben ihm Stellung und gab ein leises Knurren von sich. »Ist gut, Will«, beruhigte Finn ihn und legte ihm die Hand auf den Rücken. Dann trat er einen Schritt zur Seite und bat Benedict ins Haus. Er hielt die Tür auf und schloss sie hinter seinem Großvater. Immerhin hatte Benedict ihn nicht sofort angebrüllt. Verglichen mit dem stoischen Schweigen in den letzten Wochen war dieser Besuch auf jeden Fall ein Fortschritt. »Kann ich dir ein Bier anbieten?«, fragte er.

»Gern.« Benedict folgte ihm in die Küche und setzte sich auf einen der Hocker an der Kücheninsel.

Finn nahm einen Hundekeks aus der Dose, die er auf der Küchentheke deponiert hatte, und warf ihn Will zu. Der Hund schnappte sich das Leckerli aus der Luft und inhalierte es regelrecht. Dann öffnete Finn den Kühlschrank und nahm zwei Island Brew heraus. Er drehte die Deckel von den Flaschen und reichte seinem Großvater eine.

Seine eigene hob er zum Toast und lehnte sich gegen die Küchenzeile. Will kam zu ihm herüber, ließ sich neben ihm auf den Boden sinken und legte den Kopf auf seinen Fuß. Finn wartete. Sein Großvater war zu ihm gekommen, also würde er den Anfang machen müssen.

Benedict trank bedächtig einen Schluck Bier und stellte die Flasche dann vor sich ab. Die Handflächen auf die Betonoberfläche der Kücheninsel gestützt sah er Finn an. »Du hast den Wiederaufbau der Scheune übernommen«, kam er schließlich auf den Grund seines Besuches zu sprechen.

Finn sparte sich eine Antwort. Er wartete weiter ab.

Benedict rieb sich über den Nacken. »Hältst du das für eine gute Idee?« Er hob die Hand, bevor Finn etwas erwidern konnte. Schließlich handelte es sich um eine rhetorische Frage. »Keine Angst, ich will nicht auf den Vorwürfen herumreiten, die du mir gemacht hast. Obwohl ich noch nicht vergessen habe, wie beleidigend diese Anschuldigungen waren. Aber diese Baustelle …« Er schüttelte den Kopf und trank noch einen Schluck. »Die ist nicht gerade prestigeträchtig. Du bist der aufsteigende Stern am Himmel der Bauplaner. Ich war alles andere als begeistert, als du *Seal Rock Hall* an diesen Hotelfritzen verkauft hast. Aber die Arbeit, die du da draußen geleistet hast, ist erstklassig. Ich bin stolz auf dich. Genau wie dein Vater.«

Finn schluckte. Ein Lob seines Großvaters kam nie, ohne dass er im nächsten Moment ein ›aber‹ nachschob. Trotzdem bedeutete es ihm viel, dass Benedict sich die Baustelle angesehen und seinen Job für gut befunden hatte. »Danke«, sagte er leise.

»Diese Scheune allerdings ist für jemanden, der sich eine Reputation aufbaut, nicht besonders repräsentativ.« Benedict stieß seinen Zeigefinger auf die Oberfläche der Kücheninsel. »Der Ruf der Coopers ist nicht besonders gut nach allem, was dieses Jahr passiert ist.«

Finn verkniff sich eine Antwort. Er vermutete noch immer seinen Großvater hinter den Anschlägen auf die *Silver Brook Stables*. Aber sie schafften es gerade seit Wochen zum ersten Mal, sich gegenüberzustehen, ohne sich anzuschreien. Also ließ er seinen Großvater weiterreden.

»Alle anderen Bauunternehmer haben dieses Projekt abgelehnt. Es wirft kein gutes Licht auf dich, wenn du diesen Auftrag annimmst.«

»Hmm.« Finn schaffte es nur mit größter Mühe, seinem Großvater nicht an den Kopf zu werfen, für die Absagen der Baufirmen verantwortlich zu sein, auch wenn er genau das herausgefunden hatte. Er wollte, dass sich ihr Verhältnis wieder verbesserte. Aber er würde die Coopers nicht hängen lassen, nur weil Benedict es von ihm verlangte.

Er hielt dem Blick seines Großvaters stand. Und offenbar konnte Benedict in seinem Gesicht lesen wie in einem offenen Buch. Denn er schüttelte den Kopf und gab einen resignierten Laut von sich. »Wenn du dir schon keine Gedanken über dich selbst machst, dann denke wenigstens an deine Familie. Fall uns nicht in den Rücken. Mach dir mal Gedanken darüber, was deine Familie dir wert ist. Und deine Firma«, fügte er mit einem bedrohlichen Unterton hinzu. Benedict schob sein halb leeres Bier zur Seite und erhob sich von seinem Platz. Er hatte die Hand bereits auf dem Knauf der Haustür, als er sich noch einmal zu Finn umdrehte. »Die Coopers werden untergehen. Noch dieses Jahr. Das garantiere ich dir«, sagte er so leise, dass die Drohung darin unglaublich laut klang. »Wenn du nicht mit ihnen untergehen willst und dein Bauunternehmen überleben soll, dann halte dich von dieser Sippe fern.«

Finn antwortete nicht. Er wartete, bis die Haustür hinter seinem Großvater ins Schloss fiel. Dann lehnte er den Hinterkopf gegen den Küchenschrank und atmete langsam aus. Benedict musste nicht herumbrüllen. Er musste ihn nicht mit verachtendem Schweigen strafen. Ein paar sorgfältig platzierte Sätze, die ihn an die Loyalität seiner Familie gegenüber erinnerten, ein paar unausgesprochene Drohungen, reichten aus, um Finn einen Tiefschlag zu versetzen. »Er glaubt immer noch, dass er mir Befehle erteilen kann«, sagte er zu Will und zog vorsichtig seinen Fuß unter dem Kopf des Hundes hervor. »Seine Taktik war gar nicht schlecht. Er hat nur vergessen, dass ich meine eigenen Entscheidungen treffe. Und ich habe darüber nachgedacht, bevor ich diesen Auftrag übernommen habe. Sehr genau sogar«, fuhr er fort und kippte das halb leere Bier in den Ausguss. »Na komm.« Er wartete, bis Will sich aufgerappelt hatte. »Wir haben noch einen Kostenvoranschlag fertig zu schreiben.«

7

Finn hatte nichts dagegen, früh aufzustehen, wenn seine Arbeit das erforderte. Aber es gab auch Tage, an denen er so müde war, dass er nicht mal für einen großartigen Sonnenaufgang mit der Wimper zucken würde. Und Tage wie diesen. An denen er an Bord eines Hummerkutters die Insel verließ, wenn die Frühnebel gerade erst begannen, sich von der Meeresoberfläche zu heben. In das erste Strahlen der Sonne hinein. Der Skipper ließ sein Signalhorn ertönen, wenn sie am Fisherman's Denkmal vorbei die Bucht verließen, in der Home Port lag. Die Robben und Eistaucher, die sich am Leuchtturm tummelten, und die frechen Silbermöwen, die über das Deck hinwegschossen. Und dann: volle Fahrt voraus, um zu den Hummerfallen zu gelangen, die sie im Akkord leeren würden. Ganz egal, wie eisig der Wind über das Meer fegte. Wenn die *Seaflower* Jacob Wilkinsons Fallen erst einmal erreicht hatte, war keine Zeit mehr, die Naturschauspiele um sich herum zu bewundern.

Die Winde neben Finns Kopf surrte, als Tommy Wang die grün-blau gestreifte Boje des nächsten Hummerkäfigs aus dem Wasser zog und einhakte. Sie arbeiteten im selben Takt. Wuchteten die großen Drahtfallen gemeinsam über die Reling, warfen die gefangenen Hummer in die Plastikwannen hinter sich, damit Ed Morris die Tiere messen konnte, um sie dann entweder ins Meer zurückzuwerfen oder ihre Scheren mit Gummibändern für den Transport zu fixieren. Neue Köder in die Falle. Die Boje einhaken. Ins Meer fallen lassen. Den nächsten Hummerkorb an die Winde hängen.

Hinter der Hummerfischerei stand eine eingespielte Choreografie. Alles musste passen, jeder Handgriff sitzen, in einer genau abgestimmten Folge. Solange die *Seaflower* über das Meer flog und sie Jacobs zweihundertfünfzig Fallen leerten, blieb keine Zeit, sich auszuruhen. Zeit war Geld. Also wurde ein Fangkorb nach dem anderen aus dem Meer gezogen. Pausen gab es nicht. Der Bootsmotor brüllte. Und der Gestank des Schiffsdiesels mischte sich mit dem Geruch nach Ozean, Algen und Salz. Wenn sie von Jacobs Fallen in den Hafen zurückkehrten, zitterten Finns Muskeln, und er ließ sich erschöpft an der Reling hinunterrutschen. Aber diese Arbeit hatte auch etwas verdammt Meditatives. Solange er sich um die Hummerfallen kümmerte, hatte er keine Zeit, über irgendetwas anderes nachzudenken.

Erst als die Sonne bereits hoch über dem Horizont stand und ihr Skipper, Jeff Parker, zurück in Richtung Home Port steuerte, konnten sie durchatmen. Jetzt verloren die harten Linien in den Gesichtern ein wenig an Tiefe. Die Wollmützen noch immer weit ins Gesicht gezogen holten sie ihre Thermoskannen heraus und verteilten heißen Kaffee.

Tommy wies mit dem Zeigefinger auf den Atlantik hinaus. Im ersten Moment sah Finn nur die Rückenflosse, die die Wasseroberfläche teilte, dann schoss ein junger Schweinswal aus dem Ozean und sprang ein paar Mal verspielt neben ihnen her. »Der Erste, der uns heute ›Guten Tag‹ sagt«, brummte der Fischer und reichte Finn einen Kaffee.

Finn schloss die Hände um den Becher. Zum einen, um seine Hände zu wärmen. Er fror trotz der warmen Klamotten erbärmlich. Zum anderen half er zwar hin und wieder auf der *Seaflower* aus, war aber bei Weitem nicht so seefest wie die Besatzung. Vorsichtig führte er den mit jeder Welle, durch die sie brachen, wild herumschwappenden Kaffee zum Mund. Immer in der Hoffnung, nichts zu verschütten, weil Tommy und Ed ihn dann gnadenlos auslachen und gutmütig aufziehen würden.

Ed setzte sich ächzend auf eine beschädigte Hummerfalle, die sie ausgetauscht hatten. Die Falten, die das Wetter und das Meer in sein Gesicht gegraben hatten, waren so tief, dass Finn keine Ahnung hatte, wie alt dieser Mann war. »Hab gehört, du baust die Futterscheune der Coopers wieder auf«, sagte er.

Finn nickte. Er nippte an dem heißen Kaffee, der ihn sowohl von außen als auch von innen wärmte.

»Dann hast du bestimmt mehr als genug zu tun. Und hilfst Jacob trotzdem auf dem Boot aus. Bist ein guter Junge.« Ed prostete ihm mit seinem Kaffeebecher zu. Für seine Verhältnisse war das schon fast eine Rede. »Eine Schande, dass die Kleine so leiden muss.«

Tommy nickte und blickte brütend in seinen Kaffee. »Ich hoffe, dass sie das in den Griff bekommen«, brummte er so leise, dass er über den Bootsmotor fast nicht zu verstehen war.

Die Kleine – Jacobs Tochter Charlotte – gehörte für die Männer zur Besatzung. Sie war zwar erst zehn Jahre alt, aber sie war schon von klein an auf der *Seaflower* mitgefahren. Ed, Tommy und Jeff fühlten sich wie die Onkel des Mädchens.

»Eine Schande«, wiederholte Ed. »Ich verstehe nicht, wie eine Mutter so egoistisch sein kann, ihr Kind zurückzulassen. Vor allem, wenn es so krank ist.«

Finn verstand das Verhalten von Jacobs Exfrau Sienna auch nicht. Die beiden waren Highschool-Sweethearts gewesen, hatten früh geheiratet und ziemlich schnell Charlotte bekommen. Dabei war immer Sienna die treibende Kraft gewesen. Sie hatte Jacob dazu gebracht, ihr einen Antrag zu machen, und sie hatte die Pille weggelassen, um schwanger zu werden. Dann war vor ein paar Jahren die Welt der kleinen Familie zusammengebrochen. Erst hatten sie die Diagnose bekommen, dass Charlotte an Typ-1-Diabetes erkrankt war, und dann war Sienna Hals über Kopf und ohne eine Erklärung mit einem Touristen aus Oklahoma durchgebrannt. Sie hatte alles zurückgelassen. Ihre Kleider. Ihre Toilettenartikel. Ihren Wagen. Im ersten Moment hatten alle gedacht, ihr wäre etwas zugestoßen. Bis sie sich von einem Zwischenstopp aus Missouri gemeldet und ihre Ehe für beendet erklärt hatte. Charlotte hatte sie einfach aus ihrem Leben gestrichen.

Seitdem kämpfte Finns Freund. Mit dem Meer. Der Krankheit seiner Tochter. Den Pflichten des alleinerziehenden Vaters. In letzter Zeit hatte Charlotte immer wieder Probleme mit der Insulinzufuhr gehabt und musste ins Krankenhaus nach Machias, um wieder neu eingestellt zu werden. Termine, bei denen sie über Nacht in der Klinik bleiben musste. Termine, die verhinderten, dass Jacob aufs Meer hinausfahren konnte. Ein Teufelskreis. Denn wenn ein Fischer nicht rausfuhr, verdiente er kein Geld. Jacob würde die Arztrechnungen und die Medikamente nicht mehr bezahlen können, genauso wenig wie er seiner Crew den Lohn zahlen konnte. Also sprangen seine Freunde ein, wechselten sich ab auf der *Seaflower*, wenn er mit Charlotte auf das Festland musste.

Den Rest der Rückfahrt verbrachten sie schweigend. Jeder hing seinen Gedanken nach, passte sich dem Rhythmus der Wellen an, die das Boot auf und ab schaukeln ließen.

Im Hafen reihten sie sich in die Zahl der Boote ein, die darauf warteten, ihren Fang abzuliefern. Als sie dran waren, ließen sie die Haken der Winde in ihren Kühlcontainer einrasten und zogen ihn nach oben. Sie bekamen ihren Wiegebeleg und tuckerten zum Liegeplatz der *Seaflower*.

Finn schälte sich aus seinem Ölzeug und verabschiedete sich von den Männern. Ihm blieb keine Zeit mehr, nach Hause zu fahren und sich umzuziehen und aufzuwärmen. Es war Montagmorgen, und er wurde auf der Baustelle der Coopers erwartet. Auf dem Weg zum Gestüt hielt er an *Marsha's Bakery*. Er nahm seinen Pfandbecher aus dem Getränkehalter in der Mittelkonsole, um ihn gegen einen neuen zu tauschen.

Die Bäckerin rümpfte die Nase, als er den Laden betrat. »Du stinkst«, konnte sie sich nicht verkneifen. Sie würde nicht die Einzige sein, die ihm das heute vorhielt. Seine Mitarbeiter hatten die Angewohnheit, ihm an Tagen, an denen er beim Hummerfischen geholfen hatte, nicht nur aus dem Weg zu gehen, sondern ihn regelrecht zu meiden. Es endete meistens damit, dass er irgendwo allein arbeitete. Was ihm nichts ausmachte, weil er sich nicht an den Gesprächen der anderen beteiligen musste, sondern seinen Gedanken nachhängen konnte. Zeit, in der er Pläne schmieden, Projekte durchdenken und an seinen Ideen feilen konnte.

»Bekomme ich trotzdem einen Kaffee?« Die Muskeln in seinem Arm protestierten, als er ihn hob, um seinen leeren Becher auf den Tresen zu stellen. Dieser Arbeitstag würde wirklich die Hölle werden.

Marsha betrachtete ihn einen Moment eindringlich. »Fährst du zu den *Silver Brook Stables* raus?«, wollte sie wissen.

»Jepp.«

»Und du kommst direkt von Jacobs Hummerkutter?«, fragte sie ihn weiter aus.

Finn zog die Augenbrauen hoch.

Marsha beugte sich über den Tresen. »Man kann wirklich nicht dran vorbeiriechen. Wie geht es der kleinen Charlotte?«

»Wird schon«, blieb Finn vage. Dass Charlotte an Diabetes litt, wusste jeder auf der Insel. Er würde die Krankengeschichte des Mädchens aber trotzdem ganz sicher nicht mit einer der größten Tratschtanten der Stadt besprechen.

Marsha nickte und zog einen Becher Kaffee für ihn unter der Maschine hervor. Sie drückte den Deckel darauf und schob ihn auf den Tresen. Dann packte sie einen Blaubeermuffin in eine Tüte und legte ihn daneben. »Das geht heute aufs Haus«, ließ sie ihn mit ihrer barschen Stimme wissen, die keinen Widerspruch duldete und trotzdem zeigte, dass sie ein Herz aus Gold hatte. »Ich war schon immer der Meinung, dass du ein guter Junge warst. Aus dir ist ein guter Mann geworden. Sorge dafür, dass ich meine Meinung über dich nicht ändere.«

*

Megan streckte sich träge, ohne die Augen zu öffnen. Sie liebte es, auf diese Art aufzuwachen: entspannt von gutem Sex, eingehüllt in die Wärme ihrer Decke. Das Gewicht eines Mannes, der sich auf ihre Bettkante setzte und ihr die Kaffeetasse unter die Nase hielt, um sie mit dem kräftigen Duft zu wecken. Megan lächelte bereits, bevor sie blinzelnd die Lider hob. »Guten Morgen«, murmelte sie.

»Hey.« Zac strich ihr die Haare aus der Stirn. Er war schon angezogen, also würden sie nicht noch einmal miteinander schlafen.

Megan setzte sich auf und klemmte sich die Decke unter die Achseln. Zac reichte ihr die Tasse und ließ dann seine Fingerspitzen über ihr Schlüsselbein gleiten.

»Ich muss gleich los, wenn ich zu der Projektbesprechung heute Mittag in Portland pünktlich sein will.«

Megan nippte an ihrem Kaffee und sah ihn über den Rand ihrer Tasse an. »Es war schön, dich noch einmal zu sehen«, sagte sie.

Wie Zac es versprochen hatte, war er am Freitag noch einmal nach Stonebridge Island gekommen, um ein letztes gemeinsames Wochenende mit Megan zu verbringen. Sie hatten Spaß gehabt, waren auf dem Festland wandern gewesen und hatten die Hummerfallen ihrer Familie hochgeholt und sich ein fantastisches Dinner gegönnt. Und vor allem hatten sie viel Zeit im Bett verbracht.

Zac beugte sich vor und küsste sie zärtlich. »Bye«, flüsterte er und stand auf.

»Warte. Ich bring dich zur Tür.« Megan stellte ihre Tasse ab, um sich das nächstbeste Kleidungsstück überzuwerfen, das sie zu fassen bekam. Ihr Schlafshirt, das irgendwann auf dem Boden gelandet war und in den vergangenen Nächten wenig Beachtung geschenkt bekommen hatte.

Zac öffnete die Haustür und stellte seine Reisetasche auf dem winzigen Podest davor ab. Dann drehte er sich zu Megan um und zog sie zu einem letzten Kuss an sich. Sie schlang die

Arme um seinen Nacken und erwiderte den Kuss. »Danke für diesen wundervollen Sommer«, flüsterte er an ihren Lippen und drückte ihr einen letzten Kuss auf. Als er sich von ihr löste, umfasste er Megans Hand und ließ sie erst los, als er nach seiner Tasche gegriffen hatte.

Megan lehnte sich an den Türrahmen und winkte Zac, als er seinen Wagen zurücksetzte. Sie blickte ihm nach, bis er um die Ecke gebogen war. Sie wollte gerade in ihr Cottage zurückkehren, als sie aus den Augenwinkeln eine Bewegung wahrnahm. Finn stand auf den Resten ihrer Futterscheune, in der Hand einen Hammer, und blickte zu ihr herüber. Als ihm bewusst wurde, dass Megan ihn beim Starren erwischt hatte, wandte er sich ab und wieder seiner Arbeit zu.

Megan stieß sich aus dem Türrahmen ab und kehrte in die Hütte zurück. Dort griff sie nach ihrem Kaffee und trat vor das große Panoramafenster, das den Blick in die Halfmoon Bay freigab. Sie liebte diesen Ort. Andere zahlten viel Geld, um morgens mit diesem Ausblick aufzuwachen. Sie hatte ihr Zuhause immer zu schätzen gewusst. Genau wie den Pinienhain, die Klippen und den Ozean. All das hatte ihr innere Ruhe und Frieden gegeben, hatte sie geerdet.

Mit einem Seufzen stellte sie ihren Kaffee zur Seite und rieb sich mit beiden Händen über das Gesicht. Sie war dankbar dafür, dass sie heute mit einem Lächeln aufgewacht war, genau wie an den vergangenen Tagen. Die Angst, sich finanziell zu übernehmen oder mit der Kalkulation für die neue Scheune das Gestüt zu ruinieren, hatte ihr keine Albträume beschert. Sie hatte sie nicht in den Abgrund gezogen, vor dem sie sich im letzten Jahr so zu fürchten begonnen hatte. Doch die Woche, die vor ihr lag, würde anders werden. Schmerzhaft. Voller

Erinnerungen, die ihr das Herz brechen und sie in die Knie zwingen würden. Am Freitag jährte sich der Todestag ihres Vaters zum ersten Mal. Als man Jack gefunden hatte, nach seinem Herzinfarkt, mitten auf der Fohlenkoppel, war da nur Taubheit gewesen. Schock. Sie hatte gar nichts gespürt. Bis die Verzweiflung wie eine Welle über sie hinweggeschwappt war und sie mitgerissen hatte. Das Loch, in das sie gestürzt war, war so tief und schwarz gewesen. Der Weg zurück ans Licht war der härteste, den sie jemals gegangen war. Sie hatte es niemandem erzählt. Nicht einmal ihren Schwestern, die ihr näherstanden als sonst jemand. Sie alle hatten sich Sorgen um ihre Mutter gemacht. Hatten auf sie geachtet, sich um sie gekümmert. Olivia hatte die Liebe ihres Lebens verloren. Einen Teil ihres Herzens. Ihrer selbst. In all der Trauer und den Tränen war Megan, unbemerkt von ihrer Familie, in ihre Einzelteile zerfallen – und hatte sich mühevoll und mit einem riesigen Kraftaufwand wieder zusammengesetzt.

Das Leben war weitergegangen. Ihre Mutter war wieder auf die Beine gekommen, hatte Megan und ihren Schwestern die *Silver Brook Stables* überschrieben. Sie hatten gegen die Sabotageakte gekämpft. Abby und Summer hatten sich verliebt. Und schneller, als sie es sich hätte vorstellen können, war dieses erste Jahr ohne ihren Dad an ihr vorbeigezogen. Sie hatte ihn die ganze Zeit vermisst. Hatte sich immer wieder dabei ertappt, wie sie daran gedacht hatte, sich bei ihm Rat zu holen, ihre Entscheidungen mit ihm zu besprechen. Nur um sich dann wieder daran zu erinnern, dass es seine Schulter nicht mehr gab, an die sie sich anlehnen konnte. Sie hatte dieses Jahr überstanden. Aber sie hatte Angst. Angst vor dem schwarzen Loch, in das sie nicht noch einmal stürzen wollte. Jacks Tod war furchtbar gewesen. Er hatte sie vor allem unvorbereitet getroffen. Jetzt wusste sie, worauf sie zusteuerte. Und sie würde alles tun, um nicht noch einmal abzurutschen. Arbeit war eine gute Therapie. Solange sie beschäftigt war, konnte sie nicht nachdenken.

Sie schlüpfte in alte Jeans und ein ausgewaschenes Longsleeve. Auf dem Weg nach draußen schob sie ihre Arbeitshandschuhe in die Gesäßtasche. So früh am Morgen war Finn der Einzige, der auf der Baustelle arbeitete. In der für ihn typischen Uniform aus Jeans, kariertem Flanellhemd über einem ausgebleichten T-Shirt, einen abgetragenen, aber gut gepflegten Werkzeuggürtel tief auf den Hüften, stand er breitbeinig auf den Überresten der Futterscheune. Seine Haare verschwanden unter einer Baseballkappe, die er mit dem Schirm nach hinten aufgesetzt hatte. Er sagte nichts, nickte Megan nur zu, als sie die Leiter zu ihm hinaufstieg und »Guten Morgen« rief.

Der Wind trug den Geruch nach totem Fisch zu Megan herüber, der so typisch war für die Hummerfallen auf der Insel. »Puh.« Sie wedelte mit der Hand vor ihrem Gesicht. »Hast du dich in Fischabfällen gewälzt, oder bist du mit der *Seaflower* rausgefahren?«

*

»Was denkst du denn?« Finn schob den Zimmermannshammer in seinen Werkzeuggürtel, ohne Megan aus den Augen zu lassen.

Sie hatte ihn ein wenig aufziehen wollen, aber jetzt wurde ihr Blick ernst. »Geht es Charlotte immer noch nicht besser?«, fragte sie.

Finn zuckte mit den Schultern. »Sie arbeiten daran. Apropos arbeiten: Stehst du nur zur Dekoration hier oben herum, oder hast du vor zu helfen?«

»Selbstverständlich helfe ich. Bis zu meinem ersten Termin bleiben mir noch zwei Stunden. In denen will ich mich hier so richtig austoben.«

»Dann ist's ja gut.« Finn konzentrierte sich auf die alten Balken, die noch abgetragen werden mussten, und bemühte sich, nicht an das Bild zu denken, dass Megan und ihr Lover abgegeben hatten. Er war unfreiwillig Zeuge der Abschiedsszene zwischen den beiden geworden. Irgendwann im Sommer hatte Finn den Typ – er glaubte, sich zu erinnern, dass er Zac hieß – mal kennengelernt. Eigentlich ein ganz sympathischer Kerl. Und mit Sicherheit nicht Megans große Liebe. Zac war der Typ, mit dem Megan den Sommer verbrachte. Es gab jedes Jahr einen anderen. Und sie alle dienten ihr nur zum Zeitvertreib. Megans Anblick auf der winzigen Veranda vor ihrem Cottage hatte sich allerdings in Finns Netzhaut gebrannt. Das kurze Shirt, dessen weiter Ausschnitt über ihre linke Schulter gerutscht war. Das an Megans Oberschenkeln noch ein Stück weiter nach oben gerutscht war, nachdem sie Zac die Arme um den Hals geschlungen hatte, um ihn zu küssen. Wie sie sich in den Türrahmen gelehnt hatte, um Zac nachzuwinken. Die Haare wild zerstrubbelt. So sah Megan Cooper also aus, wenn sie morgens aufwachte. Nicht dass ihn das vor diesem Morgen sonderlich interessiert hätte. Aber jetzt, da er sie so gesehen hatte, drängte sich ihr Anblick immer wieder vor sein inneres Auge.

Finn wollte nicht darüber nachdenken, warum er plötzlich begonnen hatte, sich Gedanken über Megan zu machen.

Statt Tagträumen von ihr nachzuhängen, sollte er sich lieber auf die Baustelle konzentrieren. Er drehte sich zu Megan um.

Sie stieß gerade mit der Stiefelspitze gegen einen morschen Balken. Als ihr bewusst wurde, dass Finn sie beobachtete, hob sie den Blick. »Der lässt sich wahrscheinlich nicht mehr verwenden«, stellte sie fest.

Finn schüttelte den Kopf. »Der ist nur noch Abfall.«

Megan seufzte und warf das Holzstück in den Schuttcontainer unter ihnen. »Ich hatte wirklich gehofft, dass wir mehr altes Holz retten könnten.« Mit dem Kinn wies sie in Richtung des kläglichen Stapels Bretter und Balken, die Finn noch weiterverwerten konnte.

»Dafür war die Scheune einfach schon zu alt.« Finn zuckte mit den Schultern. »Die gute Nachricht ist: So wie es aussieht, werden wir heute mit dem Abriss fertig.« Die Coopers hatten ihn überrascht. Sie hatten die ganze vergangene Woche auf der Baustelle geschuftet. Genau wie die Angestellten des Gestüts und ein paar weitere freiwillige Helfer, die sie dabei unterstützt hatten, den alten Schutt abzutragen. Sie hatten es ermöglicht, schnell mit dem Wiederaufbau zu beginnen – und hatten den Coopers zudem einiges an Geld gespart. »Das Holz ist bestellt«, erklärte er Megan. »Ich gehe davon aus, dass wir schon morgen mit dem Zusägen der ersten Teile für den Wiederaufbau beginnen können.«

Megan stemmte die Hände in die Hüften und atmete langsam aus. Ein Lächeln, das sehr nach Erleichterung aussah, glitt über ihr Gesicht. »Du kannst dir gar nicht vorstellen, wie gut sich das anhört«, gab sie zu. »Ich bin wirklich froh, dass du das Projekt in die Hand genommen hast.«

Finn zog die Augenbrauen hoch. »Lob aus deinem Mund …«, zog er Megan auf.

Statt ihm den Spruch übel zu nehmen, wie sie es früher wahrscheinlich getan hätte, lachte sie – und schickte damit ein Kribbeln durch seinen Körper. Wenn sie sich auf diese Weise kabbelten, ohne es ernst zu meinen, machte es regelrecht Spaß, Megan ein bisschen zu necken. Er hoffte nur, dass die Meinung, die sie von seiner Familie hatte, den brüchigen Frieden zwischen ihnen nicht wieder kippen ließ. Es war schwierig genug, sich seinem Großvater gegenüber zu behaupten, der nach seinem Besuch davon ausgegangen war, dass Finn ganz automatisch zu dem Schluss kommen würde, die Finger vom Cooper-Projekt zu lassen.

Finn wollte sich gerade wieder zu dem geborstenen Balken umdrehen, den er entfernen wollte, als er sah, wie Megan ihre Kopfhörer in die Ohren schob und auf ihrem Handy herumtippte – wahrscheinlich, um ihre Playlist einzustellen. Mit drei großen Schritten war er bei ihr und zog die Stöpsel aus ihren Ohren. Eine seidige Haarsträhne glitt über seinen Handrücken, und er konnte wieder ihren leichten, klaren Geruch wahrnehmen. Das komplette Gegenteil seiner Fischkutter-Duftmarke. »Keine Kopfhörer auf der Baustelle«, sagte er und drückte ihr die Stöpsel in die Hand.

Megans goldbraune Augen zogen sich ein winziges bisschen zusammen. So, als wollte sie ihn mit ihrem Blick durchbohren, hätte es sich dann aber noch einmal anders überlegt. »Spielverderber«, konnte sie sich eine Erwiderung trotzdem nicht verkneifen.

Finn hob seine Hände zu einer entschuldigenden Geste. »Meine Baustelle«, sagte er. »Meine Regeln. Mit Kopfhörern bekommst du zu wenig um dich herum mit. Das ist zu gefährlich.«

Er musste Megan nicht ins Gesicht sehen, um zu wissen, dass sie die Augen verdrehte. Er tat es trotzdem. Einen Moment verhakten sich ihre Blicke. Dann verzog Megan ihre Lippen zu einem Grinsen. »Ich werde mich an die Regeln halten, großer Baumeister«, versprach sie und zwinkerte ihm zu.

Finn nickte und wandte sich wieder seiner Arbeit zu. Wenn Megan und er nur immer so entspannt und freundschaftlich miteinander umgehen könnten. Das würde vieles zwischen ihnen beiden – und vielleicht sogar zwischen ihren Familien – entspannen.

8

Zwei Tage später hatte Megan einen Termin bei der Bank. Sie war froh, den Verkauf des Fohlens so schnell über die Bühne bekommen zu haben. Das Gestüt war nur vier Tage mit der Rate im Rückstand, als sie den Scheck bei der *Stonebridge Bank & Trust* einreichte, damit ihr fälliger Hypothekenbetrag abgebucht werden konnte.

»Sie sind ein Schatz, Mrs. Carter«, sagte sie zu der netten älteren Angestellten, die hinter dem Schalter saß, solange Megan denken konnte.

»Gern geschehen, meine Liebe.« Sie zwinkerte Megan gut gelaunt durch das Glasfenster zu. »Wenn nur alle so bemüht wären, ihre Schulden so schnell wie möglich zu begleichen.«

»Die *Silver Brook Stables* werden es auf jeden Fall immer sein«, versprach Megan. »Ich wünsche Ihnen einen schönen Tag.«

»Ihnen auch.« Mrs. Carter winkte. »Grüßen Sie Ihre Mutter und Ihre Schwestern.«

»Werde ich.« Megan trat auf die Lichtschranke zu, die die Glastüren des Gebäudes auseinandergleiten ließ. »Schauen Sie mal wieder bei uns vorbei, und bringen Sie Ihre Enkelin mit.« Megan war sich sicher, dass sich das pferdeverrückte kleine Mädchen bald ein Pony wünschen würde. Wenn es nicht längst so weit war. Falls die Eltern sich dazu entschließen sollten, ihr eines zu kaufen, konnten sie das genauso gut in den *Silver Brook Stables* tun wie überall sonst.

Megan atmete die kühle, klare Herbstluft ein, als sie auf den Sea Street Place trat. Die Sonne strahlte von einem leuchtend blauen Himmel und ließ die Blätter der Laubbäume in so knalligen Gelb-, Orange- und Rottönen aufblitzen, dass Megan für einen Moment die Augen zusammenkneifen musste. Sie blickte zum Public Harbour hinüber, wo im Sommer ein Großteil der Boote der Inselgäste lag. Die großen Lücken, die an den Anlegern klafften, waren das beste Indiz dafür, dass es nicht mehr lange dauern würde, bis der Winter auf Stonebridge Island einfiel.

Megan blickte die Waterstreet hinunter. *Marsha's Bakery* lag nur ein paar Häuser von ihr entfernt. Gut gelaunt, weil sie den Scheck so schnell bei der Bank hatte einreichen können, dass fast keine Überziehungszinsen anfallen würden, beschloss sie, der Bäckerei einen Besuch abzustatten und sich zur Feier des Tages einen Latte Macchiato mit Karamellsirup und einen Blaubeermuffin zu gönnen.

Als Megan den Laden betrat, blieb sie überrascht stehen. Ihre Mutter saß mit ihrem Kleeblatt, bestehend aus Marsha, Frankie von *Frankie's Diner* und Maxine, der Bürgermeisterin, an einem der Tische. »Hallo zusammen«, grüßte sie die Runde, umarmte Olivias Freundinnen und küsste ihre Mutter auf die Wange. »Was treibt ihr denn hier? Die Übernahme der Weltherrschaft planen?«

»Fast.« Marsha stand auf und ging hinter ihren Tresen, um ein Latte-Macchiato-Glas unter die Kaffeemaschine zu stellen. »Wir planen einen Mädels-Trip nach Portland.«

»Ein Wellnesswochenende«, ergänzte Olivia. »Nach all den Dingen, die in den letzten Monaten passiert sind, glauben wir, das verdient zu haben.«

»Womit ihr absolut recht habt«, sagte Megan und lächelte Marsha an, als sie den Kaffee und einen Blaubeermuffin vor ihr platzierte, bevor sie überhaupt bestellen konnte. »Danke. Wann soll es denn losgehen?«, fragte sie in die Runde.

Einen Moment sprach niemand. Maxine und Frankie wechselten einen Blick. Megans Mutter sah zur Seite. Sie räusperte sich, bevor sie leise sagte: »Dieses Wochenende.«

Megan, die gerade noch einen Schluck Kaffee trinken wollte, erstarrte. Das Glas blieb auf halbem Weg in der Luft hängen, bevor sie es ganz langsam auf den Tisch stellte. Ihre Hand zitterte, als sie sie zurückzog und unter dem Tisch auf ihren Oberschenkel legte. »Dieses … Wochenende?« Ihre Stimme klang wie ein Krächzen. Dieses Wochenende würde mit all den Erinnerungen an Jack mit Sicherheit zum schlimmsten des Jahres werden. Und ihre Mutter würde nicht da sein. Megan war fest davon ausgegangen, dass sie diese furchtbaren Tage gemeinsam verbringen würden. Als Familie. Um sich gegenseitig eine Stütze zu sein. Offenbar sah ihre Mutter das anders. Für einen Moment rauschte eine völlig unangemessene, lächerliche Wut durch ihren Körper. Ein Gefühl, das Megan nicht empfinden wollte, das sich aber trotzdem nicht abschalten ließ. Sie wollte in ihrer Trauer nicht wieder so allein sein wie im letzten Herbst. Dann zwang sie sich, tief durchzuatmen. Was tat sie hier? Niemand hatte das Recht, Olivias Trauerbewältigung zu hinterfragen. Sie hatte sicherlich von ihnen allen am meisten gelitten. Wenn es ihr guttat, das Wochenende weit weg von den Erinnerungen an Jack zu verbringen, dann sollte das niemand anzweifeln. Auch nicht die eigenen Kinder. Die Ankündigung war nur so überraschend gekommen …

»Am Freitag bin ich da«, sagte Olivia leise und legte ihre Hand über Megans. Jacks Todestag. »Mach dir keine Sorgen, diesen Tag will ich mit euch zusammen verbringen. Wir fahren erst am Samstagmorgen und kommen am Montag zurück.«

Marsha, die die Kaffeetassen der Freundinnen aufgefüllt hatte, legte Megan von hinten den Arm um die Schultern und küsste sie auf den Scheitel. »Wir würden deine Mom nicht von der Insel weglotsen, wenn es nicht gut für sie wäre.«

»Ja … ähm, seid mir nicht böse.« Megan stand auf. »Ich muss los. Ich habe noch Termine.« Sie wandte sich zur Tür und hörte, wie sich Frankie hinter ihr erhob.

»Ich muss eine rauchen«, brummte sie. »Für Freunde könntest du wirklich mal eine Ausnahme machen, Marsha.«

»Verschwinde mit deinen Kippen aus meinem Laden«, schimpfte die Bäckerin.

Unter anderen Umständen – normalen Umständen – hätte Megan über das Geplänkel zwischen den Freundinnen gelacht und die beiden ein wenig aufgezogen. Aber im Moment war nichts mehr wie immer. Sie war bereits vom Gehweg auf die Straße getreten, um sie zu überqueren, als sie Frankies kratzige Raucherstimme hinter sich hörte. »Ich werde dir nicht hinterherrennen. Also komm gefälligst wieder her.«

Megan hörte das Feuerzeug hinter sich klicken. Sie wollte nicht umdrehen. Um die Freundin ihrer Mutter zu ignorieren, war sie allerdings zu gut erzogen. Langsam machte sie kehrt und ging zurück.

Frankie hatte sich neben der Eingangstür der Bäckerei an

die Wand gelehnt. Die Hand auf dem Aufsteller abgestützt, der die Tagesangebote anpries, inhalierte sie den Rauch ihrer Zigarette und stieß ihn langsam aus, ohne Megan auch nur einen Moment aus den Augen zu lassen. »Weißt du«, begann sie. »Wir hatten am Geburtstag deines Dads das Gefühl, dass ihr dieser Abstand guttut. Es wird wehtun, und Olivia wird leiden. Schließlich war Jack die Liebe ihres Lebens. Aber wenn sie wegfährt, ist es nicht ganz so schlimm.«

Megan schluckte. Sie nickte und wartete, bis das Brennen in ihren Augen nachließ, ehe sie sprach. »Ich kann das verstehen, Frankie. Es wird ihr guttun, und ich bin so dankbar, dass sie Freundinnen wie euch hat, die für sie da sind und ihr da durchhelfen.« Sie zuckte mit den Schultern und bemühte sich um ein harmloses Lächeln, das ihre wahren Gefühle – ihre Angst – nicht verriet. »Ich war nur etwas überrascht, weil ich gar nicht darüber nachgedacht habe. Ich bin ganz automatisch davon ausgegangen, dass wir die Zeit gemeinsam verbringen.«

Frankie drückte ihre halb gerauchte Kippe in einem Aschenbecher aus, den Marsha extra für sie auf dem Fensterbrett der Bäckerei deponiert hatte. Dann zog sie Megan in eine feste Umarmung. »Du weißt, wenn du von deiner Mutter verlangen würdest zu bleiben, würde sie es tun.«

»Ja.« Megan hielt sich für einen Moment an Frankie fest. Sie wollte auf keinen Fall so egoistisch sein und ihre eigene Trauer vor die ihrer Mutter stellen. Oder vor die von irgendjemand anderem. Schließlich ging es ihren Schwestern auch nicht besser. Genau wie Jacks Freunden und den Mitarbeitern des Gestüts. Sie hatte es beim letzten Mal geschafft, sich aus dem Tief zu befreien – sie würde es auch diesmal überstehen. »Danke, Frankie.«

Die ältere Frau löste ihre Umarmung und strich Megan in einer liebevollen Geste über die Wange. »Mit der Zeit wird es leichter werden.«

Megan nickte. Irgendwann würde dieser Satz vielleicht Wirklichkeit werden. Irgendwann. Aber ganz sicher nicht in diesem Jahr.

*

Es gab mehrere Baustellen, die Finns Aufmerksamkeit beanspruchten. Aber er musste sich eingestehen, dass er sich abgesehen von *Seal Rock Hall* am liebsten auf dem Gestüt der Coopers herumtrieb. Das hatte selbstverständlich nichts mit Megan zu tun, die in den vergangenen Tagen so nett zu ihm gewesen war wie noch nie zuvor in ihrem Leben. Der einzige Grund, aus dem es ihn in die *Silver Brook Stables* zog, war die Möglichkeit, hier mit Holz arbeiten zu können.

Oft genug verbrachte Finn seine Zeit nur damit, von Baustelle zu Baustelle zu fahren oder in seinem Büro Skizzen zu fertigen und Verträge aufzusetzen. Dabei liebte er die Arbeit auf einer Baustelle. Den Geruch nach Holz und Beton. Das Fluchen der Männer und das Erfolgsgefühl, wenn etwas Neues erschaffen wurde. Holz war ihm von allen Werkstoffen der liebste. Wenn er also, wie beim Scheunenprojekt, damit arbeiten konnte, war er jederzeit bereit, sich ein bisschen Zeit freizuschaufeln und seiner Leidenschaft nachzugehen.

In dieser ersten Bauwoche, in der vor allem Pfosten, Stützbalken, Stürze und Streben für das Ständerwerk der Scheunenwände zugeschnitten wurden, hatte er es an jedem Tag geschafft, für ein paar Stunden vorbeizukommen und beim

Ausmessen und Zusägen zu helfen. Ohne das eingestürzte Gebäude und die Schuttcontainer, die inzwischen abtransportiert worden waren, hatte Finn von dem Platz, an dem sie die Teile zurechtsägten, einen freien Blick über den gesamten Hof bis zum Ranchhaus hinüber.

Auf Baustellen blieb es nicht aus, dass man viel über die Menschen erfuhr, die inmitten der Umbauten lebten oder jeden Tag auf der Bildfläche erschienen, um die Fortschritte zu begutachten und schlaue Kommentare abzugeben. Megan hatte ihn überrascht. Sie war, genau wie ihre Schwestern, ihre Mutter, Gestütsangestellte und Freunde mit Feuereifer beim Abriss der alten Scheune dabei gewesen. Am Wochenende hatte sie geholfen, den Koppelzaun so weit zu versetzen, dass der Bautrupp genug Platz zum Arbeiten und die Pferde trotzdem ihre Ruhe hatten. Wobei ein paar besonders neugierige Exemplare die ganze Zeit am Zaun zu stehen schienen und ganz genau beobachteten, was die Zimmerer da trieben. Inzwischen hatte Finn es sich sogar angewöhnt, immer ein paar Pferdeleckerli in den Hosentaschen mit sich herumzuschleppen, um ihr neugieriges Publikum ein bisschen zu verwöhnen.

Finn hatte nicht darauf abgezielt, aber irgendwie hatte sich die Woche ein wenig wie eine persönliche Studie von Megan Cooper angefühlt. Er hatte sie morgens gesehen, wenn sie mit einem großen Kaffeebecher in der Hand ihre Runde durch die Ställe drehte und dann auf die Veranda des Ranchhauses kam, um noch etwas mit dem Gestütsverwalter Josh Walsh oder ihren Schwestern zu besprechen. Er hatte ihre Silhouette hinter dem Fenster ihres Büros im ersten Stock ausmachen können und stellte sich vor, wie sie konzentriert arbeitete. Hin und wieder hatte er sie auch abends gesehen, wenn sie nach einem anstrengenden Tag auf dem Heimweg ihre Arme über den Kopf gehoben hatte, um sich zu strecken. So, dass ein schmaler Streifen Haut zwischen ihrem Shirt und dem Hosenbund aufgeblitzt war. Und ein paar Mal war sie mit ihrem Rappen ausgeritten. Abgesehen davon hatte sie es sich natürlich nicht nehmen lassen, täglich auf der Baustelle vorbeizuschauen und sich die Fortschritte erklären zu lassen. Vibrierend vor Ungeduld und immer mit einem Blick auf die Wetter-App, von der sie hoffte, dass sie in den nächsten Tagen weder heftigen Regen noch den ersten Schnee ankündigen würde.

Doch Finn hatte nicht nur ihren Tagesablauf kennengelernt. Ihm war auch aufgefallen, dass Megan von Tag zu Tag leiser geworden war. Stiller. In sich zurückgezogen. Gestern hatte sie bei ihrem Kontrollbesuch – wie er es nannte – fast gar nicht gesprochen, und in ihren Augen hatte eine tiefe Traurigkeit gelegen.

Heute hatte er Megan überhaupt nicht zu Gesicht bekommen. Aber als Einwohner von Stonebridge Island wusste er natürlich, was heute für ein Tag war. Dazu hätte er gar nicht die bedrückende Stimmung auf dem Gestüt spüren müssen. Heute vor einem Jahr war Jack gestorben. Die Cooper-Frauen hatten sich am Morgen im Ranchhaus getroffen und waren am Vormittag gemeinsam weggefahren. Große Sonnenbrillen auf den Nasen und die Lippen zu schmalen, unglücklichen Linien zusammengepresst. Finn hatte keine Ahnung, wohin sie wollten. Aber er vermutete, dass sie irgendwo gemeinsam um Jack trauerten und sich an ihn erinnerten. Da Matt und Cameron den Ausflug der Coopers nicht erwähnt hatten, ging Finn davon aus, dass die Frauen an diesem Tag unter sich blieben.

Gegen Mittag verabschiedete er sich von einem seiner Zaungäste – Cassiopeia, wie er inzwischen herausgefunden hatte –, indem er einen Apfel mit ihm teilte und über die weiche Nase des Wallachs strich. Dann machte er sich auf den Weg, seine anderen Baustellen abzuklappern und nach dem Rechten zu sehen. Erst kurz vor Feierabend, als Larry ihn anrief, kehrte er auf das Gestüt zurück. Da das Sägewerk, mit dem sie seit Jahren zusammenarbeiteten, zurzeit nur Bretter für Finns Großvater zuschnitt, hatte er nach einer Alternative gesucht. Bei dem neuen Lieferanten wollte er aber von Anfang an dabei sein und überprüfen, ob die Zuschnitte so stimmten. Während er noch ein paar Details für die nächsten Tage mit Larry besprach, kehrten die Coopers nach Hause zurück. Sie nickten nur kurz in seine Richtung und verschwanden im Ranchhaus. Es dauerte gar nicht lange, bis Megan wieder auf der Veranda auftauchte und den Weg zu ihrem Cottage einschlug. Den schnellen, abgehackten Schritten nach wirkte sie eher aufgebracht als traurig.

Eine knappe Stunde später sah Finn, wie Megan ihre Hütte wieder verließ. Sie trug wie immer ein Paar ihrer auffälligen Cowboy-Boots, auch wenn er die Details auf die Entfernung nicht erkennen konnte. Um ihren Oberkörper hatte sie einen kurzen Mantel zusammengezogen, der für den kühlen Herbstabend genau das Richtige war. Besonders wenn darunter ein kurzer schwarzer Rock hervorblitzte, der so gar nicht zu diesem bedrückenden Tag passte. Megan trug noch immer ihre Sonnenbrille, aber ihre Haare fielen ihr offen über den Rücken. Wie ein dunkler Wasserfall mit kupferfarbenen Spitzen, der ihr fast bis zur Hüfte reichte. Normalerweise trug sie einen Zopf, diesen Aufzug dagegen nur, wenn sie unterwegs war, um Party zu machen. Ihre Aufmachung blieb auch seinen Zimmermännern nicht verborgen. Alle drei starrten in Megans Richtung.

»Holy Moly«, murmelte Brian.

»Wir sind nicht hier, um unsere Auftraggeberin anzustarren«, brummte Finn.

Seine Männer lachten. »Dann solltest du vielleicht damit aufhören, Boss«, zog Mike ihn gut gelaunt auf. Er schob den Schirm seiner Baseballkappe mit dem Zeigefinger ein Stück nach hinten. »Außerdem ist es nicht verboten, eine schöne Frau zu bewundern. Solange man ihr nicht hinterherpfeift.«

Finn riss sich von Megans Anblick los, als sie in ihren Jeep kletterte. Mike hatte natürlich recht: Megan war wunderschön. Auch wenn ihm das in letzter Zeit mehr aufzufallen schien als früher. Und er war ein bisschen stolz auf seine Crew. Auf einer anderen Baustelle hätten ihr die Jungs wahrscheinlich wirklich hinterhergepfiffen und -gejohlt – nicht so in seiner Firma. Als er vor ein paar Jahren zwei Maurer dabei erwischt hatte, wie sie vorbeilaufenden Frauen dämliche Kommentare hinterhergebrüllt hatten, hatte er seinen Standpunkt unmissverständlich klargemacht. Seitdem hatte es keinen Vorfall dieser Art mehr gegeben.

Megan rauschte vom Hof, und Finn kam nicht umhin, sich zu fragen, ob sie wirklich vorhatte, feiern zu gehen. Am Todestag ihres Vaters. Ganz automatisch glitt sein Blick zum Ranchhaus hinüber. Olivia, Abby und Summer waren noch nicht wieder aufgetaucht. Kurz schüttelte Finn den Kopf über die Gedanken, die er sich machte. Die Coopers gingen ihn nichts an. Und Megan schon gar nicht.

»Na komm, Boss.« Mike schlug ihm kameradschaftlich auf die Schulter. »Lass uns für heute Feierabend machen.«

Eine Dreiviertelstunde später pfiff Finn nach Will, der sich inzwischen auch mit den Hofhunden Henry und Nugget angefreundet hatte und den ganzen Tag mit ihnen über das Gestüt gestromert war. Finn hatte längst verstanden, dass Will sehr freiheitsliebend war. Er hatte ihm in seinem Haus eine Hundeklappe eingebaut, damit er auch dort ganz frei ein und aus gehen konnte. Jedes Mal, wenn der Hund zu einer seiner Erkundungstouren aufbrach, wurde Finn ein wenig unruhig, bis Will wieder auf die Terrasse gerannt kam und durch die Hundeklappe fegte. Bis jetzt war er immer wieder zurückgekommen. Finn war aber auch aufgefallen, dass sein Hund sich am liebsten in den *Silver Brook Stables* herumtrieb.

Finn hielt ihm die Tür des Pick-ups auf und wartete, bis Will wie eine Kanonenkugel hineingeschossen war, seinen Stehplatz auf dem Beifahrersitz einnahm und die Pfoten auf das Armaturenbrett stellte. Dann kletterte er hinterher und fuhr nach Hause. Er beschloss, in seinem Fitnessraum noch ein paar Gewichte zu stemmen. Einfach weil er das Gefühl hatte, dass er nicht erschöpft genug war, wenn seine Gedanken es noch immer schafften, zu Megans kurzem Rock und den langen Haaren zurückzukehren, von denen er wusste, wie weich sie sich anfühlten, wenn sie über die eigene Haut strichen. Sport half nicht wirklich, das Bild zu vertreiben, das sich auf seine Netzhaut gebrannt zu haben schien.

»Was ist nur los, dass ich plötzlich ständig an sie denke?«, fragte er Will. Der nur den Kopf schräg legte und gelangweilt blinzelte. »Du hast recht. Nur weil sie mir neuerdings andauernd über den Weg läuft und ich nicht mehr das Gefühl habe, als würde sie mir bei nächstbester Gelegenheit die Augen auskratzen, hat sich nichts Grundlegendes zwischen uns verändert.« Sie war immer noch eine Cooper und er ein Morgan.

»Blödmann!«, wies er sein Konterfei zurecht, das ihm von der verspiegelten Wand hinter seinen Fitnessgeräten entgegenblickte. Seine Gedanken klangen ja schon wie bei Shakespeare. Die Morgans und die Coopers pflegten zwar ihre jahrzehntealte Fehde, aber Zustände wie zwischen den Montagues und Capulets herrschten auf Stonebridge Island nicht gerade. Abgesehen davon, dass ihn Megan, nur weil sie nicht mehr ganz so bissig war, noch lange nicht mögen musste. Er mochte sie auch nicht wirklich. Welcher Typ Mensch ging schon am ersten Todestag seines Vaters, den man angeblich so vermisste, feiern? Finn wusste, was wirklich mit ihm los war: Er fühlte sich von ihr angezogen. »Vielleicht hätte ich statt nach einem Hund nach einer neuen Freundin Ausschau halten sollen«, sagte er in die Stille hinein, die zwischen dem Ende eines *Linkin-Park*-Songs und dem Start eines *Metallica*-Gitarrenriffs entstand.

Will gab einen Laut von sich, der an ein Seufzen erinnerte, und legte seine rechte Pfote über die Augen. So als wolle er sagen, dass diese Menschen mit ihrer ganzen Denkerei ziemlich anstrengend waren. Womit er vermutlich nicht einmal unrecht hatte.

»Ich sollte auf jeden Fall aufhören, mich mit meinem Spiegelbild und meinem Hund zu unterhalten. Will?«

Der Hund blinzelte zu ihm hoch.

»Abendessen«, schlug er vor. Was Will dazu brachte, sofort aufzuspringen und gut gelaunt zur Kellertreppe zu laufen, um als Erster in der Küche zu sein. Wo er ungeduldig neben seinem Fressnapf wartete, bis Finn ihm endlich gefolgt war. Er fütterte den Hund und holte die Zutaten für Lachsspaghetti aus dem Kühlschrank. Kochen hatte ihn schon immer geerdet und entspannt. Und das war genau das, was er jetzt brauchte.

*

Die Musik vibrierte durch Megans Körper. Sie kippte den Wodka-Shot und warf das Glas in Richtung des Barkeepers. Sein Name war Jeffrey, erinnerte sie sich. Mit einer Hand fing Jeffrey das leere Glas auf und stellte es zur Seite, bevor er nach Megans Hand griff und sie so weit zu sich herunterzog, dass er ihr ins Ohr brüllen konnte, dass sie seiner Meinung nach genug hatte.

»Auf keinen Fall!« Megan schnappte sich die Wodkaflasche, die hinter der Theke stand und richtete sich wieder auf. Sie vollführte ein paar Coyote-Ugly-Tanzschritte auf dem Tresen und legte den Kopf in den Nacken, was ihr den johlenden Beifall ihres Publikums einbrachte. Für einen Moment verschwamm die Welt um sie herum, dann pendelte sie sich wieder ein, und Megan sang mit Dierks Bentley und den Brothers Osborne um die Wette. »Burning Man«. Sie war kein Mann, also ersetzte sie das »Man« einfach durch »Girl«. Die Blicke um sie herum ließen sie sich lebendig fühlen, nachdem sie den ganzen Tag über das Gefühl gehabt hatte, unsichtbar zu sein. Unsichtbar, weil niemand in ihrer Familie die tiefe Verlorenheit in ihr sehen konnte, die Hilflosigkeit, mit der sie auf den schwarzen Tunnel zusteuerte, ohne anhalten zu können. Sie hatte dagegen angekämpft. Aber irgendwann hatte sie es nicht mehr ausgehalten und war aus dem Haus gestürmt. Gleichzeitig betäubte der Alkohol den Schmerz und die Trauer, die in ihr wüteten wie zwei wilde Furien. Eine Kombination, die überhaupt keinen Sinn ergab. Es fühlte sich an wie am Rand einer Klippe auf den Zehenspitzen zu balancieren. In welche Richtung würde sie kippen? Sie wollte es nicht wissen. Denn eines war sicher: Sie würde fallen. Aber bis dahin tanzte sie einfach weiter. Mit geschlossenen Augen. Und sang »Burning Girl«.

*

Finn und Will hatten es sich vor dem Fernseher gemütlich gemacht. Finn mit einem Bier. Will mit den Leckerli, die Finn ihm hin und wieder zuwarf und die der Hund aus der Luft fing und inhalierte, während Finn ein Spiel der *New England Patriots* ansah. Sie hatten beide ihren Spaß.

Bis Finns Handy auf dem Couchtisch zu klingeln begann. Er konnte den Namen seines Zimmermanns Brian auf dem Display erkennen. Einen Moment überlegte er, den Anruf zu ignorieren. Er hatte Feierabend. Andererseits: Wenn einer seiner Angestellten ihn so spät am Abend noch anrief, hatte er ein Problem, das sich nicht bis zum nächsten Tag aufschieben ließ. Mit einem Seufzer schob er Wills Hintern ein Stück zur Seite, stellte sein Bier ab und griff nach dem Handy.

»Was gibt's, Brian?«, fragte er, als er den Anruf angenommen hatte. Um eine Krankmeldung ging es wahrscheinlich nicht, dachte er trocken, als er die Musik und die lauten Stimmen hörte.

»Boss? Hallo? Mist. Warte kurz.« Finn hörte, wie Brian jemandem zubrüllte, dass er schnell rausging. Die Musik und das Stimmengewirr wurden leiser, bis Finn eine Tür klappern hörte und dann nur noch dumpfe Bässe. »Sorry, Boss. War einfach zu laut da drin.«

»Ja.« Finn hatte keinen blassen Schimmer, was der Zimmermann von ihm wollte. War er betrunken? Er klang allerdings nicht so.

»Könnte sein, dass wir hier ein Problem haben.« Brian räusperte sich. »Ähm … Megan Cooper ist hier. Sie … sie tanzt auf der Bar.«

Scheiße!

»Sie ist … na ja … sternhagelvoll, würde ich sagen. Vielleicht weil heute … du weißt schon, was für ein Tag ist.« Die Tür der Bar wurde aufgestoßen, und das ließ Brians Worte in einem Schwall aus Musik und Gelächter untergehen. Er blieb stumm, bis es wieder ruhiger wurde, und sagte dann: »Ich hab versucht, sie zu überreden, von diesem Tresen zu steigen. Aber, Mann, statt auf mich zu hören, hat sie versucht, mich da hochzuziehen. Ich weiß nicht, ob das noch lange gut geht. Ein paar Typen haben schon versucht, sie anzugrapschen …«

Fuck war alles, was Finn bei diesen Worten durch den Kopf ging. Er war ohne es zu merken von der Couch aufgesprungen. Will schien zu begreifen, dass etwas nicht stimmte, und stand alarmiert neben ihm.

»Sie ist allein hier, soweit ich sehe. Ich versuch, auf sie aufzupassen. Aber, Mann, sie hört nicht auf mich.«

»Hast du ihre Schwestern angerufen?« Finn rieb sich über das Gesicht.

»Ja, Mann. Keine von denen geht ran. Und Boss, hier muss echt was passieren. Lange geht das nicht mehr gut.« Brian schwieg einen Moment. »Ihr kommt doch gut miteinander aus, dachte ich.«

Eine himmelhohe Übertreibung.

»Also dachte ich, du könntest vielleicht kommen und sie

überreden, nach Hause zu gehen. Bevor einer dieser besoffenen Typen …«

»Ich sehe, was ich tun kann, Brian. Wo ist diese Bar?«

Nachdem Brian ihm den Namen genannt und den Weg beschrieben hatte, versuchte Finn ebenfalls, Abby und Summer zu erreichen. Dann Cameron und Matt. Niemand ging an sein Handy. »Verdammt!«, fluchte er schließlich, sprang in seine Stiefel und riss mit der linken Hand einen Hoodie von der Lehne eines Küchenstuhls, während er mit der Rechten nach seinen Wagenschlüsseln griff. Ihm würde nichts anderes übrig bleiben, als sich um Megan zu kümmern.

Will war bereits vor ihm an der Tür und sah ihn abwartend an.

Finn ging vor dem Hund in die Knie und kraulte ihn kurz zwischen den Ohren. »Das muss ich alleine erledigen. Du hältst hier die Stellung, okay?« Will sah ihn einen Moment beleidigt an, dann stieß er einen tiefen Hundeseufzer aus und leckte Finn versöhnlich über das Handgelenk. »Bis dann.« Finn fuhr ihm ein letztes Mal über das Fell und öffnete die Haustür.

Er brauchte keine halbe Stunde zu der Bar auf dem Festland, die Brian ihm genannt hatte und in der er noch nie zuvor gewesen war. Es schien viel los zu sein, der Anzahl der Fahrzeuge auf dem Parkplatz nach zu urteilen. Finn entdeckte Megans verrosteten Jeep und eine Reihe weiter Brians Pick-up. Gut, sein Zimmermann war noch hier und hatte ein Auge auf Megan. Finn sprang aus seinem Wagen und ging auf die Bar zu. Der Kies knirschte unter seinen Stiefeln, was aber in der Mischung aus Country-Musik und laut feiernden Gästen fast unterging. Die Bar war ein flacher Bau mit den üblichen blinkenden Neonreklameschildern für Bier in den Fenstern. In der Dunkelheit ließen sich nicht viele Details erkennen. Die Bar wirkte ein wenig heruntergekommen, aber nicht so versifft, dass eine Lady sich nicht hineintrauen konnte. Auf der Fahrt hierher hatte Finn noch einmal erfolglos versucht, jemanden aus ihrer Familie zu erreichen. Dass er sich auf den Weg gemacht hatte, um sie abzuholen, hatte jedenfalls nichts mit Megan persönlich zu tun. Oder mit dem kurzen Rock und den offenen Haaren, mit denen sie vor ein paar Stunden vom Hof des Gestüts gerauscht war. Er würde dasselbe für jede ihrer Schwestern tun. Für seine Cousine Emma. Oder für jede andere Frau auf der Insel, die aus so einer Situation geholt werden musste. Der Unterschied war, dass ihm vermutlich jede andere Frau dankbar dafür wäre. Megan Cooper hingegen würde wahrscheinlich einen Streit vom Zaun brechen und für eine Szene sorgen.

Finn ließ für einen Moment den Kopf hängen und atmete tief durch. Morgen würde sie dankbar sein. Hoffte Finn zumindest. Er zog die Tür zur Bar auf und trat in das Potpourri aus abgestandener Wärme, dem Geruch von Bier und billigem Schnaps, übersteuerten Lautsprecherboxen und grölenden Barbesuchern. Hauptsächlich Männer, wie Finn sofort auffiel. Die alle nur in eine Richtung blickten. Zur Bar. Auf der Megan gerade einen astreinen Twerk hinlegte.

Scheiße! Finn bahnte sich einen Weg durch Megans Publikum, während sie weiter mit ihrem Hintern wackelte und aus einer Wodkaflasche trank.

»Da bist du ja.« Brian tauchte neben ihm auf. »Gott sei Dank. Ich hoffe, du kannst sie überreden, da runterzusteigen.«

»Das hoffe ich auch«, knurrte Finn. Megans Anblick machte

ihn sauer. Ihr betrunkenes Lachen. Wie sie mit ihren Hüften wackelte, die Haare über die Schultern warf und die Wodkaflasche schwenkte.

Die ersten beiden Reihen Megan-Fans standen besonders dicht. Finn zwängte sich hindurch und schlug die Hand eines Typen weg, der sie in Richtung ihres Hinterns ausgestreckt hatte. Mit einem finsteren Blick ließ er ihn wissen, dass er das nur dann noch einmal versuchen sollte, wenn er auf eine gebrochene Nase stand. Der Mann hob beschwichtigend die Hände und machte einen Schritt zur Seite. *Besser für ihn*, dachte Finn und drehte sich zur Bar um. »Megan!«, brüllte er.

Sie wirbelte zu ihm herum, geriet für einen Moment aus dem Gleichgewicht, aber fing sich gleich wieder. Die Wodkaflasche hoch über den Kopf erhoben tanzte sie die zwei Schritte auf ihn zu, die sie trennten. »Finley Morgan!« Ihre Augen blitzten. Trotz oder wegen ihres Alkoholkonsums? Finn konnte es nicht sagen. »Was suchst du hier? Gibt es hier auch jemanden, mit dem ihr eine Fehde führt und dem du in die Suppe spucken willst?«

Finn ignorierte den Seitenhieb. Megan war betrunken. Aber Betrunkene und kleine Kinder … Er schob den Gedanken zur Seite. »Megan!«, rief er noch einmal und winkte sie mit dem Finger zu sich herunter.

Sie kam der Aufforderung tatsächlich nach und beugte sich zu ihm herunter. »Auch einen Schluck?«, fragte sie und hielt ihm die Flasche hin.

Finn schnappte sie sich und deponierte sie hinter der Theke, wo der Barkeeper sofort danach griff und sie aus Megans Reichweite brachte. »Es wird Zeit zu gehen«, sagte Finn.

»Dann geh doch!« Megan richtete sich wieder auf und

winkte ihrem Publikum zu. »Shining like Diamonds«, sang sie den Refrain des Brooke-Eden-Songs mit. *Wie Diamanten funkeln.* »Dancing in the headlights.« *Tanzen im Licht der Scheinwerfer.*

Finn tippte mit dem Zeigefinger gegen Megans nacktes Knie und wartete, bis sie sich abermals zu ihm herabbeugte. »Komm runter, Megan«, sagte er so ruhig wie möglich. »Wir gehen.«

»Sonst was?« Sie lachte und wollte sich wieder aufrichten.

Brian hatte recht gehabt. Megan war so stur, wie man es von ihr kannte. Finn war klar, dass es wenig Sinn machte, mit Megan herumzudiskutieren, was in diesem Fall bedeutet hätte, sich vor einer Zuschauermenge über die Musik hinweg anzubrüllen. Er würde das Problem auf seine Art lösen. Betont gelassen zog er seinen Geldbeutel aus der Gesäßtasche seiner Jeans und reichte dem Barkeeper seine Kreditkarte. »Was ist die Lady Ihnen schuldig?«

»Nichts«, antwortete der Mann.

Finn zog die Augenbrauen nach oben und wollte gerade nachfragen, was das sollte, als Megans Haare seine Schulter streiften und er ihren klaren, frischen Duft einatmete, der so wenig in diese Kaschemme passte wie die Frau, die ihn verströmte. Megan hatte sich wieder zu ihm heruntergebeugt. »Kennst du den Spruch nicht?«, wollte sie wissen. Als Finn zu ihr aufblickte, waren sich ihre Gesichter viel zu nah. Er sah das goldene Braun in ihren Augen funkeln. »Wenn man trinken will, um zu vergessen, muss man vorher zahlen.« Ihre Stimme wurde so leise, dass Finn den Rest fast nicht mehr verstand. »Das ist eine von Jacks Weisheiten.«

Darum ging es hier? Um das Vergessen? Finns Herz zog sich zusammen, als ihm die Traurigkeit in Megans Gesicht bewusst wurde, die er nach diesen Worten trotz ihres betrunkenen Lächelns nicht mehr übersehen konnte. »Wenn du schon gezahlt hast, dann bist du ja bereit zu gehen.« Er griff um Megans Hüfte und zog sie an sich. Ihr alkoholvernebelter Verstand konnte sich genauso wenig gegen die kleine Attacke wehren wie ihr auf wackligen Beinen stehender Körper. Sie taumelte gegen ihn. Da sie über ihm stand, gelang es Finn mit Leichtigkeit, sie sich einfach über die Schulter zu werfen. Er hielt ihre Beine, die sofort anfingen zu strampeln, mit eisernem Griff fest. Gegen die Fäuste, die augenblicklich auf seinen Rücken einzutrommeln begannen, war er allerdings machtlos.

»Lass mich runter«, kreischte Megan. »Sofort!«

Die Männer um ihn herum waren zunächst einen Schritt zurückgewichen und hatten das Schauspiel amüsiert verfolgt. Jetzt verrieten ihre Blicke, dass sie sich nicht sicher waren, ob sie tatsächlich einfach zulassen konnten, dass er eine Frau auf diese Weise aus der Bar bugsierte. Wenn er selbst so eine Situation erlebt hätte, er hätte auf jeden Fall eingegriffen und versucht, der Frau zu helfen. Hoffentlich entwickelte sich das hier nicht noch zu einer Kneipenschlägerei.

Finn schaffte allerdings nur zwei Schritte, bis sich ihm ein Kerl wie ein Baum in den Weg stellte. »Die Lady scheint nicht begeistert davon zu sein, so behandelt zu werden«, knurrte er. »Welches Recht hast du, sie gegen ihren Willen von hier wegzubringen?«

Finn öffnete den Mund … Doch ihm wollte nichts einfallen. Er hatte weder das Recht noch die Pflicht, sie von hier wegzubringen. Sie konnte von der Bar fallen und sich den Hals brechen. Sie konnte in das Auto von einem Typen wie diesem Stiernacken steigen. Das ging ihn alles verdammt noch mal nichts an. Und doch würde er Megan auf keinen Fall allein in ihrem Zustand hierlassen. Auch wenn es gerade so aussah, als wäre er derjenige, der eine Frau entführte.

»Er ist ihr Mann«, hörte er Brian sagen, der neben ihn getreten war, Megans Handtasche und ihren Mantel am Arm. »Ein-, zweimal im Jahr zieht sie diese Show ab.« Brian zwinkerte dem Mann vor Finn zu. »Jedes Mal dasselbe. Sie übertreibt es, und er muss sie nach Hause schleppen. Lass ihn durch, Junior. Ich gebe dir einen Drink aus.«

Der Typ – Junior – ließ seinen Blick einen Moment auf Finns eheringlosen Händen ruhen, bevor er sich Brian zuwandte. »Wenn du das sagst, Brian.« Er machte einen Schritt zur Seite.

Finn nickte Brian zu. Er klemmte sich Megans Sachen unter den Arm, während sie in seinem Rücken zeterte, dass sie nicht seine Frau sei und eher in die Höhle eines Bären ziehen würde, als jemanden wie ihn zu heiraten. Er sei nichts als ein gemeiner, missratener Morgan. Unter den zweifelnden Blicken der Barbesucher steuerte Finn weiter auf den Ausgang zu. Brians Story war alles andere als glaubhaft. Andererseits schien man ihn hier zu kennen und ihm zu vertrauen. Und auf Junior hörte offenbar jeder.

Jemand hielt ihm die Tür auf, und im nächsten Moment standen Megan und er in der kalten, klaren Nachtluft. Megan hatte sich noch immer nicht beruhigt. Aber er schaffte es, die Beifahrertür seines Trucks zu öffnen und sie auf den Sitz zu schieben. Dann knallte er die Tür zu und lief um die Motorhaube herum. Er konnte nur hoffen, dass sie diesen Moment nicht zu einem Spiel werden ließ und wieder heraussprang, bevor er sich hinter das Steuer gesetzt hatte und losfuhr.

Megan schwieg. Sie verschränkte die Arme vor der Brust und starrte in die Nacht hinaus. Finn schaltete das Autoradio ein und ließ den Sender leisen Rock spielen, um die erdrückende Stille in seinem Wagen zu überdecken. Morgen würde Megan ihm vermutlich dankbar sein, dass er diesen Abend beendet hatte. Über das Wie würde sie aber mit Sicherheit nicht begeistert sein, nachdem sie schon im Moment stinksauer auf ihn war. Und müde – wurde ihm bewusst, als er ihr einen Seitenblick zuwarf und sah, wie ihr die Augen zufielen.

Als Finn den Pick-up eine knappe halbe Stunde später vor Megans Cottage ausrollen ließ, war seine Beifahrerin noch immer völlig weggetreten. »Megan?« Sie reagierte weder auf seine Frage noch auf das leichte Rütteln am Arm. »Womit habe ich das verdient?«, murmelte Finn und lehnte die Stirn für einen Moment gegen das Lenkrad. »Was soll's. Bringen wir es einfach hinter uns.« Er stieg aus und öffnete die Beifahrertür.

Noch einmal versuchte er, sie an der Schulter wachzurütteln. Sie murmelte irgendetwas, ließ die Augen aber geschlossen. Er öffnete ihre Handtasche und suchte den Cottageschlüssel heraus. Dann schob er seine Hände unter Megans Rücken und die Oberschenkel und hob sie vom Sitz. Mit der Hüfte schob er die Wagentür zu und trug Megan das kurze Stück zu ihrem Haus. Auf der kleinen Veranda setzte er sie kurz ab, um ihre Tür zu öffnen und nach dem Lichtschalter zu tasten, dann trug er sie ins Cottage und setzte sie auf dem Bett ab. Ihr Oberkörper kippte sofort auf der Matratze nach hinten. Wie eine gliederlose Puppe. Finn zog ihr die Stiefel aus und platzierte sie so, dass sie richtig lag.

»Finn?« Sie schlug blinzelnd die Augen auf. »Was machst du hier?« Ein Lallen begleitete ihre Worte. Und ein Lächeln, das er unter anderen Umständen als einladend bezeichnet hätte. Ihre Augen blieben dabei halb geschlossen. »Willst du mir beweisen, dass du doch nicht so schlecht küsst?«

»Ganz bestimmt …«

Weiter kam Finn nicht, weil Megan ihm die Arme um den Hals schlang und ihn mit mehr Kraft zu sich herunterzog, als er erwartet hatte. Überrascht stützte Finn seine Hände neben ihrem Kopf auf das Kissen. Doch bevor er sich wieder aufrichten konnte, hatte Megan ihre Lippen bereits auf seinen Mund gepresst. Für den Bruchteil einer Sekunde erstarrte er. Eingehüllt in ihren Duft. Ihre weichen Lippen auf seinen. Dann löste sie sich von ihm, nur um ihre Lippen abermals über seine gleiten zu lassen. Einladend. Finn schaffte es nicht, ihr zu widerstehen. In seinem Kopf blinkte eine Alarmlampe auf. Trotzdem erwiderte er den Kuss, spürte Megans Hände, die über seinen Brustkorb glitten. Irgendetwas war zwischen ihnen passiert, seit er am Aufbau der neuen Scheune arbeitete. Ihr Verhältnis war ein anderes. Fast so, als seien all die Ablehnung und der Hass der letzten Jahre in Leidenschaft umgeschlagen. Megans Küsse machten süchtig. Ihre Finger … ihr Duft … Wie eine heiße Welle rauschte Erregung durch seinen Körper.

»Finn«, flüsterte Megan an seinen Lippen. Ihre Hände glitten über seinen Bauch nach unten, sorgten dafür, dass sich seine Muskeln zusammenzogen und sich eine Gänsehaut über seinen Körper ausbreitete, und schoben sich dann unter dem Saum seines Shirts auf seiner nackten Haut wieder nach oben. Sein Pulsschlag beschleunigte sich noch weiter. »Bleib hier, heute Nacht.«

Megans Worte zuckten durch Finns Körper wie ein Blitz.

Schockiert von sich selbst, erstarrte er. Für einen Moment hatte er sich mitreißen lassen von diesem Augenblick. Von Megan. Aber das hier war so falsch wie … Langsam richtete er sich auf und löste Megans Hände von seinem Körper. Wo sie ihn gerade noch berührt hatte, kribbelte seine Haut. Er fühlte sich wieder wie der dreizehnjährige Junge, der zum ersten Mal ein Mädchen geküsst hatte. Verdammt! »Du solltest jetzt schlafen«, sagte er leise. Mit einer Stimme, die rau klang vor Emotionen und Lust. In diesem Moment war Finn dankbar, dass Megan so betrunken war, dass sie sich an diese Details am nächsten Morgen nicht mehr würde erinnern können. Bevor er sich bremsen konnte, küsste er Megan sanft auf die Stirn. »Gute Nacht.«

»Was?« Megan richtete sich ein Stück auf. »Du willst mich nicht?« Ihr Mund bildete ein überraschtes O, das er sofort wieder küssen wollte. In ihrem Blick lag neben dem Alkohol ein verblüffter Ausdruck.

Gerade eben wirbelten so viele Gedanken durch Finns Kopf, dass er sich gar nicht mehr sicher war, was er überhaupt wollte. Aber ja, Megan wollte er zumindest noch einmal küssen. Ein guter Grund, sich von der Bettkante zu erheben und einen Schritt Abstand zwischen sie zu bringen. »Schlaf jetzt«, forderte er Megan noch einmal auf und sah ihr dabei zu, wie sie die Unterlippe beleidigt vorschob und die Arme vor der Brust verschränkte. Sie starrte an die Decke und ignorierte ihn, auch wenn Finn sehen konnte, wie sie ihn aus den Augenwinkeln beobachtete.

Frustriert rieb er sich über das Gesicht. Es gab wahrscheinlich nicht viele Männer, die ein Angebot von Megan Cooper ausschlugen, die Nacht mit ihr zu verbringen. »Megan, ich …«

Was sollte er sagen? Dass alles zwischen ihnen viel zu kompliziert war, um miteinander zu schlafen? Abgesehen davon, dass sie ihn nicht wirklich mochte. Auch wenn sie Fortschritte gemacht hatten in den letzten Wochen. Und so betrunken, wie sie war, würde sie ihn am nächsten Morgen hassen und für den Rest ihres Lebens nicht mehr damit aufhören. So verführerisch diese Frau war, das war es nicht wert. »Weißt du …«, begann er seinen Erklärungsversuch.

»Psst. Ich versuche zu schlafen«, brummte sie bockig. Sie schloss die Augen und ignorierte ihn weiter.

Finn betrachtete sie. Das schöne, ebenmäßige Gesicht. Die steile Falte, die sich glättete, als sie die Augen schloss, und das gleichmäßige Heben und Senken ihres Brustkorbs. Sie war doch tatsächlich innerhalb von Sekunden eingeschlafen. Langsam atmete Finn aus. Er drehte sich einmal um die eigene Achse, um das Cottage in Augenschein zu nehmen. Dabei wurde er sich bewusst, dass er nicht einmal die Haustür hinter sich geschlossen hatte. Er durchquerte den Raum, zog den Schlüssel ab und schloss die Tür.

Finn war schon einmal in Camerons Cottage gewesen, um ein paar Details zu *Seal Rock Hall* zu besprechen, als der Freund noch auf dem Gestüt gewohnt hatte. Von außen hatte sich die Hütte nicht von Megans unterschieden – innen konnten sie unterschiedlicher nicht sein. Alles in den Angestellten-Cottages war schlicht und zweckmäßig. Megans Zuhause hingegen war genau so, wie Finn es sich vorgestellt hätte, hätte er sich Gedanken darüber gemacht. Bunt und unkonventionell. Stile, die eigentlich nicht zusammenpassen dürften und sich vermutlich gerade deswegen so gut ergänzten. Gegenüber der Eingangstür lag ein beeindruckendes Bay Window. Von der großen geblümten Couch, die davorstand, hatte man einen fantastischen Blick in die Halfmoon Bay. Die Sonnenauf- und -untergänge, die man hier bewundern konnte, waren mit Sicherheit spektakulär. Wobei sich Finn nicht sicher war, ob das Sofa überhaupt zu etwas anderem genutzt wurde als zur Ablage von Klamotten. Anders als in den anderen Cottages gab es hier einen kleinen Gaskamin, auf dessen Sims jede Menge Familienfotos verteilt waren.

Megan seufzte im Schlaf und zog Finns Aufmerksamkeit automatisch wieder auf sich. Ihr Bett war nicht, wie in den anderen Cottages, aus schlichtem Holz. Das Kopfteil aus weißem, verschnörkeltem Eisen bot, genau wie der weiß lasierte Kleiderschrank und die Kommode daneben, einen schönen Kontrast zu den türkisblau gestrichenen Wänden.

Was tue ich hier eigentlich?, fragte sich Finn zum wiederholten Mal. Mit der schlafenden Megan in einem Raum fühlte er sich wie ein Eindringling. Es wurde höchste Zeit zu verschwinden. Er ging zu der winzigen Küchenzeile hinüber, die sich lediglich dazu eignete, einen Kaffee zu kochen oder sich eine Suppe aufzuwärmen. Mehr brauchte man wahrscheinlich auch nicht, wenn Rose Walsh für alle kochte. Er öffnete einen der Schränke über der Spüle und wich einen Schritt zurück, als ihm ein Flip-Flop entgegenflog. Fassungslos starrte er auf den Inhalt des Schrankes, der aus einem bunten Sammelsurium von Schuhen bestand. Finn warf einen Blick zu der schlafenden Megan hinüber und schüttelte den Kopf. Nur diese Frau war in der Lage, ihre Schuhe dort zu lagern, wo andere ihr Geschirr aufbewahrten.

In einem zweiten Schrank fand er, was er suchte: ein Wasserglas. Er hielt es unter den Hahn und stellte es neben ihr

Bett. Im Spiegelschrank in ihrem Bad fand Finn ein Fläschchen Advil. Er schüttelte zwei der Schmerztabletten heraus und legte sie neben das Wasserglas. Megan würde sie am nächsten Tag mit Sicherheit brauchen.

Wahrscheinlich mindestens so sehr wie Kaffee. Wo er schon einmal hier war, konnte er auch … Finn nahm sich die Zeit, die Kaffeemaschine für den nächsten Tag vorzubereiten, sodass Megan nur noch den Knopf betätigen musste. Da alle drei Kaffeetassen, die Megan zu besitzen schien, benutzt in der Spüle standen, spülte er eine davon und stellte sie neben die Maschine.

Megan stieß im Schlaf einen Seufzer aus und drehte sich auf die Seite, wachte aber nicht auf. Wieder schaffte Finn es nicht, seinen Blick von Megan zu lösen. Die Handfläche, die sie unter ihr Gesicht geschoben hatte. Das lange dunkle Haar, das sich über ihr Kissen ausgebreitet hatte. Und dieses verdammte kurze Kleid, das bei jeder Bewegung noch ein Stück weiter an ihrem Oberschenkel hinaufzuwandern schien. Finn griff nach dem Quilt, der am Fußende des Bettes lag und mit seinen Rosa- und Orangetönen an einen Sonnenaufgang über dem Ozean erinnerte. Vorsichtig, um Megan nicht doch noch zu wecken, deckte er sie zu.

Dann legte er ihre Cottageschlüssel auf den Küchentresen und zögerte abermals, als er einen kleinen Notizblock entdeckte. Er griff nach dem Stift, der daneben lag. *Ruf mich an, wenn ich dir helfen soll, dein Auto zu holen. Finn.* Unverbindlich. Aber ein Angebot, das es ihr nach dieser Nacht erleichtern würde, auf ihn zuzugehen. Wenn sie das überhaupt wollte. Die Chancen standen gut, dass sie ihm diesen Abgang aus der Bar nicht verzieh. Er konnte nur hoffen. Darauf, dass sich ihr Verhältnis nicht wieder verschlechterte. Darauf, dass sie auch weiter gut miteinander auskamen, nachdem sie in den vergangenen Wochen Fortschritte gemacht hatten. Und irgendwann … irgendwann wollte er diese verführerische Frau noch einmal küssen. Wenn sie nüchtern war. Und im Klaren darüber, was ihre Einladung bedeutete.

Finn legte den Zettel neben ihre Cottageschlüssel auf den Küchentresen. Der Raum war klein genug, dass er nur fünf Schritte bis zur Tür brauchte. Er verriegelte das Schloss von innen, damit sie sicher war. Dann legte er den Finger auf den Lichtschalter und blickte noch einmal zu Megan zurück. Sie lag friedlich unter ihre Decke gekuschelt. Nichts erinnerte an die Eskapaden der vergangenen Stunden. Einen letzten Moment lang betrachtete Finn sie. Ließ das Bedauern zu, dass er ihrer Einladung nicht gefolgt war. Dann löschte er das Licht und zog die Tür hinter sich zu.

9

Megan erwachte mit höllischen Kopfschmerzen. Das Licht, das durch das Bay Window in ihr Cottage fiel, war viel zu grell. Verdammt. Wie spät war es? Die Augen gegen die Helligkeit zusammengekniffen tastete sie auf dem Nachttisch nach ihrem Handy. Da, wo es normalerweise lag, glitten ihre Finger über zwei Tabletten und stießen dann gegen ein Glas. Megan blinzelte. Advil und Wasser? Hatte sie sich beim Nachhausekommen in der letzten Nacht schon ein Erste-Hilfe-Set für den Kater an diesem Morgen bereitgelegt, weil ihr klar gewesen war, wie sie aufwachen würde?

Vorsichtig, um die Schmerzen, die hinter ihrer Stirn tobten, nicht noch zu verschlimmern, richtete sie sich auf. Wie war sie überhaupt nach Hause gekommen? Sie schob sich die Tabletten zwischen die Lippen und spülte mit einem großen Schluck Wasser nach. Dann lehnte sie sich in die Kissen zurück. Offenbar hatte sie einen gewaltigen Filmriss. Bevor die Schmerzmittel nicht wirkten, würde sie allerdings jeden Versuch, sich an die vergangene Nacht zu erinnern, einstellen. Es gab nur eines, was sie sofort wissen musste. Vorsichtig drehte sie den Kopf und fuhr mit der Hand über die Laken neben sich. Sie fühlten sich angenehm kühl an. Das Kissen wies keine Delle auf, und die spitzenbesetzten Zierkissen lagen noch immer da, wie sie sie drapiert hatte. Kein Mann hatte sein Haupt darauf gebettet. Erleichtert atmete Megan aus. Gut. Wenigstens hatte sie in ihrem Zustand niemanden abgeschleppt und mit in ihr Cottage gebracht.

Als das scharfe Hämmern in ihrem Kopf zu einem dumpfen Pochen abgeklungen war, schob sie vorsichtig die Decke zur Seite und richtete sich auf. Sie trug noch immer das Kleid, in dem sie am Vorabend in diese Bar auf dem Festland gegangen war. Schwankend stand sie auf und tapste barfuß in ihre winzige Küche, um sich einen Kaffee zu kochen. Überrascht stellte sie fest, dass schon jemand die Maschine vorbereitet hatte und sie nur noch auf den Knopf drücken musste. Sogar eine Kaffeetasse war gespült worden. Megan schob sich die Haare hinter das Ohr, die sich anfühlten wie ein Vogelnest. Das war sie doch nicht selbst gewesen? Sie bereitete ihre Kaffeemaschine schon unter normalen Umständen nicht abends vor. Und gestern war alles gewesen, nur nicht das, was man einen normalen Tag nennen würde. Wie hatte sie …

Ihr Blick fiel auf ihre Schlüssel, die neben einem Notizzettel auf ihrem Küchentresen lagen. *Ruf mich an, wenn ich dir helfen soll, dein Auto zu holen. Finn.* »Scheiße!« Finn! Finn Morgan hatte sie nach Hause gebracht! O Gott! Ein paar der Puzzlestücke, die ihr aus der vergangenen Nacht fehlten, fanden den Weg zurück in ihre Erinnerungen. Finn … er hatte sie sich einfach über die Schulter geworfen und aus der Bar geschleppt. »Dieser Mistkerl«, sagte sie zu dem Notizzettel, der mit seinem leuchtenden Pink zu grell war für ihren eindeutig noch nicht richtig funktionierenden Kopf.

Megan konnte sich nicht mehr daran erinnern, was von dem Moment an passiert war, als Finn sie aus der Bar bugsiert hatte. Er hatte sie auf den Beifahrersitz seines Trucks geschoben, und dann waren irgendwie … ihre Lichter ausgegangen. Megan stützte ihre Ellenbogen auf die Küchenzeile und legte ihren Kopf in die Hände. Dann gab sie einen frustrierten Laut von sich. Von allen Männern in dieser Bar war es ausgerechnet Finley Morgan gewesen, der sie nach Hause gebracht hatte, ohne dass sie sich an irgendetwas erinnerte. Okay, sie war allein aufgewacht und trug noch immer ihr Kleid. Er hatte die Kaffeemaschine für sie vorbereitet und ihr etwas gegen die Kopfschmerzen auf den Nachttisch gestellt. Das war nett von ihm gewesen, musste sie zugeben. Mit den Fingerspitzen strich sie über den Zettel. Sie würde ihn auf keinen Fall bitten, ihr dabei zu helfen, ihr Auto zu holen. Vermutlich würde sie ihm die nächsten drei Wochen nicht in die Augen sehen können.

Apropos. Wo war ihr Handy? Sie entdeckte ihre Handtasche, die neben ihrem ordentlich zusammengefalteten Mantel auf der Couchlehne lag. Gespannt öffnete Megan sie und atmete erleichtert aus, als sie neben ihrem Handy auch ihre Wagenschlüssel und ihre Geldbörse fand. Sie zog das Handy heraus und konnte schon auf dem Display die Unmengen von Nachrichten und Anrufen ihrer Schwestern erkennen. Langsam ließ sie das Telefon sinken. Summer und Abby waren vermutlich ziemlich wütend auf sie. Sie war einfach abgehauen. Logisch, dass ihre Schwestern das nicht verstehen konnten. Die beiden wussten nicht, wie es sich anfühlte, wenn man das Gefühl hatte, keine Luft mehr zu bekommen, weil man in seiner Trauer gefangen war und einfach keinen Weg heraus fand. Ihre Schwestern wollten Antworten. Aber damit konnte sie sich jetzt nicht beschäftigen. Erst einmal musste sie diesen Kater hinter sich bringen und wieder ganz sie selbst werden. Erst dann würde sie es schaffen, sich diesen bohrenden Blicken zu stellen.

Inzwischen war genug Kaffee durch die Maschine gelaufen, um die erste Tasse zu füllen. Megan trug sie ins Bad und betrachtete sich selbst im Spiegel über dem Waschbecken. Sie sah grauenvoll aus. Verschmiertes Make-up, die Haare ein einziges wirres Durcheinander und das Kleid völlig zerknittert. Megan nippte an ihrem Kaffee und schloss für einen Moment die Augen. Sie sah aus wie etwas, das die Katze hereingeschleppt hatte. Das hatte Jack immer gesagt, wenn sie oder ihre Schwestern es beim Ausgehen einmal übertrieben hatten und am nächsten Morgen wie ein Häufchen Elend am Frühstückstisch saßen. Jack. Megan stellte die Tasse auf den Rand des Waschbeckens und rieb sich mit der Faust über die Stelle an ihrem Brustkorb, hinter der sie dieses dumpfe Stechen spürte, das sie bereits die ganzen letzten Tage begleitet und das ihr kleiner Ausraster in der vergangenen Nacht lediglich für ein paar Stunden ausgeblendet hatte. Verschwunden war es deshalb noch lange nicht.

Während sie ihr Kleid abstreifte und die Unterwäsche auszog, leerte sie ihre Kaffeetasse. Dann stellte sie sich unter die heiße Dusche. An die Wand gelehnt blieb sie einfach stehen, bis das warme Wasser aufgebraucht war. Als sie sich endlich wieder aufrichtete und nach einem Handtuch griff, fühlte sie sich schon wieder halbwegs wie ein Mensch.

Die nächste Aufgabe, die sie angehen musste, war ihr Auto. Sie musste es abholen, aber natürlich würde sie Finns Angebot nicht annehmen. Eine ihrer Schwestern zu fragen, kam einer familiären Inquisition gleich, der sie sich noch nicht stellen konnte. Bei ihrer zweiten Tasse Kaffee, mit Blick auf den Ozean und die Halfmoon Bay unter sich, schrieb sie Cameron eine Nachricht. Abbys Freund würde sie nicht hängen lassen. Sie hatte ihm den Umgang mit Pferden beigebracht, als ihn ein Richter zu Sozialstunden in den *Silver Brook Stables* verurteilt hatte. Mit viel Geduld. Denn als er im Frühjahr auf dem Gestüt aufgetaucht war, hatte er noch nie etwas mit Pferden zu tun gehabt. Er würde ihr helfen – und Abby erst danach Bescheid sagen.

Sein Jaguar hielt keine Viertelstunde, nachdem sie ihm geschrieben hatte, vor ihrem Cottage. Megan war in Jeans, Stiefel und einen warmen Hoodie geschlüpft und schob sich eine Sonnenbrille auf die Nase. Als sie ihre Hütte verließ, wartete er bereits an der Beifahrertür auf sie. Statt ihr einfach die Tür aufzuhalten, zog er sie in eine feste Umarmung. »Bist du okay, Megs?«, murmelte er an ihrer Schläfe.

»Sicher.« Sie bemühte sich um einen fröhlichen Tonfall. Was ihr vermutlich nicht ganz gelang. Denn Cameron lehnte sich ein Stück zurück, schob mit der Hand ihre Sonnenbrille auf die Stirn und sah sie mit hochgezogenen Augenbrauen an. »Wirklich.« Sie boxte ihm leicht gegen den Arm. »Komm jetzt, lass uns mein Auto holen.«

Cameron antwortete nicht darauf. Er war für Megan wie ein großer Bruder. Und er behandelte sie genauso wie seine kleine Schwester Valerie. Er hielt ihr die Wagentür auf und wartete, bis Megan auf dem Beifahrersitz Platz genommen hatte. Für einen Moment huschte die Erinnerung durch ihren Kopf, wie Finn sie am vergangenen Abend in sein Auto verfrachtet hatte. Megan schob die Erinnerung zur Seite. »Danke«, sagte sie schlicht, als Cameron den Motor startete.

Er warf ihr einen Seitenblick zu, als er über die Holzbrücke vom Gestütshof fuhr. »Du weißt, dass Abby und Summer sich Sorgen um dich machen, oder? Dein Abgang gestern Abend hat sie echt aus der Fassung gebracht. Was war nur los, dass du plötzlich einfach so davongerannt bist, als sei der Teufel hinter dir her?«

Weil der Teufel hinter ihr her war. Zumindest hatte sie sich so gefühlt. Und später so verhalten, als hätte er sie auch erwischt. Megan blickte aus dem Seitenfenster. »Ich möchte nicht darüber reden, okay?«

Cameron schnaubte, wie Megan es schon oft gehört hatte, wenn er Valerie zu verstehen geben wollte, dass er ihr den Mist, den sie ihm auftischen wollte, nicht glaubte. »Schweigen wir uns an, bis ich dich zu deinem Wagen gebracht habe?«

Megans Wangen wurden heiß. »Ja. Ehrlich gesagt wäre mir das am liebsten.«

»Wie du willst.« Cameron drückte ihre Hand und wartete, bis Megan ihn ansah. »Rede mit deinen Schwestern. Bitte«, sagte er. Dann ließ er sie wieder los und drehte das Autoradio ein bisschen lauter, offenbar fest entschlossen, das Schweigen zwischen ihnen auszufüllen.

Die wenigen Worte, die er gesagt hatte, reichten, dass Megan sich furchtbar fühlte. Kopflos war sie am vergangenen Abend davongerannt. Wie ein bockiger pubertierender Teenager. So musste es zumindest von außen gewirkt haben. Natürlich machten sich alle Sorgen um sie. Und sie hasste das. Aber sie wollte Cameron nicht erklären, wie sie sich fühlte. Weil sie nicht wusste, ob er sie verstand. Am Ende klang sie nur noch verrückter, als sie sich sowieso schon fühlte.

Als Cameron auf den Parkplatz der Bar fuhr, auf der einsam und verlassen Megans Jeep und ein alter Buick standen, warf er durch die Windschutzscheibe einen Blick auf die Kneipe, die bei Tag und geschlossen nicht besonders einladend aussah. Megan sah seine Mundwinkel zucken und die steile Falte, die sich zwischen seinen Brauen bildete. Sie musste Cameron zugutehalten, dass er nichts sagte. »Danke fürs Bringen«, sagte sie und öffnete die Wagentür.

»Rede mit Abby und Summer«, wiederholte er.

Megan sparte sich eine Antwort. Sie stieg aus und ging die wenigen Meter bis zu ihrem Wagen. Cameron wartete, bis sie ihre Tür öffnete und hinter das Steuer glitt. Dann folgte er ihr in Richtung Stonebridge Island zurück. Natürlich. Das hätte sie sich denken können. Wahrscheinlich hatte er längst Abby angerufen und ihr gesagt, dass sie gerade auf dem Rückweg zum Gestüt waren. Er hatte ja auch völlig recht mit seiner Bitte. Aber sie konnte ihren Schwestern einfach noch nicht unter die Augen treten.

Statt auf der Insel von der Old Country Road auf die Schotterstraße abzubiegen, die zum Gestüt führte, fuhr Megan stur geradeaus weiter. Sie musste sich bei Finn bedanken, dass er sie nach Hause gebracht hatte. Im Moment schien ihr das ein angenehmeres Unterfangen zu sein als ein Treffen mit ihrer Familie.

Megan wusste, wo Finns Haus lag. In ihren Teenagerjahren, lange bevor Finn das Haus von seinem Großvater überschrieben bekommen hatte, hatten sie auf dieser Lichtung neben dem heruntergekommenen Fischerhaus im Sommer oft Partys am Lagerfeuer gefeiert. Aber sie war seit mindestens fünfzehn Jahren nicht mehr hier gewesen. Das wurde ihr bewusst, als ihr Jeep durch den Pinienhain rumpelte, der die Lichtung von der Straße trennte. Und als sich die Lichtung vor ihr auftat und sie das Haus sah, schnappte sie nach Luft. Sie hätte das Gebäude nicht wiedererkannt, hätte sie nicht gewusst, dass es schon mindestens fünfzig Jahre auf dieser Klippe stand. Jemand, der die alte Bruchbude nicht kannte, hätte nicht sagen können, ob es sich um ein altes, renoviertes Farmhaus handelte oder ob es neu gebaut und mit alten Elementen versehen worden war. Es wirkte geerdet und ein kleines bisschen nostalgisch. Ganz im Gegensatz zur Terrasse, die sich halb über die Klippe schob. Sie balancierte auf schwarzen Stahlträgern und wurde von einem Metallgeländer in derselben Farbe eingerahmt. Finn hatte einen rustikalen, geschichtsträchtigen Stil mit modernen Materialien kombiniert, die Megan eher in einer Industriehalle erwarten würde.

Sie stieg aus dem Jeep und begrüßte Will, der um die Hausecke geschossen kam und auf sie zuhielt. Sie hatten sich angefreundet, seit er Finn begleitete, wenn der auf der Scheunenbaustelle vorbeischaute. Megan beugte sich zu ihm herunter und streichelte den Hund, der mit dem ganzen Körper wackelte, vor lauter Freude, sie zu sehen. »Hallo, mein Hübscher«, murmelte Megan. »Wo ist denn dein Herrchen?« Sie sah auf, als sie eine weitere Bewegung wahrnahm.

Finn war ebenfalls um die Hausecke gebogen. Er trug Laufklamotten. Bei ihrem Anblick blieb er für einen Moment wie angewurzelt stehen. Dann setzte er sich langsam wieder in Bewegung und kam auf Megan zu. »Wie ich sehe, hast du deinen Wagen zurück.«

»Ähm, ja.« Megan erhob sich. Sie fühlte sich in Finns Gegenwart plötzlich befangen, was irgendwie lächerlich war.

»Ich komme ungelegen«, stellte sie mit Blick auf seine Laufkleidung fest.

»Kein Problem. Komm rein. Wenn du einen Moment Zeit hast, dusche ich schnell.« Er ging zur Haustür und hielt sie für Megan auf. Will war schneller als sie und stürmte ins Haus. Megan folgte ihm etwas langsamer.

Sie war bereits davon ausgegangen, dass Finn ein cooles Haus hatte, schließlich war er Bauunternehmer. Was sie sah, als sie sein Zuhause betrat, raubte ihr trotzdem den Atem. Der Stilmix, der das Haus bereits von außen außergewöhnlich wirken ließ, setzte sich im Inneren fort.

Finn ging an ihr vorbei, nachdem er die Tür hinter Megan zugezogen hatte. Sie folgte ihm und ließ den Blick durch das Erdgeschoss gleiten, das ein einziger offener Raum war. Der Wohnbereich wurde durch zwei Stufen nach unten vom Eingangsbereich abgegrenzt. Die Küche, in die sie Finn folgte, war riesig. Viel zu groß für einen Junggesellen, dachte Megan im ersten Moment. Aber das lag vermutlich eher daran, dass sie selbst außer Bananenbrot nichts Anständiges hinbekam und eine Küche dieser Größe als völlig übertrieben erachtete. Aber vielleicht wurde sie von Finn ja wirklich genutzt. Was wusste sie schon über ihn? Auch wenn sie auf derselben Insel aufgewachsen, in dieselbe Schule gegangen und sogar an der UMaine dieselben Kurse belegt hatten: Erst seit diesem Morgen wusste sie, dass Finn Kopfschmerztabletten und Wasser auf Nachttischen hinterließ und Kaffeemaschinen für den nächsten Tag vorbereitete, wenn er betrunkene Frauen nach Hause brachte. Vielleicht war eine so große Küche für ihn gar keine Platzverschwendung. »Kannst du kochen?«, fragte sie und strich mit den Fingerspitzen über den glatten grauen Beton, aus dem die Arbeitsfläche der Kücheninsel gegossen war.

Finn, der gerade die Kühlschranktür aufgezogen hatte, blickte sie über die Schulter an. »Ja, kann ich. Und ich koche sogar ziemlich gern. Wasser oder Cola?«, schob er die Frage hinterher, was sie trinken wollte.

»Gerne eine Cola.« Megan hatte das Gefühl, noch einen kleinen Koffeinschub brauchen zu können.

Finn öffnete eine Flasche und reichte sie ihr, bevor er sich selbst ein Wasser nahm und es mit großen Zügen halb leer trank.

Megan wollte sein Profil nicht anstarren. Dieser Mann sah sogar gut aus, wenn er verschwitzt direkt vom Sport kam und aus einer Wasserflasche trank. Genervt von diesen Gedanken verdrehte sie innerlich über sich selbst die Augen und ließ stattdessen den Blick durch die Küche schweifen. Die Fronten seiner Schränke sahen aus, als wären sie aus der Art Holz, die beim Abriss der alten Scheune noch übrig geblieben war. »So was macht ihr also mit dem alten Holz?«, fragte sie Finn, als er seine Flasche abgesetzt hatte.

Finn folgte ihrem Blick. »Unter anderem. Sieh dich gerne um. Du wirst noch ein paar Beispiele finden, was sich alles damit anstellen lässt.« Er wies mit der Wasserflasche in der Hand auf die Treppe. »Ich springe kurz unter die Dusche. Will.« Er wartete, bis der Hund, der sich auf sein Hundekissen zurückgezogen hatte, ihn ansah. »Leiste der Lady Gesellschaft. Ich bin gleich wieder da.«

Megan hatte keinen Schimmer, was sie hier eigentlich tat. Sie war nur vorbeigekommen, um sich zu bedanken. Das hätte sie schon längst tun können. Jetzt saß sie hier fest und musste warten, bis Finn fertig geduscht hatte. Sie nippte an ihrer Cola und sah sich um. Finn hatte sie eingeladen, sich umzusehen, bevor er die schwarze Metalltreppe mit den ausgetretenen Holzstufen hinaufgegangen und hinter einer der Türen verschwunden war, die von der Galerie im Obergeschoss abgingen. Vielleicht hatte sie nie wieder die Gelegenheit, sich dieses wunderschöne Haus von innen anzusehen, also nutzte sie die Chance.

»Welchen Platz magst du am liebsten?«, fragte Megan den Hund, als sie neben seinem Kissen in die Knie ging, um ihn ausgiebig zu streicheln.

Als ob Will sie verstanden hätte, schielte er zu der breiten Ledercouch hinüber, die sehr einladend aussah. Megan konnte sich vorstellen, wie Hund und Herrchen es sich darauf gemütlich machten, um ein Baseballspiel zu sehen. Oder morgens mit einer Tasse Kaffee den Blick aus den bodentiefen Sprossenfenstern genossen, die sich über die gesamte Länge des Wohnzimmers zogen.

Dahinter lag die Terrasse, die Megan bereits vom Auto aus bemerkt hatte, und die die gesamte Breite des Hauses einnahm. Der Blick über den Ozean und das Meer aus Hummerfallen-Bojen bis hin zu einer kleinen Inselgruppe, den man von hier aus hatte, war atemberaubend. Megan richtete sich wieder auf und trat die zwei Stufen ins Wohnzimmer hinunter, wie magisch angezogen von dem alten Bootsrumpf, von dessen mitgenommenem Holz bereits die weiße Farbe abgeblättert war. In den Bootskörper waren Regalbretter eingepasst und mit Büchern, ein paar Architekturzeitschriften und Fotos befüllt. Megan wollte gerade nach einem der Bilder greifen, das Finn und seinen besten Freund Jacob in Teenagerjahren beim Angeln zeigte, einen großen Kabeljau am Haken, als sie Finns Schritte auf der Treppe hinter sich hörte.

*

Finn stützte für einen Moment die Hände gegen die Fliesenwand seiner Dusche und ließ den heißen Wasserstrahl auf seine Schulterblätter prasseln. Was zur Hölle wollte Megan Cooper in seinem Haus? Nachdem er in der vergangenen Nacht ihre Tür hinter sich zugezogen hatte, hatte er versucht, sie aus seinen Gedanken zu verbannen. Sie … und diesen Kuss.

Finn war fest entschlossen, anders mit diesem Kuss umzugehen als mit dreizehn, als er wochenlang dieses Magenkribbeln gespürt hatte, wann immer er an den Moment mit Megan in diesem Schrank gedacht hatte. Ständig war sie durch seine Träume gegeistert, obwohl sie ihm beschieden hatte, dass es eklig gewesen war, ihn zu küssen. Vergangene Nacht hatte sie das nicht gesagt. Ganz im Gegenteil … Er schob den Hebel der Mischbatterie nach rechts und blieb für einen Moment unter dem eiskalten Regen der Dusche stehen, bevor er das Wasser ganz abdrehte und nach einem Handtuch griff. Megan hatte ihm genau wie damals unruhige Träume beschert und war auch den Tag über nicht aus seinen Gedanken verschwunden. Also hatte er beschlossen, mit Will joggen zu gehen. Er, um den Kopf freizubekommen. Will einfach nur, weil er die beste Zeit seines Lebens hatte, wenn er durch den Wald rennen und jeden zweiten Baum markieren konnte. Finn hatte es fast geschafft, seine Gedanken loszuwerden, als er um die Hausecke gebogen war – und zack!, waren sie wieder da, als hätte er Megan gerade erst geküsst.

Mit einem Seufzen schlüpfte Finn in Jeans und ein Longsleeve und kehrte ins Erdgeschoss zurück. Megan griff gerade nach einem alten Foto von Jacob und ihm, das beim Hochseeangeln aufgenommen worden war. Mindestens fünfzehn Jahre war es schon alt. Sie grinsten wie verrückt in die Kamera. Das Sinnbild ihrer Freundschaft, die schon andauerte, solange Finn denken konnte.

Megan drehte sich zu ihm um, das Bild noch immer in der Hand, als sie ihn hinter sich hörte. »Ein tolles Regal«, sagte sie.

»Das Boot hat meinem Urgroßvater gehört.« Finn holte sich ebenfalls eine Cola aus dem Kühlschrank. Er musste Megan nicht erklären, dass sein Urgroßvater der Erste in der Familie gewesen war, der auf der Insel Häuser gebaut, vermietet und verkauft hatte. Megan kannte seine Familiengeschichte so gut wie er ihre. Das blieb nicht aus, wenn man über Jahrzehnte eine Fehde führte. »Er ist mit diesem Boot jeden dritten Tag rausgefahren, um seine Hummerfallen zu kontrollieren.«

»Und hat es mit Sicherheit genossen, auf dem Meer zu sein. Genau wie Jacob und du.« Megan drehte sich zu ihm um und hielt das gerahmte Foto hoch.

Finn betrachtete sie einen Moment. Vor ihm stand eine völlig andere Frau als gestern Nacht auf dem Tresen der Bar. In Jeans, einem Hoodie und für ihre Verhältnisse schlichten Stiefeln ähnelte sie mehr der Pferdezüchterin, die sie eigentlich war. Ihre Haare fielen ihr zwar auch heute offen über den Rücken, aber in ihrem Gesicht ließ sich nicht ein Hauch von Make-up finden. Er konnte noch immer die kleine Narbe von dem Cut erkennen, den sie sich beim Herbstball zugezogen hatte. Ihre sonst so beherrschten, kontrollierten Gesichtszüge wirkten offen. Verletzlich. »Ja.« Er nahm ihr das Bild ab und ließ die schönen Erinnerungen zu, die ihm hinter dem Glas entgegenblickten. »Wir hatten früher viel Spaß auf dem Ozean. Ich bin froh, dass wir hin und wieder immer noch Zeit finden, einfach zum Vergnügen rauszufahren und zu angeln, wie in alten Zeiten.«

Megan senkte den Blick, bevor sie sagte: »Es ist toll, solche Freunde zu haben.«

Finn konnte den Ausdruck in ihren Augen nicht sehen, aber er hörte die Traurigkeit in ihrer Stimme. Nein, *Einsamkeit* traf es eher. Ihre besten Freundinnen lebten nicht mehr auf Stonebridge Island. »Hast du noch Kontakt zu Mel und Kelly?«, fragte er leise.

»Hmm.« Megan blickte wieder auf und versuchte sich an einem Lächeln. »Wir skypen. Und ein-, zweimal im Jahr schaffen wir es, uns irgendwo zwischen hier, New York und Los Angeles zu treffen.«

»Aber an einem Tag wie gestern wäre es schön gewesen, wenn sie hier gewesen wären.« Finn lehnte sich mit seinen Worten weit aus dem Fenster. Er war mit Sicherheit der Letzte, mit dem sie reden wollte.

»Was das betrifft …« Megan drehte sich von ihm weg und blickte mit verschränkten Armen auf den Ozean hinaus. »Ich wollte mich bei dir bedanken, dass du mich heimgebracht hast. Das war wirklich nett von dir.«

»Keine Ursache«, erwiderte Finn.

Megan starrte weiter nach draußen. Einen Moment lang, der sich wie eine kleine Ewigkeit zwischen ihnen ausbreitete, schwieg sie. »Ich hätte sie gebraucht«, sagte sie dann so leise, dass Finn sie fast nicht verstehen konnte. Sie drehte sich zu ihm um. »Mel und Kelly. Ich habe sie gestern fast so schrecklich vermisst wie Jack. Sie waren …« Wieder blickte sie nach draußen. »Sie waren auch letztes Jahr nicht da. Als mein Dad …« Megan sprach nicht weiter und beendete ihren Satz stattdessen mit einem hilflosen Schulterzucken. »Sie konnten nichts dafür. Sie haben beide keinen Urlaub bekommen, sonst wären sie hier gewesen. Aber so …«

»Du hast deine Schwestern und deine Mutter«, erinnerte Finn sie sanft daran, dass sie nicht so allein war, wie sie sich offensichtlich fühlte. Das Spiegelbild von Megans traurigen Augen in der Fensterscheibe ließ ihn schlucken. Sie erinnerten ihn an den Satz, den sie in der Bar gesagt hatte: Wenn man trinken will, um zu vergessen, muss man vorher zahlen.

Megan seufzte. »Ja, ich habe meine Familie, aber mit ihr kann ich nicht darüber reden.«

Mehr sagte sie nicht, und Finn war sich nicht sicher, ob es ihm zustand, noch einmal nachzufragen. Aber aus irgendeinem Grund wollte er diese Facette von Megan verstehen, von der er bis zum gestrigen Tag keine Ahnung gehabt hatte. Die einsame, unglückliche Megan, die nichts mit dem wilden Wirbelwind zu tun hatte, als der sie normalerweise durch ihr Leben fegte. »Deine Familie leidet genauso wie du«, sprach er das Offensichtliche aus.

Wieder entstand eine lange Pause, und Finn glaubte schon, Megan würde nichts mehr sagen, als sie sich schließlich zu ihm umdrehte und ihn aus diesen großen bernsteinfarbenen Augen ansah. Megan wirkte irgendwie … trostlos. »Du hast mich doch gestern erlebt«, flüsterte sie mit einem bitteren Unterton in ihrer Stimme. »Meine Familie kann damit umgehen. Ich … nicht.«

Finn konnte nicht anders. Er hob seine Hand und strich in

einer tröstenden Geste über Megans Schulter. »Jeder trauert anders. Vergleich dich nicht mit ihnen.« Jetzt hob er auch die andere Hand und rieb über ihre linke Schulter. »Wenn du jemanden zum Reden brauchst …« In diesem Moment meinte er das genau so, wie er es sagte. Er wollte für Megan da sein, bis dieses freche Grinsen wieder in ihren Augen funkelte. Sie würde diese Hilfe nicht annehmen, aber er hatte sich nicht auf die Zunge beißen und dieses Angebot zurückhalten können.

Megan stieß ein kleines Lachen aus. Bevor sie das tat, was Finn als Allerletztes von ihr erwartet hätte. Sie trat den halben Schritt nach vorn, der sie trennte, schob ihre Arme um seine Mitte und legte ihren Kopf an seinen Brustkorb. Hinter dem sich augenblicklich sein Herzschlag beschleunigte. Sie tat das, um sich von ihm trösten zu lassen. Dieses Wissen verhinderte aber nicht, dass sein Körper darauf reagierte, wie sich ihrer an ihn presste. Finn legte seine Arme um sie. Hielt sie fest.

»Das ist dein Hobby, oder?«, murmelte Megan gegen sein Shirt. »Allen helfen, bevor sie überhaupt wissen, dass sie dich brauchen. Du fährst für Jacob auf dem Hummerkutter raus. Du hast Will aus dem Tierheim geholt. Und jetzt bist du für mich da, obwohl wir uns eigentlich nicht einmal im selben Raum aufhalten sollten.«

Finn sog Megans Duft ein, den er in den letzten Wochen viel zu gut kennengelernt hatte, um ihn einfach so wieder vergessen zu können. »Freunde helfen sich gegenseitig«, murmelte er an ihrem Scheitel. »Bei Will bin ich mir gar nicht sicher, wer wen gerettet hat. Neyla sagt, er hat mich gewählt. Also war er wahrscheinlich der Meinung, ich brauche einen Kumpel, der sich meiner annimmt. Und was dich betrifft: Ich habe es dir schon einmal gesagt. Diese verdammte alte Fehde ist lächerlich. Wir sind erwachsen. Wir müssen uns nicht hassen und uns gegenseitig das Leben schwermachen, nur weil ein paar Leute das so entschieden haben, ein paar Jahrzehnte, bevor wir überhaupt geboren waren.«

»Leute, die aber trotzdem unsere Verwandten sind«, murmelte Megan.

»Mir egal.« Finn rieb seine Hände in leichten Kreisen über ihren Rücken.

Eine Zeit lang sprachen sie nicht. Finn war sich sicher, dass Megan die Augen geschlossen hatte und sich einfach von ihm halten ließ. Doch dann verspürte er den kleinen Ruck, der durch ihren Körper ging. »O mein Gott«, wisperte sie. Sie stemmte ihre Hände gegen seinen Brustkorb und trat einen Schritt zurück, um sich aus seiner Umarmung zu lösen. Ihre Wangen hatten sich mit einem zarten Rosa überzogen. »Wir haben uns geküsst. Gestern Nacht.« Sie starrte ihn an.

»Genau genommen hast du mich geküsst«, korrigierte Finn sie.

Megan schlug die Hände vor das Gesicht. Sie schob die Finger ein wenig auseinander, um ihn zwischen ihnen hindurch ansehen zu können. »Ich entschuldige mich. Darf ich es auf den Alkohol schieben?«

Finn lächelte und zog ihre Hände herunter. »Es war der Alkohol«, bestätigte er ihr schlicht. Andernfalls wäre Megan ihm überhaupt nicht so nahe gekommen. »Genau wie er für die Schläge verantwortlich war, mit denen du mich traktiert hast, als ich dich aus der Bar gebracht habe.«

*

»Ich habe dich geschlagen.« Das wurde ja immer schlimmer. In die Geborgenheit von Finns Umarmung gehüllt war plötzlich die Erinnerung aufgeblitzt, wie Finn und sie sich geküsst hatten. Mit diesem einen Puzzleteil tauchten nach und nach auch die anderen Details auf, an die sie sich plötzlich überdeutlich erinnern konnte. Jeder beschämende Moment der letzten Nacht. Finn, der versucht hatte, sie von diesem Bartresen herunterzubekommen. Wie er sie sich schließlich über die Schulter geworfen hatte – und ihre peinliche Reaktion darauf. Seine Versuche, sie dazu zu bekommen, zu schlafen. Der Kuss. Ja, jetzt war alles wieder da. Sie hatte ihn an sich gezogen, und verdammt, war dieser Kuss heiß gewesen. Oder hatte ihr das nur der Alkohol vorgegaukelt? »Und ich wollte dich dazu bewegen, die Nacht mit mir zu verbringen.« Ihr Gesicht glühte inzwischen. »O Gott, Finn …«

»Entschuldige dich nicht dafür.« Finn hob die Hand, damit sie nicht weitersprach. »Ich bin immer noch ein Mann«, sagte er und zwinkerte ihr auf eine Art zu, die einen kleinen Schwarm Schmetterlinge in ihrem Bauch aufsteigen ließ. »Als solcher fühle ich mich geehrt durch dein Angebot von vergangener Nacht.«

Megan schluckte. Ihr Blick blieb an seinen Lippen hängen, bevor er weiter zu seinen dunklen, sanften Augen glitt. »Warum …« Sie räusperte sich, weil ihre Stimme so rau klang. »Warum hast du es dann nicht angenommen?«

Finn legte ihr die Hand auf die Schulter. Vielleicht war das als freundschaftliche Geste gedacht, aber es fühlte sich nicht so an. Langsam strichen seine Finger an ihrem Arm hinunter, bis er Megans Hand erreichte und seine Finger mit ihren verschränken konnte. »Weil man diese Einladung eines betrunkenen Mädchens nicht annehmen darf. Du weißt schon, der Ehrenkodex echter Männer: Bring sie nach Hause, leg ihre Schlüssel auf den Küchentresen und zieh die Tür hinter dir zu.«

»Du machst nie etwas falsch.« Megans Stimme war nur noch ein Flüstern, und ihr Herz überschlug sich fast vor Aufregung. Was passierte hier gerade?

Finn lachte heiser. »Glaub mir, ich mache mehr Fehler, als du dir vorstellen kannst.«

»Aber du bist ein echter Mann?« Megan zog ein wenig an ihren miteinander verbundenen Händen, um den Abstand zwischen ihnen zu verringern. »Kannst du das beweisen?« Sie verringerte den Abstand noch ein wenig mehr, bedachte ihn mit einem verführerischen Augenaufschlag. Finn schluckte. Ihre eindeutige Herausforderung ließ ihn auf ihren Mund starren. Für ein paar Sekunden blieb er stumm. In seinen Augen spiegelte sich der Kampf in seinem Inneren: Standhaft bleiben oder der Versuchung nachgeben? Megan wusste, dass es nicht fair war, ihn so zu reizen. Aber sie wollte es einfach wissen. Wollte herausfinden, ob sie sich diesen unglaublichen Kuss in der vergangenen Nacht nur eingebildet hatte oder ob Finn sie wirklich so überwältigt hatte, dass sie ihn in ihr Bett eingeladen hatte.

»Du willst, dass ich dich küsse?«, fragte er leise.

»Ich bin nüchtern«, war alles, was ihr dazu einfiel. »Ich weiß, was ich tue.«

»Ich glaube, das wissen wir beide nicht«, murmelte Finn. Er starrte für zwei weitere Herzschläge auf ihren Mund. Dann griff er nach ihrer freien Hand und schob sie gemeinsam mit der, die er schon hielt, an seinem Brustkorb hinauf. Sie berührten sich wie bei dem Tanz auf dem Herbstball, bei dem zwischen ihnen die Funken geflogen waren. Finn legte ihre Finger um seinen Nacken. Dann ließ er seine Hände unendlich langsam an ihren Seiten hinuntergleiten, bis er ihre Hüften erreichte und sie an sich zog.

Megan hielt den Atem an. Ihre Nervenenden vibrierten vor Erwartung. Sie konnte Finns Duschgel riechen. Den Weichspüler in seinem Shirt und den Duft von frisch geschnittenem Holz, der irgendwie immer an ihm zu hängen schien. Ihre Fingerspitzen fuhren durch die vom Duschen feuchten Haarspitzen in seinem Nacken.

Finn sprach nicht. Wieder betrachtete er sie für eine Sekunde, so als könne er nicht glauben, dass er sie gleich wirklich küssen würde. Im nächsten Moment senkte er seinen Kopf, legte seine Lippen auf ihre Wange und ließ sie unter Begleitung Tausender kleiner Kurzschlüsse in ihren Nervenenden bis zu ihrem Mundwinkel gleiten.

Für einen weiteren Moment hielt er inne, aber Megan konnte nicht länger warten. Nicht auf diesen Kuss. Sie drehte den Kopf ein paar Zentimeter, fuhr mit der Zungenspitze über Finns Unterlippe – und ließ sich in seine leidenschaftliche Reaktion fallen. Die sie mitriss wie eine Flutwelle.

Finn gab einen Laut von sich, der irgendwo zwischen einem Knurren und einem Stöhnen lag. Ja, verdammt, das war sexy. Eine Gänsehaut zog sich über Megans Körper. Sie öffnete sich Finn, und er nutzte die Chance, den Kuss zu vertiefen. Seine Hände bewegten sich an ihrem Rücken nach oben, fassten in ihr Haar und zogen sie sanft nach hinten. Seine Lippen lösten sich von ihren, glitten zu ihrem Hals, entzündeten eine Spur aus Feuer und Erregung auf ihrer Haut. Megan konnte den sehnsüchtigen Seufzer nicht unterdrücken. Sie zog Finns Kopf wieder zu sich heran und forderte ihn zu einem noch heißeren Kuss heraus.

In Finns Hosentasche vibrierte sein Handy. Es war Megan egal. Und auch Finn schien kein Bedürfnis zu haben, den Anruf entgegenzunehmen. Forschend glitten seine Hände wieder über ihren Körper, seine von der Arbeit rauen Fingerspitzen suchten sich einen Weg an ihrem Hals hinauf, um schließlich ihr Gesicht einzurahmen.

Megan wollte einfach so stehen bleiben, in Finns Armen. Seine Lippen auf ihren. Ihr war es egal, dass das Festnetztelefon zu klingeln begann, nachdem sein Handy verstummt war. Sie presste sich noch enger an Finn, ließ ihre Fingerspitzen über die harten Muskeln auf seinem Rücken gleiten.

»Junge, wo bleibst du?«, donnerte Benedict Morgans ungehaltene Stimme plötzlich in Megans Gedanken und ließ sie erschrocken zurücktaumeln. »Wir warten auf dich.« Einen Moment brauchte sie, bis sie begriff, dass der alte Mann nicht hinter ihnen aufgetaucht war, sondern auf den Anrufbeantworter sprach.

Finn griff nach Megans Händen, um sie wieder an sich zu ziehen, doch sie trat ganz automatisch einen weiteren Schritt zurück. »Was meint er?«, fragte sie.

Finn blinzelte, als müsse er mit seinen Gedanken erst in die Wirklichkeit zurückfinden. »Familiendinner«, sagte er nach einem kurzen Zögern.

Das Familiendinner der Morgans. Ach du Scheiße. Was hatte sie getan? Sie hatte vergessen, wer Finn war. Vielleicht hatte sie auch für einen Moment vergessen wollen, dass die Morgans genauso eng miteinander verbunden waren wie ihre

Familie. Ein Familiendinner sprach für ein starkes Band. Und sie hatte hier gestanden und Finn geküsst, was sich noch tausendmal besser angefühlt hatte als in der vergangenen Nacht. Oder in dem Schrank, in dem sie zum ersten Mal die Lippen aufeinandergepresst hatten. Trotzdem war er Benedict Morgans Enkel. Wohin sollte das führen?

»Megan?« Finn sah sie an, einen besorgten Ausdruck im Gesicht.

Sie hatte alles nur noch schlimmer gemacht. Dem ganzen Schlamassel, in den sie sich an Jacks Todestag hineinmanövriert hatte, die Krone aufgesetzt. »Ich … ich muss gehen«, flüsterte sie. Sie legte die Fingerspitzen auf ihre Lippen, wo sie Finn noch immer schmecken konnte. Und ergriff die Flucht.

10

Finn brauchte einen Moment, um sich wieder zu fangen. Megan hatte ihn völlig überrumpelt. Mit allem, was sie gesagt und getan hatte. Mit ihrem Geruch. Ihrem Geschmack. Da waren immer noch Dinge, die sie vor ihm zurückhielt. Trotz allem konnte er sich nicht erinnern, dass sie jemals so offen miteinander gesprochen hatten. Der Kuss hatte dem Ganzen die Krone aufgesetzt. Das Gefühl, Megan in den Armen zu halten, war unbeschreiblich gewesen – bis die Wirklichkeit den Moment gecrasht hatte. Die Stimme seines Großvaters hatte auf Megan offenbar eine stärkere Wirkung als die Konfrontation mit einem gereizten Bären im Frühjahr. Ihre Flucht aus seinem Haus hatte beinahe einen Kondensstreifen hinterlassen, so schnell war sie davongerannt.

Finn brauchte einen Moment länger, um in die Realität zurückzufinden und Megan zumindest so weit aus seinem Gehirn zu verdrängen, dass er einigermaßen klar denken konnte. Er zog sein Handy aus der Hosentasche und schickte seiner Mutter eine Nachricht, dass er zwar unterwegs war, seine Familie aber ruhig schon mit dem Essen beginnen konnte.

Als er das Telefon in die Tasche zurücksteckte, warf er Will einen Blick zu. »Ich hoffe, du kannst schweigen«, sagte er mit hochgezogenen Augenbrauen. Was Will nur mit einem kurzen

Bellen beantwortete, bevor er schwanzwedelnd zur Haustür rannte, weil Finn seine Autoschlüssel vom Haken nahm und seine Jacke anzog. Für Will ein untrügliches Zeichen, dass sie auf dem Weg waren, ihre vier Wände zu verlassen, um draußen ein Abenteuer zu erleben. Für Finn die Gewissheit, dass ihm nur eine Fahrtstrecke von zwei Meilen blieb, um einen neutralen Gesichtsausdruck aufzusetzen, der nicht wie eine Leuchtreklame schrie: Ich habe Megan Cooper geküsst!

Finns Mutter begrüßte Will und ihn an der Tür. Sie küsste Finn auf die Wange und strich ihm wie immer durch die zu langen Haare, um ihn daran zu erinnern, zum Friseur zu gehen. Dann beugte sie sich zu seinem Hund hinunter und steckte ihm ein Leckerli zu, wobei sie glaubte, dass Finn es nicht bemerkte. »Du hast zwar geschrieben, dass wir schon mit dem Essen anfangen sollen, aber wir haben trotzdem auf dich gewartet«, sagte sie und trat einen Schritt zur Seite, um Finn hereinzulassen.

»Danke.« Finn betrat sein Elternhaus und begrüßte seinen Vater und Großvater, die im Esszimmer bereits am gedeckten Tisch Platz genommen hatten. »Kann ich dir helfen, Mom?«, fragte Finn pflichtschuldig, obwohl er wusste, dass sich seine Mutter ungern dazwischenfunken ließ, wenn sie in der Küche das Zepter schwang.

Sarina schob Finn zu seinem Platz. »Setz dich. Ich habe alles unter Kontrolle«, antwortete sie genau das, was Finn erwartet hatte, und verschwand in der Küche.

»Was hat dich aufgehalten?«, wollte Finns Großvater wissen.

»Ein Kundengespräch«, gab Finn zurück und sah Benedict dabei direkt in die Augen. Er gewann nicht umsonst öfter bei den Pokerrunden mit seinen Freunden. Nach dem Gespräch, bei dem sein Großvater versucht hatte, Finn davon zu überzeugen, die Scheune der Coopers nicht wieder aufzubauen, war der Frieden zwischen ihnen dünn – und mehr als brüchig. Finn würde Benedict nicht beim Familienessen provozieren, indem er ihm den wahren Grund für seine Verspätung nannte. Es war gut möglich, dass dieser Kuss der einzige intime Moment zwischen Megan und ihm war, den es jemals geben würde. Deshalb sah er keinen Grund dazu, diesen Augenblick an die große Glocke zu hängen. Er stand zwar zu dem, was er tat, und war alles andere als ein Geheimniskrämer. Aber Megan war es ganz sicher nicht recht, wenn er über ihren Besuch in seinem Haus sprach. Ganz besonders nicht seinem Großvater gegenüber.

Sarina trug die Vorspeise auf, einen Cesar Salad mit karamellisierten Pecannüssen, und Finns Vater stand auf, um ihnen Wein einzuschenken.

Nachdem sich auch Finns Eltern wieder gesetzt hatten, hob Benedict sein Glas und suchte Finns Blick. »Darauf, dass das Kundengespräch, das uns knurrende Mägen bereitet hat, zumindest erfolgreich war.«

Finn spürte, wie seine Ohrenspitzen zu glühen begannen. Für einen Moment war er verdammt dankbar, dass er ständig vergaß, zum Friseur zu gehen. »Ich kann mich nicht beklagen«, erwiderte er und nippte an seinem Wein. Er war selbst überrascht, wie gelassen er klang.

Benedict nickte bedächtig und griff dann nach Messer und Gabel, um den Salat zu probieren. »Das schmeckt fantastisch, Sarina«, lobte er Finns Mutter. Aber bereits beim nächsten Satz fokussierte er wieder auf Finn. Wie ein Bluthund, der eine Fährte aufgenommen hatte. »Ein neuer Kunde?«, wollte er wissen.

»Wir hatten bereits miteinander zu tun.« Was nicht gelogen war. »Schmeckt wirklich toll, Mom.« Finn lächelte seine Mutter über den Tisch hinweg an.

»Hast du denn überhaupt noch Zeit für neue Projekte, jetzt, wo du dich bei den Coopers so reinhängst?«

Finn schluckte die Salatblätter hinunter, die er sich gerade in den Mund geschoben hatte, und nutzte die Zeit, seinen Großvater mit einem skeptischen Blick zu mustern, den der ganz unschuldig erwiderte. War das der Zeitpunkt, an dem sie den inzwischen üblichen Familienstreit abermals vom Zaun brechen würden? »Ich habe alles im Griff«, antwortete er schlicht.

Benedict nickte abermals. »Dann ist's ja gut. Weißt du, für einen Bauunternehmer ist es nicht besonders förderlich, wenn er es nicht schafft, seine Termine einzuhalten, weil er sich mehr aufhalst, als gut für ihn ist.« Der unschuldige Ton hatte sich innerhalb eines Wimpernschlags in ätzende Batteriesäure verwandelt.

Finn wollte bereits den Mund öffnen, um etwas auf die Spitze seines Großvaters zu erwidern, als sein Vater das Besteck zur Seite legte und zu Benedict hinüberblickte. »Bitte, Dad. Müssen wir das beim Essen besprechen? Finn ist ein guter Bauunternehmer. Das wissen wir beide. Er weiß, was er tut.«

Arthurs Einwand überraschte nicht nur Finn. Für einen Moment verschlug es sogar seinem Großvater die Sprache.

Finns Mutter legte ihre Hand auf die ihres Mannes und lächelte ihn an, bevor sie – ganz die Vermittlerin in der Familie – das Schweigen im Raum füllte, indem sie sich nach Jacob und

Charlotte erkundigte. »Ich habe gehört, du bist diese Woche wieder mit der *Seaflower* rausgefahren. Wie geht es den beiden denn? Können wir ihnen irgendwie helfen?«

Finn warf seiner Mutter einen dankbaren Blick zu und erzählte, wie es Jacob zurzeit ging. »Charlotte hatte wieder einen Termin auf dem Festland. Wenn du ihnen mal einen Auflauf vorbeibringst, sind sie sicher dankbar.«

Sarina schaffte es, das Gespräch in neutrale Bahnen zu lenken. Es dauerte bis zum Roast Chicken, das es als Hauptgang gab, bis Benedict erneut auf sein aktuelles Lieblingsthema zu sprechen kam. »Haben die Coopers eine anständige Anzahlung auf die neue Scheune geleistet?«, wollte er wissen. »Ich bin mir nämlich nicht sicher, ob sie sich diesen Neubau überhaupt leisten können.«

Finns Puls beschleunigte sich, so ärgerte ihn diese Frage. »Was denkst du, Großvater?« Er legte seine Gabel zur Seite und fixierte Benedict aus zusammengekniffenen Augen. »Dass ich mir ein Bauprojekt ans Bein binde und dann auf den Kosten sitzen bleibe? Ich bin seit fast zehn Jahren Bauunternehmer. Ich weiß durchaus, was ich tue.«

In Benedicts Augen tauchte ein Funkeln auf, das Finn nicht einordnen konnte, das aber nichts Gutes verhieß, so unmittelbar, wie sich seine Nackenhaare aufstellten. Sein Großvater zuckte mit den Schultern und lehnte sich in seinem Stuhl zurück. »Ich frage nur, weil in der letzten Zeit der Eindruck entstanden ist, dass das Gestüt nicht ganz so flüssig ist, wie die Coopers gern alle glauben machen wollen.« Er lächelte Sarina an. »Dieses Essen ist wie immer ganz vorzüglich, meine Liebe. Arthur«, wandte er sich dann an seinen Sohn. »Schenkst du mir bitte noch etwas Wein nach?«

Mehr als es jeder Streit könnte, verursachte diese plötzliche Gelassenheit seines Großvaters Finn ein ungutes Gefühl, das in seinem Magen zu rumoren begann.

*

Megan schaffte es, von ihren Schwestern unbemerkt, auf den Hof zurück. Am Morgen hatte sie Abby und Summer nicht über den Weg laufen wollen. Sie parkte vor ihrer Hütte, blieb aber in ihrem Jeep sitzen. Inzwischen war es ihr noch viel wichtiger als am Morgen, ein Treffen mit ihren Schwestern zu vermeiden. Abgesehen davon hielt sie es aber im Moment auch in ihrem Cottage nicht aus. Alles, worüber sie nachdenken würde, war dieser Kuss, der sich mit keinem vergleichen ließ, den sie bis jetzt bekommen hatte. Was absolut nicht fair war. Die Männer, mit denen sie in den vergangenen Jahren zusammen gewesen war, waren allesamt tolle Küsser gewesen. Trotzdem hatte es keiner von ihnen geschafft, ihre Welt kurz aus den Angeln zu heben und sie genauso fliegen zu lassen wie den wilden Schwarm Schmetterlinge, der gerade in ihrem Bauch herumflatterte. Finn hatte das problemlos hinbekommen. Zumindest bis dieses verdammte Telefon angefangen hatte zu klingeln. Nein. Stopp, korrigierte Megan ihre Gedanken. Gott sei Dank hatte das Telefon geklingelt und sie daran erinnert, mit wem sie es zu tun hatte. Sie würde weder noch einmal Benedict Morgans Enkel küssen noch würde sie mit ihm im Bett landen. Die Begegnung mit Finn hatte nur einen guten Nebenaspekt gehabt. Für eine Weile hatte sie die Trauer um ihren Dad zur Seite schieben können und sich nur mit sich selbst beschäftigt. Hatte für einen Moment gefühlt. Und war fast … glücklich gewesen.

Mit einem Seufzer schob Megan die quietschende Tür ihres Jeeps auf und stieg aus. Einen unschlüssigen Moment lang blickte sie zu ihrem Cottage hinüber, bevor sie den Weg zu den Weiden einschlug. In ihren vier Wänden würde sie in ihren Gedanken versinken. Abgesehen davon würde es nicht mehr lange dauern, bis ihre Schwestern ihren Wagen entdecken und sie belagern und über die vergangene Nacht ausquetschen würden. Darum war es viel besser, ihre Zeit mit Adventure Boy zu verbringen. Das hatte sie in letzter Zeit sowieso viel zu selten getan. Sie holte ihren Rappen von der Koppel, striegelte ihn und sattelte ihn auf.

Dann legte Megan ihm die Arme um den Hals, und der Wallach ließ mit einem Schnauben seinen schweren Kopf auf ihre Schulter sinken. Ein bisschen so, als wollte er sagen: Ich habe dich vermisst. Megan schmuste noch ein paar Minuten mit ihm, kratzte seinen Hals, wie er es mochte. Erst dann saß sie auf, und gemeinsam schlichen Adventure Boy und sie sich hinter den Ställen, an den Koppeln entlang, davon. Solange sie im Schritt ritten, um die Muskeln ihres Pferdes ein wenig aufzuwärmen, begleiteten die Hofhunde Henry und Nugget sie. Doch sobald Megan Adventure Boy antrieb und in einen schnellen Galopp fallen ließ, verloren die Hunde die Lust und kehrten auf den Hof zurück. Das Tempo, mit dem Megan ihr Pferd an der Grenze des Gestüts über die weichen Waldwege fliegen ließ, sorgte nicht nur dafür, dass der Wind ihr die Haare aus dem Gesicht fegte, es half ihr auch, den Kopf freizubekommen. Reiten war schon immer das beste Mittel, zu sich selbst zurückzufinden. Viel besser als Männer, die man eigentlich gar nicht in ihren Häusern besuchen sollte. Geschweige denn küssen.

Vor ihnen lichtete sich der Wald. Megan konnte durch die Bäume schon die hellblau gestrichene Fassade von *Seal Rock Hall* erkennen, die mit ihrem weißen Zuckerbäckerstuck, dem Witwenausguck und den weißen Fensterlaibungen bereits wieder in ihrem alten Glanz erstrahlte. Megan hatte Finn inzwischen bei der Arbeit an der Scheune erlebt. Sie konnte sich vorstellen, wie er durch das alte Herrenhaus ging und die Arbeiten seiner Bauarbeiter überprüfte. Hier und da selbst mit Hand anlegte. Vermutlich bei Schreiner- oder Zimmermannsarbeiten. Denn immer, wenn Finn in ihrer Nähe war, haftete dieser angenehme Geruch frisch geschnittenen Holzes an ihm. Megan zügelte Adventure Boy, als sie auf die Lichtung ritten. Wenn Finn hier war, trug er wahrscheinlich seine zerschundenen Arbeitsstiefel und den Schutzhelm voller Kratzer, unter dem sich seine dunklen Haarsträhnen hervorkringelten. Die Hände in die Taschen seiner Jeans eingehakt, ein kariertes Flanellhemd über einem T-Shirt mit seinem Firmenlogo, stand er sicher jeden Morgen auf der Lichtung und betrachtete die Baufortschritte. Tief auf den Hüften diesen abgenutzten Werkzeuggürtel aus weichem hellbraunem Leder, bei dessen Anblick vermutlich jede Frau schwach wurde.

»Siehst du, und schon wieder bin ich mit den Gedanken bei diesem Mann«, sagte Megan zu Adventure Boy. Sie beugte sich vor, um seinen Hals zu streicheln, und dirigierte ihn dann auf den Weg, der von der Lichtung aus an der Klippe entlang in die Halfmoon Bay führte. Hier war der Pfad nicht so steil wie auf der gegenüberliegenden Seite der Bucht, auf der man nach dem Aufstieg direkt vor dem Ranchhaus stand.

Adventure Boy hatte die Ohren gespitzt und trug den Kopf hoch, womit er Megan zeigte, dass er ihren Ausflug mindestens so sehr genoss wie sie. Für einen Moment überließ sich Megan den sicheren, rhythmischen Bewegungen, mit denen ihr Pferd vorwärtstrabte, und schloss die Augen. Sie spürte die warme Sonne, die ihr Gesicht abtastete und in direktem Kontrast zu dem kühlen Herbstwind stand. Atmete die Mischung aus warmem Pferdeduft, der salzigen Meeresluft und dem erdigen Geruch des beginnenden Herbstes ein.

Als ihr Pferd die Hufe auf den weichen grauen Sand der Halfmoon Bay setzte, lenkte Megan ihn an die Wasserkante und galoppierte erneut an, um durch die auslaufenden Wellen an dem perfekten Halbmond aus Sand entlangzufliegen. Wasser spritzte um sie herum auf. Wurde vom Sonnenlicht vor der Kulisse des strahlend blauen Himmels in kleine Diamantsplitter verwandelt, die wie eine Wolke um Adventure Boy und sie herumschwebten, bevor sie in den Ozean zurückfielen.

Megan war noch nicht weit gekommen, als sie Hufgetrappel hinter sich hörte. Sie sah über die Schulter zurück und schaffte es nicht, ein frustriertes Stöhnen zu unterdrücken. Abby und Summer. Dann wandte sie ihren Blick wieder nach vorn und trieb Adventure Boy noch ein wenig weiter an. »Da kommt jemand, der uns zu einem Wettrennen herausfordern will«, feuerte sie ihr Pferd an. Statt auf ihre Schwestern zu warten, erhöhte sie das Tempo. Wenn sie etwas von ihr wollten, mussten sie Megan schon einholen. Für Megan fühlte es sich wieder einmal so an, als wäre sie auf der Flucht. Wenigstens hatte Adventure Boy riesigen Spaß an diesem Wettrennen. Wie vermutlich auch Summers Pferd Miss Moonlight und Abbys Palomino-Stute Ebba. Sie schaffte es fast bis zum Ende der Bucht, bevor Summer sie einholte und neben ihr her ritt. Mit hochgezogenen Augenbrauen blickte sie zu ihr herüber und wartete, bis Megan mit einem Seufzer das Tempo verlangsamte.

»Was ist nur los mit dir?« Abbys Gesicht tauchte rechts von Megan auf. Ihre Stute Ebba schnaufte bei den scharfen Worten überrascht, und Abby tätschelte ihr ganz automatisch beruhigend den Hals. »Megan, verdammt!«, konnte sie sich trotz allem nicht bremsen.

»Ich reite aus«, gab Megan zurück und fühlte sich automatisch wieder wie der fünfzehnjährige trotzige Teenager, der sie einmal gewesen war. »Brauch ich dazu eure Erlaubnis?«

Summer griff nach Megans Zügeln und brachte Adventure Boy, der in den Schritt gewechselt war, zum Stehen. »Nein«, sagte sie schlicht und stieg ab. »Dafür brauchst du unsere Erlaubnis nicht. Aber wir machen uns nun mal Sorgen, wenn du an einem Tag wie gestern einfach abhaust, ohne uns zu sagen, was mit dir los ist. Das hat uns Angst gemacht.« Sie tätschelte mit der Rechten den Hals ihres Pferdes und mit der Linken Megans Oberschenkel. »Na komm schon. Steig ab. Lass uns ein Stück am Strand entlanglaufen und reden.«

Für einen Moment hatte Megan das unbändige Bedürfnis, Adventure Boy einfach die Galopphilfe zu geben und davonzupreschen. Aber damit würde sie das Gespräch, auf das ihre Schwestern so erpicht waren, nur hinauszögern. Genauso gut konnte sie es gleich hinter sich bringen. Sie stieg ab und wartete, bis auch Abbys Stiefel im Sand aufkamen. Erst dann reichte Summer ihr die Zügel, als sei sie vorher nicht sicher gewesen, ob Megan nicht noch einmal die Flucht ergreifen würde. Sie wendeten die Pferde und liefen an der Wasserkante entlang zurück in Richtung *Seal Rock Hall.* Megans Stiefel sanken bei jedem Schritt in den weichen, nassen Sand. Ein bisschen erinnerte sie das an den emotionalen Treibsand, in dem sie in den letzten Tagen das Gefühl hatte zu versinken.

»Wo warst du gestern Abend? Nachdem du abgehauen warst, haben wir in deinem Cottage nach dir gesucht«, sagte Abby.

»Und an allen anderen Orten, von denen wir gedacht haben, dass sie dir wichtig sind und du dich vielleicht dort verkriechen würdest«, ergänzte Summer.

»Ich war in einer Bar auf dem Festland.« Megan atmete tief durch und entschied, es hinter sich zu bringen. »Ich habe mich betrunken und auf dem Tresen getanzt. Zufrieden?«

»Du hast … gefeiert?« Summer warf ihr einen ungläubigen Seitenblick zu. »An Jacks erstem Todestag?«

Megan schwieg. Sie konnte den Vorwurf in den Worten ihrer Schwester genauso hören wie die Fassungslosigkeit, die zwischen den Silben mitschwang. Es wäre einfach, die Worte so stehen zu lassen. Ihre Schwestern denken zu lassen, sie wäre ein selbstsüchtiges Miststück, das sich amüsieren wollte, ganz gleich, ob die Menschen um sie herum trauerten und litten. Die Alternative war, einen Seelenstriptease hinzulegen. Was definitiv härter war, als in einem kurzen Kleidchen auf der Bar einer Kneipe zu tanzen. »Ich habe nicht gefeiert«, sagte sie so leise, dass es in Adventure Boys entspanntem Schnauben fast unterging. »Ich habe mich betäubt.«

Abby, die neben ihr ging, schob ihre Hand um Megans Mitte. »Du wusstest nicht, wie du mit dem Schmerz umgehen solltest. Das verstehe ich. Und Summer auch, sobald sie sich wieder abgeregt hat.« Sie warf ihrer mittleren Schwester einen Blick zu. »Aber warum bist du damit nicht zu uns gekommen?«

Megan blieb stehen und blickte auf den Ozean hinaus. In der Ferne sah sie die Schatten mehrerer kleiner Inseln zwischen Wasseroberfläche und Himmel. Fast wie Fata Morganas. »Aus den offensichtlichen Gründen.« Sie schluckte. »Ihr habt euer Leben im Griff. Bei euch läuft alles rund. Wenn ihr Probleme habt, löst ihr sie. Wenn ihr trauert, tut ihr es auf eine Weise, bei der ihr trotzdem nicht den Blick nach vorn verliert.« Sie zuckte mit den Schultern. »Wenn ich ein Problem verursache, endet es fast mit dem Ruin des Gestüts und zumindest mit einer eingestürzten Scheune. Und wenn ich trauere«, sie atmete tief durch, bevor sie die Gefühle aussprach, die sie so lange für sich behalten hatte, »dann ist das, als ob ich in ein schwarzes Loch falle.« Sie zuckte mit den Schultern, als ob das keine große Sache wäre. Aber ihre heisere Stimme strafte ihre Lässigkeit Lügen.

Summer schnaubte ungläubig. »Wo warst du denn dieses Jahr über? Ist irgendwie an dir vorbeigegangen, was auf dem Gestüt alles passiert ist? Mit was für Problemen Abby und ich uns herumgeschlagen haben? Abby mit Camerons vermeintlich krimineller Vergangenheit. Und ich mit der Frage, ob ich Ice und Matt jemals wieder zu einem Team zusammenschweißen könnte. Ganz zu schweigen von Zara Sanders Sabotageakten. Verdammt noch mal«, fluchte Summer. »Hast du das vergessen? Wir haben das nicht geschafft, weil wir unser Leben im Griff hatten. Wir hatten nämlich genau genommen überhaupt nichts mehr unter Kontrolle. Wir haben das geschafft, weil wir zusammengehalten haben. Wir drei. Und Mom. Unsere Mitarbeiter und unsere Freunde. Aber vor allem du, Abby und ich.« Summer redete sich selten in Rage. Jetzt stützte sie die Hände in die Hüften und schüttelte den Kopf. Vermutlich zu gleichen Teilen wegen ihres Ausbruchs und Megans Worten, die dem Ganzen vorausgegangen waren.

Megan ließ sich auf den Boden fallen. Genau dort, wo sie stand. Sie fuhr mit den Fingerspitzen durch den feinen Sand, dessen Oberfläche noch die Wärme der Sonne speicherte, während er ein paar Zentimeter tiefer kühl und dunkel war. Genauso wie Megan sich im vergangenen Jahr gefühlt hatte.

Abby setzte sich links von ihr auf den Strand, und nach einem kurzen Zögern ließ sich auch Summer fallen, sodass sie Megan einrahmten. Wie oft hatten sie in diesem Jahr schon so zusammengesessen? Im Wohnzimmer im Ranchhaus oder an der Feuerstelle dahinter. Neben Summers umgebautem Pferdeanhänger, der ihr als Büro diente. Und jetzt hier. Megan wusste, dass ihre Schwestern für sie da sein wollten. Sie war diejenige, die ihnen ihre Ängste vorenthalten hatte, die es ohne ihre Hilfe hatte schaffen wollen – und kläglich gescheitert war.

»Mir ging es so schlecht nach Dads Tod. Aber ich …« Megan malte neben ihrem Oberschenkel kleine Kreise in den Sand. »… ich habe nichts gesagt, weil ich wollte, dass wir alle uns auf Mom konzentrieren. Aber es hat mir …«, Megan suchte nach den richtigen Worten, »... irgendwie die Beine unter dem Hintern weggezogen. Ich war wie gelähmt und konnte gar nichts mehr fühlen.«

»Als ob du in ein tiefes Loch fällst und nicht mehr genug Kraft hast, allein wieder herauszuklettern«, sagte Abby neben ihr leise.

»Ja.« Megan sah ihre Schwester von der Seite an. Abby hatte es ziemlich treffend beschrieben.

»Das ist eine Depression. Nichts Ungewöhnliches nach dem Tod eines geliebten Menschen. Solange die Symptome wieder verschwinden.« Abby schob Megan eine Haarsträhne hinter die Schulter. »Ich habe auf dich geachtet«, sagte sie. »Genau wie auf Summer und Mom. Aber ich habe es nicht gemerkt. Das tut mir leid.«

»Ich wollte auch nicht, dass ihr etwas davon mitbekommt«, murmelte Megan. »Ich habe ja selbst gesehen, wie schlecht es Mom ging. Sie hat unsere ganze Unterstützung gebraucht.«

»Du hattest eine Depression? Verdammt! Wir haben das nicht gemerkt! Mir war bewusst, dass du eine Zeit lang nicht besonders viel gegessen hast. Und schlecht geschlafen, deinen Augenringen nach zu urteilen. Aber ich hatte auch keinen Appetit und schlimme Träume … mir ist einfach nicht aufgefallen, wie schlecht es dir ging.« Summer wirkte immer noch aufgebracht. »Entschuldige«, fuhr sie fort. Offenbar wurde ihr selbst klar, wie grob sie klang. Sie hob beschwichtigend die Hände. »Und jetzt? Geht es dir noch nicht besser? Hast du das ein ganzes Jahr lang für dich behalten und dafür gesorgt, dass wir nichts davon mitbekommen?«

Megan schüttelte den Kopf. »Irgendwann wurde es wieder besser. Aber … ich hatte Angst. Ich wollte nicht, dass mir das noch einmal passiert. Deshalb habe ich mich bemüht, das Ganze irgendwie zu verdrängen. Zur Seite zu schieben.«

»Und hast dich stattdessen in einer Bar betrunken?« Abby legte Megan abermals den Arm um die Taille. »Ach Megs. So etwas kann auch nur dir einfallen. Ist es so schwierig, mit deinen Schwestern zu reden?«

»Besonders, wenn eine von ihnen Psychologin ist«, ergänzte Summer und legte ihrerseits den Arm um Megans Schulter.

»Ich wollte stark sein«, sprach Megan das aus, was ihr größtes Problem war. »Ich war immer die Kleine. Das Nesthäkchen. Die verwöhnte Prinzessin«, zählte sie auf. »Ich wollte nicht schon wieder diejenige sein, um die ihr euch Sorgen machen müsst.«

Abbys sanftes Lachen wurde von der Windböe davongetragen, auf der zwei Möwen an ihnen vorbeisegelten. »Es ist das Recht des Nesthäkchens, sich von seinen Eltern und seinen großen Schwestern verwöhnen zu lassen. Aber aus dieser Phase bist du vor mindestens zehn Jahren herausgewachsen.«

»Du bist eine knallharte, ernst zu nehmende Geschäftsfrau«, stimmte Summer ihrer ältesten Schwester zu. »Ohne dich wären wir nicht so glatt durch diese Krise gesegelt.«

Abby begann, in langsamen Kreisen über Megans Rücken zu reiben. »Wie stark du bist, kann man allein daran erkennen, wie sehr du uns getäuscht hast. Wie du die schwärzeste Zeit in deinem Leben überstanden hast, ohne dir etwas anmerken zu lassen. Aber«, Abby wartete, bis Megan sie ansah, »tu das nie wieder«, sagte sie dann leise, aber mit Nachdruck. »Wir sind eine Familie. Wie geht es dir im Moment?«, konnte sie sich die obligatorische Frage nach ihrem Zustand nicht verkneifen.

Verwirrt war das erste Wort, das Megan einfiel. Und das hatte nichts mit ihrem Dad zu tun. Das lag einzig und allein an Finn. Aber auch wenn sie ihren Schwestern gleich hoch und heilig würde versprechen müssen, von jetzt an offen und ehrlich zu sein, würde sie ihnen nicht erzählen, wie Finn sie heute Nacht aus der Bar geschleppt hatte. Genauso wenig wie sie den Kuss erwähnen würde. Sie schob die Gedanken zur Seite und konzentrierte sich auf das, was Abby mit ihrer Frage wirklich wissen wollte. »Es tut weh.« Sie rieb sich mit der Faust über den Brustkorb. Genau dort, wo ihr Herz sich bei den Erinnerungen an Jack schmerzhaft zusammenzog. »Dad fehlt mir einfach so unglaublich. Sein Rat. Die Sicherheit, die er verströmt hat. Aber auch wenn ich die ganze Zeit heulen möchte, ich bin nicht wieder in dieses Loch gefallen.«

»Gut.« Abby stand auf und hielt ihren Schwestern die Hände hin, um sie gleichzeitig hochzuziehen. »Das ist ganz normal. Summer und ich fühlen uns genauso. Wie wäre es mit einem kleinen Rennen am Strand entlang?«, schlug sie vor und wackelte mit den Augenbrauen, um sie zum Lachen zu bringen. »Und später, wenn wir die Pferde versorgt haben, setzen wir uns mit einem Glas Wein ans Feuer und erzählen uns Geschichten von Jack. Wir werden lachen. Und weinen. Und niemand von uns wird alleine sein.«

»Klingt nach einem guten Plan. Der Verlierer muss das Brennholz holen«, sagte Summer, saß in einer fließenden Bewegung auf und drehte ihr Pferd in Startrichtung des Rennens.

»Ich verzichte auf den Alkohol«, sagte Megan. Beim Gedanken an den Wodka der vergangenen Nacht drehte sich ihr der Magen um. »Aber Adventure Boy und ich haben vor, dieses Rennen zu gewinnen.« Sie schwang sich ebenfalls in den Sattel. »Auf geht's!«

11

Benedict wartete bis zum nächsten Morgen. Er hatte lange in seinem Arbeitszimmer gesessen und darüber nachgedacht, was Finn beim Familiendinner gesagt hatte. Benedict kannte die Finanzen der Coopers. Schließlich war er schon viel zu lange und viel zu gut mit Wade Hillridge befreundet, um nicht an diese Informationen zu kommen. Er hatte Wade seit einem Ausflug in die Glücksspielhölle von Atlanta vor fast zwanzig Jahren in der Hand. Damals hatte sich der Bankdirektor völlig besoffen eine Nutte mit aufs Zimmer genommen, die sich im Nachhinein als Mann herausgestellt hatte. Nicht dass Benedict das interessierte. Jeder konnte tun und lassen, was er wollte. Und wenn Wade nicht merkte, mit wem er da anbändelte, ging ihn das grundsätzlich nichts an. Aber diese Nacht machte den Bankdirektor erpressbar. Also hatte Benedict es sich nicht nehmen lassen, ein paar aussagekräftige Fotos zu schießen und Wade über die Jahre immer wieder daran zu erinnern, wie viel Loyalität er ihm schuldete.

Hier und da hatte er kleine Gefallen eingefordert. Für den größten hatte er sich allerdings Zeit gelassen. Bis jetzt. Mit der konkreten Planung des Kreuzfahrtschiff-Hafens und der damit verbundenen Strategie, an das Land der Coopers zu gelangen, war das notwendig geworden. Und Wade war – weich und rückgratlos wie immer –, darauf eingestiegen, damit Benedict seine Pläne, die *Silver Brook Stables* in seine Hand zu bekommen, weiter vorantreiben konnte. Jeder andere Mann hätte irgendwann lachend gesagt: »Zeig deine Fotos doch herum, Benedict. Das war eine Jugendsünde. Inzwischen stehe ich da längst drüber.« Nicht so Wade. Er machte sich noch immer vor Angst in die Hosen, wenn Benedict diese alte Eskapade auch nur andeutete.

Gut für Benedict. Denn jetzt würde der beste Teil seines Plans beginnen. Nach allem, was er wusste, waren die Coopers nicht in der Lage, den Wiederaufbau ihrer Futterscheune zu bezahlen, ohne sich in finanzielle Schwierigkeiten zu bringen. Wenn sein Enkel ihn nicht angelogen hatte, musste das Gestüt in Verzug mit den Ratenzahlungen sein.

Nach seinem morgendlichen Kaffee, bei dem er wie üblich die Financial Times überflog, fuhr er zur *Stonebridge Bank & Trust*. Wie immer saß Mrs. Carter hinter dem Schalter, lächelte ihn freundlich an und wünschte ihm einen guten Morgen. Benedict nickte ihr zu und marschierte an ihr vorbei in den Bürotrakt der Bank. Geradewegs in Wades Büro. Seine Sekretärin Dotty hatte nicht schnell genug von ihrem Wachhundposten hinter ihrem Schreibtisch vor Hillridges Tür aufspringen können, um ihn aufzuhalten. Sie hätte versucht, ihn dazu zu bringen zu warten, bis Wade Zeit für ihn hatte. Oder noch schlimmer, einen Termin zu vereinbaren. Aber Benedict Morgan ließ sich nicht vertrösten. Er ließ sich keine Termine geben. Nicht, wenn er etwas wollte. Und schon gar nicht auf Stonebridge Island.

Er schlug Dotty, die ihm auf den Fersen war, die Tür vor der Nase zu und lehnte sich dagegen. »Guten Morgen, Wade.«

Der Bankdirektor schien seinen Tag auf dieselbe Weise wie Benedict zu beginnen. Mit Kaffee und der Financial Times. Erschrocken zuckte er zusammen und flutete seine Untertasse mit Kaffee, als die Tür hinter seinem Besucher ins Schloss fiel. »Benedict. Was für eine Überraschung. Was kann ich für dich tun?«

»Ich hatte gestern ein interessantes Gespräch mit Finn«, kam Benedict direkt zum Kern seines Besuches.

»Aha.« Wade runzelte die Stirn. »Kann ich dir vielleicht einen Kaffee anbieten?« Während der Bankdirektor sprach, konnte Benedict dabei zusehen, wie er seinen Zeigefinger unter den Hemdkragen schob und versuchte, diesen samt der hässlichen Krawatte im Paisley-Muster ein wenig zu weiten. Er fühlte sich unbehaglich. Was Benedict annehmen ließ, dass ihm der Grund dieses Besuchs sehr wohl bewusst war.

»Nein danke. Kein Kaffee für mich«, lehnte Benedict das Angebot ab. »Kommen wir zurück zu meinem Gespräch mit Finn.«

»So, so, Finn«, murmelte Wade. »Hat er sich jetzt doch noch überzeugen lassen, in euer Projekt einzusteigen?«

»Nein.« Benedict fixierte Wade mit seinem Blick. »Es ging darum, dass Megan Cooper ihm offenbar einen Scheck für die Anzahlung der Scheune ausgestellt hat. Wenn dieser Scheck nicht geplatzt ist, muss auf den Konten des Gestüts ein deutliches Minus herrschen.«

»Nein.« Hillridge öffnete jetzt den obersten Knopf seines Hemdes und lockerte die Krawatte. »Die Coopers sind im Moment nicht in den roten Zahlen. Megan hat ein vielversprechendes Fohlen verkauft. Es ist also alles im grünen Bereich.«

Benedict zog die Augenbrauen hoch und betrachtete sein

Gegenüber ein paar Sekunden lang. Er glaubte Wade kein Wort. Wenn das die Wahrheit wäre, hätte Hillridge nicht in dem Moment angefangen zu schwitzen, in dem Benedict sein Büro betreten hatte. »Ich will die Kontobewegungen der Coopers sehen.«

Hillridge sprang so hektisch auf, dass er abermals an seiner Kaffeetasse hängen blieb und der braune See auf der Untertasse so weit anstieg, dass er fast über den Rand schwappte. »Du weißt, dass das nicht geht!«, brachte er in einer Art gebrülltem Flüstern heraus. »Das verstößt gegen das Bankgeheimnis. Das kann ich nicht machen.«

»Ist das Bankgeheimnis mehr wert als die Geheimnisse, die zwei alte Freunde teilen?«, spielte Benedict auf seinen Trumpf an. Er ließ seinen Blick durch das Büro des Bankdirektors gleiten. Die dunkel getäfelten Wände, der antike Schreibtisch mit dem wuchtigen Sessel dahinter. Die Ölgemälde von der Insel und dem Leuchtturm auf der einen Seite und Wades Auszeichnungen und Fotos, auf denen er vermeintlich wichtigen Menschen die Hand schüttelte, auf der anderen Seite. Alles war teuer, aber stillos, weil es sich nicht zu einem einheitlichen Bild zusammenfügte. Es hieß immer, dass das Büro eines Menschen seine Persönlichkeit spiegelte – bei Wade traf das absolut zu. »Dann solltest du zumindest aufhören, mich anzulügen.«

»Benedict, ich …« Hillridge hob die Hände, um seine Kapitulation zu signalisieren. Dann ließ er sich schwer in seinen Sessel zurückfallen. Er legte die Hände flach vor sich auf die Tischplatte aus Mahagoni und starrte seine Finger an, als könnten sie ihm aus dem Schlamassel helfen, in den er sich vor all den Jahren hineinmanövriert hatte. »Megan hat tatsächlich das Gestütskonto überzogen«, sagte er schließlich leise.

»Wunderbar!« Benedict klatschte begeistert in die Hände. »Dann ist jetzt der Zeitpunkt gekommen, an dem du die gesamte Hypothek zurückfordern wirst.«

Das Rot in Hillridges Gesicht färbte sich noch eine Spur dunkler. Benedict hätte sich nicht gewundert, wenn der Blutdruck des Bankdirektors gleich jede Skala aushebeln würde. Wade schüttelte den Kopf. »Nein, Benedict. Du verstehst das völlig falsch. Megan hat die Hypothekenrate nach nur vier Tagen Rückstand gezahlt. Und das, nachdem sie ein Schreiben aufgesetzt hat, in dem sie die verzögerte Zahlung und die Gründe für die Umstände, die dazu geführt haben, detailliert aufgezählt hatte.« Noch mehr Kopfschütteln. »Als ob nicht jeder auf der Insel wüsste, warum sie in Verzug geraten sind.«

»Sie waren vier Tage zu spät dran«, fasste Benedict die Fakten mit wenigen Worten zusammen. Die Coopers waren vertragsbrüchig geworden. Mehr gab es dazu nicht zu sagen.

»Aber nach diesen vier Tagen konnten sie zahlen, Benedict.« Hillridges Stimme hatte einen beschwörenden Tonfall angenommen. »Nur vier Tage! Für Kreditnehmer aus der Landwirtschaft ist das ein völlig normaler Zeitraum. Ein oder zwei Wochen Verzug sind keine Seltenheit, wenn ein Betrieb wie das Gestüt eine solche Breitseite erhält wie in diesem Jahr. Unter diesen Umständen ist es sogar erstaunlich, dass Megan nur ein paar Tage Aufschub gebraucht hat, bis sie einen Scheck eingereicht hat.«

Benedict löste seinen Rücken von der Tür und ging auf Hillridges Schreibtisch zu. Er stützte seine Hände auf das glatte, kühle Holz und beugte sich über die Fläche, die so heftig poliert war, dass er sich darin spiegeln konnte. Er hätte sich denken können, dass Hillridge am Ende die Hosen vollhaben würde. Höchste Zeit, ihn daran zu erinnern, wie es von jetzt an laufen würde. »Genau aus diesem Grund haben wir den Vertrag geändert. Und Olivia Cooper hat ihn, ohne mit der Wimper zu zucken, unterschrieben. Das ist ihr Problem, nicht deines«, erinnerte er Wade daran, dass die Coopers sich ja die Mühe hätten machen können, das Kleingedruckte zu lesen.

»Benedict …« Hillridge rieb sich über sein schweißnasses Gesicht. »Als wir davon gesprochen haben, eine Klausel in den Vertrag zu schreiben, mit der wir die komplette Hypothek zurückfordern können, wenn Olivia oder ihre Töchter ihre Raten nicht pünktlich zahlen, bin ich davon ausgegangen, dass wir davon sprechen, was passiert, wenn sich die finanziellen Probleme des Gestüts über mehrere Monate ziehen.«

Benedict schenkte dem Bankdirektor sein Haifischlächeln. »Du weißt ganz genau, was mit dieser Vertragsklausel gemeint ist. Es ist egal, ob sie ihre Rate zwei Monate zu spät zahlen. Vier Tage. Oder drei Stunden. Die Vereinbarung, die Olivia unterschrieben hat, besagt, dass sie sich keinerlei Verzögerung leisten dürfen. Jeder Aufschub, ganz egal wie lang, hat zur Folge, dass die *Stonebridge Bank & Trust* umgehend die komplette Hypothek zurückfordern wird.« Benedict zog den schlichten weißen Umschlag aus der Innentasche seines Jacketts und schob ihn langsam über den Schreibtisch – Abzüge der Fotos, die er in seinem Tresor aufbewahrte. »Enttäusch mich nicht. Setz diese verdammten Papiere auf und lass sie den Coopers zustellen.«

»Wir reden hier wirklich nur von ein paar Tagen«, versuchte Hillridge es noch einmal. Ein letztes Aufbäumen. »Wir sollten ihnen noch eine Chance geben.«

»Das werden wir auf keinen Fall tun. Und du«, Benedict

zielte mit dem Zeigefinger auf den Brustkorb des Bankers, »solltest nicht rührselig werden und stattdessen an den Gewinn denken, den der Kreuzfahrtschiff-Hafen, auch für dich abwerfen wird. Und dich daran erinnern, was meine Freundschaft dir wert ist.« Er schnippte mit den Fingern. »Ich wünsche dir einen erfolgreichen Tag, mein Lieber.«

*

Finn hatte viel Zeit gehabt, um nachzudenken. In der Nacht nach dem Familiendinner hatte er in seinem Bett wach gelegen, durch das Oberlicht seines Schlafzimmers in den Sternenhimmel gestarrt und die letzten beiden Tage Revue passieren lassen. Wieder und wieder. Während Will, der sich ins Zimmer geschlichen hatte, als er glaubte, Finn würde es nicht merken, ihm Gesellschaft leistete, indem er sich auf dem Bettvorleger zusammengerollt hatte und schnarchte wie ein alter Seebär.

Noch vor ein paar Wochen hätte Finn sich nicht vorstellen können, dass er an einem Freitagabend in eine heruntergekommene Bar auf dem Festland stiefeln und sich Megan Cooper über die Schulter werfen würde, um sie nach Hause zu bringen. In seinen kühnsten Träumen hätte er sich nicht ausmalen können, wie sie ihn küssen würde. Betrunken. Wie sie sich nur ein paar Stunden später abermals küssen würden. Ohne einen Tropfen Alkohol im Blut und trotzdem wie im Rausch. Die Fehde seines Großvaters hatte sich ebenfalls nicht wie durch Zauberhand in Luft aufgelöst. Aber all diese Gedanken hatten dazu geführt, dass Finn den Sonntag damit verbracht hatte, Pläne zu schmieden. Denn über eine Sache hatte er nicht nachdenken müssen: Er wollte Megan wieder küssen.

So schnell wie möglich. Und so oft wie möglich. Wann immer er seine Augen schloss, konnte er sie riechen. Hatte er ihren Geschmack auf seiner Zungenspitze. Er erinnerte sich an die seidigen Strähnen ihrer Haare, die über seine Hände geglitten waren.

Nein, vor ein paar Wochen hätte er sich nicht vorstellen können, dass er einmal eine solche bohrende Sehnsucht nach ausgerechnet dieser Frau verspüren würde. Genauso wenig wie er sich hätte vorstellen können, die Futterscheune der Coopers neu aufzubauen. Aber all das war nun mal passiert. Und Finn war nicht der Typ für aussichtslose Schwärmereien. Er nahm die Dinge lieber in die Hand, drehte die Puzzleteile, bis sie an der richtigen Stelle saßen. Wenn er wollte, dass Megan ihn noch einmal küsste – trotz der Skepsis, die sie seiner Familie entgegenbrachte –, musste er ihr zeigen, dass sich das für sie lohnte. Dass es gut war, ihn in ihrer Nähe zu haben.

Also war er am Montagmorgen auf dem Weg zu *Seal Rock Hall* bei *Marsha's Bakery* vorbeigefahren und hatte nicht nur für sich Kaffee geholt, sondern auch einen To-go-Becher für Megan füllen lassen. Als er Marsha darum bat, noch einen Schluck Karamellsirup über den Latte Macchiato zu kippen, hatte sie die Augenbrauen nach oben gezogen, seine Bestellung allerdings nicht kommentiert.

»Vielleicht willst du noch einen Cupcake dazu«, hatte sie vorgeschlagen, als Finn einen Zehner über den Tresen schob. Sie wartete seine Erwiderung gar nicht ab, sondern packte eines der Küchlein, die vor Sahne nur so überquollen, in eine Box.

»Gute Idee«, hatte er gemurmelt und Marshas süffisantes Grinsen ignoriert, das ihn annehmen ließ, dass sie ihm gerade Megans Lieblingsgebäck über den Tresen schob.

Auf der Baustelle hatte er nur nach dem Rechten gesehen und war dann, Will an seiner Seite, mit dem Kaffee und dem Cupcake quer durch den Wald zu Megans Cottage gelaufen.

Megan öffnete ihm nach dem ersten Klopfen und sah ihn überrascht an. »Finn …«

»Guten Morgen.« Er hielt ihr den Cupcake und den Kaffeebecher entgegen. »Ich komme in Frieden«, versuchte er sich an einem Scherz.

»Das sehe ich.« Megan nahm seine Mitbringsel nicht einfach entgegen. Sie öffnete die Cupcake-Box, die er noch hielt, und überprüfte neugierig den Inhalt. »Was für ein hübsches Schätzchen«, sagte sie und holte das Gebäck heraus. Dann nahm sie ihm mit der anderen Hand den Kaffee ab und drehte sich um. »Kommt rein«, sagte sie und nahm im nächsten Moment einen herzhaften Bissen von ihrem Cupcake.

Will und Finn folgten ihr ins Cottage. Megan hatte sich bereits für den Tag fertig gemacht. Ihre übliche Uniform aus engen Jeans, einem Longsleeve mit dem Schriftzug des Gestüts und silbernen Cowboy-Boots mit leuchtend blauen Kornblumen-Applikationen. Ihre Haare hatte sie zu einem Zopf geflochten, und ihr Stetson lag neben einer Daunenweste auf der Sofalehne.

Finn stellte die leere Cupcake-Box auf den Küchentresen, während Will sich vor Megan setzte und sie mit bettelndem Blick hypnotisierte. Lachend wischte sie mit dem Zeigefinger ein wenig Sahne vom Muffin, um ihn dann Finns Hund hinzuhalten. Will schnupperte daran und leckte ihren Finger dann vorsichtig ab. »Dein Hund hat Geschmack«, ließ Megan ihn mit blitzenden Augen wissen.

Genau wie ich, dachte Finn. Er bemühte sich, Megan nicht

anzustarren. Was sich als schwierig herausstellte. Das Cottage war klein genug, sodass man nur schwer an ihr vorbeisehen konnte.

Als sie sich wieder aufrichtete, funkelten ihre Augen noch immer übermütig. Sie wirkte wie die alte Megan. Die Megan, die er kannte. Die frech war. Selbstbewusst. Die nichts mit der verzweifelten, traurigen Frau dieses Wochenendes gemein hatte. »Was treibt euch her?«, fragte sie und nippte an ihrem Kaffee.

Finn wurde erst jetzt bewusst, dass ihm ein Stein vom Herzen fiel. Megan schien ihr Tief überwunden zu haben. Zumindest hoffte er, dass sie nicht nur so tat, als wäre wieder alles in Ordnung. »Wir wollten nur wissen, wie es dir geht. Heute Morgen sind wir auf *Seal Rock Hall*. Deshalb haben wir gedacht, wir schauen kurz bei dir vorbei.«

Ein Schatten huschte durch Megans Blick, verschwand aber so schnell wieder, wie er gekommen war. »Ich habe mich dieses Wochenende wirklich nicht mit Ruhm bekleckert. Du kannst dir gar nicht vorstellen, wie dankbar ich dir bin.« Ihre Wangen färbten sich eine Spur dunkler. »Ich habe mit meinen Schwestern geredet. Wir haben über vieles gesprochen, und jetzt geht es mir besser.«

Sie hatte den Kuss in seinem Haus nicht erwähnt, also würde er es auch nicht tun. Jedenfalls jetzt noch nicht. »Das freut mich.« Finn drehte sich zur Tür. Über die Schulter blickte er zu Megan zurück. »Ich habe noch nie einen so furchtbaren Verlust wie du verkraften müssen. Aber allein der Gedanke daran nimmt mir die Luft zum Atmen. Deshalb kann ich verstehen, dass du diese Erinnerungen einfach verdrängen wolltest. Wenn du allerdings das nächste Mal ausgehen willst, nimm mich einfach mit. Ich kann dich von Anfang an daran hindern, überhaupt auf einen Tresen zu klettern und die gesamte Bar zu unterhalten.«

Megan legte den Kopf schief. »Bittest du mich gerade um ein Date?« Sie stellte ihren Kaffee zur Seite und kam langsam auf ihn zu.

Finn zuckte mit den Schultern. »Ich biete dir lediglich an, dein Wingman zu sein, damit du dich nicht wieder in Schwierigkeiten bringst.«

»Ich glaube, als Wingman will ich dich nicht«, sagte sie leise, als sie nur noch ein Schritt voneinander trennte.

Finn ließ den Türknauf los und drehte sich wieder zu Megan um. »Als was willst du mich denn?«

»Ich habe keine Ahnung«, murmelte Megan. Einen Moment zögerte sie. Dann überwand sie auch den letzten Schritt, der sie trennte, und presste ihre Lippen auf Finns.

Der Kuss begann so wie der letzte, den sie geteilt hatten. Wild und mitreißend. Atemberaubend. Er hatte nicht erwartet, Megan schon so schnell wieder zu küssen. Deshalb ließ er sich gehen. Einen ungezügelten Augenblick lang. Aber das war nicht, was Finn wollte. Zumindest nicht für diesen Moment. Ohne dass er es beabsichtigt hatte, bekam er eine Chance, Megan zu zeigen, was er wirklich wollte. Wenn er es schaffte, sich nicht in ihr und diesem Kuss zu verlieren, würde er das auch schaffen. Seine Hände glitten an Megans Armen hinauf. Über ihre Schultern. Strichen über die zarte Haut ihres Halses, wo sie eine Gänsehaut hinterließen, und rahmten schließlich ihr Gesicht ein. Er nahm das Drängende aus der Berührung ihrer Lippen. Ließ den Kuss sanft werden. Zärtlich. Megans Hände fuhren durch seine Haare, hinterließen ein elektrisches Kribbeln, wo ihre Finger seine Kopfhaut berührten.

Finn unterdrückte das Stöhnen, das in ihm aufstieg, als Megan sich eng an ihn schmiegte. Er unterdrückte den Drang, sich umzudrehen und Megan mit dem Rücken gegen die Tür zu pressen. Ihre Hände über ihrem Kopf zusammenzuschieben und ihren Körper zu erforschen. Mit den Händen. Mit dem Mund.

Als sie sich schließlich voneinander lösten, ließ Finn seine Lippen über Megans Wange bis zu ihrem Ohr gleiten und legte sie für einen Moment auf diese eine Stelle an ihrem Hals, an der er ihren wild dahinfliegenden Puls spüren konnte, und jagte ihr einen Schauer über den Körper. »Megan«, flüsterte er heiser, »ich will, dass du weißt, dass ich …«

»Sch …« Sie drehte den Kopf so, dass ihre Lippen wie von selbst wieder zueinanderfanden, und forderte ihn zu einem neuen Kuss heraus.

Bevor er seine Selbstkontrolle völlig verlieren würde, löste sich Finn endgültig von Megan. Was ihm wirklich schwerfiel. »Megan.« Er ließ seine Hände noch auf ihren Schultern liegen und wartete, bis sie die Lider hob und ihn ansah. »Ich bin ein anständiger Kerl. Wir sind anständige Kerle, Will und ich«, korrigierte er, als sein Hund, den er für ein paar Minuten völlig vergessen hatte, neben ihm ein kurzes Bellen von sich gab. »Ich bin nicht meine Familie.«

Megan starrte ihm in die Augen, so als brauche sie ein wenig Zeit, um zu begreifen, was er ihr zu sagen versuchte. »Okay«, sagte sie schließlich leise und nickte langsam.

»Gut.« Finn beugte sich vor und strich mit den Lippen zart über ihren Mundwinkel. »Denk darüber nach, was das für dich bedeutet.«

Diesmal schaffte er es, sich umzudrehen und die Tür zu öffnen. Dann hörte er noch Megans »Ich werde drüber nachdenken«, als er die Tür hinter Will und sich zuzog. Er atmete tief durch und schlug den Weg in Richtung Wald ein, der ihn zu *Seal Rock Hall* zurückführen würde. Zufrieden grinste er die Bäume vor sich an, die bereits ihre herbstlich bunten Kleider übergestreift hatten. Er hatte Megan widerstanden. Und ihr gleichzeitig eine Möglichkeit offeriert. Er würde sich nicht für ein paar aufregende Stunden von ihr benutzen lassen wie die Männer, die in ihrem Leben kamen und gingen. Nein, er wollte mehr. Auch wenn er noch nicht wusste, wohin das führen würde, wenn Megan sich darauf einließ. Aber das würden sie herausfinden. Gemeinsam. Dessen war er sich nach dem Ausdruck in ihren Augen sicher.

*

Megan dachte nach. Gründlich. Den ganzen Tag über wanderten ihre Gedanken immer wieder zu Finn zurück. Wie er an diesem Morgen vor ihrer Tür gestanden hatte. Ihren Lieblingskaffee in der einen und ihren Lieblingscupcake in der anderen Hand. Wie er sie geküsst hatte, ohne die Beherrschung zu verlieren. Obwohl sie es genau darauf angelegt hatte.

Der Abend mit ihren Schwestern hatte Megan geholfen, wieder klar zu denken. Sie durfte traurig sein, ihren Dad vermissen und trotzdem ihr Leben genießen.

»Denkst du, Jack hätte gewollt, dass wir uns aus Schmerz vor der Welt verkriechen?«, hatte Summer sie gefragt, nachdem sie die Pferde versorgt und sich an das lodernde Lagerfeuer hinter dem Ranchhaus gesetzt hatten.

»Man kann nicht steuern, wie sehr man jemanden vermisst.

Wie schrecklich diese Trauer wehtut«, hatte Megan leise erwidert.

Abby hatte genickt. »Willst du meinen Trick wissen?«, hatte sie gefragt.

»Es gibt einen Trick?« Megan und Summer hatten gleichzeitig gesprochen und sahen ihre älteste Schwester erwartungsvoll an.

Abby zuckte die Schultern. »Es ist mein Trick. Vielleicht funktioniert er bei euch nicht. Vielleicht klappt es aber sogar besser als bei mir. Ich denke oft an Jack. Wenn ich ihn gerade besonders stark vermisse, überlege ich, was er davon halten würde, was ich gerade tue oder erlebt habe. Ihr wisst, wie er war. Es gibt nicht viel, mit dem wir ihn nicht hätten begeistern können. Also mache ich diese Begeisterung zu meiner.« Sie nippte an ihrem Rotwein, der im Spiel der Flammen vor ihnen tiefrot funkelte. »Ich stelle mir vor, wie er sich für mich freut. Damit geht es mir automatisch besser, und ich habe das Gefühl, dass Jack irgendwie … noch da ist«, hatte sie den Satz nach einem kurzen Zögern beendet.

Megan hatte es ausprobiert. Noch in diesem Moment, als sie mit ihren Schwestern am Feuer gesessen hatte. Abbys Labrador Charlie neben sich, der ihr vertrauensvoll den Kopf auf den Oberschenkel gelegt hatte, um sich von ihr kraulen zu lassen. Die Hofhunde Henry und Nugget, die auch nach Einbruch der Dunkelheit noch gut gelaunt über die Wiese tobten. Jack hätte sich gefreut, seine drei Mädchen so zusammensitzen zu sehen. Nicht nur als Schwestern, sondern als die Freundinnen, die sie darüber hinaus waren.

Am Sonntag hatte Megan Stalldienst gehabt, was ihrer Laune sowieso immer zuträglich war. Was für Außenstehende vielleicht wie eine lästige Pflicht wirken mochte, war etwas, das sie aus vollem Herzen genoss. Durch ihre Arbeit für das Gestüt verbrachte sie deutlich mehr Zeit vor dem Computer oder am Telefon als in den Ställen, wo sie sich schon immer am wohlsten gefühlt hatte. Zwischen den Pferden, ihrem warmen Duft und dem zufriedenen Schnauben musste sie nicht darüber nachdenken, wie ihr Dad empfunden hätte. Er hatte es geliebt, die Staubpartikel zu beobachten, die im Sonnenlicht, das durch die großen Fenster fiel, über dem Stroh tanzten. Genau wie Megan es liebte. Ihre Gedanken auf diese Art schweifen lassen, half ihr tatsächlich.

Also hatte sie das Gleiche getan, als Finn sie am Montagmorgen mit einem halb gegessenen Cupcake, einem lauwarmen Karamell-Latte und vom Küssen geschwollenen Lippen zurückgelassen hatte. Jack hatte seine Mädels – wie er Olivia und seine Töchter immer liebevoll genannt hatte – immer verteidigt. Er hatte immer hinter ihnen gestanden. Auch wenn jede Einzelne von ihnen ihre Schlachten gern selbst schlug, hatten sie stets die Gewissheit gehabt, dass Jack sie auffangen würde. Oder dass er sich jederzeit an ihrer Stelle in den Kampf einmischen würde. Besonders wenn es um die Fehde mit den Morgans gegangen war. Jack hatte sie beschützt. Aber er hatte die alten Streitigkeiten immer lächerlich gefunden. Genau wie Summer und Abby, die der Meinung waren, dass diese Zwistigkeiten überholt waren. Nachdem Benedict ihrer Mutter die Halfmoon Bay verkauft hatte, tendierte sogar Olivia dazu, die Morgans in einem besseren Licht zu sehen. Nur Megan traute Finns Verwandten noch immer nicht über den Weg.

Ich bin nicht meine Familie, hatte Finn gesagt. Und genauso hätte Jack es auch gesehen. Er hätte Megan zugezwinkert und gesagt: »Brich dem armen Jungen nicht das Herz.« Dann hätte er sie lachend in eine Umarmung gezogen und auf die Schläfe geküsst. Megan hätte sich noch ein wenig länger an ihm festgehalten und den so vertrauten Geruch nach seinem dezenten Rasierwasser, Leder und dem Hauch der Zigarre, die er manchmal heimlich mit den Rancharbeitern rauchte, wenn er glaubte, Olivia bemerkte es nicht, eingeatmet.

»Ich kann nicht garantieren, dass ich ihm nicht das Herz brechen werde«, murmelte Megan, als sie zum gefühlt tausendsten Mal an diesem Tag von ihrem Schreibtisch zur Baustelle der Futterscheune hinübersah. Andererseits war Finn ein erwachsener Mann, der sehr wohl wusste, worauf er sich einließ, wenn er sich für Megan interessierte.

Und sie war an ihm interessiert. Ganz eindeutig. Dabei hatte sie keine Ahnung, warum sie sich plötzlich so zu ihm hingezogen fühlte. Wenn er kein Morgan gewesen wäre, hätte sie sich schon längst auf ihn eingelassen. Nur sein Nachname ließ sie vorsichtig sein. Finn war nicht seine Familie, rief sich Megan einmal mehr ins Gedächtnis.

Als sie das nächste Mal von ihrer Buchhaltung aufblickte, parkte Finns Pick-up auf dem Hof, und Will begrüßte gerade enthusiastisch Henry und Nugget, bevor er mit ihnen in Richtung der Koppeln davonstob. Finn stand neben seinem Truck und blickte zu ihr nach oben. Er konnte sie nicht sehen. Aber vielleicht spürte er, dass sie ihn anstarrte. Dann wandte er sich zu seinem Vorarbeiter um, der etwas sagte und mit der Hand auf eines der Holzvierecke auf dem Boden wies, das die Zimmerer an diesem Tag zusammengesetzt hatten. Soweit Megan es beurteilen konnte, handelte es sich dabei um die künftige linke Seitenwand. Gemeinsam hockten sich die Männer an eine Ecke des Gebildes und diskutierten lebhaft über etwas.

Megan erhob sich von ihrem Arbeitsplatz. Sie zog ihre Daunenweste von der Sofalehne und verließ ihr Büro. Auf dem Hof empfing sie kühle, klare Herbstluft. Der Himmel war strahlend blau, und die Sonne stand bereits tief über dem Horizont und ließ die rot gefärbten Blätter des Blutahorns leuchten, neben dem die neue Scheune entstand. In den letzten Tagen hatte sie nicht mehr genug Kraft aufgebracht, um die Temperaturen über zwölf Grad steigen zu lassen. Mit entschlossenen Schritten hielt Megan auf Finn zu, der über die Schulter in ihre Richtung schaute. Als ihm bewusst zu werden schien, dass sie direkt auf ihn zukam, richtete er sich auf und machte ein paar Schritte in ihre Richtung. Wahrscheinlich, damit seine Crew ihr Gespräch nicht mithören konnte. Larry, der Vorarbeiter, schob mit einem Zimmermann weiter Holzbalken zusammen, während der dritte Arbeiter sie unverhohlen anstarrte. Brian, fiel Megan wieder ein. Sie konnte sich flüchtig daran erinnern, ihn am Freitag in der Bar gesehen zu haben. Er war es wahrscheinlich gewesen, der Finn angerufen hatte. Megan nickte dem Mann zu, was ihm bewusst machte, dass er sie anstarrte. Mit einer schnellen Bewegung erwiderte er den Gruß und widmete sich dann wieder seiner Arbeit.

»Megan«, grüßte Finn sie, als sie direkt vor ihm stehen blieb.

»Finn«, erwiderte sie den Gruß mit einem ironischen Unterton. Die Förmlichkeiten passten kein bisschen zu den heißen Küssen, die sie an diesem Morgen in ihrem Cottage getauscht hatten. »Wie ich sehe, kommt ihr gut vorwärts«, versuchte Megan sich in Small Talk.

»Ja.« Finn blickte hinter sich, bevor er Megan wieder ansah. »Das Balkengerüst der linken Scheunenseite ist fast fertig.« Einen Moment schwiegen sie.

»Toll. Wirklich«, unterbrach Megan die Stille. Sie schluckte. Warum geriet ihr Herz in Finns Gegenwart neuerdings völlig aus dem Takt? Dabei waren sie sich nicht einmal wirklich nah. Abgesehen davon war sie hier, weil sie eine Entscheidung getroffen hatte und ihn davon in Kenntnis setzen wollte. Es gab keinen Grund, sich in einen plappernden, nervösen Teenager zu verwandeln, der vor sich hin stotterte.

»Was kann ich für dich tun, Megan?«, fragte Finn, als ihr kein weiteres Wort über die Lippen kam.

»Heute Abend um acht bei dir. Ich bringe Essen mit.« Da! Sie hatte es gesagt. Ohne seine Erwiderung abzuwarten, drehte sie sich um und kehrte zum Ranchhaus zurück.

»Hey Megan!«

Sie war versucht, einfach weiterzugehen. Wenn sie auf Finns Ruf reagierte und er ihr sagen wollte, dass er nicht wollte, dass sie ihn zu Hause besuchte, würde sie vor Scham im Boden versinken. Trotzdem schaffte sie es nicht, ihn einfach zu ignorieren. Sie drehte sich um, lief aber langsam rückwärts weiter.

»Was ist mit Nachtisch?«, wollte Finn wissen, und Megan musste fast lachen, so sehr erleichterte seine Frage sie.

Grinsend biss sie sich auf die Unterlippe. »Du kannst davon ausgehen, dass du Nachtisch bekommen wirst«, ließ sie ihn zweideutig wissen. Sie lief noch zwei Schritte rückwärts, genoss seinen verblüfften Gesichtsausdruck und den hüpfenden Adamsapfel. Dann drehte sie sich lachend um und kehrte ins Ranchhaus zurück. Höchste Zeit, Feierabend zu machen und ein Bananenbrot zu backen.

12

Megan hatte kein Problem damit, das Essen für den Abend auszuwählen. Angelo vom einzigen Pizza-Service auf der Insel war seit Jahren ein guter Freund und würde ihr eine große Pizza genauso belegen, wie sie es wollte. Der Nachtisch, den Finn sich wünschte, würde aus dem einzigen Gebäck, das sie zubereiten konnte, mit Vanilleeis als Beilage bestehen.

Viel mehr Gedanken machte sich Megan um ihr Outfit. Nach einer Anprobesession, die einen mittelgroßen Berg nicht infrage kommender Klamotten auf ihrem Bett nach sich zog, entschied sie sich für ein schlichtes jeansblaues Hemdblusenkleid, das eine Handbreit oberhalb ihrer Knie endete. Dazu schlüpfte sie in ihre mintfarbenen Cowboy-Stiefel mit den glitzernden Sternen. Ihr Haar ließ sie offen über den Rücken fallen. Zufrieden betrachtete sie sich im Spiegel. Finn hatte mit ihr gespielt, an diesem Morgen. Man küsste eine Frau nicht so, wie er es getan hatte, und ließ sie dann einfach stehen. Mit ihrem Kaffee und Cupcake. Megan grinste ihr Spiegelbild an. Aber wenn er spielen wollte: kein Problem. Sie würde sich darauf einlassen. Und am Ende gewinnen.

Sie packte den Nachtisch in einen Korb, griff nach ihren Schlüsseln und dem Handy und zog die Tür hinter sich zu. Der Abend senkte sich inzwischen früher über die Insel. Als sie ihren Jeep auf die kleine Lichtung lenkte, auf der Finns Haus stand, war die Dämmerung bereits hereingebrochen, und das Licht, das aus den bodentiefen Sprossenfenstern nach draußen fiel, leuchtete in einem warmen Gelb.

Die Haustür wurde geöffnet, kaum dass sie aus dem Wagen gestiegen war, und Will kam auf sie zugeschossen, um sie zu begrüßen. Wahrscheinlich hatte er ihren Wagen bereits gehört, als sie noch durch den Wald gerumpelt war. Sie beugte sich hinunter, um ihn zur Begrüßung zu kraulen. Als sie sich wieder aufrichtete, entdeckte sie Finn, der mit der Schulter lässig im Türrahmen lehnte. Er trug ausgewaschene Jeans und ein schlichtes T-Shirt. Seine Hände hatte er lässig in die Hosentaschen geschoben. Alles an ihm wirkte entspannt. Bis auf seinen Blick. Selbst auf die Entfernung konnte Megan spüren, wie intensiv er auf ihr ruhte. Es fühlte sich gut an. Intim. Genau wie das Kribbeln, das dieser Blick über ihre Haut schickte.

Megan konnte sich ein Lächeln nicht verkneifen. Dieser Abend würde aufregend werden. Und verdammt heiß. Sie angelte die Pizza vom Rücksitz und schnappte sich den Korb mit dem Nachtisch. Betont langsam schlenderte sie auf Finn zu. »Bist du bereit für diesen Abend?«, fragte sie ihn zweideutig, als sie die Haustür erreichte.

Finn zog die Augenbrauen hoch. »Davon kannst du ausgehen«, gab er genauso zweideutig zurück. »Komm rein!«, sagte er, nahm ihr die Pizzaschachtel ab und trat zur Seite, um sie durchzulassen.

Megan ging ins Haus und schlenderte in die Küche. Sie stellte den Nachtisch auf den Küchentresen, öffnete Finns Gefrierschrank und lagerte das Eis zwischen, bis sie zum Nachtisch kommen würden. Dann drehte sie sich zu Finn um und ging langsam auf ihn zu. »Hi«, flüsterte sie, nur Millimeter von seinen Lippen entfernt. Ihr Körper seinem so nahe, dass sie sich fast berührten.

Finn sagte nichts. Megan hörte den dumpfen Laut, mit dem die Pizzaschachtel auf der Kücheninsel auftraf. Im nächsten Moment lag sie in Finns Armen. Und seine Lippen auf ihren. An diesem Kuss war nichts zart. Er war hart. Besitzergreifend. Genau so, wie Megan in diesem Moment geküsst werden wollte. Sie öffnete sich ihm, vertiefte den Kuss. Im nächsten Augenblick spürte sie das kalte Metall des Kühlschranks hinter sich, gegen das Finn sie presste. Sein heißer Körper vor ihr.

Finn beendete diesen wilden Kuss eher, als Megan dazu bereit war. Er lehnte seine Stirn gegen die kühle Oberfläche des Kühlschranks und stieß einen frustrierten Laut aus. »Ich versuche, das hier richtig zu machen«, murmelte er, als führe er ein Selbstgespräch. Seine Arme links und rechts von ihrem Kopf abgestützt hielt er sie auf erregende Weise zwischen sich und dem Kühlschrank gefangen.

»Ich finde das schon ziemlich richtig«, neckte Megan ihn, weil sie nicht sicher war, was er meinte. Sicher nicht seine Küsse, denn die waren mehr als richtig. Aufreizend ließ sie ihren Zeigefinger vom Halsausschnitt seines T-Shirts über den weichen Stoff nach unten gleiten. Über seinen Brustkorb. Die Bauchmuskeln, die sich unter der Berührung zusammenzogen. Bis zum Bund seiner Jeans.

Bevor sie weiter auf Entdeckungsreise gehen konnte, hielt Finn sie auf und stieß sich vom Kühlschrank ab. Als er einen Meter Abstand zwischen sie gebracht hatte, fuhr er sich mit den Händen durch die Haare, so als müsse er seine Gedanken klären. Dabei rutschte sein T-Shirt ein paar Zentimeter nach oben und legte einen schmalen Streifen Haut frei, an der noch die Bräune des vergangenen Sommers haftete. Megan schluckte trocken und brauchte einen Moment, bis sie begriff, was Finn zu ihr sagte. »Essen?«, wiederholte sie das Wort. Ungläubig und nicht sicher, ob sie ihn richtig verstanden hatte.

»Ja. Essen. Deshalb bist du hier.« Er wandte sich ab und öffnete die Pizzaschachtel. »Mal sehen, was wir hier haben.«

Wir wissen beide, dass ich nicht hier bin, um zu essen, wollte Megan widersprechen, hielt sich aber im letzten Moment zurück. Wollte Finn wirklich alles richtig machen und einen Schritt nach dem anderen gehen? Nein, entschied sie, nach dem verstohlenen Seitenblick, den er ihr zuwarf. Er spielte schon wieder mit ihr. Und das machte sie ganz verrückt. Nach ihm.

»Ähm … was ist das denn für eine Kombination?«, holte Finn Megan aus ihren Gedanken und starrte in den geöffneten Pizzakarton, bevor er den Blick hob und sie amüsiert ansah.

Ein Spiel, rief sie sich in Erinnerung. Mit einer geschmeidigen Bewegung stieß sie sich vom Kühlschrank ab und ging zu Finn hinüber. Sie legte ihre Hand in einer federleichten Bewegung auf Finns Schulter und beugte sich vor, um einen Blick in die Schachtel zu werfen – und Finn einen Blick in das Dekolleté ihres Kleides werfen zu lassen, falls er den Kopf drehen und sie ansehen würde. »Ich lasse Angelo immer all meine Lieblingsbeläge auf eine Pizza machen, sodass jedes Pizzaviertel anders belegt ist. Das ist abwechslungsreich, und ich kann sie so alle haben und muss mich nicht entscheiden.«

»Du hast vier Lieblingspizzasorten?« Finn wirkte fast ein wenig fassungslos. Trotzdem entging Megan nicht, dass sein Blick in ihrem Ausschnitt hängen blieb.

Langsam ließ sie ihre Hand von seiner Schulter gleiten und

trat einen Schritt zurück. Sie beherrschte dieses Spiel aus heiß und kalt mindestens so gut wie er. Es war wie ein Tanz. Voneinander wegdrehen, wieder aufeinander zugehen. »Nein. Ich mag noch viel mehr Pizzen. Aber im Moment sind das meine Lieblingssorten. Ist etwas dabei, das du magst?«

»Definitiv.« Finn hatte den Deckel der Box sinken lassen und ließ Megan nicht aus den Augen, während er sprach.

Sie zog den Mundwinkel zu einem halben Lächeln nach oben, um ihm zu zeigen, dass sie begriffen hatte, dass es hier nicht um Pizza ging. Schließlich blinzelte Finn und räusperte sich. »Möchtest du etwas zu deiner Pizza trinken? Bier oder Wein?«, fragte er.

Megan legte den Kopf schräg. »Gerne ein Glas Wein.«

»Kommt sofort.« Finn schien froh zu sein, sich mit etwas beschäftigen zu können. »Was hältst du von dem?« Er hielt Megan einen spanischen Rotwein unter die Nase.

»Klingt gut«, sagte sie, ohne auf das Etikett zu blicken.

»Cam hat ihn mir empfohlen.« Finn drehte sich wieder um, nahm Gläser aus dem Schrank und öffnete die Flasche mit dem Rücken zu ihr.

»Ja, Cam«, seufzte Megan. »Er hat uns alle verdorben für billigen amerikanischen Wein aus Schraubverschlussflaschen.« Sie stützte die Hände hinter sich auf die Arbeitsplatte der Kücheninsel und stemmte sich hoch. Ihre nackten Oberschenkel trafen auf den kalten Beton. Sie beabsichtigte, Finns Spiel zu beenden. Was bedeutete, dass sie gleich seine warmen Handflächen auf ihrem Körper spüren würde. Was den Kontrast noch ein wenig mehr verstärken würde.

Finn drehte sich um, in jeder Hand ein Weinglas. Einen Moment lang sah er Megan an, Lust in seinem Blick. Dann reichte er ihr das Glas und stieß mit ihr an. »Auf einen schönen Abend.«

»Interessant ist er zumindest jetzt schon«, ergänzte Megan seinen Toast. »Finn?«, fragte sie, nachdem sie an ihrem Wein genippt hatte, ohne ihn über den Rand ihres Glases hinweg aus den Augen zu lassen. »Wusstest du, dass kalte Pizza verdammt gut schmeckt? Und dass man sie sogar wieder aufwärmen kann, wenn einem danach ist?« Sie stellte ihr Glas zur Seite.

Finn sagte nichts. Er setzte sein Glas an und trank einen großen Schluck. Stumm sah er zu, wie Megan die Hände zum obersten Knopf ihres Kleides gleiten ließ. Wie sie ihn öffnete. Zum nächsten glitt. Ihn durch das Knopfloch schob. Tiefer und tiefer. Knopf für Knopf öffnete sie das Hemdkleid.

Finn stellte sein Glas auf den Küchentresen hinter sich. Aber seine Beine bewegten sich nicht. Er stand einfach da und sah Megan dabei zu, wie sie auch den letzten Knopf ihres Kleides öffnete und es sich von den Schultern schüttelte, sodass es einen kleinen jeansblauen See um sie herum bildete. Megan wollte Finn schon fragen, ob er zur Salzsäule erstarrt war, während sie hinter sich griff, um den Verschluss ihres BHs zu öffnen, als endlich Bewegung in ihn kam.

»Stopp!«, brachte er heraus. Mit einer Stimme, die so rau war wie unbearbeitetes Holz. »Du machst meinen Job.« Mit zwei großen Schritten war er bei ihr und nahm ihre Hände in seine.

»Ich darf mich nicht weiter ausziehen?« Die Kücheninsel sorgte dafür, dass sie sich auf Augenhöhe befanden, und Megan tauchte in seinen durchdringenden Blick ein.

»Nein. Wie gesagt: mein Job.« Finn legte seine rauen Hände um Megans Taille und ließ sie an ihrem Oberkörper hinauffahren, über ihre Rippenbogen, bis sie unter ihren Brüsten liegen blieben, ohne sich noch einen Zentimeter in die Richtung zu bewegen, wo Megan sie sich wünschte.

Leidenschaftlich zerrte sie an seinem T-Shirt. Finn half ihr und unterbrach den Kuss genau so lange, wie sie brauchte, das T-Shirt hinter sich auf den Boden fallen zu lassen. Megan legte ihre Hände auf seine erhitzte Haut, spürte die harten Muskelplatten, strich über seinen flachen Bauch.

Finns Finger glitten über ihre Oberschenkel, bis sie schließlich die empfindliche Haut auf der Innenseite erreichten. Im nächsten Moment schob er ihre Schenkel um seine Mitte und hob sie von der Arbeitsfläche. »Halt dich fest.«

*

Megans fast nackten Körper gegen seinen gepresst durchquerte Finn den Raum und sank mit ihr auf die Couch. Er hatte sich diesen Abend langsamer vorgestellt. Hatte sich an die Regeln halten wollen. Einen Schritt nach dem anderen gehen. Aber Megan hatte das offensichtlich als ein Spiel verstanden. Und ihn schachmatt gesetzt. Oder er sie. Immerhin lag sie jetzt unter ihm.

Er küsste Megan. Hart und fordernd. Mit all dem Verlangen, das durch seinen Körper pulsierte. Und sie erwiderte seine Küsse. Mit der gleichen zügellosen Lust. Irgendwo in seinem Hinterkopf blitzte der Gedanke auf, dass er langsamer machen musste, dass er diesen Moment mehr genießen sollte. *Nächstes Mal*, beruhigte er sich selbst und zog Megans BH-Träger herunter. Seine Hände glitten über Plastik, und er stutzte, als er die Kondompackung aus ihrem BH-Cup zog. Verdammt! Und Gott sei Dank! Diese Frau brachte ihn um. Sie hatte definitiv weiter gedacht als er. Um an seine Kondome heranzukommen, hätten sie es bis in sein Schlafzimmer schaffen müssen. Er ließ den Schutz neben sich fallen und konzentrierte sich wieder auf Megan. Küsste sie. Ließ seine Lippen über ihren Hals gleiten, das Schlüsselbein und ihr Dekolleté. Er küsste das Tal zwischen ihren Brüsten, liebkoste ihre aufgerichteten Brustspitzen. Megan seufzte unter ihm. Ihr Oberkörper bog sich seinem entgegen. Ihre Hände glitten ziellos über seine Haut, setzten jeden Zentimeter, den sie berührte, in Brand.

Ohne die Küsse zu unterbrechen öffnete er seine Jeans und schob sie samt Boxershorts von seinen Beinen. Er tastete nach dem Kondom, doch im nächsten Moment hatte Megan sich unter ihm hervorgewunden und erhob sich. Sie zog ihren BH aus und streifte den Slip ab. Finn richtete sich auf und griff nach ihr, doch sie lächelte ihn einfach nur an, nahm ihm das Kondom aus der Hand und riss die Verpackung auf. Dann rollte sie ihm den Schutz über, und noch bevor Finn eine Chance hatte, die Kontrolle wieder zu übernehmen, senkte sich Megan auf ihn herab. Für einen Moment verharrte sie, ihre Körper verbunden, und Finn versuchte, seinen rasenden Herzschlag zu beruhigen. Als Megan sich zu ihm herunterbeugte und ihn küsste, hüllten ihre Haare ihn ein wie eine Wolke. Und dann begann sie, sich zu bewegen. Sie fanden ihren gemeinsamen Rhythmus.

Heilige Scheiße, war alles, was Finn denken konnte. Er umfasste Megans Hüften, ließ seine Hände zu ihren Brüsten gleiten, reizte sie. Sorgte dafür, dass Megan ihren Kopf in den Nacken fallen ließ. Ihr Körper bäumte sich auf, als die Wellen ihres Höhepunktes durch Megans Körper zu rauschen begannen. Finn hielt sie fest. Der einzige Gedanke, der ihm durch den Kopf ging, war, dass er nie etwas Schöneres gesehen hatte. Und dann fiel auch er. In die Erlösung.

*

Megan hielt die Augen geschlossen. So, als ob es helfen würde, die Wahrheit auszublenden, solange man ihr nicht ins Gesicht sah. Ihre ganz eigene Vogel-Strauß-Technik. Irgendwie hatten Finn und sie es geschafft, sich auf der Couch auszustrecken. Er lag halb über ihr, sodass ihr Ohr gegen seinen Brustkorb gedrückt wurde. Sie konnte sein Herz hören. Das viel zu schnelle Schlagen, das dem hektischen Hämmern ihres eigenen glich. Was war hier gerade passiert? Sie hatte schon verrückten Sex gehabt, keine Frage. An ausgefalleneren Plätzen als einem Sofa. Wilder. Und sie hatte Spielchen gespielt. Aber Finn und sie ... das war so ... intensiv ... gewesen, dass es ihr Angst machte. Und ihr Herz gar nicht mehr aufhören konnte, wie ein panisches Vögelchen mit den Flügeln zu schlagen. So hatte sie sich noch nie nach dem Sex gefühlt.

»Sobald ich mich wieder rühren kann, hole ich dir deinen Wein. Und die kalte Pizza«, murmelte Finn. »Ich nehme den Teil mit der Salami und den Peperoni.« Er bewegte sich ein wenig, sodass Megan seinen Herzschlag nicht mehr direkt an ihrem Körper spürte. »Das ist der einzig akzeptable Belag für eine Pizza.«

Vorsichtig atmete Megan aus und hob langsam die Lider. Finns Gesicht war ihrem so nah. Viel zu nah, um klar denken zu können. Aber er grinste sie an. Entspannt. Ohne diesen durchdringenden Blick in den Augen, der ihr einen Schauer nach dem nächsten über den Rücken gejagt hatte, während sie auf ihren Höhepunkt zugerast waren. Finn schien nicht bewusst zu sein, wie nahe er ihr gerade gekommen war. Wie sehr es sie aufwühlte, mit ihm hier zu liegen. Wenn er so gelassen reagierte, nachdem sie das Gefühl hatte, dass der Boden unter ihren Füßen – oder besser unter diesem Sofa – gezittert hatte, bildete sie sich das möglicherweise alles nur ein. Vielleicht lag es am Hunger. Bei der Erwähnung der Pizza gab ihr Magen ein unüberhörbares Knurren von sich. Ja, das musste es sein. Sie war unterzuckert.

Oder vielleicht auch nicht. Als Finn mit seinen rauen Fingerspitzen über ihren Bauch strich, drehte darin ein ganzes Bataillon Schmetterlinge durch. »Wie gut, dass dir drei Viertel der Pizza bleiben«, zog er sie auf, bevor er sich hochstemmte und Anstalten machte, tatsächlich aufzustehen.

Megan konnte nicht anders. Sie zog ihn zurück in ihre Arme. »Du wirst von jedem Belag probieren und so begeistert sein, dass du mir alles wegisst«, flüsterte sie und küsste ihn. Finn ließ sich langsam auf die Couch zurücksinken. Haut auf Haut. Tastende Hände. Für eine Weile vergaß Megan, dass sie Hunger hatte.

*

Finn hatte sich mit Megan darauf geeinigt, dass der Barbecue-Belag auf der Pizza noch erträglich war. Also hatte er diesen Teil verputzt, nachdem er das Viertel mit Salami gegessen hatte. Für Megan blieb die Hawaii-Variante. Allein beim Gedanken an Ananas und Schinken stellten sich Finn die Nackenhaare auf. Gerade biss sie in das Stück, auf dem sich nichts als Tomatensoße und Käse befand – die absolute Verschwendung eines Pizzabodens, wie Finn erklärte. Megan hatte nur geschnaubt und die Augen verdreht, als er ihr seine Meinung mitgeteilt hatte. »Du hast keine Ahnung von Pizza«, hatte sie ihn geneckt.

Trotzdem war etwas zwischen ihnen anders, nachdem sie auf der Couch gelandet waren. Finn hatte diesen Abend anders geplant. Er hatte mit Megan essen wollen, ein Glas Wein trinken. Und sie dann küssen. Wobei er nicht leugnen würde, dass er gehofft hatte, sie in sein Bett zu bekommen. Aber das, was stattdessen zwischen ihnen passiert war … das ließ sich wahrscheinlich eher als leidenschaftliche Explosion beschreiben. In einer Intensität, wie er es noch nie erlebt hatte.

Genauso wenig wie Megan. Da war er sich sicher. Stocksteif hatte sie halb unter ihm auf der Couch gelegen. Mit rasendem Puls. Die Augen zusammengekniffen, als könne sie das, was gerade zwischen ihnen geschehen war, auf diese Weise ausblenden. Finn hatte das Gefühl gehabt, sie würde auf der Stelle die Flucht ergreifen und aus seinem Haus verschwinden, wie nach dem Kuss neulich, wenn er auch nur ein falsches Wort sagen würde. Also hatte er ein Grinsen aufgesetzt und über Pizza und Wein geredet, was Megan tatsächlich ein bisschen entspannt hatte. Bevor sie abermals eng umschlungen, in leidenschaftliche Küsse versunken, in die Kissen zurückgefallen waren.

»Wir sollten über das hier reden«, holte Megan ihn aus seinen Gedanken.

»Hmm?« Finn nahm sich das letzte Stück Salamipizza. Er betrachtete Megan. Sie hatte sich sein T-Shirt übergezogen.

Ihre Haare, die er mit seinen Händen zerwühlt hatte, fielen um ihre Schultern, und ihre Wangen waren noch immer gerötet.

»Über das hier.« Megan wedelte mit ihrem Stück Käsepizza zwischen ihnen hin und her.

Für Finn gab es da nichts zu reden. Für ihn war die Sache völlig klar. »Wir haben Spaß zusammen«, sagte er schlicht. »Und ich möchte auch weiterhin Zeit mit dir verbringen.« Er umfasste die Hand, mit der Megan ihre Pizza hielt, und zog sie zu einem kurzen Kuss zu sich heran – der dann doch nicht ganz so schnell endete.

Als sich Megan von ihm löste, war sie ein wenig außer Atem. »Du weißt, dass es nicht so einfach ist«, sagte sie.

»Für mich ist es einfach«, hielt Finn dagegen. Er musste sich eingestehen, dass Megan Empfindungen in ihm freigesetzt hatte, mit denen er nicht gerechnet hatte. Von denen er sich nicht sicher war, ob er sie überhaupt schon einmal erlebt hatte. Auch wenn ihn das für einen Augenblick ziemlich überrumpelt hatte – er war dennoch der Typ Mensch, der sich auf etwas Neues einließ. Die Momente genießen konnte. Die neue Situation erforschen wollte. Megan nicht. Sie brauchte Regeln. So wild sie sein konnte, wenn sie sich gehen ließ, war sie trotz allem ein Kontrollfreak. Das war Finn in den letzten Wochen klar geworden. Wirklich fallen ließ sie sich wahrscheinlich nur, wenn sie mit ihrer Familie zusammen war oder auf dem Rücken eines Pferdes saß. Allen anderen gegenüber hielt sie immer ein Stück von sich zurück. Er wusste nicht, warum das so war. Aber er war sich sicher, dass das einer der Gründe war, warum sie immer nur kurze, oberflächliche Beziehungen führte, die den Sommer meist nicht überdauerten.

Megan sah ihn einen Moment lang ernst an. »Du weißt,

dass es Grenzen gibt, die ich nicht überschreite. Nie«, betonte sie das letzte Wort.

»Und du weißt, dass nichts in Stein gemeißelt ist. Ich muss es wissen, ich bin Bauunternehmer«, versuchte er, die Ernsthaftigkeit aus diesem Moment zu nehmen.

Doch Megan schien das nicht witzig zu finden. Sie schüttelte leicht den Kopf und behielt ihren stoischen Gesichtsausdruck bei. »Ich habe Bedingungen.«

Finn seufzte ergeben und lächelte sie an. »Okay. Lass hören.«

Megan senkte den Blick auf den Rest Pizza, denn sie noch immer in den Händen hielt. Sie legte ihn zurück in die Schachtel und sah Finn dann wieder direkt an. »Ich will nicht, dass irgendjemand etwas von dem Ganzen erfährt.«

Finn hätte klar sein müssen, dass Megan genau so dachte. Er legte den Kopf schief. »Bin ich dein kleines, schmutziges Geheimnis?«

Megan ließ sich Zeit mit ihrer Antwort, trank einen Schluck Wein und sah Finn einen Moment stumm an. »Nein«, sagte sie leise, »das möchte ich nicht. Aber es wird nicht gut ausgehen, wenn wir diese Sache nicht für uns behalten. Kannst du dich noch daran erinnern, was für einen Ärger deine Cousine mit Benedict und Arthur hatte?«

Seine Cousine Emma hatte in diesem Frühjahr begonnen, ihre spastisch gelähmte Tochter Robyn bei Abby in eine Hippotherapie zu geben. Ganz abgesehen davon, dass die Kleine Pferde über alles liebte, tat ihr das Reiten unglaublich gut. Ihr Körper hatte sich entspannt, die Krämpfe quälten sie nicht mehr ganz so schrecklich. »Natürlich weiß ich, wie mein Vater und mein Großvater gezetert haben. Ganz abgesehen davon, dass ich das für absoluten Schwachsinn gehalten habe. Schließlich ist diese Therapie ein Geschenk für Robyn.« Er griff nach Megans Hand und drückte sie sanft. »Ich bin so stolz auf Emma. Sie hat sich den alten Herren – wie wir sie heimlich nennen – widersetzt und das Richtige getan. Seit sie auch noch eine Psychotherapie bei Abby macht, geht es ihr so viel besser.«

»Ich freue mich auch für Emma und Robyn. Aber du musst zugeben, dass …«

»Nein. Ich muss gar nichts zugeben«, unterbrach Finn sie. »Am Anfang ist Emma auf Widerstand gestoßen, das stimmt. Aber inzwischen sehen längst alle, wie gut es Robyn tut. Weder mein Vater noch mein Großvater würden so weit gehen, das offen zuzugeben, aber sie haben sich zumindest damit abgefunden.«

»Genau das ist der springende Punkt. Die Hippotherapie ist unbestreitbar ein Gewinn. Aber weder Benedict noch Arthur werden zu dem Schluss kommen, dass ich gut für dich bin.«

»Megan.« Finn wartete, bis sie ihn ansah. »Das ist mir egal. Ich will mich nicht in diesem Haus oder deinem Cottage mit dir verstecken müssen. Ich möchte mit dir ausgehen. Tanzen. In dem Pub. Oder zu einem der Konzerte deiner Schwester. Vielleicht mal ins Kino«, zählte er auf, was ihm als Erstes durch den Kopf schoss. Da war noch so viel mehr, was er gern mit ihr zusammen erleben wollte. Aber je mehr er sagte, desto höher schwappte die Panik, die er in ihren Augen erkennen konnte.

»Wir führen keine Beziehung, Finn«, erinnerte sie ihn. »Das hier ist eine Affäre, die dauert, solange sie eben dauert. Wir sind kein Paar, das in der Öffentlichkeit Händchen hält.«

Finn war ehrlich genug zu sich selbst, um sich einzugestehen, dass es frustrierend war, wie sehr Megan das, was zwischen ihnen passiert war, leugnete. Aber er hatte auch Geduld. Im Moment konnte er zwar noch nicht sagen, wo das hinführte, er wusste nur, dass er noch mehr Zeit mit Megan verbringen wollte. Viel mehr Zeit.

»Wenn du dich nicht daran hältst oder halten willst«, fuhr Megan fort, »ist es noch heute Nacht vorbei.«

»Willst du das denn? Dass es vorbei ist?« Finns Herzschlag beschleunigte sich. Er konnte warten. Er konnte Verstecken spielen, wenn das nötig war. Zumindest für eine Weile. Solange Megan jetzt die richtige Antwort gab und sie überhaupt eine Chance hatten.

Sie beugte sich zu ihm herüber. »Nein«, wisperte sie an seinen Lippen und küsste ihn sanft. »Ich will auf keinen Fall, dass das zu schnell vorbei ist.«

*

Megan erwachte im Morgengrauen. Die Sonne begann gerade erst, über den Horizont zu klettern, aber der dunkle Sternenhimmel, den sie in der Nacht durch das Oberlicht über Finns Bett bewundert hatte, wich bereits einem zarten Graublau, wie sie feststellte, als sie blinzelnd die Augen öffnete.

Megan spürte Finn neben sich. Vorsichtig, um ihn nicht zu wecken, drehte sie den Kopf. Er lag auf dem Bauch, eine Hand über ihre Mitte gelegt, das Gesicht ihr zugewandt. Ein leises Lächeln zupfte an seinen Mundwinkeln, so als ob er irgendetwas Schönes träumte. Megan hätte am liebsten über seine Bartstoppeln gestrichen. Sie wollte mit den Fingern an seinen hohen Wangenknochen entlangfahren. An seinen dunklen Augenbrauen. Und über seine Nase, die einen winzigen Höcker aufwies, wo er sie sich als Fünfzehnjähriger bei einem Baseballspiel gebrochen hatte. Wenn man die Geschichte nicht kannte, würde einem diese kleine Erhebung auf seinem Nasenrücken gar nicht auffallen.

Es fühlte sich gut an, so neben Finn aufzuwachen. Nach der Diskussion über die Zukunft dieser Affäre, die sie über den Pizzakarton hinweg geführt hatten, hatten sie es endlich bis in Finns Schlafzimmer geschafft. Irgendwann in der Nacht hatten sie sich eine Portion Bananenbrot mit Vanilleeis geteilt, bevor Megan in seinen Armen eingeschlafen war. Finn war kein Klammerer, stellte sie erleichtert fest. Und doch war es angenehm, seine Hand schwer auf ihrer Hüfte zu spüren. Als ob er auch im Schlaf die Verbindung zwischen ihnen nicht hatte abreißen lassen.

Trotzdem war es an der Zeit, zu verschwinden. Megan hatte Stalldienst, und die Pferde scherten sich nicht darum, wie viel Schlaf sie in der Nacht bekommen hatte. Sie wollten ihr Futter und sauberes Stroh in ihren Ställen. Finn hingegen hatte seinen ersten Termin erst um neun auf einer seiner Baustellen. Er konnte also noch mindestens zwei Stunden schlafen. Was sie ihm gönnte, auch wenn es für sie höchste Zeit wurde. Vorsichtig glitt sie unter seinem Arm hervor und stand langsam auf. Finn rührte sich nicht. Er schlief weiter. Tief und fest. Diesen entspannten, zufriedenen Ausdruck im Gesicht, den Megan gern noch eine Weile betrachtet hätte. Genau wie seinen muskulösen Oberkörper, dessen verbliebene Sommerbräune sich gegen das helle Laken abhob, das ihm bis zur Hüfte hinuntergerutscht war. Wenn sich der Dielenboden unter ihren Füßen nicht so kalt anfühlen würde. Also riss sie sich von Finns Anblick los. Auf Zehenspitzen schlich sie aus dem Zimmer und zog lautlos die Tür hinter sich zu. Nackt huschte sie ins Erdgeschoss, wo sie ihre Kleider einsammelte.

Sie schloss gerade die letzten Knöpfe ihres Kleides, als Will, der offenbar einen Ausflug gemacht hatte, durch die Hundeklappe kam. Megan beugte sich zu ihm hinunter und kraulte sein Fell. Es war mit einem feinen Netz aus Wassertropfen bedeckt, das er dem Morgennebel verdankte, dessen Reste gerade von der aufgehenden Sonne zerfetzt wurden. Sie gab dem Hund, der bei den Streicheleinheiten zwischen seinen Ohren genüsslich die Augen schloss, ein Leckerli aus der Dose, die Finn in einem der oberen Küchenschränke aufbewahrte. Er hatte Megan erzählt, dass sie ursprünglich auf dem Tresen gestanden hatte. Da Will allerdings dazu neigte, sich selbst zu bedienen, hatte er sie außer Reichweite seines Mitbewohners in Sicherheit bringen müssen.

Megan griff nach ihrem Handy und den Wagenschlüsseln und legte sie zurück auf die Kücheninsel, als ihr Blick an der Kaffeemaschine hängen blieb. Finn hatte dafür gesorgt, dass sie ihre Systeme nach ihrer wilden Barnacht mit Koffein hatte fluten können. Das war ein Gefallen, den sie erwidern konnte. Und das Mindeste nach dieser Nacht, in der sie nicht besonders viel Schlaf bekommen hatten. Sie bereitete die Maschine vor, sodass Finn nur noch auf den Knopf drücken musste, wenn er aufstand, und schlich sich zufrieden aus dem Haus.

Als Megan ein paar Minuten später über die Holzbrücke, die den Silver Brook überspannte, auf den Hof des Gestüts rumpelte, sah sie ihre Schwestern mit einem Kaffee in den beiden Schaukelstühlen auf der Veranda vor dem Ranchhaus sitzen, in dem bis vor einem Jahr ihre Eltern gemeinsam den Tag eingeläutet hatten, wenn das Wetter es zuließ. Die Erinnerung daran versetzte Megan einen Stich. Doch dann fiel ihr Abbys Taktik ein. Was würde Jack sagen, wenn sie ihn fragen würde? *Natürlich musste es sich jemand in den Schaukelstühlen bequem machen und seinen Morgenkaffee vor dem Haus trinken*, wäre seine Antwort. *Sonst fangen die Stühle irgendwann an zu quietschen.*

Summer hob die Hand und winkte ihr zu. Megan seufzte. Am liebsten wäre sie direkt in ihrem Cottage verschwunden, hätte geduscht und wäre in frische Klamotten geschlüpft, bevor sie sich in den Tag stürzte. »Was soll's«, murmelte sie und hielt vor dem Ranchhaus.

Ihre Schwestern sahen ihr entgegen, als sie ausstieg und die drei Stufen zur Veranda hinaufkam. Abby musterte Megans Kleid über den Rand ihrer Kaffeetasse hinweg. »Neuer Lover?«, fragte sie.

Mit Daumen und Zeigefinger imitierte Megan den Zipper eines Reißverschlusses, mit dem sie ihre Lippen verschloss. Mit einer kleinen Drehung ihrer Hand schloss sie ab und warf den imaginären Schlüssel über ihre Schulter. »Eine echte Dame genießt und schweigt – aber sie braucht Kaffee.« Mit diesen Worten lief sie an ihren Schwestern vorbei ins Haus. Nicht ohne Abbys und Summers bohrende Blicke in ihrem Rücken zu spüren.

13

»Finn!«

Finn schreckte hoch. Orientierungslos und gegen die Helligkeit anblinzelnd sah er sich in seinem Schlafzimmer um und lauschte, ob gerade wirklich jemand nach ihm gerufen hatte. Er hatte von Megan geträumt und dann geglaubt, die Stimme seiner Mutter zu hören.

»Finn!«

Ja, verdammt, das war seine Mutter. Am frühen Morgen. Was wollte sie hier? Fast im selben Moment wurde ihm bewusst, dass er allein in seinem Bett lag. Kurz überlegte er, ob die leidenschaftlichen Stunden mit Megan nur seiner Fantasie entsprungen waren. Die Tatsache, dass er nackt war, die zerwühlten Laken und auf dem Kissen neben seinem noch der Abdruck ihres Kopfes, waren Beweis genug, dass er die Nacht nicht allein verbracht hatte. Er fuhr mit der Hand über das Laken. Kühl. Wahrscheinlich war Megan schon vor einer ganzen Weile verschwunden.

Für einen Moment durchzuckte ihn Enttäuschung, weil sie nicht mehr hier war, um gemeinsam mit ihm aufzuwachen. Dann hörte er seine Mutter zum dritten Mal rufen. So wie sie klang, befand sie sich schon mindestens auf halber Höhe ins Obergeschoss. Und Wills Bellen war so nah, dass er offenbar direkt vor seiner Zimmertür stand. Unter diesen Umständen war er fast dankbar, dass Megan nicht mehr nackt neben ihm lag.

»Moment!«, rief er. »Ich komme.« Er sprang aus dem Bett, riss eine Jeans aus der Kommode und zog ein T-Shirt über. Flüchtig fuhr er sich mit den Händen durch die Haare und verließ sein Schlafzimmer. Vorsorglich zog er die Tür hinter sich ins Schloss, damit seine Mutter sein zerwühltes Bett nicht sah, und bückte sich, um Will zur Begrüßung zu streicheln. »Du bist mir vielleicht ein Wachhund«, murmelte er. Finn schämte sich nicht für die Nacht mit Megan. Und natürlich war sie nicht die erste Frau, die er zu sich nach Hause eingeladen hatte, das dürfte auch seiner Mutter klar sein. Allerdings war er, aus dem Tiefschlaf gerissen und ohne einen Schluck Kaffee, nicht in der Lage, sich den Fragen zu stellen, die sich aus einem Aufeinandertreffen von Megan und seiner Mutter ergeben würden. Ganz gleich, was er Megan am Abend zu diesem Thema gesagt hatte. Und abgesehen davon, dass er absolut zu ihr stand. Nur eben nicht als Allerererstes am frühen Morgen.

Finn hätte sich nicht die Mühe machen müssen, die Schlafzimmertür hinter sich zu schließen, wurde ihm bewusst, als er seine Mutter auf halber Höhe auf der Treppe stehen sah, von wo aus sie das Chaos in seinem Wohnzimmer betrachtete. Der Nachteil einer offenen Raumaufteilung. Vielleicht sollte er das in seine Pro- und Kontraliste für Kunden aufnehmen, die ihr Wohnkonzept verändern wollten: Reißen Sie Wände nur ein, wenn Sie kein Problem damit haben, dass Ihre Mutter bei einem Spontanbesuch sieht, was Sie in der letzten Nacht getrieben haben.

Als Will die Treppe hinunterrannte und neben Sarina verharrte, kraulte sie ihn zwischen den Ohren, bevor sie zu Finn hinaufblickte, der auf der Galerie im Obergeschoss stehen geblieben war. »Guten Morgen«, sagte sie. »Entschuldige bitte mein unangekündigtes Auftauchen. Du scheinst Damenbesuch zu haben.« Sie zuckte mit den Schultern. »Das war mir nicht bewusst, weil ich nur deinen Wagen vor dem Haus gesehen habe.«

Finn betrachtete seine Klamotten, die auf dem Boden im Wohnzimmer verteilt lagen. Die leeren Weingläser und der Pizzakarton, die noch auf dem Couchtisch standen. Die Sofakissen, auf denen seine Mutter bestanden hatte, als er in sein Haus eingezogen war, hatten ihren Weg durch das ganze Wohnzimmer gefunden. »Guten Morgen. Kein Problem. Mein Besuch ist schon gegangen.« Er stieg die Treppe hinunter und küsste seine Mutter im Vorbeigehen auf die Wange. Bevor er keinen Kaffee hatte, wollte er nicht einmal wissen, warum sie ihn um diese Tageszeit besuchte.

Er wollte gerade nach der Kaffeekanne greifen, um sie mit Wasser zu füllen, als er bemerkte, dass die Maschine bereits vorbereitet war und er nur noch auf den Schalter drücken musste. Dankbar inhalierte er das kräftige Aroma, das schon Sekunden später den Raum füllte. Er stützte seine Hände neben der Kaffeemaschine auf der Arbeitsfläche ab und schloss die Augen. Megan hatte ihm den Kaffee vorbereitet. Eine Geste, die ihm definitiv etwas bedeutete. Die ihn berührte. Megan war nicht diejenige, die viel über ihre Gefühle redete. Sie ließ Taten für sich sprechen.

Die Schritte seiner Mutter hinter ihm holten Finn aus seinen Gedanken. Er stieß sich von der Anrichte ab und nahm zwei Tassen aus dem Schrank. Nachdem er sie neben die Kaffeemaschine gestellt hatte, drehte er sich zu Sarina um. »Ein morgendlicher Besuch von dir ist nicht gerade üblich.«

Seine Mutter schob eine Muffin-Box, die sie bereits auf der Kücheninsel abgestellt hatte, ein Stück in seine Richtung. »Ich bringe dir Frühstück und tausche es gegen eine Tasse Kaffee.«

»Mom.« Finn zog die Augenbrauen hoch. »Du bringst mir nie Frühstück.«

Sarina seufzte und lehnte sich gegen die Kücheninsel. Im Gegensatz zu Finn sah sie wie frisch aus dem Ei gepellt aus. Steingraue Stoffhosen, eine schlicht gemusterte Bluse. Die dunklen Haare hochgesteckt und das Make-up genauso dezent wie ihr Schmuck. Sie war eine klassische Schönheit, die locker als zehn Jahre jünger durchging. Finn dachte kurz daran, dass sie ungefähr so alt war wie Olivia Cooper, die sich selten die Mühe machte, ihre wilden Locken zu bändigen und sich in Jeans und Stiefeln am wohlsten zu fühlen schien. Beide Frauen waren wundervolle Gastgeberinnen. Aber seine Mom zauberte mit links ein Drei-Gänge-Menü und hatte ihm das Kochen beigebracht, während Olivia es schaffte, sogar Rührei anbrennen zu lassen. Was sie wiederum ebenfalls an ihre Töchter weitergegeben hatte. Megans Mom und seine Mutter waren beide fantastisch, aber auf so unterschiedliche Weise, wie es zwei Frauen nur sein konnten. So wie auch Megan und er mehr Unterschiede als Gemeinsamkeiten hatten.

Finn rieb sich über das Gesicht. Was war heute nur los mit ihm, dass seine Gedanken so schräge Richtungen einschlugen? Es wurde Zeit, sich auf das Anliegen seiner Mutter zu konzentrieren.

»Das Frühstück war ein Vorwand«, räumte Sarina ein. »Ich

wollte dich sehen, bevor du zur Arbeit gehst, und mit dir sprechen.«

Finn legte den Kopf in den Nacken und schloss die Augen. »Wenn du mit mir reden willst, geht es wahrscheinlich nicht darum, dass du dir einen neuen Hund zulegen und mich um Rat fragen willst. Es geht um Grandpa«, mutmaßte er.

Seine Mutter verschränkte die Arme vor der Brust. »Er verhält sich einfach merkwürdig in letzter Zeit. Er und dein Vater verschanzen sich die ganze Zeit in seinem Büro und schmieden Pläne hinter verschlossenen Türen. Ich habe keine Ahnung, was sie besprechen.«

»Mom, das ist doch nichts Neues. Dad und Grandpa planen doch immer irgendwas«, hielt Finn dagegen.

»Das stimmt. Aber sonst reden sie über ihre Ideen. Aber seit du …« Sarina suchte nach den richtigen Worten. »Du weißt schon … seit du mehr mit den Coopers zu tun hast, sind sie zu richtigen Geheimniskrämern geworden. Und wenn dein Name fällt«, sie stieß noch einen abgrundtiefen Seufzer aus, »verfinstert sich der Gesichtsausdruck deines Großvaters, und er verlässt den Raum, oder er lässt sich zu Kommentaren hinreißen, die ich hier nicht wiedergeben möchte.«

Finn und Benedict hatten sich bemüht, sich in der Gegenwart des anderen zivilisiert zu verhalten. Hinter seinem Rücken sah das offensichtlich völlig anders aus. Das Problem zwischen seinem Großvater und ihm war also noch längst nicht beigelegt.

»Euer Streit vergiftet unseren Haussegen. Jedes Mal, wenn du uns besuchen kommst, ist es danach, als ob eine schwarze Wolke über dem Dach hängt«, fuhr Sarina fort. »Mir ist schon klar, dass niemand von euch sich die Mühe macht, mich in seine Pläne einzubeziehen. Ich bin mir auch gar nicht sicher, ob ich das überhaupt alles wissen will. Schließlich habe ich mich auch in der Vergangenheit nicht für die Interna eurer Firmen interessiert. Inzwischen frage ich mich allerdings, ob ich das nicht doch hätte tun sollen. Oder zumindest jetzt damit anfangen sollte. Es ist schließlich nie zu spät, richtig?« Sie sah Finn an, aber er brachte nur ein Nicken zustande.

Was war mit seiner Mutter los? So kämpferisch und entschlossen hatte er sie noch nie erlebt. Anders als sein Vater und Großvater hatte er sie nie aus seiner Firma ausgeschlossen und ihr sogar nach einer von Emmas vielen Absagen angeboten, die Buchhaltung zu übernehmen. Was sie ebenfalls immer abgelehnt hatte.

Doch sie war noch nicht am Ende mit ihrem kleinen Monolog. »Diese Heimlichtuerei in meinem eigenen Haus gefällt mir nicht. Noch weniger gefällt es mir, dass dein Großvater und du euch überworfen habt und streitet, nur weil du *Seal Rock Hall* verkauft hast.« In einer hilflosen Geste hob sie die Arme und ließ sie langsam wieder sinken. »Ich weiß, dass dein Vater und Großvater Großes mit dem alten Herrenhaus vorhatten, auch wenn sie das nicht mit mir besprechen. Bitte, Finn, denk über diese ganze verfahrene Situation nach. Vielleicht findest du eine Möglichkeit, auf die beiden zuzugehen. Vielleicht schaffst du es sogar, dich mit Benedict auszusöhnen. Natürlich musst du die Scheune für die Coopers fertig bauen«, ergänzte sie schnell, bevor Finn etwas sagen konnte. »Aber du könntest im Anschluss versuchen, ein wenig Abstand zu dieser Familie zu halten. Und das sage ich jetzt nicht, weil ich Olivia und ihre Töchter nicht mag. Ganz im Gegenteil. Aber wem ist damit geholfen, wenn die Menschen, die mir am wichtigsten sind, am Esstisch verbal übereinander herfallen?«

Finns Herz raste. Spätestens bei der Bitte, sich nach Fertigstellung der Scheune von den Coopers fernzuhalten, hatte sich alles in ihm zusammengezogen. Denn dafür war es längst zu spät. Er drehte seiner Mutter den Rücken zu, denn im Moment konnte er ihr nicht in die Augen sehen. Stattdessen schenkte er ihnen Kaffee ein und öffnete den Kühlschrank, um die Milch herauszunehmen. Er schnupperte an der Flasche, entschied, dass sie noch gut war, und goss einen Schluck in die Tasse seiner Mutter, bevor er sie ihr reichte, ihrem Blick aber weiter auswich. Dann trank er einen großen Schluck aus seiner eigenen Tasse und wartete, bis das Koffein sein Gehirn erreichte. Was für eine Ironie, dass seine Mutter ihn ausgerechnet jetzt darum bat, den Kontakt zu den Coopers zu minimieren. Wo er gerade dabei war, ihn so weit zu intensivieren wie noch niemals zuvor. Wenn sie von Megan wüsste, würde sie wahrscheinlich auf der Stelle der Schlag treffen.

In diesem Moment wurde Finn bewusst, dass Megan recht gehabt hatte, was das Verständnis seiner Familie für ihr Zusammensein betraf. Das Ganze würde nicht ohne Probleme vonstattengehen – und den Graben zwischen seinem Großvater und ihm noch weiter aufreißen. Gerade eben war Finn jedenfalls verdammt froh, dass Megan darauf bestanden hatte, was zwischen ihnen war, geheim zu halten. Er würde das nicht auf Dauer können, aber Megans Entscheidung gab ihm Zeit, über das Wann und Wie nachzudenken. Er hatte Zeit, einen Weg zu finden, sich eine Strategie zu überlegen, ohne mit den Neuigkeiten herauszuplatzen und alle vor den Kopf zu stoßen. »Mom, ich kann dir nicht versprechen, dass Grandpa und ich uns einigen. Wir haben sehr unterschiedliche Auffassungen. Zu so ziemlich jedem Thema«, versuchte er, seinen Standpunkt klarzumachen, ohne die Coopers noch einmal zu erwähnen.

»Aber das ist kein Grund, sich in der Familie anzufeinden«, hielt Sarina dagegen.

»Das mag sein. Aber ich kann mein Leben nicht meinem Großvater unterordnen und Befehle von ihm entgegennehmen, ohne darüber nachzudenken.« Er trank einen weiteren Schluck Kaffee, bevor er fortfuhr. »Ich bin ein erwachsener Mann. Ich kann mich nicht einfach so verhalten, als ob ich keine eigene Meinung hätte.« Ganz zu schweigen davon, dass er sich gerade durch die Liaison mit Megan mit dem Feind verbündete. »Vielleicht ist es wie dein Gefühl, dich nicht mehr aus den Geschäften raushalten zu wollen. Du hast viel zu lange kein Interesse an der Firma gehabt. Und ich habe viel zu lange damit gewartet, Grandpa und Dad klarzumachen, dass ich mein eigenes Leben führe. Mit meinem eigenen Unternehmen und meinen eigenen Entscheidungen. Die ich nicht von ihnen abhängig machen werde.«

»Kannst du es nicht wenigstens versuchen? Um des lieben Friedens willen?« Sarina stellte ihren Kaffee zur Seite und verschränkte nervös ihre Hände. »Benedict hat heute Mittag einen Termin im *Beaumont's*. Du könntest dich doch davor mit ihm im Restaurant auf einen Drink treffen und dich mit ihm aussprechen.«

Finn hätte am liebsten ein fassungsloses Schnauben von sich gegeben. Er war schockiert. Wie immer, wenn Sarina sich so verhielt. »Mom, ich habe auch ein Leben. Und einen Job.

Ich kann nicht alles stehen und liegen lassen und meine Termine ignorieren, nur weil mein Großvater stur und unnachgiebig ist. Selbst wenn ich mich in der Öffentlichkeit auf einen Drink mit ihm treffe und er mir deswegen keine Szene machen kann, wird das nicht reichen, unsere Differenzen beizulegen.« Er stützte die Hände in die Hüften, um seine nächsten Worte zu unterstreichen. »Die Lösung wird nicht darin bestehen, dass ich klein beigebe und Benedict bekommt, was er will. Nicht, wenn es gegen meine Überzeugungen geht. Aber etwas anderes wird er nicht akzeptieren. Also befinden wir uns in einer Patt-Situation.«

Einen Moment herrschte Stille zwischen ihnen. Die Schultern seiner Mutter sanken ein Stück herunter, als sie mit dem Zeigefinger kleine, unsichtbare Kreise auf der Arbeitsfläche seiner Kücheninsel malte. Als sie wieder aufsah, lag die Bitte um Verständnis in ihren Augen. »Ich musste es zumindest versuchen«, sagte sie leise.

Finn nickte. »Das verstehe ich. Aber ich kann es leider nicht ändern. Ich bin mit Grandpas Methoden nicht einverstanden. Genauso wenig wie mit seinem Kreuzfahrthafen-Projekt und dieser dämlichen Fehde mit den Coopers. Ich kann nicht einfach die Augen verschließen und so tun, als ob mich das alles nicht interessiert. Ich bin auf dieser Insel geboren. Genau wie du. Ich bin hier aufgewachsen. Und ich möchte nicht, dass Grandpa und Dad hier einen Hafen bauen, der niemandem etwas Gutes bringt, außer vielleicht den beiden.«

Sarina seufzte. »Okay.« Sie schob die Muffins ein Stück weiter in Finns Richtung. »Dann lass uns das Thema wechseln. Willst du mir erzählen, wer die geheimnisvolle Dame war, die dich besucht hat?«

»Eine ganz wundervolle Frau.« Finn nahm einen Muffin aus der Packung und biss herzhaft hinein. Will, der es sich auf seinem Kissen bequem gemacht hatte, war sofort zur Stelle, um seinen Anteil einzufordern. Ebenfalls ein Ritual, das sich mit der wachsenden Freundschaft zwischen ihnen herausgebildet hatte. Finn brach ein Stück des Gebäcks ab und fütterte seinen Hund damit. Eine gute Taktik, um dem neugierigen, erwartungsvollen Blick seiner Mutter auszuweichen. »Ich erzähle dir mehr, sobald es spruchreif ist«, ergänzte er und kraulte Will zwischen den Ohren.

»Besteht eine Chance, dass du eine Frau gefunden hast, die mich endlich zur Großmutter machen könnte?«

Finn stieß ein Lachen aus, das in seinen eigenen Ohren hohl klang. Wenn Megan diesen Wunsch seiner Mutter hören könnte, würde sie wahrscheinlich komplett ausflippen. Wobei er selbst diesen Gedanken gar nicht so Furcht einflößend fand, wie er es eigentlich sollte. Er trat einen Schritt vor und küsste seine Mutter auf die Wange. »Du wirst die Erste sein, die es erfährt, wenn es so weit ist. Und jetzt muss ich unter die Dusche und mich anziehen, wenn ich nicht zu spät zu meinem ersten Termin heute kommen will.«

*

Megans Vormittag war voller Termine gewesen. Nach dem Füttern hatte sie sich umgezogen und zwei Interessenten ein Fohlen präsentiert, das einen guten Stammbaum aufwies und eine vielversprechende Karriere im Reitsport vor sich hatte. Das Paar hatte sich schließlich dafür entschieden, Funky zu kaufen und ihn darüber hinaus von Summer ausbilden zu lassen. Ein doppelt lukratives Geschäft, das Megans sowieso schon glänzende Laune noch ein wenig weiter hob.

Im Anschluss führte sie eine Schulklasse über das Gestüt, die einen Aufsatz über die Arbeit in den *Silver Brook Stables* schreiben sollte. Erwartungsgemäß waren die Mädchen Feuer und Flamme für alles, was mit den Pferden zu tun hatte. Die Jungen langweilten sich meist ein wenig. Die Zimmererarbeiten an der neuen Futterscheune sorgten dieses Mal allerdings für Begeisterung. Finn war noch nicht von seinem Termin auf der anderen Baustelle zurückgekehrt, aber sein Vorarbeiter Larry beantwortete geduldig alle Fragen zum Holz und zu den Werkzeugen.

Als Megan schließlich mit einer dampfenden Tasse Kaffee in ihr Büro im Ranchhaus zurückkehrte und ihren PC hochfuhr, war sie sich sicher, mindestens drei Mädchen für die Reitkurse gewonnen zu haben, die im nächsten Monat starten sollten. Von den Jungen hingegen würden wahrscheinlich zwei Drittel ihren Aufsatz über die Scheune statt den Gestütsbetrieb schreiben. Sie grinste in sich hinein, während sie ihre E-Mails abrief. Hoffentlich hatte ihre Lehrerin Nachsicht mit ihnen, wenn sie ein wenig am Thema vorbeiformulierten.

Als sie das nächste Mal von ihrem PC aufsah, hielt gerade Finns Truck an der Baustelle. Er öffnete die Tür, und wie immer sprang als Erster Will aus dem Wagen, bevor Finn ihm folgte. Er sah zu seinen Arbeitern hinüber und tippte sich zur Begrüßung an den Schirm seiner Baseballkappe. Die drei Männer grüßten unisono auf die gleiche Weise zurück. Dann drehte er sich um und blickte zu ihrem Fenster herauf. Megan war sich sicher, dass er sie von der Baustelle aus nicht sehen konnte. Trotzdem schlug ihr Herz eine Spur schneller, als er sich gegen seinen Pick-up lehnte und sein Handy aus der Hosentasche zog, ohne den Blick von ihrem Fenster abzuwenden. Erst als er begann zu tippen, sah er auf sein Display.

Im nächsten Moment ploppte seine Nachricht auf Megans Handy auf. *Danke für den Kaffee*, las sie.

Du hattest ihn dir verdient, schrieb sie zurück und setzte ein Smiley mit einem Kussmund dahinter.

Lieber hätte ich ihn mit dir zusammen getrunken, kam die umgehende Antwort. Finn blickte wieder zu ihrem Fenster hoch.

Megan konnte sich ein Grinsen nicht verkneifen. *Wer weiß, vielleicht passiert das ja noch. Und danach* … Sie ließ das Ende offen, aber Finn hatte genug Fantasie, sich vorzustellen, was sie meinte.

Ich kann es kaum erwarten, kam die prompte Antwort. *Bis dahin lenke ich mich damit ab, deine Scheune fertig zu bauen.*

Megan lachte. Dieses Geplänkel machte ihr Spaß. *Das ist sehr nett von dir, weil ich diese Scheune wirklich gut gebrauchen kann.* Diesmal schickte sie den breit grinsenden Smiley hinterher. Finn würde heute Abend an ihre Tür klopfen, da war sie sich sicher.

Sie legte das Handy zur Seite und widmete sich wieder ihren E-Mails. Wenn Finn es schaffte, sich von der Vorstellung an eine weitere gemeinsame Nacht abzulenken, würde sie das auch hinbekommen. Arbeit war dafür schon immer eine gute Option gewesen.

14

Finns aufreibender Tag, der damit begonnen hatte, nach einer denkwürdigen Nacht mit Megan von seiner Mutter aus dem Bett gerissen zu werden, endete mit einer Überraschung für seinen Freund Cameron, die er ihm an *Seal Rock Hall* zeigen wollte. Er stellte seinen Pick-up auf der platt gefahrenen Wiese ab, die sich von der Klippe bis zum Pinienwald erstreckte, hinter dem das Gestüt der Coopers lag. Wenn die Bauarbeiten beendet waren, musste Cameron einen Landschaftsgärtner beauftragen, der den Rasen wieder in Ordnung brachte. Im Moment diente er als Baustofflager und war von den unzähligen Reifenprofilen der Liefertrucks und Fahrzeuge seiner Mitarbeiter zernarbt.

Will sprang wie immer über Finn hinweg aus dem Wagen, sobald er die Fahrertür öffnete, und begann, die Umgebung zu erkunden. Finn folgte ihm etwas langsamer. Sein Bauteam hatte für diesen Tag bereits Feierabend gemacht, sodass statt des typischen Hämmerns, Bohrens und Sägens, vermischt mit kitschigen Countrysongs aus dem alten, farbverschmierten Ghettoblaster, der auf keiner Baustelle fehlen durfte, nur das Rauschen der Brandung zu hören war, die dreißig Meter unter ihm gegen die schwarzen Felsen schlug.

Finn betrachtete ›die alte Lady‹, wie er das Herrenhaus nannte. Viel zu gut konnte er sich an das heruntergekommene, zwei Stockwerke hohe Haus mit dem halb zusammengebrochenen Witwenausguck erinnern, das er vor ein paar Monaten an Cameron verkauft hatte. Das Dach, das aus mehr Löchern denn Schindeln bestanden hatte. Die große Terrasse, die auf das Meer hinausragte, aber nur unter Lebensgefahr zu betreten gewesen war. Die hellblaue Farbe der Wände war genauso abgeblättert gewesen, wie ein Teil des wundervollen Zuckerbäckerstucks an der Dachkante und den Geländern abgebrochen war. Von den eingeschlagenen Fenstern, den verzogenen Türen und dem verwahrlosten Inneren des Hauses gar nicht zu reden.

Finn hatte *Seal Rock Hall* gemeinsam mit dem Haus, in dem er lebte, an seinem einundzwanzigsten Geburtstag von seinem Großvater überschrieben bekommen. Als vorzeitiges Erbe, hatte er angenommen, während Benedict einfach nur an die Steuervorteile gedacht hatte, die das Ganze mit sich brachte. Sein Großvater hatte nicht eine Sekunde darüber nachgedacht, dass ihm das Haus nicht auch weiterhin gehörte, nur weil der Name seines Enkels auf der Besitzurkunde stand – für ihn war es nach wie vor Familienbesitz. Doch dann hatte Finn das Haus an Cameron verkauft, und die Auseinandersetzungen mit Benedict hatten begonnen.

Trotzdem bereute Finn den Deal nicht eine Sekunde. Es war richtig gewesen, das Haus zu verkaufen. Denn sein Freund hatte im Gegensatz zu ihm etwas in dem heruntergekommenen Kasten gesehen, er hatte eine Vision für das alte Herrenhaus. Und er hatte Finn gebeten, diese Idee für ihn umzusetzen. Der zweite Grund, aus dem es richtig gewesen war zu verkaufen. Es war ein Vergnügen, das Gebäude wiederauferstehen zu lassen und ihm zu seinem ursprünglichen Glanz zu verhelfen. Baumaterialien zu finden, die zu den ehemals verwendeten passten. Teile beschädigter Holzbalken so zu entfernen und durch neue zu ersetzen, dass nicht der ganze Balken ausgetauscht werden musste und die Restaurierung trotzdem nicht auffiel. Finn liebte es, den Ausbau zu planen, in seinem Materiallager und alten Scheunen nach Baumaterial zu suchen. Er liebte es, durch ein fertiges Haus zu gehen, in dem nur er und seine Bau-Crew die Ausbesserungen sehen konnten, weil sie so gut gemacht waren, dass sie niemandem sonst auffielen. Das war einer der Gründe, weshalb Finn genug Aufträge bekam, dass er sich inzwischen aussuchen konnte, was er machte. Sein Vater und sein Großvater verstanden das nicht. Sie zogen lieber irgendwo eine Neubausiedlung hoch, in der ein Haus wie das andere aussah. Bauvorhaben, die sich schnell umsetzen ließen und mit minimalem Aufwand den maximalen Profit brachten. Seelenlos und unpersönlich. Das war nicht seine Art, aber Finn akzeptierte, dass Benedict und Arthur so arbeiteten. Er verlangte im Gegenzug nur, dass sie seinen Weg ebenfalls akzeptierten.

Finn lehnte sich gegen die von der Sonne erwärmten Zedernschindeln, die wieder in dem ursprünglichen Hellblau gestrichen waren, und blinzelte zu dem strahlend weißen Zuckerbäckerstuck, der sich frisch restauriert an der Dachkante entlangzog. Das Haus bildete einen fantastischen Kontrast zu den grellen Indian-Summer-Farben, die überall um ihn herum aufzuleuchten begannen. Von zartem Gelb über kräftiges Orange bis hin zum tiefen Rot der Zuckerahornbäume war hier am Rande der Lichtung alles vertreten. Dahinter erhoben sich die dunkelgrünen Pinien und bildeten einen majestätischen Rahmen für das Farbspektakel. Es raschelte im Unterholz, und im nächsten Moment tauchte Will auf, begleitet von

Matt Walkers Terrier Jumper. Der kleine Hund, der immer irgendetwas durch die Gegend schleppte, ganz egal, ob es ihm oder seinem Herrchen gehörte oder nicht, hatte sich heute für einen Ast entschieden, der eine Nummer zu groß für ihn war. Typisch für Jumper, der immer ein bisschen zum Größenwahn neigte. Und gut für ihn, dass Will ihm half, wenn der Ast zu schwer zu werden schien. Die beiden gaben ein herrliches Bild ab, und Finn zog sein Handy aus der Tasche, um ein kleines Video zu drehen. Er hatte es schon an Megan weitergeschickt, als Matt und Cameron, einen Sixpack Bier unter dem Arm, aus dem Wald traten.

Camerons Blick glitt wie immer über das Haus. Einen zufriedenen Ausdruck im Gesicht sah er zum Witwenausguck hinauf. Seine Schritte stockten, und dann trat ein breites Grinsen auf sein Gesicht. »Das Absperrband ist weg«, rief er quer über die Lichtung und wies mit dem Finger in Richtung Dach, als Matt ihn verständnislos ansah. »Hier sind wir«, ergänzte er unnötigerweise. »Ist es das, was du mir zeigen wolltest?«

»Jepp.« Finn begrüßte die beiden mit einer typischen Männerumarmung, bei der sie sich gegenseitig kräftig auf den Rücken schlugen. »Der Bauinspektor war heute da und hat die Plattform abgenommen. Wir können sie mit einem ersten Bier einweihen.«

»Das klingt nach einem fantastischen Plan.« Matt beugte sich hinunter und kraulte Jumper unter dem Kinn, wie der Hund es liebte. »Ihr bleibt hier unten und versucht, keinen Ärger zu machen. Nichts klauen, okay?«

Cameron legte Finn den freien Arm um die Schultern. »Auf dem Weg nach oben kann ich mir gleich die Fortschritte ansehen, die ihr gemacht habt.«

»Kein Problem. Ich führ dich rum.« Finn zog die antike Eingangstür auf. Sie war nicht original, aber das Portal, das ursprünglich zum Haus gehört hatte, war so beschädigt und verzogen, dass es nicht mehr zu retten gewesen war.

Matts Handy klingelte. Er zog es aus der Hosentasche und warf einen Blick auf das Display. »Einer meiner Reiter«, sagte er. »Da muss ich kurz rangehen. Geht schon mal vor. Ich komme nach.« Er nahm seinen neuen Trainerjob ernst. Das konnte Finn ihm nicht verübeln, da Cameron und er ihren Jobs mit genauso viel Herzblut nachgingen.

Finn hob die Hand und betrat den imposanten Eingangsbereich von *Seal Rock Hall*. Die großen Fliesen im Schachbrettmuster waren noch mit Planen abgedeckt, um sie zu schützen, solange hier noch gebaut wurde. Mit dem großen Kronleuchter, der irgendwann von der Decke hängen würde, und der geschwungenen Eichentreppe, die ins Obergeschoss führte, war das Foyer, in dem später die Rezeption von Camerons Hideaway untergebracht werden würde, sehr beeindruckend.

Durch ein großes Loch in der Wand, in das bald Doppeltüren eingebaut werden würden, betraten sie den völlig entkernten Bereich des Erdgeschosses. Finn wartete, während Cameron sich umsah und über die Flusssteine strich, die den Kamin einfassten, der so groß war, dass ein kleines Kind darin aufrecht stehen konnte. Der Bereich, der früher die Bibliothek gewesen war – und auch wieder werden würde – war bereits weiter als die anderen Räume. Hier hatten sie schon dunkle Holzböden verlegt. Die handgeschreinerten Bücherregale aus rotbraunem Kirschholz waren fast fertig eingebaut und ergänzten sich perfekt mit dem kleineren Kamin, den es hier gab. Finn konnte sich vorstellen, wie die Gäste des Hotels hier mit einem Buch in einem ledernen Clubsessel saßen und an einem Scotch nippten.

Finn wies Cameron auf der anderen Seite des Erdgeschosses auf den Wintergarten hin, an dem sie bereits alle beschädigten Scheiben ausgetauscht hatten. Der Bereich würde ein perfektes Sonnenzimmer abgeben, in dem man das Frühstück mit Blick auf das Meer genießen konnte. Sie hatten bereits angefangen, die Wände einzuziehen, die die künftige Küche vom Rest des Salons abtrennten. »Nächste Woche werden wir mit den Wänden fertig, dann können wir hier unten beginnen, die Fußböden zu verlegen. Oben sind wir mit der Neuinstallation der Leitungen durch. Dort können wir mit den Bädern anfangen.«

»Das klingt fantastisch. Und wir liegen so gut im Zeitplan.« Cameron seufzte. »Wenn es nur in Vermont so problemlos klappen würde.« Finns Freund, der aus einer Bostoner Hoteldynastie stammte, hatte in diesem Jahr begonnen, seine eigene Hotelkette aufzuziehen. Hideaways, Gästehäuser für die Schönen und Reichen dieser Welt, die sich aus dem Blitzlichtgewitter der Paparazzi zurückziehen und ihre Ruhe haben wollten. Was auf den ersten Blick nicht besonders beeindruckend wirkte, war ein ausgeklügeltes Projekt, in dem Cameron alles vereint hatte, was ihm wichtig war. Diskretion für die Gäste. Angestellte aus der Gegend, sowohl beim Bau als auch später beim Betrieb des Hauses. Die Krönung war ein umweltfreundliches, nachhaltiges Konzept.

Finn fand dieses Unternehmen fantastisch. Leider war es in keiner Weise vereinbar mit dem Kreuzfahrtschiff-Hafen, den sein Großvater plante. »Probleme mit dem Bauunternehmer?«, fragte er.

Cameron winkte ab. »Mit dem Bauunternehmer. Mit dem Bürgermeister. Mit der Stadtverwaltung. Erst wenn man Stonebridge Island verlässt, merkt man, wie gut wir es hier haben. Maxine Grant ist wirklich die beste Bürgermeisterin, die man sich wünschen kann. Aber genug mit dem Herumgejammere.« Cameron schlug Finn kameradschaftlich auf die Schulter. »Ich will meinen Witwenausguck sehen und mit euch anstoßen.«

Matt stieß wieder zu ihnen, und gemeinsam stiegen sie ins Obergeschoss und dann die schmale Treppe unter das Dach hinauf. Von hier führte eine Leiter durch eine Luke auf die kleine weiße Plattform, von der vor Jahrhunderten die Kapitänsgattinnen nach den Schiffen ihrer Ehemänner Ausschau gehalten hatten. Cameron war der Erste, der hinaustrat. Er bückte sich, um den Sixpack entgegenzunehmen, den Finn ihm reichte. Dann kletterten Finn und Matt hinterher.

»Das ist unglaublich.« Cameron war an das weiß gestrichene Geländer getreten und blickte auf das Meer hinaus, bevor er sich einmal langsam um die eigene Achse drehte und den Ausblick in sich aufnahm, während der Wind an seinem Hoodie und seinen Haaren zerrte.

Finn verstand, wie Cameron sich fühlte. Von hier konnte man nicht nur die unzähligen kleinen Inseln sehen, die wie Stonebridge Island vor der Küste Maines lagen. Man hatte auf der anderen Seite die Wälder, in denen sich der Herbst bereits so richtig austobte, sodass zwischen dem dunklen Grün der Pinien und Kiefern Farbflecken zu entdecken waren, die mit ihrer Intensität an ein außer Kontrolle geratenes Holi-Festival erinnerten. Zwischen den Wipfeln erkannte man die Dachgauben des Ranchhauses der Coopers und weiter rechts sogar den Leuchtturm, der auf einer Felsnadel vor der Insel lag.

»Einen besseren Ort für ein Feierabendbier kann ich mir wirklich nicht vorstellen«, stimmte Matt zu.

»Abby wird es lieben.« Cameron grinste und zog sein Handy aus der Tasche. »Ich muss sie so schnell wie möglich hier hoch bringen.«

Finns Gedanken wanderten automatisch zu Megan. Sie würde es hier oben genauso lieben wie ihre Schwester.

»Summer wäre auch total begeistert. Wie viele Leute passen hier drauf?« Matt legte Finn den Arm um die Schultern und zog ihn zu sich heran, damit Cameron, der auf seiner anderen Seite stand, sie zusammen auf ein Selfie bekam.

»Für eine Party wird es hier zu eng.« Cameron war zufrieden mit dem Selfie und schaltete in den Panoramamodus, um den Ozean und die Insel zusammen aufs Bild zu bekommen. »Wenn wir Abby und Summer gemeinsam hier hoch bringen, wird Megan auch mitwollen. Und wenn sie ihren mysteriösen neuen Lover mitbringt, sind wir schon zu sechst.«

»Okay, dann eben einer nach dem anderen.« Matt grinste Cameron breit an. »Du leihst mir doch mal den Schlüssel, oder?«

Finn, der sich gebückt hatte, um drei Bier aus dem Sixpack zu nehmen, richtete sich langsam auf. Sein Herz klopfte ein bisschen zu schnell. »Megan hat einen neuen Lover?«, fragte er und versuchte, dabei so beiläufig zu klingen wie möglich.

»Hmm.« Cameron griff nach zwei der Bierflaschen und reichte eine an Matt weiter, bevor er seine öffnete. »Sie hat dieses Grinsen im Gesicht. Du weißt schon …«

»Und sie war letzte Nacht nicht zu Hause«, ergänzte Matt. »Cheers.« Er hielt seine Flasche in die Mitte, und Finn und Cameron stießen mit ihm an.

Unisono hoben sie ihr Bier und tranken einen Schluck. »Abby und Summer haben sich ziemliche Sorgen gemacht, weil Megan in den letzten Tagen nicht sie selbst war. Der erste Todestag ihres Vaters hat sie ziemlich aus der Bahn geworfen. Also sind sie froh, dass sie wieder besser drauf ist«, erzählte Cameron weiter.

Matt seufzte. »Aber jetzt machen sie sich natürlich Gedanken darüber, wer dieser geheimnisvolle Typ ist, von dem Megan ihren Schwestern nichts erzählt.« Er hob die Schultern in einer resignierten Geste. »Dabei ist das meiner Meinung nach völlig egal, solange sie glücklich ist.«

»Und sie nicht verletzt wird«, konnte Cameron sich nicht verkneifen. »Sie ist für mich wie eine zweite kleine Schwester.«

»Klar, Mann.« Matt nickte. »Megan ist Familie. Wenn wir rausfinden, dass der Typ sie nicht gut behandelt, kann er seine Steaks pürieren, bevor er sie isst.«

Finn blickte zwischen seinen Freunden hin und her. Das Gespräch erinnerte ihn ein wenig an ein Tennisspiel. Nur dass der Ball, den sich die beiden hier gegenseitig zuwarfen, Megans Affäre war. Mit ihm. Cameron und Matt war nicht aufgefallen, dass Finn sich nicht mehr an dem Gespräch beteiligte. Was hätte er auch sagen sollen? Dass er der geheimnisvolle Mann war? Und dass sie sich keine Sorgen machen mussten, weil er Megan nicht verletzen würde? Als sie darauf bestanden hatte, niemandem davon zu erzählen, dass sie sich trafen, hatte er an seine Familie gedacht. Wie er am Morgen gemerkt hatte, war es kein Fehler, die Bombe im Hause Morgan noch nicht platzen zu lassen – und ein Entschärfer-Team dabeizuhaben, wenn es so weit war. Seine Freunde zu belügen, war allerdings etwas völlig anderes. Nicht nur, weil er gern mit jemandem darüber reden wollte, was Megan ihm bedeutete. Cameron und Matt waren ihm gegenüber immer offen gewesen. Und er war das nicht. Ausgerechnet wenn es um die Frau ging, die für sie wie eine Schwester war.

»Was ist eigentlich mit dir?« Cameron, der zum Dach des Ranchhauses hinübergeblickt hatte, drehte sich um, strich sich die Haare aus der Stirn, die der Wind sofort wieder zurückfegte, und sah Finn an.

»Mit mir?« Finn schob seine Gedanken an Megan zur Seite und sah Cameron verständnislos an.

»Ja. Als du auf uns gewartet hast, hast du auch so zufrieden gegrinst.«

»Keine Ahnung, wovon du redest«, log Finn und bemühte sich um ein breites Lächeln. »Ich grinse immer zufrieden, weil ich ein fantastischer Bauunternehmer bin und euch mit diesem Witwenausguck überraschen konnte.« Sein Handy vibrierte in der Hosentasche mit einer Nachricht. Dankbar, dem Blick seiner Freunde ausweichen zu können, holte er es heraus und warf einen Blick auf das Display. Megan. *Ich bin in Home Port und habe auf dem Heimweg Burger im* Frankie's *geholt.* Ihre Art, eine Einladung auszusprechen.

»Da!« Matt wies mit dem Bier in der Hand auf Finn. »Da ist es schon wieder.«

»Das ist kein ›Ich bin zufrieden mit meiner Arbeit‹-Grinsen«, sagte Cameron.

Matt schüttelte den Kopf. »Dieser Gesichtsausdruck sagt ganz eindeutig: Wenn ich Glück habe, werde ich heute noch flachgelegt.«

»Leute!« Finn hob sein Bier mit einer unschuldigen Geste. »Seit ihr verliebt seid, könnt ihr an den Herzchen in euren

Augen gar nicht mehr vorbeisehen.« Er schob das Handy zurück in die Hosentasche, ohne Megans Nachricht zu beantworten. »Was meint ihr«, fuhr er fort, entschlossen, das Thema zu wechseln, »bekommen wir in den nächsten Nächten wirklich unter null Grad, wie es die Wetterfrösche voraussagen?«

Sie tranken ein zweites Bier, fachsimpelten über die Chancen der *New England Patriots*, nachdem Tom Brady die Mannschaft in Richtung Tampa Bay verlassen hatte. Als sie schließlich vom Witwenausguck hinabstiegen und Cameron und Matt sich auf den Heimweg machten, gab Finn vor, noch ein paar Sachen ausmessen zu müssen. Er wartete fünf Minuten, bevor er seinen Freunden durch den Wald in Richtung *Silver Brook Stables* folgte.

Er hasste es, sie anzulügen und sich hinter ihrem Rücken mit Megan zu treffen. Doch als er an ihre Tür klopfte und sie mit einem breiten Lächeln im Gesicht öffnete, um Will und ihn hereinzulassen, verschwanden seine Bedenken wie der Morgennebel über dem Atlantik.

»Die Burger habe ich zum Warmhalten in den Backofen gestellt«, sagte Megan, griff nach seiner Hand und zog ihn in ihr Cottage.

Im nächsten Moment fand sich Finn mit dem Rücken gegen die Innenseite der Tür gepresst, Megans Körper an seinen geschmiegt. Ihre Lippen auf seinen. *Scheißegal, ob das in Ordnung ist, alle um sich herum zum Narren zu halten*, war das Letzte, was ihm durch den Kopf ging, bevor er sich nur noch auf Megan konzentrierte.

*

Einmal mehr erwachte Megan mit der aufgehenden Sonne. Und in Finns Arme geschmiegt. Anders als in der Nacht zuvor, als er seinen Arm auf ihre Hüfte gelegt hatte, hatte er sie diesmal eng an sich gezogen. Megans Kopf ruhte an seiner Schulter. Sie atmete seinen warmen Duft ein, spürte das ruhige, stete Schlagen seines Herzens unter ihrer Hand. Es war erst die zweite Nacht, die sie miteinander verbrachten, und doch ertappte sich Megan bei dem Gedanken, dass sie gern an jedem Morgen so aufwachen würde. Was dazu führte, dass ihr Herz, im Gegensatz zu Finns, anfing zu rasen. Woher war dieser Gedanke gekommen? Für einen Moment dachte sie darüber nach, sich wie am Tag zuvor davonzustehlen. Aber diese plötzlichen, völlig irrationalen Gedanken an eine Zukunft an Finns Seite sollten kein Grund sein, in Panik zu geraten. Sie würde sie einfach zur Seite schieben, weil sie lächerlich waren. Außerdem machte es schon deshalb wenig Sinn abzuhauen, weil das hier ihr Zuhause war. Wohin sollte sie schon gehen, wenn sie sich aus Finns Umarmung befreit hatte?

»Du denkst zu viel«, murmelte Finn an ihrem Ohr, und Megan zuckte zusammen. Seine Hand strich über ihren nackten Rücken und zog sie noch näher an sich. »Du bist noch gar nicht richtig wach, aber dein Gehirn läuft schon auf Hochtouren.«

»Woher willst du das wissen?«, wisperte Megan.

Finn hielt seine Augen geschlossen, aber seine Lippen glitten über ihre Schläfe, die Wange, bis er ihren Mund fand und sie zärtlich küsste. »Dein ganzer Körper vibriert vor lauter Anspannung.«

Bevor Megan etwas erwidern konnte, hatte Finn sich mit ihr so gedreht, dass sie unter ihm auf dem Rücken lag. Seine Lippen glitten weiter zu ihrem Ohr. »Viel zu angespannt«, wiederholte er noch mal, während er sich an ihrem Hals hinunterküsste. »Das müssen wir ändern.«

Eine träge halbe Stunde später hatte Finn es geschafft, alle Gedanken aus Megans Kopf zu verdrängen. Das Einzige, was jetzt noch durch ihre Blutbahn rauschte, waren die kleinen elektrisierenden Funken, die ein Höhepunkt mit Finn mit sich brachte. Sie rotierten nicht nur durch ihren Körper, sie tanzten auch über ihre Haut, wo immer Finn sie auf diese langsame, zärtliche Art berührte.

»Hmm«, murmelte er und küsste wieder Megans Schläfe. »Ein perfekter Start in den Tag.«

Dachte Finn ebenfalls darüber nach, wie es wäre, jeden Tag so zusammen aufzuwachen?

»Tu das nicht«, flüsterte Finn und strich ihr eine Locke hinter das Ohr.

»Was?« Megan lehnte den Kopf ein wenig zurück, um ihm in die Augen blicken zu können.

Ein kleines Lächeln kräuselte seine Augenwinkel. »Denken«, antwortete er und fuhr mit den Fingerspitzen über ihre Wange. »Ich wäre zwar gern bereit, dich noch einmal abzulenken, aber dafür reicht die Zeit heute Morgen nicht aus.«

Seine lockere, verspielte Art, mit der er das Karussell in ihrem Kopf ausbremste, brachte sie zum Lachen. Finn schien genau zu wissen, welche Knöpfe er bei ihr drücken musste. »Ehrlich?« Sie legte den Kopf ein wenig schief und ließ ihre Finger über Finns Schlüsselbein gleiten. »Was für einen lahmen Kerl habe ich mir da nur ins Bett geholt?«

Im nächsten Moment lag Megan wieder unter ihm und erschauerte unter dem zarten Biss, mit dem er seine Zähne leicht in ihre Schulter grub. »Keinen lahmen Kerl, sondern einen vernünftigen.« Mit einem kleinen Seufzer rollte er sich von ihr herunter. »Mein Tag ist wirklich mit Terminen vollgestopft.« Megan konnte das Bedauern in seiner Stimme hören, als er sich aufsetzte.

»Meiner auch«, erinnerte sie sich daran, dass es für sie genauso höchste Zeit war, endlich aufzustehen.

Finn beugte sich zu einem sanften Kuss zu ihr hinunter. »Ich verschwinde kurz im Bad«, sagte er, als er sich wieder aufrichtete.

»Lass dir Zeit.« Sie ließ ihre Hand über seinen nackten Rücken gleiten. »Ich mach uns so lange einen Kaffee.«

Megan wartete, bis Finn die Badtür hinter sich geschlossen hatte, bevor sie sich sein Shirt vom Boden angelte und überzog. Barfuß durchquerte sie ihr kleines Cottage und schaltete die Kaffeemaschine ein. Die drei Tassen, die sie besaß, standen benutzt auf dem Tresen, also hielt sie sie schnell unter das Wasser und spülte sie. Verglichen mit Finns Küche herrschte bei ihr das reine Chaos. Was nicht nur daran lag, dass sie ihre Schuhe, für die anderswo kein Platz war, in einem der Hängeschränke lagerte. Hier gab es kaum Platz, kaum Geschirr und so gut wie keine Lebensmittel. All das brauchte sie nicht, weil sie sowieso den Großteil ihrer Mahlzeiten im Ranchhaus einnahm. Wenn sie mit einem Mann zusammen war, der zum Frühstück blieb, nahm sie ihn einfach mit in die Küche hinüber. Bei Finn war das allerdings unmöglich. Zumindest wenn sie nicht wollte, dass ihre Mutter und ihre Schwestern vor Schreck ihre Kaffeetassen umstießen. Wenn Finn öfter bei ihr übernachten sollte, würde sie sich vermutlich ein paar Lebensmittel mehr zulegen müssen als die, die sie vorrätig hatte.

Sie hörte hinter sich die Badtür aufgehen und blickte über die Schulter. Finn angelte nach seinen Boxershorts, die neben ihrem BH auf dem Boden lagen, und schlüpfte dann in seine Jeans. Ohne sie zu schließen kam er zu ihr herüber. Seine Haare zerzaust. Die Bauchmuskeln unter seiner gebräunten Haut. Verdammt, war dieser Mann sexy.

Er schob die Arme um ihre Mitte und küsste ihren Nacken. »Ich hoffe, ich bekomme mein T-Shirt zurück, bevor ich gehe«, neckte er sie.

»Vielleicht.« Megan goss ihnen Kaffee ein und reichte ihm seine Tasse über die Schulter.

Nach einem weiteren Kuss auf ihren Hals löste er sich von ihr und griff nach seinem Kaffee. »Hast du irgendetwas zu essen«, fragte er in dem Moment, in dem sein Magen laut knurrte und Megans Gedanken von gerade eben bestätigte.

»Die Auswahl ist nicht wirklich groß«, gab sie zu. »Wie wäre es mit Erdnussbutter-Marmelade-Sandwiches?«

Finn hatte bereits begonnen, ihre Küchenschränke zu inspizieren, wobei er glücklicherweise ihren Schuh-Schrank ausließ. »Erdnussbutter-Marmelade klingt gut.« Er schüttelte den Kopf, als er ihre Süßigkeiten- und Chips-Schublade entdeckte. »Du ernährst dich echt von einer Mischung aus Junk- und Fast Food.«

»Und von den Resten aus dem Ranchhaus«, ergänzte sie. Sie nahm Toastbrot, Marmelade und Erdnussbutter aus ihrem ansonsten leeren Kühlschrank und stellte sie auf den Küchentresen, während Finn zur Couch hinübergegangen war, um seine Socken und die Arbeitsstiefel anzuziehen. »Je nachdem, wie

Rose drauf ist, sind da manchmal ganz ausgewogene Sachen dabei.«

Finn lachte. »Und wenn du eine von ihren Mahlzeiten gegessen hast, holst du dir im Anschluss einen Karamell-Latte oder einen Cupcake in *Marsha's Bakery*.«

»Oder beides.« Megan erwiderte sein Grinsen. Ja, ihre Essgewohnheiten waren nicht besonders konventionell. Aber das war sie ja auch sonst nicht. Sie hielt noch immer die Erdnussbutter in der Hand. Für einen Moment starrte sie auf das Glas, bevor sie den Blick langsam hob und zu Finn hinübersah. Ihr Herzschlag beschleunigte sich. Das zwischen ihnen war so schnell so intensiv geworden, er war viel zu präsent in ihrem Leben, ihren Gedanken, selbst wenn er nicht in ihrer Nähe war. Sie schluckte trocken und hob das Glas hoch. Ihre Finger zitterten leicht. Was, wenn …? »Kannst du das für mich aufmachen?«, fragte sie, bevor sie sich selbst bremsen konnte. Wenn er zu ihr herüberkam, ihr das Glas abnahm und sich ihre Finger dabei berührten. Sich ihre Blicke ineinander verhakten …

Finn blickte zu ihr und lachte, während er sich hinunterbeugte, um seine zweite Socke anzuziehen. »Ernsthaft? Willst du mir das Gefühl geben, ein starker Mann zu sein?« Ohne noch einmal aufzusehen zog er seine Stiefel an. »Wahrscheinlich hast du vergessen, dass ich dich beim Abriss der alten Scheune gesehen habe. Und bei der Arbeit mit den Pferden. Du hast dieses Glas schneller aufgeschraubt, als ich aufgestanden bin.«

Langsam stellte Megan das Glas ab und betrachtete es einen Moment, bevor sie den Deckel aufschraubte. Erleichterung überflutete sie wie eine Welle, gefolgt von einem bitteren Gefühl: Enttäuschung. Was völlig lächerlich war. Zumindest in Bezug auf Finn.

Das Erdnussbutterglas war Megans ultimativer Paartest. Es hatte überhaupt erst zwei Männer gegeben, die ihr genug bedeutet hatten, dass sie sie auf diese Weise geprüft hatte. Beide hatten nicht bestanden. Genauso wenig wie Finn. Hatte sie sich gerade gewünscht, er hätte ihre Bitte begriffen? Nein. Sie war froh, dass er bewiesen hatte, dass das zwischen ihnen nichts Ernstes war. Nichts, das irgendwo hinführte. Das hatte sie natürlich auch so gewusst. Aber manchmal brauchte man einen Beweis, um es wirklich zu verstehen. Das zwischen Finn und ihr war innerhalb weniger Tage zu einem Flächenbrand ausgeartet. Jetzt konnte sie beruhigt aufatmen. Das hier war nur so heiß, weil es neu war. Weil es etwas Verbotenes hatte, wenn Finn sich in ihre Hütte schlich. Schließlich war Megan eine Frau, die auf den Nervenkitzel stand, den das mit sich brachte.

Sie nahm zwei Scheiben Toast aus der Packung, bestrich sie großzügig mit Erdnussbutter und Marmelade, bevor sie sie zuklappte und diagonal durchschnitt. Während sie die Lebensmittel zurück in den Kühlschrank stellte, glitten ihre Gedanken zu ihren Eltern. Jack und Olivia hatten eine wundervolle Ehe geführt. Sie waren Seelenverwandte gewesen. Eine Einheit. Und doch war auch in ihrer Ehe nicht alles Friede, Freude, Eierkuchen gewesen. Auch sie hatten gestritten. Waren sauer aufeinander gewesen. Ein dunkler Schatten auf dem Boden vor der Couch im Wohnzimmer, der von einem umgekippten Weinglas stammte, war noch heute, über dreißig Jahre später, ein Beweis dafür, dass sie sich ganz schön fetzen konnten. Olivia hatte es Jack nicht leicht gemacht. Sie waren

Freunde gewesen. Hatten zusammengearbeitet. Megans Mutter hatte damals verdammt große Angst gehabt, das alles zu zerstören, wenn eine Beziehung nicht funktionieren würde. Aber Jack hatte ihr mit seiner ruhigen, beständigen Art gezeigt, dass ihre Liebe so groß war, dass sie damit alle Hindernisse überwinden konnten. Und das hatten sie auch immer geschafft. Bis auf das eine Hindernis, gegen das sich niemand stellen konnte: den Tod.

Solange sich Megan erinnern konnte, hatten ihre Eltern Streit auf ihre ganz eigene, wortlose Art beigelegt. Olivia hatte so getan, als bekäme sie die Erdnussbutter nicht auf und hatte das Glas Jack hingehalten. Wie eine weiße Fahne. Er hatte es wortlos genommen, aufgeschraubt und zur Seite gestellt. Dann hatte er seine Frau in die Arme gezogen und geküsst. Wie sollte ein Mann wissen, dass sie genau so eine Geste von ihm erwartete, wenn sie eine richtige Beziehung führte, wenn er dieses verdammte Glas noch nicht einmal dann öffnete, wenn sie ihn darum bat? Denn eines war für Megan klar: Wenn sie sich an jemanden band, dann nur an jemanden, mit dem die Liebe so groß war wie die zwischen ihren Eltern. Oder wie bei dem Glück, das ihre Schwestern gefunden hatten. Die Leute mochten sie für sprunghaft und zu wenig ernst halten, aber in diesem Fall war es genau andersherum: Sie ließ sich nicht fest auf etwas ein, das nicht so stark war wie das, was sie von ihrer Familie kannte.

Finn war nicht der Richtige. Und das war gut. Denn es ersparte ihr viele Probleme. Sie unterdrückte einen Seufzer, richtete sich wieder auf und schlug die Kühlschranktür zu.

Finn hatte sich vom Sofa erhoben und kam zu ihr herüber, um nach einem der beiden Sandwiches zu greifen. »Ich lade dich heute Abend zum Essen ein«, sagte er, bevor er von seinem Brot abbiss. »Damit du mal was anderes bekommst als Fast Food.«

Megan, die ebenfalls gerade in ihr Sandwich beißen wollte, hielt auf halbem Weg inne. »Ich habe dir doch gesagt, dass ich nicht mit dir ausgehe«, betonte sie noch einmal ihren Wunsch, ihre Treffen geheim zu halten.

Finn legte den Kopf schief und grinste breit. »Ich werde derjenige sein, der kocht. Also, was isst du am liebsten?«

»Alles, wo Geschmacksverstärker drin sind«, gab Megan ein wenig patziger zurück, als Finn es verdient hatte. Aber er … überraschte sie einfach ständig. Normalerweise waren die Männer, mit denen sie ausging, viel leichter zu durchschauen. Tolle Männer, keine Frage. Aber nicht so komplex und voller Facetten, die ihr vorher nicht an ihnen aufgefallen waren. Natürlich konnte Finn kochen. Warum sonst hätte er sich eine solche Küche in sein Haus bauen sollen? Sicher nicht zum Pizza-Aufwärmen.

»Sehr witzig.« Finns Grinsen vertiefte sich. »Wir fangen heute übrigens an, die Seitenwände der Scheune aufzustellen. Dafür können wir jeden gebrauchen, der bereit ist mitzuhelfen. Kannst du deine Leute für eine Weile entbehren?«

»Das ist schon so weit?« Abgelenkt von den Fortschritten des Scheunenbaus legte sie ihr Sandwich zurück auf den Küchentresen.

Finn hob abwehrend die Hände. »Das ist nur ein Schritt. Wir sind noch weit entfernt davon, fertig zu sein.« Er zog Megan an sich und küsste sie. »Gibst du mir jetzt mein Shirt wieder, damit ich zur Arbeit gehen kann?«

15

Megan verbrachte den Vormittag in ihrem Büro, um ein paar Telefonate zu führen. Sie hatte zwei Rennstallbesitzer ins Auge gefasst, zu denen einer der Jährlinge auf dem Gestüt passen würde. Es war an der Zeit, sie von den Vorzügen des hübschen Rappen zu überzeugen. Bestenfalls würden sie sich gegenseitig überbieten, wenn sie das Potenzial des Tieres erkannt hatten.

Bevor sie mit ihrer Arbeit begonnen hatte, war sie in der Ranchhausküche über ihre Mutter und ihre Schwestern gestolpert. Weil ein schlabbriges Erdnussbutter-Marmeladen-Sandwich nicht wirklich als Frühstück durchging, schnitt sie sich ein Stück Bananenbrot ab und setzte sich damit und mit dem Kaffee, den Abby ihr reichte, an den Tisch. Wie sie vermutet hatte, war ihre Familie genauso begeistert wie sie selbst von der Aussicht, dass die Wände der Scheune schon aufgestellt werden konnten. Olivia erklärte sich bereit, mit den Angestellten des Gestüts zu sprechen und zu fragen, wer die Zimmerleute beim Aufstellen der Seitenwände unterstützen könnte.

Als Megan jetzt den Telefonhörer nach einem vielversprechenden Gespräch mit Brook Anderson auflegte und ihm das Präsentationsvideo des kleinen Hengstes schickte, lehnte sie sich für einen Moment zufrieden in ihrem Bürosessel zurück, bevor sie sich wieder vorbeugte und aus dem Fenster sah.

Auf dem Hof hatten sich neben ein paar zusätzlichen Bauarbeitern von Finn auch die Mitarbeiter des Gestüts, ihre Familie, Cameron und Matt versammelt. Es wurde höchste Zeit, dass sie hinunterging, sonst fingen sie am Ende ohne sie an. Nachdem Finn am Morgen vom Aufstellen der Wände erzählt hatte, hatte sie sich für Jeans, ein Longsleeve und eine Daunenweste – die Arbeitsuniform der *Silver Brook Stables* – entschieden, um sich nicht noch einmal umziehen zu müssen, bevor sie auf der Baustelle half. Im Erdgeschoss traf sie auf Rose, die gerade zwei Thermophore mit Kaffee nach draußen tragen wollte.

»Ich nehme sie dir ab«, bot Megan an und griff nach den Henkeln der Kaffeekannen.

»Danke, Schätzchen.« Rose drehte sich sofort wieder um und kehrte in die Küche zurück, wo sie wahrscheinlich Sandwiches oder Gebäck holte oder was auch immer sie für die freiwilligen Helfer vorgesehen hatte. Eines war auf dem Gestüt sicher: Wenn die Leute zusammenkamen, um die Coopers zu unterstützen, wurden sie ordentlich verköstigt.

Megan trat in den kühlen, sonnigen Herbsttag hinaus. Der Wind spielte mit einer Haarsträhne, die sich aus ihrem Zopf gelöst hatte. Sie konnte das Meer riechen, die Pferde, die auf den Koppeln grasten. Das Kreischen der Möwen, die über die Halfmoon Bay segelten, mischte sich mit dem Lachen der Männer auf der Baustelle. Alles fühlte sich so friedlich an, dass sie ein Lächeln nicht unterdrücken konnte, als sie über den Hof auf das Fundament der Scheune zulief.

Cameron kam ihr entgegen und nahm ihr eine der Thermoskannen ab. »Das ist total cool«, schwärmte er. »Ich war noch nie beim Aufbau einer Scheune dabei.« Er grinste breit, als er den Kaffee auf dem Picknicktisch abstellte, auf dem bereits verschiedene Snacks aufgebaut waren.

Megan erwiderte sein Lächeln. Für Cameron war alles ein Abenteuer, das mit dem Land- beziehungsweise Inselleben zu tun hatte. Sie konnte sich nur zu gut erinnern, wie Abby ihn zum ersten Mal zum Hummerfischen mitgenommen hatte. Er war begeistert gewesen wie ein kleiner Junge, der zum ersten Mal ins Disneyland durfte. Megan musste gestehen, dass auch sie noch nie beim Aufstellen einer Scheune dabei gewesen war, auch wenn es gar nicht unüblich war, dass so etwas in landwirtschaftlichen Betrieben ganz ohne die Hilfe eines Bauunternehmers gemacht wurde. Früher hatten die Farmer ihre Gebäude immer selbst gebaut. Eine schöne Vorstellung, so etwas selbst zu erschaffen. Zumindest wenn einem die letzte Scheune nicht über dem Kopf zusammengefallen wäre und die Themen Zeit und Geld keine Rollen spielten. Im Fall der Futterscheune die beiden entscheidenden Kriterien.

Megan platzierte die zweite Kaffeekanne neben der ersten und zog ihre Arbeitshandschuhe aus der Gesäßtasche ihrer Jeans, als sie neben ihre Mutter trat.

Olivia legte ihr den Arm um die Taille und strahlte sie an. »Früher haben wir oft bei solchen Scheunen geholfen«, sprach sie aus, was Megan gerade gedacht hatte. »Auf der Insel ist man immer zusammengekommen und hat mit angepackt, wenn jemand einen Schuppen oder eine Scheune bauen wollte.« Sie kicherte, ganz in Erinnerungen versunken. »Als Teenagerin habe ich sogar an dem einen oder anderen Haus mit Hand angelegt. Sie stehen alle noch«, ergänzte sie, bevor Megan etwas erwidern konnte.

Megan legte ihr den Arm um die Schultern. »Die Häuser

solltest du mir bei Gelegenheit mal zeigen. Und wenn wir die nächste Scheune bauen, ernenne ich dich zur Bauleiterin.«

Ihre Mutter lachte. »Ich hoffe nicht, dass wir in den nächsten zwanzig Jahren eine neue Scheune bauen müssen. Diese hier hat mir genug graue Haare für den Rest meines Lebens beschert.«

Megan betrachtete die zarten silbernen Fäden, die sich durch die Locken ihrer Mutter zogen. Sie waren im letzten Jahr mehr geworden, Olivia konnte aber trotz allem noch locker als zehn Jahre jünger durchgehen.

»Okay, Leute. Es geht los«, holte Finn Megan aus ihren Gedanken. »Danke, dass ihr alle mit anpackt.«

Megan sah zu ihm hinüber. Ihre Blicke trafen sich, und er zwinkerte ihr lächelnd zu. »Als Erstes richten wir diese Seite auf.« Er wies auf die linke Seite der künftigen Scheune.

*

Finn und Larry überprüften die Bauteile für die Wände der Scheune ein letztes Mal, wie sie es vor dem Aufrichten immer taten. Sie kontrollierten, ob alle Pfosten, Schwellen, Wechsel, Streben und Stürze an den richtigen Stellen saßen und das Ständerwerk korrekt zusammengebaut war.

»Sieht gut aus«, beschied Larry mit in die Hüften gestützten Händen.

»Jepp. Wir können anfangen.« Finn zog die Arbeitshandschuhe aus der Gesäßtasche seiner Jeans. »Ich teile die Teams ein.«

Die Bauteile, die sie auf der Pferdekoppel neben dem Scheunenfundament zusammengesetzt hatten, waren jeweils drei Meter lang und fünf Meter hoch. Fünf solcher Ständerwerke wurden pro Seite aufgestellt und miteinander verbunden. Dazu die breiteren Teile der Front und der Rückseite der Scheune. Mit Finns Crew, die er für diesen Arbeitsschritt aus *Seal Rock Hall* abgezogen hatte, den Gestütsarbeitern und den Coopers hatten sie genug Helfer, um die Teile problemlos aufzurichten, dann die Fußpfetten aufzusetzen und die Querstreben einzulegen.

Dieser Teil der Arbeit an einem Zimmermannsprojekt gefiel Finn ganz besonders, weil er dabei die Fortschritte auf der Baustelle so deutlich sehen konnte. Er verbot es sich, in Megans Richtung zu blicken, die ihr Ständerwerk gemeinsam mit Stan und Josh aufrichtete und es in der Senkrechten hielt, bis Larry das Teil erst mit dem Fundament verband und dann mit dem Teil verschraubte, das ihre Mutter, Summer und Phil aus seiner Crew hielten. Er hatte Megans Anwesenheit sofort gespürt, als sie aus dem Ranchhaus gekommen war. Ganz automatisch hatte er aufgeblickt und die Haarsträhnen betrachtet, die sich aus ihrem Zopf gelöst hatten und im kühlen Herbstwind tanzten, bis Cameron ihr eine der Kaffeekannen abgenommen hatte und sie die Strähnen hinter ihr Ohr streichen konnte. Sie bedachte alle mit demselben freundlichen Lächeln, verhakte ihren Blick aber zwei Herzschläge länger mit seinem. Deshalb blendete Finn sie aus, solange sie mit den schweren Bauteilen hantierten. Schließlich war er für die Sicherheit auf dieser Baustelle verantwortlich.

Als alle Teile aufgerichtet und miteinander verbunden waren, machte Finn sich daran, die Diagonale zu messen.

Und wieder spürte er Megan schon hinter sich, noch bevor er sie sehen konnte. Er atmete ihren klaren Duft ein und bemühte sich, die Erinnerungen zur Seite zu schieben, die er mit diesem Geruch verband. Heute Abend. Nachdem er für sie gekocht hatte, würde er wieder darin versinken. Bis dahin war er Zimmermann. Und das hier rein beruflich.

»Was machst du da?«, fragte Megan und beugte sich zu ihm hinunter.

Finn warf ihr einen Blick über die Schulter zu. Ihr Zopf war nach vorn gerutscht und gab ihr einen fast unschuldigen Touch. Sehr verführerisch, wenn man wusste, wie leidenschaftlich und sinnlich Megan sein konnte. Finn räusperte sich und wandte seine Aufmerksamkeit wieder der Scheune zu. »Ich messe die Diagonale, um sicherzustellen, dass alle Wände im rechten Winkel zueinander stehen.«

»Verstehe.« Megan richtete sich wieder auf. »Und? Stimmt alles?« Sie lehnte sich neben ihm an die Konstruktion, als halte sie ein wenig Small Talk. An dem diabolischen Funkeln in ihren Augen erkannte er nur zu gut, dass sie ganz genau wusste, wie sehr sie ihn damit quälte, sie so nah neben sich zu wissen und sie nicht berühren zu dürfen.

»Alles perfekt«, erwiderte Finn und richtete sich auf. So konnte er mit einem Schritt nach hinten wenigstens ein wenig Abstand zwischen sie bringen. »Bist du bereit für die Deckenbalken?«

»So was von.« Megan zwinkerte ihm zu und schlug sich mit den Arbeitshandschuhen, die sie in der rechten Hand hielt, gegen den Oberschenkel.

Grund genug für Finn, sie am anderen Ende der Scheune einzuteilen, als sie die Balken einsetzten, auf denen später die Dielen für den Heuboden verlegt werden würden. Schließlich entließ er die freiwilligen Helfer, die sich sofort über die auf dem Hof aufgebauten Leckereien hermachten.

Mit dem Verlegen der Deckenbalken hatten sie bereits ein stabiles Gebäude geschaffen, dem nur das Dach und die Seitenverkleidungen fehlten. Mit Plastikplanen abgedeckt, konnte es bereits wieder zum Einlagern von Futter und Gerätschaften genutzt werden.

Als sie auch die Seitenwände mit großen Folien vor der Witterung geschützt hatten, trat Olivia zu ihm und reichte ihm einen Pappteller mit einem Sandwich und einen Becher Kaffee. »Eine kleine Stärkung«, sagte sie mit einem Lächeln.

»Vielen Dank.« Finn vergewisserte sich mit einem Blick, dass sich seine Crew unter die Aufbauhelfer gemischt hatte und ebenfalls etwas aß und trank, bevor er den Teller und den Kaffee annahm.

»Finn, ich möchte mich bei dir bedanken«, sagte Olivia. Sie sah ihm direkt in die Augen und ließ ihn darin lesen, dass sie es absolut ehrlich meinte. »Es ist oft nicht leicht, mit deinem Dad und deinem Großvater auszukommen. Aber dich habe ich immer als offen und hilfsbereit erlebt. Allein wie du Emma dazu gebracht hast, mit Robyn eine Hippotherapie bei Abby zu machen. Das war wundervoll.« Sie hakte die Daumen in die Taschen ihrer Jeans. »Megan hat sich um die Details des Scheunenaufbaus gekümmert, und genau genommen steht es mir auch nicht mehr zu, mich einzumischen, weil ich das Gestüt den Mädchen überschrieben habe. Ich möchte mich aber trotzdem bei dir bedanken, dass du den Auftrag angenommen hast. Es war sicher nicht leicht, sich gegen Benedict durchzusetzen. Wir wissen deine Hilfe sehr zu schätzen.«

»Gern geschehen.« Finn schluckte und blickte zu Megan hinüber, die sich einen Platz am Picknicktisch gesucht hatte und zu ihm und Olivia herüberblickte. Wäre es wirklich so schrecklich, wenn ihre Familie erfuhr, dass sie … irgendwie … zusammen waren? Megans Mutter lächelte ihn so offen und freundlich an, dass er sich beim besten Willen nicht vorstellen konnte, dass sie ein Problem damit hätte.

*

Es hatte Megan Spaß gemacht, beim Aufrichten der Scheune zu helfen. Sie war sich sicher, dass die Arbeit auf einer Baustelle ein Knochenjob war, aber das heute hatte auch Finn und seiner Crew Spaß gemacht. Wahrscheinlich war das sogar der schönste Teil an Bauarbeiten: Wenn man sehen konnte, dass man einen gewaltigen Schritt vorwärtsgekommen war. Die Scheune hatte noch kein Dach, und der Heuboden konnte noch nicht benutzt werden. Aber die Planen, mit denen das große Holzgestell abgedeckt war, gaben ihnen die Möglichkeit, bereits einen Großteil der Vorräte, die sie vorübergehend über jeden freien Raum auf dem Gestüt verteilt hatten, wieder in der Futterscheune einzulagern.

Nachdem alle freiwilligen Helfer auf der Baustelle entlassen worden waren, gab es auch für Megan keinen Grund, noch länger hier herumzuhängen und Finn heimlich zu beobachten. Wie er breitbeinig dastand, die Hände über seinem Werkzeuggürtel in die Hüften gestützt, und das Werk seines Teams beobachtete. Wie er seine Baseballkappe, die verkehrt herum auf seinem Kopf saß, abnahm und sich durch die Haare fuhr. Oder seiner Crew gut gelaunt Befehle zurief, die er immer mit einem kleinen Witz verband, über den nur seine Zimmerleute lachen konnten.

Es wurde Zeit, sich auf etwas anderes zu konzentrieren. Finn würde sie bereits in ein paar Stunden in seinem Haus sehen. Vielleicht würden sie einfach auf das Kochen verzichten, das er so großartig angekündigt hatte, und später wieder eine Pizza bestellen. Als Abby sie fragte, ob sie einen Botengang für sie erledigen und die Flyer für den Auftritt der *Barn Cats* am *Geisterfest* – wie auf Stonebridge Island die Halloweenparty, die in ein paar Wochen stattfand, hieß – abholen konnte, hatte sie sofort Ja gesagt.

Megan war schon ein paar Tage nicht mehr in Home Port gewesen und stellte fest, dass der Wettkampf um die spektakulärste Halloween-Deko bereits begonnen hatte. Dabei handelte es sich nicht um einen offiziellen Wettbewerb, bei dem am Ende ein Sieger gekürt wurde. Aber die Bewohner und Geschäftsleute der Stadt besaßen hier sportlichen Kampfgeist und hatten das Ganze zu einem inoffiziellen Wettstreit gemacht. Deshalb waren nicht nur überall Kürbisse verteilt, sondern auch an jeder Ecke Gespenster, schwarze Katzen und hier und da ein Untoter, der aus seinem Sarg schaute.

Brandon Evers hatte wie jedes Jahr einen aufrecht stehenden, Bier trinkenden Werwolf vor seinem Pub aufgebaut, der ein T-Shirt mit dem Island-Brew-Logo trug. Megan musste lachen, als sie am Brautmodengeschäft vorbeifuhr. Lala hatte neben der Tür des Shops einen Zombie im Smoking aufgestellt. An seinem Bein hing ein Skelett in Brautkleid und Schleier, als wolle es versuchen, ihn daran zu hindern, es zu verlassen.

Megan blieb noch etwas Zeit, bis sie auf dem Gestüt zurück sein musste. Also entschied sie, Marsha einen Besuch in der Bäckerei abzustatten. Sie war zwar von den Sandwiches nach dem Aufstellen der Scheune noch pappsatt, aber gegen einen Karamell-Latte sprach nichts. Außerdem war Marsha die inoffizielle Königin der Halloween-Ideen. Megan brannte darauf zu sehen, was die Bäckerin sich dieses Jahr hatte einfallen lassen.

Sie spazierte die Water Street hinunter, bewunderte die Gruselszenen in den Vorgärten und auf den Veranden und blieb dann grinsend vor dem leckgeschlagenen Kanu stehen, das vor *Marsha's Bakery* aufgebaut war. Es war besetzt mit einem Skelett im Piratenkostüm. Ein weiteres trug das typische Ölzeug der Fischer. Und das Gerippe, das einen Stonebridge-Island-Hoodie trug und ganz lässig die Kapuze aufgezogen hatte, hielt die Leine eines Skelett-Hundes in der Hand, der ein in der Sonne blitzendes Nietenhalsband umgeschlungen hatte. Über den Rand des Bootes hingen ein paar alte Bojen und ein knöchernes Bein samt Fuß. Ja, Marsha hatte es auch in diesem Jahr wieder geschafft.

»Du hast verdammtes Glück, dass die Bürgermeisterin deine beste Freundin ist«, sagte Megan, als sie die Tür der Bäckerei aufschob. »Du bist mit Sicherheit die Einzige, die den kompletten Gehweg mit einem Kanu blockieren darf.«

»Hey!« Marsha kam mit blitzenden Augen um ihren Tresen herum. »Ich kann nix dafür. Hast du das Leck nicht gesehen? Die sind hier gestrandet. Als ich abends die Bäckerei abgeschlossen habe, war noch alles gut. Und am nächsten Morgen. Zack …«, die Bäckerin schnippte mit den Fingern, »waren sie einfach da. Genau so habe ich es der Bürgermeisterin gesagt, die mich hochoffiziell gerügt hat.« Lachend nahm Marsha Megan in die Arme. »Hallo, meine Kleine. Wie geht es dir?«

Megan erwiderte die Umarmung. »Danke, mir geht es gut.

Ich habe Flyer für Abby abgeholt und dachte, ich komme auf einen Karamell-Latte bei dir vorbei.«

»Gute Idee.« Marsha kehrte hinter ihren Tresen zurück, um den Latte Macchiato mit Megans Lieblingssirup zu zaubern. »Finn war neulich morgens hier und hat einen Latte bestellt, genau wie du ihn trinkst. Und dann hat er auch noch einen deiner Lieblingscupcakes mitgenommen.« Sie blickte Megan über die Schulter an und zog die Augenbrauen hoch. »Hat er versucht, dich zu besänftigen, weil auf der Baustelle was schiefgegangen ist?«

»Nein.« Megan konnte sich ein Lächeln nicht verkneifen. Wenn Marsha wüsste, was Finn mit dieser kleinen morgendlichen Frühstücksüberraschung tatsächlich bezweckt hatte, würde es sogar der resoluten Klatschtante für einen Moment die Sprache verschlagen. »Ganz im Gegenteil«, sagte sie. »Heute wurden bereits die Seitenwände aufgestellt und die Deckenbalken mit Folie überspannt, sodass wir die Scheune bereits wieder als Futterlager benutzen können, auch wenn Dach und Wände noch fehlen.«

Marsha schob Megans Kaffee über den Tresen und hob ihren eigenen zu einem kleinen Toast. »Ein fleißiger Junge«, stimmte sie Megan zu. »Je älter er wird, desto mehr unterscheidet er sich von seinem gierigen Großvater und dessen größenwahnsinnigen Ideen.«

»Und er war der Einzige, der sich nicht hat einschüchtern lassen und uns geholfen hat, als Benedict alle anderen Bauunternehmen in der Gegend dazu gebracht hat, uns Absagen zu erteilen.« Megan verrührte den Milchschaum und das Karamell in ihrem Glas und nippte dann vorsichtig. »Das fand sein Großvater mit Sicherheit nicht besonders toll.«

»Nein. Dazu gehört Rückgrat«, stimmte Marsha ihr zu.

Die Türglocke unterbrach ihr Gespräch und brachte Marsha eine erneute Lobeshymne auf ihr Halloween-Kanu ein. »Ich fand es im letzten Jahr völlig falsch, dass so viele Leute der Meinung waren, dass John Yates' Geisterburg besser war als dein Hanging Tree«, sagte Milly Boots in verschwörerischem Tonfall, während sie auf die Muffins zeigte, die sie kaufen wollte.

»Wem sagst du das«, erwiderte Marsha und zog bei dem Gedanken an den starken Konkurrenten des vergangenen Jahres, der sein B&B in ein echtes Gruselschloss verwandelt hatte, kurz die Augenbrauen zusammen. »Ich muss zugeben, dass John wirklich nicht schlecht war. Aber dieses Jahr kommt keiner an mir vorbei.«

So ging es noch eine Weile weiter. Megan genoss den Klatsch und Tratsch der Insulaner, die sich die Klinke in die Hand gaben, um Marsha zu ihrer gelungenen Deko zu gratulieren. Als sie sich endlich auf den Heimweg machte, blieb sie noch einmal vor dem Kanu stehen und machte ein Foto, das sie an ihre Familiengruppe schickte. *Wird Zeit, mal wieder durch die Stadt zu bummeln*, schrieb sie. *Marsha schlägt sie alle!* Sie schickte einen Kürbis und ein Gespenster-Emoji hinterher und schob ihr Handy wieder in die Hosentasche.

»Hallo Megan.«

Der Gruß ließ Megan herumfahren – und einen Schritt zurückweichen, als sie sich Benedict Morgan gegenübersah. Er lächelte sie an. Ernsthaft. *Er lächelte.* Was dafür sorgte, dass sich automatisch ihre Nackenhaare aufstellten.

»Mr. Morgan«, grüßte sie zurück.

Er blickte an ihr vorbei und betrachtete Marshas Kunstwerk. »Hoffentlich bekommt sie keinen Ärger mit der Stadt, weil sie den Fußweg blockiert.«

Benedict würde auf jeden Fall als Kandidat infrage kommen, der sie anschwärzte.

Als spürte er Megans negative Gedanken, sah Finns Großvater sie wieder an und lächelte noch einmal. »Ich habe gehört, ihr habt heute die Scheune aufgestellt.«

»Wenn Sie es gehört haben, wird es vermutlich wahr sein«, konnte sich Megan eine schnippische Erwiderung nicht verkneifen. »Es geht gut vorwärts, aber wir haben ja auch einen fantastischen Bauunternehmer.«

Benedicts Lächeln vertiefte sich und legte Falten um seine Augen. Es wirkte beinahe echt. »Das freut mich.« Als Megan daraufhin nur die Augenbrauen hochzog, fuhr er fort: »Ich meine es ernst. Ist doch ein alter Hut mit diesen Streitereien. Finn ist ein fantastischer Bauunternehmer, und ich freue mich wirklich, dass er die Zeit gefunden hat, eure Scheune wieder aufzubauen. Bei ihm bekommt ihr eine gute Leistung für euer Geld. Vielleicht sind wir nicht immer einer Meinung«, ergänzte er, als Megan immer noch nichts sagte und ihn einfach nur anstarrte. »Aber ich möchte natürlich genauso wenig wie jeder andere auf der Insel, dass ihr euer Futter nicht einlagern könnt und die Pferde am Ende noch Probleme bekommen.« Er legte den Kopf ein wenig schief, als er Megans Blick festhielt und sagte: »Das hattet ihr ja dieses Jahr schon einmal. So eine Tragödie wünscht man niemandem ein zweites Mal.«

Zu Megans aufgestellten Nackenhaaren gesellte sich ein kalter Schauer, der ihr über den Rücken rieselte und ihren Körper mit einer Gänsehaut überzog. »Ich muss gehen«, murmelte sie. Auf dem Weg zu ihrem Jeep spürte sie Benedicts bohrenden

Blick in ihrem Rücken. Sie hatte keine Ahnung, was seine Worte zu bedeuten hatten. Aber sie glaubte ihm nicht eine Sekunde lang, dass er das Kriegsbeil begraben wollte. Nicht Benedict Morgan. Als sie in ihrem Wagen saß, presste sie die Hand auf ihr rasendes Herz. Sie wusste nur nicht, was er im Schilde führte, und das hinterließ immer ein ungutes Gefühl bei ihr. *Nein*, korrigierte sie sich in Gedanken und warf einen Blick in den Rückspiegel, wo sie Benedict noch immer vor der Bäckerei stehen sehen konnte. Ein ungutes Gefühl traf es noch nicht einmal im Ansatz. Dieses Lächeln machte ihr Angst.

16

Finn stattete Jacob und Charlotte nach der Arbeit einen Besuch ab. Im Moment ging es dem Mädchen ganz gut, und sie kam mit ihrer Insulindosierung zurecht. Er hatte eigentlich nur kurz Hallo sagen und die Hummer abholen wollen, die er bestellt hatte. Aber Charlotte hatte andere Vorstellungen. Sie bat Finn, ein bisschen mit Will spielen zu dürfen. Was er unmöglich ablehnen konnte, so sehr leuchteten die Augen des Mädchens.

»Wenn man sie so herumspringen sieht, kann man sich kaum vorstellen, wie schlecht es ihr letzte Woche noch ging«, sagte er zu Jacob, als er die Kaffeetasse nahm, die sein Freund ihm reichte.

»Gott sei Dank.« Jacob rieb sich über das Gesicht. »Wenn wir den Kontrolltermin morgen hinter uns gebracht haben, wird es hoffentlich für eine Weile genug sein. Danke noch mal, dass du wieder für mich auf dem Kutter einspringst. Es bricht mir jedes Mal das Herz, sie in diese verdammte Klinik bringen zu müssen.«

Finn klopfte auf die hölzerne Oberfläche des Küchentresens, den sein Freund und er zusammen gebaut hatten, als Jacob und Charlotte, nachdem Sienna sie verlassen hatte, in dieses Haus gezogen waren. »Kein Problem. Du weißt, ich helfe dir jederzeit gern aus. Aber ich hoffe auch, dass es das letzte Mal war«, stimmte er Jakob zu.

Sein Freund seufzte und wies dann mit seiner Tasse in der Hand in Finns Richtung. »Aber reden wir von etwas anderem. Was gibt es bei dir Neues? Irgendwelche heißen Dates? Flirts? Partys? Irgendwas, das mich tierisch neidisch macht, weil ich schon gar nicht mehr weiß, wie diese Dinge funktionieren?«

Finn lachte und hörte selbst, dass es nicht ganz echt klang. »Ich pendle von Baustelle zu Baustelle. Und wenn mir langweilig ist, fahre ich mit deinem Boot zum Hummerfischen. Wann soll ich eine Frau kennenlernen oder wo die Zeit für Partys hernehmen?«

Jacob antwortete ihm nicht gleich. Er schob mit dem Zeigefinger seiner schwieligen Hand den Schirm seiner Red-Sox-Kappe ein Stück nach hinten und sah Finn aus seinen blaugrünen Augen an, die ihn immer wieder an den Ozean erinnerten. »Du lügst«, sagte er dann. Kein Vorwurf. Eine schlichte Feststellung.

»Was?« Finn versuchte, seine neutrale Miene beizubehalten.

»Deine Ohrenspitzen werden rot, wenn du lügst.«

»Du kannst meine … Ach verdammt!« Finn legte den Kopf in den Nacken und starrte einen Moment an die Decke. Megan würde ihn umbringen. Aber er musste mit jemandem reden. Jemand, der ihn nicht sofort enterben würde, wenn er sein Geheimnis erfuhr. Vor allem jemand, der dieses Geheimnis auch für sich behalten würde. »Ich treffe mich mit Megan. Cooper«, ergänzte er, als Jacob ihn nur verständnislos ansah.

Sein Freund stellte seine Kaffeetasse auf die Küchentheke.

In einer ruhigen, bedächtigen Bewegung, die so typisch für ihn war. Dann verschränkte er die Arme vor der Brust und begann zu lachen.

Finn kopierte die Haltung seines Freundes, zog die Augenbrauen hoch und wartete, bis der Heiterkeitsausbruch abklang.

»Ähm … Du meinst das ernst«, sagte Jacob leise, als Finn nichts weiter sagte. »Wow.« Er drehte sich um und holte zwei Bier aus dem Kühlschrank. »Auf diese Geschichte bin ich wirklich gespannt. Und das verlangt nach mehr als einem Kaffee.«

Finn nahm das Island Brew, das sein Freund ihm reichte, und trank einen großen Schluck. Und dann begann er zu erzählen. Wie er Megan aus der Bar geholt hatte. Wie sie ihn geküsst hatte. Wie plötzlich seine ganze Welt Kopf gestanden hatte. Genau wie ihre. Wie entschlossen sie war, ihre Treffen geheim zu halten. Wie falsch er das fand, obwohl er genau wusste, dass es richtig war, niemandem, dem man nicht zu hundert Prozent vertraute, davon zu erzählen.

Als er geendet hatte, schwieg Jacob einen Moment. Dann begann er breit zu grinsen und schüttelte den Kopf. »Megan Cooper. Ausgerechnet. Ich meine«, er wies mit dem Bier in der Hand in Finns Richtung, »du warst schon in der Middleschool in sie verknallt.«

»Das war ich nicht.«

»Pff.« Jacob verdrehte die Augen. »Wir waren alle in sie verknallt. Aber du warst derjenige, der sie küssen durfte.«

»Ja, nur um mir nachher anzuhören, wie eklig es war.«

Jacob zuckte mit den Schultern. »Das sagen alle Mädchen in dem Alter. Ist vermutlich Teil des Spiels. Jedenfalls bist du derjenige, der sie immer noch küssen darf. Oder wieder.«

»Kein hilfreicher Kommentar«, ließ Finn seinen Freund wissen. Er stützte die Hände auf die Kante des Küchentresens und ließ seinen Kopf hängen. »Was hältst du von dieser Sache?«

Jacobs Belustigung verschwand. »Was hältst *du* von dieser Sache?«, gab er die Frage zurück.

»Ehrlich? Ich weiß es nicht.« Finn starrte auf das dunkle Holz des Küchentresens vor sich. »Die ganze Situation ist total verrückt. Vor ein paar Wochen hätte es mich nicht gewundert, wenn Megan mir gegen das Schienbein getreten hätte, einfach nur, weil ich sie auf der Straße grüße. Und plötzlich ist da diese unglaubliche Leidenschaft zwischen uns.«

»Genau darum geht es doch«, sagte Jacob. »Leidenschaft.« Ein kleines, diabolisches Funkeln schlich sich in seine Augenwinkel. »Vielleicht war dieser ständige Kampf zwischen euch so was wie ein Vorspiel.«

Der Gedanke brachte Finn zum Lachen. »Ein zwanzig Jahre währendes Vorspiel?«

»Wer weiß. Möglich wäre es. So wie ihr immer aufeinander reagiert habt. Wie sagt man so schön? Was sich neckt …«

Finn seufzte. »Ich fühle mich einfach unglaublich gut, wenn ich mit ihr zusammen bin.«

»Ist es nur Sex, oder hast du dich ernsthaft verknallt?«, stellte Jacob die Frage, über die Finn am liebsten gar nicht nachdenken wollte. Solange er darauf keine Antwort hatte, musste er sich damit auch nicht auseinandersetzen.

»So weit will ich gar nicht gehen«, brachte er die Wahrheit auf den Punkt. »Jedenfalls im Moment noch nicht. Ich kann dir sicher sagen, dass sie mir viel bedeutet. Aber all das ist so unglaublich kompliziert. Selbst wenn Megan irgendwann bereit sein sollte, es offiziell zu machen, weiß ich nicht, wie ich das meiner Familie, insbesondere meinem Großvater, erklären soll.«

Jacob zuckte mit den Schultern. »Vielleicht funktioniert es. Vielleicht geht es schief. Wer weiß das schon? Aber wenn ich du wäre, würde ich jede Sekunde genießen. Ein bisschen Heimlichtuerei kann doch auch ganz sexy sein.«

»Seit wann bist du so ein Philosoph?« Finn blickte seinen Freund von der Seite an. »Ich weiß nicht, wohin das Ganze führen wird. Oder wie es enden wird.«

»Machst du dir schon Gedanken darum, wie es endet?«

»Nein. Schlimmer. Ich mache mir Gedanken darum, dass ich nicht will, dass es endet.«

»Wow. Mann …« Jacob schien für einen Moment nicht zu wissen, was er sagen sollte.

»Ja. Ich weiß.« Finn stieß sich vom Küchentresen ab und leerte sein Bier. »Jetzt ist Schluss mit diesem Seelenstriptease. Ich schnappe mir jetzt die Hummer, die ich bei dir bestellt habe, und fahre nach Hause, um ein fantastisches Essen für Megan und mich zu zaubern.«

»Klar, Mann.« Jacob schlug ihm auf die Schulter. »Die Hummer habe ich draußen in einer Kühlbox.« Er hatte schon einen Schritt Richtung Tür gemacht, drehte sich dann aber noch einmal zu Finn um. »Noch mal danke, dass du morgen übernimmst. Und wenn du reden willst, du weißt, wo du mich und ein kaltes Bier findest. Jederzeit.«

»Danke, Jacob. Das weiß ich zu schätzen.«

*

Megan war noch immer nicht über die Begegnung mit Benedict hinweg, als sie ihren Jeep vor Finns Haus abstellte. Das Verhalten des alten Mannes war nicht normal. Zumindest nicht gegenüber einer Cooper. Sie konnte den Finger nicht drauflegen, was er ausheckte. Und das machte sie, verdammt noch mal, wütend. Was zumindest besser war als diese Angst, die sie bei ihrem Treffen vor der Bäckerei empfunden hatte.

Sie griff nach den beiden Weinflaschen, die sie aus Abbys Vorrat geklaut hatte, und schlug die Wagentür hinter sich zu.

Finn hatte sie bereits entdeckt und öffnete die Haustür. Will drängelte sich an ihm vorbei und kam ihr schwanzwedelnd entgegengerannt, um sie zu begrüßen. Megan konnte nicht anders, als sich hinunterzubeugen und ihn zu streicheln, als er voller Begeisterung um ihre Beine herumsprang. Was automatisch einen Teil der negativen Energie, die sie mit hergebracht hatte, verpuffen ließ. Ein weiterer Teil ging verloren, als Finn sie in seine Arme zog und küsste. Zärtlich. Und so, als wolle er nie wieder damit aufhören.

Erst als Will sich zwischen sie drängte, weil er bei den Streicheleinheiten zu kurz kam, löste Finn sich lächelnd von ihr. »Hi«, flüsterte er, presste seine Lippen noch einmal kurz auf ihre und ließ sie dann los. »Komm rein.« Er trat einen Schritt zurück und ließ Megan und Will ins Haus.

»Ich wusste nicht, was es zum Essen gibt. Deshalb habe ich Rot und Weiß mitgebracht.« Megan wedelte kurz mit den Weinflaschen und stellte sie dann auf die Kücheninsel. Auf der es nicht gerade so aussah, als wäre Finn schon ziemlich weit mit dem Abendessen. Auf dem Küchentresen lagen ein paar Lebensmittel, und er hatte Hummer gekocht, das Fleisch ausgelöst und klein geschnitten. Ansonsten herrschte in dieser Küche einfach nur – Ordnung. Etwas, das in Megans Vorstellung nicht mit dem Kochen zusammenpasste. Sie drehte sich zu ihm um, als er hinter sie trat und nach den Weinflaschen griff.

»Hmm«, murmelte er. »Die klingen, als wären sie aus Camerons Angeber-Bestand.«

»Jepp. Ich habe sie Abby geklaut. Also werden sie gut sein.« Die nervöse Energie war zurück, rauschte durch ihre Blutbahn.

Finn stellte den Wein zurück. »Perfekt«, flüsterte er und beugte sich noch einmal vor, um sie zu küssen. »Der Weiße wird wunderbar zu den Hummer-Linguine passen.«

»Wobei ich kein Essen sehe«, konnte Megan sich nicht verkneifen. Irgendwie hatte sie sich nach Finns Ankündigung vorgestellt, dass er sie mit einem gedeckten Tisch, Kerzenschein und einem Feuer im Kamin empfangen, ihr ein Menü servieren und sie danach verführen würde. Irgendetwas, das sie dazu brachte, nicht mehr über die merkwürdige Begegnung mit seinem Großvater nachzudenken.

»Tut mir leid. Ich bin ein bisschen spät dran.« Finn griff nach dem Weißwein, zog einen Korkenzieher aus der Schublade und öffnete ihn. »Ich war noch bei Jacob und wollte die Hummer abholen. Aber es hat ein bisschen länger gedauert als geplant.«

»Ist mit Charlotte alles okay?«, fragte Megan ganz automatisch.

»Ja. Aber sie wollte noch ein bisschen mit Will spielen, was ich ihr nicht abschlagen konnte.« Mit der linken Hand angelte er zwei Gläser aus einem Schrank, während er mit der Rechten ein Leckerli aus Wills Dose nahm und es dem Hund zuwarf. »Und Will konnte ich es auch nicht abschlagen«, ergänzte er und grinste Megan über die Schulter an.

Megan konnte nicht anders, als zurückzulächeln. »Das kann ich absolut verstehen. Also bestellen wir doch Pizza?« Sie zog ihr Handy aus der Tasche. Finns Idee in allen Ehren, aber nichts sprach gegen eine richtig dick belegte Pizza. Nie.

»Auf keinen Fall.« Finn nahm Megan das Handy aus der Hand, legte es auf die Kücheninsel und drückte ihr stattdessen ein Weinglas in die Hand und stieß mit ihr an. »Aber vielleicht hilfst du mir ja ein bisschen beim Kochen.«

»Ich?« Megan nippte an ihrem Wein. Über den Rand des Glases hinweg hielt sie Finns Blick. So hatte sie sich diesen Abend ganz sicher nicht vorgestellt. Bevor Finn sie dazu bringen würde, sich in seine Küche zu stellen, würde sie ihn verführen. Und danach Pizza ordern. Direkt von seinem Bett aus.

»Hör auf, mich so anzusehen.« Seine Stimme klang rau.

Gut. Megan stellte ihr Glas zur Seite und hakte ihren Zeigefinger in Finns Hemdausschnitt. Langsam zog sie ihn zu sich heran, und er folgte ihr willig, ließ sich in den sinnlichen, tiefen Kuss fallen, der alle Nervenzellen in Megans Körper vibrieren ließ. So fest, wie Finn seine Hände in ihren Haaren vergrub, seinen Körper an ihren presste, fühlte er genauso.

Der Kuss dauerte an. Megan ließ ihre Hände an seinem Oberkörper hinuntergleiten. Erst als sie begann, sein Hemd aus der Hose zu ziehen, hielten Finns Hände sie auf. Langsam löste er sich aus dem Kuss und lehnte seine Stirn gegen ihre. »So wird das mit dem Kochen nichts«, flüsterte er.

»Könnten wir nicht einfach auf diesen Teil verzichten? Und genau da weitermachen …«

Bevor Megan sich wieder an ihn schmiegen konnte, trat Finn einen Schritt zurück und strich sich durch die Haare. Dann grinste er sie an. »Netter Versuch«, sagte er. »Aber ich habe dir ein Dinner versprochen. Also bekommst du auch eins. Wir haben heute eure Scheune aufgestellt. Das ist ein

Grund zu feiern. Megan«, er strich mit den Fingerspitzen über ihre Wange, schob ihr eine Haarsträhne hinter das Ohr. Eine Berührung, die so zart war, dass sie das Bedürfnis verspürte, ihre Hand auf den Bauch zu pressen, damit das Kribbeln darin aufhörte. »Ich will nicht nur mit dir schlafen«, fuhr Finn fort. »Ich will mit dir zusammen sein. Deine Regel ist, dass wir das Ganze geheim halten. Das akzeptiere ich, obwohl es mir nicht gefällt. Aber ich will mit dir essen. Wenn wir das nicht im *Beaumont's* oder im *Frankie's* können, dann eben hier. Wenn ich nicht mit dir ins Kino gehen kann, verbringen wir einen Abend auf der Couch, mit Popcorn und einem Netflix-Marathon.« Mit zwei Schritten nach hinten brachte er noch mehr Abstand zwischen sie beide, so als traue er weder seinen Worten noch seinem Körper über den Weg.

Finn schob ein Schneidebrett und eine längliche Zwiebel in ihre Richtung. »Also, hilfst du mir ein bisschen?« Er zog die Augenbrauen hoch. »Je eher wir fertig sind …«

Megan zog das Brettchen zu sich heran und griff nach dem Messer, das Finn hinterherschob. Mit einem Seufzer nahm sie die Zwiebel. »Was soll ich damit machen?«

»Du schälst die Schalotte und würfelst sie ganz fein.« Finn warf ihr abermals dieses unwiderstehliche Grinsen zu, bevor er sich umdrehte, einen großen Topf aus dem Schrank nahm und ihn mit Wasser füllte.

Megan konzentrierte sich auf ihre Zwiebel – nein, die Schalotte. So würde sie diese Dinger zwar nie nennen, aber wenn Chefkoch Finn das sagte … Innerlich verdrehte sie die Augen. War es nicht völlig egal, wie diese Dinger hießen?

Finn verband sein Handy mit der Bluetooth-Box auf der Fensterbank und pfiff leise bei dem *Lady A*-Song mit, der erklang. Megan beobachtete ihn, wie er mit geschickten Handgriffen diverse Kräuter hackte, von denen sie nur Basilikum erkannte. Er hob den Kopf und lächelte sie an, dann konzentrierte er sich wieder auf die Kräuter.

Finn wollte nicht nur mit ihr schlafen. Er wollte Zeit mit ihr verbringen. Megan war sich nicht sicher, ob sie dazu bereit war. Das alles war viel zu neu für sie. Finn war viel zu neu für sie. Obwohl sie auf der anderen Seite das Gefühl hatte, ihn schon ein Leben lang zu kennen. Beides stimmte. Sie waren zusammen aufgewachsen. Ihn wirklich kennenzulernen war eine Erfahrung. Eine, bei der sie jeden ausgelacht hätte, wenn er ihr vor ein paar Monaten – ach was, vor ein paar Wochen – davon erzählt hätte.

Er war ein toller Mann. Einer, der für Frauen kochte und mit ihnen ausgehen wollte. Einer, der bereit war, eine richtige Beziehung zu führen. Was er seit der Trennung von seiner Exfreundin vor ein paar Jahren nicht mehr getan hatte – und was ihn damit ganz automatisch zu einem der begehrtesten Junggesellen der Insel werden ließ. Er war ein Mann, der mehr verdient hatte, als sie ihm geben konnte. Mit ihr zusammen würde er nie das bekommen, wovon er träumte. Benedicts gruseliges Lächeln vor *Marsha's Bakery* schlich sich wieder in ihre Gedanken. Er hatte seinen Enkel in den höchsten Tönen gelobt. Wie er wohl reagieren würde, wenn er wüsste, dass sie gerade in seinem Haus stand und …

»Was machst du denn da?« Finn blickte zu ihr herüber. Die Haare hingen ihm in die Stirn, also schüttelte er sie mit einer unbewussten Kopfbewegung nach hinten.

»Was?« Megan sah erst Finn an und folgte dann seinem Blick auf das Zwiebelmassaker auf ihrem Schneidebrett. Es sah aus, als hätte sie einfach nur wütend versucht, die Schalotte zu ermorden und zu zerhacken. Was ja irgendwie auch stimmte. Sie war wütend. Auf Benedict und auf die Dinge, die er zu ihr gesagt hatte. Einfach weil sie wusste, dass er etwas im Schilde führte. Und natürlich war sie wütend auf sich selbst. Weil sie nicht wusste, wie sie mit dem umgehen sollte, was Finn in ihr auslöste. Sie fühlte sich, als wäre er ihr immer einen Schritt voraus, und ihr blieb nichts mehr übrig, als einfach nur zu reagieren. Eine Situation, die sie hasste. Sie blickte Finn in die Augen und hackte ein letztes Mal mutwillig auf die Zwiebel ein.

»Du bist sauer«, stellte Finn fest. Doch statt die Augen zu verdrehen oder sich zu ärgern, stahl sich ein Lächeln in seine Mundwinkel. »Die Schalotte kann aber nichts dafür.«

»Sie tut mir auch leid.« Reumütig spießte Megan eines der unförmigen Stücke auf, die sie fabriziert hatte, und betrachtete es aus der Nähe. »Ich entschuldige mich gleich bei ihr.«

Die Lachfältchen vertieften sich. Finn legte sein Messer zur Seite und griff hinter sich, um aus einem Gemüsekorb eine neue Zwiebel zu holen. »Probier es einfach noch mal.« Statt ihr die Schalotte rüberzuwerfen, kam er auf ihre Seite der Kücheninsel und stellte sich hinter sie. Er griff an ihr vorbei, schob ihre Zwiebelhackklötze zur Seite und legte ihr neues Opfer auf das Schneidebrett. Die Arme um ihren Körper gelegt nahm er ihr das Messer aus der Hand und schälte das Zwiebelding mit wenigen effizienten Bewegungen.

Megan konnte sich nicht wirklich auf das konzentrieren, was vor ihr geschah, wenn Finn so dicht hinter ihr stand und sie in seinen Duft einhüllte. Wenn seine Bartstoppeln an ihrer Wange entlangkratzten und seine muskulösen Arme ihre berührten.

»Nimm das Messer.« Sein Atem strich über ihren Hals, als er leise sprach, und verursachte ihr eine Gänsehaut.

»Hmm?« Megan blinzelte die Zwiebel an.

»Das Messer.« Finn hielt es ihr hin. Zögerlich griff Megan danach. Und fühlte im nächsten Moment seine rauen Hände, die sich um ihre legten. »Ich zeige dir, wie man schneidet. Einmal quer durch. Ja, genau so.« Mit sanftem Druck führte er ihre Hand. »Und jetzt die Finger so aufstellen, damit du dich nicht schneidest. Konzentrier dich«, murmelte er, als sie den Kopf zu ihm umdrehte. »Führe das Messer an deinen Fingern entlang …«

»Finn?« Die Erregung, die seine Worte, seine Bewegungen und sein ganzer Körper in ihr auslösten, vernebelten ihre Gedanken. Das hier fühlte sich viel zu intensiv an. Nicht so verspielt und locker, wie es eigentlich sein sollte. Ihr Herz hämmerte heftig gegen ihren Brustkorb. »Können wir die Zwiebel nicht einfach in Ruhe lassen?« Sie legte das Messer zur Seite und drehte sich in seinen Armen um.

Finn hielt sie nicht auf. Er zog sie an sich und ließ zu, dass sie ihn küsste. »Ich habe es wirklich versucht«, sagte er heiser, als er mit der Linken nach ihrer Hand griff und mit der Rechten den Herd ausschaltete.

»Das weiß ich zu schätzen.« Sie küsste ihn noch einmal, bevor sie ihn in Richtung Treppe zog. »Vielleicht können wir ja nachher einen neuen Versuch starten.«

*

Cameron bog von der Old Country Road auf den Feldweg ab, der zu Finns Haus führte. »Danke, dass wir das noch schnell erledigen können.« Er blickte zu Abby hinüber, die ihn vom Beifahrersitz anlächelte und ihre Hand über seine legte. Wie immer, wenn er die Liebe spürte, die dieses unsichtbare Band zwischen ihnen spannte, zog sich sein Brustkorb zusammen. Er konnte auch fast ein halbes Jahr, nachdem er Abby kennengelernt hatte, noch nicht glauben, dass sie ein Paar waren. Dass sie ihm die gleichen Gefühle entgegenbrachte wie er ihr. »Finn fährt morgen früh zum Hummerfischen. Deshalb dachte ich, ich hole die Unterlagen für die Kamine im Herrenhaus. Dann kann ich die Abnahme durch die Baubehörde übernehmen, und er hat keinen Stress.«

Abby hob ihre verschlungenen Hände an die Lippen und küsste seine Fingerknöchel, die inzwischen die eines hart arbeitenden Mannes waren, und nicht mehr die eines reichen Hotelerben, der sich den Hintern auf langweiligen Dinnerpartys platt saß. Auch das hätte Cameron vor einem halben Jahr noch nicht gedacht. Er mochte seine Hände jetzt lieber. Er mochte *sich* jetzt lieber.

»Kein Problem«, sagte Abby. »Uns bleibt noch genug Zeit für einen kleinen Ausritt in die Bucht. Zu Hause ist auch niemand, der uns aufhalten könnte. Summer und Matt sind mit Simon verabredet. Mom wollte mal wieder ein neues Hobby ausprobieren. Handlettering. Ich glaube, dazu hat Frankie sie überredet. Sie wollte ein paar neue Akzente im Restaurant setzen und braucht jemanden mit einer ruhigen Hand. Und Megan«, Abby schüttelte den Kopf und grinste, »ist schon wieder bei ihrem geheimnisvollen neuen Lover. Sie hat zwei Flaschen Wein geklaut und denkt vermutlich, ich merke es nicht.«

Cameron konzentrierte sich wieder auf den holprigen Weg vor sich. Vor ihm lichtete sich der Wald, und er trat abrupt auf die Bremse, bevor der Jaguar auf die Lichtung rollte. »Ist das …?«, begann er.

Abby folgte seinem Blick durch die Frontscheibe und atmete überrascht ein. »… Megans Wagen. O Gott, hoffentlich ist nichts mit der Scheune.« Abby zog ihr Handy heraus und checkte ihre Nachrichten. »Sie hat nichts davon erwähnt und nur geschrieben, dass sie verabredet ist.«

Cameron grinste sie an. »Dann ist der geheimnisvolle Lover jetzt jedenfalls nicht mehr ganz so geheimnisvoll.«

»Aber … Megan und Finn?« Abby starrte noch immer auf den rostigen Jeep ihrer kleinen Schwester. »Ich meine, nicht dass das nicht super passen würde.« Sie schwieg einen nachdenklichen Moment lang. »Das passt sogar fantastisch, wenn man den ersten Schreck überwunden hat und darüber nachdenkt. Finn ist so ruhig und ausgeglichen. Er kann Megs erden. Aber … sie hasst ihn!«

Cameron zuckte mit den Schultern. »Offenbar nicht so sehr, wie wir dachten. Aber wir sollten keine voreiligen Schlüsse ziehen. Vielleicht muss sie, genau wie wir, etwas mit Finn besprechen.«

In diesem Moment gingen hinter einem Fenster im Obergeschoss die Lichter an. Abby warf Cameron mit hochgezogenen Augenbrauen einen Blick zu. »Ist das Finns Schlafzimmer?«, fragte sie trocken.

Er seufzte. »Jepp.«

»Also wirklich keine Baustellenbesprechung. Lass uns zurückfahren. Es wird Zeit für unseren Ausritt.«

Cameron wendete und kehrte auf die Old Country Road zurück. »Du bist doch jetzt nicht sauer oder so?«, fragte er. Finn und Megan. Das musste man wirklich erst mal sacken lassen. Die Fehde zwischen den Coopers und den Morgans war in dieser Situation nicht gerade hilfreich. Und Megans Angewohnheit, ihre Beziehungen oberflächlich zu halten und ihr Herz nicht an einen Mann zu hängen, machte es auch nicht gerade einfacher. Finn war zu einem guten Freund geworden, dem Cameron nur das Beste wünschte.

»Nein, ich bin nicht sauer«, beantwortete Abby seine Frage. »Ich hätte mir nur gewünscht, dass Megan das nicht vor uns geheim hält. Als ob es etwas Verbotenes wäre, mit Finn zusammen zu sein. Ich wette, genau so denkt sie nämlich.« Sie seufzte. »Und natürlich mache ich mir Sorgen um Megan. Es ging ihr wirklich nicht gut im letzten Jahr und ganz besonders in den letzten Wochen. Ich dachte, wir hätten ihr zu verstehen gegeben, dass sie immer zu uns kommen und mit uns über alles reden kann. Damit sie nicht noch einmal in so ein tiefes Loch fällt. Wenn sie sich zum Beispiel in Finn verliebt und das Ganze am Ende nicht funktionieren sollte, kann ihr das den Boden unter den Füßen wegziehen. Falls so etwas passieren sollte, möchte ich für sie da sein. Genau wie Summer.«

»Und ich wette«, Cameron sah seine Freundin von der Seite an, »das wirst du ihr bei der nächsten Gelegenheit aufs Brot schmieren.«

Abby grinste. »Schon möglich. Abgesehen davon hoffe ich, dass Finn und Megan das hinbekommen, was auch immer zwischen ihnen ist. Aber jetzt werde ich mich nur mit dir beschäftigen.« Sie beugte sich zu ihm hinüber und küsste ihn auf den Mundwinkel.

17

Megan fühlte sich auf eine seltsame Art schwerelos. Sie lehnte sich mit der Schulter an den Türrahmen zu Finns Schlafzimmer und sah ihm dabei zu, wie er vor dem Gaskamin dem Bett gegenüber in die Hocke ging, um ihn einzuschalten. Sie hatte es bei ihrem letzten Besuch in Finns Haus nicht geschafft, diesen Raum näher zu betrachten, obwohl sie die Nacht hier verbracht hatte. Langsam ließ sie jetzt den Blick über die Einrichtung und die gedämpften, männlichen Farben gleiten. Das spektakuläre Oberlicht über seinem Bett, das nachts die Sterne in das Zimmer holte, war ihr bereits beim letzten Mal aufgefallen. Die rustikale Kommode und ein Ohrensessel, der wie eine Antiquität aussah, waren neben dem Bett die einzigen Möbelstücke. Sie hatte sie bei ihrem ersten Besuch gar nicht wirklich wahrgenommen. Die Wände waren in einem hellen, ruhigen Grau gehalten, das sich fantastisch mit dem dunklen Holzboden und den tiefblauen Laken auf seinem Bett ergänzte. Überhaupt – dieses Bett. Es war nicht nur Kingsize, Megan vermutete, dass Finn es selbst gebaut hatte. Denn das Kopfteil sah aus, als wäre es früher mal eine Barndoor gewesen. Altes Holz, heller als die Bodendielen, das eine heimelige Gemütlichkeit in diesen Raum brachte, der sonst kühl gewirkt hätte. Links vom Kamin führte eine Schiebetür im selben Stil ins Bad. Hinter die Tür auf der rechten Seite hatte Megan nicht geschaut, aber dort vermutete sie Finns Kleiderschrank. Begehbar und groß genug, um seine Schuhe nicht im Küchenschrank lagern zu müssen.

Finn hatte ein paar Kerzen angezündet, die auf dem Kaminsims und der Fensterbank verteilt standen, und kam zu ihr zurück. Er löschte das Licht und hüllte den Raum in das romantische Flackern des Feuers und der Kerzen. Was die Schmetterlinge in ihrem Bauch in Walzerstimmung zu versetzen schien. Langsam, aber unaufhaltsam, begannen sie zu tanzen, als Finn sie an sich zog und auf den Mundwinkel küsste. Dann griff er nach ihren Händen und ging rückwärts bis zu seinem Bett.

Megan folgte ihm. Als er ihre Hände losließ, erhob sie sich auf die Zehenspitzen, schmiegte sich an ihn und küsste ihn. Dann lehnte sie sich ein Stück zurück und betrachtete Finns Gesicht. Sie strich mit den Fingerspitzen über die Bartstoppeln, folgte den Schatten, die das rotgoldene Licht des Feuers auf seine Haut malte. Die dunklen Augen, die sie anblickten, als gäbe es nichts Wichtigeres auf der Welt als sie. Nichts Wertvolleres als diesen Moment. Ein Gedanke, der sie erwartungsvoll erschauern ließ.

Finns starke Hände zogen sie wieder an seine Brust. Megan atmete seinen Duft ein und schloss die Augen, als er sich über ihre Wange bis zu ihrem Hals küsste. Seine Hände glitten unter ihr Shirt. Gänsehaut blühte auf, wo immer er sie berührte. Mit den Lippen fuhr er über den wild hämmernden Puls an ihrem Hals, während er endlos langsam ihr Shirt nach oben schob und sich dann nur so lange von ihr löste, um es ihr über den Kopf zu ziehen. Ihre Jeans folgte, genau wie seine Kleider, aus denen er sich schälte, ohne den Körperkontakt länger als absolut nötig zu unterbrechen. Als Megan nur noch ihre Unterwäsche trug und Finn seine Boxershorts, gab er ihr einen sanften Schubs, der sie rücklings auf die Matratze beförderte.

Finn folgte ihr, verschränkte seine Hände mit ihren und schob sie langsam an ihrem Körper hinauf, bis er sie mit der Linken festhalten konnte. Seine Rechte streichelte die Haut zwischen BH und Höschen. Er küsste Megan. Voller Zärtlichkeit. Lange. Als hätten sie alle Zeit der Welt, während sie begann, sich vor Sehnsucht nach ihm zu winden.

Dann ließ er seine Lippen seinen Fingerspitzen folgen. Er gab ihre Hände frei, aber Megan hatte längst begriffen, dass er sie verführen wollte. Ihre Finger berührten das Holz des Betthauptes, als Finns Lippen am Saum ihres BHs entlangglitten. Er hakte den Verschluss auf, der sich zwischen ihren Brüsten befand, und liebkoste jeden Millimeter Haut, den er freilegte, mit Händen und Mund. Zärtlich küsste er ihren Bauch, glitt mit den Lippen am Saum ihres Höschens entlang, was Megan ein sehnsüchtiges Seufzen entlockte. Sie hob die Hüften, damit er ihr auch das letzte Stück Stoff ausziehen konnte. Als er ihr den Slip abgestreift hatte, fuhr er mit den Händen an ihren Beinen hinauf, ließ seine Lippen folgen. Megan öffnete sich ihm, und als er über das Zentrum ihrer Lust glitt und begann, sie dort zu liebkosen, krallte Megan die Hände in die kühlen Laken. Ihr Atem stockte. »O Gott, Finn«, war das Letzte, was ihr durch den Kopf ging, bevor sie sich vom Strudel ihres Höhepunktes mitreißen ließ. Sie wusste nicht, ob sie seinen Namen nur gedacht oder laut geschrien hatte.

Finn gab ihr keine Zeit, darüber nachzudenken. Er küsste

sich über ihren Bauch nach oben und heizte das Feuer in ihr erneut an, bevor ihr rasendes Herz die Chance bekam, sich zu beruhigen.

*

Finn war verrückt nach Megans Duft. Nach der glatten Haut unter seinen Händen. Dem »O Gott, Finn«, das sie geseufzt hatte, als sie gekommen war. Verrückt nach diesem Blick unter halb geschlossenen Lidern. Dem rotgoldenen Schimmer, den das Kaminfeuer auf ihren nackten Körper malte. Er war einfach verrückt nach Megan.

Jetzt öffnete sie die Augen und hielt seinen Blick fest, während ihre Hand an seinem Oberkörper nach unten glitt. Sein Bauch spannte sich unter ihrer Berührung an, was ihr ein kleines Lächeln ins Gesicht zauberte. So als wisse sie ganz genau, wie viel Macht sie über ihn hatte. Ihre Hand glitt tiefer, schob sich in den Bund seiner Boxershorts und umfasste ihn. Streichelte ihn. Erforschte ihn, ohne den Blickkontakt zu unterbrechen.

»Megan«, brachte er heiser heraus. Und dann ließ er zu, dass sie ihre Hand in seine Haare schob und ihn zu sich herunterzog. Zu einem gierigen Kuss. Er gab ihrem Hunger nach, küsste sie fordernd und zügellos. Begann abermals, ihren Körper zu erkunden.

Sie schob seine Boxershorts an seinen Schenkeln hinunter, und Finn schüttelte sie von seinen Beinen, bevor er ihre Schenkel behutsam auseinanderschob und in sie glitt.

Megans Körper reagierte auf seinen. Sie reagierte auf ihn. So, wie sie es bei jedem Mal getan hatte, das sie bisher zusammen gewesen waren. Sie drängte sich ihm entgegen. Finn stützte sich neben ihrem Kopf ab, küsste sie zärtlich und begann dann, sich langsam zu bewegen. Megan schlang ihre Schenkel um seine Hüften, und gemeinsam fanden sie ihren Rhythmus, steuerten auf ihren nächsten Höhepunkt zu. Finn hielt sich zurück, bis er spürte, wie Megan sich um ihn herum zusammenzog. Erst dann gab er seine Beherrschung auf und folgte ihr in die Erlösung.

Der sanfte Kuss, in den Megan ihn zog, als er auf ihr zusammensank, fühlte sich an wie ein Versprechen. Eines, das Megan vielleicht nie einhalten würde. Aber für den Moment war es genug.

Megan hatte sich in Finns Arme gekuschelt. Ohne viel zu reden hatten sie in seinem Bett gelegen und die Nähe des anderen genossen. Dem prasselnden Feuer zugesehen und dem Rauschen des Ozeans vor der Klippe, auf der sein Haus stand, gelauscht. Erst als sowohl Megans als auch sein Magen laut genug knurrten, dass es sich nicht mehr überhören ließ, beschlossen sie, den Hummer-Linguine eine zweite Chance zu geben.

Megan hatte darauf bestanden, eines seiner Hemden anzuziehen, also hatte Finn ihr bereitwillig die Tür zu seinem Ankleidezimmer aufgeschoben und gelacht, als sie mit einem sehnsüchtigen Seufzen die Hände zusammengelegt hatte wie zu einem Gebet. Kein Wunder, wenn man bedachte, wie sie ihre Klamotten aufbewahrte.

»Es ist schockierend, dass du nicht mal ein Drittel des Platzes belegt hast«, hatte sie festgestellt, während sie mit der Hand an seinen aufgehängten Hemden entlanggeglitten war.

Finn wollte Megan nicht darauf hinweisen, dass er das Haus mit dem Hintergedanken ausgebaut hatte, irgendwann mal mit einer Frau und Kindern hier zu leben. Und eine Frau würde den Rest des Platzes mit Leichtigkeit füllen. Falls er Megan allerdings darauf hinwies, könnte sie das falsch verstehen. Auch wenn vor seinem inneren Auge plötzlich das Bild einer kunterbunten Schuhsammlung auftauchte, die sich auf jeder freien Fläche verteilte. Entschlossen schob er das Bild zur Seite und griff an Megan vorbei nach einem T-Shirt, das er zu den Boxershorts, die er sich bereits wieder übergestreift hatte, anzog.

Megan angelte ein hellblaues Hemd vom Bügel, schlüpfte hinein und schloss ein paar Knöpfe, bevor sie die Ärmel aufkrempelte. »Kommst du?«, fragte sie und warf ihm über die Schulter ein Grinsen zu. »Ich bin gespannt, was der große Maestro kredenzen wird. Und ich habe Hunger wie ein Wolf.«

Megan sah umwerfend aus. Barfuß. In seinem Hemd, das ihr bis zur Mitte der Oberschenkel reichte und den zerzausten dunklen Haaren, die offen über ihren Rücken fielen und fast bis zu ihren Hüften reichten. Finn folgte ihr die Treppe hinunter und blieb genauso abrupt stehen wie sie.

»Das mit dem Hummer wird wohl nichts mehr«, stellte sie fest und brach dann in ein fröhliches Lachen aus, das sich augenblicklich um Finns Herz legte.

Finn betrachtete die Schüssel, in der er die ausgelösten Hummerstücke auf die Kücheninsel gestellt hatte. Sie lag auf dem Boden. Leer. Und sein Hund hatte es sich auf seinem Kissen gemütlich gemacht und tat so, als ob er schliefe. »Na warte«, brummte Finn und hob die Schüssel auf, um sie in die Spülmaschine zu stellen. »Du brauchst diese Woche um kein Leckerli mehr zu betteln.«

Megan lachte immer noch. »Dann bestellen wir jetzt also doch Pizza«, stellte sie fest und griff nach ihrem Handy.

»Deine Vorliebe für Pizza macht mir ein bisschen Angst.« Finn schob das Handy aus ihrer Reichweite und schaltete den Herd unter dem Wassertopf wieder ein.

»Ich bin nicht auf Pizza festgelegt«, erwiderte Megan. »Wir können auch alles andere bestellen.«

»Solange es Geschmacksverstärker und Fett enthält, ich weiß.« Finn öffnete den Kühlschrank und suchte zusammen, was er für das Essen – ohne Hummer – benötigte. »Ich habe noch Pesto und Parmesan. Wir können die Linguine also trotzdem essen. Und schneller, als etwas zu bestellen, geht das allemal.«

»Wow.« Megan nahm das Pestoglas in die Hand, schraubte es auf und schnüffelte am Inhalt. »Du kannst sogar Pesto machen?«

»Könnte ich, ja. Aber das hier ist von meiner Mom. Ich staube hin und wieder ein Glas bei ihr ab.«

»Ah.« Megan stellte das Glas wieder hin. Sie lächelte, aber der Schatten, der sich über ihr Gesicht legte, war unverkennbar.

»Was ist los?«, fragte Finn. Er gab Eiswürfel in Megans und sein Weißweinglas. Cameron hätte ihn dafür wahrscheinlich gesteinigt. Aber so warm, wie der Wein in der Zeit geworden war, die Megan und er im Schlafzimmer verbracht hatten, konnten sie ihn nicht trinken.

Megan griff nach dem Glas, das er ihr reichte, und nippte daran. Dann atmete sie langsam aus und nahm das Messer zur Hand, das sie vorhin einfach neben den inzwischen ein wenig ausgetrockneten Zwiebeln liegen gelassen hatten. Mit einer unmotivierten Bewegung hackte sie auf das sowieso schon tote Gemüse ein. »Ich habe heute Nachmittag deinen Großvater in Home Port getroffen«, sagte sie.

Finn seufzte. Es wäre verdammt angenehm gewesen, einen Abend ohne dieses Thema auszukommen. »Lass mich überlegen: Ihr seid aneinandergeraten.«

»Nein.« Megan spießte ein Stück Zwiebel auf, hob das Messer und betrachtete es. »Es war viel gruseliger als unsere üblichen Auseinandersetzungen.« Sie machte eine Pause, ließ das Messer sinken und sah Finn dann direkt an. »Er war freundlich zu mir. So freundlich, dass sich mir auch jetzt noch die Nackenhaare aufstellen, wenn ich nur daran denke.«

Finn trank einen großen Schluck Wein. »Du ärgerst dich, wenn mein Großvater dich verbal attackiert. Aber wenn er freundlich ist, passt es dir auch nicht?« Er verteidigte Benedict. Weil er, verdammt noch mal, sein Großvater war. Was sollte er sonst tun?

»Weil er etwas im Schilde führt.« Für Megan eine unumstößliche Tatsache.

Vielleicht hatte sie sogar recht. Nein, wahrscheinlich hatte sie recht. Er hatte das schließlich selbst schon vermutet. Aber Finn konnte nicht einfach seiner Familie in den Rücken fallen. Er hatte sich vorgenommen, Benedict im Auge zu behalten, um sicherzugehen, dass Megan nicht recht behielt. Oder damit er eingreifen konnte, falls der alte Herr tatsächlich etwas im Schilde führte. Das Schlimmste daran war, dass Megan die Welt da draußen, vor der sie sich auf seiner Lichtung versteckten, ins Haus geholt hatte. Den Grund, warum sie kein Paar werden würden. Warum Megan sich unter keinen Umständen näher auf ihn einlassen würde. Sie hatten gerade eine verdammt heiße Zeit in seinem Bett verbracht. Sie hatten Spaß daran, in der Küche herumzualbern. Sie konnten über Gott und die Welt reden. Aber zu mehr würde Megan nie bereit sein. Sie würde nicht mit ihm beim *Fisherman's Festival* tanzen. Oder gemeinsam ein Bier in Brandons Pub trinken. Alles, was zwischen ihnen war, fühlte sich an wie ein kleines, schmutziges Geheimnis.

Mit einem frustrierten Seufzer öffnete er die Nudelpackung und warf die Linguine ins kochende Wasser.

»Hey.« Ihm wurde erst bewusst, dass er seine Hände gegen die Kante der Kücheninsel gestemmt hatte und in das brodelnde Wasser blickte, als Megan von hinten ihre Arme um ihn schlang und sich an seinen Rücken schmiegte. »Ich wollte nicht die Stimmung verderben. Lass uns Benedict vergessen. Ich freue mich auf die Pasta.« Sie ließ ihre Hand nach oben gleiten, bis sie auf Finns Brustkorb über seinem Herzen lag. »Und danach«, flüsterte sie, »möchte ich mich für das Essen bedanken.« Sie presste ihre Lippen über seinem Shirt auf seinen Rücken.

Das reichte ihm aus, sich umzudrehen und Megan in eine feste Umarmung zu ziehen. »Zum Glück ist Pasta immer schnell zubereitet«, murmelte er – und zwang sich, die negativen Gedanken zur Seite zu schieben. Megan und er waren hier. Zusammen. Sie konnte das zwischen ihnen schon morgen beenden. Also würde er nehmen, was sie ihm gab. So lange wie sie bereit dazu war.

*

Finn hatte seinem Freund Jacob versprochen, am nächsten Tag auf der *Seaflower* auszuhelfen, und war deshalb schon vor Sonnenaufgang aus dem Bett gekrochen. Er hatte gemurmelt, dass Megan einfach liegen bleiben sollte. Was sie sich nicht zweimal hatte sagen lassen. Erst als sie an ihrem Handy zweimal die Snooze-Taste gedrückt hatte, öffnete sie die Augen schließlich ganz. Durch das Oberlicht über ihr sah sie den strahlend blauen Himmel und eine Helligkeit, die ihr sagte, dass es allerhöchste Zeit war aufzustehen. Ohne den brennenden Kamin war es kühl im Zimmer, und ein Blick aus dem Fenster zeigte ihr, dass die Temperaturen in der vergangenen Nacht ziemlich gefallen waren. Die komplette Lichtung war mit weiß glitzerndem Reif überzogen.

Megan schlüpfte in ihre Klamotten und war schon fast aus dem Zimmer, als sie noch einmal über die Schulter zurückblickte. »Mist«, murmelte sie, drehte sich um und zog die Laken auf Finns Bett glatt. Sie war oft eine ziemliche Chaotin. Aber bei Finn schien immer alles aufgeräumt und ordentlich zu sein. Zufrieden mit sich selbst huschte sie die Treppe hinunter, wo sie einen Thermobecher Kaffee auf dem Tresen fand. Daneben einen Zettel, der dafür sorgte, dass sich eine ungewohnte Wärme in ihrem Brustkorb ausbreitete. *Danke für den wundervollen Abend. Ich schulde dir nach wie vor ein anständiges Dinner. Und sag Will, dass er Hausarrest hat, bevor du gehst.*

Megan blickte zu Finns Hund hinüber, der auf seinem Hundekissen ein Nickerchen machte und es zur Begrüßung nur geschafft hatte, kurz mit dem Schwanz auf den blauen Stoff zu klopfen. »Du solltest keinen Hummer mehr klauen«, erklärte sie dem Hund, als sie sich neben ihn hockte und ihn kraulte. »Sonst kürzt er dir das Taschengeld.« Sie drückte ihm einen Kuss zwischen die Ohren und richtete sich wieder auf. *Fahr vorsichtig*, hatte Finn noch unter das kleine Herz geschrieben, das er auf den Zettel gemalt hatte. *Es ist ziemlich glatt draußen.*

Megan musste gestehen, dass es ihr gefiel, dass Finn sich um sie sorgte. Sie legte die Notiz auf den Küchentresen zurück und griff nach dem Kaffeebecher. Auf halbem Weg zur Tür drehte sie noch einmal um und griff nach dem Zettel. Sie war kein sentimentaler Typ. Aber trotzdem ... vorsichtig faltete sie ihn zusammen und schob ihn in die Gesäßtasche ihrer Jeans. Dann griff sie nach dem kleinen Block und dem Stift, die noch auf dem Tresen lagen. *Ich danke dir*, schrieb sie. *Nicht nur für das Essen. Der Zwiebel* – sie strich das Wort durch und ersetzte es durch Schalotten – *Schalotten-Schneidekurs war eine Bereicherung. Und Will schämt sich furchtbar und hat versprochen, alles wieder gutzumachen.* Einen Moment zögerte sie, nicht sicher, ob sie lieber einen Smiley malen sollte, dann zeichnete sie kurz entschlossen ebenfalls ein kleines Herz und ergänzte: *Der Kaffee hat mich gerettet. Den Becher bekommst du zurück, wenn du mich das nächste Mal besuchst.*

Sie musste lächeln, als sie sich vorstellte, wie Finn den Zettel fand. Ein letztes Mal streichelte sie Will, dann zog sie die Haustür hinter sich zu.

In ihrem Cottage duschte Megan und schlüpfte in frische Klamotten. Jeans, Stiefel und ein Longsleeve mit dem Logo des Gestüts waren genau das Richtige. Heute hatte sie keine Termine mit Kunden, sondern musste nur zwischen ihrem Büro und den Ställen pendeln. Und vielleicht hatte sie nach der Arbeit Zeit, noch eine Stunde auszureiten. Finn hatte nicht erwähnt, wann sie sich das nächste Mal sehen würden. Aber wer wusste schon, wie dringend er seinen Kaffeebecher zurückhaben wollte. Grinsend griff sie nach ihrer Daunenweste und machte sich auf den Weg ins Ranchhaus.

In der Küche kochte sie sich einen frischen Kaffee, den sie mit in ihr Büro nehmen wollte. Während sie darauf wartete, dass er durchlief, schnitt sie sich ein Stück Bananenbrot ab und frühstückte es gleich an Ort und Stelle, gegen den Küchentresen gelehnt.

»Guten Morgen.«

Megan zuckte zusammen und fuhr herum, als sie die Stimme ihrer Mutter hinter sich hörte. »Mom!«, rief sie. »Du hast mich erschreckt!«

Olivia lächelte. »Das tut mir leid. Ich bin nicht gerade auf Zehenspitzen in die Küche geschlichen. Aber du warst so tief in Gedanken, dass du nicht einmal mitbekommen hast, dass dein Kaffee fertig ist.« Mit dem Kinn nickte sie in Richtung Maschine.

»O. Vielleicht war ich einen Moment abgelenkt …« Megan spürte, wie Hitze an ihrem Hals hinaufzukriechen begann. Sie drehte ihrer Mutter den Rücken zu und griff nach ihrem Kaffee.

»Hast du ein bisschen Zeit für mich?«, fragte Olivia hinter ihr.

»Eigentlich …« musste sie sich um die E-Mails kümmern, die auf ihrem PC warteten. Damit sie ihre Korrespondenz beendet hatte, bevor der Tierarzt kam, um nach den trächtigen Stuten zu sehen. Und damit ihr ihre Mutter nicht ansah, womit sie sich in Gedanken gerade die Zeit vertrieben hatte.

Aber Olivia hatte ihr die Kaffeetasse bereits abgenommen und auf den Küchentisch gestellt. »Setz dich. Ein paar Minuten hat man immer übrig.«

Bevor Megan widersprechen konnte, hatte ihre Mutter ihr einen sanften Schubs in Richtung Tisch gegeben und nahm sich selbst einen Kaffee. »Wie war es bei deinem Handlettering-Kurs?«, fragte sie ihre Mutter, als sie sich daran erinnerte, dass sie am Abend ihre erste Stunde gehabt hatte. In letzter Zeit hatten sie viel zu wenig Zeit miteinander verbracht. Megan würde das wiedergutmachen. Sobald sich die Geschichte mit Finn etwas eingependelt hatte und nicht mehr so besonders war, dass sie das Gefühl hatte, jede Sekunde nutzen zu müssen, die sie mit ihm zusammen sein konnte.

Olivia seufzte. Sie setzte sich zu Megan an den Küchentisch und hob die Hände, um sie von beiden Seiten zu betrachten. »Die Kursleiterin sagte, dass es ganz egal ist, wie furchtbar die eigene Handschrift ist, jeder kann Handlettering. Na ja, nicht unbedingt jeder, finde ich. Maxine macht sich ganz gut. Also wird wahrscheinlich sie diejenige sein, die den neuen Schriftzug an Frankies Wand malen darf. Marsha und Frankie stellen sich nämlich beim Handlettering kein bisschen besser an als ich.«

Megan musste lächeln und spürte die Wärme, die sich um ihr Herz legte, als sie sich vorstellte, wie die Freundinnen sich gegenseitig aufzogen und lachten und dabei den gesamten Kurs störten. Denn selbst eine Institution wie Bürgermeisterin Maxine Grant benahm sich in ihrer Freizeit manchmal immer noch wie der Hippie, der sie vor ein paar Jahrzehnten noch gewesen war. Frankie hatte sicher herumgemosert, weil man während des Kurses nicht rauchen durfte, und Marsha hatte genervt die Hände in die Luft geworfen. Eine Zeit lang hatte Megan vergessen, dass nicht nur ihre eigene Welt von der Trauer um Jack aus den Angeln gerissen worden war, sondern auch die ihrer Mutter. Aber Olivia hatte den ersten Todestag überstanden. Genau wie Megan. Und nun konnten sie beide nach vorn blicken. Sie griff nach der Hand ihrer Mutter und drückte sie. »Wenn ihr mit diesem Kurs fertig seid, wird Frankie Maxine wahrscheinlich bremsen müssen, damit sie nicht alle Wände im Restaurant mit esoterischen Sprüchen verkleidet.«

Olivia lachte. »Das will ich auf keinen Fall verpassen.« Sie blickte auf ihre noch immer miteinander verbundenen Finger hinab und drückte Megans Hand ebenfalls sanft. »Ich bin froh, dass du wieder lachst«, sagte sie dann leise. »Um ehrlich zu sein, habe ich mir in letzter Zeit ziemliche Sorgen um dich gemacht.«

»Mom …« Megan wand sich unbehaglich.

»Nein. Lass mich ausreden. Wenn man trauert, ist es manchmal schwer, über den eigenen Tellerrand hinauszublicken. Und ich habe mich nicht genug um dich gekümmert. Als du an Jacks Todestag aus dem Haus gestürmt bist, als wäre der Teufel hinter dir her, hätte ich mich selbst ohrfeigen können. Wie konnte ich nicht sehen, dass es dir so schlecht ging?«

»Mom, wir haben alle unsere Hochs und Tiefs gehabt im letzten Jahr«, spielte Megan ihre Depression herunter. »Du hast recht. Mir ging es eine Zeit lang wirklich nicht so besonders. Aber ich hatte ein Gespräch mit unserer Familienpsychologin, und es geht mir wieder gut.«

Olivia seufzte. »Dann diese verdammte Scheune, um deren Renovierung ich mich hätte kümmern müssen, bevor ich euch das Gestüt überschrieben habe. Am Ende lastete alles auf deinen Schultern.«

»Das ist kein Problem, Mom. Wir haben doch alles gut im Griff.« Megan blickte zur Baustelle hinüber, wo zwei von Finns Zimmermännern auf den Deckenbalken herumturnten, als übten sie für die nächsten Olympischen Spiele. Einen Moment hoffte sie, Finn um die Ecke biegen zu sehen, auch wenn sie wusste, dass er mit der *Seaflower* rausgefahren war und heute sicher nicht vor dem Abend auf die Insel zurückkehren würde.

Das Räuspern ihrer Mutter holte sie in die Ranchhausküche zurück. »Du hast das auch wundervoll gemeistert. Daran hatte ich keinen Zweifel. Aber das ist es nicht, was dich so lächeln lässt.«

»Ich … Was meinst du damit?«

»Ich meine, dass du morgens in der Küche stehst und verträumt vor dich hin summst.« Olivia lächelte.

»Ich summe nie«, widersprach Megan.

»Glaub mir, Schätzchen. Auch wenn du nichts von Abbys Musikalität hast und ich keinen blassen Schimmer habe, was du da vor dich hin gesummt hast. Liegt das an dem geheimnisvollen neuen Mann in deinem Leben?« Olivia hob abwehrend die Hände, bevor Megan etwas erwidern konnte. »Ich weiß, ich weiß. Du bist erwachsen, und das geht mich alles gar nichts an. Aber es macht mich einfach glücklich, dich wieder so gelöst und fröhlich zu sehen. Und wenn es jemanden gibt, der dafür verantwortlich ist, bin ich ihm sehr dankbar. Bring ihn doch mal zum Dinner mit und stell ihn uns vor.«

»Mom!« Jetzt hatte ihre Mutter es geschafft, dass sich die Hitze über ihr komplettes Gesicht ausbreitete. Megan stand auf. »Wie du gerade selbst festgestellt hast, bin ich erwachsen. Ich werde bestimmt niemanden zum Essen mitbringen, damit du ihn mit peinlichen Fragen löchern kannst.« Sie griff nach ihrer Tasse. »Und jetzt entschuldige mich bitte. Die Arbeit macht sich nicht von allein.«

18

Megan winkte dem Tierarzt nach, als sein SUV vom Hof rumpelte. Sie warf einen letzten zufriedenen Blick auf ihr Klemmbrett und drehte sich um. Was dazu führte, dass sie zum zweiten Mal an diesem Tag überrascht zusammenzuckte. »Ihr habt mich erschreckt, verdammt noch mal!« Und als wollte sie ihre Worte bestätigen, presste sie die Hand auf ihr wild schlagendes Herz und warf ihren Schwestern einen gespielt bösen Blick zu.

»Sorry«, sagte Abby und lächelte entschuldigend. »Wir dachten, du hättest uns gehört.«

»Aber wahrscheinlich warst du schon wieder in Gedanken, so wie heute Morgen«, ergänzte Summer.

Megan verdrehte die Augen. »War ja klar, dass Mom mit euch redet.« Sie wies mit dem Klemmbrett in der Hand auf ihre Schwestern. »Ihr habt euch angeschlichen. Und wenn ihr es genau wissen wollt: Ich war in Gedanken. Weil ich im Kopf noch mal die Untersuchungen der trächtigen Stuten durchgegangen bin.« Sie wedelte mit ihren Unterlagen vor Abbys und Summers Gesichtern herum, weil sie wusste, dass die beiden das nicht leiden konnten. »Falls euch der Gestütsbetrieb ein bisschen interessiert, kann ich euch gerne erzählen, wie es gelaufen ist.«

»Gute Idee.« Summer hakte die Daumen in die Gürtelschlaufen ihrer Jeans.

»Wie wäre es, wenn du uns das auf der *Sea Horse* erzählst?« Abby legte Megan den Arm um die Schultern und drehte sie sanft in Richtung ihres Cottages. »Zieh dich warm an, und dann fahren wir raus und holen die Hummerfallen hoch.«

»Jetzt?« Megan fühlte sich überrumpelt. Ihr wurde bewusst, dass Abby eine Daunenjacke und Summer ihren abgewetzten Parka trug und beide Wollmützen aufgesetzt hatten. »Ehrlich gesagt passt mir das gerade überhaupt nicht.« Vor allem die Tatsache, mit ihren Schwestern auf einem Boot zusammengepfercht zu sein und ihren Fragen nicht entkommen zu können. Und Fragen gab es, sonst hätten Abby und Summer sie nicht so überfallen.

Summer gab ein »Pff« von sich und zog Megan das Klemmbrett aus der Hand, um ihre Notizen zu überfliegen. »Du hast dir alles Wichtige aufgeschrieben. Das kannst du auch morgen oder heute Abend noch in deine Excel-Listen übertragen. Jetzt fahren wir raus und lassen uns den Wind um die Nase wehen. Und wenn wir einen guten Fang machen, essen wir heute Abend vielleicht auch mal wieder zusammen. Das ist in letzter Zeit wirklich zu kurz gekommen.«

»Und ich habe schon ewig keinen Hummer mehr gegessen.« Abby seufzte und schloss genüsslich die Augen.

Ich hätte gestern fast Hummer gehabt, dachte Megan. »Eigentlich wollte ich endlich mal wieder ausreiten«, versuchte sie, ihre Schwestern von ihrer Idee abzubringen. »Das ist in letzter Zeit auch zu kurz gekommen.«

»Ausreiten morgen. Hummer heute«, kommandierte Summer und schob Megan ein paar Schritte auf ihr Cottage zu. »Los geht's, zieh dich um.«

Megan machte sich nicht die Mühe, so zu tun, als wäre sie

begeistert von der Idee ihrer Schwestern. Sie schlüpfte in warme Klamotten, denn auch wenn die Sonne die Insel den Tag über aufgeheizt hatte, auf dem Meer würden sie spüren, dass sie sich bereits mitten im Herbst befanden. Dann nahm sie auf dem Rücksitz von Abbys Jeep Platz und schwieg auf der Fahrt nach Home Port. Sie blieb wortkarg, als ihre Schwester vor dem alten, ein wenig heruntergekommenen Gebäude des Hafenmeisters hielt, dessen Stirnseite über und über mit ausrangierten Hummerbojen in allen Formen und Farben behängt war. Sie trödelte auf dem Weg zur *Sea Horse*, dem Boot ihrer Familie. Normalerweise war sie schneller. Wer als Erste die Hand auf das Steuerrad legte, hatte die Macht über das Boot. Früher hatte das zu heftigen Streitereien zwischen den Schwestern geführt, bei denen ihr Dad fast immer hatte schlichten müssen. Und bei denen Summer sogar einmal über Bord gegangen war. Weil sie gestolpert war, war sich Megan noch heute sicher. Weil sie geschubst worden war, würde Summer vermutlich bis ans Ende ihres Lebens behaupten.

Als Letzte an Bord blieb Megan nur die gepolsterte Bank im Heck, neben der Summer die Kühlbox mit den Fischabfällen abgestellt hatte, mit der sie die Hummerfallen befüllen würden. Während ihre mittlere Schwester die Leinen löste, startete Abby den Motor, der stotternd zum Leben erwachte. Langsam tuckerten sie durch die Fisherman's Cove in Richtung Ozean.

Sie hatten das offene Meer schon fast erreicht, als ihnen auf Höhe der Fisherman's Statue, die an die Seeleute erinnerte, die ihr Leben auf dem Atlantik gelassen hatten, ein Fischkutter entgegenkam. Die *Seaflower*, wie Megan sofort erkannte. Ganz automatisch setzte sie sich ein wenig gerader auf und scannte die Besatzung, um einen Blick auf Finn zu erhaschen.

Summer erkannte Finn trotz seines Ölzeugs und der Mütze, die er sich tief in die Stirn gezogen hatte, fast im selben Moment wie Megan. »Hey, da ist ja unser Scheunen-Baumeister. Finn, ahoi!«, rief sie und winkte zur *Seaflower* hinüber.

Der Kutter wurde langsamer und hüllte Megan und ihre Schwestern in eine Wolke Schiffsdiesel ein, als auch Abby die Geschwindigkeit drosselte, sodass die Boote aneinander vorbeitrieben. Der Skipper, Jeff Porter, winkte ihnen aus dem Steuerhaus zu und ließ das Signalhorn ertönen. Tommy Wang und Ed Morris lehnten sich breit grinsend über die Reling.

Finn stützte sich neben ihnen ab. Er blickte zu Megan herüber, ein Lächeln im Gesicht, das nur für sie bestimmt war. Ein Lächeln, das ihren gesamten Körper wärmte und sie dazu brachte zurückzulächeln. Zumindest bis Summer Finns Blick bemerkte, ihm mit den Augen folgte und sich schließlich zu Megan umdrehte.

Ertappt sah Megan zur Seite und tat so, als überprüfe sie die Kühlbox mit den Fischködern. Aus den Augenwinkeln sah sie, wie Summer zwischen Finn und ihr hin und her sah. Und wie das Lächeln auf Finns Gesicht erlosch. Es brach ihr das Herz, aber sie mussten in der Öffentlichkeit wenigstens so tun, als wäre nichts zwischen ihnen. Das hatte sie zur Bedingung gemacht, und er war einverstanden gewesen. Die Regeln jetzt zu ändern – das wäre Wahnsinn.

»Fahrt ihr raus, um uns Konkurrenz zu machen?«, hörte sie Eds Stimme, die sie immer ein wenig an ein rostiges Scharnier erinnerte.

»Für eine echte Konkurrenz wird es wohl nicht reichen«, gab Abby lachend zurück. »Wie geht es Jacob und Charlotte?« Da Finn an Bord war, gingen Megans Schwestern ganz automatisch davon aus, dass die beiden wieder im Krankenhaus waren.

»Gar nicht so schlecht«, sagte Tommy. »Ist mehr so eine Art Kontrolltermin.«

Megan sah auf, als der alte Fischer Finn auf die Schulter schlug. »Nichts für ungut, Junge«, brummte er. »Ich meine, nicht dass wir diese Landratte nicht mögen würden. Aber unser Käpt'n ist uns trotzdem lieber.« Er lachte rau, und Summer und Abby stimmten genau wie Ed und Jeff ein.

Finn zwang sich dazu, den Mund zum Schatten eines Lächelns zu verziehen, bevor er sich über den Nacken rieb und etwas zu Tommy sagte. Megan konnte ihn über den Lärm der Motoren und der Möwen, die kreischend im Tiefflug über die Boote hinwegschossen, nicht verstehen. Aber sie glaubte so etwas wie ›Entschuldige mich kurz‹ von seinen Lippen ablesen zu können, dann verschwand er auf der anderen Seite des Kutters, wo Megan ihn nicht mehr sehen konnte. Verdammt. Entschlossen wandte sie den Blick ab und schaute auf das Meer hinaus.

Jeff brüllte zu ihnen herüber, dass sie jetzt ihre Ware abliefern müssten, und Ed wünschte ihnen einen guten Fang. Dann fuhr der Skipper die Maschine wieder hoch, und die *Seaflower* tuckerte an ihnen vorbei. Megan hielt den Blick weiter abgewandt, bis ihre Schwestern sich fröhlich verabschiedet hatten und Abby ebenfalls Gas gab. Erleichtert, diese Begegnung hinter sich zu haben, atmete Megan tief durch.

»Das war nicht besonders höflich«, stellte Summer fest. Sie ließ sich neben Megan auf die Bank fallen. »Seit wann bist du so abweisend? Ich dachte, du magst Finn.«

»Was?« Megan fuhr zu ihr herum. »Wie kommst du denn darauf?«

»War nur so ein Gedanke. Nachdem dein Wagen gestern Abend vor seinem Haus stand und in seinem Schlafzimmer die Lichter angingen.«

»O Gott!« Megan sprang auf. »Du hast mir nachspioniert?« Eine seitliche Welle erwischte das Boot, und Megan musste ihre Arme ausstrecken, um das Gleichgewicht zu halten.

»Du solltest auf diese Kunststückchen verzichten, wenn du nicht über Bord gehen willst.« Summer lehnte sich mit einem selbstgefälligen Ausdruck im Gesicht zurück. Sie war offenbar zufrieden mit der Reaktion, die sie Megan entlockt hatte. »Und nein, ich habe dir nicht nachspioniert. Das geht auf Abbys Kappe.«

»Hey!« Megan fuhr herum und musste abermals um ihr Gleichgewicht kämpfen, weil Abby in genau diesem Moment beschloss, die Geschwindigkeit zu drosseln, und sie von einer weiteren seitlichen Welle erwischt wurden. In einer unschuldigen Geste hob ihre Schwester die Hände.

»Das war keine Absicht«, verteidigte sie sich. »Cam wollte gestern Abend noch was mit Finn besprechen. Wir konnten nicht wissen, dass du zu Besuch warst.«

»Aber wir hätten es natürlich gern gewusst.«

Megan fuhr zu Summer herum, die noch immer seelenruhig auf der Sitzbank lümmelte und sie fixierte.

»Vor gestern Abend«, ergänzte sie. »Und von dir.«

»Weil euch alles, was ich tue, etwas angeht?«, fauchte Megan. Ihre Schwestern machten sie sauer. Sie wusste gar nicht, welche von beiden sie zuerst mit ihren Blicken erdolchen sollte. Nachdem sie zwischen ihnen hin und her geschaut hatte, entschied sie sich für Summer. Abby hatte sie zwar erwischt, aber dieses selbstzufriedene Grinsen … »Ist das deine Rache für das Date in der Futterscheune?« Es war Megans Idee gewesen, ihre mittlere Schwester und Matt Walker in die Date-Falle tappen zu lassen, die sie für die beiden arrangiert hatte. Und es hatte funktioniert. Obwohl Summer ihr versprochen hatte, sich irgendwann dafür zu revanchieren, hatte sie ihren Seelenpartner gefunden. Es gab also überhaupt keinen Grund, sich so aufzuspielen. Megan hatte lediglich dem Glück ihrer Schwester auf die Sprünge geholfen.

»Das Date in der Futterscheune?« Summer schnalzte mit der Zunge. »Für diesen Eingriff in meine Privatsphäre werde ich mir etwas ganz Besonderes einfallen lassen, wie ich es dir versprochen habe. Aber jetzt geht es um dich und Finn. Den du ja angeblich nicht ausstehen kannst ...« Mit abwartend hochgezogenen Augenbrauen sah Summer sie an.

Megan gab einen resignierten Laut von sich und ließ sich, dort wo sie war, auf den Boden sinken. Sie zog ihre Beine im Schneidersitz unter sich und vergrub ihr Gesicht in den Händen. Im nächsten Moment spürte sie Abbys Anwesenheit neben sich. Ihre älteste Schwester setzte sich und legte ihr den Arm um die Schultern. »Ich habe dich wirklich nicht ausspioniert, wenn es das ist, was du denkst.«

»Aber ihr wolltet unbedingt wissen, mit wem ich mich treffe«, gab Megan, gedämpft durch ihre Hände, zurück. Nachdem die stärksten Wellen nach dem plötzlichen Stopp des Bootes abgeebbt waren, schaukelte es jetzt sanft auf der Wasseroberfläche.

Abby zog Megans Hände von ihrem Gesicht. Sie schaffte es, ihr Lächeln gleichzeitig fürsorglich und verschmitzt wirken zu lassen. »Natürlich wollten wir das wissen. Wir haben schließlich nie behauptet, nicht neugierig zu sein. Vor allem, weil du noch nie ein Geheimnis aus deinen Beziehungen gemacht hast.«

»Und wenn jemand, der nie etwas für sich behalten kann, plötzlich ein Versteckspiel beginnt und sich über den mysteriösen Mann ausschweigt, steigt unser Interesse natürlich.« Summer hatte sich von der Sitzbank erhoben und setzte sich auf Megans andere Seite auf den Bootsboden. Sie griff nach ihrer Hand und drückte sie. »Was uns daran zu denken gibt, ist nicht die Tatsache, dass du Geheimnisse hast, sondern dass du uns zum ersten Mal nicht genug vertraust, um mit uns darüber zu reden.«

Megan seufzte und lehnte den Kopf an Abbys Schulter. »Was ihr hier macht, ist nicht fair. Ihr spielt die ›Wir sind deine Schwestern und wollen immer nur dein Bestes‹-Karte aus.«

»Stimmt.« Abby zog Megan noch ein Stück näher an sich. »Das ist ganz schön hinterhältig. Aber es ist auch die Wahrheit. Wenn du nicht mit uns redest, sorgen wir uns um dich. So einfach ist das.«

»Ihr seid eine verdammte Inquisition«, murmelte Megan.

»Wir sind keine …«

»Hey! Ist bei euch alles in Ordnung?«, wurde Abby auf einmal von einer männlichen Stimme unterbrochen. Die Schwestern blickten auf und sahen Benji Carmichael, der auf dem Steg vor seinem Haus, nicht weit vom Boot entfernt, stand und zu ihnen herüberwinkte.

Summer legte die Hände als Trichter an den Mund. »Ja, Benji. Danke der Nachfrage. Wir tratschen nur ein wenig.«

Der Mann winkte noch einmal zum Zeichen, dass er sie verstanden hatte, und kehrte zu seinem Haus zurück. Megan sah sich um. Ihr wurde bewusst, dass ihr Boot unweit der Fisherman's Cove auf den Wellen dümpelte. Neben ihnen ragten die grauen, unwirtlichen Klippen auf, die die Insel ausmachten. Die einzigen Farbkleckse hier waren die bunt gestrichenen Sommerhäuser, die die Felskanten wie eine farbenfrohe Perlenkette schmückten. »Besonders weit sind wir wirklich nicht gekommen«, murmelte sie. Wenn sie zu ihren Hummerfallen wollten …

»Wir fahren erst weiter, wenn du uns gesagt hast, was los ist«, bestimmte Summer.

»Wenn du uns nicht verraten willst, was zwischen Finn und dir passiert ist, ist das völlig in Ordnung«, behauptete Abby im selben Moment.

Megan konnte nicht anders, als prustend dem Lachen nachzugeben, das in ihr aufstieg. Sie schob Abbys Hand von ihrer Schulter und ließ sich zwischen ihren Schwestern nach hinten fallen. »Ihr habt euer Komplott echt schlecht vorbereitet«, sagte sie und kicherte weiter. »Was genau wollt ihr jetzt?«

Summer legte sich neben Megan. Die Köpfe aneinandergelehnt blickten sie in den wolkenlosen tiefblauen Himmel hinauf. »Wir wollen nur, dass du glücklich bist«, antwortete sie schlicht.

Abby tat es ihr auf der anderen Seite gleich, legte sich hin und schmiegte ihre Wange an Megans. »Und Geheimniskrämerei hat die Menschen in den seltensten Fällen glücklich gemacht.«

Megan spürte das wilde Schlagen ihres Herzens. Sie wollte so gern mit ihren Schwestern reden, wurde ihr plötzlich bewusst. Sie musste die Dinge loswerden, die ihr im Kopf herumspukten und ihr keine Ruhe mehr ließen. Aber was, wenn Abby und Summer die Dinge anders sahen als sie? Was, wenn sie sie nicht verstanden? Wenn sie die Angst nicht sahen, die für alle Entscheidungen verantwortlich zu sein schien, die Megan in der letzten Zeit getroffen hatte? »Vielleicht verleihen Geheimnisse dem Ganzen auch ein wenig Würze.« Okay, der Vergleich war blöd, denn sofort tauchte Finn vor ihrem inneren Auge auf, wie er ihr half, Schalotten zu schneiden, nachdem sie dieses Zwiebelmassaker in seiner Küche angerichtet hatte. Sie seufzte. »Ihr habt natürlich recht. Es ist blöd, ein Geheimnis aus Finn und mir zu machen. Aber genauso verrückt wäre es, das Ganze öffentlich zu machen. Verrückter«, verbesserte sie sich. »Einmal Hand in Hand mit Finn durch Home Port laufen wäre so ziemlich das Verrückteste, was ich auf dieser Insel anstellen kann.«

»Oder das Beste«, widersprach Abby sanft.

Sie griff wieder nach Megans Hand, genau wie Summer. Eine Weile lagen sie einfach nur da. Geschützt von den Bordwänden, die den Wind abhielten, sahen sie den Möwen nach, die auf der Suche nach Leckerbissen über das Boot hinwegschossen und sich lauthals darüber beschwerten, dass es hier nichts zu holen gab.

Megans Herzschlag beruhigte sich langsam wieder. Sie hatte das vermisst. Hatte es vermisst, so mit ihren Schwestern auf dem Boot zu liegen. Oder auf der Fohlenkoppel oder am Strand in der Halfmoon Bay. Ihre verbundenen Hände waren das Sinnbild ihrer Beziehung. Der Einheit, zu der sie schon als Kinder zusammengewachsen waren. Gegen den Rest der Welt. Oder die Morgans. Gegen Zara Sanders. Oder wer auch immer versuchte, ihnen oder den *Silver Brook Stables* zu schaden. Sie hatten sich schon immer an den Händen gefasst und allen Widerständen getrotzt.

Als Kinder war das natürlich einfacher gewesen. Auf dem Schulhof musste man nur zwischen Gut und Böse, Freund und Feind unterscheiden. Von den Grauschattierungen, die sich zwischen das Schwarz und das Weiß mischen konnten, hatten sie damals keine Ahnung gehabt. »Ihr habt euch gefragt, was an Dads Todestag passiert ist. Wo ich gewesen war, und warum mein Jeep vor einer Bar auf dem Festland stand«, sagte Megan leise.

»Cam hat jedenfalls dichtgehalten und mir nichts erzählt, nachdem er dich zu deinem Wagen gefahren hatte«, beruhigte Abby sie sofort und drückte leicht ihre Hand.

»Gut zu wissen, falls ich mal einen Mord plane«, versuchte Megan, die Stimmung ein wenig aufzuheitern. Doch ihre Schwestern schwiegen, also erzählte sie weiter. Von Anfang an. Wie Finn sie aus der Bar geschleppt und sich wie ein Gentleman verhalten hatte, nachdem er sie nach Hause gebracht hatte. Wie sie ihn besucht hatte, um sich zu bedanken. Und wie das zwischen ihnen irgendwie … angefangen hatte. »Ich habe das Gefühl, dass mir die Kontrolle über die ganze Sache aus den Fingern gleitet«, verriet sie ihren Schwestern gegenüber schließlich, was sie bis jetzt nicht einmal sich selbst eingestanden hatte.

»Musst du es denn unter Kontrolle haben?«, wollte Summer wissen.

Megan drehte den Kopf, aber ihre Schwester lag so nahe, dass sie nur ihre verschwommenen Konturen sehen konnte. »Natürlich muss ich das im Griff haben. Das habe ich immer. Was bedeutet es, wenn ich meine Gefühle nicht mehr beherrschen kann?«

»Vielleicht bedeutet es einfach nur, dass du den Richtigen getroffen hast. Den, bei dem du dich und deine Emotionen nicht knebeln musst. Bei dem du einfach Megan sein und eine Zukunft planen kannst«, sagte Abby.

Megan seufzte. »Das ist übrigens auch einer der Gründe, warum ich euch nichts von dieser Geschichte erzählen wollte. Ich wusste, ihr würdet zu viel hineininterpretieren. Jetzt, da ihr beide auf Wolke sieben schwebt, vor lauter Verliebtheit. Finn ist auf keinen Fall der Mann, mit dem ich den Rest meines Lebens verbringen werde.«

Summer imitierte Megans Seufzer. »Ich vermute, dafür gibt es einen Grund, und du wirst ihn uns gleich erklären.«

»Zwei Gründe, um genau zu sein«, korrigierte Megan sie. »Der offensichtliche ist, dass wir hier von Finn Morgan sprechen. Morgan wie Ich-werde-euer-Leben-und-euer-Gestüt-zerstören-sobald-ich-eine-Chance-bekomme-Morgan. Ich kann nicht mit Finn zusammen sein, wenn sein Großvater noch immer versucht, uns das Leben schwer zu machen.« Benedicts falsches Lachen, als sie sich in der Stadt getroffen hatten, fiel ihr wieder ein. Sofort zog sich eine eiskalte Gänsehaut über ihren Körper.

»Eine Beziehung mit Finn könnte allerdings auch dazu führen, dass sein Großvater diese lächerliche Fehde endlich zu den Akten legt«, wartete Abby sofort mit dem passenden Gegenargument auf.

»Ihr wisst genauso gut wie ich, dass das niemals passieren wird.« In letzter Zeit redeten sich Megans Schwestern genau wie ihre Mutter immer wieder ein, dass es möglich wäre, diesen alten Krieg zu beenden. So wie auch Finn daran zu glauben schien. Megan war die Einzige, die nicht die Augen verschloss vor dem, was sich genau vor ihrer Nase abspielte. Obwohl man Zara Sanders für die Sabotage auf dem Gestüt verantwortlich machte: Sie war nicht diejenige, die sich ein so weitreichendes Komplott ausgedacht hätte. Dahinter konnte nur Benedict stecken. Selbst wenn das alle mit einem Lächeln abtaten.

Einen Moment herrschte Stille. Nur das Glucksen des Wassers gegen den Bootsrumpf war zu hören. Und das entfernte Brummen eines Bootsdiesels. »Und der zweite Grund?«, fragte Summer dann. »Du hast gesagt, dass es zwei Gründe gibt.«

»Ja.« Megan befreite sich aus der Umklammerung ihrer Schwestern und rappelte sich auf. Sie zog die Beine an und ließ die Hände zwischen ihren Knien baumeln. Die *Sea Horse* hatte sich ein wenig gedreht, sodass sie jetzt nicht mehr die Klippen, sondern das Ufer des Festlands vor sich hatte. Ein paar halbhohe Büsche und Sträucher hatten sich herbstlich bunt verfärbt. Ansonsten standen auf dem kargen Küstenstreifen nur die Pinien, die der Wind im Laufe der Jahre zu schiefen Kuriositäten hatte werden lassen. Ein bisschen fühlte sich Megans Inneres an wie dieser Bildausschnitt vor ihr. »Er hat den Test nicht bestanden«, sagte sie leise.

»Das ist nicht dein Ernst.« Summer schnellte neben ihr hoch und sah sie von der Seite an. »Du hast immer noch nicht aufgehört mit dieser Erdnussbutter-Geschichte?«

»Was heißt aufgehört?«, verteidigte sich Megan. »Es gab nur zweimal jemanden, den ich auf die Probe gestellt habe. Und jetzt Finn.« Sie hob die Hände in einer hilflosen Geste. »Um ehrlich zu sein, weiß ich noch nicht einmal, warum ich das überhaupt gemacht habe. Ich weiß doch, dass das mit uns nirgends hinführt. Na ja.« Sie zuckte mit den Schultern. »Ein bisschen war es die Bestätigung, die mir noch gefehlt hat, dass er auf keinen Fall der Richtige ist.«

»Was ist denn passiert?«, fragte Abby, die sich ebenfalls wieder aufgesetzt hatte.

»Hat er das Glas nicht aufbekommen?«, wollte Summer im gleichen Moment wissen.

Megan sah ihre mittlere Schwester mit hochgezogenen Augenbrauen an. Als ob ein Mann wie Finn ein Erdnussbutterglas nicht aufbekäme. »Er hat mich ausgelacht und gesagt, dass ich das selbst kann.«

»Womit er ja nicht unrecht hat«, ergriff Abby mal wieder für den Falschen Partei. »Megs.« Sie wartete, bis Megan sie ansah. »Du kannst die Beziehung unserer Eltern nicht zu deiner Messlatte machen. Sie haben nach ihren Vorstellungen gelebt. Haben ihre Träume und Visionen gehabt. Ihre Liebe hat ihnen gehört. Du musst deinen eigenen Weg finden.«

»Aber ihre Ehe war perfekt«, widersprach Megan und blickte wieder auf den Ozean hinaus.

Abby lachte leise. »Das war sie bestimmt nicht immer. Deshalb gab es ja das Erdnussbutterglas. Cam und ich sind glücklich. Aber ich habe nicht einmal darüber nachgedacht, ob unsere Beziehung der von Jack und Olivia ähnelt.«

»Und Matt und ich haben das auch nie getan. Wir sind in ein ›Wir‹ hineingeschlittert, das zu uns passt. Nur zu uns«, betonte Summer. »Finn ist ein toller Kerl. Wir werden ihm nie genug dafür danken können, dass er uns mit der Futterscheune hilft. Aber das ist nicht der Grund, aus dem du dich mit ihm triffst, obwohl du das Gefühl hast, etwas Falsches zu tun. Von deinem Standpunkt aus betrachtet gehst du ein hohes Risiko ein. Das tut man nicht für einen Mann, der einem nichts bedeutet.«

Abby zog Megan abermals in eine schwesterliche Umarmung. »Finde einfach heraus, ob er der Richtige für dich ist.

Mach es nicht kaputt, weil du einem Standard hinterherjagst, bei dem vielleicht kein Mann je mithalten können wird.« Sie verzog das Gesicht zu einem schmerzlichen Grinsen. »Und lass den armen Kerl nie wieder so auflaufen wie vorhin. Egal, wie du dich entscheidest. Er hat es nicht verdient, von dir wie Luft behandelt zu werden. Versprichst du uns das?«

Megan zuckte mit den Schultern und atmete die kühle, salzige Luft ein. Sie schuldete Finn einmal mehr eine Entschuldigung. Auch das schien langsam zur Gewohnheit zu werden. »Mal schauen«, murmelte sie. Erst einmal musste sie über die Dinge nachdenken, die ihre Schwestern gesagt hatten. Dann brauchte sie einen Plan. Und dann konnte sie vielleicht …

»Was ist jetzt mit den Hummern?«, unterbrach Summer ihre wild umherwirbelnden Gedanken. »Außerdem könnte ich jetzt ein Bier vertragen.«

Abby stand auf. »Erst die Hummer. Dann können wir noch ein Stück weiter rausfahren, ein Bier trinken und dem Sonnenuntergang zusehen.«

19

Finn starrte auf den Zettel, den Megan auf seiner Kücheninsel hinterlassen hatte.

Ich danke dir. Nicht nur für das Essen. Der Schalotten-Schneidekurs war eine Bereicherung. Und Will schämt sich furchtbar und hat versprochen, alles wiedergutzumachen.

Der Kaffee hat mich gerettet. Den Becher bekommst du zurück, wenn du mich das nächste Mal besuchst.

Mit dem Daumen fuhr Finn über das kleine, etwas schiefe Herz, das Megan auf dem Papier hinterlassen hatte. Normalerweise würde ihn so eine Notiz zum Lachen bringen. Er konnte sich nur zu gut vorstellen, wie Megan erst Zwiebel geschrieben, sich dann nachdenklich auf die Unterlippe gebissen und das Wort durch Schalotte ersetzt hatte. Wahrscheinlich hatte sie gezögert, bevor sie das Herz gemalt hatte. Im Gegensatz dazu aber nicht darüber nachdenken müssen, die flirtende Aufforderung, seinen Kaffeebecher bei ihr abzuholen, darunterzuschreiben.

So war Megan. Widersprüchlich in allem, was sie tat. Finn stützte seine Hände gegen die Kante der Kücheninsel und ließ für einen Moment resigniert den Kopf hängen. Er wusste, was Megan von ihm wollte. Und er wusste auch, zu welchen Bedingungen. Begriffen hatte er das Ganze aber erst, als er mit der Hummerkutter-Crew auf die *Sea Horse* getroffen war und sie so getan hatte, als existiere er nicht. Auf diese Weise wollte er nicht mit Megan zusammen sein. So funktionierten Beziehungen für ihn nicht. Er war noch nie ein kleines, schmutziges Geheimnis gewesen, das man in der Öffentlichkeit verleugnete.

Aber wie sollte er Megan widerstehen? Er hatte versucht, sie mit dem Abendessen ein wenig in die Richtung einer klassischen Beziehung zu drängen. Das hatte bei sehr positiver Betrachtung höchstens mittelmäßig geklappt. Im Bett gab es zwischen ihnen keine Verständigungsschwierigkeiten. Aber irgendwann würde ihm das nicht mehr genügen – und Megan vermutlich genauso wenig. Wie sie mit der Situation umging, wenn es so weit war, war allgemein bekannt. Ob er so lange durchhalten würde, bis sie entschied, ihn abzuservieren? Im Moment hatte er jedenfalls große Lust, statt mit ihr zu schlafen ein ernsthaftes Gespräch zu führen. Auch wenn er wusste, dass sie das abblocken würde.

Der Handyton, der eine eingehende Nachricht signalisierte, riss Finn aus seinen Gedanken. Er zog das Handy aus der Hosentasche und warf einen Blick auf das Display. Megans Name leuchtete ihm entgegen. Für einen Moment verharrte er mit dem Daumen in der Luft, dann strich er über das Handy und rief die Nachricht auf. *Wegen deines Kaffeebechers* – nach der Notiz, die sie ihm hinterlassen hatte, ihr Synonym für das nächste Treffen – *ich verbringe den Abend mit meinen Schwestern.*

Finn sah die drei Punkte, die über das Display hüpften und ihm zeigten, dass sie weiterschrieb. Dann verschwanden sie. Aber Finn schaffte es nicht, das Handy zur Seite zu legen. Er wartete, bis sie wieder auftauchten. Und kurz danach die Nachricht, für die sie so lange gebraucht hatte: *Wir sehen uns morgen auf der Baustelle.*

Er seufzte. Was hatte er anderes erwartet? Mit einem resignierten Seufzen schickte er Megan das Daumen-hoch-Emoji und legte das Handy zur Seite.

Will kam durch seine Hundeklappe in die Küche zurück. In seinem Fell hing ein halber Wald, was dafür sprach, dass der Hund mal wieder im Unterholz herumgekrochen war. Er steuerte direkt auf Finn zu und begann, an seiner Hose herumzuschnüffeln, als wolle er etwas über jeden einzelnen Hummer in Erfahrung bringen, den sie heute gefangen hatten.

»Tut mir leid, Kumpel. So lange wollte ich dich gar nicht alleine lassen.« Tommy hatte mit Rückenproblemen zu kämpfen gehabt, was nicht nur dazu geführt hatte, dass Finn beim Hochholen der Hummerfallen viel härter hatte arbeiten müssen als sonst, um den älteren Mann wenigstens etwas zu schonen. Sie hatten für diese Tour auch deutlich länger gebraucht als üblich. Finn hockte sich neben Will, um ihn zu kraulen. Was bewirkte, dass sich der Hund auf den Rücken fallen ließ und ihm den Bauch für eine Streicheleinheit entgegenstreckte. Finn kam der Aufforderung nach. Und als sein Handy eine weitere Nachricht anzeigte, war er kurz versucht, sie einfach zu ignorieren, weil er keine Lust hatte, sich noch einen Tiefschlag von Megan versetzen zu lassen.

Aber schließlich hatte sie nicht das Nachrichtenmonopol gepachtet, also tastete er auf dem Tresen nach seinem Handy und rief die Nachricht auf, während er neben seinem Hund hockte und ihn kraulte. Enttäuschung und Erleichterung kämpften in ihm, als er sah, dass Cameron ihm ein Selfie von Matt und sich selbst geschickt hatte. *Mädelsabend*, stand darunter. *Wir wurden verbannt und haben beschlossen, uns das Baseballspiel anzusehen.*

Jetzt erkannte Finn, dass sie vor dem winzigen Stadion hinter der Grundschule standen.

Wir haben Bier und Hot Dogs. Reicht das, um dich zu überzeugen?

Ja, das reichte, verdammt! Wenn er hier hocken blieb, würde er noch in seinem Selbstmitleid ertrinken. Oder, noch schlimmer, darauf warten, dass Megan ihre Meinung doch noch änderte und ihn zu sich einlud. *Ich muss Will noch von ein paar Kletten befreien und unter die Dusche springen. Haltet uns einen Platz frei. Ich besorge die zweite Runde Bier und Hot Dogs*, schrieb er und legte das Handy zurück auf die Kücheninsel.

Eine Dreiviertelstunde später parkte Finn seinen Pick-up hinter der Grundschule und folgte dem begeisterten Geschrei und den Düften nach gebuttertem Popcorn, Nachos und warmer Käsesoße, die sich mit den Gerüchen der Insel – Pinien und Ozean – mischten. Auf Stonebridge Island gab es zwei Baseballmannschaften. Die *Home Port Seals* war eine der schlechtesten Mannschaften, die die Hobbyliga des Washington County zu bieten hatte. Heute spielten allerdings die *Brave Lobsters*, ein Team aus Fischern, das sich ganz gut im Mittelfeld hielt. Ihre Gegner waren die *Machias Giants*, die ihrem Namen nicht besonders viel Ehre machten und wie die *Seals* am Ende der Tabelle herumkrebsten. »Die Chancen stehen gut, dass wir die Typen vom Festland vom Platz fegen«, erklärte Finn seinem Hund, als sie auf das Baseballfeld zuhielten. Das erste Inning war fast vorüber, stellte er mit einem Blick auf die Anzeigetafel fest. Wie erwartet führten die *Lobsters*. Pat Holmes stand gerade am Abschlag, tippte mit seinem Schläger in die äußere linke Ecke der Homebase, um die perfekte Position für den Abschlag zu finden. Zweimal veränderte er sein Standbein, bevor er nickte und seinen Schläger kreisen ließ.

Finn wartete diesen Schlag ab und stimmte in das begeisterte Johlen der Lobster-Fans ein, indem er Zeige- und Mittelfinger zwischen die Lippen schob und laut pfiff. Will bellte fröhlich. »Das hat er wirklich gut gemacht.« Finn beugte sich hinunter, um seinen Hund zu kraulen. »Na komm«, sagte er, als er sich wieder aufrichtete. »Lass uns Essen holen und zu den Jungs gehen.«

Er hatte Cameron und Matt bereits entdeckt. Sie hatten sich Plätze ganz oben auf der Tribüne gesichert. Am Rand, sodass Will neben Finn auf der Treppe liegen konnte. Vorsichtig balancierte er Essen und Getränke die Treppe hinauf, gerade als das Inning endete und sich alle erhoben, um sich an den Essensständen anzustellen oder einen Abstecher zu den Toiletten hinter der Tribüne zu machen. Er grüßte seine Nachbarn und Bekannten. Kollegen, Kunden. Hielt hier und da ein bisschen Small Talk und schaffte es schließlich bis zur obersten Reihe der Tribüne.

»Da bist du ja«, rief Matt und sprang auf, um Finn einen Teil seiner Ladung abzunehmen. »Du scheinst auf dieser Insel wirklich jeden zu kennen. Und mit jedem ein Schwätzchen halten zu müssen.« Sein Hund, Jumper, der zwischen ihm und Cameron gedöst hatte, sprang auf und rannte Will entgegen, um ihn ebenfalls zu begrüßen wie einen alten Freund.

»Sorry. Manchmal dauert es ein bisschen, bis man sich da durchgekämpft hat. Hey«, sagte er zu Cameron und reichte ihm ein Bier und einen Hot Dog weiter. »Ihr solltet schnell essen. Noch sind sie lauwarm.«

»Danke, Mann.« Cameron stand ebenfalls auf. »Du hast

nicht viel verpasst«, sagte er mit Blick in Richtung Spielfeld. »Sie schenken sich jede Menge Strike Outs und Balls. Aber die Nr. 4 der *Lobsters* ist ganz gut. Hat den einzigen Homerun geschafft. Da kam mal ein bisschen Leben in die müden Gräten.«

»Wir sind auf jeden Fall *Lobsters*-Fans. Die Trikots mit den grinsenden Hummern sind wirklich ein Hingucker«, ergänzte Matt. Offenbar hatten die beiden sich bereits mit Fanartikeln ausgestattet, denn Matt trug eine *Lobsters*-Kappe, und vor seinen Freunden auf dem Boden lagen die großen Plastikhummer, die man sich über die Hand stülpen konnte, um der Mannschaft zuzujubeln. »Dieser eine Junge, Jefferson, ist wirklich nicht schlecht.«

Finns Freunde setzten sich wieder hin, und er ließ sich auf den Plastiksitz neben ihnen fallen. Er war schon eine ganze Weile bei keinem Baseballspiel mehr gewesen. Als er in seinen Hot Dog biss und sich den Geschmack von Würstchen, Senf und Röstzwiebeln auf der Zunge zergehen ließ, fragte er sich, warum er sich die Zeit nicht genommen hatte. Nichts war besser, als ganz oben auf der Tribüne zu sitzen und ein wirklich schlechtes Spiel zu sehen, während man hinter dem Sportplatz die Sonne im Ozean versinken sehen konnte. Es gab mit Sicherheit nicht viele Stadien, die so etwas zu bieten hatten. Von Megans Cottage aus konnte man sich den Sonnenuntergang allerdings genauso gut anschauen. Finn machte sich nicht die Mühe, über sich selbst die Augen zu verdrehen. Er schob den Gedanken samt den Erinnerungen an Megan zur Seite, spülte sie mit einem Schluck Bier hinunter und konzentrierte sich auf seine Freunde. »Ihr habt euch also wie echte Fans ausgerüstet, ohne vorher zu wissen, wie schlecht das

Team spielt?«, fragte er mit Blick auf Matts Kappe und die Plastikhummer.

»Marsha und Frankie haben uns aufgeklärt. Die *Seals* spielen offenbar abgrundtief schlecht. Also ist uns die Wahl leichtgefallen«, erklärte Matt ihre Entscheidung.

»Jedenfalls hat Matt den ganzen Kram besorgt«, ergänzte Cameron und zog seine *Lobsters*-Kappe aus der Gesäßtasche, um sie aufzusetzen. »Hast du auch mal Baseball gespielt?«, fragte er Finn.

»Hmm. Früher.« Finn nippte an seinem Bier und verfolgte mit den Augen die Auseinandersetzung zwischen den Coaches der beiden Teams, die es jedes Mal gab, wenn die *Lobsters* und die *Giants* aufeinandertrafen. Was aber nicht am Spiel selbst lag, sondern daran, dass die Trainer Cousins waren und beide glaubten, beim Tod ihrer Großmutter nicht genug vom Erbe abbekommen zu haben.

»Bei den *Lobsters*?«, hakte Matt neugierig nach.

»Nein.« Finn wandte seine Aufmerksamkeit wieder den Freunden zu. »Bei den abgrundtief Schlechten.«

Cameron verzog schmerzlich das Gesicht. »Sorry, Kumpel. Aber das waren Frankies Worte, nicht unsere.«

Finn grinste. »Kein Problem. Wenn ich mich entscheiden muss, gehe ich auch lieber zu einem Spiel der *Lobsters*.«

Die Leute kehrten nach und nach auf ihre Plätze zurück.

»Wo sind eigentlich die Hunde?«, fragte Matt plötzlich und ließ den Blick über die Zuschauermenge gleiten.

Cameron seufzte und wies in dem Moment mit dem Kinn in Richtung der Metallstufen, die zu ihren Plätzen führten, in dem der Schiedsrichter das zweite Inning anpfiff. »Da kommen sie. Wie es aussieht, hat dein Hund mal wieder geklaut.«

Jumper hatte einen Baseball im Maul, und Will rannte neben ihm her wie ein Komplize, der beim Diebstahl Schmiere gestanden hatte.

Will ließ sich neben Finn auf die Metallstufen fallen. Wenn Hunde grinsen könnten, hätte er das in diesem Moment vermutlich getan. »Ich sollte dir echt Hausarrest geben«, murmelte Finn, konnte aber nicht anders, als seine Hand auf Wills warmen Rücken zu legen.

Jumper drängelte sich währenddessen zwischen ihren Beinen zu seinem Herrchen hindurch. »Mist.« Matt ließ den Ball in seiner Hoodie-Tasche verschwinden, kaum dass sein Hund die Beute stolz vor seinen Füßen abgelegt hatte. »Du musst damit aufhören«, flüsterte er eindringlich und sah sich um, ob jemand den Baseballraub beobachtete hatte.

Doch die Zuschauer waren auf das Spielfeld konzentriert. Rupert Bosco warf einen Curveball, der gerade noch die Strikezone streifte. Und obwohl Joe Everett diese Bälle sonst mit einer stoischen Ruhe nicht schlug, traf er diesen. Sekundenlang schien er über sich selbst erstaunt, bevor er sich in Bewegung setzte und die erste Base erreichte. Die *Lobsters*-Fans sprangen auf, als Joe die Base passierte, anstatt stehen zu bleiben und sich auf den Weg in Richtung der zweiten machte.

Finn war sich sicher, dass gleich genau das passierte, was immer geschah. Ungefähr auf der Hälfte der Strecke zur zweiten Base strauchelte Joe, fiel über seine eigenen Füße und blieb schwer atmend liegen.

»Was …?« Matt sprang auf. »Warum ist er denn jetzt gestürzt?«

»Weil er immer umfällt. Keine Kondition«, beschrieb Finn das Phänomen genau in dem Moment, in dem der Sanitäter auf das Feld rannte und Joe seinen Arm mit einem Daumen in die Luft streckte, um zu signalisieren, dass er noch am Leben war.

Die *Lobsters*-Fans ließen sich unisono mit einem Seufzen zurück auf ihre Plätze fallen.

»Wann fängst du endlich mal an, Ausdauertraining zu machen?«, brüllte Annie Potter, die zwei Reihen unter ihnen saß, in Richtung Spielfeld.

Joes Arm winkte, als hätte er sie verstanden, und Cameron lachte prustend. »Das hier ist fast so witzig wie die Stadtversammlungen von Home Port. Mindestens so viel Drama-Potenzial.«

Auf Matts fragenden Blick hin erzählte Cameron ihm von der Zusammenkunft der Insulaner, bei der Finns Großvater seinen Kreuzfahrtschiff-Hafen vorgestellt hatte – und Cameron *Seal Rock Hall*. An diesem Abend war es verdammt hoch hergegangen in der Stadthalle – und Finn war zum ersten Mal richtig heftig mit Benedict aneinandergeraten. Megans Worte fielen ihm wieder ein. Die Freundlichkeit, die ihr einen Schauder über den Rücken gejagt hatte. Auch wenn er seine Familie ihr gegenüber verteidigt hatte, machte er sich Gedanken darüber, ob sein Großvater nicht doch etwas im Schilde führte, statt seine dämliche Fehde endlich ruhen zu lassen.

»Okay, eine Stadtversammlung steht als Nächstes auf meiner Liste«, sagte Matt lachend. »Sobald es ein interessantes Thema gibt, sitze ich in der ersten Reihe.«

»Hinteres Drittel«, korrigierte Finn ihn. »Die ersten Reihen sind seit Jahrzehnten von denselben Leuten besetzt. Wenn du es wagst, dich da hinzusetzen …« Er fuhr sich mit der Handkante über den Hals.

»Verstehe.« Matt lachte immer noch. »Mein Leben will ich

natürlich nicht aufs Spiel setzen.« Er blickte wieder auf das Spielfeld. »Was zur Hölle …« Seine Bierflasche, aus der er gerade trinken wollte, blieb auf halbem Weg in der Luft hängen. Die Augen fest auf den weiblichen Shortstop der *Giants* zwischen zweiter und dritter Base gerichtet. Finn folgte seinem Blick und konnte gerade noch sehen, wie Michelle Lynch ihr Gegenüber, Ian Biggs, schubste. Er taumelte zurück, hob aber ergeben die Hände. Der Schiedsrichter rannte auf die beiden zu.

»Ich weiß gar nicht, was für ein Problem die hat«, beschwerte sich Matt über die Attacke gegen den Spieler seiner neuen Lieblingsmannschaft. »Der Typ war eindeutig an der Base, bevor sie den Ball hatte.«

Finn trank einen Schluck und lehnte sich zurück. »Das Foul hat vermutlich schon vorher stattgefunden. Zu Hause. Wahrscheinlich hat er seine dreckigen Socken nicht weggeräumt. Oder den Klodeckel nicht runtergeklappt.«

»Die beiden sind ein Paar?«, Matt fuhr zu Finn herum, nicht sicher, ob er es ernst meinte.

»Jepp. Soweit ich weiß, auch ganz glücklich miteinander. Nur wenn sie als gegnerische Mannschaft auf dem Baseballfeld aufeinandertreffen, eskaliert irgendetwas zwischen ihnen. Pass auf.« Er deutete mit der Flasche in der Hand in Richtung des Dougouts, der Spielerbank. »Gleich werden sie rausgenommen, und alles ist wieder gut.«

Tatsächlich bekamen sie beide eine Strafe und lagen sich im nächsten Moment wild knutschend in den Armen, bevor der Schiedsrichter sie ermahnte und jeder in den Bereich seiner eigenen Mannschaft trottete.

»Das ist verrückt«, kommentierte Matt und verdrückte den letzten Rest seines inzwischen kalten Hot Dogs.

»Ja, es gibt wirklich schräge Beziehungen«, stimmte Finn ihm zu. Wer wusste das besser als er?

»Was du nicht sagst.« Camerons Worte waren kaum zu verstehen im Wirbel der Buh-Rufe und Jubelschreie über die Schiedsrichter um sie herum. Aber Finn hatte sie dennoch gehört.

Matt hatte sich vorgebeugt und verfolgte das Geschehen auf und neben dem Spielfeld voller Begeisterung. Finn drehte den Kopf und blickte zu Cameron hinüber, der ihn über Matts Rücken hinweg direkt ansah. Er wusste es. Cameron wusste von Megan und ihm. Auch wenn Finn keine Ahnung hatte, woher. Megan hatte es ihm bestimmt nicht erzählt. So wie sie heute auf dem Boot reagiert hatte, wussten nicht einmal Abby oder Summer etwas davon.

Finn schluckte, hielt Camerons Blick aber stand. Er hatte keine Ahnung, wie Cameron mit den Neuigkeiten umgehen würde. Sie waren gute Freunde geworden in den letzten Monaten. Aber eine Beziehung mit Abby zu führen bedeutete für Cameron, dass er mit Summer und Megan zwei neue Schwestern bekommen hatte, die er genauso beschützen würde wie seine eigene, Valerie. Falls er also der Meinung war, dass Finn nicht der Richtige für Megan sein sollte …

»Hast du das gesehen, Mann!« Matt richtete sich begeistert auf und rammte Cameron den Ellenbogen in die Rippen. »Ich sag's euch. Dieser Jefferson ist wirklich eine Wucht. Der trifft so gut. Der hat bestimmt 'ne Average von zweiundfünfzig.« Keine hohe Trefferquote für einen professionellen Schlagmann, aber für die *Lobsters* durchaus Startmaterial.

Cameron warf einen Blick in Richtung Spielfeld, sah Finn dann aber noch einmal an und nickte leicht, bevor er sich von Matt in die Geschehnisse auf dem Green ziehen ließ.

Langsam stieß Finn die Luft aus, wobei ihm gar nicht bewusst gewesen war, dass er sie angehalten hatte. Sein Freund wusste, dass zwischen Megan und ihm etwas lief. Und es war okay für ihn. So wie es vermutlich für die meisten Leute auf der Insel okay war, sah man mal von seiner Familie und Megan selbst ab.

»Hast du das gesehen?«, forderte Matt seine Aufmerksamkeit. Er sprang auf und wedelte wild mit seinem Hummer.

Grinsend schüttelte Finn den Kopf. Wer hätte gedacht, dass in dem Cross-Country-Reiter ein solcher Baseballfan steckte? Er war gespannt, was passierte, wenn die Eishockey-Saison begann. Die *Island Crabs* konnten sich bereits sicher sein, einen Fan dazugewonnen zu haben.

Er sprang auf, als Jefferson die Homebase erreichte. Für die restlichen Innings schaffte er es, Megan aus seinen Gedanken zu verdrängen und sich auf das Spiel und den Männerabend mit seinen Kumpels zu konzentrieren.

»Siehst du«, sagte er zu Will, als sie in seinem Truck auf dem Weg nach Hause saßen. »Wie ich es dir vorhergesagt habe: Wir haben die *Giants* vom Platz gefegt.«

Der Tag forderte seinen Tribut. Nicht nur der wenige Schlaf der vergangenen Nacht und die emotionale Achterbahn, durch die Megan ihn heute geschickt hatte. Die harten Stunden auf dem Meer und das Bier mit seinen Freunden hatten ebenfalls ihren Beitrag geleistet. Statt wie befürchtet mit Megans Duft in den Kissen wach zu liegen und durch das Oberlicht über seinem Bett in die Sterne zu starren, fiel er in einen erschöpften Schlaf. Tief und traumlos.

*

Megan hatte schlecht geschlafen. Das Gespräch mit ihren Schwestern auf der *Sea Horse* war erleichternd gewesen. Es hatte gutgetan, sich einmal alles von der Seele zu reden. Als sie begonnen hatte, über Finn zu sprechen, hatten sich die Worte plötzlich nicht mehr stoppen lassen, waren aus ihr herausgesprudelt und hatten Emotionen hervorgespült, von denen sie bis zu diesem Zeitpunkt keine Ahnung gehabt hatte. Vielleicht hatte sie sie auch einfach nur vorsorglich zur Seite geschoben und nicht beachtet. Aber ausgesprochen ließen sie sich nicht mehr beiseiteschieben.

Finn war nicht der Mann, mit dem sie den Rest ihres Lebens verbringen würde. Aber dafür, dass er das nicht war, waren verdammt viele intensive Gefühle im Spiel. Sie dachte an ihn. Sie dachte über ihn nach. Sie sehnte sich nach ihm. Nicht nur nach den Dingen, die er mit ihrem Körper anstellen konnte. Er war nicht der Typ, der das Erdnussbutterglas für sie öffnete. Aber er machte sich trotzdem Gedanken um sie. Kochte für sie und überlegte sich, wie er mit ihr ausgehen konnte, ohne das Haus verlassen zu müssen.

Finn Morgan bestimmte ihre Gedanken. Doch auch Megans Schwestern hatten sie nicht davon abbringen können, dass das zwischen ihnen nirgends hinführte. Also hatte Megan beschlossen, den Abstand zwischen ihnen beiden ein wenig zu vergrößern. Wenn sie Finn nicht sah oder berühren konnte, erlitt ihr Gehirn auch nicht diese kleinen Kurzschlüsse, die verhinderten, dass sie klar denken konnte. Sie hatte ihm am Abend zuvor geschrieben, dass sie den Abend mit ihrer Familie verbringen würde, noch während ihre Schwestern die Hummerfallen der Coopers aus dem Wasser gezogen hatten.

Es hatte gutgetan, mal wieder einen gemeinsamen Abend zu

verbringen. Sie hatten die Hummer draußen über dem Feuer gekocht und unter dem eingeschalteten Heizschirm auf dem Patio gegessen, weil Megans Mutter sich weigerte, diese Sauerei im Haus zuzulassen. Trotz des Heizpilzes und der Decken, die sie sich über die Beine gelegt hatten, war es kalt gewesen. Oft würden sie nicht mehr auf diese Weise draußen sitzen können, weshalb sie ihre Hummerfallen bald aus dem Wasser holen und über den Winter verstauen würden. Allein deshalb war Megan dankbar, den Abend mit ihrer Familie verbracht zu haben.

Nach dem Essen hatten sie es sich vor dem Kamin im Wohnzimmer gemütlich gemacht. Olivia auf der Couch, die Zehenspitzen wie immer an der Stelle auf dem Boden, die ihre Verbindung zu Jack symbolisierte. Summer ihr gegenüber, der Länge nach auf das Sofa gefläzt. Abby hatte es sich mit einem Buch auf der Fensterbank gemütlich gemacht. Und Megan hatte sich bequem vor dem Kamin ausgestreckt, genoss die Wärme der Flammen und Charlies schweren Kopf auf ihrer Hüfte. Abbys Labrador leistete ihr gern auf den glänzenden alten Dielen Gesellschaft, wenn sie abends als Familie zusammenkamen. Was sie schon viel zu lange nicht mehr getan hatten.

Früher hatte ihr Dad immer dafür gesorgt, dass sie abends zusammen aßen und wenigstens ein paar gemeinsame Minuten im Wohnzimmer verbrachten. Selbst als sie rebellische Teenager gewesen waren, hatte er es fast immer geschafft, Megan und ihre Schwestern zu überreden, ihm und Olivia ein wenig Zeit zu schenken. Was oft damit geendet hatte, dass sie den ganzen Abend miteinander verbrachten. Megan rieb über ihren Brustkorb. Jack fehlte ihr so. Fast genauso sehr hatte ihr ihre Familie gefehlt, auch das wurde ihr bewusst. In den letzten Monaten war so viel passiert. Nicht nur Megan selbst hatte wenig

Zeit gehabt. Ihre Schwestern führten Beziehungen und konnten nicht mehr jeden Abend zu Hause herumhocken. Und Olivia flüchtete aus dem leeren Haus, indem sie immer wieder neue Hobbys ausprobierte, die kein bisschen zu ihr passten.

Umso wertvoller waren Momente wie dieser, in dem sie es schafften, in ihrem kleinen Familienzirkel zusammenzukommen. Mit dieser Rechtfertigung musste Megan noch nicht einmal ein schlechtes Gewissen haben, Finn abzusagen. Als sie später allein in ihrem Bett lag, sah das schon ganz anders aus. Der Drang, ihm doch noch zu schreiben, war beinahe übermächtig. Aber er hatte ihr klar zu verstehen gegeben, dass er sich selbst nicht als Booty Call sah, den man anrufen konnte, wenn einem nach männlicher Gesellschaft war. Außerdem hatte ihr Verhalten auf dem Boot ihn verletzt. Sie würde erst mit ihm reden – und sich entschuldigen müssen –, bevor sie ihn das nächste Mal in ihr Bett locken konnte.

Aber ganz gleich, wie schlecht sie geschlafen hatte, wie oft sie sich in der Nacht von einer Seite auf die andere gedreht und an die dunkle Decke gestarrt hatte. Ganz egal, wie einsam sie sich gefühlt hatte, allein in ihrem großen Bett: Die Pferde hatten dafür kein Verständnis. Sie wollten ihr Futter, auf die Weide und einen sauberen Stall. Also quälte Megan sich aus dem Bett und kam ihren Pflichten für diesen Morgen nach. Ihr Rappe, Adventure Boy, erhielt ein paar Extra-Streicheleinheiten von ihr. Eine kleine Rückenmassage. Die Hälfte eines Apfels, den sie sich mit ihm teilte. Und das Versprechen, an diesem Abend endlich mal wieder gemeinsam auszureiten. »Heute hält uns nichts von einem kleinen Ausflug ab«, flüsterte sie an seinem Hals und drückte ihre Nase in das warme, weiche Fell. »Nichts und niemand.«

20

Finn hatte eigentlich keine Zeit, um auf der Scheunenbaustelle in den *Silver Brook Stables* vorbeizuschauen. Weil er einen ganzen Tag auf dem Meer verloren hatte, war sein heutiger Terminplan übervoll. Von einem Frühstücksmeeting mit einem potenziellen neuen Kunden bis zum Abendessen bei seinen Eltern, auf dem seine Mutter bestanden hatte. Ein weiterer Tag, an dem er Megan nicht sehen würde.

Doch statt sich – und ihr – den Freiraum zu geben, den diese Zwangspause mit sich brachte, hatte er sich eine halbe Stunde freigeschaufelt, um auf dem Gestüt nach dem Rechten zu sehen. Was sein Vorarbeiter, Larry, auch sofort mit einem Hochziehen der Augenbrauen quittiert hatte. »Du kontrollierst uns?«, hatte er statt einer Begrüßung gesagt. Etwas, das Larry auf den Tod nicht ausstehen konnte. Und das bei ihm auch absolut unnötig war. Niemandem vertraute Finn so sehr wie ihm, wenn es um seine Baustellen ging.

»Keine Sorge«, hatte Finn ihn beruhigt. »Ich wollte nur mal schauen, wie weit ihr seid.« *Und ob mir Megan vielleicht über den Weg läuft*, fügte er im Stillen hinzu.

»Verstehe.« Larry war seinem Blick in Richtung der Ställe gefolgt. »Sie ist an der Koppel hinter der Scheune«, sagte er trocken und wandte sich ab, um auf das Ständerwerk hinaufzuklettern, das wie ein Skelett zwischen den anderen Gebäuden auf dem Hof stand.

Finn seufzte. Offenbar waren Megan und er nicht mal im Ansatz so konspirativ gewesen, wie sie geglaubt hatten. Statt zu ihr zu gehen, folgte er Larry auf die Konstruktion aus Querbalken, die den künftigen Heuboden bilden würden. Die Giebeldreiecke waren bereits aufgestellt worden, und er balancierte unter dem Vorwand, sie begutachten zu wollen, ans andere Ende der Scheune.

Da stand sie, fünf Meter unter ihm, den Kopf an den Hals ihres Rappens gepresst, den sie über den Koppelzaun hinweg umarmte. Und er kam sich so lächerlich vor, wie er sie aus der Entfernung beobachtete.

Als spürte sie seine Blicke in ihrem Rücken, drehte sie sich um und sah zu ihm hoch. Finn hoffte nur, dass sie auf die Entfernung die Röte nicht sehen konnte, die seine Ohrspitzen heiß werden ließ, weil sie ihn beim Starren ertappt hatte.

Megans Blick verriet nichts. Aber es war auch schwer, ihre Mimik zu entschlüsseln, wenn er ihre Augen nicht sehen konnte. Sie strich dem Pferd ein letztes Mal über den Hals und stieß sich vom Zaun ab. Langsam, aber ohne ihn aus den Augen zu lassen, kam sie auf die Futterscheune zu und verschwand zwischen den Planen, die das Innere schützen sollten.

Finn rannte fast auf den schmalen Balken, bis er die nächste Leiter erreichte und nach unten klettern konnte. Er schob die Planen auseinander und musste kurz stehen bleiben, um sich an das dämmrige Licht zu gewöhnen.

Dann entdeckte er Megan, die ganz alleine hier zu sein schien. Sie hatte sich mit dem Rücken gegen einen der Stützpfeiler gelehnt und sah ihm entgegen. Abwartend, wenn er das richtig deutete. Und mit einer Spur Unsicherheit in den Augen, wie bei ihrem ersten Besuch bei ihm nach ihrem Kneipenabsturz. »Hi«, sagte sie so leise, dass Finn es durch die Baustellengeräusche auf der anderen Seite der Schutzfolien fast nicht verstehen konnte.

»Megan.« Mit wenigen kurzen Sätzen war er bei ihr und zog sie in seine Arme. Er ärgerte sich über ihr Verhalten auf dem Boot. Er hatte sich Gedanken gemacht. Sich vorgenommen, mit ihr zu reden. Doch im Moment spielte das alles keine Rolle. Viel wichtiger war es, ihr nah zu sein. Und wenn sie sich einen gemeinsamen Moment stehlen konnten, wäre er der Letzte, der ihn mit Reden vergeuden würde.

Megan sah das offensichtlich genauso. Ihre Lippen fanden sich zu einem harten, wilden Kuss, der erst sanfter wurde, als Finn sich auf einen der Heuballen sinken ließ und Megan auf seinen Schoß zog. Seine Hände fanden den Weg unter ihr Shirt und strichen über die glatte, warme Haut ihres Rückens. Sie schmiegte sich noch näher an ihn, fuhr mit den Fingern durch seine Haare und vertiefte den Kuss noch weiter.

Finn hätte ewig hier sitzen bleiben können, Megan in seinen Armen, umgeben von diesem fragilen Kokon, der sie nicht wirklich vom Rest der Welt trennte. Dass diese Vorstellung eine Illusion war, bestätigte sein Handy im nächsten Moment, als es in seiner Hosentasche zu vibrieren begann. Es bestand immer noch die Hoffnung, dass der Anrufer aufgab. Als das Vibrieren erneut einsetzte, kaum dass es verstummt war, löste Finn sich langsam aus dem Kuss und lehnte seine Stirn gegen Megans. »Sorry«, murmelte er.

»Das scheint wichtig zu sein«, kommentierte Megan, die das Vibrieren an ihrem Oberschenkel spüren konnte, als das Handy zum dritten Mal zu klingeln begann.

Finn strich ihr eine Haarsträhne hinter das Ohr, die sich aus ihrem Zopf gelöst hatte. »Ich könnte ewig hier sitzen bleiben«, murmelte er.

Megan beugte sich für einen letzten zarten Kuss vor und richtete sich dann auf. »Wir können jederzeit an dieser Stelle weitermachen«, sagte sie.

Aber nicht, bevor wir miteinander geredet haben. »Ich würde heute Abend bei dir vorbeikommen, aber ich muss zu einem Essen bei meinen Eltern, um das ich mich nicht drücken kann. Vielleicht danach …«, schlug Finn vor.

»Nein.« Sie schüttelte den Kopf. »Lass uns einfach morgen telefonieren und etwas ausmachen. Für das Wochenende oder so. Vielleicht schaffen wir es ja, uns für eine Nacht davonzustehlen. Der Wetterbericht hat heute Morgen von einem heftigen Sturm gesprochen, der langsam aber sicher die Ostküste hochzieht.« Megan strahlte ihn an. »Wäre es nicht wundervoll, inmitten dieser Naturgewalten in einer süßen kleinen Pension im Bett zu liegen?« Sie legte ihre Hand auf Finns Herz.

Er konnte ihre Worte hören, die nach wie vor nach Möglichkeiten zu suchen schienen, sich gemeinsam zu verstecken. Aber in ihren Augen konnte er noch immer die Unsicherheit sehen, die ihm vorhin schon aufgefallen war. Die Verwirrung, die ihre – und seine – Gefühle in ihrem Inneren hinterließen. Und allein dieser Gesichtsausdruck ließ einen Funken Hoffnung in ihm aufglimmen.

Sein Handy begann erneut zu vibrieren. Finn zog es aus der Hosentasche und warf einen Blick auf das Display. Einer seiner Subunternehmer. »Da muss ich wirklich rangehen«, entschuldigte er sich.

»Mach das. Wir hören voneinander.« Megan küsste ihn auf

die Wange und verschwand im nächsten Moment durch die Planenwand.

*

Megan fühlte sich ein wenig, als ginge sie auf Wolken. Trotz des wenigen Schlafs war der Tag wundervoll. Sie hatte keine Termine, und die wenigen E-Mails, die sie zu bearbeiten hatte, ließen sich in eine halbe Stunde nach der Mittagspause quetschen. Dann war sie zurück in den Ställen, packte überall mit an, wo Hilfe gebraucht wurde, und fühlte sich so nützlich wie schon lange nicht mehr. Die gestohlenen Minuten mit Finn waren das Sahnehäubchen. Sie war sich nicht sicher gewesen, wie groß seine Verärgerung über ihr blödes Verhalten auf dem Boot war. Aber offenbar war er gut im Verzeihen. Und als sie den spontanen Gedanken laut ausgesprochen hatte, für ein Wochenende von der Insel abzuhauen, hatte er nicht Nein gesagt. Vielleicht war das ihre Chance, in Ruhe über das zu reden, was zwischen ihnen war. Und wie sie in Zukunft damit umgehen sollten.

Megan überquerte den Hof, trat sich auf der Veranda des Ranchhauses die Stiefel von den Füßen und holte sich in der Küche einen Kaffee. Abby hatte mit Foxy noch eine Hippotherapie-Stunde mit einem kleinen Jungen, der im Rollstuhl saß. Summer war für eine Trainingseinheit zu Matts neuem Stall gefahren, und ihre Mutter war auf dem Weg, um sich mit ihren Freundinnen zu treffen. Selbst ihre gute Seele, Rose, hatte für diesen Tag schon Feierabend gemacht. Megan genoss den ruhigen Moment. Mit der Tasse in der Hand kehrte sie auf die Veranda zurück. Der Himmel hatte sich zu einem dunklen Anthrazit verfärbt, vor dem das Herbstlaub in seinen

Indian-Summer-Farbtönen schon nahezu gespenstisch leuchtete. Ein bisschen wie die Ruhe vor dem großen Sturm – der ja wirklich direkt auf die Insel zuhielt, wenn man den Wetterfröschen Glauben schenken wollte.

Die Holzwände des Hauses hatten die Wärme der Sonne, die noch bis vor einer halben Stunde geschienen hatte, gespeichert und gaben sie langsam wieder ab. Megan machte sich nicht die Mühe, ihre Stiefel wieder anzuziehen. Mit ihren bunten Wollsocken ließ sie sich in einen der Schaukelstühle fallen und nippte an ihrem Kaffee. Sie mochte es, das Gestüt zu managen, aber hin und wieder musste auch sie sich daran erinnern, wie viel Spaß die Arbeit mit den Tieren machte. Wenn sie ihren Kaffee ausgetrunken hatte, würde sie Adventure Boy für den Ausritt satteln, den sie ihm versprochen hatte und einmal durch die Halfmoon Bay galoppieren. Vielleicht konnte sie Abby zu einem kleinen Wettrennen überreden, wenn Foxy nach seiner anstrengenden Therapiestunde noch ein wenig Ausgleichstraining brauchte.

Sie hatte ihre Tasse bereits zur Hälfte geleert und stieß den Schaukelstuhl mit ihrem rechten Fuß an, um gemütlich vor und zurück zu wippen, als sie die Staubfahne sah, die auf der Schotterstraße zur Ranch einen Wagen ankündigte. War ihre Mutter schon auf dem Heimweg von ihrem Kaffeekränzchen?

Sie erkannte, dass es nicht der Pick-up ihrer Mutter war, der über die alte Holzbrücke holperte, sondern ein schwarzer SUV, dessen glänzender Lack unter einer feinen Staubschicht verschwunden war. Der picklige Junge, der ausstieg und sich auf dem Hof umsah, passte kein bisschen zu dem Wagen. Zu ihm hätte eher ein halb verrostetes Muscle Car gepasst.

Megan hörte auf, ihren Schaukelstuhl weiter anzustoßen.

Interessiert, was dieser Kerl hier wollte, beugte sie sich ein wenig vor.

Genau in dem Moment, in dem der Typ sie entdeckte. »Cool«, sagte er statt einer Begrüßung. »Ich dachte schon, hier ist niemand.«

»Kann ich dir helfen?«, fragte Megan und erhob sich. Sie stellte ihren Kaffeebecher auf das Verandageländer und lehnte sich gegen den Pfosten.

Ihr Besucher tauchte mit dem Oberkörper wieder in den SUV ab und hielt im nächsten Moment ein Klemmbrett in der Hand. »Jo, Alter. Ich hoffe.«

Megan verschränkte die Arme vor der Brust und zog die Augenbrauen hoch. »Sehe ich aus wie ein ›Alter‹?«, fragte sie seelenruhig.

»Ähm …« Der Junge lief knallrot an. »Nein, Alter. Ma'am!«, verbesserte er sich. »Ich … ähm … ich mach den Job noch nicht lange und so. Bin immer nervös, irgendwie«, stammelte er. »Sie haben keine Schrotflinte oder so?«, setzte er nach. »Ich wurde schon zweimal mit einer Flinte und einmal von einem Rottweiler vom Hof gejagt.«

»Scheint kein Traumjob zu sein«, kommentierte Megan. Das Verhalten dieses Typen war fast lustig. Fast. Wenn die Art, wie er sein Klemmbrett vor sich hielt – wie einen Schutzschild – nicht so ein unangenehmes Kribbeln in ihrem Nacken verursachen würde.

»Ich schwöre Ihnen, das mach ich nur noch bis zu meinem Studium.« Er schielte auf sein Klemmbrett. »Sind Sie Miss Cooper?«, wollte er wissen.

Megan legte den Kopf ein wenig schief. »Kommt ganz darauf an.«

»Worauf?« Der Junge war vor der Verandatreppe stehen geblieben und sah verständnislos zu ihr auf.

»Welche Miss Cooper du suchst. Es gibt drei, und ich bin eine davon.«

Noch einmal starrte er auf sein Klemmbrett und kaute hektisch auf seiner Unterlippe. »Steht hier nicht«, stellte er fest und zuckte mit den Schultern. »Sie sind eine Miss Cooper, und ich habe hier ein Einschreiben.« Vorsichtig, als handle es sich um explosives Material, reichte er ihr erst den Brief und dann sein Brett und den Stift, um sie für die Annahme unterschreiben zu lassen. Kaum war sie fertig, machte er einen Satz nach hinten und hielt in einer ergebenen Geste die Arme hoch. »Nicht vergessen«, rief er, während er rückwärts in Richtung seines Wagens stolperte, »ich bin nur der Bote.« Mit einem Satz sprang er hinter das Lenkrad und gab Vollgas. Als sich die Staubwolke, die er aufgewirbelt hatte, langsam wieder legte, betrachtete Megan den Umschlag in ihren Händen. Sie hatte kein Einschreiben erwartet. Und schon gar keines, das das Logo der *Stonebridge Island Bank & Trust* trug. Vielleicht lag es an dem hektischen Typen, der das Schreiben überbracht hatte. Aber auch sie fühlte sich plötzlich nervös. Was konnte die Bank wollen, was nicht der Postbote überbringen konnte?

Megan riss den Umschlag an Ort und Stelle auf und überflog die ersten Zeilen. »Was?« Sie wurde sich erst bewusst, dass sie das Wort laut ausgesprochen hatte, als sie ihren fassungslosen Aufschrei hörte. Mit wackligen Knien ließ sie sich auf die oberste Treppenstufe sinken und las den Brief noch einmal genau. Wort für Wort. Und dann noch einmal.

21

Nachdem Megan die Ungeheuerlichkeit des Briefes begriffen hatte, nahm sie sich keine Zeit zum Denken. Sie handelte einfach.

Den Brief in der Hand zog sie ihre Stiefel wieder an und stürmte von der Veranda. Ihr Jeep stotterte zweimal und sprang erst an, als Megan fluchend auf sein Lenkrad schlug. Das Herz klopfte ihr bis zum Hals, als sie das Gaspedal durchtrat und über die Schotterstraße auf die Old Country Road schoss und in Richtung Home Port raste. Die Staubwolke, die der pickelgesichtige Angsthase hinterlassen hatte, waren nur ein paar harmlose Sandpartikel verglichen mit der, die sie gleich aufwirbeln würde.

Megan machte sich nicht die Mühe, einen Parkplatz zu suchen. Sie trat die Bremsen des Jeeps direkt vor dem Bankgebäude durch und sprang heraus. Die wenigen Schritte bis zum Eingang rannte sie fast – und prallte gegen das Sicherheitsglas. Ungeduldig wedelte sie vor der Lichtschranke herum. Verschlossen.

»Hey!«, brüllte sie und schlug mit der Faust gegen das Glas. »Aufmachen!« Es musste doch noch jemand hier sein. Diese Schweine konnten ihr doch nicht solch ein Schreiben zustellen lassen und dann seelenruhig Feierabend machen. »Hey! Macht diese verdammte Tür auf!«, brüllte sie noch einmal und ignorierte die Leute, die bereits auf der anderen Straßenseite stehen blieben und sie neugierig beobachteten.

In den Schatten der Schalterhalle bewegte sich etwas. Na endlich. Megan sah Mrs. Carter, die bereits ihren Mantel und ihre Handtasche in der Hand hatte und mit erschrocken aufgerissenen Augen auf Megan zugeeilt kam. »Megan, meine Liebe! Was veranstalten Sie denn für einen Aufruhr?« Ihre Stimme klang gedämpft durch das dicke Glas.

»Ich will mit Ihnen reden! Jetzt!«

»Das tut mir leid, Herzchen. Wir haben gerade zugemacht. Können Sie nicht morgen wiederkommen? Dann können wir ganz in Ruhe bei einer Tasse Kaffee miteinander reden.«

Megan klatschte mit der flachen Hand das Schreiben der Bank gegen die Scheibe.

Mrs. Carter zuckte erschrocken zurück, beugte sich dann aber vor und studierte den Brief mit zusammengekniffenen Augen. Je weiter sie las, desto blasser wurde ihr Gesicht. Ihr Blick huschte zwischen Megan und dem Schreiben hin und her. »Aber …«, sagte sie schließlich, »… das kann nicht sein, Megan.« Sie richtete sich wieder auf und wühlte in ihrer Handtasche nach dem großen Schlüsselbund, mit dem sich die Tür öffnen ließ. »Dabei kann es sich nur um ein furchtbares Versehen handeln«, sagte sie, während sie die drei unterschiedlichen Schlösser öffnete, die die Bank schützen sollten.

»Das hoffe ich. Sie können verstehen, dass ich nicht seelenruhig zu Abend essen und schlafen kann, solange das hier«, Megan wedelte mit dem Brief, »auf meinem Schreibtisch liegt.«

»Selbstverständlich.« Die Bankangestellte zog die Tür auf. »Kommen Sie herein. Mr. Hallridge ist noch da. Er kann das sicher klären. Kommen Sie, Liebes. Ich bringe Sie zu ihm.« Mrs. Carter übernahm die Führung und leitete Megan durch die bereits für die Nacht abgedunkelten Gänge der Bank, die so völlig anders wirkten als tagsüber, zu ihrem Boss. Jetzt hatte die Bank etwas Düsteres, Bedrohliches. Was durchaus auch an dem Schreiben in Megans Hand liegen konnte.

Der Bankdirektor hatte sich bereits halb hinter seinem Schreibtisch erhoben, als Mrs. Carter an seine Tür klopfte. Noch bevor er sein »Was ist denn da draußen los?« zu Ende fragen konnte, war Megan an der älteren Dame vorbeigestürmt und platzierte das Schreiben auf seinem Schreibtisch. »Was ist das, Mr. Hallridge?«, fragte sie aufgebracht.

»Guten Abend, Miss Cooper.« Langsam ließ er sich in seinen Sessel zurücksinken und blickte zu seiner Angestellten hinüber. »Danke, Mrs. Carter. Sie können gehen.«

»Sind Sie sicher?« Beunruhigt blickte die ältere Dame zwischen Megan und ihm hin und her. »Wenn es hilfreich ist und ich vielleicht noch irgendwelche Akten heraussuchen soll, kann ich gern noch bleiben.«

»Nicht nötig«, erwiderte der Banker knapp.

»In Ordnung.« Mrs. Carter tätschelte Megans Schulter. »Alles Gute, Liebes.«

Megan hörte, wie die Tür hinter ihr leise ins Schloss fiel. Sie stützte ihre Hände links und rechts von dem Brief auf dem dunklen Mahagoni des Schreibtisches ab, das sich auf ihrer erhitzten Haut angenehm kühl anfühlte, und beugte sich vor. »Ich hoffe, wir sprechen hier von einem Fehler Ihrer Bank, Mr. Hallridge. Einem Fehler, der Ihren Kunden vor Schreck einen halben Herzinfarkt beschert. Das«, sie tippte mit dem Zeigefinger auf den Brief, »ist nicht witzig.«

»Nein«, erwiderte Hallridge leise. Schweißperlen standen auf seiner Stirn, und er griff nach seinem Krawattenknoten, lockerte ihn ein wenig und öffnete den obersten Hemdknopf.

»Was meinen Sie mit ›nein‹?«

Er atmete tief durch, legte seine Hände nebeneinander auf den Schreibtisch und betrachtete sie einen Moment, bevor er den Kopf hob und an Megans Gesicht vorbei an die Wand starrte. »Nein, das ist natürlich nicht witzig«, räumte er ein und räusperte sich. »Und nein, uns ist hier kein Fehler unterlaufen.«

Stille folgte auf seine Worte. Nur das Ticken der Wanduhr hinter Megan war zu hören. Bis es vom Rauschen des Blutes in ihren Ohren übertönt wurde. »Kein … Fehler?« Ihre Knie zitterten, also hockte sie sich auf die harte Kante des Besucherstuhls vor dem Schreibtisch. »Was … was soll das bedeuten?«

»Sie stürmen in die Bank, führen sich auf wie eine Wilde …« Mit einer vagen Handbewegung wies er auf Megan.

Sie sah an sich herunter, und erst jetzt wurde ihr bewusst, dass sie ausgesehen haben musste wie eine Verrückte, als sie gegen die Tür der Bank gehämmert hatte. Ihre Jeans war voller Flecken, und an ihrem Hoodie mit dem Logo des Gestüts hingen Strohhalme. Ein Teil ihrer Haare hatte sich aus ihrem Zopf gelöst und hing ihr wirr um das Gesicht. Und als könnte sie nicht schon an ihren völlig verdreckten Stiefeln erkennen, dass sie in einen Pferdeapfel getreten war, stieg der unverkennbare Geruch auf, der das bewies. Hallridge schien ihn auch wahrzunehmen, so wie er die Nase rümpfte.

Megan atmete tief durch und versuchte, ihr rasendes Herz ein wenig zu beruhigen. »Entschuldigen Sie«, murmelte sie. »Sie haben recht, ich wirke wirklich ein wenig neben mir. Aber ich kam gerade erst aus dem Stall. Und das«, wieder beugte sie sich vor und tippte auf das Schreiben, »kann einen schon ziemlich aus der Fassung bringen. Besonders, wenn Sie sagen, dass hier kein Fehler vorliegt. Denn in dem Brief steht, dass Sie die Rückzahlung unserer gesamten Darlehen bis zum Ende dieser Woche fordern.«

»Nicht *ich* fordere das Geld zurück«, korrigierte Hallridge. »Sondern die Bank.«

»Aber ...« Megan hob die Hände in einer hilflosen Geste. »Ich verstehe das nicht. Wir sind immer gute Kunden gewesen. Wir haben immer pünktlich unsere Raten gezahlt.«

»Bis auf die letzte«, hielt der Banker ihr vor.

Megan schluckte. »Das stimmt. Aber Sie wissen doch, was geschehen ist. Die Scheune ... Ich habe um einen Aufschub gebeten, den mir Mrs. Carter auch gewährt hat, und dann den ausstehenden Betrag ein paar Tage später überwiesen. Vier Tage.« Sie sprang auf, setzte sich aber sofort wieder hin, als Hallridge hinter seinem Schreibtisch zusammenzuckte. »Es waren nur vier Tage.«

»Ja ... ähm.« Hallridge zog noch ein wenig mehr an seiner Krawatte. »Das tut mir wirklich furchtbar leid für Sie, Miss Cooper. Aber Ihre Mutter hat einen Vertrag mit dieser Bank unterschrieben. Damit hat sie die Konditionen angenommen.« Er hob seine Hände, als träfe ihn keine Schuld. »Es ist die Aufgabe des Kunden, das Kleingedruckte zu lesen. Wenn Ihre Mutter das nicht getan hat oder Sie bei der Übergabe des Gestütes nicht darüber informiert hat, kann ich Ihnen nicht helfen. In Ihrem Darlehensvertrag steht, dass die gesamte Hypothekensumme zurückverlangt wird, sobald Sie bei einer Rate säumig sind.«

»Mr. Hallridge.« Megan beugte sich vor und legte einen eindringlichen Ton in ihre Stimme. »Ich habe keine Ahnung, von welcher Klausel Sie sprechen. So etwas hat es noch nie gegeben. Wir sind seit Jahrzehnten Kunden Ihrer Bank. Schon meine Großeltern haben ihr Geld hier eingezahlt. Und wir sind ein landwirtschaftlicher Betrieb. Sie wissen genau, dass wir den Launen der Natur ausgesetzt sind. In diesem Jahr sind ein paar Dinge passiert, die uns ziemlich gefordert haben. Sie können doch sehen, wie gut wir alles gemeistert haben.«

»Ich kann es nur noch einmal wiederholen: Vertrag ist Vertrag. Wir halten uns an unseren Teil der Vereinbarung, Sie an Ihren. So läuft es in der Geschäftswelt nun mal. Die *Stonebridge Bank & Trust* ist ein Finanzinstitut, nicht die Wohlfahrt. Früher mochten die Dinge anders gelaufen sein. Jetzt laufen sie so.« Der Banker erhob sich, und Megan konnte sehen, dass seine Hände zitterten. Was stimmte mit ihm nicht? Megan verstand weder ihn noch sein Verhalten. »Wenn ich Sie bitten dürfte, jetzt zu gehen? Ich würde jetzt wirklich gern Feierabend machen.« Er wartete mit einem angespannten Lächeln im Gesicht, bis Megan sich erhob und den Brief vom Schreibtisch klaubte. Dann geleitete er sie zur Tür und wartete, bis sie hindurchgetreten war. »Wissen Sie«, sagte er und zog seinen Schlüsselbund aus der Tasche. »Noch ist die Woche nicht vorbei. Sie haben ja noch vier Tage, um Ihrer Verpflichtung nachzukommen.« Bevor Megan etwas erwidern konnte, schlug er ihr die Tür vor der Nase zu und begann, die Schlösser wieder zu verriegeln.

Megan sah ihm dabei zu, bis er sich, ohne sie eines weiteren Blickes zu würden, umdrehte und in der Dunkelheit der Bank verschwand.

Er würde nicht zurückkommen, wurde Megan klar, als sie ihren Rücken gegen die dicke Glaswand lehnte, weil ihre Knie drohten, unter ihr einzuknicken. Hallridge würde nicht plötzlich die Tür öffnen und ihr lachend erklären, dass er sie reingelegt hatte. Genauso klar war ihr allerdings, dass Mrs. Carter genauso wenig wie ihre Familie von dieser verrückten Klausel im Vertrag gewusst hatte. Und dass der Bankdirektor sich schuldig fühlte. Sehr schuldig, wenn sie sein Verhalten richtig gedeutet hatte.

Nur im Moment half ihr das alles nichts. Im Moment konnte Megan nur eines tun: sich auf das Problem konzentrieren. In der Nacht des Herbstballs, als die Futterscheune in sich zusammengefallen war, hatte sie einen kleinen Nervenzusammenbruch gehabt. Gerade eben war sie auch ein winziges bisschen ausgeflippt – oder so richtig. Wenn der picklige Einschreiben-Bote sie so erlebt hätte, würde er sich vermutlich weigern, ihr jemals wieder irgendetwas zuzustellen. Und sei es die Benachrichtigung, dass sie im Lotto gewonnen hatte. »Okay«, ermahnte Megan sich leise selbst, weil ihre Gedanken bereits wieder wilde Kreise zu drehen begannen. »Jetzt nicht durchdrehen!«

Für diesen Abend hatte sie genug Aufsehen erregt. Sie stieß sich von der Tür ab und machte sich mit wackligen Knien auf den Weg zu ihrem Jeep. Wenigstens musste am nächsten Tag jemand die Abdrücke ihrer schweißnassen Hände von der Glasfront der Bank wischen. Auch wenn Hallridge das vermutlich nicht selbst tun würde. Wenn man unterging, griff man auch nach der winzigsten Genugtuung, ganz egal, was das Karma davon hielt.

Erschöpft kletterte Megan hinter das Lenkrad des Jeeps

und blieb sitzen, bis ihr Atem sich so weit beruhigt hatte, dass sie sichergehen konnte, weder mitten in Home Port in Tränen auszubrechen noch zu hyperventilieren. Erst als sie sich ein wenig gefasst hatte, zog sie ihr Handy aus der Tasche, um eine Nachricht an die Familiengruppe zu schreiben. Sie brauchte drei Anläufe, weil ihre Finger so zitterten. Doch schließlich stand da »Treffen in einer Stunde. Alle.«, und sie drückte auf ›Senden‹.

Ihr blieb eine Stunde, Licht ins Dunkel zu bringen. Sie drehte den Zündschlüssel und fuhr – wesentlich langsamer als auf dem Hinweg – zurück zum Gestüt.

Als sie ihrer Familie eine Stunde später im Wohnzimmer des Ranchhauses entgegentrat, blickten sie alle erwartungsvoll an. Auf den Gesichtern spiegelte sich eine Mischung aus Sorge und Neugier. Ihre kryptische Nachricht hatte schließlich viel Raum für Spekulationen gelassen. Sie hätte sich gern auf ihren Lieblingsplatz gesetzt, die Dielen vor dem brennenden Kamin, Charlies schweren Kopf auf ihrem Oberschenkel, die Hand im warmen, weichen Fell des Hundes. Doch die Anwesenden hatten sich bereits um den großen Esstisch versammelt. Olivia, ihre Schwestern. Und Cameron und Matt, die jetzt ebenfalls Teil ihrer Familie waren.

Megan hatte in den vergangenen sechzig Minuten einige Nachrichten von ihrer Familie erhalten, in denen sie gefragt wurde, was passiert sei. Sie hatte keine Zeit gehabt, darauf zu antworten. Stattdessen hatte sie den Hypothekenvertrag ganz genau geprüft. War das Kleingedruckte Absatz für Absatz durchgegangen. Dann hatte sie das Ganze mit einer älteren Hypothek verglichen, die ihre Eltern abgeschlossen hatten, als sie vor sechzehn Jahren den Hengststall neu aufgebaut hatten, nachdem Olivias erster Mann ihn in Brand gesteckt hatte.

Megan setzte sich neben ihre Mutter und legte die Verträge und das Schreiben der Bank vor sich auf den Tisch. Summer goss wortlos ein Glas Rotwein ein und schob es zu ihr herüber. Megan setzte es an und leerte es in einem Zug bis zur Hälfte. Als sie das Glas wieder absetzte, spürte sie die Hand ihrer Mutter, die sanft ihren Oberschenkel drückte. Unterstützend. Aufmunternd. Auch wenn hier keine Aufmunterung helfen würde. Megan hatte den Karren in den Dreck gefahren, und nun würden sie ihn dort nicht mehr rausbekommen. »Wir haben ein Problem«, begann sie leise. Und dann erzählte sie ihrer Familie, auf welche Art sie in ein paar Tagen alles verlieren würden.

»Willst du damit sagen, dass uns die Bank das Gestüt wegnimmt, wenn wir in vier Tagen nicht die komplette Hypothek zurückgezahlt haben?«, fragte Summer fassungslos, als Megan geendet hatte.

Megan trank noch einen Schluck Wein, der allerdings auch nicht gegen ihren trockenen Mund half. »Sie sind berechtigt, alle laufenden Kredite auf einmal zurückzufordern. Und damit können wir alles verlieren.«

Abby schüttelte den Kopf. »Das ist völlig verrückt«, sagte sie leise. »Wir sind ein florierendes Unternehmen. Wir stehen besser da als die meisten landwirtschaftlichen Betriebe in der Gegend. Und bis auf diese eine Verzögerung haben wir unsere Raten immer pünktlich gezahlt. Trotzdem steht jetzt unsere gesamte Existenz auf der Kippe?«

Ihre Mutter schob den Stuhl nach hinten, und ihre Hand verschwand von Megans Oberschenkel, wo sich sofort Kälte einnistete, wo gerade noch Wärme und wenigstens ein Hauch von Zuversicht geherrscht hatten. Mit einer ruckartigen Bewegung verschränkte Olivia die Arme vor dem Oberkörper und trat an die Fensterfront des Wintergartens, der auf den Gestütshof hinauszeigte. Die Vorboten des Sturms rauschten in den Pinien und peitschten erste Regenschauer gegen das Haus. »Das habe ganz allein ich zu verantworten. Ich bin diejenige, die diesen Vertrag unterschrieben hat, ohne zu merken, dass ich in eine Falle tappe.« Langsam drehte sie sich zum Tisch um. Ihr Gesicht wirkte grau und eingefallen. »Jeder weiß, dass man das Kleingedruckte lesen muss. Immer. Und nicht einfach unterschreiben, nur weil die Unterlagen bereits seit Jahrzehnten auf den ersten Blick gleich aussehen.«

»Mom.« Summer hielt ihrer Mutter die Hand hin, und nach kurzem Zögern legte Olivia ihre hinein. »Du bist nicht schuld.« Sie warf einen Blick in die Runde, fixierte einen nach dem anderen mit einem Blick, aus dem so viel Mut und Kampfgeist sprachen. »Niemand an diesem Tisch ist schuld. Wir hätten den Vertrag sicher genau wie du unterschrieben, ohne das zu bemerken. Wer erwartet schon, von seiner Hausbank so übers Ohr gehauen zu werden?«

Olivia löste ihre Hand aus der ihrer Tochter und setzte sich wieder. »Wenn ich nicht unbedingt diese verdammte Halfmoon Bay hätte kaufen wollen, wäre das alles nicht passiert.«

»Aber du hast sie gekauft«, hielt Abby dagegen. »Und wir werden sie uns nicht wieder wegnehmen lassen. Genauso wenig wie das Gestüt.« Sie hob ihr Glas zu einem Toast. »Wir finden einen Weg.«

Cameron schlang Abby den Arm um die Schulter und zog sie an sich, um sie auf die Wange zu küssen. »Dann lasst uns loslegen. Als Erstes sollten wir überprüfen, was es mit dem

Vertrag auf sich hat.« Er blickte auf die Blätter, die Megan vor sich ausgebreitet hatte. »Ich vermute, das hast du schon in Angriff genommen.«

»Ja. Ich bin alles durchgegangen. Die Klausel ist im Kleingedruckten versteckt, das du, wie Hallridge mir vorgeworfen hat, hättest lesen sollen, bevor du unterschrieben hast«, sagte Megan mit einem Seitenblick zu ihrer Mutter.

Olivia rieb sich über die Stirn. »Ich erinnere mich an den Tag. Hallridge hat mich ziemlich gedrängt, weil er noch einen unerwarteten Termin reinbekommen hatte. Er hat sich tausendmal entschuldigt und mir die Stellen gezeigt, an denen ich unterschreiben musste.« Sie seufzte. »Ich habe mir wirklich keine Gedanken gemacht, weil der Vertrag genauso aussah wie immer.«

»Und genau das ist der Trick bei dieser Sache.« Megan blätterte zu der Seite, auf der der Absatz versteckt war, der besagte, dass alle Darlehen sofort an die Bank zurückzuzahlen waren, sobald man mit den Raten in Verzug kam. »Da hat sich jemand wirklich Mühe gegeben, diesen Punkt gut zu tarnen. Schaut mal hier.« Sie legte zum Vergleich den alten Vertrag daneben. »Die Schriftgröße wurde minimal verändert, sodass alles auf die Seite passt. Und hier, wenn man weiterblättert«, was sie tat, »sind alle Unterschriftenfelder an derselben Stelle. Alle Seiten enden so wie beim alten Vertrag. Du solltest den Eindruck gewinnen, dass alles wie immer ist. Das in Verbindung mit dem Druck, den Hallridge gemacht hat, damit du unterschreibst. Du solltest gar keine Gelegenheit haben, diese Änderung zu bemerken.« Megan lehnte sich zurück und überließ Matt und Cameron die Unterlagen. Die Männer steckten schweigend die Köpfe zusammen und blätterten hin und her.

Schließlich warf Matt einen Blick in die Runde. »Das ist ganz schön krass. Und moralisch ziemlich verwerflich, wenn ihr mich fragt. Aber verboten ist es vermutlich nicht.«

»Nein, ist es nicht«, sagte Cameron.

»Mich treibt viel mehr die Frage um, ob wir die Einzigen sind, die so einen Vertrag unterschrieben haben«, sprach Megan den Gedanken aus, der immer wieder durch ihren Kopf huschte, seit sie den Briefumschlag geöffnet hatte.

»Du meinst …«, begann Abby.

»Dass uns diese Papiere mit Absicht untergejubelt wurden, um uns zu ruinieren?« Summer starrte sie über den Tisch hinweg an.

»Nein.« Megans Mutter schüttelte den Kopf. »Das kann ich nicht glauben. Hallridge kann manchmal ein ziemlicher Trottel sein, keine Frage. Aber zu so etwas gehört schon eine Menge kriminelle Energie.«

»Wir hatten mehrere Sabotageakte«, erinnerte Megan ihre Familie an die Vorfälle in diesem Sommer.

»Die Sabotage hat Zara Sanders begangen, auch wenn der Sheriff sie nicht überführen konnte«, gab Cameron zu bedenken.

Olivia tippte mit dem Zeigefinger auf die Papiere auf dem Tisch. »Du denkst also, dass dieser Brief die Krönung dieser Vorfälle ist. Aber ich habe ihn im vergangenen Jahr unterschrieben, bevor ich das Gestüt an euch übergeben habe. Auf jeden Fall, bevor Zara ihre Anschläge verübt hat.«

»Aber genau das ist es doch, was wir glauben sollen, oder nicht?« Megan rieb sich über das Gesicht. Sie klang wie eine Verschwörungstheoretikerin. Langsam ließ sie die Hände sinken. »Was, wenn das hier nicht das Ende der Angriffe auf das

Gestüt ist, sondern dieser veränderte Vertrag der Anfang war? Nur so konnten uns all diese Sabotagen überhaupt gefährlich werden. Denn nur, wenn wir in finanzielle Schwierigkeiten geraten, kann uns diese Hypothek um die Ohren fliegen.« Megan lehnte sich zurück und schloss für einen Moment die Augen. Sie sah Benedict Morgans Lächeln, als er sie vor *Marsha's Bakery* angesprochen hatte. »Wer wäre der Einzige, der etwas davon hätte, wenn wir die *Silver Brook Stables* verlieren?«

Stille senkte sich über den Raum. Nur das Knacken des Holzes im Kamin, der Wind, der ums Haus heulte, und Charlies Schnarchen waren für einen Moment zu hören.

»Du kannst nicht die Morgans bezichtigen, sich einen so ungeheuerlichen Plan ausgedacht zu haben«, sagte Olivia schließlich leise.

»Nicht die Morgans«, gab Megan zurück. Nicht Finn. Zumindest glaubte sie nicht, dass er zu so einer Monstrosität fähig war. »Benedict. Das ist die ultimative Rache. Er wird nie aufhören, uns vernichten zu wollen, auch wenn er uns in dem Glauben gelassen hat.«

»Das wirst du niemals beweisen können«, sagte Abby.

»Aber ich werde alles dransetzen«, konterte Megan. Sie würde gleich am nächsten Tag damit beginnen. Nein, sie würde sofort nach dieser Besprechung anfangen. Finn mochte nicht in die Pläne seines Großvaters involviert sein. Trotzdem würde sie bei ihm beginnen. Wenn sie mit ihm gesprochen hatte, würde sie herausfinden, wer in diesem Jahr sonst noch Hypotheken aufgenommen hatte, und die Verträge vergleichen. Sie war sich sicher, dass sie diese verdammte Rückzahlungsklausel nirgendwo anders finden würde.

Cameron räusperte sich. »Herausfinden, was passiert ist, ist das eine. Aber wir müssen uns auch Gedanken darüber machen, wie wir die Rückzahlung eurer offenen Darlehen hinbekommen«, brachte er das Gespräch auf ihr größtes Problem zurück. Das Geld.

»Ja. Du hast absolut recht. Wir haben noch vier Tage. Uns wird etwas einfallen«, versuchte Summer, Zuversicht zu verbreiten. Was nicht so richtig gelingen wollte.

Megan seufzte. »Wenn wir eine Idee gehabt hätten, wie wir an so viel Geld kommen, hätten wir ja keine Darlehen aufnehmen müssen«, brachte sie das Offensichtliche auf den Punkt.

»Ich würde euch ja gerne aushelfen.« Matt verzog das Gesicht. »Aber das bisschen, was ich auf die Seite gelegt hatte, habe ich komplett in Ice Blue Fire gesteckt.« Das Pferd, das er mit der Hilfe der *Silver Brook Stables* und Camerons aus seinem alten Rennstall herausgekauft hatte.

»Nicht einmal ich habe im Moment so viel Geld flüssig«, räumte Cameron ein. »Mit dem neuen Projekt in Vermont habe ich meine finanziellen Möglichkeiten aktuell ziemlich ausgereizt. Ich kann Geld aus meinem Treuhandfonds lockermachen, aber das wird auf jeden Fall eine Weile dauern. Vier Wochen mindestens.«

Was drei Wochen und drei Tage zu lang war.

»Vielleicht kann ich mit dem Bankdirektor reden«, schlug Cameron weiter vor.

Abby schüttelte den Kopf. »Wenn Megan recht hat und Hallridge mit Benedict Morgan unter einer Decke steckt, wird das nicht funktionieren.«

»Dann lasst mich einen Kredit aufnehmen und den Betrag vorerst übernehmen. Ich bekomme das Geld problemlos in ein paar Tagen. Über die Einzelheiten können wir reden, wenn wir das Gestüt erst einmal auf sichere Beine gestellt haben«, schlug Cameron das vor, was Megan befürchtet hatte.

»Cam.« Sie schluckte. Sie wollte dieses Angebot ablehnen. Die Coopers waren keine Leute, die Almosen annahmen. Aber Cameron war der Einzige, der ihnen im Moment helfen konnte, das Lebenswerk ihrer Familie zu retten. Und ihr Zuhause. »Ich denke, ich spreche für uns alle, wenn ich dir für dieses Angebot danke. So ungern ich dich darum bitten möchte, ich befürchte, wir werden keine andere Chance haben, als es anzunehmen.«

*

Benedict Morgan legte sein Handy zur Seite und schenkte sich mit einer schwungvollen Bewegung einen Doppelten seines Lieblingsscotchs ein. Er ließ ihn in seinem Tumbler kreisen, inhalierte das Aroma, bevor er den ersten Schluck trank. Mit den Fingerspitzen fuhr er das 3-D-Modell des Kreuzfahrtschiff-Hafens nach, das auf dem kleinen Konferenztisch stand. Wade Hallridge hatte sich noch nicht bei ihm gemeldet. Dafür hatten in der letzten halben Stunde drei Leute angerufen und von Megan Coopers ›Banküberfall‹ berichtet. Die Aussagen waren an manchen Stellen ein wenig auseinandergegangen. Einmal hatte Megan fast die Rentner eines Bridge-Clubs vom Festland überfahren, die sich nur gerade noch mit wildem Kreischen auf den Bordstein retten konnten, als sie mit ihrem lächerlichen, verrosteten Jeep bis vor die Bank gefahren war. Ein andermal hatte sie Mrs. Carter bedroht, und der dritte Anrufer hatte – allerdings nur vom Hörensagen – berichtet, dass die verrückte Miss Cooper eine Schrotflinte auf Hallridge gerichtet hatte. Benedict neigte dazu, diese Ausschmückungen mit Vorsicht zu betrachten. In einem Punkt waren sich allerdings alle Anrufer einig: Megan war fuchsteufelswild gewesen, als sie Mrs. Carter dazu gebracht hatte, sie nach der Öffnungszeit in die Bank zu lassen. Und sie schien kurz vor einem Nervenzusammenbruch gestanden zu haben, als Hallridge sie ein paar Minuten später hinausgeleitet hatte.

Benedict öffnete die Tür, die von seinem Arbeitszimmer auf die Terrasse führte und bei Tag einen spektakulären Blick über den Ozean bot, und trat hinaus. Eisig kalt riss der Wind an seinem Hemd, seinen Haaren. Herbstlaub wirbelte um ihn herum wie kleine Tornados. Der Himmel hatte sich zu allen Farbschattierungen zwischen Anthrazit und Schwarz verfärbt. Wahrscheinlich würde es gleich anfangen zu schütten wie aus Eimern. Endzeitstimmung, ging Benedict das Wort durch den Kopf, das sowohl den Sturm als auch die Situation der *Silver Brook Stables* beschrieb. Sein Herz schlug schneller bei dem Gedanken, dass dieses Gestüt bald ihm gehören würde. Dass er endlich seine Rache bekäme. Nach so vielen Jahren. Jahrzehnten. Er lachte. Ein Laut, der vom Wind mitgerissen und auf das Meer hinausgeweht wurde. Zufrieden mit sich selbst und damit, dass seine akribische, langfristige Planung aufgegangen war, trank er einen weiteren Schluck Whiskey und kehrte in sein Arbeitszimmer zurück.

Mit einer zufriedenen Geste strich er sich die windzerzausten Haare aus der Stirn. Sarina hatte ein Dinner vorbereitet. Wie konnte man einen Tag wie diesen besser feiern als mit einem fantastischen Mahl der Schwiegertochter, im Kreis seiner Familie? An einem brennenden Kaminfeuer, während der Sturm ums Haus heulte.

22

Finn summte gut gelaunt den Kip-Moore-Song im Radio mit. Früher hatte er mit Country nicht besonders viel am Hut gehabt. Aber da seine Leute auf den Baustellen fast nichts anderes hörten, hatte er sich erst daran gewöhnt und irgendwann sogar Gefallen daran gefunden.

Er warf einen Blick auf den Beifahrersitz, wo Will den Blumenstrauß bewachte, den er für seine Mutter besorgt hatte. Wie immer im Stehen, die Vorderpfoten auf dem Armaturenbrett. Seine Mom liebte Blumen, und bei dem stürmischen grauen Wetter, das ihnen bevorstand, war das farbenfrohe Gebinde, das er ausgesucht hatte, genau das Richtige, um ihr ein Lächeln ins Gesicht zu zaubern.

Den Blick wieder nach vorn gerichtet folgte er dem langsam vor ihm fahrenden, klapprigen Pick-up des alten Mr. Abel. Sein pensionierter Geschichtslehrer, der schon zu Highschoolzeiten steinalt gewesen war. Finn hatte immer das Gefühl gehabt, dass der Lehrer einen Großteil der Geschichte, die er unterrichtet hatte, selbst erlebt hatte. Dabei hatte Finn keine Ahnung, wie alt er wirklich war. Nur dass er eigentlich schon seit mindestens zehn Jahren nicht mehr Auto fahren sollte. Der Sheriff hatte schon ein paar Mal angekündigt, ihm demnächst den Führerschein wegzunehmen, seine Drohung aber nie wahrgemacht.

»So läuft das auf Stonebridge Island«, sagte Finn zu Will. »Jeder weiß, dass Mr. Abel nicht mehr fahren sollte. Doch statt ihn anzuschwärzen, sagen alle: O, da kommt er wieder. Macht Platz, wenn er euch entgegenkommt. Und plant ein bisschen Zeit ein, wenn er vor euch fährt.«

Will hörte sich den Monolog mit schief gelegtem Kopf an.

»Ja, ich weiß, du hast es eilig, zu meiner Mutter zu kommen, weil du ihre Leckerli lieber magst als meine. Aber keine Sorge, Mr. Abel wird gleich in die Ocean Street abbiegen, und dann haben wir wieder freie Fahrt. Außerdem haben wir noch genügend Zeit.« Finn blickte wieder zu seinem Hund hinüber und sah die Frau, die vor der kleinen Marina stand und das Hafenmeistergebäude mit den vielen ausrangierten Hummerbojen betrachtete. Der Wind ließ ihr die blonden Haare über den Rücken tanzen. Sie sah fast so aus, wie … dann wandte sie den Kopf ein wenig, und Finn sah ihre Silhouette. »Teresa!« Er bremste, was Will, der darauf nicht vorbereitet war, fast gegen die Windschutzscheibe stoßen ließ. Der Hund beschwerte sich mit einem empörten Wuff, aber Finn hatte schon die Scheibe heruntergelassen und rief an Will vorbei: »Teresa!«

Sie drehte sich um und hielt mit einer Hand ihre Haare zusammen, um sie vor dem Wind in Sicherheit zu bringen. »Finn?« Ein Strahlen breitete sich über ihr Gesicht aus. »Ich hätte damit rechnen müssen. Kein Besuch auf Stonebridge Island, ohne dir über den Weg zu laufen.« Langsam kam sie auf seinen Truck zu.

Finn schob den Schalthebel in die Parkposition und warf Will einen strengen Blick zu. »Du bleibst hier«, befahl er, öffnete die Wagentür und sprang hinaus. Er umrundete die Motorhaube und breitete die Arme aus. »Das ist wirklich eine Überraschung.«

Teresa zögerte keinen Moment. Sie trat in seine Umarmung, erwiderte sie. Finn konnte ihren Duft wahrnehmen. Er hatte sich nicht verändert, aber Teresa wirkte eleganter und weltgewandter als noch vor ein paar Jahren. »Wenigstens kann ich mit gutem Gewissen sagen, dass das erste bekannte Gesicht auf dieser Insel nicht mein Ex-Freund sondern Marsha gewesen ist.« Lachend boxte sie ihm gegen den Oberarm, als Finn sie wieder losließ. »Aber du bist immerhin Nr. 2.«

»Wie geht es dir?«, fragte Finn. Er trat einen Schritt zurück und betrachtete sie. »Du siehst umwerfend aus.«

»Vielen Dank.« Lachend drehte sie sich einmal um die eigene Achse. »Hast du ein wenig Zeit? Wir könnten einen Kaffee trinken und uns auf den neuesten Stand bringen.«

Noch bevor Finn antworten konnte, machte Will seinem Namen alle Ehre. Von dem Befehl, im Wagen zu bleiben, ließ er sich nicht abhalten. Da die Tür zu war, sprang er einfach durch das noch immer geöffnete Beifahrerfenster und kam zu ihnen herüber.

»Hey. Wer bist du denn?« Teresa ging in die Knie, um den Hund zu streicheln. »So ein hübscher Kerl.«

Will, der seine Skepsis den Menschen gegenüber in den letzten Wochen vollständig abgelegt zu haben schien, genoss die Streicheleinheiten und wackelte vor Begeisterung mit dem ganzen Körper. Aus den Augenwinkeln schielte er zu Finn hinüber, als wolle er sagen: *Siehst du, ich bin viel beliebter als du. Und du wolltest mich im Auto lassen.*

»Das ist Will«, stellte Finn Teresa seinen Hund vor und verzog entschuldigend das Gesicht. »Ich würde gern noch einen Kaffee mit dir trinken, aber wir beide«, er wies mit dem Kinn auf Will, »werden bei meinen Eltern zum Essen erwartet.«

»Schade.« Teresa lächelte noch immer. »Wie geht es Arthur und Sarina?«

»Gut. Meine Mutter denkt ernsthaft darüber nach, sich ebenfalls einen Hund zuzulegen.« Teresa und seine Eltern hatten sich immer gut verstanden, und er war sicher, dass seine Mutter insgeheim gehofft hatte, dass sie heiraten und eine Familie gründen würden, als sie noch zusammen gewesen waren. Sie würden sich wahrscheinlich genauso freuen, Teresa zu sehen, wie er gerade. »Willst du vielleicht mitkommen?«, fragte er spontan.

Sie zögerte keine Sekunde. »Wäre das in Ordnung? Ich würde mich wirklich freuen, sie zu sehen.«

»Klar. Du weißt doch, meine Mom kocht immer reichlich. Hast du einen Wagen?«

»Ja, da drüben.« Sie nickte in Richtung des öffentlichen Parkplatzes.

»Dann folge uns einfach. Ich rufe meine Mom von unterwegs an und gebe ihr Bescheid, dass du zum Essen kommst.«

»Fantastisch. Bis gleich.« Sie kraulte Will noch einmal zwischen den Ohren und lief los.

Sie folgte ihm in einem kleinen roten Mietwagen zum Haus seiner Eltern. Finn hatte seine Mutter nur wissen lassen, dass er einen Überraschungsgast mitbrachte. Als er seinen Pick-up vor den Garagen abstellte und Teresa neben ihm parkte, riss seine Mutter bereits die Haustür auf und kam strahlend auf sie zu.

»Teresa«, rief sie, und Will stellte zum ersten Mal beleidigt fest, dass man nicht immer die erste Geige spielen konnte, als Sarina Finns Ex-Freundin in die Arme schloss, statt ihn zu streicheln. »Was für eine Überraschung«, sagte sie begeistert, griff nach Teresas Händen und trat einen Schritt zurück. »Sieh dich nur an. Du siehst umwerfend aus.«

Teresa lachte. »Vielen Dank, das kann ich nur zurückgeben. Ich hoffe, dieser Überfall kommt nicht ungelegen.«

»Um Himmels willen! Nein! Ich bin so gespannt, was es Neues gibt in deinem Leben. Ich will alles wissen. Was führt dich auf die Insel? Finn.« Seine Mutter drehte sich nach ihm um. »Begleite Teresa ins Haus und schenke ihr ein Glas Wein ein.«

Finns Ex-Freundin wurde von seinem Vater nicht weniger herzlich begrüßt. Bei einem Glas Wein erzählte sie ihnen, dass sie bei ihrer Familie in Machias zu Besuch war. Auf die Insel zu kommen war eine ganz spontane Entscheidung gewesen. »Vielleicht wollte ich einfach noch einmal ein paar nostalgischen Gedanken nachhängen, bevor …«, sie stockte kurz und warf Finn einen entschuldigenden Blick zu, »... ich einen neuen Lebensabschnitt beginne.«

»O mein Gott!« Finns Mutter verstand es als Erste und klatschte begeistert in die Hände. »Das sind ja wundervolle Nachrichten.«

»Was …?« Arthurs Gesichtsausdruck verriet seine Verwirrung.

»Teresa wird heiraten«, übersetzte Finn den Freudenausbruch seiner Mutter.

»Ist das für dich okay? Ich meine, wir sind uns vor einer halben Stunde zufällig über den Weg gelaufen, du hast mich zu deiner Familie nach Hause eingeladen, und ich lasse gleich als

Erstes so eine Bombe platzen.« Ein wenig aufgeregt fuchtelte Teresa mit den Händen. »Es ist alles noch so neu, und ich kann es selbst kaum glauben.«

»Mach dir keine Gedanken.« Finn griff nach Teresas Hand und lächelte. Ihr Glück war ansteckend. Im wahrsten Sinne des Wortes. Teresas Lächeln war vor all den Jahren das Erste gewesen, in das er sich verliebt hatte, als er sie in einem Coffee Shop in Orono kennengelernt hatte. »Ich freue mich für dich. Herzlichen Glückwunsch!« Finn meinte es genauso, wie er es sagte. Sie waren seit über drei Jahren kein Paar mehr, und ihre Trennung war eine gemeinsame Entscheidung gewesen. Damals hatten sie an einem Scheidepunkt gestanden. Finn hatte die große Chance gehabt, sein Unternehmen noch weiter auszubauen. Teresa hingegen war ein ganz fantastisches Jobangebot unterbreitet worden. In New Hampshire. Jeden Tag von der Insel nach Machias zu pendeln, wie sie es bis dahin getan hatte, war etwas völlig anderes als eine Fernbeziehung über dreihundertfünfzig Meilen. Sie hatten ihre Beziehung Revue passieren lassen. Von den ersten Schmetterlingen, die sie in seinem zweiten Studienjahr an der UMaine in seinem Bauch hatte herumfliegen lassen, bis zu diesem Moment sechs Jahre später, als ihr Zusammensein eher einer Freundschaft glich als der großen Liebe. Sie hatten sich getrennt, sich versprochen, Freunde zu bleiben. Aber wie das in solchen Fällen war, hatten sie es meist nicht über einen Anruf zum Geburtstag und die obligatorische Karte zu Weihnachten hinaus geschafft.

Sarina umarmte Teresa. »Herzlichen Glückwunsch. Ich habe mir dich immer als Schwiegertochter gewünscht«, sagte sie mit einem Zwinkern. »Aber ich bin mir sicher, dass du einen ganz wundervollen jungen Mann gefunden hast. Darauf sollten wir anstoßen. Arthur, könntest du eine Flasche Champagner öffnen? Und ich will alles über dein neues Leben wissen.«

Teresa lachte. »Aber ich will auch alles wissen, was bei euch so los ist.«

»Beim Essen«, sagte Sarina. »Beim Essen haben wir genug Zeit.«

Arthur war gerade dabei, eine Flasche Champagner zu entkorken, als Finns Großvater den Raum betrat. »Was feiern wir denn?«, fragte er mit Blick auf die Flasche.

»Teresas Verlobung. Du erinnerst dich doch noch an Teresa?«, sagte Sarina.

»Ich bitte dich.« Benedict zog Teresa in eine großväterliche Umarmung, und sie küsste ihn auf die Wange, wie sie es immer getan hatte, solange Finn und sie ein Paar gewesen waren. »Herzlichen Glückwunsch. Und schön, dich wieder einmal in unserem Haus begrüßen zu dürfen. Du siehst fantastisch aus.«

»Das kann ich nur zurückgeben.« Teresa strahlte seinen Großvater an.

Finn musste ihr recht geben. Benedict hatte den Raum von einem Ohr zum anderen grinsend betreten. Seine Laune war also bereits bestens gewesen, bevor er von Teresas Besuch überrascht worden war. Megans Worte kamen ihm wieder in den Sinn. Wie unheimlich sie das Lächeln seines Großvaters gefunden hatte. Finn konnte sich ebenfalls nicht dagegen wehren, dass sich seine Nackenhaare aufstellten. Er behielt Benedict im Blick, aber der alte Herr verhielt sich abgesehen von seiner guten Stimmung nicht anders als sonst. Jemandem seine gute Laune vorzuwerfen, wäre echt erbärmlich. Also konzentrierte er sich wieder auf Teresa und ihren unverhofften Besuch. Er stieß mit ihr an, ließ zu, dass seine Mutter ihr ein Loch in den Bauch fragte, und genoss ein fantastisches Dinner im Kreise seiner Familie.

Sie waren bereits beim Dessert angelangt, als Finns Gedanken wieder zu Megan huschten. Er beobachtete Teresa und seine Mutter, die gemeinsam über etwas lachten, während seine Ex-Freundin die Sahne an seinen Vater weiterreichte. Das war es, was er sich wünschte, schoss es ihm durch den Kopf. Er hatte sich vielleicht eingeredet, dass er jede Brotkrume fangen würde, die Megan ihm zuwarf. Aber am Ende konnte er doch nicht aus seiner Haut. Er war ein Familienmensch. Er wollte Abende wie diese. Wenn sogar sein Großvater ein wenig offener wurde, hatten sie eine echte Chance. Sicher, am Anfang würde ihre Beziehung ein paar Hürden nehmen müssen. Aber das konnten sie schaffen. Erstaunlicherweise war er bereit, viel härter um Megan zu kämpfen, als es ihm bei Teresa je in den Sinn gekommen wäre.

»Finn?«

»Hmm?« Er blickte von seinem Pecannuss-Kuchen auf.

»Wo bist du mit deinen Gedanken?«, fragte seine Mutter. »Wir haben gerade über das Haus geredet. Wie du es zu Ende restauriert und eingerichtet hast.«

»Ich würde es so gerne sehen.« Wieder dieses Lächeln, dem niemand etwas abschlagen konnte. »Du hast es sicher wundervoll hergerichtet, deine Mutter hat es mir gerade geschildert. Ich möchte das Haus, in das Ben und ich ziehen werden, in einem ähnlichen Stil einrichten wie du deines. Wie hieß das doch gleich?«

Das Haus, in dem er ursprünglich sein Leben mit Teresa hatte verbringen wollen. Kinder großziehen. Das irgendwann so groß und leer gewirkt hatte, dass er sich einen Hund angeschafft hatte, um Leben in die vier Wände zurückzubringen. Das Haus, in dem er sich inzwischen keine andere Frau als Megan vorstellen konnte. Abends auf seiner Couch ausgestreckt. Morgens in seinem Bett, unter den Laken an ihn gekuschelt. An seiner Kücheninsel, mit dem Messer eine Zwiebel malträtierend. »Das Haus ist eine Mischung aus Industrial- und Farmhouse-Style. Komm doch noch auf einen Kaffee mit rüber und sieh es dir an«, schlug er Teresa vor. Er war stolz auf das, was er erschaffen hatte. Teresa ein paar Tipps zur Gestaltung ihres eigenen Hauses zu geben, war eine Kleinigkeit für ihn. Und wenn er ganz ehrlich war, hatte es am Vorabend beim Baseball ebenfalls fantastisch geklappt, sich abzulenken. Vielleicht half ihm Teresas Besuch, seine Gedanken noch eine Weile von Megan fernzuhalten. Zumindest so lange, bis er einen Plan geschmiedet hatte, wie er sie von einer festen Beziehung mit ihm überzeugen konnte.

Nachdem sie sich wortreich und mit mehreren Umarmungen von seiner Familie verabschiedet hatte, folgte sie Finn in dem kleinen roten Wagen auf seine Lichtung. Er zeigte ihr das Haus, ließ sie über den Umbau und seine Einrichtung staunen und goss ihnen schließlich den versprochenen Kaffee ein.

»Danke«, sagte Teresa. Sie lehnte sich an die Kücheninsel und drehte die Tasse zwischen ihren Händen. »Ich habe nicht erwartet, dich heute zu sehen. Irgendwie wollte ich einfach noch mal auf die Insel zurück und ein bisschen in Erinnerungen schwelgen. Prompt läufst du mir über den Weg, ich lade mich bei deiner Familie zum Essen ein und platze auch noch mit meinen Neuigkeiten heraus. So hattest du dir deinen Abend wahrscheinlich nicht vorgestellt.« Sie lachte wieder dieses leise, fröhliche Lachen. »Ich bin ein bisschen wie eine Naturgewalt über dich hergefallen.«

Finn legte ihr den Arm um die Schultern und zog sie in eine freundschaftliche Umarmung. »Ich habe mich wirklich gefreut, dich zu sehen. Genau wie meine Familie. Das war eine echte Überraschung. Und ich freue mich, dass du dein Glück gefunden hast.«

»Was ist mit dir?« Sie legte ihre Hand auf sein Herz. »Hast du dein Glück gefunden?«

Das Lächeln, das er ihr schenkte, fühlte sich ein wenig gezwungen an. »Ich bin dabei. Drück mir die Daumen.«

»Darauf kannst du dich verlassen.«

Sie tranken ihren Kaffee, plauderten noch ein wenig über alte Bekannte, und als Teresa aufbrach, bevor das Wetter noch schlimmer werden würde, umarmten sie sich ein letztes Mal.

Finn wartete, bis die Rücklichter ihres Wagens im Wald verschwanden, bevor er sein Handy aus der Tasche zog und Megan eine Nachricht schickte. Sie mussten über ihre Zukunft reden. So schnell wie möglich. Teresas Besuch hatte ihm die Augen geöffnet. Er wusste, was er wollte: Megan. Und vor allem wollte er nicht mehr länger warten. Er starrte auf sein Handy. Sie las seine Bitte, sich noch mit ihm zu treffen. Aber sie antwortete nicht. Mit einem Seufzer legte er das Handy zur Seite und griff nach Wills Tennisball. »Na los«, rief er seinem Hund zu. »Lass uns noch ein paar Bälle werfen.«

*

Megan wollte Antworten. Nein. Sie *brauchte* Antworten. Nach der Krisensitzung mit ihrer Familie setzte sie sich in ihren Jeep und fuhr zu Finn. Die Sturmböen schüttelten den Wagen durch und erinnerten sie an das letzte Unwetter. Beim Herbstball hatte alles seinen Anfang genommen. Damals hatte sie zum ersten Mal dieses Kribbeln zwischen Finn und sich gespürt. Und mit dem Zusammenbruch der Futterscheune war die Walze der finanziellen Probleme ins Rollen geraten und hatte inzwischen ein Tempo aufgenommen, das sich nicht mehr stoppen ließ.

Megan bog von der Old Country Road auf den Waldweg ab, der zu Finns Lichtung führte. Die Äste der Sträucher am Wegrand peitschten gegen die Seiten des Jeeps, und die Mischung aus Regen und Dunkelheit ließ sie nur noch im Schritttempo vorankommen. Sie hatte den Rand der Lichtung erreicht, als ihre Scheinwerfer den kleinen roten Wagen streiften. Überrascht hielt sie an. Das Auto kannte sie nicht. Wer wollte um diese Zeit noch etwas von Finn?

Sie schaltete den Motor aus, und das Licht ihrer Scheinwerfer erlosch. Durch die Dunkelheit waren die hell erleuchteten Fenster des Hauses überdeutlich zu erkennen. Und schlossen sich wie Rahmen um das, was dahinter geschah. Megan schluckte, als sie die Frau in der Einfassung erblickte, hinter der Finns Küche lag. Und da war er, zog die Frau in seine Arme – und Megan erstarrte zu Eis. Was …? Dann löste sich die Frau und drehte sich lachend so weit zur Seite, dass Megan sie erkennen konnte. Das war Finns Ex-Freundin. Sie kannte sie nur flüchtig und konnte sich nicht einmal an den Namen der Frau erinnern. Ein paar Mal war sie ihr in Home Port über den Weg gelaufen, aber selbst das war Jahre her. Was hatte sie hier zu suchen?

Megan atmete tief durch. Dieser Tag hatte seinen Tribut gefordert, aber jetzt war nicht der Zeitpunkt, endgültig die Nerven zu verlieren. Würde Finn sich mit seiner Ex-Freundin treffen, nachdem er versucht hatte, Megan von einer Beziehung zu überzeugen? »Nein, das würde er nicht machen«, murmelte sie.

Dass diese Frau hier war, bedeutete allerdings zwei Dinge, die trotz allem dafür sorgten, dass sich ihr Magen noch weiter zusammenzog. Zum einen konnte sie nicht mit ihm reden, solange er Besuch hatte, also würde sie keine Antworten bekommen. Das andere, das sie in diesem Moment begriff, war die Tatsache, dass sie praktisch nichts über Finn und sein Leben wusste. Sah man einmal davon ab, dass er ein fantastischer Bauunternehmer war und sein Großvater versuchte, ihre Familie zu ruinieren.

Hier würde sie heute Nacht nicht weiterkommen. Sie musste bis zum nächsten Tag warten, um Antworten zu erhalten. Ohne die Scheinwerfer einzuschalten setzte sie langsam auf den Waldweg zurück und fuhr nach Hause.

Im Ranchhaus brannten noch die Lichter, aber ihr war nicht danach, ihren Schwestern und ihrer Mutter noch einmal gegenüberzutreten. Niemand hatte ihr die Schuld an den Problemen gegeben, in die sie geschlittert waren. Aber sie war diejenige, die das Gestüt managte. Also war sie verantwortlich. Sie parkte den Jeep so nahe an ihrem Cottage wie möglich und zog den Kopf ein, als sie aus dem Wagen sprang. Mit ein paar schnellen Sätzen hastete sie die kleine Veranda hinauf und schlüpfte durch die Tür. Sie machte sich nicht die Mühe, das Licht einzuschalten, streifte einfach nur ihre nasse Jacke und ihre Stiefel ab und ließ sich auf das Bett fallen. Durch das Bay Window blickte sie in die undurchdringliche Schwärze des Unwetters. Weder die Bucht noch der Ozean oder der Himmel waren zu sehen. Fast fühlte sich die Schwärze wie das Loch an, vor dem sie sich seit dem Tod ihres Vaters so unglaublich fürchtete.

23

Megan hatte nicht mehr auf Finns Nachricht reagiert, also nahm er am nächsten Morgen einen erneuten Anlauf. Er musste sowieso auf *Seal Rock Hall* nach dem Rechten sehen, weil der Sturm immer noch weitertobte – und es wohl auch noch die nächsten Tage tun würde. Wenigstens hatte es vorübergehend aufgehört zu regnen.

Wenn er schon auf die Klippe hinausfuhr, konnte er genauso gut auch einen Blick auf die neue Futterscheune werfen und Megan einen ihrer Lieblingskaffees aus *Marsha's Bakery* bringen. Will und er standen auf der winzigen Veranda vor ihrem Cottage, aber sie reagierte nicht auf sein Klopfen.

Vorsichtig drehte Finn den Türknauf und schob die Tür einen Spalt auf. »Wir brechen nicht ein«, erklärte er Will, der ihn mit schief gelegtem Kopf ansah. »Wir lassen Megan nur den Kaffee da, falls sie noch schläft.«

Das schien der Hund zu verstehen, denn er war der Erste, der sich durch den Türspalt drängelte, um das Cottage zu inspizieren. Finn folgte ihm. Als er die Hütte betrat und die Dusche im Bad hörte, begriff er, warum Megan ihn nicht bemerkt hatte.

Er sah ein paar Papiere und Notizzettel auf dem winzigen Küchentresen liegen, was ihn auf die Idee brachte, ihr Spielchen noch ein wenig fortzusetzen. Wenn er den Kaffeebecher fand, den sie neulich mitgenommen hatte, und gegen den frischen Kaffee austauschte, konnte er ihr eine witzige Nachricht hinterlassen und wieder verschwinden, bevor sie aus dem Bad kam. Dann wäre sie wieder am Zug, und vielleicht würden sie es heute Abend schaffen, einmal in Ruhe miteinander zu reden.

Er griff nach dem Stift und dem Post-it-Block, als ihm einer der gelben Zettel ins Auge fiel, der auf dem Küchentresen klebte. *Rausfinden, wer in letzter Zeit Hypotheken aufgenommen hat.* Auf dem nächsten stand: *Überprüfen, ob noch jemand reingelegt wurde.* Reingelegt? Finn nahm das Blatt in die Hand, auf dem dieser Post-it klebte. Ungläubig las er den Brief, den die Bank an die Coopers geschickt hatte. Wie konnte denn so was …?

»Was machst du da?«

Megans Stimme ließ ihn erschrocken zusammenzucken. Er hatte sie nicht kommen hören. Will schien sich am wütenden Klang ihrer Worte nicht zu stören. Er stürmte auf sie zu, um sie zu begrüßen. Finn drehte sich wesentlich langsamer um, den Brief noch immer in der Hand. »Eigentlich wollte ich dich mit einem Kaffee überraschen. Aber …«, er hielt das Blatt hoch, »... was ist das?«

»Ebenfalls eine Überraschung. Von der Bank.« Megans Körper wurde von einem äußerst knappen Handtuch verhüllt. Ihre Haare verschwanden unter einem schiefen Handtuchturban. Auf ihrer Haut glitzerten ein paar Wassertropfen, aber unter ihren Augen lagen tiefe Schatten. Ein wenig erinnerte sie ihn an die mutlose, traurige Megan, die er aus der Bar gerettet hatte. »Und von Du-weißt-schon-wem«, konnte sie sich die Erwähnung seines Großvaters nicht verkneifen.

Finn ließ das Blatt sinken. »Megan, ich hatte gehofft, wir könnten meinen Großvater einfach mal außen vor lassen und uns nur auf uns konzentrieren«, versuchte er, auf den Grund seines Besuches zurückzukommen. Auch wenn ihm dieses Schreiben durchaus Sorgen machte.

»Das da«, Megan wies auf das Blatt, »ist der Ruin der *Silver Brook Stables*. Das Letzte, wofür ich jetzt noch Nerven habe, ist eine Diskussion mit dir darüber, wo wir beide stehen. Denn ich weiß, wo ich stehe. Auf der gegenüberliegenden Seite von Benedict. Als seine Gegnerin.« Sie rang sich ein geringschätziges Lächeln ab. »Wo du stehen willst, weiß ich nicht. Vielleicht irgendwo dazwischen? Für ein ›Wir‹ ist kein Platz mehr, Finn.«

»Das ist doch sicher nur ein Irrtum.« Megans Worte hörten sich verdammt endgültig an. Weil er seine Familie nicht einfach so verriet? Weil er nach einem Weg suchte, wie er beides haben konnte? Nämlich eine Beziehung mit ihr und ein normales Verhältnis zu seinem Großvater. »Die haben euch wahrscheinlich einen völlig falschen Brief geschickt. Wenn du mit der Bank redest, wird sich das aufklären.«

Megan schwieg einen Moment, was den Worten, die folgten, nur noch mehr Bedeutung verlieh. »Das habe ich, Finn. Gestern. Hallridge hat mir bestätigt, dass er keinen Fehler gemacht hat. Wir werden alles verlieren. Und jetzt erzähl du mir nicht, dass Benedict da nicht seine Finger im Spiel hat.«

Finns Magen zog sich zusammen. Langsam legte er den Brief zurück und stützte sich mit einer Hand am Tresen ab. Mit einer Sache hatte Megan recht. Er hatte seinen Großvater, genau wie sie, hinter den Sabotageakten gegen das Gestüt vermutet. Auch wenn er keinen Weg gefunden hatte, ihm das nachzuweisen. Er hatte ihn im Auge behalten wollen, weil er sehr wohl von Benedicts ehrgeizigen Träumen für das Gelände der *Silver Brook Stables* wusste. Aber er hätte einfach nicht gedacht, dass er so weit gehen würde. So ein Unmensch war sein Großvater nicht. Oder doch?

»Finn?« Megan stand noch immer am selben Fleck und starrte ihn an. »Du wusstest das?« Ihre Stimme war kaum mehr als ein Flüstern. Schockiert schlug sie die Hände vor den Mund. »O mein Gott! Du wusstest das!«

»Nein, Megan.« Er hob beschwichtigend die Hände. »Ich habe das nicht gewusst. Jedenfalls nicht so. Ich wusste, dass er etwas im Schilde führte, aber das hätte ich wirklich nicht erwartet.«

»Du wusstest, dass er etwas geplant hat?« Ihr Flüstern war einem Brüllen gewichen. »Du hast davon gewusst! Und mich in dem Glauben gelassen, dass ich mir das alles nur einbilde? Diese Freundlichkeit! Sein Lächeln! Er wusste, dass Hallridge mich in ein paar Tagen ans Messer liefern würde, und hat sich köstlich amüsiert. Hast du ihm dabei Gesellschaft geleistet? Habt ihr euch zusammen über uns kaputtgelacht, gestern, beim Familiendinner mit deiner Ex-Freundin?«

Woher wusste Megan von Teresa? Er schob den Gedanken an seine Ex-Freundin zur Seite. Das war im Moment nicht wichtig. Im Moment ging es einzig darum, dass Megan ihm glaubte, dass er nicht mit seinem Großvater gemeinsame Sache gemacht hatte. »Ich schwöre dir, ich habe nichts damit zu tun. Es stimmt, ich hatte eine Ahnung, dass Benedict in die Sabotage gegen das Gestüt verstrickt sein könnte, aber ich hatte keine Beweise dafür. Deshalb wollte ich ihn im Auge behalten. Es tut mir leid, dass ich dir nichts davon erzählt habe. Ich habe einfach nur versucht, uns und meine Familie unter einen Hut zu bekommen.« Er machte einen Schritt auf Megan zu, doch sie wich zurück. »Ich würde dich niemals reinlegen, Megan. So etwas würde ich nie tun. Und wenn du darüber nachdenkst, wird dir das klarwerden. Weil du das, verdammt noch mal, genau weißt.« Jetzt war auch er laut geworden, obwohl er in Ruhe mit Megan hatte reden wollen. Aber diese Situation frustrierte ihn so wahnsinnig. Wühlte ihn auf. Und machte ihn hilflos.

»Ich weiß überhaupt nichts mehr. Alle haben auf mich eingeredet, dass du so eine gute Wahl bist. In jeder Hinsicht.«

Also hatte sie doch mit ihren Schwestern über ihn geredet? War das der Grund, warum Cameron von ihnen wusste?

»Ich hätte auf mein Bauchgefühl hören sollen.«

»Megan, du kannst mir vertrauen. Du weißt doch, wie viel du mir bedeutest. Ich regle dieses Problem. Versprochen.« Flehend sah er sie an. Wenn sie ihn jetzt wegschickte …

»Dir vertrauen? Warum sollte ich das tun? Und warum solltest du meine Probleme lösen?« Ihre Stimme war leiser geworden, aber in ihren Augen blitzte noch immer dieser wütende, herausfordernde Ausdruck.

»Weil …« Die Worte lagen ihm auf der Zunge. Er hatte so oft über Megans und seine Situation nachgedacht, sich den Kopf zerbrochen. Dabei war es so einfach. Das hier war nicht der richtige Rahmen für Ankündigungen dieser Größenordnung. Aber … er schluckte. »Ich habe mich in dich verliebt, Megan. Vielleicht ist es passiert, als du so voller Herzblut für den Wiederaufbau der Futterscheune gekämpft hast. Vielleicht als ich dich in dieser Bar aufgesammelt und deine verletzliche Seite gesehen habe. Möglicherweise schon, seit ich dich mit Dreizehn zum ersten Mal geküsst habe.«

Stille folgte auf seine Worte. Tickte zwischen ihnen wie eine Zeitbombe. Megan, die vorher schon blass gewesen war, wirkte jetzt regelrecht durchscheinend.

»Wir sind gerade dabei, alles zu verlieren. Alles, Finn. Und du kommst mit Liebesschwüren daher, damit ich vergesse, dass du von diesem Komplott gewusst hast? Geh. Und komm nie wieder!«

»Megan!« Finn wusste nicht mehr, welche Argumente er noch anführen sollte, um sie dazu zu bringen, ihm zu glauben. »Bitte vertrau mir. Ich löse dieses Problem. Und danach reden wir in Ruhe …«

»Wir reden überhaupt nicht mehr«, zischte sie. »Verschwinde endlich aus meinem Haus!« Sie wartete nicht ab, bis er ging, sondern drehte sich um, lief ins Bad und warf die Tür hinter sich ins Schloss.

»Scheiße!«, fluchte Finn. Er hatte bereits einen Schritt in Richtung Tür gemacht, als er sich noch einmal umdrehte und sein Handy aus der Tasche zog. Schnell fotografierte er das Schreiben der Bank ab, vor allem die brisanten Stellen des Vertrages, die Megan mit weiteren Post-it-Zetteln markiert hatte. Ihm war egal, was Megan vorhatte. Er würde dieses Problem lösen. Und ihr beweisen, dass er nicht mit seinem Großvater unter einer Decke steckte.

*

Megan ließ sich an der Innenseite der Badtür nach unten gleiten. Ihre Beine berührten den kalten Fliesenboden, doch sie spürte es nicht, verglichen mit der eisigen Kälte, die sich durch ihren Körper fraß.

Wie konnte Finn behaupten, dass er sie liebte? Wie hatte er sich überhaupt in sie verlieben können, wo sein Großvater doch sicher verlangte, dass er sich ihm unterordnete? Ging es vielleicht darum? War das Finns stille Art, gegen seine Familie zu rebellieren?

Ausgerechnet jetzt, wo sie um ihr Familienunternehmen kämpfen musste, kam er mit solchen Floskeln daher. Aber sie konnte sich nicht ablenken lassen von seinen Behauptungen. Sie musste sich auf die Aufgabe fokussieren, die vor ihr lag. Mit einer kantigen Bewegung wischte sie sich die Tränen von den Wangen, die sie nicht hatte aufhalten können, und presste die andere Hand auf ihren Brustkorb, hinter dem ein Sturm tobte. Sie fühlte sich, als zöge sich ein Riss durch ihr Herz. Was nicht daran lag, dass Finn ihr das Herz gebrochen hatte, sondern daran, dass er ihr Vertrauen missbraucht hatte.

Was würde Dad tun?, gingen ihr die Worte ihrer Schwester wieder durch den Kopf. Jack würde den Kopf nicht einziehen. Er würde kämpfen für das, was ihm alles bedeutete. Und das waren in diesem Fall die *Silver Brook Stables*. Ihr Erbe und das Zuhause ihrer Familie – und nicht Finn. Mit Camerons Hilfe würden sie es schaffen.

*

Auf einem von Megans Post-its hatte gestanden, dass sie herausfinden wollte, wer sonst noch in letzter Zeit einen Kredit aufgenommen hatte und wie die Konditionen da lauteten. Finn musste sich dazu nicht erst umhören – er kannte jemanden. Deshalb fuhr er von den *Silver Brook Stables* direkt zu Jacob. Charlottes Krankenhausbesuche in den letzten Monaten hatten seinen Freund gezwungen, eine Hypothek auf sein Haus aufzunehmen. Bei der *Stonebridge Island Bank & Trust*. Er hoffte, dass Megan sich täuschte und die Bank einfach den Hebel bei allen Kunden angesetzt hatte – was er wiederum niemandem wünschte. Finn seufzte und hielt das Lenkrad des Pick-ups fest umklammert, um den Wagen gegen die Sturmböen in der Spur zu halten. Egal, was er gleich herausfinden würde: Erst wenn er Jacobs Darlehen mit dem der Coopers verglichen hatte, würde er wissen, was als Nächstes zu tun war.

Sein Freund öffnete überrascht, als Finn an seine Tür hämmerte. Heute würde die *Seaflower* später auslaufen, weshalb Jacob sich die Zeit nehmen konnte, mit seiner Tochter zu frühstücken. Beide trugen noch ihre Pyjamas. Was in Jacobs Fall Flanell-Karos bedeutete und bei Charlotte tanzende Hummer auf rosa Grund.

»Ich brauch deine Hilfe, Mann«, machte Finn es kurz, nachdem er Jacobs Tochter zur Begrüßung auf ihr Haar geküsst hatte. Auch wenn er im Moment versuchen musste, sich auf seine eigenen Probleme zu konzentrieren, kam er nicht umhin zu bemerken, dass Charlotte nicht gut aussah und auch Jacobs Gesicht grau vor Sorge war. »Können wir in dein Arbeitszimmer gehen?«, bat er.

»Klar. Komm mit.«

Finn folgte seinem Freund durch den schmalen Flur in den Raum, der eher einer Abstellkammer als einem Büro glich. Jacob erledigte den größten Teil seiner Buchhaltung meistens doch abends am Küchentisch. »Geht es Charlotte wieder schlechter?«, fragte er, als Jacob die Tür hinter ihnen schloss.

»Keiner unserer besten Tage«, bestätigte sein Freund. »Ich hoffe, es wird in den nächsten Stunden besser.« Sonst würden sie trotz des Unwetters, das die Gegend noch eine Weile im Klammergriff halten würde, aufs Festland fahren müssen, um das Mädchen ins Krankenhaus zu bringen. »Was für ein Problem hast du?«

»Kann ich mir die Unterlagen zu deiner Hypothek ansehen?«

Finn wunderte sich nicht über den Blick unter hochgezogenen Augenbrauen, den sein Freund ihm zuwarf, während er nach dem entsprechenden Ordner griff. Mit ein paar kurzen Sätzen brachte er Jacob auf den neuesten Stand und zeigte ihm auf dem Handy die Textpassagen, die es früher nicht in den Verträgen gegeben hatte.

Jacob schüttelte den Kopf und begann, durch den Vertrag für seine Hypothek zu blättern. »Wenn du so kämpfen musst wie ich manchmal, dann gehst du keine unnötigen Risiken ein. Ich lese das Kleingedruckte immer. Und diese Passage sagt mir rein gar nichts.«

Gemeinsam sahen sie sich die Seite an, die den Coopers das Genick brechen könnte, und fanden bei Jacob – nichts.

»Scheiße.« Finn ließ sich in den alten Ledersessel fallen, der in der Ecke stand. Er stemmte die Ellenbogen auf die Knie und rieb sich mit den Händen über das Gesicht. »Ich hatte ja schon befürchtet, dass Megan recht hat. Aber bevor man es nicht schwarz auf weiß sieht … Hallridge hat tatsächlich versucht, die Coopers über den Tisch zu ziehen.«

»Wenn ich dich korrigieren darf?« Jacob schob den Ordner zur Seite und setzte sich auf die Tischkante. »Er *hat* die Coopers über den Tisch gezogen. Was hast du jetzt vor?«

»Als Allererstes muss ich mit meinem Großvater reden. Hallridge hat keinen Grund, das Gestüt zu ruinieren. Aber mein Großvater will seinen verdammten Kreuzfahrtschiff-Hafen in der Halfmoon Bay bauen.«

»Was?« Jacob sprang auf und starrte ihn an. »Das ist … wow.« Er ließ sich auf den Tisch zurückfallen. »Ich dachte, er will auf der anderen Seite der Insel bauen.«

»Ja, das wollte er die Leute glauben machen, um sein Projekt voranzutreiben. Aber tatsächlich ist das Wasser nur in der Halfmoon Bay tief genug dafür«, erklärte Finn das Vorhaben seines Großvaters, das er noch bis vor einer Stunde für ein Hirngespinst gehalten hatte.

»Dann könnte tatsächlich dein Großvater dafür verantwortlich sein, dass die Coopers alles verlieren? Dass *Megan* alles verliert? Weiß sie das?« In Jacobs Blick lag Fassungslosigkeit.

»Irgendwie. Zumindest in Teilen. Verdammt! Ich habe gedacht, dass wir es mit einer von Benedicts größenwahnsinnigen Spinnereien zu tun haben. Deshalb habe ich nichts gesagt. Ich wollte, dass Megan und meine Familie sich annähern. Aber statt auf ihre Vorahnungen zu hören, habe ich meinen Großvater in Schutz genommen. Und das ist dabei rausgekommen.«

»Auch wenn du es nicht mit Absicht getan hast, für Megan wird das so aussehen, als ob du mit Benedict unter einer Decke steckst.«

Finn stieß ein harsches Lachen aus. »Das habe ich gemerkt. Und weißt du, was ich Idiot in dieser Situation gemacht habe? Statt den Schwanz einzuziehen und erst mal zu verschwinden, bis ihre Wut ein wenig verraucht ist, habe ich ihr gesagt, dass ich mich in sie verliebt habe.«

Jacob stieß langsam die Luft aus. »Ich würde sagen, du hast ganz eindeutig ein Händchen für den falschen Moment. Wenn es nicht erst sieben Uhr morgens wäre, würde ich dir einen Scotch anbieten. Wie wäre es stattdessen mit einem Kaffee?«

»Danke, aber ich habe keine Zeit. Ich will meinen Großvater abfangen, bevor er auf eine seiner Baustellen verschwindet und ich mich dazu hinreißen lasse, ihm in der Öffentlichkeit eine Szene zu machen.« Er erhob sich. »Ich sollte jetzt gehen.«

»Finn.« Jacob wartete, bis sich Finn, der bereits die Hand auf dem Türknauf hatte, noch einmal zu ihm umdrehte. »Hast du es ernst gemeint, als du ihr gesagt hast, dass du sie liebst?«

Finn nickte. »Todernst.«

»Dann solltest du bei allem, was du tust, daran denken. Es ist schwer, sich zwischen einer Frau und seiner Familie entscheiden zu müssen. Aber dein Großvater wärmt dir nachts nicht das Bett und nimmt dir nicht deine Einsamkeit. Und irgendwann, hoffentlich ist es bis dahin noch eine Weile hin, wird es Benedict nicht mehr geben. Aber dann gibt es immer noch ein ganzes Leben, das du mit Megan verbringen kannst. Verbocke es nicht, mein Freund.«

Finn verstand, was Jacob ihm sagen wollte. Er sah die Einsamkeit in den Augen seines Freundes. Die Sehnsucht nach einer Partnerin, mit der er sein Leben teilen konnte, das ihm nicht selten alles abverlangte. Jacob würde kein Verständnis dafür haben, wenn Finn sich dieses Glück aus falsch verstandener Loyalität verbaute. »Danke«, sagte er schlicht, schlug Jacob in einer typisch männlichen Umarmung zweimal kräftig auf den Rücken. Auf dem Weg nach draußen warf er Charlotte eine Kusshand zu und bat sie, gut auf sich aufzupassen. Schon im nächsten Moment saß er wieder in seinem Pick-up und lenkte ihn zu seinem Elternhaus.

24

Die Fahrt von Jacob zu seinem Elternhaus dauerte nur zehn Minuten. Die ausreichten, um Finns Wut so richtig anzuheizen.

Seine Mutter öffnete lächelnd die Haustür, als sie ihn vorfahren sah. »Das ist ja eine Überraschung. Schön, dich so bald schon wiederzusehen«, rief sie, als er aus seinem Wagen sprang.

»Ist Grandpa da?«, wollte er wissen.

»Ja. In seinem Arbeitszimmer.« Sarina stutzte. »Ist alles in Ordnung?«, fragte sie, als Finn sich an ihr vorbeidrängte, statt sich wie sonst von ihr umarmen und die Haare aus dem Gesicht streichen zu lassen.

»Nichts ist in Ordnung«, knurrte er und hielt geradewegs auf das Büro seines Großvaters zu. Ihm war bewusst, dass er gerade dabei war, alle Regeln zu brechen, die in diesem Haus galten. Aber es war ihm egal. Weder machte er sich die Mühe, seinen Vater zu grüßen, der am Küchentisch die Zeitung las, noch zog er seine Arbeitsstiefel aus, an denen jede Menge Baustellendreck klebte. Und am allerwenigsten beachtete er die oberste Regel: Klopfe an und warte, bis dein Großvater dich hereinbittet.

Finn stieß die Tür zum Arbeitszimmer so heftig auf, dass sie gegen die eichengetäfelte Wand knallte.

»Finley!« Benedict erhob sich halb hinter seinem Schreibtisch, ganz offensichtlich erschrocken über Finns Verhalten.

»Was bildest du dir ein? Hast du deine Kinderstube vergessen?«, wies er ihn zurecht.

»Ich habe in meiner Kinderstube zumindest Anstand vermittelt bekommen. Wie tief kann man sinken, Grandpa?« Finn zog sein Handy aus der Tasche und las Benedict die Rückzahlungsklausel im Vertrag der Coopers vor. »Du hast es geschafft, oder? Ich habe immer geglaubt, dass dieser Hafen in der Halfmoon Bay eine deiner verrückten Ideen ist. Nie hätte ich gedacht, dass du so weit gehen würdest, einer Familie alles wegzunehmen und ein florierendes Unternehmen zu zerstören, nur um deine Interessen durchzusetzen.«

»Ich vermute, du redest von den Coopers.« Benedict ließ sich in seinen Sessel zurücksinken und trank einen Schluck Kaffee, bevor er in aller Seelenruhe seine Financial Times zusammenfaltete und zur Seite legte. »Von einem florierenden Unternehmen kann man wohl kaum sprechen, wenn sie ihre Kreditraten nicht zurückzahlen. Ich weiß, dass du mich aus irgendeinem Grund, den ich nicht begreife und der nichts mit der Familienehre zu tun hat, für das Schicksal dieses stümperhaft geführten Gestüts verantwortlich machen willst. Falls du es noch nicht gemerkt haben solltest, ich bin kein Banker, und mir gehört die *Stonebridge Island Bank & Trust* nicht. Ich habe damit nichts zu tun. Allerdings lebe ich auch nicht hinter dem Mond und habe sehr wohl davon gehört, wie Megan Cooper gestern Abend vor der Bank ausgerastet ist und sowohl Mrs. Carter als auch Wade Hallridge verbal angegriffen hat. Nicht dass mich das in irgendeiner Form wundert.« Zufrieden mit seiner kleinen Rede lehnte sich Benedict zurück und trank einen Schluck Kaffee. Er glaubte, noch immer die Oberhand zu haben und alle nach seiner Pfeife tanzen lassen zu können.

Jacobs Worte gingen Finn durch den Sinn. Wenn er ein Leben mit Megan wollte, musste er eine Entscheidung treffen. Bei dem Gedanken, wie Megan allein zur Bank gegangen war – ohne Beistand, ohne die Rückendeckung, die er ihr hätte geben können –, zog sich sein Magen zusammen, und die Ränder seines Blickfelds färbten sich vor Wut über die Selbstgefälligkeit seines Großvaters rot ein. Finn hatte seine Entscheidung getroffen. »Ich habe keine Ahnung, was du Hallridge geboten hast oder womit du ihn erpresst, dass er bei deinem kranken Spielchen mitgemacht hat, aber ich will, dass du das sofort rückgängig machst.«

»Sonst was?« Benedict legte lächelnd den Kopf schief. »Du scheinst es nicht zu begreifen, mein Junge. Ich bin nicht die Bank. Was auch immer du von mir verlangst, ich kann da nichts machen.«

»Bieg das wieder gerade, Grandpa!«, sagte Finn mit Nachdruck. »Megan hat eine Chance verdient. Besonders, weil sie nicht wirklich im Verzug mit den Raten war und das Ganze mit der Bank abgeklärt hatte. Hallridge und du, ihr habt sie eiskalt ins Messer laufen lassen.«

»Megan, hmm?« Benedicts Lächeln nahm einen verschlagenen Ausdruck an. »Ich kann dir nicht helfen, und ich lasse mich auch nicht von dir herumkommandieren. Was Hallridge in seiner Bank macht, ist seine Sache. Wenn die *Silver Brook Stables* allerdings durch ihre Misswirtschaft in Schieflage geraten und sie verkaufen müssen, bin ich gerne bereit, mich einzubringen und einen fairen Preis für das Land zu bieten, um darauf ein Projekt zu verwirklichen, das allen Insulanern etwas bringt.«

Finn gab einen geringschätzigen Laut von sich. »Du und

fair? Dass ich nicht lache. Du bist ein boshafter alter Mann. Und deine lächerlichen Pläne helfen niemandem auf dieser Insel außer dir selbst.«

Finns Ausbruch brachte Benedict noch immer nicht aus der Ruhe. »Schon erstaunlich, wie sehr du dich für die Coopers einsetzt. Oder soll ich sagen: für Megan Cooper?« Er lächelte kalt und schnippte mit den Fingern. »Sie haben ja noch drei Tage, um ihre Schulden zu begleichen. Wenn sie das nicht hinbekommen«, er beugte sich vor, um seinen Worten Nachdruck zu verleihen, »werden die *Silver Brook Stables* mir gehören.«

»Du widerst mich an.« Finn drehte sich auf dem Absatz um und rannte aus dem Zimmer, wobei er beinahe mit seiner Mutter und seinem Vater zusammenstieß, die den Streit offenbar vom Flur aus verfolgt hatten. »Habt ihr das gewusst?«, fuhr er die beiden an. »War euch klar, wie weit Grandpa geht, um seine Ziele zu erreichen?« Er rannte an ihnen vorbei, bevor sie ihm antworten konnten. Sein Vater hatte mit Sicherheit nicht nur Bescheid gewusst, sondern Benedict bei der Umsetzung seiner Pläne geholfen, seine Mutter dagegen hatte auf keinen Fall dabei mitgemacht. Aber sie hatte – genau wie er selbst – die Augen verschlossen und nicht wahrhaben wollen, was vor ihrer Nase ablief.

Mit großen Schritten durchquerte Finn das Erdgeschoss des Hauses. Wie hatte er es nur so weit kommen lassen können? So viel Schaden war angerichtet worden, weil er sich nicht getraut hatte, hinzusehen und das Spiel seines Großvaters zu durchschauen.

»Warte, Finn!«, rief seine Mutter hinter ihm.

*

Auf dem Boden in ihrem Badezimmer kauernd hatte Megan beschlossen, sich zusammenzureißen. Sie musste sich um das Gestüt kümmern. Als sie am Morgen aufgewacht war, hatte sie vorsichtig in sich hineingelauscht, hatte nach Anzeichen für das schwarze Loch der Depression gesucht, vor der sie sich so fürchtete. Ihr Herz schlug schnell bei dem Gedanken daran, vor was für einem Desaster sie stand. Ihr Kopf arbeitete unablässig, aber war immerhin ganz klar. Ohne die Panik, die sie noch am vergangenen Abend gespürt hatte, als sie mit der Faust gegen die Tür der Bank gehämmert hatte. Die scharfen Klauen der Verzweiflung hatten nicht nach ihr gegriffen, um sie in den Abgrund zu reißen.

Das war gut. Denn es gab ihr die Kraft, sich auf das zu fokussieren, was vor ihr lag. Und sie wusste, dass ihre Familie geschlossen hinter ihr stand – das hatte sie in den letzten Wochen begriffen. Wenn sie die Probleme bewältigt hatte, die sich wie ein unüberwindbares Gebirge vor ihr auftürmten, konnte sie sich immer noch Gedanken darüber machen, wie Finn darin verstrickt war. Dass er glaubte, sie zu lieben – was für ein Schwachsinn! – und mit ihr zusammen sein wollte.

Sie rappelte sich auf, zog sich an. Und weil es Verschwendung wäre, einen Karamell-Latte einfach stehen zu lassen, trank sie den inzwischen lauwarmen Kaffee, während sie ihre Haare föhnte. Dann raffte sie die Unterlagen zusammen, die sie auf ihrem Küchentresen abgelegt hatte, und zog sich in ihr Büro im Ranchhaus zurück, um weiter über einer Lösung für ihre Geldprobleme zu brüten. Weder das morgendliche Treiben auf dem Hof noch die halb fertige Scheunenbaustelle oder der Wind, der ums Haus fegte, konnten sie ablenken.

Erst ein schriller Pfiff riss sie aus ihren Gedanken. Megan

sah auf – und aus dem Fenster. Auf dem Hof standen ihre Schwestern, zwischen sich den gesattelten Adventure Boy, und winkten sie herunter. Was hatten sie denn jetzt wieder vor?

Megan speicherte die Datei, an der sie gerade gearbeitet hatte, und griff nach ihrer Jacke. »Was treibt ihr mit meinem Pferd?«, fragte sie, als sie auf die Veranda trat.

»Die Frage ist nicht, was wir tun«, sagte Abby.

»Sondern du«, ergänzte Summer.

»Und was mache ich?« Ihre Schwestern konnten nicht ernsthaft glauben, dass sie sich ausgerechnet jetzt einen Ausritt gönnen würde.

»Ausreiten«, bestätigte Summer genau diese Befürchtung.

Megan war vor ihnen stehen geblieben. Adventure Boy pustete sie an und rieb dann seine Nase an ihrer Schulter. Sie strich über seine warme, weiche Wange und atmete seinen Duft ein. »Guten Morgen, Schätzchen.«

Adventure Boy senkte den Kopf und stupste mit der Nase gegen ihre Jackentasche. Megan holte ein Pferdeleckerli heraus und gab es ihm. »Was ihr macht, ist gemein«, sagte sie zu Abby und Summer. »Er liebt Ausritte und vibriert geradezu vor Freude. Und ich muss ihm jetzt klarmachen, dass es auf die Koppel zurückgeht.«

»Das wirst du auf keinen Fall tun.« Summer stellte sich Megan in den Weg, als sie nach den Zügeln griff und das Pferd umdrehen wollte, um es zurückzuführen.

»Megs.« Abby nannte sie leise bei ihrem Kosenamen. »Du musst mal durchatmen. Im Moment können wir nichts tun. Cam hat sicher gute Nachrichten für uns, wenn er mit seiner Bank gesprochen hat. Er wird uns erst einmal aus dem Gröbsten heraushelfen können. Da bin ich mir sicher.«

»In den nächsten Tagen kommt genug auf uns zu. Also gönn dir diese Stunde. Versuch, den Kopf freizubekommen. Denk nach, wenn du musst. Oder genieß einfach nur deine Zeit mit diesem hübschen Jungen hier.« Summer lachte, als sie Adventure Boy über die Nase strich und er gut gelaunt schnaubte. Dann nahm sie ihre Beanie ab und setzte sie Megan auf. Abby machte das Gleiche mit dem Schal, den sie um den Hals trug.

»Es fühlt sich nicht richtig an, ausgerechnet jetzt eine Runde zu drehen«, widersprach Megan.

»Auf einem Pferd zu sitzen, fühlt sich immer richtig an.« Abby lächelte. »Im Moment hat noch nicht einmal die Bank auf. Du kannst nichts tun, außer dich verrückt zu machen.«

Megan legte Adventure Boy die Arme um den Hals und vergrub ihr Gesicht in seiner Mähne. Für einen Moment schloss sie die Augen. »Also gut«, gab sie nach. Nicht, weil ihre Schwestern recht hatten, sondern weil sie schon gestern hatte ausreiten wollen. Ihr Pferd konnte schließlich nichts für den Schlamassel, in den sie das Gestüt manövriert hatte. »Dreißig Minuten. Dann sind wir zurück.«

»Gönnt euch mindestens eine Stunde.«

»Genießt es, ihr zwei.«

Ihre Schwestern hatten wieder einmal gleichzeitig gesprochen. Sie traten zurück, damit Megan aufsitzen konnte. Sie ritt im Schritt vom Hof, damit Adventure Boy seine Muskeln aufwärmen konnte. Zuerst schlug sie den Weg durch den Pinienhain in Richtung Steilküste ein. Im Schatten der Bäume war der Wind nicht ganz so stark. Heute war kein Quäntchen blauer Himmel zu sehen, nur dramatische Wolkenformationen in allen Grauschattierungen, die über das Firmament rasten.

Megan ließ Adventure Boy in einen Trab fallen und genoss

die Geschwindigkeit, mit der der Wald an ihr vorüberglitt. Dunkelgrünes Moos schimmerte zwischen dem bunten Laub der Bäume und Sträucher, und über allem erhoben sich die majestätischen alten Pinien. Der Boden unter ihnen war weich, und das Trommeln von Adventure Boys Hufen klang leise. Megan mochte diesen Rhythmus. Die Einheit, zu der ihr Pferd und sie verschmolzen. Genau wie sie den Geruch nach feuchter Erde, Wald und Ozean liebte, der so typisch für den Herbst auf der Insel war. Und den immer präsenten, warmen Pferdeduft.

Das war etwas, das Benedict Morgan nie verstehen würde. Das hier war Heimat. Das war ihr Leben. Ihm bedeutete es nichts, abgesehen von einer sechzig Jahre andauernden Sehnsucht nach Rache – die nichts mit ihr und ihren Schwestern zu tun hatte. Hier ging es um einen Streit zwischen ihrer Großmutter, die weder Abby und Summer noch sie überhaupt je kennengelernt hatten, und ihm. Benedicts Rachsucht sollte sie stellvertretend bestrafen. Aber er würde mit seinem Sieg nicht nur bekommen, was er wollte. Er würde auch die Lebensgrundlage ihrer Familie vernichten. Woran sich erkennen ließ, dass dieser alte Mistkerl kein Gewissen und keinen Funken Anstand im Leib hatte. Er war völlig verblendet. Aber er hatte nicht mit Megan und ihren Schwestern gerechnet. Cameron würde einen Kredit für sie aufnehmen müssen, was Megan zutiefst widerstrebte. Aber erst einmal konnten sie das Gestüt so retten. Und dann würde sie kämpfen. Gegen Benedict. Gegen Hallridge und seine Bank. Wenn sie die beiden an den Pranger stellen musste, um dafür zu sorgen, dass so etwas nie wieder passierte, dann würde sie auch das tun. Was ihr Kampfgeist für Finn bedeuten würde, darüber wollte sie im Moment lieber nicht nachdenken.

Als sie den Wald hinter sich ließen und auf die Klippe zusteuerten, riss der Wind an Adventure Boys Mähne und Megans Mütze. Sie zog den Schal ein Stück höher, um ihr Gesicht vor der Kälte zu schützen. Unter ihnen brandete der Atlantik gegen die schwarzen Felsen, die den Naturgewalten seit Tausenden von Jahren trotzten. Drei Hummerboote zählte Megan, die sich durch die Wellentäler der aufgewühlten See kämpften. Megan legte die Hand auf den Magen. Sie wurde zwar nicht seekrank, aber bereits beim Anblick der schaukelnden Kutter wurde ihr ein wenig flau.

»Na komm.« Megan gab Adventure Boy das Zeichen, sich wieder in Bewegung zu setzen und den schmalen Pfad hinunterzugehen, der in die Halfmoon Bay führte. Der Auslöser für all den Ärger, den sie zurzeit hatten.

Auf dem feinen grauen Sand trieb sie Adventure Boy abermals an und ließ ihn in einen Galopp fallen. Gemeinsam jagten sie an der Kante des aufgewühlten Meeres entlang. Begleitet von zwei Möwen, die mit dem Wind segelten und abdrehten, als sie merkten, dass hier keine Leckerbissen zu holen waren.

Als sie das Ende der Bucht erreichte, wurde Megan klar, dass ihre Schwestern absolut recht gehabt hatten. Ihre Wangen brannten von dem eisigen Wind. Aber sie fühlte sich frei. Ihr Kopf hatte sich geleert, weil sie nur an die Verbindung zu ihrem Pferd und die Natur um sich herum gedacht hatte. Adventure Boy spitzte die Ohren und hielt seinen Kopf hoch erhoben. Er genoss diesen Ausflug genauso sehr wie Megan.

Viel mehr im Einklang mit sich selbst, als es noch vor einer Stunde der Fall gewesen war, tätschelte sie ihrem Pferd den Hals. In einem gemütlicheren Tempo nahmen sie die Steigung in Angriff, die zu *Seal Rock Hall* führte, und von dort durch den Wald zurück zum Gestüt.

»Das hat gutgetan«, sagte Megan, während sie Adventure Boy absattelte und ihm das Zaumzeug abnahm. Bevor sie das Pferd putzte, legte sie ihm die Arme um den Hals, und Adventure Boy bettete seinen großen, schweren Kopf auf ihre Schulter. »Danke«, murmelte Megan in sein Fell und erntete als Antwort ein zufriedenes Schnauben.

*

Finn ignorierte seine Mutter und zog die Haustür auf. Den Kopf gegen den Sturm gesenkt rannte er zu seinem Pick-up. Kaum saß er auf dem Fahrersitz, wurde die Beifahrertür aufgerissen, und Sarina kletterte in die Fahrerkabine.

»Herrgott noch mal!«, schimpfte sie. »Hört hier eigentlich auch nur irgendjemand auf mich?«

Finn riss sich zusammen. Jetzt den Kopf genervt auf das Lenkrad zu schlagen, war wahrscheinlich nicht die beste Reaktion. »Was soll das, Mom?«

»Fahr los«, kommandierte sie und tätschelte Will, der ausnahmsweise brav im Wagen gewartet hatte, den Kopf. »Ich brauch einen Kaffee. Am besten von Marsha. Und dann will ich mit dir reden.«

Finn hatte keine Ahnung, was im Kopf seiner Mutter vorging. Aber sein Bedürfnis, hier zu verschwinden, war größer, als Sarina davon zu überzeugen, ihn allein zu lassen. »Ich glaube kaum, dass ich nach den aktuellen Ereignissen noch einen Kaffee bei Marsha bekomme«, murmelte er und startete den Wagen. Im Rückspiegel sah er seinen Vater, der ihnen, eingerahmt von der Haustür, mit hängenden Schultern nachsah, als er das Gaspedal durchdrückte.

Am Ende war es seine Mutter, die den Kaffee in der Bäckerei holte. Finn parkte den Pick-up an der kleinen Marina und starrte durch die Windschutzscheibe auf die wenigen Segelboote, die nach der Saison noch hier lagen und vom Wind und den Wellen hin und her geworfen wurden. Es war noch gar nicht lange her, dass er mit Cameron hier gestanden hatte, bevor er mit dem Freund den Verkauf und die Restaurierung von *Seal Rock Hall* besiegelt hatte. Wie schnell sich die Dinge ändern konnten. Er nippte an dem Kaffee, den seine Mutter ihm an Will vorbei herübergereicht hatte.

»Auch wenn ich neulich noch bei dir war und dich gebeten habe, um des Familienfriedens willen die Finger vom Cooper-Projekt zu lassen, musst du mir glauben: Ich habe wirklich nichts von dieser Bankgeschichte gewusst«, sagte Sarina leise und starrte wie er durch die Frontscheibe.

»Das hatte ich auch nicht angenommen.« Seine Mutter hatte keinen bösen Knochen im Leib, das wusste er. Sie hätte bei einem solchen Komplott niemals mitgemacht.

Sarina seufzte. Sie starrte genau wie er auf die Marina. »Ich bin mir nicht ganz sicher, ob ich das als Kompliment sehen soll.«

»Wie meinst du das?« Finn warf seiner Mutter einen Seitenblick zu.

Sie starrte noch einen Moment länger durch die Windschutzscheibe, bevor sie ein Lächeln aufsetzte und sich zu ihm umdrehte. »Nicht so wichtig«, sagte sie auf eine Art, die ganz klar signalisierte, dass das Gegenteil der Fall war. »Du hast in den letzten Wochen viel Zeit mit Megan verbracht«, wechselte sie das Thema.

»Ich arbeite für sie«, wies Finn auf das Offensichtliche hin. Er schob seine rechte Hand in Wills Fell und streichelte ihm über den Rücken. Eigentlich hatte er sich den Hund nur angeschafft, weil ihm sein Haus zu groß und zu leer vorgekommen war. Dabei hätte er niemals gedacht, wie gut es tat, diesen verrückten Kerl neben sich sitzen zu haben. Tröstlich und beruhigend.

»Hmm.« Sarina legte ihre Hand über Finns auf Wills Rücken und stoppte das Streicheln. »Am Anfang ist es mir gar nicht aufgefallen. Aber gestern Abend, mit Teresa, da habe ich sie plötzlich bemerkt: diese Sehnsucht in deinem Blick. Du wünschst dir genau das, was sie hat.«

Sie bewegten sich auf gefährliches Terrain zu. Mit seiner Mutter über die eigenen Gefühle reden oder über seinen Beziehungsstatus, gehörte nicht zu Finns Stärken. Vermutlich würden das die wenigsten Männer zu ihren herausragenden Eigenschaften zählen. »Du weißt, dass ich irgendwann mal heiraten und eine Familie haben möchte, sonst hätte ich dieses Haus nicht ausgebaut. Aber nicht mit Teresa, falls du das meinst. Ich freue mich für sie. Sie hat es verdient, glücklich zu sein.«

»Das hast du aber auch, Finn. Und mein Gefühl sagt mir, dass Megan diejenige ist, die dafür sorgt, dass man dir diesen Wunsch so offen vom Gesicht ablesen kann.«

»Was?« Finn hatte das Wort zu laut ausgesprochen. So erschrocken und abwehrend, dass Will aufgeregt bellte. Er wusste, was er für Megan empfand. Aber wieso wusste seine Mutter das ebenfalls? Standen ihm seine Gefühle so deutlich ins Gesicht geschrieben?

»Ist gut, mein Hübscher.« Sarina löste ihre Hand von Finns und kraulte den Hund beruhigend am Hals. »Abgesehen von dem mysteriösen Übernachtungsgast neulich? Schatz, du bist seit der sechsten Klasse in Megan verliebt.«

»Mom!« Finn spürte, wie seine Ohrspitzen zu glühen begannen, und war einmal mehr froh, vergessen zu haben, zum Friseur zu gehen. So verdeckten seine Haare wenigstens das deutliche Zeichen dafür, dass er versuchte, sich herauszureden. »Noch einmal: Ich baue eine Scheune für Megan. Und ihre Familie«, ergänzte er. Mehr war nicht zwischen ihnen. Zumindest, wenn es nach Megan ging. Abgesehen davon war es peinlich, dass seine Mutter seine Teenagerschwärmerei mitbekommen hatte.

»Ich habe Megan immer gemocht«, ignorierte Sarina Finns Einwurf. »Sie war ein nettes Mädchen. Und ist eine tolle Frau geworden.« Sie nippte an ihrem Kaffee, betrachtete ein paar Sekunden lang die sturmgepeitschten Jachten vor ihnen, bevor sie sich wieder Finn zuwandte. »In letzter Zeit hast du glücklicher und zufriedener gewirkt als die Jahre davor. Ich hatte gehofft, dass du in ihr die Richtige gefunden hast. Und ich muss mich wirklich noch einmal entschuldigen, dass ich mich dazu habe hinreißen lassen, dich zu bitten, Abstand zu den Coopers zu halten, um den Streit mit deinem Großvater zu beenden.«

Ob er überhaupt etwas mit Megan hatte, schien für seine Mutter keine Frage zu sein. »Wie kann sie denn die Richtige sein, wenn ich mich zwischen ihr und meiner Familie entscheiden muss?«, fragte er leise.

Sarina strich ihm über die Schulter. Das Lächeln, das an ihren Mundwinkeln zupfte, wirkte ein Spur zu bitter und erreichte ihre Augen nicht. »Was glaubst du, wie ich das Leben mit deinem Vater und Großvater aushalte? Ich liebe Arthur wirklich sehr, aber es ist nicht leicht, gut mit den Leuten auf der Insel auszukommen, wenn die beiden sich ständig mit allen anlegen oder sich über die Meinung von Nachbarn und Bekannten hinwegsetzen.«

Wem sagte sie das? Finn war sich sicher, dass er im Moment Probleme bekommen würde, bei Marsha einen Kaffee zu ordern oder ein Lunch in *Frankie's Dockside Restaurant*.

»Dazu dieser lächerliche Streit mit den Coopers, von dem Benedict sich einfach nicht abbringen lässt«, fuhr Finns Mutter fort. »Ich mache gute Miene zum bösen Spiel und pflege meine Freundschaften und Kontakte einfach, ohne zu viel über deinen Vater und Großvater zu reden.« Sie verzog das Gesicht. »Oder denkst du, ich möchte wirklich mit der Art Mensch befreundet sein, die ich auf Benedicts Bitten zum Dinner oder zu Cocktailpartys einlade? Wenn es nach mir ginge, würde ich abends gern alleine mit deinem Dad in der Küche stehen und gemeinsam kochen. Das sind die Momente, in denen wir am glücklichsten sind. Nur wir beide und ein gutes Glas Wein.« Sie seufzte, als laufe ein nostalgischer Film vor ihrem inneren Auge ab.

Finn erinnerte sich, dass seine Eltern diese gemeinsamen Abende schon immer zelebriert hatten. Sie hatten gelacht, mit einem Drink in der Hand herumgealbert. Und wenn er als Teenager manchmal überraschend nach Hause gekommen war, weil das Baseballtraining ausgefallen war, hatte er Sarina und Arthur auch mal dabei ertappt, wie sie in der Küche getanzt hatten. Manchmal einen fröhlichen Two Step. Manchmal eng umschlungen und völlig in ihre eigene Welt versunken. Dabei war er nie auf die Idee gekommen, dass seine Mutter nicht mit allem einverstanden war, was sein Vater und sein Großvater taten. Dass sie sich hin und wieder sogar schämte für Benedicts selbstherrliche Auftritte. »Ich will, dass diese

Fehde endet«, sagte er. »Wenn Grandpa endlich aufhört, nach dem Land der Coopers zu gieren, können wir alle so leben, wie wir möchten.«

»Die Chancen dafür stehen nicht besonders gut«, murmelte Sarina und nippte an ihrem Kaffee. »Dein Vater und dein Großvater haben sehr viel Geld in dieses Hafenprojekt investiert.«

Als Finn ihr unter hochgezogenen Augenbrauen einen Blick zuwarf, zuckte sie mit den Schultern. »Was denn? Im Hause Morgan glaubt jeder, ich bekomme nichts mit. Was die Intrige gegen die Coopers betrifft, stimmt das ja auch. Aber ich weiß sehr wohl, was hier vor sich geht. Dass der Anleger allerdings in der Halfmoon Bay gebaut werden soll, habe ich nicht geahnt.« Sie griff nach Finns Hand und drückte sie. »Es geht um sehr viel Geld. Ein paar große Investoren vom Festland sitzen ihnen im Nacken. Wenn Benedict und Arthur jetzt abspringen …«

»Dann verlieren sie einen Haufen Geld«, führte Finn den Satz seiner Mutter zu Ende. »Von wie viel reden wir?«

»Sie sind die Sache schlau angegangen. Der Verlust würde wehtun, keine Frage. Aber wir könnten immer noch glücklich und zufrieden bis ans Ende unserer Tage leben, wie es so schön heißt. Nicht ganz so luxuriös und großspurig. Aber ich brauche das nicht, solange ich mit deinem Dad zusammen bin.«

»Ich habe nicht das Gefühl, dass wir Dad und Grandpa umstimmen können. Mein Auftritt in seinem Büro vorhin war da wahrscheinlich auch nicht besonders hilfreich. Auch wenn ich jetzt endlich sicher weiß, was sie wirklich vorhaben.«

»Das stimmt.« Ein mutwilliges Funkeln schlich sich in den Blick seiner Mutter. »An deinem Großvater beißen wir uns die

Zähne aus. Aber Arthur werde ich überzeugen, auch wenn er ein paar Tage brauchen wird. Wie sieht's aus? Kann ich in dein Gästezimmer ziehen?«

Finn stieß ein ungläubiges Lachen aus. »Das soll diesen verdammten Hafen verhindern und die *Silver Brook Stables* retten?«

»Nein. Das kocht nur deinen Vater ein bisschen weich. Weißt du, ich habe mich nicht in Arthur verliebt, weil er Benedicts Klon ist. Dein Dad ist ein wundervoller Mann. Meistens. Er schafft es nur nicht immer, sich von seinem Vater abzugrenzen, was bei Benedicts Wesen auch nicht einfach ist. Aber ich bin mir sicher, dass er erkennen wird, was die Intrige deines Großvaters angerichtet hat.« Sie warf einen Blick auf die Uhr im Armaturenbrett und stellte ihren Kaffeebecher in den Getränkehalter. »Jetzt kümmern wir uns erst einmal um das Gestüt. Lass uns zur Bank fahren und ein bisschen Small Talk mit Wade Hallridge halten«, sagte sie.

»Er wird nicht mit mir reden.« Da war sich Finn sicher.

»Mit mir redet er.« Wieder trat dieses mutwillige Blitzen in die Augen seiner Mutter, als sie ihm zuzwinkerte. »Wade war schon immer ein bisschen verknallt in mich. Er wird mir nichts abschlagen.«

»So kenne ich dich gar nicht. Du machst mir ein bisschen Angst«, murmelte Finn.

»Gut.« Sarina lachte und legte den Arm um Wills Rücken, der sich an sie drückte und ihr einen Hundekuss verpasste. »Es wird Zeit, dass ihr alle die Augen öffnet. Und jetzt lass uns diesen Banker ein bisschen an seiner Krawatte ziehen.«

25

Drei Dinge hätte Finn sich nicht vorstellen können, als er am Morgen mit einem Kaffee in der Hand an Megans Tür geklopft hatte. Dass er ihr eine Liebeserklärung machen würde. Dass er sich mit seinem Großvater überwerfen würde. Und dass er am Ende des Tages in einer WG mit seiner Mutter wohnen würde.

Benedict hatte sich nicht bei Finn gemeldet. Auch nicht, nachdem Sarina und er Hallridge Feuer unter dem Hintern gemacht hatten. Genau genommen hatte das seine Mutter übernommen, während Finn mit verschränkten Armen an der Tür gelehnt hatte, um zu verhindern, dass irgendjemand hereinkam und ihre kleine Unterhaltung unterbrach. Sarina hatte immerhin so viel aus dem Bankdirektor herausbekommen, dass der Vertrag tatsächlich auf Benedicts Idee beruhte und es sonst niemanden gab, der eine Hypothek mit einer so gefährlichen Klausel aufgenommen hatte. Das war zumindest für alle anderen Kunden der *Stonebridge Island Bank & Trust* beruhigend – wenn es auch den Coopers nichts half. Irgendetwas hatte sein Großvater gegen Hallridge in der Hand, aber der Banker hatte sich hartnäckig darüber ausgeschwiegen, was das war.

Finn hatte im Laufe des Tages ein paar Mal versucht, Megan zu erreichen, aber sie hatte seine Anrufe ignoriert und nicht auf seine Nachrichten geantwortet. Also hatte er das Einzige getan, was das Unrecht, das den Coopers widerfahren war, wieder wettmachen konnte. Nachdem er seine Mutter zu Hause abgesetzt hatte, damit sie ein paar Sachen einpacken und ihren eigenen Wagen nehmen konnte, holte er den Ordner mit seinen Finanzen und fuhr aufs Festland. In Machias bat er um einen kurzfristigen Termin bei der dortigen Bank und beantragte eine Hypothek über den Betrag, den die *Silver Brook Stables* der Bank schuldeten. Noch hatte er die Hoffnung nicht aufgegeben, dass Benedict einlenken würde und sich dieser ganze Schlamassel in Luft auflöste. Wenn er das nicht tat, konnte Megan ihre Kreditraten genauso gut bei Finn wie bei der Bank abzahlen.

Am späten Nachmittag kehrte er auf die Insel zurück. Megan ignorierte seine Nachrichten noch immer. Wenn sie nicht mit ihm reden wollte, blieben ihre Schwestern – die aber im Moment wahrscheinlich ebenfalls nicht besonders gut auf ihn zu sprechen waren. Stattdessen würde er sich an Cameron wenden. Er fuhr zu *Seal Rock Hall* hinaus. Entweder war Cameron da oder er würde ihn anrufen und hoffen, dass zumindest er bereit wäre, sich mit ihm zu treffen.

Cam war nicht nur auf der Baustelle, erkannte er, als er neben dem Haus parkte. Er war in Begleitung von Matt. Und beide sahen ihm finster entgegen. Na wunderbar. Finn öffnete die Fahrertür und ließ Will über sich hinwegspringen. Sein Hund bekam ein paar Streicheleinheiten von seinen Freunden, bevor er sich auf die Suche nach Jumper machte, der sich sicher hier irgendwo auf Diebestour befand.

Finn griff nach dem Umschlag, den er auf das Armaturenbrett gelegt hatte, stieg aus und ging auf die beiden Männer zu. Cameron stand leicht breitbeinig da, die Daumen in die Taschen seiner Jeans gehakt. Matt hatte die Arme vor der Brust verschränkt. Okay, die beiden würden es ihm also auch nicht leicht machen. »Hi«, sagte er, als er vor ihnen stand.

»Finn.« Camerons Stimme erinnerte an Eiszapfen.

»Ihr seid sauer auf mich, und das kann ich verstehen.« Er räusperte sich und klopfte mit dem Umschlag gegen seine Handfläche. »Aber glaubt mir, ich hatte keine Ahnung, was mein Großvater im Schilde geführt hat.«

Matt wandte sich um und blickte in die Halfmoon Bay hinunter. »Es wird gemunkelt, dass dein Großvater seinen Schiffsanleger da unten bauen will, weil nur diese Stelle tief genug dafür ist. Und du hättest davon gewusst.«

»Nein. Ja.« Finn rieb sich über den Nacken. »Es stimmt, er hat mir das erzählt. Aber ich habe ihn nicht ernst genommen. Niemals hätte ich mir vorstellen können, dass er so weit gehen würde. Ich dachte, wenn ich ihn im Auge behalte … das ist jedenfalls gründlich nach hinten losgegangen.«

»Du stehst auf Megans Abschussliste gleich auf Platz 2 nach deinem Großvater«, sagte Cameron. »Und sie verlangt Loyalität. Was ich verstehen kann. Uns beide«, er nickte zu Matt hinüber, »bringt das allerdings in eine Zwickmühle.«

»Nein, das sollte es nicht. Megan hat jede Unterstützung verdient. Das ist auch der Grund, warum ich mit dir sprechen wollte, Cam. Ich vermute, du bist der Einzige, der den Coopers finanziell aushelfen kann.«

»Hmm.« Sein Freund kratzte sich am Kinn. »Ich konnte die Kohle auch nicht einfach so lockermachen. Aber ich habe mit meiner Bank geredet und bekomme einen Kredit, der die Kosten erst einmal abdeckt. Du musst dir also keine Sorgen um das Gestüt machen.«

»Ich war mir sicher, du würdest einen Weg finden. Aber ich habe eine Bitte: Ich möchte das wiedergutmachen. Meinen Großvater konnte ich noch nicht zum Einlenken bewegen. Also habe ich eine Hypothek auf mein Haus und die Firma aufgenommen.«

»Finn …« Matt stieß langsam die Luft aus. »Es wäre wahrscheinlich besser, wir regeln die Sache innerhalb der Familie.«

»Ja.« Familie. Er hatte Megan gesagt, was er für sie empfand. Aber ein Mitglied ihrer Familie, so wie Cam und Matt, war er nicht. Trotzdem würde er sich nicht abwimmeln lassen. »Ich möchte nur sicherstellen, dass das Gestüt nicht wegen meines Großvaters in Schwierigkeiten gerät.« Er hielt Cameron den Umschlag hin. »Würdest du mir den Gefallen tun und den Megan geben? Sie kann dann selbst entscheiden, ob sie meine Hilfe annimmt. Aber ich will, dass sie zumindest die Option hat.«

Cameron zögerte.

»Bitte«, sagte Finn noch einmal eindringlich. »Würdest du das für mich tun?«

Sein Freund nahm den Umschlag. »Ich kann dir nichts versprechen, Finn. Aber ich werde ihn Megan geben.« Er nahm das Kuvert. »Was Megs damit macht, weiß ich nicht.«

Finn nickte. Er hoffte, dass Megan genauso überrascht die Augen aufriss wie Wade Hallridge, als Finn ihm die Option für die Übernahme der Hypothekenschuld der Coopers vorgelegt hatte. Der Banker hatte sicher mit allem gerechnet, aber nicht damit, dass ausgerechnet der Enkel seines Komplizen ihm einen Strich durch die Rechnung machen würde. »Gut möglich, dass sie ihn zerreißt, ohne ihn zu öffnen.« Er zog den rechten Mundwinkel zu einem halben Lächeln hoch. Die Männer kannten Megan schließlich gut genug. »Ich weiß das zu schätzen. Danke.« Er drückte sich selbst die Daumen, dass Megan bereit war, seine Wiedergutmachung anzunehmen, statt auf Camerons Hilfe zurückzugreifen.

»Wir müssen los.« Matt schlug Finn auf die Schulter. »Viel Glück, Mann.« Er pfiff nach Jumper, der, gefolgt von Will, um die Hausecke gerannt kam.

»Ich kann mich Matt nur anschließen.« Cameron verabschiedete sich wie sein Freund gerade. »Viel Glück, Mann.«

Finn sah den beiden und Jumper nach, wie sie neben dem heruntergekommenen Gesindehaus im Wald verschwanden, das Cameron für Abbys Patienten restaurieren lassen wollte. Matt hatte für Summer sein altes Leben aufgegeben und war für sie einmal durch das halbe Land gezogen. Wenn man liebte, musste man Opfer bringen. Wenn man eine Frau wie Megan Cooper liebte, konnte es sein, dass man ein wenig härter kämpfen musste. Und dass die Opfer größer ausfielen. Aber Finn war noch lange nicht bereit aufzugeben.

Er wollte gerade zu seinem Wagen zurückgehen, als Will mit gespitzten Ohren stehen blieb. Finn folgte seinem Blick zu der schmalen Straße, die sich an der Klippe entlangwand. Überrascht stützte er die Hände in die Hüften, als er den SUV seines Vaters erkannte. Er blieb, wo er war, und wartete, bis der Wagen neben seinem Pick-up hielt und Arthur und Benedict ausstiegen. Die Gesichtszüge von Finns Vater wirkten angespannt und ein wenig grau, während Benedict die Baustelle mit dem für ihn üblichen selbstgefälligen, leicht überheblichen Blick scannte.

»Dad. Grandpa«, grüßte Finn die beiden. Er spürte Wills Flanke, die sich gegen sein Bein drückte, als wolle der Hund ihm sagen: Keine Sorge, Kumpel, ich bin bei dir.

»Junge.« Benedict nickte flüchtig in seine Richtung, bevor er ausgiebig den Witwenausguck auf dem Dach des Hauses betrachtete.

»Hallo Finn. Wie geht es deiner Mutter?« Arthur war zu ihm herübergekommen und kniete sich hin, um Will kurz zu streicheln.

»Solltest du sie das nicht selbst fragen?«, konnte Finn sich nicht verkneifen.

Sein Vater seufzte und richtete sich wieder auf. »Würde ich ja, wenn sie meine Anrufe nicht wegdrücken und meine Nachrichten ignorieren würde.«

Das wiederum konnte Finn inzwischen sehr gut nachvollziehen. Aber er durfte jetzt nicht einknicken. Seine Eltern würden ihre Probleme lösen, da hatte er keinen Zweifel. Schließlich liebten die beiden sich und würden das Hindernis irgendwie umschiffen. Jetzt ging es um das Problem, das Finn mit ihnen hatte – oder sie mit ihm. Je nachdem, wie man es drehte. »Was kann ich für euch tun?«, fragte er, auch wenn ihm der Grund dieses Besuches völlig klar war: Hallridge hatte geplaudert.

»Ich will …«, begann Benedict.

Doch Arthur schnitt ihm das Wort ab. »Zeig uns das Haus doch mal. Ich würde gern sehen, was du daraus gemacht hast.«

Finns Blick war vermutlich genauso überrascht wie der Ausdruck im Gesicht seines Großvaters.

Benedict gab einen Laut von sich, der an ein leises Knurren erinnerte. »Also gut. Führ uns herum«, kommandierte er. Zwischen den Zeilen war deutlich herauszuhören, dass er das für verschwendete Zeit hielt. Er wollte nur loswerden, weshalb er hergekommen war, und wieder verschwinden.

»Okay, dann kommt mit.« Finn schob die Tür des Herrenhauses auf und machte einen Schritt zur Seite, damit sein Vater und Großvater eintreten konnten. Er zeigte ihnen das Foyer und beschrieb, was sie alles umgebaut hatten. Dann den Rest des Erdgeschosses. Benedict gab sich desinteressiert, auch wenn Finn genau sah, wie er mit seinem Blick jedes Detail abscannte. Sein Vater schien wesentlich beeindruckter von der Arbeit, die sie hier geleistet hatten. Finn ertappte ihn sogar dabei, wie er mit der Hand über die neuen Bücherregale aus Walnussholz strich, die sie für die Bibliothek maßgeschreinert hatten.

Finn stieg vor ihnen ins Obergeschoss hinauf und zeigte ihnen die Suiten. »Auf den Witwenausguck sollten wir bei diesem Wind nicht unbedingt hinaufsteigen«, sagte er.

»Ich habe sowieso genug gesehen«, gab Benedict zurück. »Nettes kleines Projekt. Können wir jetzt auf den Grund unseres Besuches zurückkommen?«

»Nettes kleines Projekt?« Finn platzte der Kragen. »Nett? Das, Grandpa, ist ordentliche, ehrliche Arbeit.« Er breitete die Arme aus, um mit seiner Geste das ganze Haus einzuschließen. »So warst du doch auch mal. Ihr wart auch mal so«, korrigierte er sich, denn das hier betraf genauso seinen Vater. »Könnt ihr euch daran erinnern? Ehrliche, faire Geschäfte. Das ist es doch, wofür unsere Familie steht – oder zumindest einmal stand.«

»Reiß dich zusammen, Junge«, schnarrte Benedict und begann, die Treppe hinabzusteigen.

»Nein, verdammt! Du belächelst meine Arbeit. Aber das, was ihr macht, ist kriminell. Bestechung. Erpressung. Betrug«, zählte er auf. »Die Liste lässt sich wahrscheinlich noch eine ganze Weile weiterführen.« Finn atmete tief durch, als sie wieder auf den schwarz-weißen Schachbrettfliesen in der Eingangshalle standen. »Ich habe nachgedacht, Grandpa. Und ich setze dir die Pistole wirklich nicht gern auf die Brust. Aber ich will, dass du diese Investoren anrufst und die Planung des Baus dieses Anlegers stoppst. Wir wollen auf Stonebridge Island keine Kreuzfahrtschiffe. Und wir wollen schon gar nicht, dass du dafür den Bankmanager manipulierst und deine Nachbarn über den Tisch ziehst. Ich gebe dir drei Tage. Wenn du das bis dahin nicht gemacht hast, gehe ich zur Bürgermeisterin und erzähle ihr von euren Plänen.«

Benedict trat ganz nah an ihn heran. »Du glaubst, mir Ultimaten setzen zu können?« Herausfordernd hob er die Augenbrauen. »Wenn du es mit mir aufnehmen willst, versuch das gerne. Aber ich garantiere dir: Du wirst den Kürzeren ziehen. Deine Drohung ist lächerlich. Die Bürgermeisterin weiß längst Bescheid. Oder glaubst du, Olivia Cooper wäre nicht höchstpersönlich zu ihrer Busenfreundin Maxine Grant gerannt?«

»So wie Hallridge sicher direkt zu dir gerannt ist, nachdem ich vorhin in der Bank war«, hielt Finn dagegen.

»Du bist erbärmlich«, zischte Benedict. »Deiner Familie so in den Rücken zu fallen.«

»Dad!« Arthur sah blass aus. Erschöpft. Aber er stieß sich von der Wand ab, an die er sich gelehnt hatte, und trat einen Schritt auf Benedict zu. »Du redest hier von meinem Sohn! Deinem Enkel!«, wies er ihn zurecht.

Das war das erste Mal, das Finn das erlebte. Er warf seinem Vater einen Seitenblick zu. »Nein, Grandpa. Ich falle nicht meiner Familie in den Rücken, sondern deinem Wahnsinn. Da wir aber schon von Familie sprechen: Wenn du dir etwas Neues ausdenken wirst, um die Coopers zu vernichten, dann zerstörst du auch mich. Hallridge hat nicht gelogen, als er dir brühwarm berichtet hat, dass ich das Darlehen des Gestüts übernommen habe. Wenn sie bankrott gehen, können sie ihre Raten an mich nicht mehr zahlen und ziehen mich mit in den Abgrund.«

»Weißt du was?« Sein Großvater kam noch ein Stück näher. Blickte ihn aus dunkelbraunen Augen an, die Finns so sehr ähnelten. Wie konnten sie sich äußerlich nur so gleichen, wenn sie innerlich nicht unterschiedlicher sein konnten? »Vielleicht wäre das das Beste. Arthur«, blaffte er, ohne seinen Blick von Finn zu lösen. Es hatte ihn gar nicht interessiert, dass sein Sohn ihn aufgefordert hatte, seinen Ton Finn gegenüber zu mäßigen. »Wir gehen.« Er drehte sich auf dem Absatz um und stürmte aus dem Haus.

Finns Vater folgte Benedict nicht sofort. Einen Moment stand er auf den mit Staub überzogenen schwarz-weißen Fliesen. Den Blick auf den Boden gesenkt. Dann schaute er seinen Sohn an, und Finn konnte den Schmerz seines Vaters sehen. Er fühlte sich verloren, so wie Finn auch. »Du hast hier wirklich Großartiges geleistet. Ich …«, er räusperte sich, »... ich rede mit ihm«, schlug er vor.

»Danke.« Sie beide wussten, dass sich Benedict nicht umstimmen lassen würde. Besonders jetzt nicht, da Finn ihn herausgefordert hatte. Aber er war seinem Vater dankbar, dass er es zumindest versuchen wollte.

»Deine Mom wird bei dir wohnen, oder?«, fragte er leise.

»Dad.« Finn fuhr sich durch die Haare. »Ich kann nicht mit dir über Mom reden.«

»Nein, nein.« Abwehrend hob Arthur die Hände. »Ich will nur wissen, dass es ihr gut geht und sie einen sicheren Platz hat. Sag ihr, dass sie mich jederzeit anrufen kann. Wenn sie mit mir reden will. Oder mich sehen. Oder …« In einer hilflosen Geste zuckte er die Schultern. »Sag ihr einfach: jederzeit. Okay?«

»Sicher, Dad.« Finn sah seinem Vater nach, als er mit hängenden Schultern *Seal Rock Hall* verließ.

*

Megan hatte sich mit Arbeit eingedeckt. Solange sie arbeitete, konnte sie nicht nachdenken. Die halbstündlichen Kontrollbesuche ihrer Familienmitglieder, die angeblich irgendetwas aus ihrem Büro brauchten oder eine Frage hatten, gingen ihr allerdings zunehmend auf die Nerven. Sie schob gerade ihre Unterlagen zusammen und klappte ihren Laptop zu, als Cameron an den Türrahmen klopfte.

Megan unterdrückte einen Seufzer. »Was kann ich für dich tun, Cam?«, fragte sie und versuchte, nicht genervt zu klingen.

»Ich habe hier was für dich.« Er hielt einen weißen Umschlag hoch und legte ihn dann auf Megans Schreibtisch.

»Was ist das?« Megan zog das Kuvert zu sich heran.

»Den hat Finn mir gegeben.«

»Finn?« Megan zog ihre Hand zurück, als hätte sie sich verbrannt.

»Megs.« Cameron wartete, bis sie ihn wieder ansah. »Er will

nur helfen. Und er … ähm … er mag dich.« Es schien ihm nicht ganz leichtzufallen, diese Worte zu sagen.

Dabei war das gar nicht nötig. Nicht nachdem Finn heute Morgen mit seiner Neuigkeit, verliebt in sie zu sein, herausgeplatzt war. »Cam, er hätte das alles verhindern können, wenn er nicht seinem Großvater den Rücken freigehalten hätte, während Benedict seine Pläne in die Tat umgesetzt hat, die *Silver Brook Stables* zu ruinieren. Es ist also völlig egal, ob er mich mag.« Sie betonte das letzte Wort. »Ich kann ihm nicht mehr vertrauen.«

Cameron schob den Umschlag noch ein Stück weiter in ihre Richtung. »Einen Blick hineinzuwerfen kann nicht schaden.« Sein Blick scannte ihr Gesicht. »Wie geht es dir sonst so mit der ganzen Situation?«

»O Mann, Cam!« Megan zog die Brauen zusammen und erhob sich von ihrem Arbeitsplatz.

»Schon gut!« Cameron hob abwehrend die Hände. »Ich soll dir noch von deiner Mutter ausrichten, dass sie frisches Bananenbrot gebacken hat.« Er drehte sich um und verließ ihr Büro. Dann schien ihm etwas einzufallen, und er wandte sich noch einmal zu Megan um. »Du meisterst das toll«, sagte er. »Ich kenne nicht viele, die mit einer solchen Bedrohung so gut umgehen würden.« Mit diesen Worten ließ er sie allein.

Megan schluckte. Innerlich ging sie mit gar nichts gut um. Sie war am Durchdrehen, auch wenn sie froh darüber war, dass niemand etwas davon merkte. Sie konnten von Glück reden, dass Cameron zu ihrer Familie gehörte und die Möglichkeit hatte, einen Kredit aufzunehmen und ihnen zu helfen.

In ihrem Arbeitszimmer würde sie keine Ruhe mehr finden. Sie schob Finns Umschlag zu ihren anderen Unterlagen, schnappte sie sich zusammen mit ihrem Laptop und zog sich in ihr Cottage zurück, um endlich in Ruhe weiterzuarbeiten. Und nachzudenken, wie es nun weitergehen sollte.

Megan saß grübelnd zwischen den Papieren, die sie auf ihrem Couchtisch und dem Sofa ausgebreitet hatte, als es an ihrer Tür klopfte. Ihr Herzschlag beschleunigte sich. War Finn doch noch einmal zurückgekommen? Wollte er wissen, ob sie seinen Brief geöffnet hatte? Sie stand auf und ging zur Tür. »Mom«, grüßte sie ihre Besucherin, nicht sicher, ob sie erleichtert oder enttäuscht sein sollte.

Olivia stand lächelnd vor ihr, in der Hand einen Teller, der mit einem Geschirrtuch abgedeckt war, das sie festhalten musste, damit der Wind es nicht davonwehte. Dem Geruch nach befand sich unter der Abdeckung ein gegrilltes Käsesandwich. Was automatisch dazu führte, dass Megans Magen knurrte. »Du warst nicht beim Abendessen, also habe ich das für dich in die Pfanne geworfen. Es ist mir ganz gut gelungen«, ergänzte sie auf Megans skeptischen Blick hin. »Lässt du mich rein?«

»Wenn du mich nicht wieder fragst, wie es mir geht und ob alles okay ist.«

»Werde ich nicht. Versprochen.« Olivia hob die Hand zum Schwur und senkte sie schnell wieder, als ihr Geschirrtuch wegzufliegen drohte. »Was für ein Sturm«, sagte sie und versuchte, sich die Locken aus dem Gesicht zu schütteln. Ein hoffnungsloses Unterfangen. »Dabei heißt es, dass der wirklich heftige Teil erst in den nächsten ein, zwei Tagen kommt.«

Megan trat zur Seite und ließ ihre Mutter herein. Olivia stellte den Teller auf den Küchentresen und verteilte die Sandwiches auf zwei Teller. Einen reichte sie Megan, mit dem anderen ging sie zur Couch hinüber. »Wenigstens sagt der Wetterbericht, dass das Zentrum des Sturms weiter südlich, bei Bar Harbor, auf Land trifft, und wir hier nur ein paar Ausläufer abbekommen«, führte sie ihre Wetterprognose fort. Dann schob sie ein paar der Papiere zur Seite und setzte sich. »Du möchtest vielleicht nicht darüber reden, wie es dir geht«, wechselte sie das Thema so schnell, dass Megan überrascht blinzelte. »Aber ich möchte dir von mir erzählen. Mir geht es nämlich überhaupt nicht gut.«

»Ach, Mom.« Megan griff nach Olivias Hand. »Mir tut das alles so leid.«

»Du verstehst mich falsch. Ich möchte nicht sagen, dass du etwas falsch gemacht hast, als du den Kredit um ein paar Tage geschoben hast, damit wir mit dem Wiederaufbau der Futterscheune beginnen konnten. Wenn, dann habe ich einen Fehler gemacht, als ich den Vertrag für die Hypothek unterschrieben habe, ohne ihn ganz durchzulesen. Aber nach einer schlaflosen Nacht und viel Nachdenken bin ich zu dem Schluss gekommen, dass wir uns nicht einmal dafür die Schuld geben müssen. Wade und Benedict haben es darauf angelegt, uns über den Tisch zu ziehen. Wir haben das Glück, dass Cameron uns in dieser beschissenen Situation unter die Arme greifen kann. Wie es ohne ihn wäre, möchte ich mir gar nicht vorstellen. Ich meine etwas anderes.« Sie strich über eines der Sofakissen. Dann zog sie es vor ihren Oberkörper und schlang die Arme darum. »Mir geht es nicht gut, weil ich mir in einer solchen Situation Jack an meiner Seite wünsche. Meine Liebe. Meinen Vertrauten. Ich weiß, wie hart es ist, allein durch eine solche Zeit gehen und die Verantwortung übernehmen zu müssen. Und weil ich das weiß, geht es mir auch nicht gut, wenn ich daran denke, dass du niemanden wie Jack hast, der dir Halt gibt.«

»Soll ich mich bei einem Dating-Portal anmelden?«, versuchte Megan, witzig zu sein. Sie hatte so eine Ahnung, worauf ihre Mutter hinauswollte.

»Ich denke, das ist nicht nötig. Du hast den Richtigen längst gefunden. Oder er dich. So herum stimmt es wahrscheinlich eher.« Sie lächelte. »Finn ist nicht wie sein Großvater. Vermutlich hat er die guten Gene von seiner Mutter mitbekommen.«

»Warum glauben denn ständig alle, dass Finn und ich …«

Olivia zog die Augenbrauen hoch. »Ich bin vielleicht alt, aber ich bin immer noch deine Mutter. Du hast dich schon in Finley Morgan verknallt, als du dreizehn warst und er der erste Junge war, den du geküsst hast.«

»Was?« Megan spürte, wie ihr die Röte ins Gesicht schoss. »Woher weißt du …«

»Wie gesagt: Ich bin deine Mutter.« Olivia legte ihre Hand auf Megans Oberschenkel. »Ich weiß, dass Finn und du viel Zeit miteinander verbracht habt in den letzten Wochen. Und jeder, der die Augen auch nur ein bisschen offen hält, sieht die Funken zwischen euch fliegen. Du kannst deine Gefühle für Finn mir gegenüber abstreiten. Deinen Schwestern gegenüber. Aber du solltest sie dir selbst gegenüber nicht verleugnen. Genauso wie Finn die Wahrheit verdient hat.«

»Da gibt es nichts zu sagen«, widersprach Megan ganz automatisch. »Zwischen Finn und mir ist nichts.«

»Da sagen die Blicke, die ihr beide euch zuwerft, wenn ihr glaubt, dass euch niemand beobachtet, etwas anderes.«

»Mom, ich …«

»Wie gesagt, Schätzchen«, ließ Olivia sie nicht zu Wort kommen. »Du musst es mir gegenüber nicht zugeben. Aber ich bin nicht blind. Deshalb möchte ich dir eines sagen: Als Jack und ich ein Paar wurden, war das auch nicht einfach für mich. Aus anderen Gründen als denen, aus denen du jetzt zögerst. Aber das Prinzip war dasselbe. Ich hatte Bedenken. Jack war zu alt. Er war mein bester Freund. Ich habe ihn auf dem Gestüt gebraucht. Was wäre, wenn es schiefgehen würde? Wenn unsere Beziehung nicht funktionieren würde? Es wäre doch so viel einfacher, unsere Freundschaft aufrechtzuerhalten, statt in ein unbekanntes Gewässer zu springen und nicht zu wissen, ob man den Kopf über der Oberfläche halten kann.« Olivia strich Megan mit einer liebevollen Geste die Haare hinters Ohr. »Doch der Sprung lohnt sich. Wenn man den Richtigen an seiner Seite hat, ist es die beste Entscheidung, die man im Leben treffen kann.«

Megan spürte das bittere Gefühl, das in ihrem Hals aufstieg. Warum nur glaubten alle zu wissen, was das Beste für sie war? Vor ein paar Wochen hätte sich niemand Gedanken darum gemacht, wenn sie mit irgendeinem Typen vom Festland – einem Touristen oder Saisonarbeiter – angebändelt hätte. Weil es Finn war, schien jeder eine Meinung zu diesem Thema zu haben. Die er ihr unbedingt mitteilen musste. »Ich habe nie behauptet, mit Finn zusammen zu sein. Selbst wenn ich es wäre, wer sagt dir denn, dass es nicht eine genauso lockere Geschichte ist wie mit jedem anderen Mann bisher?«, versuchte sie es mit ihrem stärksten Argument.

»Du selbst. Wenn Finn eine deiner oberflächlichen Affären wäre, würdest du dir nicht so eine Mühe machen, das Ganze vor uns geheim zu halten.«

»Ich pflege keine ernsthaften Beziehungen.« Megans Totschlagargument. Das bis auf Finn bisher auch alle Männer akzeptiert hatten.

»Bis der Richtige kommt – so hast du zumindest immer gesagt«, schlug ihre Mutter sie mit ihren eigenen Waffen. »Ich will dir nicht in die Sache reinreden oder mich einmischen.«

Natürlich nicht. Genau wie ihre Schwestern. Cam. Und vermutlich sogar Matt, wenn sie ihm eine Chance geben würde, sich zu dem Thema zu äußern.

»Ich möchte nur, dass du darüber nachdenkst und Finn nicht einfach nur auf Abstand hältst, weil er ein Morgan ist und sein Großvater ein alter Mistkerl.«

Na klar. Auch da war sie nicht die Erste. Megan seufzte. »Möchtest du einen Kaffee zu deinem Sandwich?«, fragte sie in dem verzweifelten Versuch, das Thema zu wechseln.

26

Es war beinahe amüsant, seiner Mutter dabei zuzusehen, wie sie seinen Vater um ihre Gunst kämpfen ließ. Finn hatte für Sarina und sich ein paar Nudeln gekocht und mit dem übrig gebliebenen Pesto vermengt. Aber sie hatten beide keinen wirklichen Hunger gehabt. Trotzdem hatte Sarina es sich nicht nehmen lassen, seine Kochkünste zu loben und sich darüber zu freuen, von ihm bekocht zu werden. Schließlich hatte Finn die halb leeren Teller weggeräumt, und sie hatten es sich gemeinsam mit Will und einem Glas Rotwein auf der Couch vor dem Kamin gemütlich gemacht.

Während Finns Handy stoisch schwieg, bekam seine Mutter eine Nachricht nach der anderen. Die Anrufe seines Vaters hatte sie weder auf dem Handy noch auf Finns Festnetz entgegengenommen. Also hatte Arthur sich aufs Schreiben verlegt. Finn hatte keine Ahnung, was sein Dad textete, aber hin und wieder schaffte er es sogar, dass sich die Mundwinkel seiner Mom ein Stück nach oben bogen.

Ein paar Mal war er kurz davor gewesen, Megan ebenfalls eine Nachricht zu schreiben. Aber was sollte er ihr noch mitteilen, was sie nicht längst wusste? Hatte sie seinen Brief geöffnet? Wenn ja, hätte er sicher etwas von ihr gehört. Vielleicht musste sie erst über sein Angebot nachdenken und meldete sich morgen. Sie mit Nachrichten zu nerven, würde jedenfalls überhaupt nichts bringen.

Eine Weile hatten seine Mutter und er schweigend ins Feuer gestarrt und dem Wind dabei zugehört, wie er ums Haus heulte. Als Finn sein Glas geleert hatte, stand er auf. »Ich gehe ins Bett, Mitbewohnerin«, sagte er und küsste seine Mutter auf die Schläfe. »Soll ich dir noch einen Schluck Wein nachschenken?«

»Ja, bitte.« Sarina hielt ihm ihr Glas hin. Sie zog die Beine unter ihren Po und lehnte sich, ihr Handy, auf dem die nächsten Nachricht aufploppte, noch immer in der Hand, auf der Couch zurück.

»Wie zwei Teenager«, kommentierte Finn die nächste Nachricht, die einging.

»Sei nicht so frech.« Seine Mutter prostete ihm zu. »Danke, dass ich mich bei dir einquartieren durfte. Dein Vater kommt sicher schnell wieder zur Vernunft. Aber bis dahin …«

»Mom, du kannst hierbleiben, solange du willst. Aber WG-Regeln sind WG-Regeln. Morgen bist du mit Kochen dran.«

Sarina lachte. »Dann gibt es auch WG-Essen. Mac'n'Cheese, würde ich sagen.«

»Perfekt. Gute Nacht.«

»Gute Nacht, Finn.«

Finn zog sich in sein Zimmer zurück und bemühte sich, die Achterbahn in seinem Kopf, zu der die Ereignisse dieses Tages geworden waren, zum Stillstand zu bringen oder wenigstens ein wenig abzubremsen. Er hatte sich nicht nur bis über beide Ohren verschuldet, um sicherzustellen, dass die Coopers nicht alles, was sie hatten, an die Gier seines Großvaters verloren, er hatte Megan auch gestanden, dass er sie liebte. Woraufhin sie ihn rausgeschmissen hatte.

Jetzt lag er in seinem Bett und starrte durch das Oberlicht in die Schwärze der Nacht hinaus. Irgendwann hörte er die leisen Schritte seiner Mutter, das Klappen der Gästezimmertür und dann das Rauschen des Wassers in ihrem Bad.

Finn konnte gar nicht sagen, wann er weggedämmert war, als ein paar heftige Schläge gegen seine Haustür ihn aus dem Bett rissen. Um ihn herum war es dunkel, und der Wind fegte noch immer ums Haus. Er tastete nach dem Handy auf dem Nachttisch. Halb fünf. Resigniert schaltete er das Licht an und blinzelte gegen die Helligkeit. Wer auch immer um diese Uhrzeit hier auftauchte, brauchte eine verdammt gute Begründung, wenn er keinen Tritt in den Hintern bekommen wollte. Barfuß tapste er aus seinem Zimmer – und erschrak zu Tode, als die Tür des Zimmers gegenüber aufging. »Mom! Verdammt!« Er stieß zischend den Atem aus. »Du hast mich gerade drei Jahre meines Lebens gekostet.« So spät in der Nacht – oder früh am Morgen – funktionierte sein Gehirn noch nicht gut genug. Er hatte für einen Moment schlicht vergessen, dass er nicht alleine in seinem Haus war.

»Tut mir leid, Schätzchen.« Sarina zog einen Morgenmantel über ihren Pyjama. »Was ist denn los?«

Will hatte an der Haustür Stellung bezogen und bellte sie an. »Danke für deinen Einsatz«, murmelte Finn und strich ihm über das Fell. »Aber dein Lärm macht es nicht besser.« Er richtete sich wieder auf und zog die Tür auf. Glücklicherweise funktionierten seine Reflexe inzwischen ein wenig besser, sonst wäre die erhobene Faust seines Freundes Jacob in seinem Gesicht gelandet statt auf dem Holz der Tür.

Der Gesichtsausdruck seines Freundes sorgte dafür, dass Finn schlagartig hellwach war. »Was ist passiert?«

Jacob rieb sich über das graue Gesicht und zerfurchte dann seine in alle Richtungen abstehenden Haare. »Charlotte. Ihr geht es richtig schlecht. Wir müssen aufs Festland rüber.«

»Scheiße.« Finn blickte an seinem Freund vorbei zu dessen Pick-up, der mit laufendem Motor auf der Lichtung stand. Die Scheinwerfer erhellten das Gras vor seiner Garage, Jacobs Tochter konnte er aber in der Fahrerkabine nicht erkennen. »Soll ich deine Tour auf der *Seaflower* übernehmen?«

»Du würdest mir echt den Arsch retten.« Jacob zögerte. »Aber bei dem Wetter wird das kein glatter Ritt. Es sieht zwar so aus, als ob der Sturm weiter südlich, bei Bar Harbor, sein Unwesen treibt, trotzdem wird es nicht gerade gemütlich werden. Wenn du also nicht willst … verstehe ich das.«

»Mach dir keine Sorgen, Jacob. Kümmere dich um Charlotte. Und melde dich, sobald du weißt, wie es ihr geht.«

»Danke. Das mache ich.« Dankbar schlug Jacob ihm auf die Schulter. »Bis später.«

Er hatte sich bereits zum Gehen umgewandt, als Sarina Finn zur Seite schob. »Jacob«, rief sie und hielt ihm einen Thermobecher entgegen, aus dem es nach Kaffee duftete.

»Mrs. Morgan.« Überrascht blieb er stehen.

»Sarina«, korrigierte sie ihn, wie sie es schon tat, seit Jacob und er erwachsen waren. »Lange Geschichte«, ergänzte sie als Antwort auf seine Überraschung wegen ihrer Anwesenheit. »Hier. Ein Kaffee für unterwegs. Fahr vorsichtig.«

»Danke.« Jacob warf Finn noch einen Blick unter hochgezogenen Augenbrauen zu. Dann wandte er sich um und hastete zu seinem Wagen zurück. Als er einstieg, wurde die Fahrerkabine für einen Moment in Licht getaucht und zeigte

Charlottes blasses Gesicht, die Augen geschlossen, den Kopf gegen die Scheibe des Beifahrerfensters gelehnt.

Finn und Sarina warteten, bis Jacob gewendet hatte und der Pick-up im Wald verschwand. Dann trat seine Mutter einen Schritt zurück, und er schloss die Tür.

»Du willst zum Hummerfischen? Bei diesem Wetter?« Sie sah Finn nicht an, sondern starrte durch die Küchenfenster in die Dunkelheit hinaus, in der es nichts zu sehen gab, der Wind aber dafür umso deutlicher zu hören war.

»Du weißt, wie das läuft. Der Skipper entscheidet, ob wir rausfahren. Und wenn er es für machbar hält, holen wir Hummer rauf.« Er legte seiner Mutter den Arm um die Schultern und sein Kinn für einen Moment auf ihren Scheitel. »Jacob braucht im Moment jeden Cent. Er kann es sich nicht leisten, das Boot im Hafen zu lassen.«

Sarina lehnte ihren Kopf gegen sein Schlüsselbein. »Aber ich bin deine Mutter. Das gibt mir das Recht, mir wahnsinnige Sorgen zu machen.«

»Du hast Jacob gehört. Der Sturm trifft weiter südlich auf Land«, versuchte er sie zu beruhigen.

»Natürlich.« Sarina löste sich aus Finns Umarmung und rahmte sein Gesicht mit den Händen ein. »Mach dich fertig. Ich koche so lange noch mal Kaffee und bereite dir ein Frühstück zu. Und du versprichst mir am besten, dass du eine Schwimmweste tragen wirst.«

»Klar, Mom. Die ganze Zeit, versprochen.«

»Tage wie dieser trennen die Glückspilze von den Verzweifelten.« Ed Morris lachte dröhnend. »Kennst du dieses Sprichwort? Ist so alt wie die Hummerfischerei.«

Finn antwortete nichts. Natürlich kannte er den Spruch. So wie jeder andere, der auf einer Insel aufgewachsen war, auf der der Hummerfang die Einnahmequelle Nummer eins war. Ihm ging der Arsch auf Grundeis bei dem Gedanken, dass er heute zur Gruppe der Verzweifelten gehörte. In sein Ölzeug gehüllt sprang er vom Anleger über die flache Reling an Bord der *Seaflower.*

Jeff Porter grinste, hielt Finn die Ghettofaust entgegen und wartete, bis er seine Faust dagegenstieß. »Keine Sorge. Der Sturm tobt im Süden. Ich habe uns schon durch ganz andere Wetter gebracht«, sagte er und stampfte in Richtung Steuerhaus davon.

»Amen«, brüllte Tommy Wang hinter ihm her.

Ja, Amen, dachte Finn. Ihm wurde ein bisschen zu oft erwähnt, dass der Sturm viel weiter südlich tobte. Fast so, als müssten sich die Fischer selbst Mut zusprechen.

»Wir legen ab«, brüllte Jeff aus dem Steuerhaus.

»Aye Skipper«, erwiderten Tommy und Ed unisono.

Tommy machte die Leinen am Bug los, und Finn, der am Heck stand, wiederholte die Prozedur. Er hatte bereits begonnen, die Kraft des Windes und des Meeres zu spüren, als er an Bord gegangen war. Breitbeinig stand er da, um die Wellen, die höher als üblich waren, auszubalancieren und sich dem Wind entgegenzustellen, als sie sich in die klägliche Karawane von elf Fischkuttern einreihten, die aus der Fisherman's Cove auf das offene Meer hinausfuhren. Alle anderen zählten zu den Glücklichen, wie Ed sie nannte, und blieben im Hafen.

Sie passierten das Fisherman's Denkmal am Eingang der Bucht, das an diejenigen erinnerte, die auf das Meer hinausgefahren und nie zurückgekehrt waren. Ein kalter Schauer rann über Finns Rücken. Tommy, der seinem Blick gefolgt war, stieß kameradschaftlich mit der Schulter gegen seine. »Keine Sorge. Sie werden unsere Namen nicht in den Sockel gravieren. Dieser Tag heute wird ein bisschen rauer, als du es gewohnt bist. Aber wir werden ihn herumbekommen, wie jeden anderen auch, und heute Nachmittag mit einem ordentlichen Fang in den Hafen einlaufen.«

Finn nickte. Er atmete tief durch. Jeff, Ed und Tommy waren erfahrene Fischer. Sie wussten, was sie taten. Und sie würden auf keinen Fall rausfahren, wenn sie damit ihr Leben riskierten.

Die Insel glitt an ihnen vorbei. Dunkle Wolken hingen so tief über dem Kutter, dass Finn das Gefühl hatte, mit den Fingerspitzen an ihrer Unterseite entlangfahren zu können. Sie passierten den Leuchtturm an der Spitze von Stonebridge Island, der stolz auf einer Felsnadel vor den Klippen aufragte. Das Licht des riesigen Scheinwerfers streifte Finn, huschte über das graue Deck hinweg, die blauen Boxen, in die sie die Hummer verpackten, tauchte das Steuerhaus in gleißend weißes Licht und tastete sich dann weiter über das raue Meer. Finn drehte sich um und betrachtete die roten und weißen Streifen des Leuchtturms, bis er die Augen zusammenkneifen musste, weil ihn der Scheinwerfer abermals streifte. Dann blickte er wieder nach vorn. In das dunkelgraue Zwielicht.

*

Megan schreckte aus dem Schlaf hoch. Im ersten Moment war ihr nicht klar, was sie geweckt hatte. Dann hörte sie es wieder.

Der Wind peitschte einen Pinienast gegen die Wand ihres Cottages. Um sie herum herrschte eine undurchdringliche Dunkelheit. Kein Stern war durch das Bay Window der Hütte zu sehen. Nicht einmal den Ozean konnte Megan ausmachen. Nur das unaufhörliche Heulen des Windes war zu hören. Und dieser verdammte Ast.

Megan tastete nach ihrem Handy und warf einen Blick auf das Display. Halb fünf. Mit einem Seufzen knipste sie die Nachttischlampe an und wartete, bis sich ihre Augen an den kleinen Lichtkegel gewöhnt hatten, der ihr Bett in einen warmweißen Kokon hüllte. Dann setzte sie sich auf, zog die Beine an und legte ihr Kinn auf die Knie. Sie hatte die Unterlagen, die wild verstreut in ihrem Cottage verteilt gelegen hatten, erst spät am Abend, als sie die Augen nicht mehr hatte offen halten können, zusammengeschoben und neben ihrem Laptop gestapelt. Der Umschlag, den Cameron ihr gegeben hatte, lag noch immer ungeöffnet auf dem Couchtisch. Das Weiß leuchtete regelrecht in der dämmrigen Dunkelheit außerhalb des Lichtkreises, den die Lampe um ihr Bett zog. Wieder ging ihr der Satz ihrer Schwester durch den Kopf: Was würde Jack tun? Dad hätte gekämpft, überlegte sie. »Bedeutet dir dieser Mann etwas?«, hätte er sie gefragt. »Siehst du ihn in deiner Zukunft?«

Megan dachte darüber nach. Natürlich bedeutete Finn ihr etwas. Er war für sie und ihre Familie da gewesen. Ohne zu zögern hatte er seine Hilfe angeboten und das Scheunenprojekt in Angriff genommen. Er war für seinen Freund Jacob da. Genau wie für seine Cousine Emma, die ihre Tochter Robyn ohne seinen Anstoß niemals bei Abby in Therapie gegeben hätte. Finn war einer der besten Menschen, die es auf der Insel gab. Sein einziges Manko war seine Familie. Möglicherweise war er nur deshalb so hilfsbereit geworden, um ein Gegengewicht zu seinem Großvater zu bilden. Wer wusste das schon? Aber das war im Endeffekt auch egal. Finn war wunderbar.

Konnte sie ihn in ihrer Zukunft sehen? Ja, verdammt. Mit Will, bei einem Spaziergang an der Klippe entlang. An seiner Kücheninsel, wo er Zwiebeln oder Schalotten – oder was auch immer – klein schnitt, um ein Abendessen für sie zu kochen. Zusammengekuschelt auf der Couch vor seinem Kamin. In seinem Bett, den Blick durch das Oberlicht in die Sterne gerichtet.

»Dann musst du um diese Liebe kämpfen«, würde ihr Dad antworten. Denn genau das war es: Liebe. Obwohl sie sich dagegen gesträubt hatte, hatte sie sich in Finley Morgan verliebt. In seine Güte. Sein großes Herz. Und seinen sexy Körper. Aber wie ging man mit so großen Gefühlen um? Sie hatte so etwas noch nie für jemanden außerhalb ihrer Familie empfunden. Am nächsten war sie diesem Gefühl wahrscheinlich als Dreizehnjährige gekommen, als sie Finn zum ersten Mal geküsst hatte. Vielleicht war sie wirklich schon immer heimlich in ihn verliebt gewesen und hatte deshalb nie eine ernst zu nehmende Beziehung geführt. Weil sie ihn die ganze Zeit im Hinterkopf gehabt hatte. Nein, das war Quatsch. Das würde ja bedeuten, dass sie seit fast siebzehn Jahren Gefühle für diesen Mann hatte.

Was sich aber nicht abstreiten ließ, war die Tatsache, dass diese Welle aus Emotionen sie mitriss und wie durch die Stromschnellen eines reißenden Flusses hin und her schleuderte. Sie war ehrlich genug zu sich selbst, sich einzugestehen, dass ihr das ziemlich Angst machte. Und sie hatte bereits jetzt einen ganzen Haufen Fehler begangen. Angefangen damit, dass Finn ihr seine Liebe gestanden und sie ihn weggeschickt hatte. Aber hey! Sie war Anfängerin in Sachen Liebe. Das musste er ihr verzeihen. Außerdem würde sie genau jetzt beginnen, alles wiedergutzumachen.

Megan schob die Decke zur Seite, stand auf und schaltete die Kaffeemaschine ein. Dann ging sie kurz ins Bad und kroch anschließend mit ihrer Tasse und Finns Umschlag ins Bett zurück. Sie nippte an ihrem Kaffee und drehte den Umschlag hin und her. In Finns klarer, sauberer Handschrift stand *Megan* darauf. Sonst nichts. Sie stellte ihren Kaffee auf den Nachttisch, schob den Finger unter den Klebestreifen des Umschlags und riss ihn ein kleines bisschen ein, bevor sie innehielt. Ja, sie hatte sich in Finn verliebt. Hals über Kopf. Und entgegen jeder Rationalität. Aber das musste sie ihm sagen, bevor sie seinen Brief las. Bevor sie wusste, was er ihr geschrieben hatte. Wann wäre ein guter Zeitpunkt dafür?

»Hör auf, das Ganze zu zerdenken«, wies Megan sich selbst zurecht. Sie leerte ihren Kaffee. Es war kurz nach fünf, aber vermutlich hatte Finn kein Problem damit, wenn sie ihm sagte, was sie für ihn empfand. Jetzt.

Also kletterte sie aus dem Bett und zog sich an. Vielleicht sollte sie sich für ein solches Geständnis sorgfältiger kleiden, aber Finn hatte schließlich auch nur ein Karo-Flanell-Hemd und Jeans getragen, als er ihr gesagt hatte, dass er sie liebte. Megan schlüpfte in Jeans, einen Hoodie mit dem Logo des Gestüts und ihre Stiefel. Sie flocht sich die Haare, schnappte sich ihr Handy, Finns Brief und die Autoschlüssel und stürmte aus dem Cottage.

Als sie auf Finns Lichtung fuhr, sah sie Licht im Erdgeschoss seines Hauses brennen. Noch etwas, das sie gemeinsam hatten. Finn hatte genauso wenig wie Megan ein Problem damit, früh aufzustehen. Sie griff nach dem Brief und sprang aus ihrem Wagen. Mit der Faust hämmerte sie gegen seine Tür, was Will mit enthusiastischem Gebell beantwortete. Im nächsten Moment wurde die Tür geöffnet – und Megan erstarrte. »Mrs. Morgan?«

Finns Mutter seufzte. »Dieser Tag ist noch nicht wirklich alt, und du bist schon die Zweite, die mich so nennt. Komm rein, Megan.« Sie trat zur Seite. »Und nenn mich Sarina.«

Megan trat über die Schwelle und hockte sich hin, um Will zu begrüßen. Dann richtete sie sich wieder auf. »Entschuldigen Sie, dass ich hier so reinplatze, Sarina. Ich hoffe, ich habe Sie nicht geweckt.«

»Nein, das hast du nicht.« Sie schob die Tür zu und schloss für einen Moment die Augen. Dann setzte sie ein Lächeln auf und bat Megan mit einer Geste in Richtung Küche. Finns Mutter trug einen Morgenmantel über einem Pyjama. Sie sah müde aus. Erschöpft. Megan hatte noch nicht oft mit ihr zu tun gehabt. Aber das blasse Gesicht und die blauen Schatten unter ihren Augen sprachen, genau wie der nachlässige, halb aufgelöste Haarknoten, eine Sprache, die Megan verstand. Irgendetwas war passiert.

»Ich wollte zu Finn.« Was Sarina vermutlich völlig klar war. Megan verdrehte innerlich die Augen über sich selbst.

»Tut mir leid.« Sarina wandte sich zur Kaffeemaschine um und schenkte eine Tasse ein, die sie Megan reichte. Mit der freien Hand hielt sie den Kragen ihres Bademantels am Hals zusammen, als wäre ihr kalt. »Er ist rausgefahren.«

»Rausgefahren?« Megan verstand nicht ganz. »Zu einer

Baustelle? Hat es durch den Sturm irgendwelche Probleme gegeben?«

»Nein.« Sarina blickte durch das Küchenfenster dahin, wo hinter der Schwärze der Ozean lag. »Zu den Hummerfallen.«

»Was?« Megans Herz begann zu rasen. »Aber … der Sturm! Was ist mit Jacob?« Die Fragen brachen aus ihr heraus. Gemeinsam mit der Angst, die über sie hinwegschwappte.

»Jacob muss Charlotte schon wieder aufs Festland bringen. Ihr geht es ziemlich schlecht im Moment«, erklärte Sarina die Situation.

»Scheiße!« Megan rieb sich über das Gesicht. Scheiße, dass die Ärzte den Diabetes von Jacobs Tochter einfach nicht in den Griff bekamen. Aber verdammte Scheiße, dass Finn bei diesem Wetter zum Hummerfangen rausgefahren war.

»Der Sturm soll weiter südlich auf die Küste treffen«, versuchte Sarina es mit einer Zuversicht, die Megan nicht in ihrem Gesicht lesen konnte.

»Glauben Sie wirklich, dass es dadurch weniger gefährlich ist für Finn?« Megan glaubte zwar, dass Jacobs Crew keine unnötigen Risiken einging, aber sie wusste genauso gut, wie dringend Jacob Geld brauchte, um diese verdammten Krankenhausrechnungen seiner Tochter zu bezahlen. Und im Gegensatz zum Rest der Besatzung der *Seaflower* war Finn kein Seemann.

»Ich muss das denken, um nicht verrückt zu werden«, erwiderte Sarina leise. »Du hast natürlich recht, Megan.« Sie stellte ihren Kaffee zur Seite. »Weißt du was? Ich sorge jetzt dafür, dass wir uns keine Sorgen mehr machen müssen. Trink deinen Kaffee und warte hier kurz auf mich.« Sie verschwand die Treppe hinauf und kehrte ein paar Minuten später angezogen zurück. Zu Megans Überraschung nicht viel anders gekleidet als sie selbst. Stiefel, Jeans und eine Strickjacke über einem Longsleeve. Sie nahm ihren Parka von der Garderobe neben der Tür. »Komm mit«, forderte sie Megan auf.

Sie ließen Will, der ihnen einen ziemlich beleidigten Blick hinterherwarf, im Haus. Megan stieg in ihren eigenen Wagen, wendete und wartete, bis Sarina ihr Auto, das sie an der Seite des Hauses geparkt hatte, ebenfalls wendete, und folgte ihr nach Home Port. Sie hielten vor dem Gebäude der Hafenmeisterei.

Ein paar Fischer saßen im Foyer und hatten den Blick auf den Wetterkanal gerichtet, der von einem großen Bildschirm an der Wand ausgestrahlt wurde. Wahrscheinlich hofften sie zu erfahren, dass sich das Wetter genug besserte, um doch noch rausfahren zu können.

Sarina grüßte die Männer und versuchte, die Tür zu öffnen, die in den Bürotrakt des Gebäudes führte. Sie war verschlossen und ließ sich auch auf ihr ungeduldiges Rütteln hin nicht öffnen.

»Da kommen Sie nich' rein, Ma'am«, rief einer der Fischer hinter ihnen.

Sarina klopfte ihre Hosentaschen ab und zog ihr Handy hervor. »Wollen wir wetten?«, murmelte sie, scrollte durch ihre Kontakte und wählte eine Nummer. »Pamela, hi. Hier ist Sarina. Wie geht es dir? … Hmm … ja. Tatsächlich?« Sie warf Megan einen Blick zu und verdrehte die Augen, was wohl bedeuten sollte, dass ihre Gesprächspartnerin zu viel redete. »Warum ich anrufe?«, konzentrierte sie sich wieder auf das Gespräch. »Ich wollte dich um einen Gefallen bitten. Finn ist mit einem der Hummerboote rausgefahren. Ich möchte ihn einfach kurz anfunken und sicherstellen, dass es ihm gut geht.«

Wieder eine Pause, in der sie abwartete, was ihr Gegenüber sagte. Dann seufzte sie. »Du weißt ja, wie Mütter sind … Danke. Vielen Dank.« Sarina legte auf.

Sie warteten keine Minute, bis die Tür zum Inneren der Hafenmeisterei aufgezogen wurde und ein schlecht gelaunter Typ sie aufforderte, ihm zu folgen. Er führte sie in eine Art Einsatzzentrale, ließ sie an einem Funktisch Platz nehmen und griff nach dem Funkgerät.

»*Seaflower* für Home Port Harbor Master.« Statisches Rauschen war die Antwort. »*Seaflower*, Home Port Harbor Master ruft Sie.«

»Hier *Seaflower*«, hörten sie Jeff Porter. »Was gibt's, Peter?«

»Hier ist jemand, der mit euch sprechen will.« Der Mann drückte Sarina den Hörer in die Hand.

»Ähm, hi. Hier spricht Sarina Morgan. Ich würde gern kurz mit Finn reden.«

Einen Moment war nichts zu hören außer dem Rauschen, das aus dem Funkgerät klang. Dann meldete Jeff sich wieder, einen belustigten Unterton in der Stimme. »Sarina, du willst wissen, wie es deinem Jungen geht? Bis jetzt hat es das Greenhorn noch nicht über Bord gespült.« Er gab ein kratziges Lachen von sich, das Megans und Sarinas Sorgen nicht gerade in Luft auflöste. »War nur Spaß«, fuhr er fort. »Ich verstehe, dass du dir Sorgen machst, aber die Jungs arbeiten. Ich kann ihn jetzt nicht an den Funk holen. Es geht ihm gut«, sagte er mit deutlich ernsterer Stimme. »Wir haben ein bisschen raue See. Das ist aber auch alles.«

»Okay. Grüß ihn von mir«, antwortete Sarina. »Und von Megan«, ergänzte sie mit einem Seitenblick zu ihr.

»Wird erledigt. Over and out.«

Sarina gab den Funkhörer an den schlecht gelaunten Typen zurück. »Danke, dass Sie uns kurz mit der *Seaflower* haben reden lassen.«

Der Typ brummte irgendetwas Unverständliches und machte Anstalten, sich zu erheben.

»Machen Sie sich keine Umstände.« Sarina lächelte ihn an. »Wir finden allein raus.«

Megan folgte Finns Mutter aus der Hafenmeisterei. Vor ihren Autos blieb Sarina stehen. »Megan, ich bin mir nicht sicher, was da zwischen Finn und dir läuft. Aber wenn es das ist, was ich glaube, dann kann ich das nur gutheißen.« Sie zog Megan in eine kurze Umarmung. »Du tust Finn gut. Lass uns beten, dass ihr Schiff heute Nachmittag genau wie an jedem anderen Tag heil in den Hafen einläuft.« Sie zückte ihr Handy. »Gib mir deine Handynummer, dann kann ich mich melden, falls es Neuigkeiten gibt.«

Megan hatte es noch gar nicht geschafft zu verarbeiten, was Finns Mutter zu ihr gesagt hatte. Sie hieß gut, was zwischen ihnen lief? Überrumpelt ratterte sie ihre Nummer herunter.

Sarina tippte sie ein und ließ Megans Handy dann klingeln, damit sie ihre Nummer ebenfalls hatte. »Bis später, meine Liebe.« Sie ging zu ihrem Wagen. An der Fahrertür drehte sie sich noch einmal um. »Wir sollten uns bald mal auf einen Kaffee oder ein Glas Wein treffen.« Mit einem Lächeln rutschte sie hinter ihr Lenkrad und startete den Wagen.

Sich in Finn zu verlieben war das eine. Frieden mit den Morgans zu schließen, etwas ganz anderes. Aber wenn Sarina ihr den Olivenzweig hinhielt, würde sie ihn nicht ablehnen. Um Finns willen. Und weil das ein weiterer Schritt auf dem Weg war, diese alte Fehde zu beenden.

27

Der Wind hatte deutlich aufgefrischt. Finn hatte nicht gedacht, dass er seekrank werden könnte, aber die Wellentäler und -berge ließen den Kaffee in seinem Magen sauer aufsteigen. Trotzdem waren sie stoisch Falle für Falle abgefahren, hatten Hummer herausgeholt und neue Köder eingelegt. Dreiviertel der Fallen hatten sie bereits abgefahren. Und er hoffte einfach nur, dass er die restlichen schaffte, ohne über die Reling zu kotzen. Tommy und er hatten gerade eine Hummerfalle von der Winde gelöst und den Fang herausgeholt, als Jeff aus dem Steuerhaus kam.

»Was gibt es, Skipper?«, brüllte Tommy über den Lärm des Windes und des Dieselmotors hinweg.

»Wir haben ein Problem.« Jeffs Gesichtsausdruck sagte deutlich, dass es sich nicht um eine Kleinigkeit handelte. Vor ein paar Stunden hatte er noch breit gegrinst, als er aus dem Steuerhaus gebrüllt hatte, dass Finns Mommy ihn angefunkt hatte, um zu fragen, ob es ihrem kleinen Jungen auch gut geht. Und bei der Gelegenheit auch noch Grüße von Megan ausgerichtet. Finn, den zu diesem Zeitpunkt schon mehr als eine Welle getroffen hatte und der fror, als befände er sich in Bermudashorts auf einer Nordpol-Expedition, war auf einmal ganz warm ums Herz geworden. Megan. Hatte sie den Umschlag geöffnet? Hatte sie mit seiner Mutter geredet? Ein ganzer Haufen Fragen schwirrte ihm durch den Kopf, auf die er erst Antworten bekommen würde, wenn sie wieder in Home Port einliefen. Dreiviertel der Fallen waren schon geschafft. Bald …

»Die Wetterzelle hat ihre Richtung geändert«, riss Jeff ihn aus seinen Gedanken. Die Besorgnis in seinem Blick hatte die gleiche Wirkung wie ein Magenschwinger, der einen ohne Deckung erwischte.

Finn blickte zu den anderen Mitgliedern der Crew. Ed hatte die Hände in die Hüften gestützt, und soweit man es unter der Kapuze des Ölzeugs erkennen konnte, war sein Gesichtsausdruck grimmig.

Tommy biss nachdenklich auf seiner Unterlippe herum. »Soll heißen?«, fragte er. Kurz und knapp. Wie immer.

»Wir müssen sehen, dass wir hier verschwinden. Die restlichen Fallen können wir nicht mehr abfahren.« Jeff blickte zum Horizont, der noch genauso aussah wie vor zehn Minuten oder einer halben Stunde.

Den Besatzungsmitgliedern der *Seaflower* war offensichtlich völlig klar, was gerade passierte. Aber Finn war kein Fischer. Er war noch nie bei einem Sturm auf dem Meer gewesen. Die Gummistiefel fest auf das Deck gestemmt wartete er die Welle ab, die über das Boot hinwegspülte, und bis das Schaukeln des Kutters ein wenig nachließ. »Was bedeutet ›die Wetterzelle hat ihre Richtung geändert‹ genau?«, fragte er.

»Dass der Sturm Orkanstärke angenommen hat und genau auf uns zuhält«, brummte Ed.

Finn konnte ihn durch das Brüllen des Windes kaum verstehen. »Was?« Gerade eben hatte er noch gedacht, dass er so schnell wie möglich nach Home Port zurückwollte, um Megan zu sehen. Aber das Gefühl, dass ein Sturm für ihre Rückkehr in den Hafen verantwortlich war, der sie vor sich hertrieb, verursachte ein ziemlich heftiges Kribbeln in seinem Nacken. In seinem Magen. Und … erfasste seinen gesamten Körper. »Wir schaffen es doch nach Home Port, bevor dieser Sturm hier ist?«

»Wenn das so wäre, hätten wir kein Problem«, brüllte Jeff vom Steuerhaus herüber.

»Und was ist das Problem?« Finn war sich nicht sicher, ob er die Antwort auf seine Frage wirklich hören wollte.

»Sechs bis zehn Meter hohe Wellen, würde ich sagen.« Tommy schob die Kapuze seiner Öljacke nach hinten und kratzte sich unter seiner Mütze am Kopf.

Jeff warf ihm einen Blick aus der Kategorie ›nicht hilfreich‹ zu. »Unser Problem ist, dass wir den Hafen im Moment nicht anlaufen können, weil sich die Wetterfront an der Küste entlang nach Norden schiebt. Wir müssen weiter auf das Meer raus, das Ganze aussitzen. Und wenn der Sturm durchgezogen ist, schippern wir gemütlich zurück in Richtung Insel.« Das klang total entspannt, wenn Jeff das so sagte. Wie ein Herrenausflug zum Fischen. Sowohl sein Blick als auch seine angespannte Körperhaltung erzählten allerdings etwas völlig anderes.

Finn schluckte. »Ich bin hier das Greenhorn, und ihr scheint alle drei zu wissen, was dieser Sturm bedeutet. Ich verstehe es nicht, also lasst mich nicht im Dunkeln tappen, okay?«

Tommy schlug ihm auf die Schulter. »Was uns Jeff eigentlich sagen will, ist, dass der Sturm schon viel zu nahe ist und uns in den Arsch treten wird, auch wenn wir weiter auf das

Meer hinausfahren. Jetzt heißt es: das Deck sichern und beten.«

»Mach dir keine Sorgen.« Ed war an Finns andere Seite getreten und legte ihm ebenfalls die Hand auf die Schulter. »Der Skipper weiß, was er tut. Er hat uns schon durch viel brenzligere Situationen gebracht.«

Finn wollte fragen, welche Situation brenzliger war als ein Sturm und zehn Meter hohe Wellen. Aber er schluckte die Frage herunter. »Okay«, sagte er stattdessen. »Dann sollten wir uns beeilen, oder? Jeff«, rief er dem Skipper zu, der noch immer in der Tür zum Steuerhaus lehnte, als wäre der Seegang, mit dem sie sich herumschlugen, ein leichtes Schaukeln. »Müsstest du nicht Vollgas geben, um von hier wegzukommen? Jetzt gleich?« Vermutlich zählte ab jetzt jede Sekunde.

»Schon dabei.« Jeff tippte sich an seine Mütze und zog die Tür hinter sich zu.

Als hätte sich die Natur genau diesen Moment ausgesucht, erhellte ein gleißender Blitz den schwarzen Horizont. Die Luft summte regelrecht vor lauter Energie, mit der sie aufgeladen war. Jedes Härchen an Finns Körper schien sich aufzustellen. Und dann öffnete der Himmel seine Schleusen. Finn stolperte über das Deck, um Ed und Tommy zu helfen, die Winde zu arretieren und ihren Fang so zu verstauen, dass das Meer ihnen nicht alles fortspülte, wenn größere Wellen den Kutter treffen sollten. Dabei sah er fast nichts mehr vor lauter Regen und Dunkelheit, die nur von den über den Himmel zuckenden Blitzen erhellt wurde. Er machte die Crew fast nur anhand der deftigen Flüche aus, die sie ausstießen.

Finn versuchte, sich ein Beispiel an der stoischen Haltung der Fischer zu nehmen. Aber er schaffte es nicht, die in ihm aufsteigende Panik zu unterdrücken. Es gab so vieles, was er Megan noch sagen wollte. Er musste sich mit seinem Großvater aussöhnen. *Seal Rock Hall* wollte er sehen, wenn es fertig restauriert war. Seine To-do-Liste war verdammt lang – und er wollte sie abarbeiten. Also versuchte er, Jeff zu glauben, dass sie es heil nach Hause zurückschaffen würden, statt an haushohe Wellen zu denken. Es würde alles nur ein wenig länger dauern als geplant.

*

Der Vormittag war hektisch verlaufen auf dem Gestüt. Megan und ihre Schwestern hatten angesichts des zunehmenden Sturms beschlossen, die Pferde von den Koppeln in die Ställe zu bringen und alles wetterdicht zu machen. Erst gegen Mittag hatten sie soweit alles niet- und nagelfest, dass sich die Gestütsmitarbeiter für einen Teller heißen Eintopf und frisch gebackenes Sauerteigbrot in das Wirtschaftsgebäude zurückziehen konnten.

Megan hatte zunächst versucht, in ihrem Büro zu arbeiten. Aber die ständigen Blicke auf ihr Handy hatten sie schließlich aufgeben lassen. Finns Mutter hatte sich nicht bei ihr gemeldet. Irgendwann schnappte sie sich ihren Laptop und ging ins Wohnzimmer hinunter. Abby und Summer hatten bereits Plätze am Esstisch besetzt, genau wie Matt, der durch die Fernsehprogramme zappte, um den Wetterkanal zu finden. Cameron war noch unterwegs, um auf der *Seal-Rock-Hall*-Baustelle zu überprüfen, ob alles sturmsicher gemacht war.

Megan stellte ihren Laptop neben Summers und ließ sich auf einen der Stühle am Esstisch fallen.

»Gibt es etwas Neues?«, fragte Olivia, die mit einem Tablett mit Kaffee, Tassen und Keksen aus der Küche kam. Sie stellte die Sachen auf dem Tisch ab und begann, sie zu verteilen, während Megan den Kopf schüttelte.

»Ich glaube, keine Nachrichten sind in einem solchen Fall doch immer gute Nachrichten«, versuchte Summer, Megan zu beruhigen. »Vielleicht ist der Sturm auf dem Meer gar nicht so schlimm, wie er uns hier an Land vorkommt.«

Megan nickte ganz automatisch, weil es das war, was ihre Schwester erwartete. Wahrscheinlich war so ein Sturm auf dem Ozean aber noch viel schlimmer als an Land. Wieso hatte sie von diesen Dingen keine Ahnung? Sie sprang wieder auf und trat an die Fenstertüren, die auf den Patio hinausführten. Von hier konnte man in die Halfmoon Bay hinuntersehen. Wenn es nicht gerade wie jetzt wie aus Eimern schüttete und ein Donnergrollen nach dem anderen gemeinsam mit dem Wind an den Mauern des Hauses rüttelte. Nur die Blitze, die über den Himmel zuckten, hellten das Szenario genug auf, um erkennen zu können, dass das aufgepeitschte Meer seine Wellen mit wütender Kraft auf den Strand rollen ließ.

Das Klingeln ihres Handys ließ sie herumfahren und zum Tisch zurückhasten. Ihre Schwestern verdrehten bereits die Köpfe, um den Namen auf dem Display lesen zu können. »Es ist Finns Mutter«, sagte Abby, noch bevor Megan nach dem Telefon greifen konnte.

Was bedeutete das? Gute Neuigkeiten oder schlechte? Megan atmete tief durch und nahm den Anruf an. »Hallo Sarina.«

»Megan, meine Liebe. Ich habe dir versprochen, mich zu melden. Der Hafenmeister hat einen Funkspruch von der *Seaflower* erhalten. Sie sind alle wohlauf«, ergänzte sie schnell, als sie Megan scharf einatmen hörte. »Aber die Tatsache, dass der Sturm plötzlich abgedreht ist und weiter nach Norden zieht, hat sie kalt erwischt. Sie schaffen es nicht mehr rechtzeitig nach Home Port.«

»Was … was bedeutet das?«, fragte Megan leise. Sie spürte den eisigen Schauer, der ihr über den Rücken rann.

»Sie müssen abdrehen und weiter aufs Meer hinaus.« Das Zittern in Sarinas Stimme war nicht zu überhören. »Dort sitzen sie das Wetter einfach aus und laufen in den Hafen ein, wenn der ganze Spuk vorüber ist.«

»Das klingt gut.« Einfach und logisch. Aber genau das waren die Dinge, die sich am Ende nie als problemlos herausstellten. Immerhin hatte die *Seaflower* Funkkontakt zur Hafenmeisterei. »Halten Sie mich weiter auf dem Laufenden, ja?«

»Das mach ich, Megan. Ich melde mich, sobald ich was Neues weiß.«

Megan beendete das Gespräch und ließ das Handy sinken.

»Was hat sie gesagt?«

»Ist mit der *Seaflower* alles okay?«

»Ist was passiert?«

Alle sprachen gleichzeitig und durcheinander. Megan drehte sich wieder zu den Fenstertüren um und blickte in die Dunkelheit hinaus. »Sieht so aus, als ob alles gut gehen würde«, sagte sie leise. Auf jeden Fall musste sie das glauben. Es war undenkbar, dass Finn nicht zu ihr zurückkehren würde. Schon gar nicht jetzt, wo sie endlich begriffen hatte, dass sie ihn liebte.

*

So musste es sich anfühlen, in einem Schlauchboot die Niagarafälle hinunterzustürzen. Finn stemmte sich gegen die Schwerkraft, die ihn nach unten zog.

Jeff hatte die *Seaflower* volle Kraft voraus auf den Wellenberg hinaufgefahren. Dort hatten sie einen winzigen Augenblick verharrt, bevor es wie auf einer Schussfahrt abwärtsging und sie die nächste, turmhohe Welle vor sich aufragen sahen. Das ging jetzt schon ein gefühlte Ewigkeit so. Nachdem sie das Deck gesichert hatten, hatte sich die Crew ins Steuerhaus zurückgezogen. Es war nicht besonders komfortabel und für vier Leute eigentlich zu klein – aber im Moment die einzige Chance, nicht von Bord gespült zu werden. Vor einer Weile hatte die Küstenwache mit einem Funkspruch alle Seefahrzeuge mit einer dringenden Wetterwarnung informiert, dass mit schwerem Seegang und Orkanwinden gerechnet werden musste und eine weitere Wetterverschlechterung bevorstand.

Der Hinweis war unnötig für jemanden, der sich mitten in diesem Unwetter befand und von Wellenkamm zu Wellenkamm getrieben wurde. Der Knoten in Finns Magen zog sich noch ein wenig weiter zusammen, als Ed Rettungswesten an alle verteilte, die jeder ohne zu murren überzog. Am schlimmsten aber war die Stille. Niemand sprach mehr. Keine Witze. Keine wilden Flüche. Sie steckten bis zum Hals in der Scheiße.

Wieder kämpfte sich die *Seaflower* einen Wellenberg hinauf. Die See unter ihnen war völlig weiß, die Luft mit Gischt und Schaum angefüllt. Sehen konnten sie außer dem nächsten Wellenkamm schon lange nichts mehr, und das Rollen des Ozeans war ein einziges, ohrenbetäubendes Getöse, das sogar über das

Ächzen des Schiffsrumpfes hinwegdröhnte, wenn die Schwerkraft auf dem Gipfel der Wellen gleichzeitig an Bug und Heck zog.

Wieder rauschten sie in ein Wellental, doch plötzlich mischte sich ein anderes Geräusch unter das Brüllen des Ozeans. Ed und Tommy hoben lauschend die Köpfe, während Jeff mit verbissener Miene weitersteuerte. Sie hatten es also auch gehört, der Motor stotterte.

Im nächsten Moment fing er sich wieder, und Finn atmete langsam aus. Die Erleichterung hielt nur wenige Sekunden, dann setzte die Maschine wieder aus.

»Was ist los?«, brüllte Tommy über den Lärm hinweg.

»Ich habe keine Ahnung.« Jeff hielt den Blick stur auf den Bug des Kutters gerichtet und fuhr weiter volle Fahrt voraus. »Komm schon, komm schon«, beschwor er den Motor und kämpfte sich durch die nächste Welle. Die Maschine jaulte noch einmal auf, dann erstarb sie. »Scheiße!« Jeff trat gegen sein Steuerpult und versuchte dann, den Motor zu starten. Nichts geschah, außer der nächsten Welle, die auf sie zuraste und sie tanzen ließ wie einen Korken. Jeff versuchte weiter, den Kutter zu steuern. »Ich kann sie nicht halten, verdammte Scheiße«, brüllte er. »Tommy, setz einen Notruf ab. Finn, du hilfst mir am Steuer.«

Finn sprang auf und half dem Skipper, das Steuerrad in der richtigen Position zu halten, während Tommys »Mayday! Mayday! Mayday!« durch das Steuerhaus hallte. »Hier ist die *Seaflower.* Unsere Position ist …« Tommy warf einen Blick auf die Koordinaten und gab sie durch. »Mayday! Mayday! Mayday! Wir haben einen Maschinenschaden. Over.«

»*Seaflower*, hier ist die US-Küstenwache. Wir konnt … ordinaten ni … derholen Sie«, erhielten sie nach ein paar Sekunden die abgehakte Antwort.

Finn hielt die Position des Steuerrades. »Wenn wir die nur so abgehackt hören, ist es andersherum wahrscheinlich auch nicht besser«, brachte er zwischen zusammengebissenen Zähnen hervor.

»Mayday! Mayday! Mayday! Hier ist die *Seaflower.*« Tommy nannte abermals die Koordinaten, erhielt aber nichts außer einem statischen Rauschen zur Antwort. »Mayday! Mayday! Mayday!«, versuchte er es noch einmal. »Ich komme nicht durch.«

»Dann sind wir auf uns gestellt«, sagte Ed. »Es wird Zeit zu beten.«

»Erst mal müssen wir versuchen, auf Kurs zu bleiben«, knurrte Jeff. »Dann können wir immer noch beten.«

Sie schafften eine weitere Welle. Und noch eine. Als sie ins nächste Wellental hinunterglitten, begann das Heck, langsam herumzurutschen. »Fuck!«, brüllte Jeff. »Ich kann sie nicht halten.«

Es schien nur Sekunden zu dauern, und sie lagen quer.

»Achtung! Riesenwelle!«, schrie Tommy. »Festhalten!«

Schon im nächsten Moment knallte die Leeseite der *Seaflower* auf die Wand aus Wasser, was sich anfühlte, als rammten sie Beton. Der Kutter wurde die Welle hinaufgeschoben, während er gleichzeitig begann, luvwärts zu kippen.

*

Megan sprang aus Abbys Jeep, noch bevor der Wagen zum Stillstand kam. Sie rannte auf das Gebäude der Hafenmeisterei zu und stürmte durch die Tür. Stolpernd kam sie zum Stehen, als sie sah, wie viele Insulaner sich bereits hier versammelt hatten.

Zwei Fischerboote waren auf dem Ozean geblieben, darum waren alle Inselbewohner zusammengekommen, um die Vermissten zu erwarten. Kauerten auf den harten Plastikstühlen. Lehnten an den Wänden. Oder hatten sich einfach auf den Boden gesetzt. Alle Gesichter waren auf den Fernseher an der Wand gerichtet, auf dem noch immer der Wetterkanal ausgestrahlt wurde.

Sarina löste sich aus einer Ecke, wo sie mit ihrem Mann und Benedict zusammengestanden hatte, und schlängelte sich durch die Anwesenden, bis sie Megan erreichte. Sie hatte geweint, etwas, das Megan bis jetzt hatte zurückhalten können. Auch wenn Tränen hinter ihren Lidern brannten, seit Finns Mutter sie angerufen hatte, um ihr zu sagen, dass die *Seaflower* einen Notruf abgesetzt hatte und dann nicht mehr zu erreichen gewesen war.

Megan war klar, dass sie hier sein musste. In der Hafenmeisterei. Um Informationen aus erster Hand zu bekommen, sobald sie hier etwas erfuhren. Sie war aus dem Haus gerannt, doch Summer hatte sie eingeholt und aufgehalten. Ihre Familie würde sie nicht allein lassen. Sie hatten sie auf Abbys Beifahrersitz geschoben. Cam und Summer waren auf den Rücksitz gesprungen, und Matt folgte mit Olivia in seinem Pick-up.

Jetzt stand sie hier, mitten zwischen ihren Nachbarn und Freunden, die alle auf Neuigkeiten hofften. Sarina zögerte einen Moment, als sie Megan erreichte. Dann zog sie sie in eine feste Umarmung. »Es gibt noch nichts Neues.« Sarinas Stimme klang rau, und Megan musste sich beherrschen, nicht in Tränen auszubrechen. »Bis auf die *Seaflower* und die *Mary Lou II* sind alle anderen Kutter wieder eingelaufen. Jeff hat einen Notruf abgesetzt, der darauf schließen lässt, dass sie einen Maschinenschaden oder etwas in dieser Art haben. Von der *Mary Lou* gibt es im Moment gar kein Lebenszeichen«, fasste sie die Lage zusammen. »Aber immerhin zieht der Sturm weiter nach Norden. In ein paar Stunden dürfte das Unwetter überstanden sein.«

Megan ließ zu, dass Sarina ihr ein paar lose Haarsträhnen hinter das Ohr schob. »Abby ist zur Küstenwache weitergefahren. Ihre Freundin Becky hat Dienst. Vielleicht bekommt sie dort ein paar Infos.«

»Gut.« Sarina versuchte sich an einem Lächeln. »Das ist gut.« Sie blickte über Megans Schulter auf die sich öffnende Tür und brachte mit einem Schritt ein wenig mehr Abstand zwischen Megan und sich. So als sei sie nicht sicher, wie die Neuankömmlinge auf sie reagierten.

Megan spürte ihre Mutter hinter sich, bevor diese ihr die Hand auf die Schulter legte. Also standen vermutlich auch Summer, Matt und Cameron hinter ihr.

»Ich sollte zurück«, sagte Sarina leise und nickte in die Ecke, in die die Morgans sich zurückgezogen hatten. Sie wandte sich bereits um, als Olivia ihren Namen sagte.

Langsam drehte sich Sarina wieder um. »Ja?«

»Wir beten für euch«, sagte Megans Mutter leise. »Finn wird heil zurückkommen.«

Sarina nickte. »Danke.«

Finns Mutter ging zu ihrer Familie zurück. Megan wurde sich erst jetzt der Blicke bewusst, mit denen die Leute Sarina folgten, nur um dann wieder sie zu mustern. Eine Morgan hatte gerade eine Cooper umarmt. Allein das reichte für eine kleine Sensation auf Stonebridge Island – und würde für jede Menge Spekulationen sorgen. Ob irgendjemand auf die Idee kam, dass Megan sich in Finn verliebt hatte? Vermutlich nicht. Dass sie hier waren, war nichts Außergewöhnliches. Wenn eine Katastrophe geschah und es galt, zusammenzuhalten, zu hoffen und sich Mut zuzusprechen, kamen die Insulaner immer zusammen und unterstützten sich gegenseitig.

Megan machte mit ihrer Mutter und Summer die Runde, grüßte Freunde, umarmte die Angehörigen der Fischer der beiden vermissten Kutter. Sie hatten sich gerade einen ruhigen Platz zum Warten gesucht, als Abby auftauchte. Sie suchte die Menge nach ihnen ab und kam herüber, als Cameron winkte.

»Hey.« Sie drückte Megans Hand. »Es tut mir leid, aber die Küstenwache hat im Moment nichts Neues für uns. Der Funkspruch der *Seaflower* war so abgehackt, dass sie die Koordinaten nicht aufnehmen konnten. Die Hubschrauber starten nicht, solange sie nicht wenigstens ungefähr wissen, wo sie sie suchen müssen. Eine groß angelegte Suche wird es erst geben, wenn das Wetter wieder besser ist.«

Megan nickte und schluckte an dem Kloß in ihrem Hals vorbei. »Sie werden so lange durchhalten«, sagte sie fest.

»Davon bin ich überzeugt.« Olivia zog sie in ihre Arme. »Abby, Schatz, kannst du zu Sarina und Arthur rübergehen und ihnen das sagen. Sie bangen um ihren Jungen. Da sollten sie jede Information bekommen, die sie haben können. Gute wie schlechte.«

»Natürlich, Mom.« Abby richtete sich wieder auf.

Cameron erhob sich neben ihr und griff nach ihrer Hand. »Ich begleite dich.«

Megan sah ihnen nach. Sah zu, wie sie mit Sarina sprachen und sich Finns Mutter die Augen wischte. Das musste einfach gut ausgehen. Megan dachte an den Umschlag, der noch immer ungeöffnet in ihrem Cottage lag. Sie würde ihn nicht öffnen. Nicht, bevor Finn und seine Crew sicher zurück waren. Sie lehnte den Kopf an die Schulter ihrer Mutter und folgte mit den Augen dem Sekundenzeiger, der seine Runden in Zeitlupe zu drehen schien.

Brandon vom Pub und Beckys Dad Bud, dem der Supermarkt gehörte, brachten Wasser. Marsha hatte mehrere Thermophore mit Kaffee gefüllt und alle übrig gebliebenen Backwaren aus ihrem Laden gebracht, und Frankie und ihr Küchenteam bereiteten Sandwiches im Akkord zu. Die Hilfsbereitschaft und der Zusammenhalt der Insulaner wärmten Megan das Herz. Aber nicht genug, um den Pfropfen aus Eis zu schmelzen, den die Angst um Finn dort hinterlassen hatte.

28

Der Sturm zog weiter, suchte sich neue Ziele weiter im Norden und ließ nichts zurück als einen lauen Wind und leichte Wellen. Wenn man die Äste auf den Straßen, umgefallene Mülltonnen und das restliche bunte Laub außer Acht ließ, das die Böen von den Bäumen gerissen hatten, konnte man fast glauben, das Ganze sei nie passiert. Hier und da blitzte sogar ein Stern durch die aufreißende Wolkendecke.

Zwei vermisste Fischkutter machten dieses Bild allerdings zunichte. Die Menge der wartenden Insulaner war immer weiter angewachsen. Rose und Josh Walsh waren zu ihnen gestoßen. Megan sah Finns Zimmermann-Crew, die sich mit ein paar anderen Bauarbeitern auf dem Fliesenboden niedergelassen hatte.

Abbys Freundin Becky gab regelmäßig Updates. Inzwischen starteten die Hubschrauber der Küstenwache wieder zu Suchflügen, auch wenn es keine genauen Koordinaten der vermissten Schiffe gab.

Megan wiederum hielt Jacob auf dem Laufenden, der noch immer mit seiner Tochter im Krankenhaus in Machias war und sich unglaubliche Sorgen um seine Crew machte.

Plötzlich machte sich Unruhe um sie herum breit, aber Megan wusste nicht, woher die offenbar neuen Informationen kamen. Irgendjemand rief: »Ein Schiff läuft ein.«

Fragen wurden durcheinandergebrüllt. Welches Schiff? Ist die Besatzung wohlauf? Gibt es Schäden? Woher kommt es? Aber vor allem immer wieder die Frage: Welcher Kutter ist es?

Die Leute begannen, aus dem Raum zu strömen. Was verdammt lange dauerte, so viele wie es waren. Megan und ihre Familie hatten sich in eine Ecke zurückgezogen, was zur Folge hatte, dass sie jetzt zu den Letzten gehörten, die sich auf den Weg nach draußen machen konnten. Sie folgten dem Strom zu den Anlegern und erreichten den Steg gerade, als der Kutter festmachte. In der Dunkelheit konnte Megan nichts erkennen. Sie drängelte sich durch die Menge, bis sie einen Blick auf das Boot erhaschen konnte.

Bittere Magensäure stieg in ihrer Speiseröhre nach oben, und ihre Knie zitterten so sehr, dass sie sie zusammenpressen musste, um nicht zu stürzen, als sie den Namen am Bug des Kutters lesen konnte. Es war die *Mary Lou II.* Wie angewurzelt blieb sie stehen, presste die Hand auf ihr rasendes Herz. Finn war nicht zurückgekehrt. Er war noch immer da draußen. Die Angst stieg weiter, vermischte sich mit der Enttäuschung, dass das falsche Schiff es in den Hafen zurückgeschafft hatte.

Dann sah sie, wie der Skipper von Bord sprang und seine Mutter vor Erleichterung weinend auf die Knie ging. Augenblicklich zerplatzte Megans Enttäuschung. Jeder hatte es verdient, dass seine Liebsten heil zurückkehrten. Und sie war genau wie alle anderen hier dankbar für jeden Fischer, der wieder in den Hafen einlief.

Langsam kämpfte sie sich zurück, während die Insulaner immer weiter nach vorn drängten. »Es ist die *Mary Lou*«, teilte sie ihrer Familie unnötigerweise mit. Ihren Gesichtern nach hatte sich die Neuigkeit bereits bis zum Ende des Piers herumgesprochen.

Olivia zog sie in eine feste Umarmung und hielt sie fest. »Die *Mary Lou* ist zurück. Die *Seaflower* wird ebenfalls kommen«, murmelte sie ihr tröstend ins Ohr.

Wie oft hatte Megan sich diese Worte in dieser Nacht selbst schon gesagt? Wie ein Mantra. Wieder und wieder. Die *Seaflower* wird zurückkommen. Etwas anderes durfte sie nicht einmal denken. Sie hatte viel zu spät begriffen, dass sie Finn liebte. Und sie musste ihm das sagen. Er musste einfach wiederkommen.

Langsam machten die Informationen die Runde, die von der *Mary Lou* auf den Anleger schwappten. Sie hatten den Sturm auf dem Meer ausgesessen und waren die ganze Zeit nicht in Gefahr gewesen. Allerdings hatte ihr Funkgerät den Geist aufgegeben, und sie konnten niemanden von ihrer Entscheidung in Kenntnis setzen und mussten Home Port um ihre Rückkehr bangen lassen. Vom Verbleib der *Seaflower* hatten sie nichts gehört.

»Ich schwöre dir, ich habe Pete tausendmal gesagt, er soll dieses alte, halb defekte Funkgerät endlich austauschen«, hörte Megan jemanden im Vorbeilaufen sagen. »Das wird diesem alten Geizkragen hoffentlich eine Lehre sein.«

Langsam legte sich die Aufregung, und der Anleger leerte sich zunehmend. Doch die Leute gingen nicht nach Hause. Sie kehrten zurück in die Wärme der Hafenmeisterei. Zu Kaffee, Sandwiches und den Nachrichten. Ein Boot war noch da draußen. Bevor man nicht herausgefunden hatte, was mit der *Seaflower* passiert war, würde niemand gehen.

Die Küstenwache kam, befragte die Crew der *Mary Lou II*,

stellte sicher, dass niemand einen Arzt brauchte, und kehrte zu ihrem Stützpunkt zurück.

»Na komm, lass uns wieder reingehen«, schlug Abby vor und zog ihre Jacke enger um sich.

Megan schüttelte den Kopf. »Ich kann da nicht wieder rein«, wurde ihr plötzlich bewusst. Sie ertrug die stickige Luft nicht mehr. Die neugierigen Blicke, die ihr folgten, seit Finns Mutter sie umarmt hatte. Und vor allem ertrug sie es nicht, eine der Letzten zu sein, die den Pier erreichten, wenn die *Seaflower* endlich einlief. »Ich bleibe hier.«

»Okay«, sagte Summer ohne zu zögern, und der Rest ihrer Familie nickte zustimmend. »Kein Problem. Dann bleiben wir draußen.«

»Nein. Geht wieder rein, bitte.« Sie blickte in die Dunkelheit hinaus. »Ich möchte ein bisschen allein sein.«

»Ebenfalls okay«, sagte Abby und lächelte aufmunternd. »Aber vergiss nicht, dass du nur die Kurzwahltaste drücken musst, und einer von uns wird hier auftauchen und für dich da sein.« Sie zog Megan in ihre Arme. »Versuch nicht wieder, allein damit fertig zu werden«, wisperte sie. »Wir sind für dich da.«

»Ich verspreche es«, flüsterte Megan zurück. Sie sah ihrer Familie nach, als sie in Richtung Hafenmeisterei davonging, und drehte sich dann um, um weiter auf das Meer hinauszublicken.

Ein paar Minuten später hörte sie Schritte hinter sich. Sie schaute sich um und erkannte Cameron und Matt. Cameron hatte sich ein paar Decken unter den Arm geklemmt und schleppte einen Deckchair, den er nur irgendwo geklaut haben konnte. Matt hatte eine Thermoskanne in der Hand.

»Was wird das?«, fragte sie neugierig.

Matt zuckte mit den Schultern. »Wenn du schon hier wartest, sollest du dir wenigstens nicht die Beine in den Bauch stehen und dabei erfrieren.«

»Woher habt ihr den Stuhl?«

Cameron räusperte sich. »Aus der Halloween-Deko des *Ocean View Inns*. Da saß bis gerade noch ein Vampir drauf.«

Megan konnte nicht anders. Sie lachte. »Der Platz eines Untoten? Wenn das kein gutes Omen ist, weiß ich auch nicht.« Sie umarmte die beiden. »Danke.«

Nachdem Cameron und Matt sie wieder alleine gelassen hatten, wickelte sie sich in die Decken ein und machte es sich in dem Deckchair bequem. Es dauerte gar nicht lange, bis sie abermals Schritte hinter sich hörte. Offenbar würde man ihr nicht ihre Ruhe lassen. Megan wandte den Kopf, aber diesmal richtete sie sich überrascht auf, als sie die Morgans auf sich zukommen sah. Sie schluckte. Wenn Finns Familie der Meinung war, dass sie hier nichts verloren hatte, während sie auf ihren Sohn warteten, würde sie das Feld räumen müssen. Sie konnte nur hoffen …

Sarina schenkte ihr das traurige Lächeln, das sie mit sich herumtrug, seit Megan sie in der Hafenmeisterei getroffen hatte. Arthurs Miene war so neutral und unlesbar wie meistens, und Benedict warf ihr – keine Überraschung – einen finsteren Blick zu.

»Megan, darf ich mich zu dir setzen?« Sarina legte ihr die Hand auf die Schulter, während ihr Mann einen Deckchair neben ihr abstellte, der eine ziemliche Ähnlichkeit zu ihrem hatte.

»Auch von der Veranda des *Ocean View Inn*?«, fragte sie. »Was hat draufgesessen?«

»Nur eine schwarze Katze und eine große Spinne.« Sarinas Lächeln hellte sich ein wenig auf.

Megan erwiderte es. »Setzen Sie sich, Sarina«, beantwortete sie die Frage, die Finns Mutter zuvor gestellt hatte, und hielt die Thermoskanne hoch. »Tee?«

Sarina setzte sich, ebenfalls in eine Decke gehüllt, neben sie. »Danke. Später vielleicht.«

Megans Anspannung ließ ein wenig nach, als ihr klar wurde, dass sie gemeinsam hier warten und Benedict und Arthur sie nicht vertreiben würden. Die Männer lehnten sich, schweigend und mit verschränkten Armen, ein Stück entfernt an die Wand eines Bootsschuppens. Megan konzentrierte sich wieder auf das Meer. Auf den Hauch von Morgendämmerung, der eine feine Linie am Horizont bildete.

Überrascht blickte sie zur Seite, als Sarina nach ihrer Hand griff. Finns Mutter hatte den Blick starr auf den Ozean gerichtet. Die Verbindung tat gut. Hand in Hand saßen sie da und warteten auf Finn.

*

Sie kenterten, war alles, was Finn durch den Kopf ging, als sich der Kutter weiter und weiter zur Seite neigte. Er verlor seinen Halt und rutschte gegen die Luvseite des Steuerhauses. Metall ächzte. Gegenstände folgten der Schwerkraft, und irgendetwas traf ihn an der Stirn. Wenn er den Kopf drehte, sah er nur das weiße Schäumen des tobenden Meeres. Megan. Ihr lachendes Gesicht tauchte vor seinem inneren Auge auf. Er hatte nie darüber nachgedacht, wann sein Leben vorbei sein könnte. Schließlich dauerte es noch ein paar Wochen, bis er überhaupt dreißig wurde. Er hörte einen Schmerzensschrei. Ed, wenn er sich nicht täuschte. Tommy, der begonnen hatte, ein *Vater Unser* zu beten, und Jeffs wilde Flüche. Ganz sicher hatte Finn nicht erwartet, dass es so geschehen würde. Auf einem Fischkutter in einem Sturm. Megans Bild schwebte immer noch wie eine Fata Morgana vor seinen Augen. Wenn es etwas gab, das er bereute, dann dass er ihr nicht eher gesagt hatte, was er für sie empfand. Dass er nicht schon viel früher versucht hatte, eine ernsthafte Beziehung zu ihr aufzubauen und die verdammte Fehde zwischen ihren Familien einfach zu vergessen.

Jetzt war es zu spät dafür. Das Wasser, in das sie luvseitig kippten, kam näher und näher. Sie würden kentern, sich, von der Welle getrieben, vielleicht sogar vollständig überschlagen. Der Druck würde die *Seaflower* zerbrechen wie einen dünnen Ast. Sie würden …

Finn spürte mehr, als er sah, wie das Boot stoppte. Die Reling war nur Zentimeter von der Wasseroberfläche entfernt, als es sich im ersten Moment zögerlich und dann mit einem heftigen Ruck wieder aufrichtete. Sie wurden gegen die gegenüberliegende Wand des Steuerhauses zurückgeschleudert, und Jeff stieß einen wildes Siegesgeheul aus. »Nimm das, du Miststück!«, brüllte er die Welle an, als sie über ihren Kamm rauschten.

Keuchend ging Finn in die Knie. War das gerade wirklich passiert? Hatten sie gerade nur Zentimeter vor dem sicheren Tod gestanden? Es hatte sich wie eine Ewigkeit angefühlt, aber wahrscheinlich waren nur Sekunden vergangen. »Geht es allen gut?« Finn richtete sich auf und versuchte, sich einen Überblick zu verschaffen. Ein Schrank hatte sich geöffnet, und der Inhalt war über das gesamte Steuerhaus verteilt. Jeff klammerte sich noch immer an das Steuerrad und bemühte sich, die *Seaflower* auf Kurs zu halten. Tommy richtete sich ebenfalls gerade auf. Das Gesicht genauso bleich wie sein eigenes wahrscheinlich aussah.

»Scheiße! Ed!«, fluchte Tommy.

Der ältere Fischer lag zusammengekrümmt in einer Ecke. Finn und Tommy robbten zu ihm hinüber und drehte ihn vorsichtig herum. »Bist du okay? Ed?«

Ed stöhnte vor Schmerz. »Dieses verdammte Monster hat mir das Handgelenk gebrochen. Und ein paar Rippen, so wie sich das anfühlt.«

»Wir helfen dir auf«, sagte Tommy und gab Finn ein Zeichen, sich so hinzuknien, dass sie Ed unter den Armen einhaken und ein wenig aufrichten konnten. »So bekommst du besser Luft. Finn, hol eine Decke aus dem Schrank da drüben.«

Finn kroch durch das Steuerhaus. Er hatte noch nicht das Gefühl, dass ihn seine Beine trugen. Mit der Decke kehrte er zurück und half Tommy, sie so in Eds Rücken zu platzieren, dass der alte Fischer so wenig Schmerzen wie möglich hatte. Erschöpft ließ Finn sich neben ihn fallen, während Tommy nach einem Erste-Hilfe-Set aus einem anderen Schrank griff und Eds Hand provisorisch schiente.

»Dich hat es auch erwischt«, sagte Tommy und hielt Finn eine sterile Kompresse hin. »Press die auf deine Stirn. Wir verarzten das, wenn die See ruhiger wird.«

Die *Seaflower* ritt weiter Wellenberg um Wellenberg. Finn hatte bisher nichts gespürt und das Blut, das über sein Gesicht und die Öljacke rann, nicht wahrgenommen. Aber jetzt, als er den Verband gegen die Wunde drückte, schlug der Schmerz voll zu.

Der Ozean rüttelte sie weiter durch, aber Finn hatte das Gefühl, dass die Höhe der Wellen nachließ.

Jeff drehte sich mit einem grimmigen Grinsen im Gesicht zu ihnen um. »Sieht so aus, als wären wir dabei, das Biest zu besiegen«, rief er.

»Halleluja.« Ed stieß einen tiefen Seufzer aus.

»Und was machen wir, wenn wir da durch sind?«, fragte Finn. Ihr Motor war ausgefallen, genau wie der Funk.

»Dann hoffen wir, dass Tommy die Maschine wieder flottbekommt oder die Küstenwache uns aufstöbert.«

Finn versuchte, sich an Jeffs Zuversicht zu orientieren. Sie waren dem Tod nicht gerade von der Schippe gesprungen, um dann unentdeckt auf dem Meer zu treiben.

*

Mit einem Ruck setzte Megan sich auf. Ihr Herz schlug wie wild. Sie musste eingenickt sein, denn der helle Streifen am Horizont war inzwischen schon handbreit. Aber viel bedeutender als der Anbruch des Tages war der Kutter, der langsam aus dem Nebel auftauchte und auf sie zugetuckert kam. »Sarina!«, rief sie und sprang auf. »Sie kommen!« Auch wenn sie noch nicht viel von dem Boot erkennen konnte, wusste sie, dass es die *Seaflower* war.

*

Finn konnte es nicht glauben. Sie tuckerten im Schneckentempo am Leuchtturm von Stonebridge Island vorbei. Der Scheinwerfer streifte sie, genau wie am Morgen zuvor, als sie hinausgefahren waren. Einen Tag waren sie draußen gewesen, aber Finn war es wie ein ganzes Leben vorgekommen. Er sog den Geruch der Pinien ein, der sich mit dem des Ozeans mischte, als sie an den Klippen der Insel entlangfuhren und schließlich das Fisherman's Denkmal passierten. Tommy hatte beim Auslaufen gesagt, dass ihre Namen nicht in den Sockel graviert werden würden. Und er hatte Recht behalten, auch wenn es zwischenzeitlich nicht den Eindruck gemacht hatte.

Als sie die *Seaflower* aus dem gröbsten Sturm herausmanövriert hatten, hatte Tommy sofort mit einer Bestandsaufnahme begonnen. Das Funkgerät ließ sich nicht mehr zum Laufen bringen, sodass sie weder einen Notruf absetzen noch ihre Position durchgeben konnten. Was Tommy aber wieder hinbekommen hatte, war der Schiffsmotor. Zumindest so weit, dass sie mit halber Kraft voraus fahren konnten. Das machte die Rückfahrt nach Home Port zu einem endlosen Unterfangen. Die ganze Zeit über hofften sie, dass ihnen ein anderes Schiff begegnete und sie so die Möglichkeit hatten, wenigstens Kontakt zur Küstenwache aufzunehmen und sich zu melden. Aber es schien, als wären sie die Einzigen auf dem Meer.

Nun, da Finn den Anleger bereits erkennen konnte, wuchs die Unruhe in ihm ins Unermessliche. Es fühlte sich an, als würden sie noch Stunden brauchen, bis sie endlich ankamen. Er stand an der Reling und starrte zu den Personen, die an der Anlegestelle saßen und plötzlich aufsprangen, um ihnen zu winken. Finn konnte sie auf die Entfernung und über das Brüllen des angeschlagenen Schiffsdiesels nicht hören. Aber selbst im Zwielicht war er sich sicher, dass das Megan und seine Mutter waren. Sein Herzschlag beschleunigte sich, und sein Grinsen wurde so breit, dass die Platzwunde an seiner Stirn wieder zu pochen begann. Aber das war ihm egal. Er war glücklich, seine Mutter beruhigen zu können und ihr mit der sicheren Rückkehr in den Hafen die Angst um ihr einziges Kind zu nehmen. Aber zu wissen, dass Megan hier auf ihn gewartet hatte … Er rieb sich über seinen Brustkorb, legte den Kopf in den Nacken und stieß ein lautes, befreites Lachen aus, das nur vom Signalhorn des Kutters übertönt wurde, das Jeff betätigte. Sie waren vielleicht verzweifelt genug gewesen, bei diesem Wetter rauszufahren. Aber was für Glückspilze waren sie, nach all dem, was sie da draußen erlebt hatten, nun mit ein paar leichten Verletzungen und einem etwas ramponierten Boot – aber aus eigener Kraft – in den Hafen einzulaufen.

Das Signalhorn hatte die Inselbewohner nach draußen gelockt. In einem endlosen Strom sah Finn sie aus dem Gebäude der Hafenmeisterei kommen und sich auf dem Anleger versammeln.

»Das ist ein Empfangskomitee, was?«, sagte Ed breit grinsend neben ihm.

»Wahnsinn.« Finn ließ seinen Blick über die Menge gleiten. Dass so viele Leute ausgeharrt und auf ihre Rückkehr gewartet hatten, berührte ihn zutiefst. Wieder blieb er an Megan hängen, die mit beiden Armen winkend ganz vorn auf dem Steg stand. Ihre Blicke verhakten sich, als sie näher kamen. Megan ließ langsam die Hände sinken, seinen Blick ließ sie aber nicht los. Bis die *Seaflower* den Anleger erreichte und mit einem leichten Rumpeln gegen die Gummipuffer driftete.

Megan sprang über die Reling und ließ sich in seine Arme

fallen, bevor Finn überhaupt die Chance hatte, von Bord zu gehen. Sie rahmte sein Gesicht mit den Händen ein. »Du bist zurück«, flüsterte sie und presste ihre Lippen auf seine.

Wenn Finn bis gerade eben gedachte hatte, er wäre nach Hause gekommen, wusste er erst jetzt mit Megans Körper an seinem, ihrem klaren, frischen Duft, der den nach Fisch, Angst und Meer überdeckte, was das wirklich bedeutete. Er vertiefte den Kuss, zog sie noch näher an sich. Als wollte er sie nie wieder loslassen.

»Werft die Leinen rüber«, rief jemand. Eigentlich Finns Job, aber das war ihm im Moment egal.

»Sicher im Hafen«, tönte Jeff hinter ihm und ließ das Signalhorn noch einmal erschallen.

»Ist das *Megan Cooper*, die *Finley Morgan* küsst?«, fragte jemand mit einer gewissen Fassungslosigkeit in der Stimme und laut genug, dass es alle Umstehenden hören konnten.

»Du hast es gerade offiziell gemacht«, flüsterte Finn an Megans Lippen.

Sie lächelte. »Das macht nichts. Weil ich dich liebe.« Dann küsste sie ihn noch einmal. »Ich hätte es dir nicht verziehen, wenn du nicht zurückgekommen wärst, damit ich dir das sagen kann.«

Finn packte sie in der Taille und schwenkte sie übermütig herum. »Allein dafür hat es sich gelohnt durchzuhalten. Ich liebe dich so sehr, Megan.«

*

Finn war verletzt. Er sah grauenvoll aus mit dem Kopfverband und den Blutresten, die in seinem Gesicht und auf seinem Ölzeug klebten. Aber er war zurück. Megan fühlte sich, als schwebe sie.

Eher als es ihr recht war, wurden sie getrennt. Finn in andere Umarmungen gezogen, ebenfalls von der Küstenwache befragt und schließlich in die Praxis von Dr. Fletcher gebracht. Ed, der sich vermutlich das Handgelenk gebrochen und mehrere Rippen geprellt hatte, wurde direkt ins Krankenhaus nach Machias gefahren. Tommy und Jeff blieben zurück, um die Fracht zu löschen.

Megan schwamm mit dem Strom. Jetzt, wo sie wusste, dass die ganze Crew der *Seaflower* – und vor allem Finn – sicher in den Hafen zurückgekehrt war, schien alle Energie, die sie aufrecht gehalten hatte, abzuebben.

Abby legte ihr den Arm um die Taille und zog sie an sich. »Lass uns nach Hause fahren«, schlug sie vor.

Megan schüttelte den Kopf, was sich unglaublich anstrengend anfühlte. »Ich möchte zu Dr. Fletcher und dort auf Finn warten.«

»Na gut. Ich fahr dich hin. Wir erkundigen uns, wie es ihm geht. Aber dann bringe ich dich nach Hause. Du musst ein paar Stunden schlafen, bevor wir zur Bank fahren und das Gestüt retten.«

»Verdammt! Ist das heute?« Megan blieb erschrocken stehen und wurde von den Leuten hinter ihr angerempelt und weitergeschoben. »Ich habe jedes Gefühl für die Zeit verloren.«

»Nicht schlimm in einer Situation wie dieser.« Abby strich ihr über den Arm. Also erst in die Praxis und dann für eine kleine Pause nach Hause.

Megan ließ sich von ihrer Schwester mitziehen und zu

Dr. Fletcher fahren. Finns Eltern saßen bereits in dem kleinen Warteraum. Sie mussten nicht lange auf den alten Inselarzt warten. Mit seinem gütigen Lächeln hinter der Lesebrille kam er zu ihnen. »Sarina, Arthur.« Er nickte ihnen zu. »Megan, Abby. Schön, Sie zu sehen.« Er schob die Hände in die Taschen seines Arztkittels. »Ich kann Sie alle beruhigen. Finn hat eine Platzwunde, die wir säubern und nähen werden, und eine leichte Gehirnerschütterung. Sobald wir ihn durchgecheckt haben, sollte er sich ein wenig ausruhen und unter Beobachtung bleiben. Entweder hier in der Praxis oder bei sich zu Hause.«

»Kein Problem, ich bleibe bei ihm«, sagte Sarina sofort. Dann drehte sie sich zu Megan um. »Entschuldige, meine Liebe. Wenn dir das recht ist.«

Megan hätte am liebsten widersprochen und gesagt, dass sie sich um Finn kümmern würde. Aber Abby hatte recht. Finn war in guten Händen, und sie musste zur Bank, um ihre Hypotheken abzulösen, damit ihre Familie die *Silver Brook Stables* nicht verlor. »Das wäre fantastisch, Sarina«, sagte sie. »Ich habe noch einen Termin, den ich nicht verschieben kann. Wenn es in Ordnung ist, komme ich danach und löse dich ab.«

Sarina kam zu Megan herüber und umarmte sie. »Komm vorbei, wann immer du möchtest. Ich werde Finn von dir grüßen.«

»Du kommst gut mit Finns Mutter aus«, sagte Abby, als sie die Praxis verließen und wieder in den Jeep stiegen.

»Ja, das hat die Situation mit sich gebracht. Wir hatten beide Angst um ihn. Das hat uns irgendwie zusammengeschweißt.«

»Hmm«, machte Abby und startete den Motor. »Man könnte auch sagen, dass deine Sorge unberechtigt war und sie kein Problem mit einer Beziehung zwischen euch beiden hat.«

»Ja, vielleicht.« Megans Gehirn fühlte sich an wie Brei. Sie ließ sich von Abby nach Hause fahren, ohne weiter zu reden, und warf sich, so wie sie war, in ihr Bett. Kaum berührte ihr Kopf das Kissen, fiel sie in einen tiefen, traumlosen Schlaf.

29

Als Megan ein paar Stunden später wieder zu sich kam, brauchte sie einen Moment, um die Ereignisse der vergangenen Tage zu ordnen und sicherzugehen, dass sie Finns Rückkehr nicht geträumt hatte. Nein, sie erinnerte sich viel zu gut an die Küsse, das schwankende Boot unter ihren Füßen und die Zuschauermenge. Das Lachen, die begeisterten Pfiffe und der Applaus, den sie für ihre kleine Vorführung kassiert hatten. Vermutlich hatten sie es geschafft, so gut wie die ganze Insel zu überraschen. Die sich im Moment wahrscheinlich ausführlich das Maul über sie zerrissen.

»Sollen sie doch«, sagte Megan sich selbst. Ihr Herz klopfte bei dem Gedanken daran, dass jetzt jeder Bescheid wusste. Sie hörte in sich hinein – und fühlte keine Panik beim Gedanken daran.

Gut. Und höchste Zeit aufzustehen. Sie wollte so schnell wie möglich den Banktermin hinter sich bringen, damit sie Sarina bei Finn ablösen konnte. Sie schaltete die Kaffeemaschine ein, sprang unter die Dusche und schlüpfte in dunkle Jeans, eine weiße Bluse und ein Jackett. Die Haare flocht sie wie immer zu einem schlichten Zopf, und als Zugeständnis an das Treffen mit Hallridge und den Dreck, den sie beim letzten Mal in sein Büro geschleppt hatte, wählte sie ihr konservativstes Paar Cowboy-Boots. Schwarz mit einem schmalen glitzernden Band am Schaft.

Sie goss ihren Kaffee in einen To-go-Becher und verließ ihr Cottage, um sich ein letztes Mal mit Cameron zu besprechen.

Summer verließ gerade den Hengststall und winkte ihr zu. »Hey. Bereit für den großen Auftritt?«, fragte sie.

»So was von. Hallridge wird ganz schön Augen machen, wenn wir den kompletten Betrag ablösen. Wie sieht es aus? Irgendwelche Schäden auf dem Gestüt, die uns das nächste Loch in die Tasche fressen?«

Summer schüttelte den Kopf und griff nach Megans Becher, um einen Schluck Kaffee zu trinken. »Ein paar Äste sind auf den Zaun der Fohlenweide geknallt. Lässt sich aber problemlos ausbessern. Matt und ich kümmern uns darum, während Cam und du bei der Bank seid.«

»Klingt gut.« Megan eroberte ihren Kaffeebecher zurück und trank ebenfalls einen Schluck.

Gemeinsam liefen sie zum Ranchhaus hinüber. Sie hatten die Veranda noch gar nicht erreicht, als die Tür geöffnet wurde und Olivia in Begleitung von Abby und Cameron herauskam.

»Als ob sie auf uns gewartet hätten«, sagte Megan zu Summer. »Ich habe Kaffee, und ich bin bereit.« Zur Bestätigung hob sie ihren Becher.

»Wir wollten dir noch Glück wünschen.« Olivia schloss sie in ihre Arme und küsste sie auf die Wange.

»Danke, Mom.« Megan wollte sich gerade zu Abby umdrehen, als sie den Wagen bemerkte, der langsam über die Holzbrücke rumpelte. »Erwartet ihr jemanden?«, fragte sie überrascht.

»Nein.« Summer kniff die Augen zusammen, um zu erkennen, wer da auf den Hof fuhr. »Das ist Hallridge«, sagte sie. Mit hochgezogenen Augenbrauen drehte sie sich zu ihnen um. »Hattet ihr vereinbart, ihn hier zu treffen?«

Megan gab einen ungläubigen Laut von sich. »Auf keinen Fall. Ich verspüre das starke Bedürfnis, ihm in den Hintern zu treten, dass er bis zum Leuchtturm fliegt.«

Abby legte ihr die Hand um die Taille. »Lassen wir uns überraschen, was er hier will. Freiwillig kommt er mit Sicherheit nicht in die Höhle der Löwinnen.«

Summer hakte sich auf Megans anderer Seite ein. Als die Einheit, die sie waren, standen sie auf der Veranda, flankiert vom Rest ihrer Familie, und sahen Hallridge dabei zu, wie er sich aus seinem Wagen quälte und seine Aktentasche vom Beifahrersitz zog. Sein Gesicht strahlte schon wieder in diesem unschönen Rot, das für zu hohen Blutdruck sprach. Oder dafür, dass er gleich einen Schlaganfall erleiden würde. Er zerrte an seinem Krawattenknoten und blieb vor den Verandastufen stehen. »Ladies. Gentleman«, grüßte er und blickte zu ihnen herauf.

»Was können wir für Sie tun, Mr. Hallridge? Wenn ich mich nicht täusche, sind wir in einer halben Stunde in Ihrem Büro verabredet«, sagte Megan.

»Ja … ähm …« Hallridge starrte auf die unterste Treppenstufe. Dann hob er den Kopf wieder. »Es gibt da etwas, das wir besprechen müssen.« Er drehte sich um, als befürchte er, dass jemand lauschte. »Könnten wir dazu vielleicht ins Haus gehen?«

*

Finn hatte geschlafen wie ein Stein. Nachdem der Doc die Platzwunde an seiner Stirn genäht hatte, hatte seine Mutter darauf bestanden, ihn in sein Bett zu stecken und ihm eine Hühnersuppe warm zu machen. Ihm hatte die Kraft gefehlt, ihr zu widersprechen. Er hatte wieder festen Boden unter den Füßen gehabt – auch wenn sein Gang noch immer schwankend war, als befände er sich auf den Planken eines Schiffes. Megan hatte ihm gesagt, dass sie ihn liebte. Aber seine Mutter hatte etwas von einem Termin erwähnt, den sie wahrnehmen müsste, bevor sie bei ihm vorbeischauen würde. Ihr Banktermin war ihm eingefallen. War der heute? Wahrscheinlich. Er hoffte, dass Megan sein Angebot angenommen hatte und sich helfen ließ, den Kredit abzulösen. Noch viel mehr hoffte er, dass das alles schnell ging, sie bald wieder bei ihm war und sie endlich reden konnten.

Finn merkte jeden Knochen, als er sich aus dem Bett quälte. Will hatte neben seinem Bett geschlafen. Er richtete sich ebenfalls gähnend auf und betrachtete Finn, als wolle er sichergehen, dass sein Herrchen in Ordnung war. Finn kraulte ihn zwischen den Ohren, um den Hund zu beruhigen.

Nach einer heißen Dusche fühlte er sich schon wesentlich besser, auch wenn sein Gesicht mit der genähten Platzwunde Furcht einflößend aussah. Die Verletzung war unter einem weißen Pflaster verborgen, unter dessen Rändern sich die Haut bereits rotblau verfärbte. Er zog eine Jogginghose und einen Hoodie über und ging, Finn an seiner Seite, ins Erdgeschoss hinunter, wo seine Mutter bei einer Tasse Kaffee an seiner Kücheninsel saß und auf ihrem Handy herumtippte.

Als sie ihn bemerkte, blickte sie auf. »Finn.« Sie erhob sich und kam zu ihm herüber. »Wie geht es dir? Möchtest du eine

Schmerztablette?« Mit der für sie so typischen Geste schob sie ihm die Haare aus der Stirn, und ihre Augen begannen zu glänzen.

»Mom.« Finn zog sie in seine Arme. »Es ist alles okay. Alles gut gegangen.«

»Ich hatte solche Angst um dich.« Sie schniefte. Mit einem wackligen Lächeln löste sie sich von ihm und wischte die Tränen unter ihren Augen weg. »Brauchst du jetzt eine Schmerztablette?«

»Ein Kaffee und ein deftiges Frühstück wären mir lieber.« Wie um seine Worte zu bestätigen, knurrte sein Magen.

»Setz dich. Du bekommst ein Frühstück für Könige.« Sie wartete, bis Finn an der Kücheninsel Platz genommen hatte. Dann stellte sie ihm einen Kaffee hin und holte Eier, Speck und Toast aus dem Kühlschrank. Jetzt, da sie beschäftigt war, wurde sie ruhiger. »Ich will keine Details eures Abenteuers wissen«, sagte sie, während sie Rührei schlug, und diesmal wirkte das Lächeln schon viel fester, als sie von der Schüssel aufsah. »Aber ich möchte, dass du weißt, dass Megan die ganze Zeit da war und auf dich gewartet hat.«

»Ja.« Finn spürte die Wärme, die seinen Brustkorb füllte. »Und dieser Gedanke fühlt sich verdammt gut an. Ich liebe sie, Mom.«

»Und sie liebt dich. Selbst wenn ich es nicht gehört hätte, als sie es auf der *Seaflower* zu dir gesagt hat. Es ist nicht zu übersehen.« Sie goss das Rührei in die Pfanne und toastete das Brot.

»Apropos Liebe.« Finn trank einen Schluck Kaffee. »Wie ist die Situation zwischen dir und Dad?«

Sarina seufzte. Sie nahm einen Teller aus dem Schrank, holte den Bacon aus dem Ofen, den sie neben das Rührei und den Toast drapierte, und schob den Teller auf Finns Seite der Kücheninsel. »Ich weiß es nicht, ehrlich gesagt. Ich habe ihm ein Ultimatum gesetzt, und jetzt bin ich mir nicht sicher, ob ich die Konsequenzen wirklich tragen will, falls er nicht darauf eingeht.«

»Du hast ihn vor die Wahl gestellt?« Finn biss ein Stück Bacon ab und musste sich zusammenreißen, um nicht genüsslich aufzustöhnen.

»Ja. Wir«, sie wedelte mit ihrem Kochlöffel zwischen ihnen hin und her, bevor sie ihn in die Spülmaschine legte, »er und ich. Oder dieser verdammte Hafen.« Sie stützte die Unterarme auf die Kücheninsel und blickte durch die Fenstertüren auf das Meer hinaus. »Ich glaube, dass diese Entscheidung nicht so leicht ist, wie ich mir das im ersten Moment vorgestellt habe.«

»Hab Vertrauen zu ihm. Dad liebt dich so sehr. Ich glaube, er wird die richtige Entscheidung treffen.«

»Je mehr Zeit vergeht, desto weniger sicher bin ich mir.«

Ein Klopfen an der Haustür ließ sie beide die Köpfe wenden. Megan. Finn wollte aufstehen, um sie hereinzulassen, aber seine Mutter war schneller.

»Bleib sitzen, ich mach das schon.« Sie ging zur Tür und bat Megan herein. Dann griff sie nach ihrer Jacke. »Wenn die Ablösung da ist, wird es Zeit für mich, zu gehen. Wir sehen uns, Megan. Und du, Schatz, mach langsam. Übertreibe es nicht gleich wieder.«

»Moment.« Megans Wangen waren gerötet, und ihre Augen funkelten aufgeregt. »Ich würde gern kurz mit Ihnen sprechen und mich bedanken. Bei Ihnen – und Ihrem Mann. Und dir, Finn!«

»Meinem Mann?« Sarina legte den Kopf schräg.

»Ja. Wade Hallridge war gerade bei uns. Er hatte einen Vertrag dabei. Einen richtigen. Ohne hinterhältige Klauseln.« Megan klatschte begeistert in die Hände. »Er hat diese ganze Aktion rückgängig gemacht. Und zu verdanken habe ich das eurer ganzen Familie. Ihr Auftritt in seinem Büro muss recht denkwürdig gewesen sein«, sagte sie. Was Finn nur bestätigen konnte, wenn er daran dachte, wie seine Mutter dem Bankdirektor die Leviten gelesen hatte. »Dann warst du dort.« Megan hielt den Umschlag in die Höhe, den er Cameron in die Hand gedrückt hatte. »Du hast bei einer anderen Bank ein riesiges Darlehen aufgenommen, um uns aus der Patsche zu helfen. Das ist so unglaublich großzügig von dir, dass ich gar nicht weiß, was ich dazu sagen soll.« Megan kam zu ihm herüber und küsste ihn. Während er das Bedürfnis hatte, sie in seine Arme zu ziehen und so schnell nicht wieder loszulassen, machte sie sich die Anwesenheit seiner Mutter bewusst und drehte sich zu Sarina um. »Und zu guter Letzt ist Ihr Mann in der Bank aufgetaucht und hat auch noch einmal Druck auf Hallridge ausgeübt und den Banker schließlich dazu gebracht, mit diesem ganzen Mist aufzuhören. Jetzt brauchen wir weder dein Darlehen, Finn, noch das, das Cam uns gewährt hätte.« Megan betrachtete Sarinas verwundertes Gesicht und blickte dann zu Finn herüber. »Wussten Sie das nicht?«

Der fassungslose Gesichtsausdruck seiner Mutter brachte Finn zum Lachen. »Ich glaube, da hast du die Antwort auf dein Ultimatum.«

»Ja … ich …« Ein Strahlen blühte auf Sarinas Gesicht auf. »Ich muss los. Meine Sachen hole ich später.«

»Sicher, Mom. Grüß Dad von mir.«

Seine letzten Worte fielen mit einem weiteren Klopfen an

der Tür zusammen. Will war mit einem aufgeregten Bellen der Erste, aber Sarina folgte ihm – und wich einen Schritt zurück, als sie öffnete und Arthur erblickte. Auf dem Arm einen Hundewelpen. »Hallo Darling«, sagte er mit leiser, rauer Stimme. Finn hatte seinen Vater noch nie so unsicher erlebt. »Das ist die kleine Cookie. Aus diesem Golden-Doodle-Wurf, den du dir im Internet angesehen hast.« Er hielt ihr den fiependen Welpen entgegen und wurde mit einer Umarmung seiner Frau überrumpelt, die ihn und den Welpen einschloss. »Kannst du bitte wieder nach Hause kommen?«, murmelte er in Sarinas Haar. »Cookie und ich brauchen dich bei uns.«

»Ja. O Gott!« Finns Mutter löste sich von seinem Dad, wischte sich über das Gesicht und nahm ihm den Welpen ab, der ihr enthusiastisch über das Kinn leckte und sie zum Lachen brachte. »Du bist so eine Süße.« Sie setzte den Hund auf den Boden, um ihn Will vorzustellen, der neugierig um sie herumschlich. Die beiden Hunde beäugten sich einen Moment skeptisch, dann begannen sie wie auf Kommando gemeinsam durch das Haus zu tollen. »Danke für alles, was du getan hast. Für unsere Familie. Und für die Coopers. Es war das Richtige.« Sarina küsste ihren Mann und drehte sich dann zu ihnen um. Finn sah das glückliche Strahlen in ihren Augen. »Ich hole meine Sachen«, sagte sie.

Sarina verschwand die Treppe hinauf. Arthur stand noch einen Moment unschlüssig an der Tür, dann machte er ein paar Schritte in den Raum. »Megan, ich möchte mich bei Ihnen entschuldigen«, sagte er und schluckte. »Bei Ihnen und Ihrer Familie. Auch wenn es für den Schock, den wir Ihnen verpasst haben, keine Entschuldigung gibt. Ich habe mich, vermutlich genauso wie mein Vater, von der Idee blenden lassen. Von dem Prestige und finanziellen Erfolg, den so ein Kreuzfahrt-Hafen mit sich bringt. Aber ich hätte mich auf keinen Fall den Ideen anschließen dürfen, die Ihren Ruin bedeutet hätten.«

»Danke«, sagte Megan leise. Sie nickte seinem Vater zu, und allein das sorgte dafür, dass die Anspannung in seinen Schultern ein wenig nachließ. »Ich danke Ihnen, dass Sie es geschafft haben, den Fehler wieder geradezurücken. Hallridge war heute bei uns und hat von Ihrem Besuch erzählt, während er uns neue Verträge vorgelegt hat.«

*

Megans Herz überschlug sich fast. Nach dem Horror der vergangenen Tage hätte sie sich viel vorstellen können, aber nicht diese Entwicklungen. Hallridges schwitzendes feuerrotes Gesicht. Seine Bemühungen, Megan und ihre Familie zu beschwichtigen, nachdem die Lage dermaßen eskaliert war. Mit Sicherheit war der einzige Grund dafür, dass er seine Felle davonschwimmen sah. Vor allem, als ihm klar wurde, dass die Coopers das Gestüt nicht verlieren würden und sowohl Sarina als auch Arthur in seinem Büro aufgetaucht waren. Benedict hatte nicht mehr den Rückhalt, mit dem er Hallridge noch vor ein paar Monaten beeindruckt hatte. So beleibt der Bankier auch war, wenn es darum ging, das sinkende Schiff zu verlassen und die Seiten zu wechseln, war er mit der Geschwindigkeit eines Wiesels unterwegs.

Megan war froh, Finns Eltern zusammen angetroffen zu haben. Jetzt, nachdem die ganze Insel wusste, was sie für Finn empfand, war eine ihrer größten Ängste, wie seine Familie damit umging. Von Sarina hatte sie keinen Widerstand erwartet, aber bei Arthur war sie sich nicht sicher gewesen, auch wenn er sich bei der Bank für die *Silver Brook Stables* eingesetzt hatte. Jetzt wusste sie, dass die Morgans kein Problem mit ihr hatten. Was nicht nur bedeutete, dass Finn und sie eine echte Chance bekamen. Es barg außerdem die Hoffnung, dass diese verdammte Fehde zwischen ihren Familien endlich der Vergangenheit angehörte.

Nachdem Finns Eltern sich schließlich kurz darauf verabschiedet und die Haustür hinter sich zugezogen hatten, war allein Finn für die Purzelbäume verantwortlich, die ihr Herz schlug.

Er saß noch immer auf dem Barhocker an der Kücheninsel, seinen leeren Teller neben sich. Megan blieb vor ihm stehen, legte den Umschlag auf die Insel und griff nach seinen Händen. Als er sie an sich ziehen wollte, widerstand sie der Bewegung. »Finn, ich muss dir erst etwas sagen: Danke.« Sie nickte zu dem Umschlag hinüber. »Hallridge hat mir erzählt, was du für mich – für uns«, korrigierte sie sich, »getan hast. Danke.«

»Megan …« Er zog an ihren Händen, aber sie war noch nicht fertig.

»Warte. Ich möchte mich bei dir entschuldigen. Ich hätte niemals annehmen dürfen, dass du mit deinem Großvater unter einer Decke steckst. Das war …«

»Du hast dich in einer Ausnahmesituation befunden. Ich bin einfach nur froh, dass alles gut gegangen ist.«

»Ja … hmm.« So eine Liebeserklärung war nicht so einfach, wie sie sich das vorgestellt hatte. »Ich … ähm …« Sie löste ihre Hände aus Finns und griff nach dem Umschlag. »Ich habe ihn nicht geöffnet.« Sie schob den Finger unter die Lasche und riss ihn auf. Dann holte sie die Kreditunterlagen heraus, die Finn ihr geschickt hatte, und den Brief, der in einem weiteren Umschlag steckte. Zu wissen, dass er bereit war, sein ganzes Leben zu verpfänden, um sie und ihre Familie zu retten, das war mit nichts zu bezahlen. »Ich wollte, dass du weißt, dass ich dich liebe, bevor ich hineinschaue. Damit dir klar ist, dass ich dich nur um deiner selbst willen liebe.« Sie nahm die Bankunterlagen und zerriss sie. »Ich bin dir unendlich dankbar, dass du zu diesem Opfer bereit warst, aber ich liebe dich nicht deshalb. Ich liebe dich deshalb höchstens noch ein bisschen mehr.« Mit den Papieren in der Hand drehte sie sich um und öffnete den Mülleimer, um sie mit einer dramatischen Geste hineinfallen zu lassen.

»Danke, Megan. Das bedeutet mir viel. Aber das heißt auch, dass du meinen Brief nicht gelesen hast.«

Sie ließ die Finger über das kleinere Kuvert gleiten. »Ist es eine schriftliche Liebeserklärung?«

Finn legte den Kopf schräg und lächelte sie an. »Könnte man so sagen.«

»Gut.« Megan klopfte auf den Umschlag und schob ihn dann in die Gesäßtasche ihrer Jeans. »Ich hebe mir den Brief auf, wenn ich mal richtig sauer auf dich bin. Dann lese ich ihn, um mich wieder daran zu erinnern, dass ich dich liebe.«

Finn lachte. »Megan.« Er erhob sich und kam um die Kücheninsel herum. Dann nahm er eine Zwiebel – nein, es war eine von diesen verdammten Schalotten – aus seinem Gemüsekorb und warf sie ihr zu. »Wir haben doch längst ein Ritual, wenn du sauer auf mich bist. Auf dich. Den Rest der Welt. Oder das Universum. Du nimmst einfach eine Schalotte und versuchst, sie zu ermorden. Dann komme ich.« Finn trat hinter sie und schob die Arme um ihre Mitte, womit er die

Schmetterlinge in ihrem Bauch dazu brachte, vor Aufregung wild durcheinanderzuflattern. »Ich rette dann das Gemüse und lenke dich davon ab, wütend zu sein.« Er küsste Megans Hals. Was sie, auch ohne sauer zu sein, schon ablenkte. Ihr Herz überschlug sich noch einmal. Hatte Finn ihr gerade seine ganz eigene Version ihrer Erdnussbutterglas-Theorie geliefert? Sie drehte sich in seinen Armen um und küsste ihn. »Ich liebe dich«, flüsterte sie. »Ich liebe dich so sehr.«

»Genau wie ich dich.« Finn zog sie noch näher an sich und küsste sie. Lang und zärtlich. Auf eine Art, in die sich Megan für den Rest ihres Lebens fallen lassen könnte.

Als der Kuss endete, rahmte Megan sein Gesicht ein. Vorsichtig, um ihm an seiner Verletzung keine Schmerzen zu bereiten. »Du darfst nicht vergessen, dass ich Anfängerin in Sachen Liebe bin. Versprich mir, dass du nicht die Geduld mit mir verlierst.«

»Keine Sorge.« Finn küsste sie auf die Nasenspitze und grinste. »Wenn ich sauer auf dich bin, ermorde ich einfach auch eine Schalotte.«

Seine Worte lösten die Anspannung, die der Gedanke an die Liebe noch immer in ihr auslöste. Finn hatte recht. Mit ihm an ihrer Seite würde sie mit allem klarkommen. Vor ihnen lag eine wunderbare Zeit. Sie schmiegte sich in seine Umarmung, bis Will bellend von seinem Hundekissen aufsprang. »Was ist heute bei dir los? Hast du Tag der offenen Tür?«

»Scheint so«, brummte Finn.

Sie löste sich aus seiner Umarmung, um die Tür zu öffnen, und verdrehte die Augen, als sie ihre Schwestern samt Anhang sah. »Was wollt ihr denn hier?«, konnte sie sich nicht verkneifen, als Summer und Abby das Haus mit je einer abgedeckten

Kasserole betraten. »Dein Freund ist verletzt. Da ist das Mindeste ja wohl ein Krankenbesuch mit Roses berühmter Lasagne«, erklärte Summer ihr unangekündigtes Auftauchen und hob zur Bekräftigung die Auflaufform.

»Und mit frisch gebackenem Bananenbrot«, ergänzte Abby.

Cameron hob unschuldig die Hände. »Wir sind nur hier, um nach unserem Kumpel zu sehen.«

Megan seufzte und schloss die Tür hinter ihnen, Jumper und Charlie. Es dauerte gar nicht lange, bis Finns Vorarbeiter Larry mit ein paar Blaubeerküchlein aus *Marsha's Bakery* auftauchte. Gefolgt von zwei seiner Bauarbeiter und schließlich sogar Jacob, der nach dem Rechten sehen wollte, solange Charlotte, die wieder zu Hause war, unter den wachsamen Augen seiner Nachbarin schlief.

Das Haus war voll, und die Party, die sie feierten, spontan. Aber genau dafür war dieses wundervolle Zuhause gebaut worden, begriff Megan. Um das Leben zu feiern, nach dem Sturm auf dem Meer. Die Stärke und den Mut, mit dem sie um die *Silver Brook Stables* gekämpft hatten. Und die Liebe, gegen die sich Megan viel zu lange gewehrt hatte.

Sie blickte zu Finn hinüber, der auf seinem Küchenhocker Hof hielt, mit seinen Freunden und Kollegen lachte. Als ob er ihren Blick bemerkte, wandte er sich Megan zu. *Ich liebe dich*, formte er tonlos mit den Lippen.

Und ich dich, gab sie stumm zurück.

Epilog

Thanksgiving war in diesem Jahr ein ganz besonderer Tag. Geprägt von der Traurigkeit, Jack nicht mehr am Tisch sitzen zu haben. Gleichzeitig war es der Beginn neuer Traditionen. Megan akzeptierte den Stich, den das Fehlen ihres Dads in ihr auslöste, und ließ sich dann in Finns Umarmung ziehen. Fünf neue Gäste hatten die Coopers in diesem Jahr an ihrem Tisch begrüßt. Cameron, Matt und Finn. Die Männer in den Leben der Cooper-Schwestern. Und Sarina und Arthur, die Olivias Einladung nicht ausgeschlagen hatten. Für die beiden waren die Zeiten nicht einfach. Arthur und Benedict hatten sich nach endlosen Streitereien um die Zukunft der *Morgan Construction & Real Estate* entschieden, getrennte Wege zu gehen. Benedict hatte nicht verzeihen können. Weder seinem Sohn noch seinem Enkel, die sich beide für die Liebe entschieden hatten. Gerüchte behaupteten, dass belastendes Fotomaterial, das Benedict als letzten Trumpf gegen Hallridge in der Hand gehabt hatte, aus seinem Tresor verschwunden war, sodass er nicht einmal mehr den Bankdirektor in der Hand hatte. Inzwischen war Benedict voller Feuereifer dabei, sein Hafenprojekt auf einer anderen Insel in die Realität umzusetzen. Einfach nur, um es den Bewohnern von Stonebridge Island, besonders den Coopers und seiner eigenen Familie, zu zeigen.

»Sollen wir uns ein bisschen die Beine vertreten?«, flüsterte Finn Megan ins Ohr.

Sie legte die Hand auf ihren vollen Bauch. »Fantastische Idee.«

Das Essen war ein Traum gewesen. Wie schon seit vielen Jahren zubereitet von Olivias Freundinnen Maxine, Frankie und Marsha, die Megans Mutter nur deshalb in der Küche duldeten, weil sie die Champagnergläser der Köchinnen immer gut füllte.

Megan und ihre Schwestern hatten wie immer den Tisch gedeckt. Nicht mehr mit selbst gebasteltem Thanksgiving-Schmuck, wie in ihrer Kindheit, sondern mit stilvollen Gestecken, die sie im Blumenladen in Auftrag gegeben hatten.

Jetzt, nach dem Essen, hatten es sich Arthur, Cameron und Matt vor dem Fernseher gemütlich gemacht, um das Footballspiel zu sehen. Olivia saß mit ihren Freundinnen und Sarina, die sie inzwischen ebenfalls zu diesem Kreis zählte, am Tisch, um noch ein Glas Champagner zu trinken und ein wenig zu tratschen. Ihre Schwestern vermutete Megan in der Küche, wo sie noch mehr Nachtisch naschten.

Will rappelte sich auf, als er mitbekam, dass Finn und Megan den Raum verließen. Sie schlüpften in ihre Stiefel und Mäntel und verließen mit dem Hund an ihrer Seite das Haus. Hand in Hand liefen sie über den Hof und in den Stall, in dem Adventure Boy stand. Megan holte einen Apfel und ein Taschenmesser aus ihrer Manteltasche und schnitt ihn in vier Teile, die sie gerecht zwischen ihrem Pferd, Will, Finn und sich aufteilte. Dann umarmte sie den Wallach, genoss das schwere Gewicht seines Kopfes auf ihrer Schulter und das zufriedene Schnaufen.

Mit Mann und Hund verließ sie den Stall wieder. Sie spazierten über den knirschenden Schnee, an der neuen Futterscheune vorbei, um das Ranchhaus herum, in Richtung Klippe. Die Luft war eisig kalt und kristallklar. Wie im Frühjahr, als Cameron auf dem Gestüt aufgetaucht war, um Abby den Kopf zu verdrehen und ein neues Leben zu beginnen. Das Hideaway, zu dem *Seal Rock Hall* geworden war, hatte vor zwei Wochen seine Türen geöffnet und war bereits bis ins neue Jahr hinein ausgebucht. Während Abby immer mehr Patienten psychologisch betreute, war auch sein zweites Hotel in Vermont schon sehr weit gediehen. Schon im Februar würde er eröffnen.

»Hast du mitbekommen, dass Matt und Jumper Stadionverbot bei den *Island Crabs* bekommen haben?«, holte Finn sie aus ihren Gedanken.

»Was hat Jumper diesmal geklaut?«, fragte Megan ganz automatisch. Matt hatte nicht nur ein richtig gutes Händchen für seinen Pferde-Trainer-Job, aus ihm war auch ein glühender Fan sämtlicher regionaler Sportveranstaltungen geworden. Er ließ außerdem keine Stadtversammlung aus, ganz egal, zu welchem Thema.

»Rate mal.«

Megan wandte sich zu Finn um. »Nein! Er hat sich nicht den Puck geschnappt!«

»O doch, mitten im Spiel.« Finn grinste. »Dieser Hund ist dermaßen verrückt.« Er warf eines der Leckerli in die Luft, die er für Will immer einstecken hatte, und sah dabei zu, wie der Hund es mit einem Sprung aus der Luft fing und herunterschluckte.

»Für wie viele Spiele haben sie die beiden verbannt?«, fragte Megan und schlang ihren Arm um Finns Mitte, während er ihr die Hand auf die Schulter legte und enger an sich zog.

»Erst einmal bis Weihnachten«, sagte er.

»Das wird hart für Matt.« Andererseits half er Summer immer öfter bei der Arbeit mit ihren Problempferden, weshalb er vermutlich keine Zeit hatte, über das Stadionverbot zu jammern. Es würde Megan nicht wundern, wenn er bald ganz in die Pferdeausbildung einsteigen würde. Wer hätte gedacht, dass sich dieser Sturkopf irgendwann Summers Trainingsmethoden zu eigen machen würde?

»Und für Jumper.« Finn lachte. Sie hatten die Kante der Klippe erreicht. Eng aneinander geschmiegt starrten sie auf den ebenmäßigen Halbmond aus grauem Sand hinunter, über den die Wellen der graublauen See hinwegspülten. Der Kauf der Halfmoon Bay hatte die Ereignisse ins Rollen gebracht, die dieses Jahr auf den Kopf gestellt hatten. Olivia hatte sich im letzten Monat noch ein wenig weiter aus dem Gestütsalltag zurückgezogen und sich in ein paar weiteren neuen Hobbys versucht. Megan hatte den Überblick verloren, mal war es Mandala ausmalen, mal ein Meerjungfrauen-Schwimmkurs, bei dem sie mit einem Fischschwanz aus Silikon im Schwimmbad von Machias fast ertrunken war. Aber sie hatte Spaß daran, Dinge auszuprobieren. Je verrückter, desto Olivia. Und da sie ein gemeinsames Dinner pro Woche zur neuen Familientradition gemacht hatten, bekamen sie regelmäßige Abenteuer-Updates ihrer Mutter.

Finns Handy gab einen Ton von sich. Er zog es aus der Tasche und grinste, als er die Nachricht aufrief. »Frohes Thanksgiving von Jacob und Charlotte«, sagte er und drehte das Display, sodass Megan das Selfie seines Freundes sehen konnte.

»Mit Maria«, ergänzte sie und wackelte mit ihren Augenbrauen.

»Ja, sie haben sich zum Thanksgiving-Dinner getroffen.« Finn zwinkerte ihr zu. Charlotte ging es in den letzten Monaten zunehmend besser, und die Nachbarin der beiden, Maria, kümmerte sich ziemlich rührend um die kleine Familie. Was nicht nur dazu geführt hatte, dass sie sich mit Charlotte angefreundet hatte, sondern auch dazu, dass sie dabei war, Jacobs ziemlich gut gehütetes Herz zu erobern. »Wir sollten die drei nächste Woche mal zum Essen einladen«, schlug Finn vor.

»Solange du kochst«, gab Megan ganz automatisch zurück. Für einen Moment musste sie wieder an die furchtbaren, bangen Stunden denken, als Finn im Sturm vermisst war. Er war seitdem noch zweimal für Jacob rausgefahren, aber selbst Jeff war inzwischen vorsichtiger geworden und prüfte die Wettervorhersagen lieber zweimal, bevor er seine Crew in Gefahr brachte. »Dieses Jahr war wirklich verrückt. Aber ich bin dankbar, dass wir drei jetzt hier stehen«, sagte Megan. »Ich bin vor allem dankbar, dass du so hartnäckig warst und mich nicht vom Haken gelassen hast.« Sie wandte sich Finn zu und schob ihre Hände unter seinem Mantel um seine Mitte und kuschelte sich an ihn. »Ich liebe dich«, sagte sie. Dieser Satz war so einfach, wie es die Liebe zu ihm war. Nie hätte Megan es für möglich gehalten, dass sie sich so problemlos und vollständig auf einen Mann und die Beziehung mit ihm einlassen könnte. Aber Finn machte es ihr leicht. Und wenn er sie doch einmal auf die Palme brachte, gab es jede Menge Schalotten in seiner Küche.

»Und ich liebe dich.« Finn küsste ihre Schläfe. »Von ganzem Herzen.«